# 收获

NOVEL HARVEST

长篇小说 | 2021 春卷

上海文艺出版社

# 目录 春卷 2021

**002 北方厨房**
——一个家庭的烹饪史
079 聚焦于食物的历史与生命记忆
　　　　　　　　　　　　　　蒋 韵

**096 长安的荔枝**
176 或十二时辰,十五日,或以六月初一为期
　　　　　　　　　　　　　　马伯庸

**184 鹊桥仙**
329 『荡发荡发』的故乡、梦与记忆
　　　　　　　　　　　　　　萧 耳
　　　　　　　　　　　　　　来颖燕

**338 西南三千里**
——重走湘黔滇旅行团一九三八年之路
　　　　　　　　　　　　　　杨 潇

# 北方厨房

## ——一个家庭的烹饪史

蒋 韵

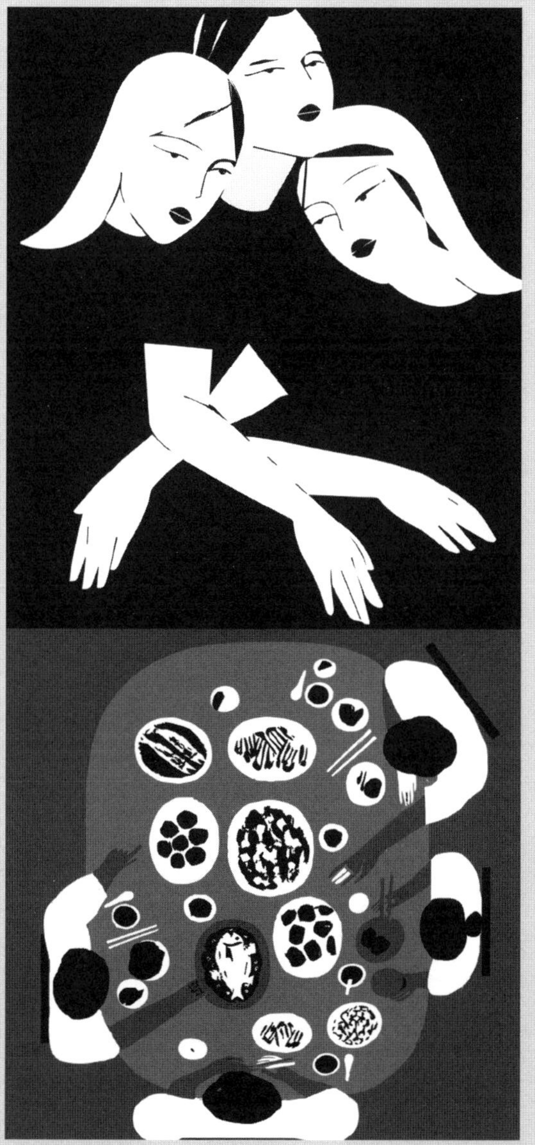

二百年前，一个叫布里亚·萨瓦兰的法兰西人说过这样一句话："告诉我你吃什么样的食物，我就知道你是什么样的人。"这个萨瓦兰，是世界上最著名的美食家，或者美食哲学家，他的著作，被称为"美食圣经"。而他自己，则拥有一个"伟大的肚子"。我不关心他的肚子怎样伟大，但我特别想知道，假如，一个中国人，比如我，诚实地告诉他我自己这大半生所吃过的食物，他将由此得出一个什么样的结论？他会坚持自己的说法还是会修正它？

写一个家族的菜谱小史、食记或者流水账，也许，是件有意思的事。萨瓦兰启发了我。想象他还健在，还活在那个"流动的盛宴"之城，我写，他看。然后，他会告诉我些什么呢？那将是值得期待的。亲爱的萨瓦兰先生，请您煮一壶香浓的咖啡，我开始了。

## 第一章　奶奶主厨时期（上）

### 一　前史——关于我奶奶和她的一道经典菜式

我奶奶是穷人家的长女，下面有五个弟弟，活下来的却只有两个。我叫他们三舅爷和五舅爷。这两位舅爷，一位，善书法，另一位，则曾经在国民党军队的军乐团吹小号。他们身上的文艺气质，在我奶奶这里，一点也不露踪迹。奶奶目不识丁，甚至没有自己的名字，出嫁前，就叫"妞儿"，出嫁后，则成了"孔蒋氏"。

一直到上世纪五十年代，新中国第一次人口普查还是选举，奶奶的小叔子，我的四爷爷，说，二嫂，咱得有个名字了。于是，户口簿上，选票上，业已成寡妇的我奶奶孔蒋氏，就成了"蒋宪曾"。这名字，后来就一直跟着她，风风雨雨，到死。

奶奶的父亲，大约是城隍庙的庙祝，管香火，也做杂役。所入不丰，奶奶和她的母亲，还要给人浆洗衣衫来补贴家用。小时候，记得奶奶说过，冬天，天寒地冻，西北风刺骨，她们娘俩到河边，砸开冰凌洗衣，母女两人，手上都是血淋淋的小口子，手指肿成了红萝卜，浸在冰水里，疼得钻心。那河是什么河？惠济河。惠济河是古汴河断流后，在它的故道上人工开挖出的河流。"汴水流，泗水流，流到瓜州古渡头"，诗意而伤怀。那是别人的汴河，不是我奶奶的。奶奶的汴河，惠济河，是一家人的生计，是不管多苦多疼，也得忍耐的闺阁时期。

嫁进孔家，日子好过多了。孔家远比奶奶的娘家殷实、富足。奶奶的丈夫，是孔二先生，他的发妻亡故后，续娶了我奶奶。奶奶嫁过来，跟着孔二先生，去中原某县赴任，他做了地方上一个小官——警察局长。至今，我也不明白，孔二先生怎么会出任警察局长？他又不是行伍之人。弄不明白的事，远远，远远不止这一桩。关于家史，关于家族的过往，有许多年，可以说，是我们这一代、上一代许多人的噩梦、伤疤和禁忌，唯恐避之不及，哪里还敢去寻踪觅迹？几十年下来，一个家族的来龙去脉就成为了秘史。

所以，之前，我笔下的家史，只能是小说而不是其他。

孔家兄弟四人，我从没听说过老三，想来是早夭了。而老大，则是在娶妻之后投河自尽。原因我不知道，只知道，他是从家里一路走到了黄河边去寻死。孔大先生是个跛子，是小儿麻痹后遗症还是什么，不清楚，只听说跛得厉害。他拖着一条跛腿，从城里，一步一步走到城外，走了十几里还是二十几里，踩过厚厚的软软的、被太阳晒得烫脚的沙滩，一步一陷，摇摇摆摆，来到了河边。假如，一个人要死的决心没有那么坚定不移，这一路，这二十多里长路走下来，或许会改变初衷，但孔大先生没有。他忠实地、忠贞地一头扎进了滔滔的黄水里，随波而去，给我们这些后人，留下了一个千古之谜。

他身上，也有一些文艺的诗人的气质。

孔家经营一座医院，叫"同济医院"。据说，是古城开封第一家私立西医院。主政这医院的，是孔家的四先生，孔繁某，字显达。孔四先生在哪里学了西医，我还是不知道。只知道他学成归来后，曾在中原最早的"官立施医院"做医生。后来，自立门户，开诊所，办医院。等我父亲这辈人出生、渐渐长到记事时，同济医院已经很有规模，且颇具名望。孔四先生不仅是名医，还是社会活动家，和当时国府中原省份的要员多有往来，"同济医院"的匾额，就是于右任先生题写的。

上世纪九十年代，有一年，在太原的家里，陪父母看电视剧《常香玉》，意外地，看到了孔四先生。当然是演员扮演的。一身白西服，戴巴拿马礼帽，显然是个绅士。剧情讲的是，一个有权势的军官，看上了常香玉，要强娶她回府。万般无奈之下，有人向她举荐了孔四先生。于是，孔四先生出面牵线，请时任河南省主席的张钫，收她做了义女。这一下，自然震住了那个强取豪夺的军人。而香玉大师，竟也不忘这涓滴之恩，从此，年年春节，大年初一早晨，必定到孔家来，给孔四先生一家拜年。

小时候，偶尔地，奶奶会念叨几句陈年旧事。常香玉年年春节来拜年，就是听奶奶说的。奶奶还说，有一年，梅兰芳先生来开封，和孔四先生照过一张合影，相片上，两个人看上去就像是一对兄弟。可见，孔四先生风姿不凡，很是俊朗。这种时候，假若父母听见了，就会很严肃地说："妈，别跟孩子们说这些。"奶奶也就沉默了。父母的表情，让我们觉得，这是一些羞耻的、不能见人的事。

孔二先生和孔四先生，一直，没有分家。孔二先生好像没干几年局长，卸任之后，回到家乡，在同济医院里管庶务之类。弟兄二人，共有八个子女，也算是一个枝繁叶茂的大家族。虽说没分家，但是分爨开伙。孔家不是大富人家，且是创业的一代，家风朴实，生活不讲排场，不事奢靡。特别是二房，吃饭的人总有十大几口，但，主厨的总是二太太，也就是我尚还年轻的奶奶——把厨房交给别人，她不放心。

四奶奶出身大户人家，娘家广有田产还有买卖字号。她主持中馈的手笔格局，自然和我奶奶不太一样。我奶奶崇尚节俭，惜物敬物。在她眼里，"抛米撒面"是要下地狱的罪孽。她不识字，却"敬惜字纸"。小孩子习字临帖写坏的纸张，无论大小，她都整整齐齐归置在一起，随意丢弃那是对字、对圣人的不敬。她一生不挑食，却唯独不吃牛肉，是因为"不忍"。牛辛苦一生，结局不应该是被宰割烹煮。每逢杀鸡，她嘴里总是念念有词："小鸡小鸡你别怪，你是阳间一道菜。不怨你，不怨我，怨你主家卖给我。"她敬畏、尊重世界的秩序，相信万物有灵。

我奶奶有一道保留菜式：假鱼肚。这是一道大菜，逢年过节才上桌。食材其实很平常，就是猪肉皮，但做法特别费时，远不是一日之功。首先是要风干猪皮，平日里做菜，剁馅，剔下来的肉皮，随手挂在厨房墙壁上，或是屋檐下，一春，一夏，一秋，让它们慢慢风干，不急不躁，不慌不忙，一条一条，积少成多。到腊月里，年根下，时辰到了，找来一只大盆，把风干透彻却也是浑身蒙尘的它们集合起来，烧一大锅滚烫的碱水，倒进盆里浸泡一天一夜，就像发海参。然后就是一遍一遍地反复清洗，每一条每一块，都要用刷子刷，用镊子拔掉毛根。最后，处理干净的它们，就像经过忏悔和被赦免的灵魂一样，新鲜而纯洁。然后，切成合适的大小，控干水分，烧一锅热油，炸。炸到猪皮表面金黄卷曲而起泡。这是最具技术含量的一个环节，油温几分热，起泡的程度，肉皮的色泽，全凭人的经验。接下来，是要用砂锅吊一锅好汤，鸡汤、骨汤，都可以，把炸好的猪皮下进去，和火腿、蛋饺、面筋、玉兰片等食材文火慢煨（有冬笋最好，但北方不是那么容易买到鲜笋）。最后，连砂锅上桌，热气腾腾的什锦假鱼肚就算大功告成。这菜，其实就是北方的"全家福"，福建的"佛跳墙"一类，是节庆的菜肴，有喜气。

除夕的年夜饭，两房人是要在一起吃的。主妇和女佣们各显神通，而什锦假鱼肚是必不可少的保留节目。当然，做假鱼肚的，一定是我奶奶。那是她所信奉的宗旨：物尽其用。从浑身蒙垢的一块猪皮，到华丽的什锦大菜，这其中的奥秘，就是我奶奶和这世界相处的方式。

## 二　在故乡开封，我最初的味道记忆

开封，在黄河岸边。我在这个河边的城市长到五岁。

非常奇怪，弟弟和我，对开封，有完全不同的记忆。他的开封，永远是灰蒙蒙的，阴沉、压抑。有一次他和人去一座小学校玩，回来就病了，发高烧。那学校是旧庙宇改建的，他惧怕那些古建筑，他说，他看见那裸露的屋梁上蹲着绿色的人脸。

奶奶带着我，去那学校给他叫魂："小今，回来吧——小今，回来吧——"还真给他叫回来了，烧退了。

他爱哭，胆小，所以姑姑叔叔们都不太爱带他出去。大家去看电影，灯一黑他就哭了，只好送他回家。再去看电影，就都不带他去了，留奶奶在家陪他。奶奶其实也是爱看电影的。有一年，演《祝福》，大家给他做工作，说这个电影是五彩的，一点不害怕。他对五彩的电影有点好奇，于是，全体出动，都去了。等到祥林嫂刚刚捧着祭祖的一条大鱼出来，他"哇——"地大放悲声，哭得惊天动地。奶奶抱着他狼狈地落荒而逃。这没看完的电影，成了奶奶总也忘不了的遗憾。

"通好的一条大鱼啊——小兔孙就是不让人看。"奶奶后来无数次地讲给别人听。

有一次，幼儿园带小朋友去看电影。我在中班，他在小班。电影还没开演，小班的老师就把眼泪汪汪的他带到了我身边，说："你弟弟哭了，要来找你。"我往旁边挪挪，让他坐我身旁。我们俩合坐一张椅子，我搂着他。灯黑了，电影开演了。我说:"弟弟你闭上眼睛吧,不害怕。"他听话地闭上了眼睛,把头埋在我怀里。我就像他的小妈妈,抱着他,他就那样睡着了。

我和他,相差整整一岁,都是阳历三月的生日,都是一出生刚满月就被父母送回了故乡奶奶这里。一直,我活得很欢腾。我的世界非常圆满毫无缺失,身在他乡的父母完全与我的生活无关,他们根本在我的世界之外。但是弟弟为什么总是悲伤呢?又为什么,有意无意之中,我总是像一个小妈妈呢?保护他,爱抚他?这是很久很久之后,几十年之后,我才意识到的一个问题。

那是母亲去世后,我们商量后事。母亲的骨灰,还有,一直在太原的家里,跟了我们已经四十年的奶奶的骨灰,要安葬在何处?这个问题,多年来,我弟始终回避。他总是说:"奶奶,妈,还有爸,都跟着我。"我说:"那你要不在了呢?"他回答:"再说。""找谁说去?"我问,觉得他不可理喻。是啊,到那时候,他都不在了,找谁说去呢?

从前,孔家的墓地,在一片柏树林里,人称柏树坟。出开封西门,朝黄河大堤方向,踩着城墙高的沙岗走十多里,就看见了漫漫黄沙中的一丛绿色。那地方叫"西蔡屯",有看坟的一家人守护着我们的祖茔。后来,周边都成了庄稼地还有莲塘。八十年代中期,某个深秋季节,我寻根寻到了那里。庄稼收割了,莲塘干涸了,几座坟茔,荒草摇曳,伶仃而寥落。姑姑在旁边,一一指着,说:"这是你太爷爷,这是你爷爷,这是你四爷爷——"我一一鞠躬。后来,又过了二十几年,有一天,忽然说,政府出了告示,通知让限期迁坟。于是,我们这些后人们,集资在开封某个公墓里买了墓地,安葬了亲人们。爷爷的墓穴旁,留出了奶奶的位置,墓碑上也刻上了奶奶的名讳。全家人,姑姑婶婶们都来劝,说入土为安,说奶奶漂泊了这么久,该回家了。但是,我弟不松口。他反问我:"姐,你梦到过奶奶吗?"我想了想,说:"没有。"他回答:"我也没有。这说明,奶奶很好,她住得很安心,她愿意这样,愿意跟着咱们和爸妈。咱们在哪里,哪里就是奶奶的家。"这话,我觉得似乎也有道理。

但是现在,母亲也走了,九十多岁的父亲重病住院,我移居北京,弟弟则早已安家在上海。太原的家,已是名存实亡。我只能和我弟商量,说,还是让奶奶回故乡吧,回那里,和爷爷团聚,和久别的亲人们团聚,另外,就在同一个公墓里,给爸妈也再买块地,这样,往后他们就都在一起了。我觉得这样安排无懈可击。我弟沉吟许久,问我:"开封有什么好?为什么非要回开封?"我气结,说:"魂归故里啊!奶奶、爸爸他们爱开封啊!"我弟则说:"一个那么阴沉沉、阴郁的地方,灰暗、压抑的地方,我才不放心让他们回那里去。"

我很震惊。

原来,我弟心里的那个开封,那个故乡,和我的开封,天差地别啊。

可是,奶奶他们怎么办呢?我总得要个结果啊。我弟是这么回答的,他说,他想了许久,他想找一处地方,买一个院子,种几棵树,在树下,安葬我们的亲人。他余生就住那院子里,种种花,种种菜,守着他们,陪伴他们。死后,自己也葬在树下,不分开。

我有点懂了。原来,和母亲分离的那最初的几年,人生伊始的几年,对他,一个羸弱、敏感、多情的小男孩儿，是如此巨大的缺憾。是永不能弥补的残缺。他不舍得放手，是他害怕，再一次地和他们分别。他拒绝分别。他像堂吉诃德一样，和风车作战，一往情深地，试图将所有故去的亲人们都挽留在他的世界和日子里。

而开封，则是我情意绵绵的乐园。

完全没有现实主义的清晰的记忆。比如，不记得住过什么样的房子，不记得家是什么样，不记得城市的面孔和模样，不记得任何一条街道和胡同的名字。所有的一切，都是碎片式的，残缺的，似真似幻的。但，记住的，永不磨损的，是那个城给予我的明朗和快乐，是小兽般的自由与欢腾，是某种珍贵的气息。

我的故乡没有阴天。

隐约记得，姑姑们用火筷子给我烫了刘海。我觉得烫了发的自己成了一个外国人。收破烂的来了，姑姑带我去卖牙膏皮之类，我围着人家的车子转，仰着脸对收破烂的人一本正经地说："叽哩咕噜咕噜叽哩咕噜咕噜咕噜叽哩咕噜咕噜咕噜噜噜哈拉噜……"一口气说出绕口的一大串。收破烂的自然听不懂，笑着说："哟，这唱的是啥歌？怪好听！"我觉得他真是没有见识，只好用中国话回答说："这不是歌，是外国话。你看，"我拨弄蓬松卷曲的刘海，"我现在是外国人。"一旁的人都笑了。

我不到三岁，姑姑们带我去看了人生中第一场电影，是日本影片《狼》。那影片，讲的是一群被生活逼迫、走投无路的小人物，合伙去打劫的故事。那不是一个适合孩子看的影片，悲惨而阴沉。但我安静地从头看到了尾。出了影院，姑姑们问我看的是什么？据说，我居然能讲个八九不离十。姑姑们惊讶了，回来逢人就说我如何如何聪明之类。那应是属于我的小小骄傲，可我自己，对这件事这个电影，一点印象也没有了。

记住了另一件和电影有关的事，是幼儿园带着小朋友去看的。演的似乎也正是幼儿园的故事，里面的插曲我至今记得："好阿姨，好阿姨，阿姨像妈妈，宝宝听你话。跟你学唱歌，跟你学跳舞，亲亲热热笑哈哈，做个快乐的娃娃家……"回到家里我给姑姑们绘声绘色讲述电影情节，说到一个孩子发烧了，一量体温："呀，九十八度！"我说。姑姑们笑喷了，说："那不是发烧，那是烧开水！"我一点不明白她们笑什么，很气愤和委屈。同样的事情，不久前，发生在我家如意身上。她来到一个新学校，认识了新朋友。朋友妈妈问如意妈妈，说："我家孩子的生日是3月17号，你家孩子的生日是哪天啊？"妈妈还没说话，如意就抢着回答说："我的生日是8月66号！"很骄傲，觉得那数字比人家的雄壮。

如意，比我小六十岁。整整一个甲子。我们都属马。老马和小马。我们祖孙有很多相似的地方。相似并不奇怪，有些事却近乎神秘，我一出生，脸颊上有一个鲜红的血管瘤，听我母亲说，是医生给我注射了一种药，所以，在我一岁之后，它渐渐消失得无影无踪。六十年后落生的如意，脸上，竟然也有这样鲜红的一枚，红如朱砂，位置，形状，几乎和我消失的那个一模一样。有时，我会想，这是一个什么印记吗？是一种什么特殊的标识？类似族徽，标记着我们来自某一个共同的地方？标记着除了血缘之外我们还有另一种神秘的联系？

扯远了。

还记得一个片段。不知道因为什么，街上有很多人在游行。打着红旗，喊口号：万岁呀，社会主义啊，还有打倒什么呀，等等。是庆祝公私合营社会主义改造成功？还是什么，我不确定。某一天，是个中午，很安静，房间里没有人。我午睡醒来，躺在床上，阳光照着我，我突然模仿着大人们举拳头喊起来，万岁，打倒，什么什么，一声接一声，喊得很嘹亮和激昂。突然奶奶和小姑姑从外面破门而入，冲进来，神色慌张，压低声音说："不兴瞎喊！不兴瞎喊！"我错愕。不知道她们为什么打断我，更不明白她们紧张的神色。后来，长大后我想，我可能是把万岁和打倒的对象喊反了吧？俗称，喊了反标。这样的错误，要是晚几年、换一个地方发生，恐怕，就出大事了，闯大祸了。可是故乡没有介意，她庇佑了她不懂事的孩子。

还记得，有一个卖大米糕的老婆婆，常常出现在黄昏时分的胡同里。她会和我奶奶站着说会儿话。有时说着说着她就会流下眼泪。但是她的米糕特别清香，特别好吃，有着别家米糕所没有的一种口感。奶奶和她说完话，分手时，总要买两块大米糕给我和弟弟，所以我很盼望在夕照中的胡同里看到她蹒跚的身影。她和我奶奶一样，绑腿下面，是两只红薯样的小脚。至于她为什么哭，我记得问过奶奶，奶奶说："她心里不好受。""为啥不好受？""她伤心。""为啥伤心？""人都会伤心。""我为啥不伤心啊？""你小，"奶奶说，"你就是伤心，也不知道那就叫伤心。"

一个大暴雨的早晨，卖米糕的奶奶上吊死了。有人急匆匆来家里拍着门环，在雨中大声呼喊："孔大大，孔大大，出事了！"奶奶匆匆出去，去了很久很久才回来。她哭过了，眼睛红着。记得那一天，雨势太大，开封城发水了。我们家里也进了水，脸盆、红木脚盆、小竹凳什么的都漂在水上。奶奶搂着我们，和小姑姑一起坐在棕绷床上。棕绷床如同一个方舟。那一天，我可能第一次感受到了一点不安和无助，知道有比奶奶的怀抱更强大的东西。我忽然问奶奶，说："奶奶你不会死吧？"奶奶还没说话，小姑姑就回答说："瞎说啥？你俩还没长大，奶奶哪敢死？"说完她抽泣起来。小姑姑是奶奶最小的孩子，比我大十岁，其时，也不过就是个初中生，是个早已没有了父亲的孤儿，也许，她是比我还怕这件事。奶奶说话了，她不动声色地说："奶奶还等着你长大，给我买装老衣呢。"啥是装老衣？我似懂非懂。但我知道了一件事，奶奶没有承诺不死。"死"必然会在某一天带走我的奶奶。怎么办呢？我想来想去，说道："奶奶你要是死了，我就只好搬个小板凳坐到你的棺材里去了。"这话，在后来的日子里，奶奶无数次向人复述，削弱着它的悲剧性，强化着我的记忆。

这个早晨，一个孤苦悲伤的老人殁了。开封城发了水，一片汪洋。一切，都乱了套。假如，让现在的我形容，那是末日般的情境。但是第二天，天放晴了，太阳出来了，雨洗过的天空澄澈碧蓝，城外的黄沙，金子般灿烂。我依然又成为了一个快乐的小孩子。

只是，再也没吃过那么好吃的大米糕。

有很多东西，它们滋味的巅峰，只存在于回忆之中，永远不能在生活中重现。

桂花年糕也是。

那应该是一家南货店，离我家不算远。

9

奶奶总是差小姑姑去买这家店里的桂花年糕。记得那好像是长方形的一大块，应该很硬，可小姑姑居然能掰下来，边走边吃，所以我已经不能确定它原始的状态。我曾经和她一起去过那店里，也分享过她掰下来的年糕，好吃得要命。好吃得我简直要飞翔起来。奶奶明令禁止小姑姑给我和弟弟吃这种东西，因为是禁忌，所以，它就格外地好吃无数倍。

桂花年糕买回家，切成厚薄均匀合适的片状，油煎，也可以蒸食。不管哪种方法，它都是让我灵魂欢唱的美味。那种奇异的、别具一格的香甜、软糯，让我深深记忆了六十年。我从没有一次吃够过，奶奶严格限制这些糯米食物的分量，怕我们小孩子积食，不消化。所以，永远都是浅尝辄止。真是遗憾啊。每逢这时，我就发愿，让我快点长大吧，长到能够自由地、随心所欲吃桂花年糕的那一天，想吃多少就吃多少的那一天，但那一天始终没有到来。

我也好好地长大了，长成了人。有了一个连铁都消化得动的健康的胃，但是桂花年糕始终没有到来。我五岁后移居的那座城市，黄土高原之上的城市，没有南来的这种食物。后来日益严苛和匮乏的岁月里，就更是没有它的踪影。等到有一天它们汹涌着到来的时候，我却失去了曾经敏锐、纯净、虔诚、处女般珍贵的味蕾，无论哪一种桂花年糕，怎么吃，都不是我要寻找的那种味道，都不是我埋藏在心里的味道。我很失望，不甘心，我也曾经告诉过一些朋友我的遗憾，她们大多是南方人，于是她们从各处给我寄来了不同版本的年糕，湖南、浙江、上海、广东，等等，名目繁多。如今，有了网购，就更加方便，我常常在网上搜寻各种的年糕，什么崇明糕、宁波水磨年糕、苏州桂花糖年糕、湖南的糯米糍粑……买买买，不停地买，就像那个推石头的西西弗斯，希望有奇迹出现，但，至今，我没找到从前的桂花年糕，那让我魂牵梦绕的童年的味道。也许，它本就不存在，只是一种幻觉。

## 三　小饺子、肉糜粥和河蟹：姑姑告诉我的事

五岁之前，我几乎不记得吃过奶奶做的哪些食物。

据说，我曾是一个肥胖的孩子，健康、壮硕，胳膊就像一节节肥白的莲藕。这不是母乳的功劳，母乳我只吃过一个月。牛乳我也只吃到一岁。一岁之后，家人说，抵死我也不肯再喝一口牛奶。如今，一个甲子过去了，我仍然不能喝牛奶，不是因为过敏，不是任何身体方面的原因，不能接受的，只是它的味道。说来真是忘恩负义，养育了我的乳汁，我却厌弃它，就像厌弃自己的来处。

奇怪的是，不喝牛奶的我，却喜欢黄油、奶油这一类东西，匪夷所思不是？

据说（还是据说），奶奶给我这个挑剔的孩子做饭，很费心思。煮各种肉糜粥：猪肝粥、瘦肉粥、鱼粥，煮各种蔬菜水，砸各种维他命药片添加进我的饮食里。由此，街坊们给我起了个外号：维他命兮，因为我的小名就叫小兮。"兮"这个名字，是四爷爷给起的，我们孔家，到我这辈，排行是"令"字，四爷爷给我起的名字叫"孔令兮"。我是我家"令"字这一辈里的老大，四爷爷非常怜惜我这个长孙女，奶奶对我的现代化喂养，完全是在四爷爷这

个资深医生的指导下进行的。姑姑们说，我还差点上了什么健康画报之类。可见，我当时是一个社会主义健康儿童的标本。

一年之后，弟弟来了。但是同样的方式喂养我弟，他却很瘦弱，郁郁寡欢，怎么也养不胖。

我弟像我母亲。

动不动就晕过去了。后来，他长成一米八二的个头，也改不了这缺陷。上大学时，一次体育老师罚他们全班男生做多少个俯卧撑，做到一半，这位同学不行了，晕过去了。把老师吓坏了，以为他生了什么急病。后来，人家嘴里不说，心里难保不想："一米八二的法国小姐啊！"

但他后来身体素质其实不错，热爱运动，是他们大学里的排球和乒乓球队成员。在北航读研时，拿过北京市大学生乒乓球比赛的名次。忘了是第几名，反正不是前五，但也确实有名次，或许就是第六。总之，奶奶的精心喂养，还是给他打下了一个好底子。

长大后，姑姑们爱给我们讲一些从前的事。姑姑们说，奶奶给我俩包的饺子，只有指头肚那么大，圆鼓鼓的，好看，更好吃，里面的馅料千变万化。买来河虾，一只只剪去须尾，用蛋液和面糊搅拌，加盐，入油锅，炸成一块块虾饼。这个我有记忆，因为后来，在客居的城市里，偶尔，会有骑着自行车、车上绑着两只冰铁桶来卖河虾的小贩，那虾，据说是水库虾。奶奶买一小碗，如果虾个头略大，就热油爆炒，如果个头太小，就炸成虾饼。无论爆炒还是炸虾饼，都是我和我弟两人分享。这一小碗的虾，从来，不上我家餐桌，没有别人的份。

姑姑们，是三姑和小姑。那时，三姑在开封"女高"读书，后来她念了医学院，做了一名内科医生。上世纪八十年代中叶，我在暌别了二十六年之后重回开封，三姑做了我的向导。她带我去从前的老宅，三姑说：

"这就是南羊市，北羊市，这二十五中就是从前的女高，我就在这儿上学。那会儿，你奶奶常领着你俩，去胡同口接我。胡同口有卖煮糖梨和煮枣的，奶奶端个小木碗，给你们买枣吃……"

"记得咱们的家不？咱家院儿，高门楼，进门一个大山屏，青砖墁地，种了四棵石榴树，两棵结果，两棵开花。花是红的，夏天，石榴裂一个，吃一个……还种菊花，到菊花开的时候，奶奶就给你们蒸螃蟹吃，你们坐在院子里，你托着个小腮帮子，螃蟹在笼里沙拉沙拉地爬，后来就没声了。你撇着嘴，哭了。"

不记得了。所有一切。不记得院子长啥样。不记得那些爆裂开的石榴，裂一个，吃一个……不记得在竹笼里沙拉沙拉挣扎爬行的螃蟹。不记得夕照下的胡同口浓郁的煮枣香……但是我很感动，为三姑描述的这一切。感动生活曾经如此爱过我。

三姑，小姑，她们都有一种天赋，能够把日常生活中的点点滴滴，描述得特别生动和意味深长。她们爱生活。

最初，开封家里，人口不算少。除了奶奶和我们姐弟，还有三姑和小姑，有小叔叔，还有一个干奶奶。干奶奶是小叔叔的干娘，是从小带他的保姆，在我们家已经二十九年。她早年守寡，一个人拉扯大一个女儿，女儿出嫁后，她也就死心塌地把这里当成了自己的家。算下来，七口之家，开销来自何处呢？

爷爷去世得早。四爷爷掌家，是大家

长。到我出生的年代，两房人已经不在一起住了，显然，是分了家。而孔家人赖以生计的医院——同济医院，那时也不再属于孔家，成了一家区级人民医院。详情或者真相，我一概不知。其时，我远在山西的父亲和母亲，以他们的年龄和资历，薪水已不算低了，父亲月薪加保健费好像是一百元左右，母亲当时是七十多元，但就算父亲把自己的薪水全寄给奶奶，一家七口，那点钱，显然也是捉襟见肘的。更何况，叔叔在读大学，三姑也很快考取了医学院，家里要供两个大学生，还有两个嗷嗷待哺的幼儿，窘况可想而知。接下来，1957年到来了。这一年，中国出了事，我父亲也出事了，和很多被送往北大荒或者青海等地的人相比，我父亲已属幸运，只是降职降薪，工资降到六十块五角。这一来，开封家里的经济状况更是吃紧。而这一切，时代的震荡，生活的艰难和困厄，却没有给我最初的人生投下一丁点阴影，当属奇迹吧？这奇迹，我想，是距离创造的。是我的"双城记"。

四爷爷的接济，是一定有的，但四爷爷也有一大家人要养。分家时，奶奶这一房分到了一处院子，差不多有十几间房，还有一些药品。奶奶就偷偷变卖这些药品来补贴家用。据说这是在我出生之前的事。这算不算黑市交易？奶奶卖这些药品会不会担风险？我无从知道。我甚至要到很久很久之后，奶奶去世之后，才听说她曾经有过这样的举措。我想象不出我奶奶做生意的样子，不管这生意是黑还是白，都完全和她不搭界呀。但即使担风险，即使提心吊胆，药品也终有卖完的一天。奶奶就卖房子。叔叔和三姑都去外地读大学，十几间房屋的大院子就显得空旷。奶奶就把一半的房产卖了。目不识丁，一点没有理财头脑的家庭主妇，二话不说，卖了产业，就为了让她的儿女，有书念，让她的孙儿孙女，有饭吃，让日子有日子的样。奶奶平日里，常常为一些小事纠结，但卖房子这样的大事，她居然没和任何人商量，三下五除二，就办成了。后来，我听母亲说，那些房子，卖得真是可惜，不能说是白菜价，但总之是亏了。

奶奶不贪心。奶奶的信条是："够用就行。"

还有，要雪中送炭，不要锦上添花。

买我们房子的，是个牧师，姓卢。卢牧师在后院里养了几只羊，这倒很符合他的身份。但他养羊，据说是为了卖羊奶——开封城里的牧师，上世纪五十年代很多都干了这一行：推小车摇铃铛卖羊奶谋生。关于卢牧师家的羊，我有记忆，有一次，不知为什么他把一只羊拴在了我们前院的树上，我很兴奋，绕着树跑，跟羊玩。不知怎么把那只羊惹了，它是个暴脾气的羊，一犄角顶翻了我，刚好顶到我嘴上，血流如注，不多时，嘴就肿成了小面包。那晚，我没有能够吃饭，因为嘴疼。

但第二天早晨，奇迹般地，红肿消退得无影无踪。奶奶说："阿弥陀佛，菩萨保佑。"卢牧师说："阿门，我昨晚向主祈祷了。"

总之我很幸运。奶奶的菩萨和卢牧师的上帝都眷顾了我这个孩子。

后来，我记得奶奶和干奶奶，在家里糊过火柴盒。满坑满谷的火柴盒，堆满了房间。那手工钱，是以"分"来计算，糊一百只挣几分钱吧？安顿我们睡下，奶奶们就开始干活，睡醒一觉，睁开眼，昏暗的灯光下，她们还在忙碌着。睡梦里都是糨糊的气味。奇怪的是，这样劳动的夜晚，并没有给我留下劳碌、艰辛的印象，而是莫名的踏实和安详。她们就这样伴着昏灯安静地熬夜，用自己的手，一分两分、一角两角、一元两元，用一百只、一千只、十万百万只火柴盒，换来了一个孩子永远怀念的"岁月静好"。

窗外，是亿万次升起又沉落的月亮。

我很幸运。奶奶的菩萨、佛陀、卢牧师的主，他们都大慈大悲地爱并庇佑了一个远离母亲的孩子。

## 四 碎片化，记录一些与食物无关的事

有一处地方我记得清晰一些，那是医院。

那时，我不知道那叫中西合璧的建筑，只是觉得，它和我见过的那些房子，都不一样。

拱形的门窗，抄手游廊，墙壁上爬满了绿植。奶奶说那叫爬山虎。总之，它是一个漂亮的地方。但，再漂亮，我和弟弟也不想来。

发烧了，生病了，奶奶说："去找你四爷爷吧。"于是，坐了洋车（奶奶一直把人力车叫作洋车），就来到了这里。护士们见了奶奶，就说："来了二太太？"这么打招呼的，那一定是医院的旧人。四爷爷闻声出来，问："是哪个小乖乖不得劲了？"

不得劲，是方言，不舒服、病了的意思。

四爷爷，孔四先生，在我的记忆里，高大、文雅、沉静、慈祥。我父亲和姑姑叔叔们，称呼我的爷爷，是"伯伯"，称呼四爷爷，则叫"爹"。我始终不明白这是怎么一回事。我从没见过自己的爷爷，他逝于四十年代末，新政权成立之前，我无缘和他认识，所以我心里的爷爷，就是四爷爷。

尽管四爷爷会让护士给我们打针，尽管我们不喜欢医院，但，我们仍然喜欢他，和他亲。

他常常来家里，会带来许多好吃的。各种水果、糕点、太妃糖或者花生芝麻南糖，还有好看的彩色画书。记得一次，他买了太多香蕉，趁奶奶不注意，我一口气吃啊吃，竟吃"伤"了。好奢侈。结果，有许多年，我都不能再碰这种浓郁的南方水果。等我再能吃香蕉的时候，四爷爷已经不在了。

他死于1966年8月之后，具体日期不详。是自杀。

说过了，干奶奶是小叔叔的干娘。她去世时，小叔叔在外地读大学，没能回来奔丧。寒假，小叔叔回家，第一件事，就是去给他的干娘扫墓，上坟。

干奶奶的坟，也在城外，离城十几里。我叔叔走到那里，迷路了。那是一大片野坟，坟茔东一座西一座，毫无章法。北风萧瑟，衰草摇曳在每一座坟头，竟看不出新坟与老坟。叔叔在坟地里茫然地穿行，不知道东西南北该往哪里去。一只喜鹊突然飞了过来，黑羽毛，白肚皮，落在了叔叔面前，喳喳喳地冲着他叫。叔叔望着喜鹊，喜鹊望着叔叔，叫一阵，又飞起来。叔叔不知不觉就跟在了喜鹊后面，喜鹊飞、飞、飞到了一座坟头，落下了，落在墓碑上。我叔叔一看，正是他干娘的墓碑。再抬头，喜鹊不见了。

他心里骇异地叫起来，他说："干娘，是你来给我引路了？"

叔叔学医，正在读医学院，是个新青年，从来不信怪力乱神。但这件事，他不认为是巧合。这使他在信奉科学精神之外，多了一点怀疑和敬畏之心：敬畏这世界的神秘。后来，我叔叔专攻病理学，成为河南省乃至全国都有名望的病理学专家，他为人谦和，治学严谨，不自大，懂得人的局限，我总觉得，这里，有什么东西，和那只引路的喜鹊有些关联。

孔家子弟，除了极个别之外，大多都学医。

我伯父，我从来没见过他，但他是家族的传奇。听父母说，他在北京读医学院，北京哪里？却又都语焉不详。他毕业后到了协和，却早早地病逝。因为战乱，家人没能去埋葬他。他最终埋骨何处？至少，我父亲那一辈人都不清楚，更遑论我们。

2020年1月，我叔父去世，我去为他送葬。见到了三姑。三姑说起她凋零的兄弟姐妹们，说，伯父是在日本留学，死于北京。我惊诧，这是又一个版本了，这一来，就更有传奇性：活着的人，谁也不再知道真相。

大伯父原本是孔家医院最理想的继承者，是我爷爷和四爷爷的希望所在。他们一直盼着他学成归来，接续四爷爷的衣钵。但，他们最终没能等到这孩子。也许是战争阻隔了他，也许，他本心就不想接手孔氏医院，他需要一个更大更壮阔的天地。他曾是一个激进的青年，接受过五四运动的新思想，所以，这么去揣测他也并非没有依据。关于他的死，是我一直想弄清楚的事，但，就连他死于什么疾病，这么多年过去了，我都没能得到一个确切的结论。至于他最终葬身何处，埋骨何处，就更是无从知晓了。

我听到的最有传奇性质的一个说法，是我的五舅公告诉我的，他说我大伯父当年在北平，是地下党。他不是死于疾病，而是被捕后死在了国民党的监狱里。也正因为这个，家里人既不能去安葬他，也不能据实说出他的死因。听来，也不是没有道理。但，假如他真是一个牺牲者的话，新中国到来后，不是应该大白于天下了吗？还隐瞒什么？真是罗生门。

不管这个叫作"孔祥麒"的青年死于疾病还是别的什么缘故，也不管他曾经历了什么，总之，他开了"学医"的先河。他的弟弟妹妹们，堂弟堂妹们，前仆后继，差不多都念了医学院。而他们的配偶，也都是同行。孔家二哥，即我父亲，一生从事影像学，曾在我们这个省份，率先开展了同位素的实验和研究，对地方病的诊断也颇有一些贡献。而我母亲，则是一名优秀的眼科医生。二姑是内科大夫，也是西安医学院的教授，二姑父则是胸外科的专家，曾留学苏联，后来成为西安市非常著名的胸外一把刀。三姑和三姑父都是内科医生，是基层医院经验丰富的临床大夫。小叔叔我说过了，是病理学专家，在那个领域里曾有过开创性质的研究成果。而我早逝的婶母，则是卫校的教师，后来的婶婶，则和我叔叔同行，也从事病理学研究。还有大姑和三叔，他俩没念过医学院，但大姑是资深的护士长，而三叔，则在医院做行政工作。曾有人和我母亲开玩笑，说，你们家可以自己再开个医院了。

我母亲绝没有这样的野心。但，我母亲有遗憾。我们这一辈人里，只出了我堂弟一个医生，未免形单影只。她曾经特别想让她的孩子里有人学医，最初，1977年恢复高考时，她想让我弟考医学院，被我弟断然拒绝。后来，她寄希望于我的女儿，抓周时，她把一只听诊器放在最醒目也是最容易抓取的位置，果然，我女儿一把抓了听诊器。她姥姥高兴极了，说："后继有人啊！"结果，空欢喜一场。她家外孙女，严重偏科，数理化一塌糊涂，考取医学院想来是痴人说梦。果然，后来她那个外孙女，漂洋过海，去法兰西念了社会学。

只是，我母亲不知道，我的外孙女，她外孙女的孩子，小如意，从不到三岁那年开始，就立志做一个"急诊科医生"了。一度，她最喜欢的一本书，是《家庭急救手册》，里面的病例和施救方法，她总是不厌其烦地让我给她讲解：烧伤了、割伤了、刺伤了，等等。那年万圣节她去商店选礼物，选来选去，选了一个血淋淋的断肢——一只受伤的脚，上面裸露着血管、筋腱、肌肉。她抱着这只有些恐怖有些恶心的玩意儿，爱不释手，问自己："这是什么伤呢？开放型创伤吗？"十分专业。

可惜，那时候，她的太姥姥，已经罹患严重的阿尔兹海默症，近似植物人，住在重症监护室里，根本不知道这世上有这样一个生命的存在，不知道有这样一种希望的存在。每当我家如意对疾病或是治疗流露出某种热情的时候，我女儿就会情不自禁地说："要是姥姥能知道这些，该多高兴啊！"

是啊。

如今，如意已经五岁半了。而她的理想已经在开始摇摆，最近她在犹豫未来是要做一个研究新冠病毒的科学家，还是要开一家美甲店。所以，我们这个医生世家，是否能够诞生第四代传人，只有天知道了。

# 第二章　奶奶主厨时期（下）：六七十年代
## ——异乡食风及其他

### 一　年夜饭

1960年，庚子年春节，是我第一次和父母一起过年。也是我们这个小家庭第一个团圆年。那年除夕夜，自然有一顿团年饭大餐。可我和弟弟不知道，这一顿饭其实已是盛世的挽歌，是强弩之末的挣扎了。

风陵渡，黄河上最大的一个古渡口，也是我知道的第一个黄河渡口的名字。我们就是从那里渡过了黄河，来到了这片被称为"晋"的地方。这个渡口，连接了晋陕豫三省，自古就是这三省的交通要津。隐约记得，过黄河时，是深夜，弟弟睡得很熟，我不知为什么惊醒了。火车从刚修好没两年的铁路便桥上轰隆轰隆驰过，发出不同于陆地的声响，有种惊心动魄的感觉。车窗外，一片漆黑，什么也看不到，可是我却本能地感觉到，这是一个重要的、神秘的时刻。

从那一刻起，我成为了一个异乡人。

这个叫"太原"的城市，比开封要大。它是山西省的省会，有一条除长安街外全中国最宽阔的街道——迎泽大街。那时候，站在迎泽大街上，朝西看，是西山，朝东看，太原火车站的背后，是东山。东山日出，西山落日，彩霞满天，是这城市的美景,让我百看不厌也让我伤心。

我们家,在一个研究所的附属医院里,是医院分配的宿舍。一排一排砖房,居然是由日式的房屋改造而成。没有了榻榻米,但保留了木制推拉移门。至今我也不清楚,这里的前身是什么,但房屋的历史一定不会太短,至少是抗战胜利之前就存在了。我们家,住两间房,一大一小,大房子很空旷,像是两个房间打通的,摆了一张大床,一张姑姑的小床,还有张既当餐台也当写字台的大桌子,柜子之外,还有足够我和弟弟玩闹的空间。厨房在对面,极小极小。用奶奶的话说就是,连身都转不开。

这让奶奶不痛快。

奶奶不爱这里。这里的一切都让她看不顺眼。

任何事情,奶奶都要和故乡比较。比较的结果,是这里遍地都是不如意。故乡丰足、富裕,而这里什么都匮乏。奶奶不知道,她抵达这新城市的时间,错了。

我也不爱这里。我不喜欢这个家。我不喜欢家里有陌生人。这陌生人我还得叫他们爸妈,和他们朝夕相处。这让我觉得生活变得压抑、难以理解和承受。

有个阿姨,人们都叫她胖护士长,她只要一看到我,就像念歌谣一样地说:"河南出,大白薯!"一口京片子腔,她是老北京人,只身在这个城市。她的丈夫是北京前门大栅栏瑞福祥的店员。她喜欢逗我玩,我知道。但我同时也更加确认了,这里不是我的家,不是家乡。

可能,就是从那时起,我渐渐变得忧伤,变得多愁善感。

但父母是高兴的。他们办成了一件大事,一家人,总算团聚了。千难万难,总算在一起了。父亲就说:"妈,今年咱得好好过个年。"一进腊月,他就张罗菜谱,几个凉盘,几个热炒,几个蒸碗等等,反复调整,修改。我父亲对吃,有旺盛的热情和如海的深情。他极爱吃,吃差不多是他的宗教。一生,他膜拜美食,爱它们,景仰它们。这是后话。

父亲无限热情的策划,近似于指雁为羹。最终,需要我奶奶就地取材实打实落实到餐桌上,这将成为我们家烹饪史上的一个模式。那一年的年夜饭,菜谱应该是这样的:

凉盘

酱肉酱猪肝卤小肚拼盘(这是六味斋买来的卤味)、酱鸡胗鸡心(这是奶奶酱的,是我母亲的最爱)、姜汁松花蛋、凉拌粉丝蛋皮白菜心

蒸碗

黄焖鸡、米粉肉、雪里蕻扣肉、小酥肉

热菜

红烧带鱼、韭黄炒里脊丝、海米烧冬瓜、奶汤栗子白菜

汤菜煲

什锦假鱼肚一品锅

这个年夜饭菜谱,我之所以记得清楚,是因为,它将成为奶奶主厨时期我家年夜饭的基本款。困顿时,它自然会瘦身,会缩水;而丰足时,不用说会锦上添花。比如,会有葱烧海参、八宝鸭、红烧黄花鱼(鱼类中,黄花鱼是奶奶的最爱,她爱赞叹说,看这"蒜瓣肉"!)、爆炒腰花、烧二冬之类添加进来,蒸菜中或许会多一碗红红亮亮的酱梅肉或者四喜丸子。这些菜,集合起来,就是"年",就是我奶奶的味道,

永远，无可替代。

1960年，庚子年除夕，我家是欢乐的。这一年，我父亲"摘了帽子"，全家人得以团聚。记得父亲喝了酒，喝高了，装醉，追着我们满屋跑，要抓我们抛到天上去。我弟让他抓住了，他双手举起儿子，忽然不动了，世界静下来，他看那个孩子，许久，轻轻说："狗啊……"那一刻，我知道了一件事，他爱我弟，胜于爱我。

## 二　瓜菜代——所有那些干菜、豆腐渣与小球藻

似乎，猝不及防地，"困难时期"就降临了。饥饿降临了。

在我家，"困难时期"和饥饿的到来，标志之一就是餐桌上多出来的那些干菜。

似乎是，突然间这个城市宣布了新规定，从前，各家各户每月购买供应粮的时间，是灵活的，可以在那个月内的任何一天自由购买。但如今改变了章程，从下月起，每家买供应粮的时间被固定下来。我们家被定在了月末的某一天。这下奶奶慌神了。之前，奶奶习惯在每月月初买粮，此时，家里的余粮也就仅够吃到下月月初，那剩下的二十多天亏空，怎么办？

在这个新城市里，一个新移民家庭，毫无根基，可谓家徒四壁。大人们发了几天愁后，还是奶奶想出了最传统的办法，瓜菜代：蒸蔬菜"不烂子"。去菜市场买来了很多的胡萝卜、茄子、西葫芦等蔬菜，切成丝，用少量的白面或者玉米面粉搅拌均匀，上笼屉蒸熟，可以蘸佐料直接吃，也可以用葱花热油烹炒后食用。这种食物，山西人叫它"不烂子"，不知道是哪几个汉字，听上去像一句外语。河南也有类似的吃法，忘记了奶奶怎么叫它。只记得，在开封时，偶尔，榆钱下来的时节，奶奶会用榆钱和白面，给我们蒸着吃个新鲜。还有嫩扫帚苗，也可以摘来这样蒸着吃。那是尝鲜，吃个春意而已。

顿顿都是不烂子做主食，就是另一种情境了。区别只在于是胡萝卜不烂子、茄丝不烂子还是西葫芦不烂子。吃得我们愁眉苦脸。很快奶奶就发现，新鲜瓜菜水分大，面粉搅拌少了会发黏，水唧唧的，口感不好，面粉多了则有违节省的初心。于是，趁着好天气，奶奶把买来的瓜菜们，洗净，切丝，摊在太阳下，晒成干菜。这样，我家餐桌上的不烂子，就变成各种干菜的主打了。自然不能顿顿用油炒，油也紧缺，最紧缺时，每人每月只供应二两食油。肉、蛋更是定量供应，每人每月的份额也是以"两"为单位计算。所以，除了干菜玉米面不烂子，没有什么可以拯救我们的餐桌。

弟弟一到饭桌上就沉默了，他吃得又慢又少。一天，午饭后，我发现他埋头趴在床上，再一看，他在吐。我早已忘记了我家的床当年是怎样摆放的，忘不了的是我弟面朝墙壁，头伏在床边，一口一口吐着刚吃下去的午餐：茄丝不烂子。一边吐，一边偷偷流着眼泪。我看了一会儿，悄悄走开了。我很难过。我猜奶奶其实也看到了。爸妈其实也看到了。吐在地上的污渍，即使在墙角里，也不是藏得住的呀。

下面的事，我已经不能确定是想象还是真实的场景，很多时候，我都会对我的记忆产生质疑。当天晚餐时，奶奶是否烙过一张饼？我想会的，一张葱花烙饼，一切两半，我和弟弟一人一半。久违的面香、油香，几乎催出我的泪水。我盯着那饼，

下了很大的决心，想：这饼，我不吃，把它留给我弟。可是，可是，那香味真是罪恶啊。我没有办法抗拒。我的胃里、喉咙里伸出了好几双夺命似的手，握住了它，护住了它。我吃了。羞愧地吃了。

至今，我弟不吃茄子。不管这茄子是红烧、油焖，还是蒜泥凉拌，即使它变身为《红楼梦》里华丽的茄鲞，他也永远厌弃它。

现在，在我的省份，"不烂子"已经可以登上大雅之堂。在很多经营晋菜的大酒店大饭店里，都可以看到变身后的这道本土名吃。它一般都以土豆和白面蒸制而成，用葱花热油烹炒，然后装在精致的盘子里上桌。假如食客中有外省人，主人一定会认真而风趣地解释它的名字。我也曾做过这样的主人。但，我心里，一直不爱它。它救过我们。可有时候，人就是会恨救他的那些恩物。

父母和奶奶可能都错误地认为，困难只是那一个月的事。但其实那只是一个开始。它的存在要长久得多。餐桌上，在很长一段时间里，许多年里，一直是各种粗粮做着主宰。玉米面（本土人叫它玉茭面）、高粱面、榆皮面，占去绝大比例。在"三年困难时期"，每月的供应粮里，红薯干、红薯面还要占去一定的份额。红薯面还好，可以蒸窝头，但红薯干很多是变质的红薯晒干制成，无论蒸煮，都难吃无比。

为了吃，人们想尽了一切办法。大孩子们去公园、河边、野外挖野菜，但野菜很快就绝迹了。有人找到了豆制品厂，去买那里的豆腐渣。我父亲也托了这样的关系，买回来了不少。奶奶好像是把豆腐渣掺在玉茭面里蒸窝窝，有时也用一点点油炒了当菜吃。它的味道我已经忘干净了。只记得，我父亲对它的评语："白不唧唧，寡淡寡淡。"我父亲这么说的时候，笑着，龇牙咧嘴，表情夸张，望着我弟和我，是想活跃餐桌的气氛，是想让这一切之中融入一点玩笑的性质。

诚实地说，饥饿的滋味，我没有尝过。我奶奶、我父母、我十六七岁的小姑姑，他们齐心合力，保证了不让我和我弟饿肚子。但是浮肿病来了。我奶奶浮肿了。接下来是我母亲。我年仅三十岁的母亲不仅得了浮肿病，而且在那一年闭经了。由于母亲生病，国家特供了病人一种饼干，是用糠麸制成。虽然刺嗓子，虽然粗糙，但毕竟是长了饼干的样子，母亲舍不得吃，成了我们俩姐弟的零食。

饥饿和严重的营养不良，促使人们研究发明了各种粮食和蛋白质的替代品。小球藻就是其中一种。那时我已经上了幼儿园，每天下午，在家里午睡后，到幼儿园第一件事，是排着队，一人拿一只搪瓷缸，去医院的花房里喝小球藻。不知道那是一种什么东西，长大后回忆，顾名思义，应该是种藻类的植物，颜色油绿油绿，养在一只大缸里。很大的大缸，有种阴郁和阴谋的气息。站在那只大缸前我总是莫名其妙地害怕。它黏糊糊的形状和古怪的气味，总是让我想起女巫和她们炮制的毒液。我战战兢兢端着我的茶缸，每一口都是冒险。它的味道肯定是古怪的，有点可疑的甜，又有点扑鼻的腥。幸而，它的存在很快被证明没有什么营养价值，风行一段时间之后，销声匿迹了。

父亲去了水库工地劳动。那时中国各地好像都在修水库。父亲们修建的，是汾河水库。他去了很久。我弟在幼儿园染上了甲肝，真是雪上加霜。我也暂时不去幼儿园了。我弟体质总是比我弱,营养不良是他得病的重要原因,小球藻也没能让他幸免。他也因此每月可以得到国家供应给肝炎病人的白糖,是不是还有鸡蛋我忘了。每天,他要喝很苦的汤药,然后苦尽甘来,再喝白糖水。有时奶奶会给他烧糖水荷包蛋,自然我也有份。不知道是不是因为糖的缘故,我觉得病中的我弟反而快乐了不少。据萨瓦兰先生说,在欧洲,糖最早是作为一种药物存在的,只在药店里出售。后来,它进入了人们的日常生活,人们发现了它太多的用途,不仅有营养还能创造各种快乐。难怪,在那个艰难时期,糖被作为营养品特供给病人。当然,特供对象不仅仅是病人,还有一定级别的干部。

困难时期,院子里发生了一件事,一个少年,十二三岁吧?可能更小一些,他因为父母离世,寄人篱下,跟着叔叔生活。一天,他偷吃了叔叔家里的一根黄瓜,被亲叔叔失手打死了。奶奶和母亲,对这件惨烈的事非常悲伤和愤慨。她们又不想让我们知道详情,所以只能背着我们表达她们的义愤。我不认识那个孩子,也不认识那个叔叔,更不知道事情的来龙去脉。但是我害怕和伤心。我不知道生活为什么会变得让我害怕起来。我想念那个快乐的、无所畏惧的孔令兮。我不想变成蒋韵。

有很多很多年,不知何时何地,我脑海里会忽然闪过一个画面:黄昏,夕照中,一个留妹妹头的小女孩儿,行色匆匆,面无表情,独自穿行在一条长长的小巷里,小巷里有很多人,却没有声音,那些人坐着、走着,却看不清他们的脸。这样一个寻常的、毫无怪异之处的画面,只要在我眼前和脑海里闪过,我就会骤然间说不出得难过:心慌,心乱,心跳得像是要从嘴里蹦出来,然后是浑身的虚汗,就像是低血糖导致的虚脱。我不知道为什么会这样,我只知道,那个小女孩是我,那个小巷,是回不去的永逝的时光。

等到"三年困难时期"过去,1961年秋,我也从幼儿园毕业,成为一名小学生了。

那一年,我七岁。

## 三 奶奶的日常食谱

生活渐渐地好起来。

我们搬家了。还是在医院的宿舍区,换了一个院子。以前那个日据时代的旧院落,叫"五院"和"六院",新家则是大跃进时代的产物,也是平房,青砖青瓦,排成一排,方方正正,极其朴素简单,没有一分一毫多余的装饰,很有时代气息。在未来不远的年代,这样的院子,会被称为"向阳院"。

房屋和厨房之间,隔着院子。院子连着通行的道路,不能分割,但约定俗成,自家门前的那块空地可以画地为牢,由各家自主打理。奶奶就把我家门前的空地开垦了出来,种向日葵。

起先,也种过别的,种过南瓜、北瓜、种过豆角和西红柿,还种过蓖麻和玉米,小小一块地,凌乱而无序。我家的北瓜,是个壮举,在厨房门前给它搭了架子,它顺藤而上,在我们头顶悄无声息竟然长成脸盆那么巨大。当然一共没有几只果实,两只而已。我和我弟非常兴奋,引以为豪,不让奶奶摘下它们,天天引着同学来参观。一天夜里,下了暴雨,早晨起来,看见瓜架被压塌了,脸盆大的北瓜摔在地上,一身泥水,摔裂了。原来这就叫作——乐极生悲。

后来，这块地就是一块向日葵的园地了。因为市面上很难买到瓜子，而我们又嘴馋。春天，种下种子，看它发芽。夏天，看它开花，金灿灿一片，招来蜂飞蝶舞。秋天，它顶着果盘垂了头，果实一天天饱满、丰盈。到秋深时，就是收获的季节了。我们把一只只果盘抱在怀里，把瓜子搓下来，晾干，收好。到冬天，到年根时，奶奶会支上大铁锅，炒葵瓜子。奶奶的瓜子，炒得恰到火候，特别香脆，多一分就焦糊，少一分则生涩，且不添加任何佐料。炒好的瓜子，就是春节时最好的零嘴。

人人都爱吃我家的瓜子，我装满满两口袋瓜子出去，会被我的小伙伴们一抢而空。她们问我，怎么这么香？我答不上来。奶奶就是这样，惜物。大地上的万物，奶奶都珍惜。假如是食材，她一定尽其所能让它呈现出最完美的味道，最佳的滋味，才觉得是对这恩物的敬重，是不辜负，是仁义和善。奶奶也不轻易冒险去触碰她不熟悉没把握的食材，她怕伤害和糟蹋它们。

我们这座黄土高原上的城市，物产不丰。在计划经济和票证的时代，市民的供应不要说比北京、比上海或者南方那些富庶的地方，就连周边的邻居，郑州、西安、石家庄也比不过。但是奶奶会过日子，会计划。困难时期之后，有几年时间，我家的餐桌上有了一段回光返照的中兴时光。节庆时的大菜，除了家族传统的老几样外，还添加了八宝鸭、狮子头、香酥鸡、虾子玉兰片烧豆腐等。平日里的家常菜，也差不多可以做到每天有一样荤菜。这荤菜通常是，奶奶买来两三毛钱的猪肉，切成细丝，裹一点面粉，加葱丝姜丝，热油烹炒。然后用这肉丝，和各种菜搭配。夏天，用它炒芹菜、柿子椒、韭菜，冬天用它炒白菜、腌雪里蕻、白萝卜丝、莲藕丝等。还有一种不受季节影响的搭配，就是肉丝炒玫瑰大头菜，这是我最喜欢的一种菜式。玫瑰大头菜的微甜，和肉丝的咸香，再加上青红辣椒不同的辣味，真是妙不可言，也非常下饭。无论主食是馒头窝头还是米饭面条，就算喝粥或者玉荚面糊糊，堪称百搭。

哦，需要解释一下，玫瑰大头菜是一款咸菜，却发甜口。当年，副食店里都可以买到它。

食油始终是有定额的，只不过这定额会随着经济形势或增或减，但无论增减，对我们家来说，都是不够的。奶奶常常要去肉铺用肉票买来猪板油，或者用肥肉膘来炼油。炼油剩下的猪油渣，是好东西，趁热，加白糖或者加盐，搅拌均匀，掰开一个热馒头，夹进油渣，一口咬下去，哦，灵魂出窍。这样的好时光，是稀少的，油渣哪里能这样大手笔浪费？它的用武之处真是太多了，做素馅包子时，把它剁碎添加进去，炒白萝卜，烧菠菜粉丝汤冬瓜汤，亦可撒几粒来提味，权当海米，用得好，也算得上化腐朽为神奇。

"蒸菜蟒"和"炸菜角"，是奶奶常做的极具开封特色的家乡食物。它们的食材原料基本相同，都是白面粉和韭菜粉丝。只不过炸菜角里多了一味鸡蛋。说实话，奶奶主厨时期，我基本上不涉厨事，不仅是我，我母亲也不下厨房，所以，很多食物菜品，我见到的都是它们被堂而皇之端上餐桌时的样子，完全不知道它的诞生过程。后来，奶奶过世后，蒸菜蟒这款主食就从我家餐桌上消失了，原因我想，大概是我母亲不会做吧？

现在想想，蒸菜蟒的做法其实挺简单。首先，是把新鲜韭菜切碎，把泡好的粉丝剁碎，用盐、味精调味，然后把和好的面粉用小擀面杖擀开，擀薄，把馅料均匀铺到面皮上，卷起来，卷成长条状，码到笼屉上，形似蟒蛇而得名。特别是蒸熟后，薄薄的面皮晶莹剔透，韭菜的绿呼之欲出，就愈加地形似。食用时，自然是要切成一段一段，一层皮，一层馅，层层叠叠，与包子相比，又是另一番风景和滋味了。

至于炸菜角，就是烫面的韭菜鸡蛋馅素饺子，下热锅油炸，炸成金黄。皮的酥脆香软，馅的清鲜爽口，真是绝配。这道菜式的灵魂，是当时当令，吃的是春韭的新鲜。奶奶从不吃过季的韭菜，说："六月韭，臭死狗。"此外，油温的控制，烫面与死面的比例，差一点，就谬之千里。这道菜，我后来在很多地方吃过，有时还是在很高端的酒店餐馆，但，恕我直言，我甚至觉得那根本不是炸菜角。对我而言，最好吃的、唯一的炸菜角，属于我奶奶，那是我奶奶的绝品，无人可比，前无古人，后无来者。

奶奶还会蒸一种"肉丁馒头"，现在回忆，觉得它有些像广东的"叉烧包"。不同的是，奶奶用的是五花肉而非叉烧肉。她选偏肥的五花肉，切成丁，用酱油和白糖腌制入味，包进发面馒头里，每只馒头只包两三小丁。此生，我几乎不吃肥肉，但唯有这肉丁馒头里的肥五花肉，我不拒绝。太香了。馒头一出笼，袅袅的白气，如仙如幻，香气四溢。奶奶飞快地将它们一只只拣到秫秸箅子上。此刻，往往是我们刚好放学进屋，抑或是爸妈下班回家，奶奶掐准了时间。这馒头，凉了味道就大打折扣。趁热，咬一口，咬一口，再咬一口，哦，终于咬到了馅心。肥肉的油和咸香微甜的酱汁，在口腔里如熟樱桃般爆裂，那一瞬，真幸福。和蒸菜蟒一样，奶奶去世后，这款肉丁馒头，我再也没吃过。

土豆沙拉这款西餐，是我家的新菜品。我母亲喜欢西餐，从朋友那里学会了自制沙拉酱也就是蛋黄酱的方法，从此这款沙拉就成为了我家的保留菜式。那个年代没有沙拉酱卖，自己制作沙拉酱则需要一点技巧和耐心。选两个新鲜生鸡蛋，打在小碗里，撇去蛋清，只要蛋黄，然后，把烧热的食油晾凉后，倒进蛋黄里少许，然后朝一个方向用力搅拌，当油和蛋液充分融合后，再倒少许油进去，再搅。这样一直重复，倒油，搅拌，再倒油，再搅拌，一直到碗里的蛋黄变得黏稠，变成奶油状，沙拉酱就算大功告成。搅蛋黄是个力气活，往往，我和我弟，还有我父母，我们四人接力，很像一场游戏。这里所谓的技巧，就是，必须顺着一个方向搅拌，还有就是每次添加食油的分量，那个"少许"的掌握。记忆中，我们的沙拉酱没有失败过。

土豆沙拉，顾名思义，主料一定是土豆。我们这个高原省份，出产全世界最好吃的土豆，本省人叫它山药蛋，尤其是雁门关外，那里严寒苦焦，却是山药蛋和莜麦最适宜生长的地方。活在这样的地方，善食土豆几乎是每一个人的宿命。至今，我还没有遇见过，能把一盘炝炒土豆丝做得比我的山西老乡更好吃的外省人。同样，走了那么多的地方，我也再没吃到过当年那么好吃的土豆沙拉。

做法其实十分简单，土豆透彻地蒸熟，去皮，切成丁，一根洗净控干水分的黄瓜，两个煮熟的鸡蛋，一只苹果，适量的火腿肠，当年没有火腿肠的时候，我们就用梅林牌午餐肉替代。这些食材，也同样切成大小相同的丁，撒适量精盐，把预先搅拌成功的蛋黄沙拉酱倒进去，拌匀。一份土豆沙拉就做好了。我和我弟，我俩每人，都能吃一大碗。

教我母亲制作沙拉酱的，是她的一个同事，算是个忘年交，而教这忘年交的，则是一个苏联人。我们这个城市很多人都知道她的故事。当年，一个中国小伙子被派去苏联学习，认识了这个叫娜塔莎或者是玛莎的姑娘。那应该是中苏的蜜月时期吧？反正他回国时把这娜塔莎或者玛莎勇敢地带回了我们的城市，或者说，她勇敢地追随着爱情来到了这异国的深处。他们结婚、生子，两个混血的儿子长得都像妈妈，有蔚蓝色天空般澄明的眼睛。后来，中苏交恶，再后来，在珍宝岛打仗，她的丈夫因为她的缘故，受了牵累，被批斗，生病离世。这个娜塔莎或者玛莎，在我们这个城市，成了一个特别突兀、特别不合时宜和特别冒犯的存在。她深居简出，没有朋友，儿子也都不知去向，不知是去插队还是去了什么地方。一次她生病住院，认识了我母亲这位小同事。这位小同事来自北京，有神秘的家世和背景，人很豪放，不拘小节，所以敢和这个娜塔莎或者玛莎交往，她有交往的资本，而我母亲，则没有。

那些年，偶尔，在我们的马路上，会看到那个异域的女人，我甚至有一次在公交车上碰到过她。她肥胖、壮硕，神情漠然而高傲，眼睛直视窗外，不和任何一双眼睛对视。我望着她，想，就是在这样的身体里，住着一个娜塔莎或者玛莎吗？后来，不知从何时起，就再也没有她的踪影和消息了，她是回祖国回故乡了吗？没人知道也没人想知道。渐渐地，渐渐地，这个城市把她忘记了。曾经的传奇，曾经的浪漫，都被掩埋在了这城市的瓦砾堆里，时代的推土机轰隆轰隆把它碾压成了齑粉。在那之上，是新城市的崛起。

只是，我可能不会忘记，曾经，有个娜塔莎或者玛莎，给这个城市，留下过一点东西。那是在最闭塞的时代，最匮乏的时代，她给了这城市一点异域的味道。我甚至愿意相信，我们这城市，每一个会自制沙拉酱的人，都得自她间接、再间接、再再间接的传授。

## 四 关于蘑菇和采蘑菇的丁香

我家院子对面，有一个公园。和我们的院子只隔着一条马路。我父亲有年票，常常带我们去玩。

公园里，有松林，槐树林，榆树林，以及，我叫不出名字的杂木林。

有一年夏天，好像是早晨，许是夜里下过雨的缘故，我们走进树林，看到树下有许多的蘑菇，一簇簇，一丛丛，破土而出，这里那里，洁白丰腴。父亲动心了，说：

"咱们采点回去吧，让奶奶给我们炒蘑菇吃。"

我妈反对，说："不行，别冒险，你哪儿知道它们有没有毒啊？"

父亲看了看四周的树，说："没问题，你看，都是松树，松树下的蘑菇不会有毒。"

"那也不保险。"我妈坚持。

父亲说："这是常识啊，是科学。"

最后，是父亲占了上风，因为有我和我弟这两个坚定的支持者。父亲指着树下的蘑菇说："只能摘这种啊。"我们四散开去,很快地,父亲的大手帕和母亲的小手帕就包不住了。我们满载而归,兴高采烈。回到家里,妈妈和奶奶又小心翼翼甄选一遍,然后,反复清洗,最后,端到餐桌上的,是素烧还是肉炒,我已经不记得了。记得的只是,那份快乐,和新鲜蘑菇无与伦比的鲜美。

我妈始终战战兢兢,战战兢兢地采摘,战战兢兢地甄选、清洗,战战兢兢地看它们被端上餐桌,但她却毫不犹豫地在我们之前伸了筷子。她吃得非常勇敢甚至有点悲壮。小时候不懂,长大了,八十年代初叶,有一次看电影《蘑菇人》,好像是一部南美洲的片子,记不清了,只记得那种压抑的色彩和氛围。那所谓"蘑菇人",就是替豪门之家试吃采来的各种蘑菇,分辨哪种可食哪种有毒。每一次试吃,都有可能是赴死。那是在用生命作赌博。我忽然想起我家当年的冒险,想起我母亲当时的心境,想必是,既然她阻止不了我们的率性之举,那就只有同生共死了。

幸运的是,我们没犯错。父亲的判断是正确和"科学"的。第二天全家人安然无恙。这一下,我父亲觉得自己发现了新大陆,非常得意。于是,那个夏天,在下过雨之后的那些个早晨,我们就常常去采蘑菇。从松树林,到槐林,到杂木林,越来越大胆。母亲也渐渐不再紧张,放松了心情。这样,采蘑菇才真正变成了一件快乐的事。那个夏天的餐桌上,肉片炒榆蘑,素烧松蘑,或者是什锦蘑菇汤,哪一样,都让人回味无穷。真鲜美啊。此后,再也没吃过如同那个夏天那么鲜美的蘑菇,那是我的蘑菇绝唱。

但是采蘑菇这件事戛然而止了。

有一天,我母亲下班回来得很晚,神色大异,进门来第一句话就是:"以后再也不敢去采蘑菇了——"话音未落,她眼圈就红了。

原来,我母亲有个"老病人",名字叫丁香,比我大不了两岁,多年来一直在我母亲那里看眼疾。时间久了,就认识了丁香的父母,甚至还有她的弟弟。那是圆满的一家人。丁香的父母,在我们城市的博物馆工作——省博物馆,他们家就住在博物馆的后面。我们的省博物馆,有两处地址,一处在纯阳宫,一处则是从前的文庙,即孔庙。我不知道丁香家住在哪一处,而这两处地方,都有年代久远的松树、槐树等。有树的地方自然就有蘑菇。这丁香一家,近水楼台,在夏秋多雨的季节,经常在大树下采拾蘑菇,久而久之,颇积累了一些心得与经验。想来,我母亲怕是也向丁香的父母咨询过吧?所以她后来才放心让我们去采摘。没有想到的是,丁香家出事了。

那天早晨,我母亲一上班就听说了那个噩耗:昨天半夜,救护车拉来了丁香一家,他们由于误食毒蘑菇而中毒,经过一夜的抢救,只救活了一个大人,我已忘记了救活的是父亲还是母亲,而另外三人,丁香姐弟和父母中的一个,都走了。

我母亲听说了这不幸的噩耗,瞬间血涌脑门,惊出一身冷汗,想,太可怕了!许久,她才慢慢感到难过,为这一家人。她尤其心疼那两个孩子,特别是丁香。在那段日子里,她常常说起丁香,说她清秀文静,眉目如画,说她长大了一定是个古典美人……但是丁香没有机会长大了。

这桩惨烈的悲剧,源自小小一朵毒菇,为此,我母亲医院特地请来了一个蘑菇专家,给大家普及了关于野生蘑菇的知识,结论就是，蘑菇有毒或是无毒，一般人很难辨别，建议大家不要随便采食。即使没有专家警告，我们家采蘑菇的节目，也就此落幕了。

但我记住了这个叫丁香的永远没有长大的姑娘。

也因此，我心里有了阴影。

对野生的、天然的菌菇，心存警惕，爱恨交加，以致病态。有很长一段时间，整个少年和青春期，甚至结婚成家后，一口不敢碰。

八十年代初叶，曾经有一次，深入到了长白山腹地——东京城林场。那里地处张广才岭，山深林密。我和丈夫李锐，还有另外两个朋友，来到这里看另外一个写作的朋友。他安排我们住在林场的小招待所，除了我们，再无其他客人。那是一个浪漫的文学的年代，林场的主人对我们这几个文学青年很是热情。一天早晨，场里派了经验丰富的向导，说是带我们去采黄蘑，也就是榆蘑，中午给我们包黄蘑饺子吃。大家高兴极了。我恐怕就不止是高兴而是激动不已。在长白山大森林里，有行家指引，不用说是安全的。我想，终于，终于有机会，吃到我其实非常想念的天然的、新鲜的野生蘑菇了。

久违了啊。

我们挎了篮子，去真正的山林里采榆蘑。满载而归。

然后，就是在厨房里，大家动手包饺子。

饺子出锅了，脸盆大的盘子，一盘一盘端上来，无比豪迈。还有酒，啤酒，也是大碗大碗地满上。饺子就酒，越喝越有。喝啊，吃啊！主人热情地劝。哪里用得着劝？我们不客气。酒就不说了，那黄蘑饺子，一口咬下去，我丈夫就叫起来，说："这家伙黄蘑！"他原本是不怎么喜欢吃饺子的，但这黄蘑饺子，让他真心折服。不仅是他一人，我们这些山外来客，在这山珍面前，谁又能不折服呢？人人都吃得荡气回肠，喝得酣畅淋漓。碰杯，敬酒——敬友谊，敬长白山，敬森林，敬大自然，敬亲爱的黄蘑饺子……

我为这一切感动，为这氛围。但心里，却有一点点遗憾，黄蘑饺子确实精彩，但它没有给我更多惊艳和震撼。它没有能击毁我，没能像当年第一次吃到亲手采来的松蘑那样震惊到魂灵出窍。那个味觉记忆，刀刻斧凿一般，是不能复制的。后来，随着时光的流逝，我越发体会到了这一点。我不知道别人是不是如此，但对我而言，有些美味，即那些初次相遇就让我震惊的美味，其实是一次性的，是仅此一次永不可重现的。那种奇迹般的惊喜，它们只能存在于记忆中，活在记忆里，随后的每一次重逢，都像是人对于神迹的模仿，是一次次"不完美"的印证。也因此，我永不可能成为一个美食家，更不可能成为一个好主厨。

那天，晚饭后，天还早，我们四人，沿着深幽的林中小路，散步，随意地走，渐渐走到了深处，来到一条溪水边。溪水哗哗喧响，在寂静的林中听上去有种深沉的快乐。水里有巨石，水清澈至极，我和女友突然像孩子一样撒欢儿跳进水里，打起了水仗。朋友甲比我们大几岁，站在水边，突然引吭高歌：

江南丰收有稻米，江北满仓是小麦，
高粱红啊棉花白，密麻麻牛羊盖地天山外……

那是《祖国颂》。

朋友甲是个小说家，也是个出色的男中音，他的歌声让人动容。我第一次觉得，这首歌如此入心，和这山、这水、这万千的树木、这大地上的一切，如此相融。我们停止了打闹，站在水中，静静地听，歌声和水声一起，天籁一般，流向深沉博大的、渐起的夜色之中，流向未知和神秘。我有些眩晕。黄蘑没给我的震撼，这个夜晚，补偿了我。我被它震慑，灵魂出窍。

多年后，朋友甲去国离乡，从此再也没能踏上他如此动情讴歌过的大地。我们也再没有机会在这片土地上和他重逢，听他唱歌。命中注定，这个美好的夜晚，将和我的野生蘑菇一样，成为绝唱。

## 五　邻居，与美食无关

在我们没搬家前，同一排房子里，有户邻居，姓周，他家有两个女孩儿，一个叫周大妹，一个叫周小妹。她们的大名叫什么，我不知道。

小妹和我同岁，大妹则已经是个小学生了。

周家也不是本地土著。他们来自四川。据说，周先生曾经在峨眉山上修行过，师从某个得道高僧，他的医术就来自高僧的亲传。他妻子周太太也是四川人，满口川腔，管大妹叫"大门儿"，小妹自然就是"小门儿"。不用说，我和"小门儿"是朋友。

周先生是个名医。印象中他非常斯文，个子不算高，戴一副细细的金丝边眼镜，脸很白净，说话轻声细语。那时我看不出他的年龄，反正不是老头，也不年轻。正值困难时期，但他们家的日子却远胜于别家。有一次，周太太还送了一些什么家乡特产给我奶奶。经常有小汽车上门来接周先生，让他去给某位大领导看病。我母亲有个好朋友，也是我家的世交阿姨，她曾聆听过周先生的讲座，说周先生边讲边示范，竟能让身体腾空离开座椅。听上去简直像是魔术，匪夷所思。我母亲不信，觉得那阿姨走火入魔。

总之，周先生有些不同寻常。

后来，来了一个陶小妹。

陶小妹应该是周先生的病人，可她不住在病房里。那时，中医院的高干病房还没有落成，当然落成了，陶小妹也不适宜住在高干病房。她只是个小学生而已，比我们大不了几岁。可她显然也不是个普通病人，所以，就安排她住在了研究所这边的办公楼上，独自一个房间，有个保姆阿姨和她同住。

依稀有点记忆，是周小妹带我认识了陶小妹。她说，是她爸告诉她，让周小妹约我一起去找陶小妹玩，她一个人养病，太闷了。

已经不记得，陶小妹是生了什么病，只记得，她留着男孩子的小分头，显然，头发是被剪掉。是不是因为生病剪掉的，就不知道了。我和周小妹去找陶小妹玩，那个保姆在一旁做针线活儿之类，面无表情，一句也不跟我们搭腔。陶小妹比我和周小妹大几岁，早已是小学生，所以和我们也没什么话题。房间里很沉闷，我们就拉着陶小妹去院子里玩。办公楼后面，有一个操场，支着篮球架，有时周末的晚上，会在这里挂起银幕演露天电影。似乎，医生是禁止她随便外出活动的，但我们不管，病人自己也不管，常常，趁她的阿姨午睡时，我们喊她出来，三个人，在操场上，玩跳房子，捉迷藏，讲故事，很是高兴。

记得有一天，是上午，我们在操场上正玩着什么，忽然陶小妹扬起了脸，说："听！"她不动了，支着耳朵，我们俩也不动了。一墙之隔的外面，隐隐传来了合唱的歌声：

太阳光，金亮亮，雄鸡唱三唱，
花儿醒来了，鸟儿忙梳妆……

"是我们学校——"陶小妹忽然兴奋地说，"是我们学校的同学！"

她朝墙那边跑，我们也跟着她跑，跑到墙根儿，她想爬上去，爬不上，歌声响亮起来，听得出是列队经过。她着急。我们也急。忽然看到操场上有堆砖头，我喊："砖头！"然后我们就跑去搬砖，三块五块垒起来，让陶小妹爬上去。她踮着脚尖朝墙外张望的时候，那歌唱的队伍已经过去了，她看到的只是队伍渐行渐远的背影。

歌声却还能听得见：

青青的叶儿红红的花，小蝴蝶谈玩耍，
不爱劳动不学习，我们大家不学它——

"是我们学校，"陶小妹趴在墙头上笃定地说，"这是我们唱的歌……"

其实，就在那时，我就已经知道了，这唱歌行进的队列，不一定，或者说，肯定不是陶小妹的学校。她的学校，叫九一小学，离这里很远很远，怎么可能走这么远到这里来呢？而这首歌，我也会唱，可我并不是九一小学的学生啊。

但我没有质疑和反驳。

我想，她一定是想念学校，想家，想读书上学的时光了，想念不生病的时光了。

后来，忽然地，就不让我们再去找陶小妹玩了，好像是她的病有所反复。至于她是什么时候出院回家的，早已不记得了。彼此也没有机会告别。就算是小孩子之间，我们也不算深交，不算朋友，浅浅的相识而已。或许她都记不住我们的名字，但我却记住了她努力爬上墙头，鼻尖冒汗，踮起脚尖朝墙外张望的样子。她让我心生一点怜悯。因为这是我认识的唯一一个住院病人。后来我才知道，她父亲，是刚刚调任做华北局书记的陶鲁笳，此前是山西省委书记。

再后来，我们搬家了。虽然还同属于医院和研究所的宿舍，但不在一个院子里，相对独立，和周小妹也就没了来往，记忆中，她和我上的也不是同一所幼儿园，似乎还比我早一年上了小学，所以鲜有交集。有一天早晨，刚起床，就看见家里大人神情有异，出家门，来到院子里，整个院子里的气氛都是异常的。大人们交头接耳，说，半夜里抓走了。还说，早几天就有人在他家监视了。说谁呢？我一头雾水。好半天，才弄明白，原来，是周小妹的父亲周先生被公安局抓走了。

我很吃惊。

那个温文尔雅的周先生，和蔼的周先生，那个总是车接车送、四处去给人看病、声名赫赫的他做了什么，会被逮捕？

那时，我已是一个小学生，这件事让我困惑不已，也让我害怕。生活原来有这么多危险和被掩藏的秘密啊。我悄悄地跑到了研究所那边的旧排房，想偷偷看看周小妹。但，他们家已是人去屋空，不，是住进了新人家。他们去了哪里？记得我问过母亲，母亲说，他们一家回四川老家了。

26

从此，我再没见过周小妹。

记得大约是四年级的时候，有一次，学校组织同学们在一个文化宫看展览，展览的主题是"千万不要忘记阶级斗争"一类。意外地，我在展览上看到了历史反革命和现行反革命分子周某某，哦，心居然乱跳一阵，周先生在这里等着我呢。没有照片，只有一幅幅漫画。漫画上的那个人，穷凶极恶又鬼鬼祟祟，完全不是周先生的样子。具体罪行是什么，早已忘记了，隐约记得一些的是他参加过国民党军队，解放后拉拢腐蚀高干，借行医和讲座从事反革命活动等，他的刑期是十五年。

对一个十岁的孩子来说，十五年简直就像永恒一样长。

写这篇文章时，忽然心里一动，"百度"了一下，没想到，那个名字，真的跳了出来。原来，他还真有些来历啊。幼时，饱读经书，稍长入教会学校学习西医和拉丁文、英文，早年从军做过护士，后得岳父资助，入国立武汉大学，又以官费赴英国学军工化学。1939年患大病，遍寻名医医治无效，渐至不起。此时，救星出现了，峨眉山高僧永严法师救治了他，并将峨眉密传功法及医术精要传给了他，赠他法号"镇健居士"。据说，那是峨眉气功密术传于俗人的肇兴开端，是医学气功史上一个绕不过去的名字。尽管，我一点不了解也不喜欢气功。

他叫周潜川，字笛横。1971年卒于狱中。

自然，邻居中，名医、大医绝不止周先生一个。那时，我们这个省份中最负盛名的名医圣手，各科翘楚，几乎都汇聚在那几排灰砖灰瓦貌不惊人的平房里了。

有的蓄长髯，白须胜雪。永远一身中式裤褂，仙风道骨。

有的没胡子，也不穿中式服装，一身中山装，出来进去，气宇轩昂。

有的慈眉善目，极和气斯文，见人笑眯眯，脚步轻柔，像是怕踩死蚂蚁。

有的不苟言笑，生性严肃，凛然如冰。

这些人，人们统称他们"某老"：白老、李老、王老、韩老……即使他们身兼行政职务，人们也还是更喜欢以"老"呼之。

行文至此，忽然想念他们。想念那个不复存在的院落。

## 第三章 几样印象深刻的家常饭与朋友

### 一 饺子

非常怀念那个时候一家人围坐在桌旁包饺子的情景。

特别是来了亲友时。

最喜欢的一个人，是徐叔叔。

常常，提前几天，父亲说："妈，老徐星期天来家里吃饭，包饺子吧。"

徐叔叔特别喜欢吃我们家的饺子，他说，谁家的饺子都不如我奶奶包的好吃。

这话，我认为不是客套。我也认为，谁家的饺子，都不如我家的好吃。

首先，奶奶会先用水把肉馅打得十分鲜嫩，用酱油、料酒、剁碎的葱姜末煨出来。其次是菜肉的比例，掺多少菜进去，奶奶总是十分地有度。她最爱的是猪肉白菜的经典搭配，若是春韭时节，会加一些韭菜进去，而冬季，则加黄芽韭。奶奶拌饺子馅，从不加五香粉这一类夺味的调味品，只加盐、酱油、少许白糖和香油味精，味道既鲜且香。而奶奶的饺子皮，不硬不软，厚薄适宜，吃起来很有筋道。所以，关键的这几道程序：拌馅儿、和面、擀皮，以及煮饺子，都是奶奶亲力亲为。而我们做的，就是包饺子。

徐叔叔也总是和我们一起包。

一边包，一边聊天儿。

徐叔叔是北京人，一口京腔，说话抑扬顿挫，我和我弟都特别喜欢听徐叔叔说话。徐叔叔和我父亲一样，学医，专业是影像学，骨子里却是文艺至死。在学校里演过话剧，据说演的还是女角。会唱美声，喜欢文学、艺术，读过很多的书。在那样困顿的年代听他和父亲聊天，是一大乐事。他们的话题，没有眼前的苟且，而真的是那些遥远美好且涉嫌犯禁的事物：比如雨果、巴尔扎克，比如托尔斯泰、普希金，比如《桃花扇》或者《红楼梦》。我就是从徐叔叔那里，知道了法国的"巴比松"画派，并喜欢上了他们。也是从他那里，第一次听到了《窦娥冤》里那段呼天抢地的《滚绣球》："天地也，做得个怕硬欺软，却原来也这般顺水推船。地也，你不分好歹何为地？天也，你错勘贤愚枉做天——"听得我真是心惊肉跳。他最喜欢《桃花扇》里的《哀江南》，常背来给我们听：

你记得跨青溪半里桥，旧红板没一条。秋水长天人过少，冷清清的落照，剩一树柳弯腰。

诸如此类。

他还喜欢讲画，他说有幅画很有趣，只画了一个襁褓和一支红烛，题词却是"除夕生的小弟弟，过了一天长一岁"。我一直在心里想象那幅画会是怎样的色彩、笔调，作者又是谁？我猜测了几十年，至今，也无缘得见。只是在最近，我得知了，这幅画的作者，原来是丰子恺先生。也对，只有丰子恺先生，有这样的赤子之心和童趣。

一次听他说管教小孩子，引的是元春对贾政说的话："不严不能成器，过严恐生不虞，且致父母之忧。"结论是：好头疼。

他只有一个儿子。孩子没有妈妈。

徐叔叔的妻子，我没有见过，只是听我妈说，那是个非常美丽的女子，一个美丽的女医生，和徐叔叔既是同学又是同事。她是天津人，家境优渥，若在民国，原本是该读家政系的。就算在新时代，也该念艺术系一类的，结果偏偏考上了北京医学院。也因此，结识了徐叔叔。什么是天造地设的一对璧人？人们说，看徐医生和李医生就知道了。

李医生有个闺蜜。1966年"红八月"到来后，这个闺蜜不知因何事被当作牛鬼蛇神揪了出来，大字报铺天盖地，揭发了她种种问题。终于，有一天，有人来找李医生谈话，谈话内容十分严肃，责令她必须在第二天的全院批斗大会上，揭发那个闺蜜，以此和她划清界限。否则，后果自负。她知道那叫"最后通牒"。她知道这叫"站队"。她也知道大多数人会怎么选择。但她不是"大多数人"中的那个，她是李医生，一个完美主义者，一个美人，她不能容忍自己变丑，比如背叛，比如被人群羞辱。所以，她没得选择。

那一夜，徐医生恰巧值班。而他们五岁的小儿子，在上全托幼儿园，只有周六才回家。第二天一早，徐医生值完夜班回去，发现妻子服用了安眠药，救不过来了。一个内科医生想用药物致死，是不会给人救活的机会的。她看上去很安静，衣着整洁，穿了一件她最喜欢的白色泡泡纱布拉吉，美如仙女。

徐医生就让她穿着那件仙女的衣服上路了。

这最后的形象，一刀一刀，刻在了徐叔叔的心里，刻得太深太深，血肉模糊，结了疤，永不能平复。

姑娘姑娘他死了，一去不复还，
头上盖着青青草，脚下石生苔。
敛衾遮体白如雪，鲜花红似雨，
花上盈盈有泪滴，伴郎坟墓去……

后来，等我读到朱生豪先生译的《哈姆雷特》，读到奥菲利亚自杀前吟诵的这段歌谣，心里想起的，是李医生最后的遗容。她也常常走进我的小说。有人问我，为什么你的小说里的女性，常常有那么决绝的死亡？原因在此，在我少年时被震撼到的记忆。

后来，徐医生被下放了。从他供职的省城大医院，下放到了乡下。李医生出事后，他们的孩子就被送回了北京奶奶身边，所以，赴乡下的也只是徐叔叔一人。星期天和徐叔叔一起包饺子的乐事，就此终结。直到七十年代后期，他重又回到了我们这个城市，去了郊外一家职工医院。又几年，听说他再婚了。那时，我奶奶已经去世，我也已经成家，听我母亲说他带着新人来我家拜访过，可惜我没见到。据说那天是我妈给他们包了饺子。至于那饺子是不是他心中的味道，就不得而知了。

他和我父亲保持了一生的友谊。上世纪八九十年代，堪称我父母、徐叔叔这一辈人职业生涯、或者说事业的第二春，他们都忙自己的工作，偶尔，他还是会来看望我父母。那时，我女儿在我父母家住，他一来，就叫我女儿说："来来来，给徐爷爷背一段。"我四五岁的女儿，再大些，六七岁的女儿，就会蹬蹬蹬跑过来，站在他面前，一点不犹豫，朗声背道：

山松野草带花挑，猛抬头秣陵重到。
残军留废垒，瘦马卧空壕。村郭萧条，城对着夕阳道。
……

那是《哀江南》。

你记得跨青溪半里桥，旧红板没一条。
秋水长天人过少，冷清清的落照，剩一树柳弯腰。
……

这全套《哀江南》，她能从头背到尾。是我父亲教她的吧？反正不是我。会不会是徐爷爷？我没问。只是，她的《哀江南》，是欢天喜地的。她欢天喜地地一直背到"诌一套哀江南，放悲声唱到老。"徐爷爷也笑呵呵地鼓掌，这种时候，我父母，还有笑呵呵的徐叔叔，心里一定百感交集吧？

他比我父亲小几岁，却走到了父亲的前面。

我想念他。

## 二 炸酱面

那时候,吃过的最好吃的炸酱面,是在万叔叔和吕姨的家里。

万叔叔和吕姨,是我们家的世交。

但是我们两家人在这个客居之城的相遇,却是偶然的。有一天,我母亲接待了一个病人,名字是陌生的,人进来了,一看,医生和病人都惊叫起来。

"大馨姐!"我妈喊。

"啊呀你怎么在这儿?"吕姨喊。

两人都兴奋无比。怎么也没想到,会在这样一个无根的城市里,遇到故人。

那时,吕姨和万叔叔,刚从北京下放到了我们城中。此前,吕姨的工作单位在国家某部委,万叔叔则是在"中国人大"教书,是个年轻的物理讲师。吕姨、万叔叔还有我妈以及吕姨的妹妹,他们是小时候的同学,非常要好。但1948年,我十八岁的母亲去了解放区读书,而他们则留在了"敌占区",这一别,就没了音讯。

不想,山和山不能相遇,而人和人总会相逢,这话,真是没错。

万叔叔和改了名姓的吕姨,此时,下放在我们城中的一所中专教书。万叔叔教物理,吕姨教语文。他们的家,就安在那所学校的宿舍。从此,在这城中,我们终于有了一户可以亲密走动的"亲戚"。

万家四个孩子,男女平分秋色,后来有了一个小五,才打破了这平衡。我们两家人偶遇初期,"三年困难时期"刚刚过去,生活有了好转,于是两家人你来我往,星期天,不是他们举家来我家玩,就是我们举家往他家去。说起来,他们来我们家似乎更多一点,因为一来,大人们在家里聊天做饭,我们孩子们就呼啸着去了马路对面的公园,在小山上捉迷藏,或者,坐在湖畔水榭中,大家讲故事。

万家的老大,比我大两岁,我们都叫她琳姐。那时她也就是十岁左右,亮晶晶骄傲的大脑门,两只黑黑的美丽的大眼睛,沉静又有些忧郁。她是我们中间灵魂般的人物,尤其是我,深深被她吸引。我从小,就总是迷恋那些美丽的存在,无论是人,还是美景美物。我们坐在水榭里,湖水,蓝天,小山,山上绿意盎然的杂树,都叫我心生欢喜。琳姐望着湖水,心血来潮,说道:"我要改名字,我不喜欢琳这个字。"

"你想改成什么?"我问。

她想了想,说:"海燕吧。万海燕。"

在一个十岁孩子的心里,海燕是革命、浪漫和激情的象征。高尔基歌颂过啊。真好啊,我羡慕地想。我也想改名字了。改什么好呢?我看着对面小山上的树木,想起一支歌"革命人永远是年轻,他好比大松树冬夏长青",于是我说:"我也想改名字,我想叫青松。"

海燕是有翅膀的,它迷恋飞翔,向往天空。而树木则不会自己迁徙。没想到,这幼时的戏言,竟似乎藏有命运的隐喻。琳姐这一生,都在飞,从一处,飞向更远的一处,而我,则拥有一具沉重的、盘根错节的肉身,所以,我只能求"现世安稳"。

那一年,她还没满十六岁,就瞒着父母报名去了内蒙古建设兵团。其时,全社会大规模的"上山下乡"运动还没开始,她是真正自愿去农村去边疆的青年。据说,起初人家因为她的家庭出身,不要她,她就割破手指写了血书。那时,万叔叔和吕姨刚好回老家探亲,正好给她留了空子。她临上火车前,我家给她践行,奶奶包了饺子,送行饺子接风面,是我们这边的习俗。那顿饺子,只有她一人吃得很香,我奶奶、我父母,人人心慌意乱,而我,则是又羡慕又抱怨又依依不舍。羡慕她能去内蒙古大草原,去建设兵团,那是多么浪漫的事!抱怨她为什么在报名时没有想到我?这让我好沮丧。她安慰我说:"我先去打前站,你和我妹妹可以来找我嘛,我等着你们。"

送她去车站的,是我和她妹妹小蔚。月台上人头攒动,车一开,我和小蔚都哭了。

忘了她是第几年回家探亲的,再见她时,变了很多。

黑了,强壮了,不再清秀。人变得忧郁和神经质。不怎么说自己的生活,只是郁郁寡欢。后来,她的神经质愈演愈烈,怀疑自己有机磷中毒。她对我们说:"你们看,我的半边脸完全没有表情。我笑,这半边脸不笑。我哭,也只有一只眼睛流泪。"我们努力盯着她的脸看,看不出什么。那时不懂,想来,她其实已经是有心理疾患的病人了。

这让万叔叔十分心痛。

万叔叔是我见过的最温柔的一个父亲。万家五个孩子中,他最爱的又偏偏就是这个长女,如今就更是怜惜。琳姐探亲回家的日子,我们总是在她家相聚。从十六岁那年开始,我有了一份工作,在郊外东山脚下的洞河滩上码砖坯,对生活同样失望、苦闷。我们这些苦闷忧伤的孩子聚在一起,万叔叔除了倾其所有,款待我们之外,还尽量给我们营造一个私密、宽松的小环境,接纳、容纳我们所有的不合时宜。在万叔叔家里,我们可以宣泄,可以排遣,可以放大我们的悲伤,也可以夸张我们的快乐。

偶尔,万叔叔会参加进来,他安静地听我们或放肆、或犯忌地说呀说,最后,总会宽慰我们:

"孩子们啊,你们的路还长着呢,生活是有各种可能的啊。记住一句话,你们配拥有更好的生活。"

这样平常的话,从他嘴里说出来,就有一种庄严感,仿佛是生活本身给我们的庄重承诺。

万叔叔生性安静、沉静、宽厚、慈悲,同时又是个博学、有趣的人。他个子不算很高,胖胖的,一张团团脸,戴副眼镜,可不知为什么在他身边就感到踏实,安心。小时候,喜欢听他讲故事,他多半讲的是一些科学家的趣事,爱因斯坦啦,居里夫人啦,等等。比如,某次,记者采访爱因斯坦,让他谈谈他新近发表的论文《关于辐射的量子理论》,当时爱因斯坦在生火炉,烟熏火燎,怎么也生不着,他对记者说:"您等等,我们还是先来解决这个炉子的辐射问题吧。"诸如此类。他还通俗地给我弟他们讲"四维时空""弯曲时空"这些相对论的概念,我弟他们听得十分痴迷,我却一头雾水,一脸懵懂。他崇尚科学,可同时,我人生中第一次听说瑜伽的奇迹,也是小时候从万叔叔这里。似乎是,在印度,有个瑜伽师被埋进土里多长时间却依然存活,细节记不清了。但,记得的是那份惊讶,还隐约知道了一点点:天地间有多少奥秘、神迹,是人类所无法认知的。总之,万叔叔就像光,吸引着黑暗中孩子们的眼睛。

万叔叔是个没有父亲的孤儿。他出生三个月,父亲就亡故了。他父亲是豫西人,绿林出身,做过啸聚山林劫富济贫的"刀客",后来被国民革命军收编,参加了北伐，做了冯玉祥的部下，英勇善战，一路升迁，直至做到河南省主席。1930年，由于奔父葬，返乡途中，被他的部下设鸿门宴拘禁，押解至南京。其时正是蒋冯阎大战期间，蒋介石亲自劝降，许他只要让军队调转枪口，就仍保他稳坐河南省封疆大吏，但，万叔叔的父亲，抵死不从，被蒋介石一怒之下杀害。他死时，万叔叔才是个三个月大的婴儿。

万叔叔的父亲，叫万选才。而拘禁他的部下，叫刘茂恩。刘茂恩知道他的人应该不少，就是后来的民国河南省主席。

以上这些资料，"百度一下，就能知道"。但，我们从小听到的这段历史，则更有传奇性。说万选才是被蒋介石斩首的，死后抛尸野外乱坟坑，不许人收尸。是他的勤务兵冒死从乱坟坑中背回了他的遗体，但头却没能找到。于是，冯玉祥就给他打了一颗金头入殓。这颗金头，让我们这些小孩子感到十分神秘。连带着，觉得万叔叔也有了一点神秘感。

只是，无论如何，从万叔叔身上，看不到一点点绿林、刀客和血雨腥风的痕迹。他从容、儒雅、沉静如一方温润的白玉。忘不了有一次，琳姐心血来潮，要去汾河游泳。那时流经我们城市的汾河，已是一条泥沙俱下的小河沟，没有人在那泥汤中游泳。琳姐执意要去，万叔叔说："好。"就陪她去了，同行的还有我。他们家离汾河不远，从他们院子的后门出去，走不多远，就上了坝堰。从前，当汾河还是一条壮阔的大河时，这坝堰想来就是河岸，如今，则离那条浊流还有很长一段距离。我们陪她下坝堰，穿过野草滩，来到河边。她脱去外衣，里面是一件黑色的泳装。她径自下水，朝深处走。我和万叔叔，就在岸边坐下。我们望着她的背影。那是太阳西斜的时分，水面金波粼粼。她也变成了一具金身：如此美丽又如此悲怆。我回头望望万叔叔，看到他眼睛里有泪光闪烁。

一个柔情似水的父亲啊。

不记得在万叔叔家吃过多少次饭，真是数也数不清。印象最深的，是吕姨的炸酱面。面食，是我们这个省份的强项，一碗面，不知能翻出多少种花样：削面、剔尖、擦尖、抿圪斗、拉面、切疙瘩、剪刀面，数不胜数。浇头却不算丰富。而吕姨家的面，就是最普通的刀切面，只是非常筋道，有麦香。难得的是那炸酱：地道的老北京炸酱，和本地炸酱很不同。吕姨做炸酱，非常用心，偏肥的肉丁，大小切得极其均匀，酱用两种，三分之二的黄酱加三分之一的甜面酱，比例非常合适，既不很甜，又恰如其分地中和了过咸的黄酱。当然，吕姨也舍得用油，酱炸得足够火候，十分透彻，油汪汪一碗，略带焦香。菜码不算丰富，但在那个年月，也算齐全。黄瓜丝、水萝卜丝、焯过水的绿豆芽。冬天没有黄瓜、水萝卜，就改成细细的白萝卜丝、碎碎的雪里蕻末，等等。通常，我们每个人，都可以一口气吃两大碗。太香了呀。只是，这一顿饭吃完，一家人一个月供应的白面，恐怕就下去一多半了。

但是吕姨、万叔叔，从来没有不舍得。能让他们心疼的女儿开心，哪怕只是片刻，他们也觉得安慰。他们实在希望能营造一个"盛宴不散"的幻象啊。我们这一群孩子，热热闹闹地来，热热闹闹地吃，热热闹闹地聚，也从来没想过他们操持这一顿一顿待客饭的不易。那时，常来万家的年轻人，除了我，还有琳姐的兵团战友，也是她的同班同学家彤。当年，她俩一起报名去了内蒙，后来，家彤病退回城，但她和琳姐始终是最好的闺蜜。此外，还有她的两三个中学时期的好友，以及吕姨当年在北京的同事的侄子，一个在我们省份插队的北京知青。那时，这个北插，已是一个无父无母的孤儿，因此，吕姨格外怜惜他，只要他一来，必定倾其所有，来款待这个急需营养和温情的孩子。

再贫瘠、严酷的岁月，青春也是顽强和美丽的。这种青春的聚会，有着特殊的魅力，当我们彼此袒露出自己的伤口、自己的疼痛时，就是一种疗救的方式，一种从现实出逃的瞬间。何况，我们还真有逃处，那就是书。我们都爱书。古今中外的小说、诗歌，就是我们的至爱。当然，也有爱画、爱音乐的。我们很容易从人群中辨识出这些同类，那是我们的江湖。

如今，万叔叔和吕姨都已经不在这个世界了，我回想从前，回想那个仅仅两居室的单元房，仍然涌动起柔情。那曾是我们的方舟。我们的乐园。我们心灵的密室。而万叔叔，则是这密室里的一盏灯。

琳姐最终还是走在了万叔叔和吕姨的前面，幼年丧父的万叔叔，在晚年，又经历了丧女的大悲痛。琳姐始终是个有心理疾患的人。虽然，后来她也和我们一样，参加了1977年的高考，读了大学，学了外语。但她在生活中的挫折，比如，失恋之类，都会使她做出极端和决绝的乃至疯狂的举动。她曾把劈腿男友叫到我们家中，寻死觅活地大闹，逼迫对方与她海誓山盟。而我和朋友们很轻易就发现，对方从一开始就没有诚意，不过是校园里那种不伤筋动骨还带有投机色彩的露水恋情。那段时间她住在我家里，我日日劝，夜夜劝，说得我口干舌燥，自己也快疯了。最后我也只能对着她大吼，说："傻瓜！他根本就不爱你，从来也没爱过你，他也不值得你爱——"她大怒，抓起一只茶杯就朝我扔来。茶杯落到地上，摔得粉身碎骨。记得那天万叔叔也在，是来劝她回家，看她这样发疯，满脸的悲伤、绝望和歉疚，对我说："韵啊，对不起，对不起，万叔对不起你——"我哭了，不是为她，是为万叔叔。我想，她有万叔叔这样的父亲，是多么幸运，而万叔叔有她这样的女儿，又是多么不幸……万叔叔明显地苍老了，衰老了，她却一如既往还是一个叛逆的少女，不管她年龄多大，她永远都是少女，青春期无限漫长。我真的觉得累了，厌烦了，受不了了。那时，她仍然坚信自己是有机磷中毒，经常在镜子前面一照就是半天，说："看，我现在这半边脸，不光没有表情，而且完全僵硬了。有机磷中毒是不可逆的啊。"确实是没有表情了，僵硬了。我心酸地承认，但不是半边，而是整副面孔。后来，她终于出嫁了，远嫁到了德国，嫁给了一个比她大许多的德国工程师，结婚，又迅速离异，一切皆是率性之举，也根本不容人松口气。她一点不爱她自己，有时我觉得她是以折磨自己让亲人们痛苦为乐。那时我们这些朋友们，都逐渐疏远了她，觉得她不可理喻。我们谁都没有意识到她是病态的，我们严苛地要求着她，特别是我，不能容忍我童年时那么美好的姐姐，那个偶像般的存在幻灭，变得面目全非，价值观也严重分歧。我一点不喜欢她的这桩异国婚姻，我觉得，这婚姻里没有多少爱情的成分而更多的是为了出国做跳板。也因此，她婚后，我几乎和她断了所有的联系。直到有一天，她的骨灰被她妹妹从德国杜伊斯堡带回祖国，带回我们的城市，

33

我才突然感到了巨大的悲痛和后悔，后悔我是多么薄情，多么不宽容，多么冷酷，后悔我辜负了我们曾经拥有过的那一切。在她最无助、最煎熬的时候，我掉头而去。

她死于急性胰腺炎。那是一个能让人活活疼死的急病。据说救护车把她拉到医院时她就已经不行了，她疼得死去活来的那个长夜，身边没有一个亲人。

她妹妹小蔚，也是我的好友。原本是在卫校教内科学，后来毅然改学了心理学，远赴瑞士，在苏黎世的荣格心理学院苦修多年，拿下了博士学位。多年后回国探亲，见了我，说道：

"我姐其实早就是个病人了，可是没人知道这个。"我知道她不是在谴责我们，她是在悲哀和遗憾。

她姐姐的病，得因于一直没能走出伤害了她的那个时代。

## 第四章　母亲主厨时期

### 一　周末晚餐

奶奶于1979年去世。逝于9月，北方的金秋。最美丽的季节。

奶奶最向往的事，是能够猝死，用她的话说，就是："不碾床卧铺。"她经常跟我们说，谁谁谁刚才还在吃饭呢，撂下碗，头一歪，走了。看人家，修得多好！特别羡慕。

奶奶最怕的事，是火葬。也常忧心忡忡跟我们说，扔到那炼人炉里去烧，疼不疼？

但是这两件事，都是不可抗力。前者的权力在天，后者的权力在政府。都不是我们能够掌控的。

奶奶因为脑梗，倒下了，在床上躺了两年。那时，无论是医疗条件医学水平还是家里的状况，和现在都不能相比。躺倒后的奶奶，糊涂了。那时，我刚刚成为本城一所师范专科学校的学生，住校，只有周六才能回家，新的生活、新的时代、新的一切占据了我整个的身心，几乎没留下缝隙让我牵挂别的。就是人回了家，心也好像没跟着回来，像个风筝一样在天上忽忽悠悠飘着。一次，我欢喜地来到奶奶的病床边，叫她，她望着我，许久，忽然颤声叫道："小妹妹——"苍老浑浊的眼睛里满是祈求。我惊住了，说："是我呀奶奶，是小兮！"她不回答。我握住了她的手，她说："小妹妹——"眼角慢慢渗出一滴浑浊的泪水。

奶奶去世后，这一声颤巍巍的"小妹妹"，让我半生不能释怀，那是我的至痛。我是她最爱的孩子，可是在她生命的尽头，她把我错认作什么人了吗？还是她以为我是个陌生人呢？她向一个陌生人祈求什么？她以为自己来到一个陌生的地方了吗？她以为所有亲人都弃她而去了吗？这种推想，猜测，永远没有答案。小妹妹，小妹妹，小妹妹，我有时会在心里这样自己叫自己，一声声，叫得我断肠。我是在代替奶奶惩罚我的薄情。

1977年冬天，在一个落雪的日子里，我走进了恢复高考后的第一个考场，那也是我人生中的第一个正式考场。此前，我连小学毕业这样的考场都没进过。1966年夏天，我该升六年级，但是学校因为闹革命停课了。这一停就是三年。三年后，随着"复课闹革命"的大潮，我进了初中，那是我们这个城市最好的中学，和我家只隔一条马路，当然无须考试，学区划片，就近入学。这个学校的老师，在当年，都是教育界的翘楚、大腕儿。只是，他们中好多人还在"学习班"里，没有解放。就是可以上讲台的，也没有太多的用武之地。那一年，上课的时间十分有限，大多时间是学工、学农、学军，还要挖战备防空洞。一年下来，又有新的小学生毕业，中学实在装不下，于是，就让我们这些已经耽搁的学生提前结业了，成为了待业的"社会青年"。我在上大学之前，最后的教育就终止在一张粗陋的"初中结业证"上。

然后，我就来到了东山脚下的涧河滩上，开始了我的壮工生涯。

我曾多次写过，那一年的初中教育，给予我的，很多，但却不是课堂上的知识。如果单说课堂知识，实在少得可怜：数学学了一元一次方程；"工业基础知识"简称"工基"也就是物理，讲了杠杆原理；语文除了时政文章，只讲了一篇古文《愚公移山》；英语除了一些单词外，学了唯一一句完整的句型，就是对于领袖的祝福语。我携带着这些知识走入了"社会"，竟然，还走入了1977年的高考考场，也真是胆大包天，不知道天高地厚啊。

也因此，我从不知道考试的厉害，所以，不害怕。第一场，考的科目是语文。考卷刚一发下来，心怦怦乱跳了几下，待看了一遍试卷，静了下来。那天，我是整个考场第一个交卷的考生，走出教室，校园里白茫茫一片，上面没有一个脚印，也没有声音。这种庄严的空旷和安静，忽然让我害怕了，让我意识到这是一个命运的时刻：万籁俱寂之中，命运在敲门。

接下来的几场，我都老老实实等待着终场铃响才交卷。就连数学，尽管我几乎连一道题都不会做，白白坐在那里，百无聊赖，也坚持到了最后——我对这个敲门的命运表达了我由衷的尊敬。

我人生中最快乐的时刻，最激动的时刻，就是在我接到了当年的高考"初选通知书"的时候。那快乐是无与伦比的：我将可能告别我厌倦、甚至是憎恨的生活，而走进一个梦想之中去了。我以我小学五年级、初中一年级结业的学历和资质，混迹在浩浩荡荡五百七十万考生之中，居然能够得以进入最后的初选圈，可谓近乎奇迹。之前，我是一个极自卑的人，灰暗的人，活着，却看不到生活的希望。而此刻，终于，有一束光，一个神迹照耀进了我的人生里。那光，刺着我不适应的眼睛，原来，极致的快乐是疼痛的。

接下来，体检、报志愿，每一项，对我来说，都是人生中的第一次。我虽然冒了如此大险，却也并非没有自知之明，我知道自己的考试分数处于危险的边缘，毫无竞争力，所以，填报志愿时，我很冷静。我的第一志愿报的是：雁北师专；第二志愿：山西大学；第三志愿：北京大学。当然都是汉语言文学专业。我想，把"北京大学"当第三志愿报的，恐怕我是独此一人吧？第一志愿，是现实，第二志愿，是侥幸与奢望，第三志愿，纯粹就是我的梦了。北大啊，今生怕是与你无缘，又为什么不可以在梦里爽一把、任性一把呢？

后来我知道了，我的分数，距离本科的分数线差四分，恰恰是因为我报了专科，所以，我被调配到了我们城市的这所刚刚恢复了专科资质的学校，而我其实是做好了出雁门关，去有烽火台和古长城遗迹的塞外读书的准备的。而有许多曾经的高中毕业生，老北插们，有名校出身的背景，诸如清华附中、101中学、师大女附中、男四中等等，他们考了很高的分数，比我的分数高太多，但志愿也报得太高，而当年重点院校在山西录取老三届，据说是有比例控制的，所以，他们不少人高分落榜了。最后，在扩招时，被招进了我们的学校，做了我的同窗。所以，我的学校，虽然名不见经传，却委实是藏龙卧虎。

那时，我弟也被我们省的那所工大录取。他的高考分数，也比我高太多，本来可以上更好的学校，但是由于种种原因，比如不同学校的政审标准，总之也是报错了志愿，最终他上了本省的这所"著名"工科大学。这样，一下子，我家就有了两个念书的大学生了。

在我俩接到录取通知书的时候，我父母双双戒掉了香烟：生活有奔头了，要爱惜自己，也要节约。

周六回家，餐桌上的团聚，是我父母最快乐的时刻。他们几乎在这一周里，就计划着这一顿周末晚餐的食谱。那时我们城市还在实行计划供应制，但在七十年代末八十年代初，情况已经要好许多，市场明显变得不那么匮乏。而我父母的薪水也在变化着。我们大二那年，我父亲平反了，右派问题改正了，恢复了原先的级别，接下来落实了各项知识分子的政策，一切向好。所以，一周一次的团聚晚餐，总是十分丰盛。我父母在平常的日子里，一周的其他时间，一日三餐，省吃俭用，就为了周末那一顿豪放派的夜宴。当时海鲜市场在我们这个北方内陆城市还没有出现，新鲜鱼虾不容易买到，所以餐桌上的主打菜基本是肉、蛋、鸡一类。我母亲大半生时间，没有下过厨房。奶奶病倒后，母亲才接掌了厨事，不想母亲原来竟是有些天赋的，到奶奶去世，我们也都读大二时，两年的时间，母亲的厨艺已经颇拿得出手，除了我家传统的那些菜品之外，母亲不断推出自己的代表作。那段时间，她喜欢做的菜式有：香酥鸡、咖喱牛肉、咖喱鸡、红烧排骨、炸樱桃丸子、清蒸或红烧狮子头等等，都是所谓硬菜，特别解馋那种。尤其是她的香酥鸡，从没失过手，皮脆肉嫩，焦香诱人，色香味俱佳，一上桌，总能赢得满堂彩。

我家的周末晚餐，很少只有我们一家四口围桌而坐的时候，往往，我和我弟，总要呼朋唤友。那时，我俩的朋友，大多也和我们一样，进了各个大学。有77级的，亦有78级的，有在外地的，也有留在本城的。周末，正是彼此见面的好机会。家家都没有电话，如今已经忘了当年是怎么邀约的。可能是写信吧？或许根本不用邀约，知道彼此想念着对方，知道在某个人家，某张餐桌旁，总会有张"虚席以待"的座位，知道自己永远都是被欢迎的，所以，可以不请自来。

回忆那个年代，我永远怀有深情。记得入学第一天，开班会，同学们自我介绍，许多人的介绍让我感动不已。我们班，只有两个人算是应届毕业生，其余，都是如我一样，早已在"社会上"打拼了多年，在生活的泥淖中滚了一身泥水的"老青年"。我们班，最大的和最小的同学，相差十三岁，有很多，都是孩子的爸爸和妈妈。有的，甚至有三个孩子需要抚养。当年的政策，有六年还是八年的工龄可以带工资上学，所以他们这些父亲和母亲才可能重归校园圆他们的大学梦。当然这只限于城市的同学，而那些来自农村的父母们，则没有国家的工资供养，他们每一个人能够走进这所学校，坐在这个教室里，都付出了太多太多的曲折艰辛，都有一个长长的令人动容的故事。我同窗们的自我介绍，有的慷慨激扬，有的静水深流，有的平淡从容，却都在表达一个相似的意思，那就是，珍惜这来之不易的、近似于重生再造的机会，让我深深共鸣。

每一个人，似乎，都不约而同创造着一个共同的梦境，一个时代之梦——伸展双臂、舒张每一个毛孔，全身心迎接着生活的剧变。

是的，生活在改变。

我也在改变着。

我参加了班里的文学社。我们文学社的名字，没有那么文艺，很直白，就叫作"五四文学社"。晚上，晚自习后，教室熄灯了，点起蜡烛，用借来的油印机印刷我们的社刊，直至天色微明。

有许多自发的活动，让人难忘。突然之间摒弃了那些我们在公共生活中常见的、常用的程式化语言，可以用以往属于私人空间的语言说话，表达某些真实的思想、真实的情感、真实的困惑疑问，仅此，聚集在一起的时刻就足以让人震撼和感动。记得有一次在某个剧场看一场大学生的演出，山西大学中文系和历史系的新生们，身穿日常的服装，素颜，一排一排，高高低低站在那里，一只手风琴伴奏，一支一支，唱着我们童年、少年的歌：

太阳光，金亮亮，雄鸡唱三唱……

我们的祖国是花园，花园的花朵真鲜艳……

你看那，万里东风浩浩荡荡，万里东风浩浩荡荡……

让我们荡起双桨，小船儿推开波浪……

准备好了吗？时刻准备着，我们都是共产儿童团，将来的主人，必定是我们，嘀嘀嗒嘀嗒嘀嘀嗒嘀嗒……

我们新中国的儿童，我们新少年的先锋，团结起来，继承我们的父兄，不怕艰难，不怕担子重……

唱歌的人里，不乏胡子拉茬的男子汉，这些昔日的孩子，少年，此时，泪光闪闪，台下的我们，也同样热泪奔涌，感慨万千。我们都知道，那就像是一个祭奠的仪式，一种凭吊，凭吊我们无可挽回的逝去的时光。

所以，有许多话许多感慨是需要和朋友分享的。周末的餐桌是最好的场合。我的朋友，我弟的朋友，彼此也都已经熟识，一张折叠餐桌，大家挤坐在一起，分享美食和话题。渐渐地，来吃晚餐的，就不仅是老朋友了，餐桌边逐渐有了新成员，那是在我开始写小说后。因为小说，结识了我的男友，也结识了几个同道者。我男友就不用说了，自然不缺席，就连那同道的朋友也会偶尔从相邻的小城匆匆赶来。而这一切，也是促使我母亲厨艺不断进步不断探索的动力，她也和贾宝玉一样，是个喜聚不喜散的人。

那时，学校的伙食太差，尤其是我的学校。要说对新的校园生活有什么不满的地方，这是最显著的一件。我的学校，在上世纪六十年代初期，经济困难时期，从大专"下马"成为了中等师范学校。一直到1977年，才重新恢复为大专院校。我们是恢复为大专后招收的第一批学生。而之前的中师的学生们，还有没毕业的，所以，学校的管理在某种程度上还保留了一些管理中学生的方式。大一第一个学期，我们吃饭，完全是仿照兵营的样式，集体打饭。一个班几个组，每组一只大冰铁桶，两只脸盆。冰铁桶里装稀饭，脸盆里，则一只装窝头或者馒头，一只装菜。餐厅里没有桌椅，一日三餐，大家按组围成一圈，席地而坐，或者蹲着，有时甚至是蹲在户外，由值日生负责把菜饭打回来，分给每一个人。那菜，基本是水煮，毫无滋味，难得看见一点油星或者肉片。而馒头窝头，也总是出状况，不是碱大就是碱小。后来，在同学们的强烈抗议下，情况逐渐改善一些，印制了饭票，可以自己打饭买菜了，但菜饭仍旧没有太多选择的余地，菜还是大锅的水煮菜。这样的菜饭，一周吃下来，人馋得要死，喉咙里都恨不得长出手来去抢点什么吃。何况，我们的学校，在空旷寂寥的汾河边上，远离闹市，周围是菜田、庄稼地、苗圃、和苍老的河水，连小卖部都没有一个。所以，盼望周末回家，盼望餐桌上的美味佳肴，如同久旱盼望甘霖。

父母深知这一点，所以，周末晚餐桌上，满满一桌菜，必以荤菜为主，主菜一定要是硬菜，且必须两个以上，比如，一个香酥鸡，还要有一大碗红烧肉卤蛋；一个煎带鱼，就要有份清蒸狮子头或者是烧排骨。主菜之外，再配两三个"半荤菜"：茭白炒肉丝、青椒熘肉片、青蒜爆炒猪肝或者腰花。有时还有豆制品，烧豆腐或者卤干丝。凉盘则是酱牛肉、酱鸡胗、凉拌海蜇皮，有时则是从六味斋买来的"肥而不腻，瘦而不柴"的酱肉、小肚之类，再搭配个凉拌皮蛋黄瓜、炝莲藕等，视季节而定。汤比较简单，可以是西红柿蛋花汤，冬瓜火腿汤、海米白菜粉丝汤，但要预先吊一锅清汤高汤备在那里，鸡汤、棒骨汤、白肉汤，都可以，用起来方便。

人多热闹，一顿晚饭，必是吃得热火朝天，聊得热火朝天。大家围坐在简易的折叠餐桌旁，守着狼藉的见底的盘盏，久久不散。喜聚不喜散的，又何止我母亲一个？那一餐又一餐，吃下的不仅是美食，还有那个时代给予我们的精神养分。

那张旧餐桌，还在。虽然它作为餐桌的使命已经结束了，但家里人一直没丢弃它。只不过，曾围在它四周吃饭的那些人们，却已经是七零八落了。

## 二　姥姥家

我女儿叫我母亲姥姥，是北方的习惯叫法。但她叫我父亲，则叫"外外"，是外公的简称，却很少见。而外公又是南方的叫法。所以，从称呼上，体现出了我们这个家庭南北组合的地域色彩。

女儿出生二十八天，我母亲接我这个产妇和外孙女回娘家，本地习俗，把这叫作"挪窝"。只是，我们这一挪，女儿就回不来了。我父亲不放我女儿回家，说："你看，这屋子，满屋子都是阳光，多好啊，不让孩子在这么好的阳光里待着让谁待？不能不讲道理嘛！"我父亲就用这个"道理"把我女儿留下了，留了十八年。

不能说这不是道理。那时，我们的小家安在省作协的院子里，那是阎锡山时期的旧建筑，如今门前挂着牌子，写着"阎氏故居"，算文保单位。这样的老房子，采光的确要差一些。万物生长靠太阳啊。

后来，我们搬进了新房里，又几年，搬进了更大的新房，女儿的卧室是全屋最好的一间，坐北朝南，和阳台相连，洒满阳光。阳台上摆满了绿植，橡皮树、龟背竹、甚至还有一棵小梧桐树，长势喜人。只是，这阳光灿烂的卧房基本等同虚设，女儿很少回来。不仅人回不来，连户口也迁移过去了。

当然，这就更得"讲道理"了。因为，我父母家，守着两个好学校，一个是好小学，一个是好中学。都是市重点，也都是我的母校。这两个学校，离孩子的姥姥家特别近，出小区后门，左拐，朝东，五六十米之外就是小学，右拐，朝西，也不过百米的距离，过一条马路，就是中学。是名副其实的"学区房"。我女儿小学六年、中学六年，整整十二年的学生时光，没有离开过这条街和这条路。

街叫邮电后街。路叫青年路。

在我的童年、少年、青年时代，我始终认为，青年路是我们这个城市最美的一条路。它不算宽阔，很清幽。在从前，夕阳西下时，常常有马车"圪哒圪哒"走过这条马路，车上，拉的是送往某菜场的西红柿或者茄子。路两旁，栽种的行道树是夜合欢，也就是《红楼梦》里薛宝钗所说的"楷树"。这种树，除了在我们这个城市，这条路上，我没在任何一个地方看到它被当作行道树的。它生有羽状的叶子，在夏天，开粉红色絮状的花朵，轻灵如梦。尤其是黄昏，在它将要闭合时，开得似乎格外用力和走心。满树的繁花，粉红的繁花，连成了片，望不到头，真可谓云蒸霞蔚。那种颜色，既娇艳又狂放，让人心动不已。而且，它还有种淡淡的清香，当它蔚然成林时，那淡香就变得强大，整个夏季，整个花季，我们的青年路，都被这清香笼盖。

我弟说，他对花香味过敏，闻不得。但唯有这夜合欢的香气，让他喜欢。

那时，我们其实不知道它的名字，就叫它绒花树。

两排夹道的绒花树下，各自还有一排灌木的小榆树，这也是少见的一类树种。有一年，院里的孩子不知从哪里寻来了蚕籽，大家养蚕玩。蚕是要吃桑叶的，这谁都知道。可我们到哪里找桑树去？于是，不知是谁，第一个摘了那小榆叶喂蚕，于是大家都去采榆叶，蚕宝宝居然吃这叶子。记得，我也养了几条玩，喂它们榆叶，居然，它们没有嫌弃，还吐丝结茧。那茧，虽然又黄又瘦，可毕竟是神奇的：我们用榆叶养活了它们。

我们的小区，从前叫宿舍院，邻着青年路一侧的院墙，是用青砖搭建的镂空花墙。而马路对面，与我们的花墙相对的，是那所著名的中学——五中的木栅栏围墙。木栅栏漆成绿色，矮矮的，如波浪般起伏，栅栏后是校园一侧的花园，种着丁香、榆叶梅等灌木，从墙外经过，可以看到它们开花时的妖娆。

这条路上，还有我们这个城市最大的公园：迎泽公园，就是我们去采蘑菇的那个公园。它的东门，与我们的中医院大门只隔一条马路，说它是我们的后花园似乎也没什么不妥。我们小时候，几乎每个星期天都去公园里玩。园里有个人工湖，夏天，老师们极其严厉地告诫孩子们，不许去那湖里游泳。可年年总还是会有人偷着下水，也因此，差不多年年都有溺毙者。也有人在那里投湖自尽。1966年，我们院子里第一个自杀的人，就是跳了迎泽湖。

那是我的小伙伴的母亲。我清楚地记得，那个早晨，我站在我家小园子边刷牙，她沉着脸从我身后走过，这一走，就再也没回来。

她的小女儿后来告诉我，前一晚，临睡前，她妈对她说："我的小丝绵袄在柜顶上的牛皮箱子里。"过一会儿，又说，"人死了，是要穿棉袄的。"她的女儿，比我小两岁，那一年，十岁了，却没有明白母亲这话是在嘱咐后事。

等到我女儿到来时，我们的青年路早已没有了往昔的幽静美好。无论是我们的宿舍院，还是五中，当年那种独具审美感的围墙早已被拆除了，为安全起见，变成了密不透风高高的砖墙，上面还插着尖利的玻璃。合欢树和小榆树灌木，都被伐掉了。两排小银杏树取代了它们。银杏树也漂亮，尤其是秋天，只是，路变得嘈杂，人也就没有了欣赏行道树的心境。还有，我们这个城市远远不止一条街道栽种了银杏。再也没有那种云蒸霞蔚柔美的独一无二了。

但是迎泽公园还在那里。它真就成了我女儿的后花园。我女儿是早也游、晚也游，午觉后还去游。那些树木花草，那些长廊古建，对一个孩子的浸淫，是浑然天成的。一岁多的时候，抱她经过太湖石，她会嫣然一笑，说："石头对我笑了。"两岁多的时候，抱她经过藏经楼，她会认真告诉你："中国的。"公园旁边，一墙之隔，有一条叫作沙河的河沟，沙河上有一座小木桥，虽然河沟里流着污水，但长满野草，有时我们也会带她到那里去。某个黄昏，这个两岁的孩子站在小木桥上，望着脚下混沌的流水和眼前的落日，忽然咏叹道："水啊！向西流——"没人知道水为什么要向西流……所以，哪怕不是学区房什么的，选择让一个城市孩子在这样一个地方长大，也是"讲道理"的。

于是，在长达十八年的时间里，外婆家，姥姥家，是一个事实上的"三代同堂"的家庭。只要不出差，只要不去外地开会，那么，我和我丈夫，每天的晚餐，是必定要回姥姥家去吃的。在女儿读小学的时候，尽管离家很近，但我每天下午也必去学校门口接她，和她一起回家。这点极其必要，因为，我的女儿，她有异于常人的记性，也有异于常人的忘性——永远记不住老师布置的作业，需要我每天和她的同学核对清楚，写什么，写多少，在几号本子上写，一一记录下来。那时候他们的作业可真多啊。我知道她是潜意识在抵触。为此，我曾写过一篇散文，叫《记性》，说的就是这个。

回姥姥家吃晚饭，在我们俩，可谓雷打不动。无论春夏秋冬，无论风霜雨雪。我们俩，都不坐班，所以，每天傍晚我们下楼走在作协的胡同里，碰见我们的人就会这样打招呼，说："上班去啊？"特别是在女儿小时，晚上我几乎从不参加任何应酬，到她上了中学，不需要我天天去校门口接她，偶尔，晚上实在推不了的一些场合，或者老朋友来，会向女儿和母亲事先请假。

所以，在姥姥家，每天的晚餐，是一天中最重要的时刻。特别是在我父亲心里，更是"悠悠万事，唯此为大"。假如有一天，饭桌上的菜不尽如人意，那一定会引来我父亲愤怒甚至是悲愤的讨伐。没条件的时候，他隐忍、不挑剔，挑剔也没用。但是，有条件了，有东西了，却把好好的食材做坏，做不出应有的滋味，他觉得那简直就是对造物的冒犯，也是对他人生的虐待。可以说，我父亲谈不上是一个美食家，但，他称得上是一个信徒，"吃"是他的宗教。

既然是姥姥家，主厨肯定是我妈。虽然自从女儿出生，家里就一直请了阿姨，但晚饭时的主菜，掌勺的依然是我母亲。自然是怕阿姨失手的缘故。其实，我家的阿姨们，平时做菜下厨，也都是我妈的风格，是她一手调教出来的。所以，姥姥家的饭菜，外婆家的饭菜，才是我女儿走遍天涯铭记于心的"家的味道"。

女儿出生、长大后的城市，日益繁荣，和我们小时候不可同日而语。有了超市，有了硕大的水产市场，海鲜市场，有了如雨后春笋般遍布的各种餐馆。家里的菜谱，自然而然也在改变着。我父亲、我丈夫、我女儿，都极爱吃鱼和虾蟹这些水里的动物。所以，晚餐的主菜，一周中至少要有两三次是属于鱼虾类的。鲈鱼和鳜鱼是最常吃的，烹饪的方法一般都是清蒸。罗非鱼则用来红烧，鲫鱼好像只是和萝卜丝一起煮汤，不记得家里做过葱烤。而且因为鲫鱼刺多，怕挑不干净扎着女儿，所以吃得比较少。一度，我们城市盛行吃一种虹鳟鱼，据说这鱼是从朝鲜引进的，需要在温水里养殖，所以我们吃的虹鳟鱼就来自于我们城市的热电厂蓄水池，不知是否真是如此。吃虹鳟鱼，多是红烧，很少清蒸。而后来，不知从何时起，这虹鳟鱼在我们城市里渐渐消失了。消失的，还有黄花鱼。随之到来的，则是多宝、石斑这一类以前北方鲜见的鱼了。

从前，这城中的孩子，在公园或别的什么场所，看到谈恋爱的男女，就会冲着人家喊："对虾对虾，一块两毛八——"可其实，哪里有对虾卖啊？别说海虾，就连河虾，市场上也很少见到。所以，这城中的人，基本不吃虾。忽然，某一天，一个新鲜的词汇"生猛海鲜"侵入了北方世界，铺天盖地碾压过来，虾，才真正走进了我们内陆人的食单。关于鱼虾蟹、关于"生猛海鲜"，我的知识实在有限，而我家常吃的虾，我叫得出名字的，好像只有一种——基围虾。烹煮的方式，就是白灼，这是地球人都知道的，仅此而已。

虾的另一种吃法就是油焖。油焖大虾这个菜式，需要什么样的虾做食材，我从没关心过。红彤彤油亮的一大盘端上来，色泽十分诱人。这道菜，我母亲也从没失过手。

我母亲后来还学会了更多的虾的烹饪方法。

后来，她就不做了。

## 三　虾与我母亲，还有我女儿的故事

虾是我女儿的最爱。当然，还有蟹。

她特别小时，一两岁时，活虾还没有真正抵达我们内陆高原的日常生活。可只要有谁出差到海边，总会买优质的海米。用海米做汤、炒菜，她就会用小手指着汤碗或菜盘中哪只弯曲的大海米，说："吃虾吃虾！"

后来，"生猛海鲜"到了，海鲜市场有了。我母亲首先做的，就是给她外孙女买真正的活蹦乱跳的鲜虾吃。

在我女儿十二三、十四五岁，发育最快的那段时期，她一顿，独自一人可以潇洒地吃下一斤半白灼基围虾，简直是当饭吃。不过，她吃虾，不吃头尾，一只虾拈起来，极熟练地，两头一掐，只负责吃中间的身体，头和尾，就由她外公和她老爸负责善后了。在家如此，习惯成自然，出门在外，也依旧这样行事，要好的朋友们就批评我们家教不好，说："太惯孩子了！"委婉些的，就说："你们这种方式爱孩子，孩子会觉得负担的。"

我问女儿："你有负担吗？"

女儿头也不抬，回答说："完全没有。"

于是照旧，女儿吃身体，外公和老爸吃头尾。姥姥例外，女儿从不把头尾给姥姥吃，女儿总是招呼姥姥说："姥姥，你吃啊！"姥姥的回答永远是："姥姥不爱吃。"

至于我，是真的不爱。不仅是虾，这世上，我不爱吃、不能吃、甚至不能碰不能闻的东西，太多太多了。留待以后再讲。

除了白灼和油焖大虾，我母亲不断地开发着有关虾的菜谱。买来的大虾，去头尾，去壳，挑出虾线，剥出虾仁，清炒。还喜欢做一道菜，叫"面包虾仁"。这后来成为我母亲的独家私房菜。

那是她小时候的记忆。

我母亲的爷爷，和万叔叔的父亲一样，也是绿林刀客出身，就是土匪出身吧。只不过，他比万叔叔的父亲要大十几岁，他在豫西山区，和王天纵、憨玉琨等弟兄十人，在一个叫杨山的地方轰轰烈烈拉起竿子渐渐做大的时候，时逢辛亥革命，革命党派人进山联络了他们，于是，他们响应了推翻清廷、建立民国的"武昌起义"，在"同盟会"领导下，攻嵩县，打洛阳，又率众赴陕西参加了张钫领导的"秦陇复汉东征军"，东征西杀。民国成立后，又被袁世凯收编为"镇嵩军"，做了一个军的军长。后来的事，我就说不清了，风云际会、军阀混战，打打杀杀，我母亲的爷爷最终站到了北洋政府一边，最后败在了冯玉祥手下。兵败后的他1931年下野，在天津做了寓公。这是"百度"上的大致内容，但据我母亲说，他下野的时间应该是1930年，因为，我母亲是那一年出生的，而她的出生地，是天津。

天津有家著名的西餐厅：起士林。我母亲的西餐启蒙就源自那里，也是她记忆了一辈子的地方。

我妈小时候的家，在著名的五大道之一的大理道上，一个叫永和里的小巷，地处当时的英租界。十几年前，我和丈夫去天津，在大理道寻找这个"永和里"，怎么也找不到。问人，竟无人知晓。后来去了派出所查询，才知道它早就改了名字，叫民园东里了。有了名字，果然，一找就找到了。

它是一条很小的小巷，有十一户人家。红砖的建筑，安静而破败。

总记得母亲说，她的家，是三层的洋房，很大。看来，孩子的记忆和现实永远是有相当距离的。民园东里的建筑，就像如今的"townhouse"，联排别墅，三层，带地下室，但几乎没有院子。里面的格局，拥挤、逼仄，早已不是独家独户，已经完全看不出曾经的容颜了。

但我似乎又能感觉到某种从前的气息，像潜流，推得我有点站不稳。

我记得我母亲说过，她小时候，有一年，我姥姥生病了，病得很重，是肺痨。那时，治疗肺结核的特效药雷米封还没问世，肺痨无疑就是绝症了。我姥姥那时已是四个孩子的母亲，她写信从家乡叫来了她的哥哥，我妈的亲舅舅，我的舅公，告诉他，一旦她有不测，这四个孩子，就托付给他了。

她让她哥发誓，替她带大孩子。

她说:"哥啊,我的孩子,我不能让她们落到后娘手里。"

她是在托孤。舅公自然得答应啊,病人为大。可他心里清楚,放着亲生的父亲,放着天津这样的家,这样的环境,他怎么可能把他的外甥女们带回到家乡去呢?他妹夫又怎么可能答应?

那时,我姥姥一定很伤心,因为此前我姥爷曾经出轨。在我的散文《青梅》中,我曾经写过这段故事。我姥爷毕业于北京的"中国大学",用老北京话说,算是个"顽主"。他爱运动,爱摄影,爱收集手表,爱冶游和广交朋友。我姥姥真是不放心把孩子们交给这样一个心不在家、玩心甚重的父亲。可冷静下来,她又何尝不清楚,就算她兄长答应替她抚孤,可还有舅妈呀,孩子们落在舅妈手里,又会怎样呢?思来想去,一句话,不能死。

我姥姥素来不信西医。但这次,她让我姥爷请来了天津城最好的西医。她对德国医生说:

"大夫,我不能死。不能现在死。"

医生回答说:"好。但你要听我的。"

"我听。"我姥姥回答得斩钉截铁。

"我给你开个药方,你要严格按照我的方子来吃。"医生严肃地吩咐。

药方开好了,我姥姥一看,上面写的,不是药,全是食物。牛奶、鸡蛋、牛肉、鸡鸭、鱼虾……甚至还有一道菜名。医生说:"按照这些菜名,每天,让人去起士林买。"

"这些,能治病?"我姥姥有些疑惑。

"说实话,我也不能保证。我只能说,这个病,两点最要紧:一是新鲜空气和太阳、二是营养。营养非常重要,营养上去了,体质增强了,就有希望。"

我姥姥想了想,说:"懂了,食谷者生。"她说了《红楼梦》里宝钗劝黛玉的话。

从此我姥姥严格遵照了医嘱。首先,和家人隔离,她的卧房成了禁区,孩子们不得出入。还有晒太阳,她的房间通往阳台,阳台上一张躺椅,只要有太阳,她就让自己长时间沐浴在海风和阳光中。然后就是吃了。除了家里的厨师按照医生的吩咐做以外,就是叫人坐了洋车,去起士林买现成的西餐。我姥姥这样一个老中国的女性,老中国的胃,毫不犹豫地,天天吃下去那些她不习惯也不喜欢的食物,带血丝的牛排、黄油焖的乳鸽、撒满起司的鱼或者蔬菜,等等。她不是在吃饭,她是在服药。她要活。

每天,去起士林买餐的,除了佣人,有时是我姥爷。我姥爷去时,我妈常常跟在他身边。他会给我妈买一些她爱吃的东西,蛋糕啦,面包啦,有时父女两人也会吃了饭再回家。"面包虾仁"就是我母亲爱吃且常吃的一道菜。也因为爱吃,就常常让人给她母亲买回去。

居然,如同奇迹,我姥姥真的一天天好起来。在没有特效药的年代,活了下来。是阳光、空气和足够的蛋白质救了她吧?在那样的年代,她真是何其幸运。而多少人是没有这能力、这营养、这银子来救命的啊。姥姥懂得这个,她感谢上苍,感谢佛陀,感谢菩萨的恩义,让她继续做她孩子们的母亲。她对我妈说:

"要做善事。"

后来,我母亲成为了一个医生,这让我姥姥非常高兴。一个刀头上舔血的土匪后代,一个打打杀杀的小军阀家的长孙女,居然成为了治病救人的白衣天使,在我姥

43

姥心里，可能，这个家，到此才算是修成了善果吧？

上世纪六十年代，我姥姥来我们家小住，我父亲曾给她拍过一个X光胸片，记得我父亲说，从我姥姥肺部钙化的情形看，她当年的肺结核应该是很严重的。"侥幸"，我父亲说。我姥姥微笑不语。现在想来，那不是侥幸，那是搏斗和厮杀。我姥姥赢了。

尽管如此，我姥姥仍然没有爱上西餐。爱上西餐的，是我母亲。

我母亲对"起士林"，有着特殊的情感。

某一天，她凭着记忆，忽然复制出了那道她喜欢的菜式：面包虾仁。

我从没去过起士林，也不知道如今的起士林，还有没有这道菜肴，所以更无从判断那菜品是否地道。但我信我母亲，她说是，那就是了。

这道菜，我没见过料理过程，只见过我妈端上桌时的品相，虾仁洁白，面包金黄，其间点缀着几粒青豌豆，没有鲜豌豆的季节，就以黄瓜丁替代。虾仁是一粒一粒现剥出来的，面包切丁，在热油中迅速氽炸至微黄，然后重新起锅，爆炒虾仁、青豌豆，最后再下面包丁，起锅时，需淋少许什么汁。这道菜，虾仁鲜甜，面包丁香脆，豌豆清新，有回味和余音。

我母亲健康时，我从没和她讨论过任何一件与烹饪有关的事情，我觉得那不是我的事。我关心那些事情干什么，有我妈呢。我以为我妈是一个永恒不变的存在，千秋万代的存在，有她，我不需要操心这些。只是偶尔在餐桌上聊起来，评价一下哪个菜好吃哪个菜不好而已。如今回想，面包虾仁这道菜，有中西合璧的嫌疑，不像一道纯粹的西式菜肴。记得我妈好像说过，面包丁是要用黄油煎的，而且，需要一种特殊的面包，但我妈则使用了我们的色拉油，和普通的主食面包。这道菜，我女儿很喜欢，而我，实话实说，我只是用筷头挑一两块面包丁和豌豆过过口而已。但一家人除我之外都喜欢，不仅是我家人，来我家做客的人，都喜欢这道菜，觉得它有点特别。

这道菜做法不复杂，但要做好却不容易。最不好掌握的是面包丁的做法，油温、氽炸的时间，都非常紧要。时间一长，面包吸油过多，整盘菜就油腻了。炸制时间略短，则不够香脆。它到底需要什么样的面包？是否需要裹蛋液？后来，我向家里的阿姨描述这道菜时，她们总是这样问我。我回答不出来，黯然神伤，说："算了，不用做了。"

其实后来，我母亲也不做这道菜了。一是觉得油炸食物毕竟不够健康，而最主要、最最主要的，是因为我女儿。

女儿十八岁出国留学，去法国念书。她一走，我母亲做饭的心劲和热情就跟着走了一大半，好像也漂洋过海去了法兰西。所以，即使是最重要的晚餐，主打菜，也都交给阿姨去做了。那时，我们回家吃饭，餐桌上，她总是一一批评，这个菜咸了，那个鱼蒸老了，那个那个肉烧硬了。可是，批评归批评，她就是不想去围着灶台转了。

从前，有我奶奶的时候，她不下厨，也什么都不会做。可是，奶奶走了，我有了女儿，作为一个姥姥她学会了太多太多的事情。她开始重视所有传统的节日，清明节必要在家里给我奶奶摆供。元宵节一定要吃元宵和汤圆。端午必要有粽子。中秋月饼就是再不爱吃也必须有，皓月当空，摆一盘月饼，一盘瓜果，让女儿拜月。为了女儿，我妈学会了包汤圆，包粽子。后来有了速冻的汤圆，我妈就只包粽子了。

我妈说，一个中国孩子，就得好好过这些节，才有意思。

其实，年年端午，亲戚朋友送粽子的不少，可母亲仍然坚持自己包，因为我女儿特别爱吃她姥姥包的粽子。枣泥豆沙这些馅料都是自己做的，豆子浸泡后去皮，红枣蒸煮后也要去核去皮，费时费力，但做出的豆沙和枣泥极其细腻。而我女儿最爱的，更为直白，就是北方最传统的糯米红枣粽，简单朴素，不需要任何花头，可就是好吃到令人销魂。女儿去国后，只有端午节的粽子，我母亲是必定要自己动手包。买什么样的糯米、什么样的红枣、什么样的粽叶和马莲草，只有她最清楚。粽子包好，煮好，晾凉后，我妈就用保鲜袋分装二三十只，放到冰箱里冷冻起来，留着，等我女儿暑假回家，给她拿出来吃。

我妈说："不能让我孩儿忘了粽子的滋味呀。"

确实，在国外，想买到速冻水饺、速冻汤圆都不算难事，但是要吃到正宗的北方红枣糯米粽，几乎是没有可能的。所以，年年盛夏，我母亲要给她外孙女补上这个遗憾和残缺。

其实，我一直以为，煮粽子时的香味，要远胜于吃到嘴里时的味道。苇叶、马莲草、糯米和红枣在逐渐成熟与融和的过程中，那种奇异的清香和甜香，满屋弥漫，满城弥漫，是粽子出锅的灵魂和精华啊。冷冻后的粽子，解冻后，无论怎样加热，水煮或上笼蒸，那香味，要逊色许多。这让我母亲惋惜，每年端午时节煮粽子时，她就总是感慨道："可惜呀，我孩儿闻不到啊……"

每年，也就是暑假，女儿归来的那些日子，我妈恢复了旧容颜，容光焕发，在厨房里忙进忙出，做每一道女儿爱吃的菜。是在女儿第三次回国度假的那个夏天，母亲买来了基围虾和竹节虾，基围虾白灼，竹节虾则做了面包虾仁。姥姥意气风发把它们端上餐桌后，我女儿忽然说道：

"姥姥，我不能吃虾了。"

"为什么？"

"不知道，我对虾过敏了。"女儿这样回答，"还有蟹。"

简直像晴天霹雳一样，震晕了我们所有人。

"怎么可能？"她爸爸第一个喊起来，"你从小吃虾从来也不过敏呀！"

"你吃一斤半虾也没事啊！"我也喊。

可就是有事了。

女儿说，她和朋友们去餐馆吃饭，吃了大虾，在回家的地铁上就发作了，不仅是皮肤起疙瘩，而且呼吸急促，喘不上气，几乎窒息。幸而她包里总是装一瓶扑尔敏（她是过敏性皮肤，所以常备这药），马上吞了一粒，才渐渐平复。她不能确定这就是虾导致的过敏，怀疑也可能是食材不新鲜所致。所以，又一次，她出去吃饭，故意点了虾。结果，同样的事情在地铁上又发生了。

我母亲非常伤心、难过。

"最爱吃的东西不能吃了，我孩儿可怜啊。"她念叨。

后来，她对我说，人就像树啊、花草啊，移植到陌生的水土之上，就有各种的状况。那是基因在抗拒。

也许，有道理。

女儿其实还是不死心的。她后来又瞒着我们在国内做过多种尝试，比如，在海边，在最新鲜的海鲜产地，备好抗过敏药，冒死吃过大虾、龙虾，还有蟹类，反应强烈。在若干次失败之后，她终于放弃了抵抗，说："认命吧。"

从此，只要她在家，我母亲就不会让餐桌上出现这些我女儿不能吃的东西。

后来，除了大闸蟹上市的季节，我父亲是死都不能错过的之外，像海蟹、大虾，基本在我家餐桌上就绝迹了。我妈见不得它们。

再后来，就是女儿回来度假，我母亲也不下厨了。不是不愿意，是不能了。

母亲成了一个失智的人。

我弟，我表妹，这些亲人们，还有我们的老邻居老朋友们，都说，假如，泡泡一直在我母亲身边，她也许不会得这个该死的病。即使生病，也不会发展得这么快、这么凶猛。

泡泡就是我的女儿。

可是我们放走了泡泡。我们从她身边夺走了她的最爱。不能耽搁孩子的前程啊，我们"讲道理"。但是，我母亲不想讲这个道理了。她从这个叫泡泡的孩子出生二十八天起，捧在掌心里，一天一天养到十八岁，忽然有一天，被一架飞机带到了千重山万重水之外，这是什么道理？

她嘴里不能说。她都懂。但是她病了。

病可以最终让她忘记想念。

她失去语言能力之前，有时，会拿着我女儿的照片，结结巴巴、十分费力地，跟人说："我外孙女……在……外边，念书呢。"但这个外孙女后来站到了她面前，喊她"姥姥"，她已经是一脸懵懂，不认识了。

她认识的，记住的，刻骨铭心的，是照片上的那个泡泡，十六岁、十四岁、十岁或者更小的那个泡泡，至于那个长大成人，长发披肩、后来甚至还结婚生女的人，那是谁？那是路人甲了。

如今，在北京的家里，和我们生活在一起的，是母亲的遗照。那上面的母亲，才是我女儿记忆中的姥姥，眼睛清明，气质端庄，神态优雅。她从残忍的病痛中终于挣脱出来，破茧而出，如同凤凰涅槃。我女儿有时会对着照片说："姥姥，你现在一定认出我了，我是泡泡啊。"

海鲜里，我女儿可以吃的，是鱼类。不能吃的，是节肢动物中甲壳纲类的生命。

贝类也不行。

但是贝类中，有一个例外，就是鲍鱼。鲍鱼她不过敏。

所以，有朋友请我们全家吃饭，点餐时，假如我和她爸爸一再强调，女儿不能吃海鲜，也是不想让人家太破费时，我女儿就会在旁边礼貌地、温文尔雅地补充一句："对不起，我鲍鱼不过敏。"


# 第五章　我做主妇


## 一　饕餮协会

轮到我出场了。但我有自知之明，我不敢说"我做主厨"这样的话，怕了解我厨艺的人笑掉大牙。

许多许多年前，上世纪八十年代，我们这里，我的朋友中间，流行着一个"段子"，说："蒋韵可会做饭了，她最拿手的饭,是方便面,最拿手的菜,是午餐肉,还是梅林牌的。"

女儿出生之前,我和丈夫,基本不开伙。那时,山西作协有一个职工小食堂,掌厨的,是平遥人范师傅。这范师傅,一辈子没有成家,早年间,在那个著名的"常家大院"里的常家当差,服侍过常家某位在山西大学读书的公子。建国后,省作协一成立,他就来了作协,是名副其实的老前辈。

可是他的厨艺,实在不能恭维。每天中午,雷打不动的刀削面,又粗又硬,菜就是一个浇面的卤,如同水煮一般没有滋味。甚至都不记得他是否给拌过凉菜。尽管不好吃,但毕竟省事啊,节省时间。话说,那个年代,还真算是一个奋斗的年代,人活得有心气,有"事业心",当然,这是"大话"。最主要的还是,年轻时的我,不爱下厨,我的厨艺还不如范师傅。范师傅端给我们的,至少还是削面,而我,则只会买半斤压好的面条回来,一煮了事。

结婚时,家就安在了作协的机关院子里。那是一个老院子,历史民居。有人说,当年,阎锡山的五妹子在这里住过,也有人说,那里曾经是阎锡山的五金商会。我没有考证过,但我私心里希望那是五妹子的公馆,五金商会听上去有点冷冰冰的,索然无味。而五妹子,则像是一个传奇。

五妹子阎慧卿,其实,是阎锡山的堂妹,小名叫五鲜,阎锡山长她二十七岁,就叫她"五鲜子"。五鲜子和堂哥,很亲,是那种血浓于水的亲情,并非像传闻中有苟且之事。阎锡山阎督军曾有很严重的胃病,阎夫人为此特别揪心,据说是五鲜子想了各种方法,仔细为哥哥调理饮食,搭配食谱,照料一日三餐,用食疗的方式治愈了阎锡山的胃病。阎锡山和阎夫人十分感动。阎夫人去世前,就把阎锡山的日常起居,郑重托付给了五鲜子。于是阎慧卿就成了哥哥阎长官身边最贴己也是最得力的生活秘书。

上世纪九十年代,有一年,我丈夫应邀赴台北参加一个文学活动,台北的朋友知道我丈夫来自太原,就对他说:"你原来是从五百义士那个地方来的呀!"我丈夫一脸懵懂,从不知道什么"五百义士",只知道守四行仓库的"八百壮士",那还是近些年的事。他回来跟我说,这"五百义士"的故事,台湾孩子都知道,因为选入了他们的教材。我比我丈夫更惊讶,他一个北京知青,不知道也就罢了,我这个在本乡本土活了半辈子的人,居然一点也没听说过,对这个城市,也真算无知到家了。

慌忙查了一些资料。

原来,临近解放,我解放大军围攻太原的时刻,阎锡山给他的军官和要员们,每人发了一瓶烈性毒药,信誓旦旦,宣称,要与这个城市、这片故土共存亡。但到最后关头,代总统李宗仁一封电报,说是请阎锡山赴南京商谈和谈之事,他得以从围城脱逃。临行,为了安抚人心,表示自己还要回来,于是,他留下了他最最离不得的阎慧卿,他的五鲜子。他怎么可能还会回来呢?在南京,他倒是曾派飞机回来过,想接走妹妹,只是,飞机在危城上空绕了三匝,我军炮火猛烈,无法降落,只好空返而归。破城前夜,躲在省府梅山地下室的阎慧卿,和她的情人,也是阎锡山的政要及姨侄梁化之,双双服毒自杀。临死,阎慧卿给她的哥哥发去了一封绝命电文:

连日炮声如雷,震耳欲聋。弹飞似雨,

骇魄惊心。屋外炎焰弥漫,一片火海;室内昏黑死寂,万念俱灰。大势已去,巷战不支。徐端赴难,敦厚殉城。军民千万,浴血街头,同仁五百,成仁火中。

妹虽女流,死志已绝,目睹玉碎,岂敢瓦全?……今生已矣,一别永诀。来生再见,愿非虚幻。妹今发电时刻尚在人间,大哥至阅电之时,已成隔世!前楼火起,后山崩颓。死在眉睫,心转平安。

嗟乎,果上苍之有召耶?

痛哉!抑列祖之矜悯耶?

据说,阎锡山收到电文,读罢,热泪涟涟。称战死和自裁官兵,为"五百完人"。

后来,我渐渐知道,曾经,阎锡山给阎慧卿修建过一座花园,但并不在我们南华门,是在离我们这里不远的东米市。花园有名,叫"四美园",因园中有四座清代绿琉璃塔而得名。但,不管那么多,或许,我们这里,曾是她暂居过的一处地方?要不,如今我们的大门前,何以会挂一块"阎锡山故居"的牌匾?

总之,这是一个有时间感的建筑,一个有时间感的院落。

院子不大,种了两棵梧桐树。楼房是青砖的建筑,三层,不知道什么风格,谈不上好看,算是中西合璧吧。旁边的一座楼房,应该是建国后加盖的小楼,但风格还算一致,看上去并不违和。主建筑后面,另有一个二层的建筑,和主建筑呼应着,围成一个小天井,有点像骑马楼,上下两排整整齐齐的房间,带出檐和围栏,漂亮的花砖铺地,形成一个贯通的走廊。我们的新房,就在这一排中的一间,原本是我丈夫的单身宿舍。邻居是画家王莹。我家与王莹老师家,中间原本有扇门,被封死了。后来王莹老师搬走了,他的那间房,分给了我们,门一开,现成的,就成了我家的客厅。那时,作协的前辈们,对年轻人,真是厚道啊。

我爱我的家。

他们说,我们这个小二楼,过去,是勤务兵、马弁和佣人住的地方。从位置上看,很像。但房间内的形制,几乎和主建筑一样。同样是红木的地板铺地,同样是一人高的红木墙裙,配乳黄色墙壁,真是沉稳典雅好看。我们住进去时,地板、墙裙、墙壁,都维护得极好,几件简单的家具摆进去,竟一点不显寒酸。

那是1981年啊。这样好的房子,以前,我何曾见过。

所以,我珍惜。

虽然,我不爱做饭,但我爱收拾房间。

我想了很多办法,买来了地板蜡,每周,用蜡打一次地板。那时,客人来访,还没有换拖鞋的习惯,于是,我又想办法,买来了外贸的尾货:手编地垫和草编地毯。地垫铺在门口,来客进门,先擦擦鞋底。幸运的是,作协还分给我们一个有自来水的小房间,其实也不算小,足有十二三平米的样子,在对面的一层底楼拐角,这个房间是简陋的,水泥地面,白灰的四面墙。就做了我们的厨房、餐厅、起居室,甚至是客房。

那间房里,我们放了张单人的铁架床,支了一张折叠桌,几把折叠椅。吃饭是它,客人来了,围桌而坐喝茶也是它。有时,它还是我的工作台,堆着书和杂志,以及纸笔。这间房间,我任由它凌乱。但它给人一种放松感。所以,相熟的朋友们来了,爱在这里聊天。假如,这朋友是远道而来,也不用找旅馆，住下就是。就算同城的朋友，聊天晚了，误了末班车，或者天气恶劣，没关系，别走了。那单人的铁架床，简单的被褥，就是为这样的朋友们准备的。只要你不嫌弃这房间的简陋。

常来的人中，有我的几个闺蜜。那时，她们都还没成家，要好的这些女友、同学之中，我居然是第一个结婚。而当年，也是我最高调地宣称自己是"独身主义者"。我们这些人，称得上是患难之交，我的家，对她们来说，算是这茫茫城市中的一个小驿站吧。柴扉开着，有灯光，有炉火，有温情。

那时，她们每个人，都正在恋爱或失恋之中，又是大学刚毕业不久，都有需要面对的各种问题。来了，聚在一起，说啊说，说不完的话，恨不得说个通宵达旦。我的这间小屋，这间陋室，曾经装过多少秘密，多少心事，多少难言之隐，多少眼泪和多少欢乐？说它是间密室，或者，一个见证者，一点也不夸张。

我的女友中有美食家，所以，她们来了，我们自然就不再去吃食堂。点起一只蜂窝煤炉（那时还没有煤气），买来肉、菜之类，摆开架势做饭。所谓"摆开架势"，其实，就是包饺子。最常吃的，就是饺子。包饺子这件事，我还在行，得了我奶奶和我妈的真传。只不过，我奶奶我妈，是自己剁肉馅，后来有了绞肉机，是自己买肉来绞，我则是买现成的绞肉馅。我买来绞肉馅，要细细地，把里面那些白筋、血管和所有看着不顺眼的东西挑拣出去，干干净净、清清爽爽的，再用葱姜末和酱油、料酒煨起来。我的馅料里，也如同奶奶她们，不放那些五香粉之类，却要放一点白糖提鲜。这在从前的北方地域，比较鲜见。

我的朋友，都爱吃我的饺子。

吃饺子，就不需要什么佐餐的菜了。凉拌个黄瓜、剥几个皮蛋松花蛋，再开瓶酒，就是正餐。这是我讨巧，因为我不会做别的。

后来，我女友中，有人写了文章，说我的饺子，是"南华门第一"。

南华门东四条，是山西省作家协会的地址，也是我的家。

写文章的女友，后来，以"兰若"为笔名，出了一本书，叫《兰若的灶间闲话》，是把她在微博上的文章筛选出版的。兰若写美食，自成一家，体会至深。而最关键的，是她写的好多菜品和烘焙的美食，我都吃到过。没有一道是华而不实的奢侈品，却格调极高，可化平凡为神奇。遗憾的是，她的书中，没有收录写我的饺子那一篇。我特别想让她来给我正名，我最拿手的菜，不仅仅是午餐肉。

我女友中，既然有烹饪高人，所以，她们来了，就常常会露一手。我家东西不齐全，做不了特别的菜，但至少，烧个红烧肉、排骨之类是没问题的，再炒两个青菜，焖一锅米饭，好，开饭。有时，则是她们在家里做好了成品，用饭盒装来，加热一下就可以吃。几乎每个星期，总有这样吃吃喝喝小聚的一天。于是，我们开玩笑，戏称说，我们是"饕餮协会"。

苏东坡做《老饕赋》，那是美食家的心得，却更是理想与梦想的境界。苏子一声"老饕"，化解了"饕餮"这凶兽身上的狰狞和戾气，从此我中华大地上所有的吃货、美食家，有了这样一个共同的、戏谑与自谦的名字。所以，尽管我们聚会的餐桌上，从来也没有过"尝项上之一脔，嚼霜前之两螯。烂樱桃之煎蜜，渝杏酪之蒸羔。蛤

49

半熟而含酒，蟹微生而带糟……"如此精致的珍馐美馔，也没有"盖聚物之夭美，以养吾之老饕"的浩气与豪气，可并不妨碍我们也竟敢以"老饕"自居。怕什么？我们没有"南海玻黎"，可我们也有"凉州之葡萄"啊！请问，神州大地上，哪一处的葡萄不是来自于西域凉州呢？至少，我们这个省份，我们城市，是这样。我们的清徐县，早在汉代时，就有商人把西域的葡萄带回了此地，从此扎下根来，开枝散叶，开花结果。也因此，有了葡萄酒。我们的葡萄酒，没有脱糖，很甜，也很好喝，还特别便宜，记得当时，只有六角多钱一瓶。所以，可以满足我们的"豪饮"，可以让我们哪怕只对着一盘凉拌黄瓜，也可以高喊："一醉方休！"可以在醺醺然间，学苏子"一笑而起，渺海阔而天高"。那是那个时代赐予我们的自信。

## 二　葡萄、青梅与竹叶

这几种，都是酿酒的原料。

确切地说，前两种是原料，而竹叶则是辅料。

清徐露酒厂，自然在清徐，离省城三十公里左右。清徐出葡萄，这是在论的。民歌里不是这样唱："平遥的牛肉太谷的饼，清徐的葡萄甜个盈盈——"汾河河谷太原盆地方言中多用叠字。据说，把葡萄带到清徐的，是汉代时一个姓王的商人，我觉得他一定是个浪漫的人，否则，千山万水，戈壁沙漠火焰山，带几株娇嫩的幼苗千辛万苦回中原，应该不仅仅是利益和商人本能的驱使。

用古法酿造葡萄酒，在清徐，历史悠久。但元代以来，游牧民族带来蒸馏法，白酒因此在中原崛起，而葡萄酒渐渐式微。后来，传教士来了，清徐一带，起了教堂，有了天主和基督的信众，望弥撒时，葡萄酒不可或缺。于是，神父或者牧师们开始酿酒。到上世纪二十年代，成立了酿酒厂，就是清徐露酒厂的前身。而董事长，就是一个神职人员。

可别瞧不起我们的露酒厂，中华人民共和国开国大典的宴会上，喝的就是我们的红葡萄酒呢。

真是物美价廉。

同样可以和这葡萄酒媲美的，是他们厂出产的青梅酒。葡萄酒红，青梅酒绿，这一红一绿，当年，是我们最爱的佳酿。

那时，常常来我家小屋聚会的，不仅仅是我的闺蜜女友，更多的，是文学同道。作协院子里，两座老楼对面，有一栋简易的二层小楼房，是七十年代毫无特点的建筑，那时，辟出上面一层，做了作协的招待所，接待县乡和周边城市来改稿或办事的作者们。住在那招待所，一迈腿，三步五步，就到了我们的小屋。晚上，吃过范师傅寡淡无味的晚餐，信步就到了我们家。我会拿出葡萄酒或者青梅酒，若是夏天，拍两根顶花带刺的嫩黄瓜，剥两个皮蛋，用姜末和醋一拌，就是一盘下酒菜。若是冬天，家里有白菜，就拌一盘白菜心，有萝卜，就拌一盘白萝卜丝，再开一盒午餐肉罐头，就是我们美好的文学之夜。

那时，对文学的爱，是真的赤诚。

爱得又单纯，又热烈，又痛苦。

同道朋友相聚，坐在一起，几乎没有别的话题，就是文学，文学，文学，还有和文学有关的那些事物。比如绘画，比如电影，比如戏剧。总之，那是一个崭新的世界和天地，浩渺，美，神秘。我不知道别的省份、别的地域、别的城市是否如此，反正，我们这里，南华门东四条小院，我的陋室中，来来往往的朋友们，无一不是如此。

聊自己的小说，正在写的，或者将要写的，聊别人的小说，褒扬或者批评。聊读过和正在读的那些经典名著或者以前从没接触过的现代先锋的作品。聊正在进行中、后来走进了文学史的那些事件，如文学的寻根，等等。有时齐声喝彩，有时则争论得面红耳赤，恨不得要拍烂我家的桌子。聊得口干舌燥，吵得声嘶力竭，一看，杯盘狼藉，酒喝光了，菜也见了盘底。夜深人静，忽然相互一笑，说："吵饿了。"

于是，作为女主人的我，就给大家煮方便面——一直到今天，我都认为那是方便面中最好吃的那一款：美味肉蓉面。若有西红柿，就煮两个进去。西红柿去皮，但不能用开水烫，那样烫出的西红柿完全变了味道，要借助勺柄，把表皮刮松，洗干净手，把皮一点点剥下来。我也从不用刀切西红柿，刀切它会残留一股铁腥味，就用手，把它掰成块状。炒西红柿鸡蛋也用同样的方式料理西红柿。这样煮出的方便面，人人都说，鲜美。

吃完方便面，也算酒足饭饱，该散场了。

有时，就会有人说："算了，不回去了，同屋的人睡了，回去还得吵人家。"好，就不用回去，在那张小铁架单人床上，住下便是。

也常有朋友，星期天，从邻近的城市，专程跑来小聚。那就不能煮方便面了。如果时间富裕，我就可以跑去买肉包饺子，假如时间不那么富裕，就去买现成的切面，买菜，再买一些卤味，还有两瓶竹叶青回来待客。

竹叶青，是我姥姥、我妈的最爱。对竹叶青的喜欢，得自家传。

曾经，竹叶青声名赫赫，上世纪初年，曾在巴拿马世界博览会上拿过金奖，它产自著名的杏花村，比我们的葡萄酒、青梅酒来头要大，当然，价格也贵。记得，在八十年代，一瓶竹叶青要两块多钱，而一瓶清徐露酒厂的红葡萄酒和青梅酒，则不足一元钱。据说，它的底酒，是汾酒原浆，在那原浆中添加了多种药材和竹叶，浸泡发酵而成。其实，说句实话，我爱它的颜色，胜于它的味道。那种颜色，既是金黄，又是碧绿，全在于光的瞬间映照，极其灵动、流丽而微妙。翻开三十年代的小说，竹叶青可是常常出现呢，记得老舍先生笔下，就不止一次让他故事里的人物，在酒肆饭馆里，小酌几盅竹叶青。

我们也是小酌。助谈性而已。

那时，出了东四条小胡同，南华门街上，渐渐聚集起了各种摊贩，临街有了不少的摊位和店面，卖肉、卖鱼、卖切面馒头、卖吊炉烧饼、卖早餐的油条、卖水果蔬菜，形成了一个自由市场。生活变得越来越便利。短短一条街，一下子，竟有了两家卖熟肉卤味的小门脸，摊主还都是年轻女人。其中一人，长得十分端庄美丽，明眸皓齿，楚楚动人。人好看，性子也好，随和、善良、诚恳、热情，很会做生意，从不缺斤短两，东西干净，进货的渠道也安全可靠，我们院里的人，都喜欢到她的门脸去买下酒菜，不知是谁，送了她个现成绰号，叫她"卤肉西施"。

我买卤味，买的就是"卤肉西施"家的松仁小肚、香干和一条熏制的、纯瘦的通脊肉。

我是一个有点怪癖的人，不喜欢摆弄生的荤腥。所有动物的尸体，我都不愿意触碰。它们让我生理反感。不仅仅是因为"不忍"，不是"君子远庖厨"，而真的是生理性的排斥与拒绝。我知道那是一种疾病，可已经治不好了。所以，我有自知之明，知道此生也没有希望成为一个拥有好厨艺的主妇。可我又不是一个真正的素食主义者，那么，在我主厨的餐桌上，只有想办法变通。

熏制的通脊肉就是变通之一。

一度，我们城市突然出现了这种熏制的里脊肉，宽宽厚厚的一长条，颜色非常漂亮。买来切片装盘，十分美味方便。最关键的，我还可以用它来炒菜。通脊肉片炒青蒜苗香干，炒芹菜，炒柿子椒，都很不错。也可以切丁，与土豆丁、黄瓜丁同炒。所以，遇到朋友来小聚，一条通脊肉可以让我变出几个菜来，再配上我最拿手的西红柿炒鸡蛋，无论是吃面条还是吃米饭，以我的水平和标准，就算说得过去了。

说来，黄土高原上的这个省份，出产五谷杂粮，所以，这里的人们，在一碗面里倾注了智慧和机巧，好面（就是白面）、高粱面、玉茭面、豆面、荞面、莜面、榆皮面，数不清的种类，演变出数不清的面食花样。如今，这已经是国人皆知的常识。但这个省份的物产，其实并不丰厚，它决定了本土人朴素、朴实的饮食习惯和口味。那些曾经的豪门大户，巨型庄园里的乔家、王家、曹家之类，你去参观，听解说，他们的豪门家宴，八碟八碗几蒸几炒，其实也都是很普通的食材、原料和烹饪手法，鲜有奢侈的海味山珍。和南方的豪门之家，比如刘文彩家，不可同日而语。

豪门如此，寻常人家，在饮食上，更为朴素、简单。小时候，我们院子里，同学家，像我家那样，一顿饭要烧三四个菜的，都是外乡人。而本省、本市的人家，常常，一碗面，红面擦尖或者白面拨鱼，就是一勺用油和花椒烹出的"醋调和"，和一大碗炒酸菜一拌，就是一餐午饭。有时则是一碗西红柿卤，冬天则是吃自己腌制的西红柿酱。那酱里面并不是经常出现嫩黄的鸡蛋的哦。西红柿鸡蛋卤成为几乎顿顿离不了的"面条伴侣"，是八十年代以后、生活日益丰足之后的城市风景。若是讲究的人家，待客的那碗面条，则要准备四种浇头：一样西红柿鸡蛋卤，一样小炒肉，一样肉炸酱，还有一种或是白菜或是茄子丁的素卤。自然，最要紧的，是面的品质，拉面要长，削面要薄，剔尖要细而筋道，绝不能用买来的机器切面搪塞。然后，再备两三样下酒菜，一顿饭，其乐融融。

而像我这样，用机器切面待客，客人一定是最相熟相知的朋友，他们没人计较我餐桌的贫瘠与寒素，没人挑剔我不登大雅之堂的厨艺，他们来，不是来吃饭，是来会同道。我家的餐桌，我家的陋室，大概多少是有些魅惑的，在那个文学的年代，黄金的时代，迎来送往，有过多少这样把酒言欢的日子，有过多少话题，多少想法，多少争论，多少推心置腹的长谈，甚至是彻夜的长谈。当然，也有过撕心裂肺的大痛苦。那时，我们中大多数人，还是文学的赤子。

后来，我们搬家了，搬出了机关小院。

我们的家，在新建的楼房里，和大多数人家一样，拥有了一套单元房。那是一个相对封闭的居处了。

后来，不知什么时候，我家那间厨房

小屋，被拆掉了。

我有时会想，那些被拆下来的旧砖破瓦，它们流落到了何处？或许，它们每一块身上，都残留着片言只语的记忆吧？每一块身上，都浸润和储存了一点点那个浪漫年代微弱的气息吧？储存着某个关键词，记忆着某个难忘的名字。它们一定和别的破砖旧瓦有所区别，它们每一块都要更重一些。

再后来，我们这个城市，就再看不到清徐露酒厂出产的葡萄酒和青梅酒了，那个厂，倒闭了，消失了。而名酒竹叶青，也渐渐退出了这城市大小宴饮的餐桌，取而代之的，先是洋酒 XO 之类，后来，就是各路汇聚而来的干红葡萄酒了。

不知为什么，熏制的通脊肉也不见了踪影。是因为健康的缘故吗？都说吃熏制食品容易罹患癌症。

话说回来，就算是还有熏制通脊肉，我们家也不能再吃了。不知从什么时候开始，我丈夫忽然开始对食品中的防腐剂过敏。凡是有防腐剂的熟食，以及，不新鲜的蛋白，都会导致他严重腹泻和胃痛。曾经，在马来西亚，因为一口虾酱，在美国，因为一口涂在饼干上的鱼子酱，他腹泻到几近虚脱。那些想吃什么就吃什么的健康时光，一去不复返了。

而曾经，最经常出入我家厨房小屋、在那桌边吃饭聊天，也是在铁架小床上留宿最多的，有两个人。一个，就是在长白山原始密林里，在清澈如玉的溪水边，为静夜、为万物之美而感动，引吭高歌《祖国颂》的那个好友，那个曾经的兄长。如今，他远离了这片土地，至今不知归期。还有一个，是钟道新，此刻，他远在天国。

一切，都远去了。

## 三　阿姨们

跳过几十年吧。说说现在。

定居北京，是因为我们做了外公外婆。外孙女如意出生那年，恰好我六十岁，退休了。

那是 2014 年。

我的本命年。

这一年，猝不及防，发生了我家历史上几件大事。如意出生，丈夫重病，还有一件，就不提了。

如今，在京郊顺义，我们是一个三代同堂的大家庭。

我掌家，但主厨的是阿姨。家里有小孩，有病人，我一个人就是有三头六臂也忙不过来，何况我没有，何况我本来就不是一个能干的、吃苦耐劳的人，帮手是不可或缺的。几年下来，主厨的阿姨换了好几任，天南地北，各具风味，倒很有趣。

有四川阿姨、有云南阿姨、有东北阿姨，也因此，我家餐桌上的画风，总是在变化之中。

请过一个安徽的阿姨，家在九华山下，八五后，比我女儿还要年轻。我去家政公司看人，说是"面试"，来了几个。我只问一个问题："会做饭吗？"别人都说："会。"只有她，听完我的话，爽朗一笑，说："阿姨，我最爱的事就是做饭。"

她笑得特别自信，特别开朗。我喜欢她的笑容，喜欢她的回答，喜欢她一口如玉的白牙。还有什么可挑的？

事实证明，她真是一个热爱厨艺的姑娘。

她一到来，首先，是检阅厨房，看看刀具，看看锅灶，看看烤箱和冰箱之类。

又仔细询问了我家里人的饮食习惯和口味，再一天，就开出了单子，对我说："阿姨，这些是需要添置的东西，你看看。"

我一看，嗬！烘焙模具、烤肉钎子、锡箔纸、小天平秤、木炭、各种香料、干荷叶、意面、番茄酱、苹果醋、马苏里拉奶酪……她解释说："叔叔不是防腐剂过敏吗？不能吃买来的熟食，我来给叔叔烤面包。顺便给宝贝烤蛋糕、曲奇和素点心。姐姐爱吃披萨、意面，我也可以给她做。"我惊得下巴都要掉下来了，知道自己遇到了一个宝。

果然，她身手不凡，能干异常。

她和老公，都在北京打工，孩子则在老家，由婆婆带着，是留守儿童。她不能做住家阿姨，因为他们在顺义一个村里租了房子，那是他们的家。在北京，她有家和老公要照顾，这感觉，于她，是重要的。

清早，她骑电动车，走左堤路，过桥，再走右堤路，来我家"上班"（这是她的原话）。途经一个大农贸市场和超市，顺便把一天要吃的菜、肉、蛋、鱼、水果，买齐全，用车驮着，风风火火，呼啸而来。什么东西需要在超市买，什么东西要在农贸市场采办，她心中特别有谱。不是说，她把我家当做了自己的家，像从前的那些老保姆们一样，而是，她敬业，尊敬这个职业，尊敬自己。比如，让她花钱买了又贵又不好不新鲜的东西，她觉得那是一种耻辱。

所以，我很放心。

有一次，家里要来客人，我和她一起去顺义这边某家"婕妮王"，她挑了两块进口牛尾，又去买别的，让我等着称重。结果，回家才发现，两块牛尾中大的那块不新鲜。她很生气，一口咬定是称重时被调了包。抱怨我说："阿姨你怎么就没看见呢？这么大动作你都看不见？"我真是没看见啊。主要我没留心看，所以我怎么能确定一定是人家调包了呢？她又说："阿姨你以后永远也不要去这家超市了！"这家店，伤害了她。

她是安徽人，可做饭，却是五湖四海的风格。她有几样拿手菜，比如：荷叶鸡、荷叶蒸糯米排骨、剁椒大鱼头、东坡肉、红烧黄辣丁、笋干烧肉、干锅花菜、上汤娃娃菜、奥尔良烤翅、烤大虾、烤披萨……等等，汇聚了天南地北的菜式，且都很地道。除此而外，她还会做她家乡的点心：九华山素饼。自己煮红豆炒豆沙、做枣泥、炒芝麻。烤出来的酥皮素饼，香极了，面皮薄如纸，一层一层，一点不输给那些专业的面案大厨。她做的绿豆糕，我分赠给邻居们，人人称奇。而她的烤面包，则比较一般，和我的朋友兰若相比，还有很大的进步空间。

那两年，我女儿很热衷呼朋唤友，来家里吃饭。招待她的朋友，阿姨采用中西合璧的方式，烤一张香气四溢的披萨，拌一大盆水果沙拉或者蔬菜沙拉，烧番茄牛尾汤，再来各种烤串，像烤大虾（女儿不能吃，但是，和她小时候一样，她的女儿很爱吃虾）、烤鸡翅、烤羊肉串，等等，非常受追捧。有时，画风一变，端上来的主菜则是剁椒鱼头泡饼。嫩白的鱼肉、鲜红的剁椒、金黄的烙饼，鲜艳如画。女儿的朋友，欢呼着，送她一个尊称：大神。他们"大神！大神"地喊，她很开心，也很有成就感。

以前，我丈夫众多的兄弟姐妹来我们家，家人聚会，我们都是选择到餐馆。自从有了安徽阿姨，她说："有我在，去餐馆干什么？"就真的开起了家宴。招待我们这种年龄的家人，自然不会烤披萨之类，荷叶鸡经常是主打菜之一。那荷叶鸡，食材是三黄鸡，上锅蒸制前，要用黄酒、姜和各种香料腌制二十四小时。吃的是时间和功夫。上桌时，荷叶包裹得整整齐齐，一掀荷叶，嗬！香味如鬼魅一样袅袅四散，腌制入味的鸡肉里又渗入了荷叶的清香，入口，味道奇妙。家人中，颇有几个老饕和美食家，口味挑剔，可对我们的安徽小阿姨，很服气，说："专业。"

这道看家菜，安徽小阿姨离开时，曾留下了详细的菜谱和香料配方。后来的继任者，也按图索骥来做，可是，味道总是有点差别，有点距离，最要紧的，是没有了那种神韵，端上桌，也不过就是一道还不错的菜品，远不是令人惊艳的神品了。

如意三岁那年，过生日，她妈妈要给她在家里开生日趴。那年，如意刚上幼儿园不久，还没有学会交朋友，所以，她妈妈请的大多是她自己朋友的小孩，顺便也就请了她的朋友们作陪。一算，大大小小，差不多要请十几人，还不算我们自己家人。我觉得这是个大工程，都有心想找承办家庭趴体的公司来操办了。安徽小阿姨说："阿姨，用不着，交给我吧。"

记得提前好几天，她开车（忘了说了，她有驾照，会开车），带我去了一个大型批发市场，去采买自助宴的各种餐具。主要是买大大小小不同型号白色的盘子，一次性刀叉筷子之类，家里的餐具要应付这么多人显然是不够的。接下来，我和她一起讨论菜谱，我的意思，不需要准备太多的菜品，有几样冷盘和炸鸡柳、披萨之类就可以了。她还是那句话："阿姨，你放心，交给我吧。"

到了正日子，她前一晚住到了我家里，忙到很晚才睡，家里的灶具们也在忙个不停，烤箱忙着烤素饼、烤各种小面包曲奇，燃气灶则忙着酱牛肉、蒸东西。而她，不慌不忙，开着手机，插着耳机，边忙边听不知道什么音乐。看她听音乐，我耳朵里，竟莫名其妙地，响起了《斗牛士之歌》的主旋律。

斗牛士快准备起来，
斗牛勇士，斗牛勇士，
在英勇的战斗中你要记着，
有双黑色的眼睛充满了爱情，
在等着你，在等着你勇士……

她真像个斗士。她不用任何人提醒也不会忘记，有一双黑色的眼睛，日日夜夜在望着她。那是她的小女儿。她留在家乡的亲爱的孩子，比如意大两岁。她跟我说过，她的理想，她的梦想，是有一天，能在北京，开一个家乡风味的餐馆，把女儿接来，一家人，在这大北京，扎下根来，让女儿能够在这里上学，受教育，哪怕只是借读。她所做的一切，她所有的努力，都是为了这个伟大的目标。

第二天，她迎来了她职业生涯中辉煌的一天。那是一个丰盛的、美丽的午宴，尽管是自助的形式。餐桌、餐边柜、大长条案、厨房料理台上，摆满了琳琅满目的美食：各种形状的小曲奇饼干、面包、红豆沙和什锦黑芝麻馅料的九华山素饼、香菇培根火腿披萨、番茄肉酱意粉、酱牛肉、烤鸡翅、卤鸡蛋和卤鹌鹑蛋、炸鸡柳鸡块、鸡丝拌粉丝黄瓜蛋皮、水果沙拉、笋干红烧肉、香煎鳕鱼、清炒芦笋、干锅千叶豆腐，还有一大锅酷似汤城小厨的番茄玉米土豆龙骨汤，电饭煲里是真正的五常大米白饭……除了生日蛋糕，其他的都是她的作品，她的杰作，她的骄傲。

一片喝彩。人人发自内心。

南方北方、东方西方，济济一堂，有荤有素，有甜有咸，有浓油赤酱，有云淡风轻，不管大人孩子，不管何种口味，都能找到自己的所好。

她是生活家，是天才，是大神。

天才和大神，凡人家是留不住的。两年多后，她离开了。原因很多。最重要的，她离开的不仅仅是我家，没多久，就离开了北京。

离开北京，是因为，上了小学的孩子，期末考试，全班倒数几名。

她急了。

她的婆婆，比我年轻十岁左右，应该是上世纪六十年代生人，可竟然是一个文盲，据说，一天学也没上过，不认识自己的名字。我很惊诧。因为，那里，毕竟不是我们山西的大山深处，而是鱼米之乡的富饶的安徽啊。

她回去陪她的孩子。我问过她，还想在北京开餐馆吗？她反问我："阿姨，你说还可能吗？北京是我们这样的人能扎根的地方吗？"

我默然。

北京的房价，北京的租金，北京对所有奔向它而来的、草根劳动者的冷漠。

不言而喻。

她曾让我看过她家乡房子的照片，是徽派风格的白墙黑瓦新农村小楼，很漂亮。比他们在北京租住的房子好太多太多，尽管，里面还没有完全装修到位。我对她说，那，就在家乡开餐馆吧。开一个北京风味的餐馆。我想，以她的才华，她的能干，她闯北京的种种体验，应该是可行的吧？至少，菜品方面，她完全没有问题，我相信她能出奇制胜，创造性地拿出一份独属于她自己的"北京风味"。那味道一定是丰富和复杂的，一言难尽。

现在，我家主厨的，是一个来自黑龙江的阿姨。

一个美人。尽管已经做了祖母。

她大概就属于时下所说的那种"冻龄人"。你看不出她的年龄，三十？四十？还是多大呢？没有意义。只需要知道，那是一个美人就可以了。

皮肤白皙，如玉如瓷。没有岁月留下的那些沧桑痕迹。每天，要化一点淡妆，穿衣的风格，接近浪漫的波西米亚风。尽管，她并不知道这样一个词汇。

干活，却是非常严谨，有条理，会安排计划。会省钱。

但是开车，好家伙，可谓风风火火，假如没有导航提示，一定超速。所幸，北京拥堵的路况，拯救了她，使她不至于把一年的分罚光。

在家乡时，她养过大车，就是我们在高速公路上常见的那种大型货车。她养大货车，雇了一个司机，跑运输，给人运货，贩牛。

她的家乡，地处小兴安岭与松嫩平原的过渡地带，丘陵起伏，有许多林牧场，也有许多人家养牛。他们从各个牛场把牛赶上车，再长途贩运到各个屠宰场。司机只管开车，而挑牛、选牛、讲价、一路上，给牛喂饲料喂水，照料它们，都是她的工作。她穿着长筒靴，工装裤，踩着满车厢的牛屎，这样的场景，和她，真是南辕北辙得违和。

我问她，在你们那里，女人贩牛的多吗？她笑了，她真是特别爱笑，回答说："不多吧？反正我知道的，就我自己。"

她的车，不光贩牛，还跑运输拉货。有一年冬天，他们拉货归来途中，遇大雪。雪停后，地面滑如溜冰场。车走在山路上，爬一个大陡坡，车轮打滑，死活上不去，直往下溜。山路很窄，上下行都只是单车道，错车很困难。一边，是山坡，一边，则是深深的崖底。车一直朝下溜，溜，刹不住，她对司机喊："跳车！跳车——"她那时想，车不要了，人不能出事啊！可是司机拧，不跳。她绝望了，忽然想起，车上好像散落着一些煤渣。上次拉货时没卸干净。她急忙开门跳车，又匆忙爬上后车厢，果然，煤渣在那里。她拼命用手朝雪地上胡撸，朝车轮的位置，拼命胡撸。谢天谢地，奇迹发生了。车停了下来。

她瘫坐在车厢上，冷汗透了内衣。

冰天雪地的小兴安岭，一片死寂，美如仙境。

涉险的事情，不止这一件。那一次，是贩牛的时候，从车顶上，不知怎么让牛端下去了。腰椎受了重伤，动了手术，在床上，整整躺了三个月。下地时，都不会走路了。就此，终止了她的贩牛生涯。

后来，自然还有更多的故事。是我所不知道的。我不问。

后来，她来闯北京，入了家政这一行。

她擅长面食，包子、水饺、烙饼、春饼、馅饼，一周的食谱，排开了，轮番上场，很有规律。包子和水饺，每次要做三种馅料，一种是如意要吃的猪肉大葱或者猪肉鲜虾馅，一种是我丈夫和女儿吃的菜肉馅，一种是我和阿姨爱吃的纯素馅。菜肉馅多是白菜猪肉、韭菜猪肉，有荠菜的季节就吃荠菜猪肉；而纯素馅就变化多端了：胡萝卜香菇、角瓜鸡蛋、韭菜鸡蛋、青椒尖椒鸡蛋、香干白菜芫荽粉条，等等，非常丰富。她做这么多样馅料，不慌不忙，有条不紊，用她的话说，"分分钟的事"。

做菜，她没有安徽阿姨那么多种类，也不善烘焙。自从安徽阿姨走后，我家的大烤箱就沉寂着。但一般的家常菜，她做得很好，像清蒸鱼、红烧鱼、红烧肉、红烧排骨、卤鸡翅、炒鸡丝鸡丁等，都很拿得出手。自然，也引入了东北风，像东北风格的侉炖鱼、地三鲜之类，更是地道。

还有最重要的一个人，如意的阿姨。

在我心中，她更是一个"大神"般的存在。

也是一个东北人。

非常奇怪，如今地域歧视在有些领域非常鲜明。比如，家政公司在微信上替客户们发布的那些招聘信息，请育儿嫂或是请普通住家阿姨，是做饭还是照顾老人，抑或是接送和辅导小孩子，每个人开出的要求各有不同，五花八门，除了常见的讲卫生、有做家务的技能、人品好这些之外，另有一些严格、近似苛刻的条件。比如，有人要求阿姨要有英语四级或六级证书，有的要求有澳洲签证或者美、加签证，有的要求最好曾做过幼儿园或小学老师，等等，但有一条确实经常可以看到，那就是：河南籍、东北籍人士免谈。

幸好，我们没有这样的偏见。因为我自己就是一个河南人。也因此，我们没有错过一个珍宝。

如意不满两岁，这位黑龙江克东阿姨就来到了我们家，如今，如意六岁了，她还在。

如意三四岁时，就像当年的我问我的奶奶一样，问她的克东阿姨，说："阿姨，你会死吗？我可不让你死！"她比我有气魄，她不要答案，她下命令。

因为如意爱她，像爱妈妈。

因为她爱如意，像爱自己的孩子。

如意永远这样宣称："我第一爱我阿姨，第二爱我妈妈。"好在她妈妈很有自知之明，听了她女儿这样的告白，呵呵一笑，说："谢谢了，我这排名挺靠前嘛。"十分满足。

私底下，见过我家阿姨和如意相处的人，都说："你们怎么这么有运气？怎么这么好的人让你们碰上了？"是啊，我们何德何能啊，只能说，是如意这小东西太幸运了！

也可以说，她们娘俩有前缘。

阿姨脾气好，特别有耐心。人非常聪明、智慧、开朗，笑起来，极其豪爽。这一点，如意像她，喜欢爽声大笑，笑得像绿林豪杰一般，用她妈妈的话说："笑得像鲁智深似的。"其实她妈妈也是一个笑点很低的人。除此而外，阿姨还有着难得的大度和宽容，最要紧的，是非常善良。对了，忘了说，她信主，是基督徒。

所以，从如意嘴里，有时会冒出"是上帝的意思"这一类语言，也并不让人奇怪。

比如，这些日子，在家上网课。一天，有篇文章，讲运动会，说有个项目，是一只勺子上，放一个鸡蛋，人举着勺子跑步，问，鸡蛋可以一直、永远不掉下来吗？如意听了，回答说："不会吧？只有上帝才是完美的呀。"

说得非常诚恳。

如同我奶奶一样，阿姨从小给如意做饭，也是包小小的饺子，小小的馄饨。买来糯米粉，搓小小的汤圆。她不限制如意吃糯米类的食品，但她限制如意吃凉东西。她说，女孩儿吃多了凉东西，长大会痛经。

阿姨包饺子、包子，十分漂亮和利落。曾经，在哈尔滨，她开过包子铺。她租下的店面，位置很好，挨着学校，她的包子，真材实料，味道好，又干净，价格还合理，因此很火了两年。我问她为什么不干了，是后来生意萧条了吗？她说，不是，是她实在应付不了各种麻烦事，一会儿是城管，一会儿是卫生检疫，一会儿是消防检查，一会儿这里不合格，一会儿那里有问题，一会儿让停业，一会儿要整顿。"都是变着法儿来要钱的呗"，她说，"我这直肠子，应付不了那些事，不是做生意的那块料儿。"于是，不干了，入了家政这一行。

于是，我们有福了。

一度，如意迷上了日本"食玩"，天天让我下单从网上购买。买回来，阿姨教她，照着说明书，一步一步制作，做各种软糖、棉花糖、果冻、小糕饼点心。那是很需要一点细心和耐心的，很麻烦，也很精确，一点不能出错。而做出的每一样成品，都精巧可爱，颜色形状十分诱人。尽管说明书上声明，可以食用，但阿姨是不许她吃的，怕里面各种添加剂和色素不健康。但阿姨愿意不厌其烦地、细致地教她、陪她制作，"顺便"告诉她：

"如意，你看，咱们吃的每样东西，就算小小一粒糖，一块饼干，做起来，不容易吧？"

如意回答说："我知道了，这就叫，粒粒皆辛苦。"

她从来都是抓住时机，因势利导，从不说空话。这样的例子举不胜举。什么叫"润物细无声"？这就是。当然，当下，如意也不一定就能真的理解那其中的深意，但，我相信，这样点点滴滴的用心，会在如意心里结出果实的。

她没有上过幼师，只参加过家政公司短期的培训，可我觉得，她是一个非常称职的幼儿教育者，她有这样的天赋。我女儿常常对我说："可惜了呀。王姐要是当年上了学，一定前途无量。"

那是如意阿姨的心病。

当年，家里穷。尽管她学习比弟弟要好，但，一个家供不起两个学生啊。初中毕业那年，她想考幼师，父母歉疚地对她说："老闺女呀，别念了，让你弟念吧。"她是他们的女儿，她当然不能任性。比起她的姐姐，她已经好太多，姐姐是连学校的校门都没进去过……于是，她出外打工，把机会留给了弟弟。

这是多少乡村的女儿们共同的命运。

她们其实才是家庭的中流砥柱和脊梁。

如今，她凭一己之力，凭多年的劳动，终于，在家乡的县城，买了商品房。房子是为了儿子结婚买的，虽然儿子目前还没有女朋友。

她说，新房有电梯，有暖气，她要让父母以后冬天就在新房里"猫冬"。这样说的时候，她微笑，很有成就感。

这些年，我做主妇，全赖这些阿姨们，鼎力相助，帮我撑起了一个家，和我一起度过了许多艰难时刻。我们休戚与共。这些年，很多朋友说我，坚强、坚韧、能扛。我想说，是因为，我运气好，碰到了我生命中的贵人们，这些阿姨。

来来往往的她们，这些天南地北的中国女性，母亲们，妻子们，女儿们，她们哪个人没有故事？哪个人不是一本情节曲折的大书？她们人人都是勇士一般，像当年闯关东一样闯北京，闯四方，怀揣着一点希望和梦想，历尽艰辛，流汗甚至流血，却不屈不挠。那是她们自己的选择，她们选择付出自己，创造一个让儿女可以改变命运的机会。我从她们身上，不仅仅认识着南北各地的饮食风味，也认识着今天的中国。

## 第六章　味觉记忆

### 一　我的老师

我女儿小时候，特别喜欢我的一个老师。那时候，她对我说："我希望我长大了，是一个像尤老师那样的女人。"我有点心虚地问道："不是像我这样的？"她斜我一眼，斩钉截铁回答说："当然不是！"

尤老师是我的大学老师，教我们现代文学。

她常常在她的课堂上，把我叫起来，叫我给大家读那些诗歌，读郭沫若、戴望舒、徐志摩、冯至、卞之琳、李金发还有田间、艾青等等。我是她的课代表。

她是苏州人，毕业于南京大学中文系。

当年，我们这所小小的师专，师资力量可谓雄厚，里面藏龙卧虎。我们的系主任成立先生，毕业于北大中文系。教我们当代文学的郑波光先生，毕业于厦门大学。八十年代初期，他就在复刊不久的《文学评论》上发表了评王蒙先生作品的长文，在当时的文学评论界颇有一些反响。教我们现代汉语的马先生，则是中国社科院五十年代中晚期的研究生，好像，是那里的第一届研究生。他教我们调值调类，不仅教我们用赵元任的"五度标记法"来标注方言的声调，还教我们怎样用音乐的简谱来标注，非常敬业和负责，常常忘了我们不过只是师范院校的大专生。我们的老师们，都常常忘记这一点，那真是我们的幸事。还有一个潘慎潘先生，则是最早发现永州女书、也是第一个写论文来介绍和研究女书的学者。他们来自四面八方，毕业于不同的名校，却有一点是共同的，那就是，他们大多有坎坷的人生际遇。比如潘先生，他在劳改农场的时间，长于他自由的时光。

尤老师是经典的江南女性，我没见过她年轻的时候，但我可以想象她的柔美，即使是人到中年，她也仍然有着北方女性所没有的如水的姿态。

我第一次去她家，是在毕业留校不久，还很有些拘束，和另外一个同学，拘谨地并排坐在一张双人沙发上。说了一会儿话，只见尤老师站起来，走到厨房，从里面端出来一只小瓷盆，放到我们面前的茶几上。里面，是满满一盆炸得金黄金黄的小面饺。

"尝尝看，"尤老师说，"小点心。"

小心翼翼地，翘起手指拈了一个，放到唇边轻轻一咬，哦，好香。里面的馅料，是切成小丁的广式香肠和别的什么东西，忘记是什么了，当时也没好意思问吧？只记得，面皮也很酥脆甜香，她说，面皮里是掺了奶粉和鸡蛋。"我自己瞎琢磨着做的，孩子们很爱吃。"两人坐在那里，一会儿，大半盆就下去了。

那时候我想，做她的孩子可真好。

渐渐地，知道了，尤老师特别会做饭，也爱做饭，还爱招待我们这些后辈。中文系的年轻教师，特别是我们这些留校的、她曾经的学生们，没有一个人没去过她家吃饭的。常常，在周末的晚上，或是某个假日，老师召饮，呼啦啦地，我们欢天喜地结伴而来，早没了当初的拘谨。记得老师家的餐桌，曾经是一张大圆折叠桌，后来，搬了家，换成了西式长餐台。但上面的菜式，一成不变得好吃，而那份欢乐，更是不变。

常常有一份红烧肉，有时，和鲜笋烧，有时，和笋干烧，和百叶烧，有时，是和鱿鱼烧。无论和什么烧，都是大家的最爱。

如果能买到新鲜的鳜鱼，餐桌上就会出现一道江南名菜：松鼠鳜鱼。如果是春天，就会有一大盘油焖春笋。假如只是女生聚会，菜品就清淡，也更细致，比如，可能就会有一盘洁白如玉的龙井虾仁，有桂花莲藕；假如桌上男士居多，河虾就会被海虾取代，上一盘油焖大虾或者白灼椒盐两吃。她还特别善做熏鱼，那是男生女生都喜欢的佐酒佳品。

平日里，去老师家拜望或者小坐，也常有意外之喜。有一年深秋，她刚从苏杭、南京一带探亲回来，我去看她，她端上来一小碗西湖藕粉，上面撒着新鲜的桂花糖，是她南方的亲戚采下桂花自制的，香气馥郁，让我惊喜不已。那是一个没有网购的时代，像桂花糖桂花酱这种南方美味，在我们这里，是很难买到地道的佳品的。

冬天，聚会的餐桌上，常有温过的黄酒，里面加了几粒话梅，那是我们女士们的佳酿。男士们的首选，永远是白酒。对于很多本土的男士而言，最好的白酒，不是茅台，不是五粮液，而是我们自己的汾酒，汾阳杏花村老汾酒，最好是二十年陈酿，青花瓷瓶包装的那种，那是可以让他们灵魂出窍的恩物。但是到了老师这里，入乡随俗，也喝起了陈酿花雕。

老师的先生，是南京人，姓梁。梁先生也是一个热情、好客的人，所以他们的家，才有可能成为我们这些学生的"第二客厅"。等我有了女儿，有好些年，我很少参加先生家的聚会。后来女儿大了，尤老师说："把泡泡给我带来吧。"于是，我的女儿，就欢天喜地成为了我老师家的座上宾。

女儿来，老师家餐桌上，就格外地丰盛，也格外地热闹。我的女儿是大家的宠儿。那时，我其实已经离开了我的母校，成为了一名专职作家，可是，我从不会把我的女儿带到那个所谓同行的圈子里去。但我可以放心地、快乐地，领着我的宝贝，出入我老师的家，和先生一家、和我的师兄师姐们欢聚。在这里，女儿也毫不拘束，她特别爱吃尤老师烧的菜，尤其是那款鱿鱼红烧肉。尤老师也特别细心，摸准了我女儿的口味，只要她来，桌上的菜，样样都让她欢喜。

我女儿迷上了尤老师的餐桌，也迷上了尤老师。

女儿从小吃我母亲的饭菜长大，我母亲的厨艺，大多源自我的奶奶，基本属于北方的风味格调。它的美，朴素、饱满、沉稳，又有激情，浑厚如同北方的河山。而尤老师饭菜的滋味，则更微妙、婉约，也更丰富，曲径通幽，优雅如南方的园林。两者我都喜欢。记得我曾问过女儿，我说："你觉得尤老师的菜和姥姥的菜，有什么不同吗？"女儿想了想，回答说："打个比方吧。姥姥的菜是天空，蓝天白云，而尤老师的菜，是有焰火的夜空。"

我听了，暗自赞叹。

后来，退休后的尤老师，还迷上了做衣服。

她曾送我一件居家服，是她自己设计和缝纫的。一件夹衣。里子是纯棉布料，面子是灯芯绒。深墨绿底，上面有咖色和橙色花纹。样式宽松舒适随意，没有纽扣，两根带子，在前边随手打个结，有点日式风格。尤老师的儿子，在日本留学，博士毕业后，就留在了那边工作。尤老师去探望儿子，回来说，那边的猪肉真是太难吃了，怎么做也做不出中国的味道，家的味道。她不喜欢儿子客居的那个地方，住不惯，但喜欢那个地方的服饰，所以做了这样一件家居服送我。

我很喜欢。也很珍惜。

尽管，它并不是多么精致，多么无懈可击，可我爱它。穿了许多年。这些年，一边喊着"断舍离"，清理过剩的衣物送人和支援贫困地区，一边不停地买买买，但这件衣服，尤老师的作品，我则一直收藏在我山西的家里。

我女儿也喜欢这件衣服。

她们这一代人，八〇后，是读着日本漫画长大的。对日本文化和日本，有着复杂的心结。

我女儿出国读书前，她姥姥和她有过一次私密的谈话。她姥姥说："泡泡，姥姥求你一件事，你一定要答应姥姥。"

女儿说："什么事？"

姥姥说："姥姥求你，你可以和任何一个国家的人谈恋爱，但是，你一定不能给我领一个日本女婿回来。姥姥这辈子就只求你这一件事。"

我女儿很震撼。但她当然答应了她的

姥姥。

很多年后,当她姥姥已经丧失了语言和行动能力之后,某一天,在姥姥的病床边,她告诉了我这件事。

我理解。

我母亲伊河边的老家,她爷爷发达后盖起的大宅院,雕梁画栋,抗战时期,做了流亡在那里的河南大学的校址之一,后来,被日本人的炸弹彻底摧毁了。我十几岁的母亲,看着她父亲蹲在断壁残垣面前,捂住眼睛痛哭。她的妹妹,因为逃难,生了病,缺医少药,耽搁了,死在了她母亲怀中。她母亲那种疯狂的痛苦和绝望,如刀刻一般,刻在了我母亲的心里。

我女儿遵守了和她姥姥的约定。

但,她姥姥却没办法改变她的审美。

以及,她的某些口味。

她酷爱吃刺身。当然,她现在只能吃鱼类的。不过,鱼类也足够她吃了。浩浩汤汤的大海里,有多少种鱼啊,数也数不清吧。比人的种类多多了。现在是人吃鱼,谁知道未来怎样?或许,有一天,这地球上,没了人类,只剩下鱼了也说不定啊。

有一段时间,我女儿在家,也爱穿这件和式的衣服。

舒服。她说。

"妈,你怎么什么都不会呢?"女儿有时会这样质问我,"你看看人家尤老师。"

我只好回答说:"俗话说,巧妈笨闺女。只怪你姥姥啥都会干,所以我就笨了呗。"

我安慰她:"同理,笨妈巧闺女。我这么笨,你将来一定很巧。"

但是迄今,我没看到一点这样的迹象和苗头。曾经,在法国的八年,她真是下厨做饭,我和她爸还都在法国吃过女儿做的中餐,还真的像模像样。只是,回国后,就再没见她下过一次厨房。我问她:

"你不是说,想做尤老师那样的女人吗?"

"是啊,"她回答,"精神上是啊。"

我想想,她说得还真对,叫我无语。

尤老师退休后,没几年,梁先生也退休了。他们的女儿,在大连安了家,有了孩子,所以,尤老师他们就移师大连了。他们的家,还在老地方,但人去楼空。有一段时间,我觉得这个城市都变空了。偶尔,他们回来,我们相聚的地方,就变成了餐馆、饭店,或是"上岛咖啡"这一类地方,找个包间,几个人坐坐,喝个茶,吃个便餐。聚时是开心的,但散场时,走在路上,我却比任何时候都更深切地意识到,这个城市,是没有尤老师的城市了。

大约在 2004 年前后,某一天,我的师姐和好朋友给我打电话,告诉我,梁先生病了。尤老师和梁先生要回我们城市看病。

无痛血尿。

我的心一沉,知道这不是个好兆头。

果然,是膀胱癌。

他做手术那天,我们几个弟子,陪着尤老师,守在手术室外。我嘴里不说,心里却存了幻想,幻想是误诊,幻想它不过是个良性的肿瘤。主刀的医生,是我们这个省份泌尿专科第一把刀,很厉害。手术很漫长。但结果是残酷的,晚期,而且,扩散得很厉害。

接下来就是痛苦的化疗。

住院,出院,又住院。请了护工,先生的女儿也回来陪护。我们这些学生,也跟着忙。跑医院,送饭,去家里陪伴尤老师。尤老师给梁先生煲汤煮粥做饭,可是梁先生吃不下去。

梁先生曾经写过一篇文章,是写他小

时候遭遇南京大屠杀的经历。记不清内容了，记得一个细节，破城前一天还是当天早晨，他妈妈给他做了他爱吃的酱油蛋炒饭。我曾问尤老师，酱油蛋炒饭是什么样子？尤老师说："嗨，就是蛋炒饭里加酱油，并不好吃。"可从此我做蛋炒饭时，就爱做酱油蛋炒饭了，直到今天，也仍旧如此。

在梁先生最后的日子里，我和我丈夫去病房探望他。他已经瘦得脱形了。我们貌似平静地说话，说些自己也不相信的安慰话。梁先生喘息着，说：

"李锐，等我好了，出院了，我们一起去吃海鲜……去海外海，我请客……"

"好，梁老师，"我丈夫回答，"我等着您，在海外海请我……"

海外海，是我们城市最好的餐厅之一。主打海鲜。

出了病房门，我流泪了。

那是我最后一次看见梁先生，那是我们最后的对话。

几天后，梁先生走了。

没有了梁先生，尤老师很少很少回我们这个城市了。那个家里，一定有太多她不敢去触碰的回忆。我的城，真是一个没有了尤老师的城市了。我和我的朋友，我的师姐，一直说要去大连看尤老师，却一直因为这样那样的原因，因为七事八事，未能成行。

其实，梦里，我已经去过了不止一次。

还想说说成立先生。

成立先生是浙江人，毕业于上世纪五十年代晚期的北大。

那时，他是我们的系主任。多年前，我离开师专前，曾在一篇文章中这样写过：

"成立先生是我们系执牛耳者。我永远以是他的学生为骄傲。"

我还写过，我说，我不知道他在学术界是否很有名望，但在我心里，他是一个真正的学者。他严谨、谦和、自尊、亲切，你面对他，就像面对一本博大精深却又深入浅出的巨著。

我还写过，作为一个教师，他从不讨巧，从不卖弄，也从不迁就。他不是个要急于赢得廉价喝彩的布道者，我们甚至都有些怕他。他话不多，更没有废话。但他时常会在讲课或者说话时突然温和、腼腆地一笑，他的亲切就隐藏在这非常动人的迷人一笑中：没有胸怀的人，阴暗的人，是不会这样微笑的。

我们77级学生，入校时，是1978年春季，十年浩劫，百废待兴，还根本没有统一的国家教学大纲和各科的统一教材。我指的是中文系汉语言文学专业，理工科的情形我就不知道。老师们讲什么？用什么教材，这很重要。成立老师教我们文艺理论，那时，和我们同届的山西大学的文艺理论课，就选了《讲话》做教材。成立老师的教案，则不同。他给我们拉了两条线，东西方各一条，为我们梳理了文艺理论的源头和流变，以及各种学说和流派。西方，从苏格拉底、柏拉图、亚里士多德讲起，一直到别、车、杜。中国则从孔子、老庄等一直到王国维。要知道，那是1978年啊。后来，他还率先给我们开了一门选修课：西方美学史。

我已经说过，我们这批77级学生中，有许多曾经的老高三学生，他们大多出自各地的中学名校，有很强的实力。各科老师对他们都非常看重。我的母校，又是一个恢复不久的新学校，师资力量急需补充。

所以，我们毕业时，成立老师他们这些系主任，经过多方努力，为每个系都争取到了好几个留校名额，中文系争取到了七八个。经过自愿报名和考试，最终，留校的学生中，都是曾经的实力雄厚的老高中生。当然，除了我。

他们都比我大六七岁。

也都在入学前结婚成家生子。

而我，一毕业，刚刚留校，就办了一件大事，结婚。一年多后，突然发现，怀孕了。

才五十多天，可是怀孕的反应，突如其来。我一下子就躺倒了。那时，我很瘦，体重八十多斤。我丈夫惊喜地说：

"哎呀，竹竿怀芦苇了！"

可是，我的怀孕反应，可以用一个词形容：排山倒海。那汹涌的来势，真是吓人。我不能吃任何东西，连喝水都吐。人根本不能站立，甚至连眼镜都不能戴。在这之前、之后，我都没见过比我反应更强烈的孕妇。我一天不知道吐多少次，为了孩子的发育，强撑着吃下一点东西，接下来就是翻江倒海。胃吐空了，就吐胆汁，胆汁吐完，接下来就是吐血。我一直不清楚那血是怎么回事，后来想，可能是把食道吐破了吧？看到那一盆血水，人总是要惊慌的。我想，大概是要死了吧？

成立老师他们来家里看我的那天，我刚好吐出一脸盆血水，趴在床上，气喘吁吁，满脸是泪。

成立老师站在床边，看着那一盆血水，沉默不语，神情紧张。估计他也从来没见过怀孕怀得如此壮烈的阵仗。我爬不起来，说："抱歉，成老师，我还得请几天假——"

他打断了我："你安心在家休息吧，什么都不用管。你的课，我们回去重新安排别人上。你的任务，就是安全地度过孕期，安全地生下孩子。现在，没有什么比这件事更重要。"

就这样，整个孕期，我都没有去工作。一直到孩子生下来，休完产假以后，我才重新去上班，那时，孩子已经七个月了。一个职业女性，在中国，能够在整个孕期脱产脱岗的，掰着指头数，能有几个人呢？尤其是后来，听过多少职业女性在怀孕期间遭遇的各种不易、各种不公、各种辛酸，那时，我会想，我何德何能，竟然能够受到师长们如此的照顾？只能说，我太幸运，能够遇到这样人性善良的老师和领导。

记得我们刚留校不久，系里就组织了一次"青年教师学术报告会"。报告人是我们这些昨天的学生，听报告的是我们的先生，这当然让我们紧张、不适应。但是坐在下面的老师给予了我们诚心诚意的掌声，他们倾听时那种专注和投入，让我们每一个人都深深感动。而作为主持的成立先生，就坐在讲台一旁，给我们每一个做报告的学生倒茶水。

我爱师专。

它现在叫太原师院。

后来，成立先生调走了。回到了他的家乡，做了杭州师大的中文系主任。那是在上世纪八十年代中期吧？

后来，我也走了。先是去了艺术系。再后来，则离开了我的母校。

某一年，成立先生来山西开会，尤老师提前好几天告诉了我们这个消息。我们这些学生，和成先生鲜有联系，尽管很是想念。和成先生交往，特别能体会那句话，"君子之交"。听说成先生要回来，我们高兴极了，大家一起策划，怎么聚会，怎么玩儿。安排得很是圆满。

成先生来了。开完该开的会，剩下的就是我们的时间。看得出故地重游、故交师生相聚，成先生是开心的，甚至兴奋。我忽然发现，成先生的日程上，有个小小的空档，于是，我竟斗胆，请成先生去我家吃晚饭。话一出口，我自己也吓了一跳。

我拿什么招待我的老师？

自己也蒙了。

好在，先生说，连日来大鱼大肉，腻了，想吃清淡些，喝粥。

那一个下午，我骑着自行车，几乎跑遍了全城，去寻找一把鲜花。那时，我们这个城市，鲜花店还属于凤毛麟角的稀罕事物，不像后来，遍地开花。好容易，找到一家，买到几支打蔫的玫瑰，回来插瓶，布置了餐桌，就当它是主菜一般。

我常常干这样本末倒置的事。

当然，也是因为，私心里，我太知道自己的厨艺拿不出手，可我希望先生知道我是多么看重这晚餐，所以，我需要一点仪式感。

真的就只是煮了一锅"二米粥"，用了大米和小米。粉丝蛋皮丝黄瓜丝凉拌了满满一大沙拉碗，切了一盘皮蛋，炒了一盘青菜，一盘西红柿炒蛋，还有一碟新东阳肉松也拿来凑数了。好在，是喝粥，还不算太离谱。

只是，由于浪费了太多时间在买花上，时间太紧张，凉拌的粉丝没有剪开，太长了，第一口，成立先生就被没剪短的粉丝呛了一下。

作陪的人，还有尤老师和我的师姐。一顿饭下来，尤老师评价了一句，说："蒋韵杯子擦得真亮。"

后来，我知道了，在杭州成先生的家里，有个七十平米的小花园，种的全是玫瑰。

那次，可能是太劳累了，成先生身体不适，改签了飞机票。隔天，我们去尤老师家看望成先生，可能，是我那顿饭给他印象太深了，闲聊中，成先生对我说：

"你拿纸笔，记一下，我来教你做几个菜。"

于是，教我西方美学史和文学概论的先生，在一个很热的北方的下午，教我做了：梅干菜烧肉、冻豆、糖醋排骨、红烧肘花、藕饼、鱼头炖豆腐这几样具有江南风味的家常菜。他一样样说，我一笔笔记，我认真地记录了每一道程序、每一种配料、刀法以及火候的大小、烹制的时间等等。而心里，我知道，我一字一句记下的这些，这一切，它们珍藏的意义远远大于实用的意义。那将是供我追忆的时光。

至今，我的厨艺，仍然没有多少进步。

## 二 一些难忘的地方

### 六合小馆

真的是一家小馆子，不是自谦，不是某种修辞。它开在浸会大学的旁边，去那里吃饭的，大多是浸大的学生。

2004年，香港浸会大学开办了首届"国际作家工作坊"，邀请了世界各地九名作家到浸大做访问作家，我是其中之一。

要在香港生活一个月。

那时，我的城市还没有直飞香港的航班，我需要到北京转机。上午，我从太原飞到北京，而我飞香港的航班，是晚上八点起飞。白天和北京的亲戚聚会，没有休息，待飞到香港大屿山机场，落地，早已是深夜。和接机的人再乘车去酒店，安顿下来，凌晨一点多钟了。

这一天，这一路，喝水很少。到酒店，发现没有电热水壶。冰箱里有饮料，也有赠送的矿泉水，可是，我觉得胃有点痛，不想喝冷水。也因为很累，也因为太晚了，就没有打电话要电热壶，睡了。

第二天上午，作家坊的工作人员小何（后来我们成了很好的朋友），来带我办理一系列手续，跟着她，到银行、到办公室，东跑西跑，忙碌一上午，中午我们一起吃了午饭，她送我回到酒店，说让我休息。这时，我其实已经很不舒服了。

不停上洗手间，疼痛难忍，愈演愈烈。

泌尿系统感染。

到晚上，开始血尿。鲜红的血尿映衬着洁白的马桶，分外醒目，恐怖。看得让人心惊肉跳。

我手脚冰凉，一身冷汗。慌乱中，把带来的各种抗生素，都吞下去了。

凌晨，疼痛稍稍缓解，昏死一样睡着了。电话铃吵醒我的时候，已是下午。

是骆以军。他刚到。

他说："蒋大姐，可以过去看你吗？"

我说："好啊。半小时后。"

自始至终，我没和任何人说我生病。不想给人家添麻烦。尽管工作坊给我们每个人预先都上了医疗保险，但，活动还没开始，先病倒，总归是麻烦和不吉利的。显然，口服抗生素起作用了，血尿止住了。疼痛消失了。当我看到马桶里没了骇人的鲜红时，一阵狂喜：知道自己挺过来了。佛祖、菩萨、上帝、各路神明，他们保佑了我。

当晚，马家辉先生请骆以军、马来西亚的黎紫书、还有我，我们这几个使用汉语的作家，去了九龙城里一个不大的餐馆，据说，是蔡澜先生常去的一家馆子。是不是就是传说中的那种"苍蝇馆子"，我不能判断。那天，我完全不在状态，浑身酸软乏力，头也昏沉，更没有食欲。那一晚，吃了什么，谈了什么，如今回忆，一片空白。连餐馆的名字也毫无印象。只记得马家辉先生特地点了几样那家的看家菜，也是蔡澜先生推荐的。叫什么？不记得了。

真是遗憾。

接下来，就是工作坊盛大的开幕仪式，各路访谈、各种活动和宴请，我撑着。

身体没什么问题了，但食欲一直很差。

有一天，终于消停了，没有任何活动，也没有宴会，我一个人，出了酒店，随意走走。我不辨东西南北，瞎走。居然就是学校的方向，走着走着，就看见了那家小饭店。

六合小馆。

吸引我的，是这名字。什么是"六合"呢？

想着，就走了进去。

还不到饭点的高潮，小店里，人不算多，记得是里外两间屋子，还有空位。我一看，有各种粥，就要了一碗皮蛋瘦肉粥。端上来，很大的一碗，上面撒了金黄的薄脆。一口下去，哦，真好喝啊。米香和毫无腥气的皮蛋香，融合得天衣无缝。从没有喝过这么好喝的皮蛋瘦肉粥。和我在我的城市里喝的那种，完全像是两种食物。我喝得很慢，很从容，很庄重，体会着粥在我身体里的那种神奇裂变，一碗粥喝完，我知道，我痊愈了。

我喜欢上了"六合小馆"。

那里卖各种粥。艇仔粥、状元粥、白粥，等等。而我只喝一种，就是皮蛋瘦肉粥。

也卖各种盖浇饭、馄饨面之类，简言之，就是一个吃快餐的地方。

来来往往的，大多都是学生，鲜见我这种年龄的中老年人。可见，浸大的老师们是不来这里的。也从没见我们工作坊的人光顾此处。他们做的，可能就是大学生的生意。

除了粥，我有时会叫一盘盖浇饭。这里的盖浇饭种类很多，而我叫的，是最简单的一种：火腿蛋盖饭。一大片火腿肠、两只溏心煎蛋、两根菜心，盖在白饭上，上面，浇一点酱油。极其简单直白，甚至，粗鄙，但，匪夷所思得好吃：那正是人在旅途的味道。

但，我只在一个人的时候，才去那里吃饭。我从不邀请人和我同去。我觉得，它是我的一个秘境。有些地方，是迫不及待需要和人分享的，比如"糖朝""陆羽"等等，而有些，则只是你一个人的：你一个人的私藏。若干若干年后，看日本电视剧《孤独的美食家》，我忽然想起了我的"六合小馆"，那个地方，也曾让我体会过如同五郎一般那种孤独的、隐秘的幸福。

记得，去过几次之后，有一天，刚进去坐下，服务员就走来了，一边掏出点餐本一边说："来了？"我起初没反应过来，愣了一愣。她微微一笑，又说一句："来了？吃皮蛋粥还是火腿蛋盖饭？"

我笑了。心里一阵温暖。

那是一个高个子、大脸盘的中年女性，眼睛明亮，扎一条马尾辫。她使我在那一刻，忘记了我是这个城市的陌生人。

不知道它现在还在不在那里？

如今的香港，想来，也不是那时候的香港了。

### 中国厨房

还想说一个地方。鹿园。

鹿园，是中国作家都不陌生的名字，那是聂华苓老师的家。

2002年，和李锐一起，参加了美国爱荷华大学的"国际写作计划"，有机会，走进了传说中的那个鹿园。

它建在山坡上，树林中。当树叶落光的时候，站在它的平台上，可以看见山下流淌着的爱荷华河。

每天傍晚，有野鹿会光顾这里，觅食，其实是吃聂老师给它们准备的晚餐。第一天，屏着呼吸，隔着玻璃窗偷窥它们被夕阳笼罩的轻灵的身影，有种梦幻感，好美。

那后院，还曾经见过一只肥胖的獾。

当然，也可以在那里烧烤，烤牛排。

只要没有必须出席的集体活动，我们几人，晚饭后，必要到鹿园来。当然，也常常到鹿园来吃晚餐。

那一年，参加"IWP"的中国作家，除了李锐和我，还有西川和他的妻子、雕塑家姜杰、先锋导演孟京辉以及他的妻子、作家与剧作家廖一梅，这样一种"混搭"的组合和相遇，是奇妙的。假如不是鹿园，我们和有些人，可能就会永远错过。

是鹿园有魔力吗？还是因为什么原因，我们六个人，年龄不同，职业不同，性情不同，各自境遇不同，却一见如故。每天，聚在一起，说不完的话，聊不尽的话题。聊着聊着，大家发现，其实，尽管有那么多的不同，可更多的是相同的地方：都热爱自己的职业，尊重它，视它为一项严肃的事业；都面临着种种困惑，比如，面对世界，我们是谁？我们怎样发出自己的声音?而不仅仅是一种回声?怎样的表达是自由的、真诚的、自己的表达,而不仅仅是"摸脉"或者某种符号?又或者,需不需要证明,我们是谁?又向谁证明?……太多太多的困惑、纠结、矛盾、迷茫甚至是痛苦,充斥在我们心里,原来我们每个人都走到了这样一个关口。这使我们变得一天比一天亲近,仿佛,回到了久违的八十年代。

怎么会有那么多的话题和故事啊!每个夜晚,都想聚在一起,说啊说。说到会心处,拍案叫绝,有时争论起来,也能吵得天翻地覆。当然,不会只聊严肃的话题,也聊八卦。一次李锐说了件什么事,竟能让孟京辉笑得从椅子上滑坐到地上。也有时,我们变得很安静,坐在那里,静静地,听聂老师给我们讲故事,桌上,是白兰地和切成小粒的奶酪。

Cognac。康尼雅克。干邑白兰地。那是聂老师的最爱。

聂老师家的大长餐桌,就是我们经常围坐的地方。常常,聂老师会让我们来吃晚饭。傍晚,我们从城的那一边,一路走来,刚爬到半山坡上,就会闻到某种肉香。我们像孩子一样欢呼,加快脚步。果然,厨房里,红烧小排骨出锅了。那是聂老师最拿手的菜。红亮亮的一大盘,漂亮极了。砂锅里,煨着鸡汤,也是香气缭绕。电锅里,是满满一大锅泰国香米饭,再炒两盘绿色的青菜,我们在爱荷华河边的晚餐,就这样简洁完美地摆在了餐桌上。

聂老师烧的小排骨,不仅好看,更好吃,非常鲜嫩入味。满满一大盘,总是被我们一抢而光,连汤汁也不剩下,用来浇饭。聂老师说,当年,上世纪六七十年代,她刚到爱荷华的时候,这里的人,没人吃排骨,肉店里也不出售这种东西。起初,聂老师来买,卖肉的人很奇怪,不知道她为什么要买这种东西。所以,不要钱,干脆就送她。后来,一年又一年,华人多起来,再后来,有了中餐馆,买排骨的人,越来越多,终于,水涨船高,排骨的价格早已不是当初可比的了。

饭后,大家七手八脚,收拾好餐桌,把餐具归置到洗碗机里,聂老师拿出了酒杯和"康尼雅克"。柔和的灯光,酒在桌面上,酒在酒杯里。康尼雅克金灿灿的,散发出幽幽的芳香。我们的夜晚开始了。

喜欢看聂老师酒喝高了的样子,眼睛如少女般明亮,水光潋滟,哈哈哈大笑,爽朗如豪杰。

我们这几个年轻和中年的后辈,没一个人,及得上她的酒量。

佐酒的是奶酪,我永远记不住那些奶酪的名字。为了照顾我们的口味,聂老师买来的奶酪,味道都是中庸而祥和的,很好吃。这让我产生了错觉,以为奶酪不过如此。后来,有一年,在巴黎,参加一个文学活动,有一位来自意大利的女教授,请我们去她家吃饭。她是韩少功等人的朋友,也认识李锐,大家就去了。端来了餐前开胃小食,是各色奶酪,我一边说话一边顺手捡了一粒放进了嘴里。"轰"一声,我脑子炸了,眼前一黑。天,佛祖!上帝!那是什么味道啊!腥膻恶臭,我咽不下又不敢吐出,眼泪几乎要出来了。我含着,忍着,终于趁人不备跑到卫生间里吐了,用手掬起自来水,反复漱口。这才知道了奶酪的厉害和摧枯拉朽的攻击性。

也更体会了聂老师对我们的细心。

酒使我们每个人的眼睛,都有了水光,也更兴奋。话题绵绵不绝,谁也不舍得从这光明的餐桌前离去。可是，夜深了，宴席该散了。我们终于起身，几个人，说笑着下山，然后，沿着爱荷华河，一路走回我们的旅舍。从前，IWP的作家们，是住在"五月花酒店"，那里离鹿园要近许多。而如今我们下榻的旅舍，则要更远。我们走在河边，闻着河水的腥气，闻着草叶、树叶和夜的香气。月光洒在河面上，有时，没有月色，爱荷华在沉睡，偶尔，能听到河水"扑啦啦"的响动，是鱼在跃出水面。鱼醒着，是被我们的说笑声、歌声吵醒了。

这条路，越走越熟。我们从夏末秋初，一直走到了深秋，走到了初冬。

天冷了。孟京辉穿上了皮夹克。西川披上了聂老师送他的保罗·安格尔的大衣。一梅则戴上了帽子。那帽子，我叫它"保尔"帽，两边有长长的护耳，很别致，很好看。她的脸，如白瓷一样闪着某种幽光。空气寒冷清冽，星星亮得如同神迹。真好。但是，就是那句话，千里搭长棚，没有不散的宴席。这样朝夕相处的日子，不多了。我心里一阵依恋。

那时，在国内，同行们见面，谁要是不识时务地谈论写作的事情，那只能让人觉得你是个傻×。你是个搅局者。买房买车、吃喝玩乐、打牌打麻将、古玩收藏、足球NBA，当然还有各种八卦，聊这些，才是一个潇洒的、值得交往的朋友。我想，假如，换一个地方，我们几人，是在国内相遇，还有可能，成为这样的忘年之交吗？又或者，回到那个氛围之中，我们还有可能，延续我们这样难能可贵的友情吗？

我突然很伤感。

姜杰是最先离开的。她在中央美院执教，不能全程参加。临行前，她做了一件大事，为IWP的创始人之一、聂老师的先生、诗人保罗·安格尔，创作了一尊塑像。那几日，我天天陪她去学校艺术系的教室里，看她创作。那是我此生第一次也是唯一的一次，见证了一件雕塑艺术品的诞生。看它怎样从一块一块、一团一团胶泥，从混沌、茫然和无知无觉中，长出生命。长出一个血肉丰满的、生动的诗人。他像爱灵魂和诗一样，爱他的妻子。

后来，这雕像，被铸成了铜像。那是在我们离开之后了。

后来，十几年之后。我女儿也来到了IWP，来到了鹿园。那一天，手机响了，我听到了聂老师遥远的声音，九十岁的声音。她很兴奋，问我：

"蒋韵，你猜猜看，现在谁在我家里啊？"

我不用猜。我知道。

一下子，鹿园的夜晚，鹿园缠绵的灯光，壁炉里熊熊的火光和红烧小排骨的香气，汹涌着，来到我的心里。

### 涧河滩

我往回走。

看见一个美人。

我喜欢美人。天然地，想亲近她们。

她站在荒凉的河滩，近五十年前的涧河滩。她风姿绰约，穿一件中西式结合的蓝地花罩衫，两根齐肩的麻花辫，眉目如画。

可是，她却有一个不好听的绰号：酸馄饨。

那算是人以地名。

那一年，我十八。她二十。

曾经，她是我们这个"建筑材料厂"西山"车间"的四大美人之一，备受景仰。我没有见过她的鼎盛时期，当她从开采石方的西山下到我们东山脚下的河滩上时，已经今非昔比，被人嫌弃地称作"酸馄饨"了。

她家住在我们这个城市最中心的地带——钟楼街开化寺。

那是条极热闹的商业街。大大小小的商铺云集于此。星期天，走在开化寺窄窄的街上，人流汹涌，几乎难以通行。这条街中间，有个不大的饭店，叫"鸿福居馄饨馆"，她家就住在这个馄饨馆里。

那整条街，都是老建筑。"鸿福居"店面临街，穿过店面，则是一个不大的天井院，后厨面案都设在天井院。院里，有一道楼梯，通往地下室，地下室其中的一间，就是老酸一家四口的家。

星期天，去逛钟楼街，逛累了，常常就拐进了开化寺街，穿过馄饨馆的店堂，走进天井后院，走下楼梯，来到她家里，歇歇脚，喝杯开水。

我俩很要好。

她脾气暴躁，任性，说话尖刻，有时阴阳怪气，却又有一点小小的文艺腔，目中无人，心高气傲，不把我们那个生产石灰、红砖、麻刀以及开采石方的集体所有制小厂放在眼里，更不把那些烧砖背窑推砖坯、炸石头赶马车的男人们放在眼里。曾经，有多少人追求她，把她捧在手心一般呵护，但是，她很快就让那些怀揣梦想的人醒悟了，她不属于他们，永远。

于是，渐渐地，她就变成了他们嘴里的"酸馄饨"，算是人以地名。再简化，就成了"老酸"。常常，当着面也这样叫她。

背地里，喜欢取笑她的家，暗无天日，没有窗户，白天晚上一个样，永远都得开灯。

这条街上的居民，我觉得，人人都有来历。

她母亲，是旁边开化寺商场的营业员，她父亲，则在一家单位食堂上班。那是他们建国后的身份，民国时期，他们做什么，就不知道了。只知道，她父亲，解放后曾入狱判刑，什么缘故，我没问过。

同一条街上，还有一个我们厂的青工，有一次，我去鸿福居，在他家门口碰上了，他盛情邀请我去他家坐坐。家门就临着街，毫无遮挡。我进去了，吃了一惊。家很小，很逼仄，很破旧，却赫然摆放了一张大铜床，黄铜的、带栏杆的西式大床，惊艳无比，霸道无比，和这个家格格不入，似乎，这个破屋子就是一个储藏它的库房，或者，一个埋葬它的坟墓。我寒暄两句逃了出来，知道这人家也是有故事的。

那时，我朋友其实在恋爱。

对方是很帅的一个男士，很"港气"。那时我们这个城市把时髦的人物称为"港气"。当然，也只有这样的人才配得上我美艳的朋友吧？这个男朋友，也是个普通工人，但，家庭出身似乎很复杂，他母亲的家族谱系，似乎，和越南的阮朝皇室有瓜葛，不知道是他姥姥还是谁，是个什么公主之类。我朋友弄不清楚，估计，她男友也未必清楚，甚至，真假难辨。但，我朋友的父母，坚决反对他们交往。他们家已经是个污点家庭，哪里还能容忍和更浑浊的家庭结亲？这样下去，哪一天才有出头之日？

我朋友的母亲，性子刚烈。她说："你要不和他断，咱俩就一块儿喝耗子药！"

她知道，她妈不是吓唬她。

也就真的断了。这样的故事，在那个年代，又有什么稀奇？

但她脾气变得更坏，说话也更尖酸。

有人对面走过,和她打招呼,讨好地笑,她不理。我说:"你咋不理人?"

"理谁?"她反问。

"谁谁谁呀。刚过去。"

她冷笑一声:"他?一米短三尺,掉地上找不见,谁看得见他?"

我知道她失恋,心情不好,放她一马。

用今天的话说,她是个颜值控,"外貌协会"死忠粉。

我在从前的小说里,无数次描绘过我们的涧河滩,我们的"厂"。它被一条枯干的河流围困着。河道里,没有一滴水,流的都是大大小小的石头。这道枯河,就是我们厂的"厂界"。没有围墙,没有门。那真是山根下一片辽阔的荒滩,满眼赤黄,方圆十几里,只有一棵树。一棵白杨树,高高地长在我们的井台上。风一吹,树叶像风铃一样哗啦啦响。荒滩上,散落着十几座老式的砖窑,冒着一缕缕呛人的青烟。天很蓝,蓝得让人心慌。除了砖窑,还散落着几间瓦房,高高低低,高处的,挨着山根,最大的一间,是我们的"机房",装着一套制作泥砖坯的机器。用炸药炸出的黄土,一平车一平车,被人推送到粉碎机里,经过数道工序,再推出来时,就是湿漉漉的泥砖坯。年轻的小伙子们,用特制的坯车,推着一板板泥坯飞奔而下,熟练的人,姿态优美轻盈,奔跑的姿势如同羚羊;新手一眼就可看出,战战兢兢,控制不住车辆,呼哧呼哧,蠢笨如熊。他们向着砖窑旁的晒坯场一路奔来,奔向我们这些年轻黝黑、挥汗如雨的姑娘,接下来的工作,就是我们的了。

我们叫"码坯工"。

一板一板的泥坯,每一板,重达百多斤,两个女孩儿,分站坯行两边,一板一板卸下来。熟练的工人,卸坯板的动作,如行云流水,"唰——"一悠,颇有舞台感,配合默契,使的是巧劲。然后,一块一块,用叉子叉起来,每一块都有十多斤重,有规律地、整齐地码到低低的坯台上。烈日当头,河滩毫无遮挡,人弯着腰,汗水不是滴,而是流到泥坯上、地上。我们的工作服,和人家正规工厂的也不一样,是用"再生布"制成,很容易被汗水浸透。于是,每一张弯着的脊背上,都有大大的白色汗碱画出的地图。

我码的砖坯,非常整齐,甚至是漂亮。间距、行距均匀,外表光洁,有一种几何美。只是,没人注意,无人欣赏。人累成了狗,哪有多余的力气去审美?可我就像一个强迫症患者,我码给天空看,码给过往的白云看,给风看,给驻足的小鸟和爬行的蜈蚣看,给钻出地面的"打碗碗花"看……那时,我不知道有一天我会变成一个码字的,我码字,也力图尽善尽美。但,它们的命运,和旷野中无人瞩目的坯架,相差无几:它们注定寂寞。我,不在乎。

有一天,她过来了,站到我的坯架前,说:"真好看。"

"啥?"我一下子没反应上来。

"你码得真好看,"她回答,"码那么好看有啥用?又不是绣花,晒干了,还不是背进窑里去烧去炼?费那心思是傻了吧?"

我无语。她说得不错。

"不过,看着真是顺眼。"她冲我一笑,"好看一天是一天。"

我也笑了。我等着她这句呢。

那是我们亲近的开始。

河滩上,那几排青砖房,住着从五台和定襄招来的背窑工。余下的,只剩伙房和一间会议室。说是会议室,其实破败无比，没有一张板凳桌椅，人们拖来草帘子，席地而坐。不开会的时候，就是我们所有人的饭堂和午休的地方。也有不喜欢扎堆的人，就钻到坯行里吃饭。两架坯架上，用苇帘搭起窝棚，里面铺上草垫，就是一个私密的小屋。我和我朋友，也喜欢钻进这样的窝棚里，度过我们的中午。

热极了。可是安静。

砖坯被烈日烘烤着，蒸腾着湿气，而苇帘、稻草垫、还有荒滩上那些野草、野苜蓿，也蒸腾着植物的气味。那是好闻的。我们从伙房取回了自己的饭盒，里面是热好的、从家里带来的饭菜。两个人的菜饭，合起来吃，丰富许多，也感到新鲜。

有一天，她带来满满一饭盒西红柿卤，里面有几片肉片。对我说，这是鸿福居的浇头。

"你买的？"我问。

"不是，是大师傅给的。"她回答，"这是员工吃的。他们做多了，吃不了，就给我盛了一饭盒。"

那时，我们带饭，都是头一晚上的剩菜饭，没人一大早爬起来现做吃的，根本来不及。一只大号钢精饭盒里，装两个馒头、窝窝头、半盒剩菜，蒸笼里一热，什么菜也都塌了架，变得软烂。人人如此。这么一大饭盒西红柿肉片卤，太奢侈了！她倒一半给我，掰块馒头一蘸，好香！果然是大师傅给自己做的饭，肯下料，上面飘着一层油花，西红柿很鲜，肉片不大，但炒得很是入味。我们也不介意那是人家的剩菜，吃得痛快淋漓。

我说："我从来也没吃过鸿福居呢，看来他家的东西，一定好吃。"

"他家最好吃的，是锅贴。"我朋友说。

"烙锅贴的大炉子，就支在院子里，来回回从旁边过，焦黄的底，滋滋滋冒油，闻着好香。"她又说。

那时，我们都没有闲钱，可以经常去吃一碗馄饨或者一盘锅贴。我朋友，守着饭店，又怎样？也一样没有钱。

"馋吧？"我问。

"不，"她回答，"是恨。我看见那炉子就恨，看见煮馄饨的大铁锅就更恨，我恨那个地方。"

我沉默了。

"我想好了，谁要是能让我家搬出那个地方，谁让我父母我弟弟能住进一个有窗户、白天不用开灯、可以从玻璃里看见天日的房子，我就嫁给谁。"她边吃边平静地说，"我一定每天都把玻璃擦得亮亮的，一尘不染。"

她家没有窗户。她家的屋顶，就是店堂的地板，星期天去她家小坐，头顶上咚咚咚的脚步声，此起彼伏，一刻不消停。一盏大约二十五瓦的灯泡，照着一盘铺板搭起的大炕，照着炕上靠墙摞着的衣箱，照着一个支在地上的旧条案，一只小柜和两把木椅。简单，寒素，但是整洁。我相信，假如她有一间明亮、宽敞的房屋，她一定会收拾、布置得特别漂亮。她有这个才能。

"我男朋友，"她静默了一下，笑笑，"我男朋友，刚认识他的时候，我都不好意思领他到我家里去，我不想让他看见我住在那种地方。后来有一次，他自己找去了，我生气了，其实是伤心，说，我不想在一个连窗户的都没有的地下室和我的爱人约会——你知道他怎么样？"她这样问我。

我摇摇头。

"他画了一幅画，"我朋友说，"他有才，特别会画画，也爱画画，在他们厂俱

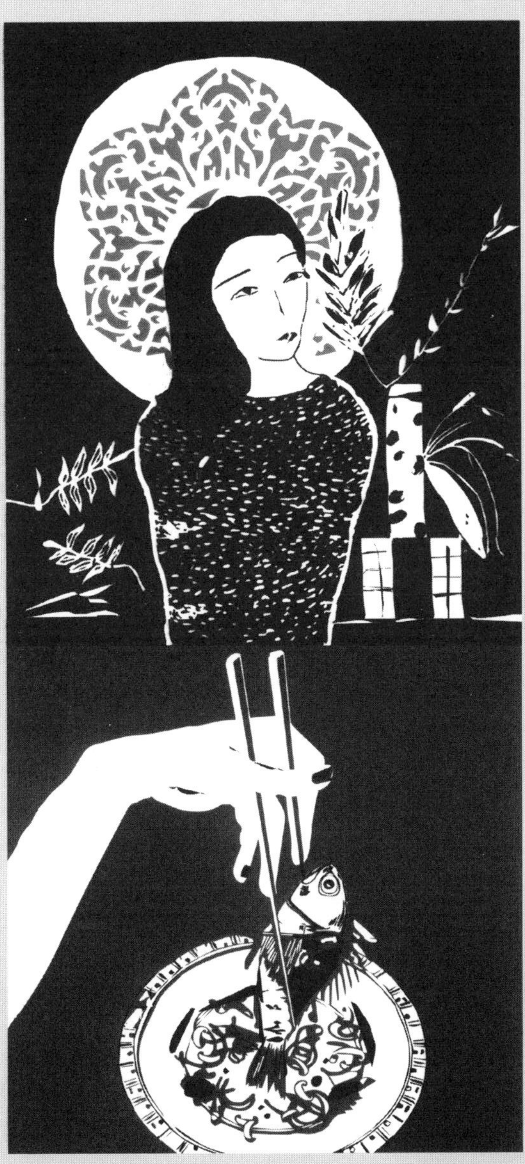

乐部里天天画样板戏海报,画领袖像。他送了一幅画给我,是油画,画了一扇窗户,大玻璃窗,海蓝色的窗框,一层轻纱的白窗帘,用蓝色绸带系着。窗外有蓝天,特别蓝的天,有一棵开满槐花的绿树,阳光灿烂明亮……他说,把它挂到墙上,我们就有窗户了。"她笑了,"傻吧?"

"你挂了吗?"我问。

"没有。我拿回去,偷偷塞到炕底下了。我不敢让我妈看见,我妈要是看见,更得骂他不着调。分手的时候,我把画还给他了。"

她平静地、波澜不惊地说。

像一个老人。

后来,她隔三岔五地,会带一饭盒西红柿卤,西红柿鸡蛋,或者是西红柿肉片,都是鸿福居的员工餐。那正是夏天,西红柿最好也是最便宜的季节。这个城市的人民,百吃不厌的就是这道菜。那个夏天,因为这道菜,我格外盼望午餐时光。就算是一个玉茭面窝窝,有西红柿卤相佐,也变得有滋有味,好吃许多。酷烈的中午,如同赤地的河滩上,湿气蒸腾的坯行,苇帘和草垫子搭起的窝棚里,我结识了鸿福居温柔的味道。

我相信这一饭盒西红柿卤,是因为悲悯。那掌勺的大师傅,对这姑娘她的家事,怕是也知根知底吧?知道这个姑娘的不容易,知道她活得艰难。

1966年"红八月"时,她的父母,带着弟弟,被当作牛鬼蛇神赶回了河南乡下老家。她没走。她本应该随同父母一起被扫地出门,但她奇迹般地没离开我们的城市。这一段历史,她语焉不详。我猜,她一定是表示划清界限了吧?诸如此类。我没有追问缘由,她也不讲。只说过,那时,

她一个人,十四岁,靠捡破烂维持生计。一个十四岁的女孩儿,一个人,在城市里,竟然活了下来。她去菜场拣烂菜叶,在鸿福居的煤渣堆里拣燎炭,就是北京人说的"煤核",生炉子取暖过冬。鸿福居的大煤堆,堆成小山,师傅们见她可怜,偷偷给她撮一簸箕煤,放她门口。她有原则,不要,再倒回到煤堆里。若是有人给她端一碗员工餐,一碗面条或是一碗烩菜,这个,她不拒绝。她说,讨饭可以,她也当自己是个讨饭的,但讨人家的煤烧,那就是贪心了。

我调离河滩的时候,她还在。起初,我们还有交往。星期天,我逛钟楼街,偶尔还是会到她家里小坐一会儿,讨口水喝。后来,她也调离了建材厂,换了工作。再后来,他们搬家了,我们就断了联系。知道她结了婚,爱人帮她家换了地上的房屋。她父母的余生,她弟弟的未来,有了明亮的大玻璃窗,有了窗外的蓝天白云和风景。她真的做到了。

只是,她调工作,结婚,都没有告诉我。特别是结婚,据说没有请一个我们河滩上的故人。辗转听说,她丈夫大她很多,人有能耐,只是,长得很困难。

这样的事情,在这世上,何止千千万?

可她终究还是一个和自己过不去的人。她对别人尖酸刻薄,对自己,也是同样不留情面。没多少年,大约是在我上大学后,听人说,她突发急病,去世了。

有人说是心脏病,有人说不是。

在突发心脏病猝死的年轻人群里,女性凤毛麟角。

我问自己,她活得是有多憋屈?我问了一遍又一遍,心痛难抑。我问她,你连饭都讨过,要饭的日子你都过过,还有什

么日子你不能忍？

她不回答。

如今，那给过我们施舍的鸿福居也早已没有了，消失了。城市大改造，开化寺街变成了什么样子，我一无所知。只是，偶尔做梦，梦见我不知因为什么缘故，又回到烈日酷暑下的河滩上班了。一个激灵，吓醒了，心怦怦乱跳，出一身冷汗。

怎么又回到过去了？我惊惧地想。

陀思妥耶夫斯基说："我怕我配不上自己所受的苦难。"

我不敢这么说。

因为，几乎没有什么人，能够配得上他们受过的苦难。那是"人"这物种基因的缺陷。

这次世界的大疫，人在苦难面前的种种表演，更让我悲哀地看清了这一点。

人啊，不配过好日子。

## 第七章　结束语

二百多年前的萨瓦兰先生，是个拥有乐观人生观的人。千万不要以为他只是一个生活优渥、养尊处优的人。不是，他一生，也曾有过在欧洲大陆颠沛流离的流亡生涯，甚至逃亡到了刚刚立国不久的美国，在那里，教授法语和小提琴，一度，还做了纽约公园剧场的第一小提琴手。

当然，他最终在他的祖国，成为一个备受尊崇的政治家和学者。然而，就在他去世前一年，犹豫再三，他决定出版这本他用二十五年时间写就的关于美食的书——《好吃的哲学》。人们大吃一惊。这本书和他政治家、学者的形象反差巨大，而这本书对世界造成的震动，也是令人震惊的。书出版仅两个月，萨瓦兰先生就去世了。而这本书再版时，主动提出为它作序的，是巴尔扎克。

我必须诚实地说，这本书，我真的没有读出它"开天辟地"的意义。

它并没有让我激动，让我沉浸其中。

可它还是诱使我写下了这篇文章，只因为那句话："告诉我你吃什么样的食物，我就知道你是什么样的人。"

那么，萨瓦兰先生，请告诉我，我是什么样的人？

也许，这并不能难住他。他洞若观火。也许，他说的是，你是哪一类人。

这个，我自己也知道。我偶尔食肉，可我本质上，是一个食草动物。

我憎恨所有血腥和残暴。

在《好吃的哲学》中有这样一节，叫"人类至上"。萨瓦兰这样说：

> 我们从小就被教导出一种令人愉悦的价值观，即在各类动物中，无论是地上爬的、水里游的还是天上飞的，只有人类的味觉才是最完善的。但这样的信仰可能会被动摇。
>
> 有人宣称：一部分动物器官的完美度和发达度与人类相比更胜一筹。但这个理论让我们难以认同，听起来颇有异端之感。
>
> 人类毋庸置疑地是大自然的统治者，他们根据自己的意愿决定覆盖地表的植物，决定可以繁衍后代的动物类别。也就是因为这样，拥有一个能品味一切美味的器官也显得尤为重要。

这个器官,是我们的舌头。

我们的舌头,应该决定我们居住的地球,长什么样的树、什么样的庄稼、什么样的花草和植被,应该开什么样的花,结什么样的果。还是我们的舌头,应该决定这星球上,哪种动物可以活着,可以生、可以繁衍,哪种动物必须灭绝。

如今,二百多年过去了,相信今天的人们,不会再公开宣示如此骄傲、如此自恋、如此霸气的价值观。不敢再宣称,人类是自然的统治者。但是,我们这条柔软的、旋转自如、横扫一切的舌头,确实使我们的地球,发生了太多的改变。这改变,也许,和当初萨瓦兰先生预测的,并不相同,甚至是相悖的。比如,正因为我们的舌头,使原本应该有的、应该繁衍的许多美味,几乎灭绝了。举个简单的例子,就说大黄花鱼吧,那是我奶奶的最爱。曾经,大黄花鱼不算什么太珍奇的鱼类,平常人家是都能吃得起的。但是如今,野生的大黄花鱼,到哪里去寻觅它们的踪影?

我们的舌头,把地上走的,水里游的,天上飞的,都吃遍了。它真是太柔软、太光滑、太灵巧,可以伸缩自如,可以随心所欲地在口腔里画圈,可以上下弯曲,可以这样可以那样。那真是一件造物的杰作啊。而大多动物的舌头,构造远没有我们的精密,光滑,有的干脆不能旋转。这一点,局限了它们对食材的选择。

我们所拥有的这条好舌头,这条精密的、敏感的、优秀的、同时又是邪恶的、贪婪的、永无餍足的利器,吃遍天下无敌手。万物被它戕害,奄奄一息。但是,你以为大自然会坐以待毙吗?结论大家都知道。此刻,正是新冠病毒肆虐的日子,人类陷入灾难。那么,困守在危城、困守在蜗居的时刻,是不是应该问一声,在未来,人将怎样和自己的舌头相处?人有没有可能、有没有理性和道义控制住这条横空出世的、凌驾于万物之上的舌头?能,还是不能?这是一个天问。

醢(音同海),淳熬,都是春秋战国时候的肉酱。后者,是周天子吃的"八珍"中的第一珍。总之,都是贵族才能享用的食品。所谓"淳熬",就是将炖好的肉酱浇在饭上,很像我们如今在快餐店吃的卤肉饭。为什么肉酱如此珍贵?我想,可能是因为它是身份的象征。把肉剁成酱,在那个年代,应该不是一件易事,当然不会有绞肉机,可必须要有一件锋利称手的厨刀。我们的冶炼技术,历史悠久,"刀"作为兵器,很早就用于战争。西周时,就有种"昆吾"刀最为著名,据说它切玉如切泥。作为一种厨具,我们知道有"庖丁解牛"的典故。但,庖丁使用的厨刀,不会是草根百姓家人人都有的,以那时的生产力,冶炼一把锋利的厨刀造价不菲。也因此,能斩肉成泥,才尊贵。

我们吃碎肉的历史,要远远早于西方。

西方国家是什么时候吃碎肉的?我看一本叫《食货志》(邓士玮著)的书,很有意思,他说源于成吉思汗西征。

西征的漫漫长旅中,蒙古骑士发明了一种储存和料理食物的方法。他们将一大块生牛肉或者马肉,装在一只皮革制成的袋子里,把袋子紧紧压在马鞍的下面,然后,骑士们飞身上马,长途奔袭、跋涉,到达目的地。经过这一路的颠簸折腾,马鞍下的牛肉早已压扁碎裂,碎成一团肉糜。更有趣的是,由于长途奔袭,马浑身发热,而马鞍和马背之间的热度,使封闭在皮革袋里的生肉形成一个保温系统，最高大致可达到五十五摄氏度。长时间处在这个温度下，细菌会停止繁殖甚至是死亡，类似如今流行的"低温烹调"。

英勇的蒙古骑士们，就是将这样的碎肉，用某种调料和香料一拌，大快朵颐。

这，就是后来风靡欧洲的美味"鞑靼牛排"的起源。

据说，欧洲所有的碎肉料理，都源自这道鞑靼牛肉。

故事很长，不多说了。

起源和传播于战争的美食，这仅仅是一个例子而已。

可以再说一个"蛋黄酱"的故事，也就是著名的"美乃滋"，也是从邓士玮先生的《食货志》上读到的。

地中海西侧，在西班牙和法国边境的地方，有个原属西班牙的岛屿，叫梅诺卡（Minorca）。岛上，遍植橄榄树。岛上的居民，喜欢用橄榄油拌生鸡蛋黄，做成一种酱料，蘸面包吃。据说这种吃法始于岛上最大的港"马翁港"，所以岛民们把这种酱叫做是 Mahonesa，大意就是"马翁酱"。除了这个岛上的人，全世界，没人知道这种吃法。

1708 年，梅诺卡被英国人强占。他们在马翁港要塞，派兵驻扎，一驻就是四十八年。四十八年的时间，英国士兵不知道换了多少代，来来去去，可从没有一个人，在回到英国时，说起过马翁酱。也从没有一个士兵，吃过马翁酱。不知道是他们熟视无睹还是因为他们固守自己的饮食习惯和原则，他们错过了这道美食。

公元 1754 到 1763 年之间，欧洲殖民者们为了亚洲、非洲、拉丁美洲的领土与殖民利益，在全世界开打，史称"七年战争"。七年战争期间，与西班牙同一阵线的法兰西，派出了一个著名军事家、后来的"黎塞留"公爵路易将军参战，攻克了马翁港要塞，占领了梅诺卡岛。

路易将军登岛不久，很快就留意到了马翁酱。他充满好奇地品尝了这种新鲜的食物，立刻爱上了它。他兴致勃勃地向岛民们学习了制作方法，橄榄油、当地的土鸡蛋黄、还有岛上的几味香料，并不复杂，却口味奇特。

好景不长，没多久，英国人反攻，重新夺回了梅诺卡岛。路易将军只好带兵撤回法国。就好像，命运只是为了让他和马翁酱相遇一样，给他一个机会，让他带马翁酱出岛。果然，路易将军回到法国，也把马翁酱的制作方式，带了回来，在法国迅速传播，受到了法国人的真心赞美，并由法国传播到了全世界。路易将军用法语将它的名字译为：Mayonnaise，这就是"美乃滋"。

二百多年后，在中国内陆，一个闭塞的工业城市，一个闭塞的年代，一个苏联女人，教会了一个中国护士美乃滋的做法，中国护士又把这方法教会了我母亲。只不过，我们没有橄榄油，只有用普通食油代替。但，同样美味。那时，我们不知道它叫这个名字，我们就叫它"蛋黄酱""沙拉酱"。

它如此古老。

而第二次夺回梅诺卡岛的英国人，直到 1802 年，才将岛屿归还西班牙。他们前前后后占领岛屿约一百年，却始终不会制作马翁酱。他们也从没有尝试学过。

从这一件事，我们应该可以看出，在对待食物的态度上，英国与法国的区别。

假如，一年前，我看到这个故事，不

用说，我一定会嘲笑英国人。我会笑他们傲慢、目空一切，嘲笑他们刻板、迟钝，在一切方面墨守成规。但，现在，我沉思。

为什么非要去尝试？

不尝试，是否意味着，他们的舌头有度？

进入二十一世纪，人类在说，全球化的时代到来了。那是人类自说自话。但是，我们都不知道，地球本身接受全球化吗？或者，大自然接受全球化吗？如果是一个有宗教信仰的人，可能会这样问，上帝当初为什么造巴别塔？

因为太知道人性的缺陷。人类的自大虚妄。

写这样一篇和"吃"有关的文章，全家人都笑我。因为，我是一个最没有资格谈论美食的人。我严重挑食，不吃的东西很多很多。所有珍稀的东西，像几个头的鲍鱼、海胆，名贵的各种海鱼啦，我都不吃。也从不愿体验和尝试。我不吃牛羊肉，不吃任何动物的内脏，小时候爱吃河虾、河蟹，如今，也几乎没了兴趣。普通的河鱼，如今是一口也不吃了，猪肉只吃一点瘦肉，现在连瘦肉也越来越不喜欢，饺子也变得只吃素饺子。我的食物链越来越窄。越来越窄。一个食物链这么窄的人，谈什么美食？

但是，我执着地写了。

写了一个微不足道的家庭，一个小小家族"吃"的简史。类似社会学田野调查，为大历史做个人化的注解。

我不认为食物链窄是我的缺点。

相反。我庆幸。

也许，有一天，人类会找到、并严守自己食物链的界限。

2020年6月19日草成于京郊如意农场

[特约编辑：钟红明]

# 聚焦于食物的历史与生命记忆
## ——关于蒋韵长篇非虚构文学作品《北方厨房》

王春林

尽管不仅早就对所谓"民以食为天"与"食色性也"这样的说法耳熟能详,而且也正如同"衣食住行"所强调的那样,深知食物乃是人类得以维持生命存在最根本的事物之一,但我却从来都没有能够想象得到,自己非常熟悉的作家蒋韵,竟然会在不期然间写出了一部以食物为中心事物的长篇非虚构文学作品《北方厨房——一个家庭的烹饪史》。不过,反过头来想一想,由蒋韵写出这样一部以食物为聚焦中心的长篇非虚构文学作品,倒也并不是没有道理可讲。由作家这样一部多少带有一点出人意料色彩的作品,我自己所情不自禁联想起的,反倒是二十多年前的一段往事。那是在上世纪即1990年代的末期,我的工作,刚刚有幸从地处相对偏远的吕梁山区的一所专科学校,也即所谓的吕梁高专(现吕梁学院的前身)调动到省城的山西大学。似乎也就是在我安顿下来一两年的时间之后,我和蒋韵他们几位朋友曾经共同参与过一个到后来也没有搞出过什么名头来的所谓"文学沙龙"。最初的倡议者到底是谁,我现在已经记忆模糊,但主要的参与者却依然记忆犹新。省作协的成一、李锐、蒋韵,太原师范学院中文系的刘蜀贝、傅书华、刘自觉,北岳文艺出版社的李建华(笔名珍尔),再加上我,一共也就七八位,绝对超不过十位。说是"文学沙龙",到底讨论过什么样的文学问题,却一点都记不清了。至今都记忆清晰的,反倒是似乎每一次聚会,都要找一个有品位的饭店。大家边吃边聊,那个场面很是有一点热闹。更有甚者,由于那个时候正是所谓歌厅兴盛的年代,有时候大家在饭后还要到歌厅里去高歌一曲。我自己当然是五音不全,但得以了解到蒋韵和刘蜀贝她们歌唱得特别好,却也正是在那个时候。更进一步说,蒋韵和刘蜀贝她们的歌之所以唱得好,又与她们当年也即所谓"十年浩劫"期间学校宣传队的训练紧密相关。虽然不能说别的歌就唱得不好,但她们最拿手的,却无疑是那些已经很明显地打上了她们青春烙印的"红歌"(需要特别强调的一点是,所谓"红歌"云云,只与她们的青春记忆有关,与社会政治立场了无干系)。说到饭店聚餐,至今难忘的,一个是刘蜀贝和蒋韵她们总是会从家里携带高品质的白酒和干红(她们给出的冠冕堂皇的理由是,自己家的经济条件要相对好一些),另一个就是在点菜时的大显身手。虽然她们做饭是不是大厨级水平不好说,但是善于点菜的"美食家"却丝毫不容怀疑。又或者说,正因为她们有着很好的味蕾(这一点恰好可以在这部《北方厨房》中得到切实的印证),所以每一次饭局的菜肴才会点得那么得心应手,才能够让在座各位都不由得大叹其精彩。到后来,或许是因为成一和李锐蒋韵他们都因故把家搬迁到北京的缘故,这样一个与其被称之为"文学沙龙"反倒不如干脆名副其实地称之为"文人聚餐会"的活动,也就渐渐地风流云散"无疾而终"了。虽然"文人聚餐会"不再,但刘蜀贝和蒋韵她们对于各种菜品的理解认识之精到,却给我留下了极其难忘的印象。关键的问题是,蒋韵既然拥有如此一种对菜肴精神的深切理解,一部聚焦于各种琳琅食物的《北方厨房》最终诞生在她手中,也就一点都不奇怪了。

我们注意到,在《北方厨房》的一开头,蒋韵就坦承,自己之所以会动念写作这样一部长篇非虚构文学作品,与二百年前一位名叫布里亚·萨瓦兰的法兰西人的影响紧密相关。依照蒋韵给出的界定,这位布里亚·萨瓦兰,是世界上一位著名的美食家,或者美食哲学家。他的代表作《厨房里的哲学家》(蒋韵作品中,这本书的译名为《好吃的哲学》),一向被誉为"美食圣经"。应该就是在这部著作中,这位布里亚·萨瓦兰讲了一句名言:"告诉我你吃什么样的食物,我就知道你是什么样的人。"很大程度上,就是这句话刺激到了蒋韵,或者说对她产生了不小的震动和影响。究其根本,正是为了回应布里亚·萨瓦兰的这句话，或者说是在受到他《厨房里的哲学家》（《好吃的哲学》）这部著作影响的情况下，蒋韵才萌生了创作《北方厨房》这部作品的最初念头："我不关心他的肚子怎样伟大，但我特别想知道，假如，一个中国人，比如我，诚实地告诉他我自己这大半生所吃过的食物，他将由此得出一个什么样的结论？他会坚持自己的说法还是会修正它？""写一个家族的菜谱小史、食记或者流水账，也许，是件有意思的事。萨瓦兰启发了我。"但其实，在受到萨瓦兰影响的同时，据我的判断，蒋韵之所以要动笔写作这部《北方厨房》，或许还与她近年来的生活变故之间，存在着不容忽视的内在关联。这其中，尤其不容忽视的一个事件，就是她的老母亲在罹患阿尔茨海默症若干年之后不幸去世。国人普遍认为，出自母亲之手的饭食，是世上最好吃的饭食。那饭食里，不仅包含着一个母亲的深情厚爱，而且也潜隐着一个人的童年秘密。母亲的饭食，既是果腹的佳肴，更是一个孩子认知世界的启蒙之始。从一种创作心理学的角度来说，正是母亲的不幸去世触动了蒋韵的诸多历史与生命记忆，促使她拿起笔来，以小说或者非虚构的方式进一步把这些记忆凝固成形。也因此，蒋韵的文学创作，在因为各种各样的原因被迫沉寂一些年之后，再一次开始喷发。更进一步说，在经历了生命中至关重要的一些事情之后，作家的世界观以及对生命对社会对人性的理解，其实也都酝酿发生着一些不期然的变化。又或者，一个或许可以经得起未来历史检验的结论是：正是从这个时候开始，已经有长达数十年文学创作历史的蒋韵，进入了一个新的阶段。包括长篇小说《你好，安娜》、中篇小说《我们的娜塔莎》以及这部长篇非虚构文学作品《北方厨房》，都可以被看作是作家文学创作进入新阶段的标志性作品。

首先，这部《北方厨房》所真确呈示的，的的确确是近七十年（作品的叙事时间应该说是与共和国同步的。蒋韵的出生时间是1954年，作品是从她最初的人生记忆开始写起的）一个北方家庭的烹饪史，或者说是食物史、味道史。我们平常一直说作家的艺术书写尤其是叙事类作品的写作应该是及物的，所谓"及物"，意在强调作家的笔触理当言之有物，一定不无细腻地以精准的语言首先把自己所要关注的事物本身呈现出来。具体到蒋韵的这部长篇非虚构文学作品，就意味着作家首先应该把食物的模样以及食物的制作过程以精准而生动的笔触描摹呈现在广大读者面前。比如，奶奶最拿手的那一道保留菜式：假鱼肚。关于"假鱼肚"，蒋韵写道："这是一道大菜，逢年过节才上桌。食材其实很平常，就是猪肉皮，但做法特别费时，远不是一日之功。"怎么个"非一日之功"呢？"首先，是要风干猪皮，平日里做菜，剁馅，剔下来的肉皮，随手挂在厨房墙壁上，或是屋檐下，一春，一夏，一秋，让它们慢慢风干，不急不躁，不慌不忙，一条一条，积少成多。到腊月里，年根下，时辰到了，找来一只大盆，把风干透彻却也是浑身蒙尘的它们集合起来，烧一大锅滚烫的碱水，倒进盆里浸泡一天一夜，就像发海参。然后就是一遍一遍地反复清洗。每一条每一块，都要用刷子刷，用镊子拔掉毛根。最后，处理干净的它们，就像经过忏悔和被赦免的灵魂一样，新鲜而纯洁。然后，切成合适的大小，控干水分，烧一锅热油，炸。炸到猪皮表面金黄卷曲而起泡。这是最具技术含量的一个环节，油温几分热，起泡的程度，肉皮的色泽，全凭人的经验。接下来，是要用砂锅吊一锅好汤，鸡汤、骨汤，都可以，把炸好的猪皮下进去，和火腿、蛋饺、面筋、玉兰片等食材文火慢煨（有冬笋最好，但北方不是那么容易买到鲜笋），最后，连砂锅上桌，热气腾腾的什锦假鱼肚就算大功告成。这菜，其实就是北方的'全家福'，福建的'佛跳墙'一类，是节庆的菜肴，有喜气。"面对这段文字，我们所首先惊叹的，是作家精细的观察力与非同寻常的记忆力。二者缺少其一，作家都不可能把很多年前奶奶最拿手的这一道"大菜"的制作过程如此细致入微地描述出来。其次，所谓的"大菜"云云，最起码在我看来，带有突出的反讽意味，正常意义上的"大菜"，不仅制造工艺精致，而且食材也非同一般。穷人家出身的奶奶，之所以能够用再普通不过的猪皮便点石成金地做出如此一道"假鱼肚"来，其实与真鱼肚的匮乏紧密相关。也因此，虽然看似只是一道"大菜"的记述，但从中折射出的，却是那个时代物质的一种普遍匮乏状况。再次，作家令人印象深刻的想象与修辞能力。这一点，突出地表现在"处理干净的它们，就像经过忏悔和被赦免的灵魂一样，新鲜而纯洁"这句话上。一块被清洗处理得干干净净的猪皮食材，一般人根本不可能把它与"忏悔"和"被赦免的灵魂"这样带有高贵色彩的语词联系到一起。很大程度上，大约只有如同蒋韵这样的作家才会写出这样个性化的句子来。从根本上说，如此一种语言与修辞方式，所充分凸显出的，乃是书写者本人精神世界的高贵与纯洁。

更进一步说，正是借助于奶奶最拿手的"假鱼肚"这一道"大菜"，蒋韵不仅写出了一个家族面临着历史剧变时无可奈何的风流云散，而且也生动传神地刻画出了奶奶这一内在品性殊为坚韧的时代女性形象。首先，只有在读过这部《北方厨房》之后，我才第一次了解到，原来，蒋韵不仅原本姓孔而不姓蒋，而且她所归属于其中的那个孔氏家族还曾经是开封的一个名门望族。小时候，因为奶奶总是给吃饭挑剔的蒋韵在饮食里添加各种维他命药片的缘故，街坊们曾经给她取了个外号叫"维他命兮"："'兮'这个名字，是四爷爷给起的，我们孔家，到我这辈，排行是'令'字，四爷爷给我起的名字叫'孔令兮'。我是我家'令'字这一辈里的老大……"尽管作品并没有更进一步地交代这位"孔令兮"到后来为什么会改名为"蒋韵"，这里面恐怕也潜藏着曲折的故事，但无可置疑的一点是，这个"蒋"姓其实来自于她的奶奶孔蒋氏，因为到了上世纪五十年代，新中国第一次搞人口普查或者选举的时候，奶奶拥有了一个被叫作"蒋宪曾"的名字。至于孔氏家族在开封的情况，只要看一看四爷爷和他的医院，我们就可以略窥一斑："孔家经营一座医院，叫'同济医院'。据说，是古城开封第一家私立西医院。主政这医院的，是孔家的四先生，孔繁某，字显达。""等我父亲这辈人出生、渐渐长到记事时，同济医院已经很有规模，且颇具名望。"别的且不说，单只是一个家族在那个时代能够创办并拥有一座西医院的事实本身，就足以说明这个家族在开封城里的社会地位和影响。也因此，孔氏家族与其他社会各界的广泛交往，也就自是情理中事："孔四先生不仅是名医，还是社会活动家，和当时国府中原省份的要员多有往来，'同济医院'的匾额，就是于右任先生题写的。"唯其因为孔氏家族地位显赫，所以孔四先生才会不仅可以保护年轻时的豫剧大师常香玉，而且更可以与梅兰芳在一起合影。只不过，等到时过境迁或者说时代发生了巨大的风云变幻之后，所有的这一切，反倒成为了不敢为人道的"陈年旧事"。到后来，每当奶奶情不自禁地和孩子们唠叨这些"陈年旧事"的时候，父母便会出面阻止："妈，别跟孩子们说这些。"而奶奶，自然也就沉默了。"父母的表情，让我们觉得，这是一些羞耻的、不能见人的事。"实际上，事情说来也很简单，在时代和社会业已发生根本性变化之后，尤其是到了1949年之后的共和国时代，继续谈论这些与前朝关系紧密的"陈年旧事"，乃是一件危险系数极大的事情。也因此，身为小说家的蒋韵，才会发出这样的一种感慨。虽然说自己的亲爷爷，也即孔二先生曾经一度做过中原某县的警察局长，但"至今，我也不明白，孔二先生怎么会出任警察局长？他又不是行伍之人。弄不明白的事，远远，远远不止这一桩。关于家史，关于家族的过往，有许多年，可以说，是我们这一代、上一代许多人的噩梦、伤疤和禁忌，唯恐避之不及，哪里还敢去寻踪觅迹？几十年下来，一个家族的来龙去脉就成为了秘史"。既然是禁忌，既然是秘史，那大有作为的，恐怕也就只剩下小说了："所以，之前，我笔下的家史，只能是小说而不是其他。"什么叫"礼失而求诸野"，蒋韵所说的，其实就是这种状况。唯其因为现实生活中关于既往历史的言说充满了各种禁忌，所以才为小说家留下了足够开阔的"英雄用武之地"。最起码，在蒋韵这里，很多小说作品滋生于秘而不宣的家史，乃是一个不争的事实。

由于众所周知的缘由，进入共和国时代之后，曾经兴盛一时的孔氏家族的"在劫难逃"与最终日薄西山，乃是一个无可逃避的必然结果。蒋韵至今都印象深刻的是："到我出生的年代，两房人已经不在一起住了，显然，是分了家。而孔家人赖以生计的医院，同济医院，那时也不再属于孔家，成了一家区级人民医院。详情或者真相，我一概不知。"一方面是孔氏家族总体上的必然衰落，另一方面，则是蒋韵远在山西的知识分子父亲的不期然而罹难："这一年（指1957年），中国出了事，我父亲也出事了，和很多被送往北大荒或者青海等地的人相比，我父亲已属幸运，只是降职降薪，工资降到六十块五角。"父亲出事的直接结果，就是家人的生存状况严重受影响。因为父母亲的工资加在一起，必须要维持一家七口人的日常生计呢。然而，问题的关键在于，尽管如此，置身其中的蒋韵自己，却并没有生成丝毫的心理阴影："而这一切，时代的震荡，生活的艰难和困厄，却没有给我最初的人生投下一丁点阴影，当属奇迹吧？这奇迹，我想，是距离创造的。是我的'双城记'。"那么，这样的一种奇迹到底是怎样创造出来的呢？无论如何，这奇迹的主要创造者，都应该是那位目不识丁的奶奶。作为穷人家的长女，侥幸生存下来的奶奶，不仅目不识丁，而且还有着一个相当苦难的童年。为了维持家庭生计，幼年的奶奶，需要和她的母亲一起，依靠给别人浆洗衣衫来贴补家用。西北风刺骨的寒冷冬天，她们娘俩在手已经冻肿成"红萝卜"的情况下，依然要砸开冰凌去洗衣服。如此一种艰难情形，直令蒋韵在很多年后都一直叹息不已："'汴水流，泗水流，流到瓜州古渡头'，诗意而伤怀。那是别人的汴河，不是我奶奶的。奶奶的汴河，惠济河，是一家人的生计。是不管多苦多疼，也得忍耐的闺阁时期。"很大程度上，或许正是童年如此的艰难，最早锻造了奶奶坚韧强劲的生存意志。到后来，面对着家里经济状况日益吃紧，毅然挺身独力支撑起这一切的，正是蒋韵这位目不识丁的奶奶。先是药品。因为原初分家时分到了一些药品，奶奶就在暗中偷偷地变卖这些药品，以补贴家用。须知，奶奶如此的一种行为，在那个异化了的"革命"时代，因其带有一定的黑市交易性质，所以是不被允许的。问题在于，"但即使担风险即使提心吊胆，药品也终有卖完的一天"，怎么办呢？"奶奶就卖房子。叔叔和三姑都去外地读大学，十几间房屋的大院子就显得空旷。奶奶就把一半的房产卖了。目不识丁，一点没有理财头脑的家庭主妇，二话不说，卖了产业，就为了让她的儿女，有书念，让她的孙儿孙女，有饭吃。

让日子有日子的样。"在蒋韵的记忆里，日常生活里的奶奶，总是会为一些小事而纠结，但在卖房子这样的大事上，她却大丈夫气十足地竟然一个人就做出了决断，真正可谓是"三下五除二"一般地雷厉风行。虽然母亲后来说那些房子卖亏了，但不贪心的奶奶所坚执的信条却是："够用就行。""还有，要雪中送炭。不要锦上添花。"事实上，也正是依凭着家庭主妇奶奶的如此一种"杀伐果断"，才最终保证"生活的艰难和困厄"没有给幼年的蒋韵投下一丁点心理阴影。当然了，蒋韵他们之所以没有造成心理阴影，也还与奶奶她们那简直就是夜以继日的辛苦劳作紧密相关。这一方面，一个不容绕过的生活细节，就是奶奶和干奶奶她们糊火柴盒的劳作场景："那手工钱，是以'分'来计算，糊一百只挣几分钱吧？"每每蒋韵们睡下的时候，奶奶她们开始干活，等到蒋韵们睡醒一觉的时候，她们依然在昏暗的灯光下忙碌着："她们就这样伴着昏灯安静地熬夜，用自己的手，一分两分、一角两角、一元两元，用一百只、一千只、十万百万只火柴盒，换来了一个孩子永远怀念的'岁月静好'。"就这样，虽然只是不多的几个生活细节，奶奶这样一个拥有坚韧生存意志与生活智慧的时代女性形象，就已经形神兼备地跃然纸上了。

严格说来，具有某种编年史性质的《北方厨房》，从结构上可以被分别切割为奶奶、母亲以及蒋韵自己主厨的三个时期。这样一来，作家笔端的食物书写，所首先凸显出的，自然也就是与时代之间的内在关联。比如，令蒋韵至今想起来都属美味的炼油渣："食油始终是有定额的，只不过这定额会随着经济形势或增或减，但无论增减，对我们家来说，都是不够的。奶奶常常要去肉铺用肉票买来猪板油，或者用肥肉膘来炼油。炼油剩下的猪油渣，是好东西，趁热，加白糖或者加盐，搅拌均匀，掰开一个热馒头，夹进油渣，一口咬下去，哦，灵魂出窍。这样的好时光，是稀少的，油渣哪里能这样大手笔浪费？它的用武之处真是太多了。做素馅包子时，把它剁碎添加进去，炒白萝卜，烧菠菜粉丝汤冬瓜汤，亦可撒几粒来提味，权当海米，用得好，也算得上化腐朽为神奇。"我不知道，到了当下这样一个时代，除了如同我这样的过来人，到底还有多少人知道炼油渣？品尝过炼油渣？因为说到底，所谓的"炼油渣"，也不过是在肉食极度短缺的情况下的一种弥补之举。但我自己，通过对蒋韵相关书写的阅读，却的确勾起了既往的"炼油渣"记忆。当然，也肯定是在当年那样一个物质极端匮乏的年代，令我记忆犹新的，是母亲曾经用它来给我们包饺子吃。虽然是物质匮乏时代的无奈之举，但那个特定阶段留下的"美味"记忆，却至今都难以忘怀。但与炼油渣相比,更能凸显物质匮乏时代特质的,却是带有黄土高原明显地域特色的"不烂子"。由于"困难时期"的不期而至,面对着一个家徒四壁的新移民家庭,奶奶想出的应付办法,就是所谓的"瓜菜代"。"不烂子",就是其中的一种:"顿顿都是不烂子做主食,就是另一种情境了。区别只在于是胡萝卜不烂子、茄丝不烂子还是西葫芦不烂子。吃得我们愁眉苦脸。"受伤害最深的,是蒋韵的弟弟。某一天,蒋韵,其实也不只是蒋韵,应该是家里人全都察觉到,弟弟伏在床边,竟然把刚刚吃下去的茄丝不烂子午餐,一边流泪,一边全都吐了出去。说到底,这"不烂子"也只是属于物质匮乏时代勉强用来撑饱肚子的东西,并不是什么美味佳肴。正因为有这样的痛苦经历,所以,"至今,我弟不吃茄子。不管这茄子是红烧、油焖,还是蒜泥凉拌,即使它变身为《红楼梦》里华丽的茄鲞,他也永远厌弃它。"蒋韵的弟弟之所以不能够再接受茄子,正是因为在那个物质匮乏的时代,过多地食用了所谓"茄丝不烂子"的缘故。一般来说,哪怕是再好的东西,即使是所谓的山珍海味,也禁不住顿顿吃,天天吃。对于弟弟来说,他的拒绝食用茄子,正因为当年的不得不过量食用,早已吃伤了它。也因此,虽然从表面上看似乎只是对某一种食物厌弃与否的问题,但究其根本,在一种精神分析的层面上,它所深刻折射出的,却是那个特定时代对弟弟所造成的生理与精神伤害。

但到了母亲主厨的时代,情况却已经有了明显的不同。曾经主厨了相当长时间的奶奶,于1979年不幸去世。这个时候的中国,较之于此前的一个历史阶段,可以说已经发生了天翻地覆的变化。由于高考制度的恢复,这个时候的蒋韵和她弟弟,经过各自的积极努力,都已经成为了那个时代被称之为"天之骄子"的大学生。虽然说因为有奶奶的存在,母亲的大半生时间,都不需要进入厨房,但在奶奶去世后,她却无论如何都得接掌厨事。母亲主厨的这个阶段,能够充分凸显时代特色的厨事,集中体现在蒋韵家中的那看起来总是高朋满座的周末聚餐上。那个时候,尽管说高等教育已经恢复,但学校里的伙食太差,却也是一种普遍的事实。这一方面,我个人一种清晰的记忆,就是高校里简直就是鳞次栉比的罢灶事件。好端端的,为什么要罢灶?说到底,还是因为学校的伙食搞不好的缘故。正因为学校里的伙食很糟糕,所以,蒋韵和弟弟才会盼望着利用周末的机会回家去打牙祭,以竭尽可能地满足自己的口腹之欲。但请注意,由于蒋韵她们姐弟以及父母热情好客的原因,这个时期每每到了周末的时候,就会有一些朋友随同他们一起到蒋韵家去参加周末聚餐。蒋韵那格外通情达理的知识分子父母,"深知这一点,所以，周末晚餐桌上，满满一桌菜，必以荤菜为主，主菜一定要是硬菜，且必须两个以上，比如，一个香酥鸡，还要有一大碗红烧肉卤蛋；一个煎带鱼，就要有份清蒸狮子头或者是烧排骨。主菜之外，再配两三个'半荤菜'：茭白炒肉丝、青椒熘肉片、青蒜爆炒猪肝或者腰花。有时还有豆制品，烧豆腐或者卤干丝。凉盘则是酱牛肉、酱鸡胗、凉拌海蜇皮，有时则是从六味斋买来的'肥而不腻，瘦而不柴'的酱肉、小肚之类，再搭配个凉拌皮蛋黄瓜、炝莲藕等，视季节而定。汤比较简单，可以是西红柿蛋花汤、冬瓜火腿汤、海米白菜粉丝汤，但要预先吊一锅清汤高汤备在那里，鸡汤、棒骨汤、白肉汤，都可以，用起来方便。"与这些看起来足够琳琅满目的菜谱相比较，关键之处还在于大家聚餐时的那种非同寻常的热闹劲儿："人多热闹，一顿晚饭，必是吃得热火朝天，聊得热火朝天。大家围坐在简易的折叠餐桌旁，守着狼藉的见底的盘盏，久久不散。喜聚不喜散的，又何止我母亲一个？那一餐又一餐，吃下的不仅是美食，还有那个时代给予我们的精神养分。"实际的情况诚如蒋韵自己所言，这些家里家外的人们热热闹闹地聚在一起，吃的不仅仅只是可口的美味，更是那个拨乱反正时代所特有的一种精神养分。也因此，如果我们干脆把母亲主厨时期蒋韵家的周末聚餐理解为精神聚餐，可能更加切合于那个特定历史阶段的时代本质。

  接下来，自然也就是蒋韵自己主厨的历史时期了。说是蒋韵自己主厨，但按照她的说法，由于多年来长期依赖母亲的缘故，根本就谈不上什么烹饪的技艺。她最拿手的厨艺，一个是继承了祖传手艺的包饺子，另一个就是"自学成才"的煮方便面。先来看包饺子："包饺子这件事，我还在行，得了我奶奶和我妈的真传。只不过，我奶奶我妈，是自己剁肉馅，后来有了绞肉机，是自己买肉来绞，我则是买现成的绞肉馅。我买来绞肉馅，要细细地，把里面那些白筋、血管和所有看着不顺眼的东西挑拣出去，干干净净、清清爽爽的，再用葱姜末和酱油、料酒煨起来。我的馅料里，也如同奶奶她们，不放那些五香粉之类，却要放一点白糖提鲜。这在从前的北方地域，比较鲜见。"同样不容忽视的，是蒋韵做饺子馅时所特别强调的"干干净净"与"清清爽爽"。说透了，这又哪里仅仅是在写做饺子，作家更多的，其实是以如此一种方式在"夫子自道"，在强调做人也如做饺子馅的某种人生道理。再一个，就是无师自通的煮方便面。那个时候的蒋韵，和丈夫李锐刚刚结婚不久，正居住在单位分配的南华门东四条的省作协小院里。在那个文学的黄金时代，好多文学同道会自觉或不自觉地聚集到李锐蒋韵夫妇的小屋里，上天入地地讨论文学的话题："聊自己的小说，正在写的，或者将要写的，聊别人的小说，褒扬或者批评……聊正在进行中、后来走进了文学史的那些事件，如文学的寻根，等等。"等到大家吵闹饿了的时候，身为家庭主妇的蒋韵也就粉墨登场，开始煮方便面了："于是，作为女主人的我，就给大家煮方便面——一直到今天，我都认为那是方便面中最好吃的那一款：美味肉蓉面。若有西红柿，就煮两个进去。西红柿去皮，但不能用开水烫，那样烫出的西红柿完全变了味道，要借助勺柄，把表皮刮松，洗干净手，把皮一点点剥下来。我也从不用刀切西红柿，刀切它会残留一股铁腥味，就用手，把它瓣成块状。炒西红柿鸡蛋也用同样的方式料理西红柿。这样煮出的方便面，人人都说，鲜美。"大约也正因为如此，所以，朋友中间流行的段子中，才会特别强调蒋韵最拿手的饭，就是方便面。但请注意，与蒋韵包饺子和煮方便面这样的"厨艺"紧密联系在一起的，却是作家对文学的黄金时代也即精神至上的1980年代的真切书写："而曾经，最经常出入我家厨房小屋、在那桌边吃饭聊天，也是在铁架小床上留宿最多的，有两个人。一个，就是在长白山原始密林里，在清澈如玉的溪水边，为静夜、为万物之美而感动，引吭高歌《祖国颂》的那个好友，那个曾经的兄长。如今，他远离了这片土地，至今不知归期。还有一个，是钟道新，此刻，他远在天国。"既然蒋韵没有写出那个已然去国多年的兄长的名字，那我也就不在这里胡乱猜测了。但毫无疑问的一点是，蒋韵在这里，完全是借助于食物的书写，在谈论、呈示一个文学黄金时代的同时，也更是意在凭吊那段一去不复返的精神至上的岁月。

诚如《北方厨房》的副标题所言，这部作品首先是一部与时代紧密相关的具有编年史性质的一个家庭（或家族）的烹饪史。在其中，我们所首先看到的是一部以食物为载体的时代社会的演变史。但与此同时，从这样的一个家族寻根之旅的过程中，我们却也可以同时看到蒋韵个人的成长史，一个社会的物质史，一部以人性的深入探究为内核的精神文化史。或者，我们也完全可以用写尽"物理人情"这样的语词，来理解评价蒋韵这部思想与艺术品质俱佳的长篇非虚构文学作品。这其中，最令人印象深刻的，就是那些与食物紧密相关的人性的思索与探究。比如，奶奶的主厨时期，蒋韵曾经用专门的笔墨描写奶奶如何包饺子，以及徐叔叔怎样地迷恋奶奶的饺子。"首先，奶奶会先用水把肉馅打得十分鲜嫩，用酱油、料酒、剁碎的葱姜末煨出来。其次是菜肉的比例，掺多少菜进去，奶奶总是十分地有度。她最爱的是猪肉白菜经典的搭配，若是春韭时节，会加一些韭菜进去，而冬季，则加黄芽韭。奶奶拌饺子馅，从不加五香粉这一类夺味的调味品，只加盐、酱油、少许白糖和香油味精,味道既鲜且香。而奶奶的饺子皮,不硬不软,厚薄适宜,吃起来很有筋道。所以,关键的这几道程序:拌馅儿、和面、擀皮,以及煮饺子,都是奶奶亲力亲为。而我们做的,就是包饺子。"由于奶奶的饺子包得好,所以大家都爱吃,其中最值得注意者,就是徐叔叔。但其实,明眼人一下子就可以看出来,作家写徐叔叔是虚,借助于徐叔叔而进一步牵引出他的妻子李医生,才是其根本意图所在。李医生是一个非常美丽的女子,"她是天津人,家境优渥,若在民国,原本是该读家政系的。"依照蒋韵的交代,这位李医生,有一位极要好的闺蜜,在"史无前例"的1966年,不知道因为什么而被当作牛鬼蛇神揪了出来。闺蜜被揪出来之后,很快就有人找李医生谈话了:"谈话内容十分严肃,责令她必须在第二天的全院批斗大会上,揭发那个闺蜜,以此和她划清界限。否则,后果自负。"那么,面对如此一种情形,李医生该怎么办呢?"她知道那叫'最后通牒'。她知道这叫'站队'。她也知道大多数人会怎么选。但她不是'大多数人'中的那个,她是李医生,一个完美主义者,一个美人,她不能容忍自己变丑,比如,背叛,比如,被人群羞辱。所以,她没得选择。"就这样,服药自杀,成了内科李医生没有选择后的唯一选择。她以如此一种决绝的方式证明,一位外表美丽的知识分子女性,其精神世界也可以同样美丽而高贵。事实上,也只有在了解到李医生为了维护自己的人格尊严而不惜自杀的情况后,我们才能够理解蒋韵为什么要在写到徐叔叔的时候,特别强调《窦娥冤》里那段呼天抢地的《滚绣球》:"天地也,做得个怕硬欺软,却原来也这般顺水推船。地也,你不分好歹何为地?天也,你错勘贤愚枉做天——"毫无疑问,这段"滚绣球",与李医生的决绝行为,二者之间,其实是可以互为注脚的。唯其如此,李医生之死,方才成为了蒋韵内心深处始终都无法释怀的某种情结,并且时不时地就会折射表现到她的小说作品中:"后来,等我读到朱生豪先生译的《哈姆雷特》,读到奥菲利亚自杀前吟诵的这段歌谣,心里想起的,是李医生最后的遗容。她也常常走进我的小说。有人问我,为什么你的小说里的女性,常常有那么决绝的死亡?原因在此,在我少年时被震撼到的记忆。"在这里,蒋韵无意间提供了一个进入并理解其小说创作的有效路径。

再比如,与炸酱面紧密相关的琳姐的悲惨命运遭际。炸酱面,是蒋韵她们家的世交万叔叔的妻子吕姨最拿手的一种厨艺。但从根本上说,作家之所以要写炸酱面,实际上是为了引出万叔叔家的长女琳姐这一人物形象。蒋韵认识琳姐时,她还只有十岁左右:"亮晶晶骄傲的大脑门,两只黑黑的美丽的大眼睛，沉静又有些忧郁。她是我们中间灵魂般的人物，尤其是我，深深被她吸引。"由于受到当时所谓"革命"思潮影响的缘故，琳姐还没满十六岁的时候，就瞒着父母主动报名去了内蒙古建设兵团。要知道，那个时候，全社会大规模的"上山下乡"运动尚未开始。也因此，琳姐毫无疑问是那种"真正属于自愿去农村去边疆的青年"。然而，不知道在建设兵团到底遭遇了什么，反正，到后来，在她第几年回家探亲的时候，蒋韵发现她变了："黑了，强壮了，不再清秀。人变得忧郁和神经质。不怎么说自己的生活，只是郁郁寡欢。后来，她的神经质愈演愈烈，怀疑自己有机磷中毒。"明显的一个症状是，那个时候的琳姐，就已经开始强调自己的半边脸完全没有表情了。一种无法被否认的事实是，从那个时候开始，琳姐就是一个有心理疾患的人，一直到她后来在德国因急性胰腺炎不幸去世为止。由于琳姐的人性世界早已被时代扭曲的缘故，曾经一度作为蒋韵偶像存在的琳姐，到后来竟然变得面目全非。在蒋韵的印象中，后来的她，甚至变成了一种"恶魔"式的存在："她一点不爱她自己，有时我觉得她是以折磨自己让亲人痛苦为乐。"也因此，"那时我们这些朋友们，都逐渐疏远了她。觉得她不可理喻。我们谁都没有意识到她是病态的，我们严苛地要求着她，特别是我，不能容忍我童年时那么美好的姐姐，那个偶像般的存在幻灭，变得面目全非，价值观也严重分歧。"一直到意外获知她已经在德国不幸病逝的消息之后，蒋韵方才一下子恍然悔悟，方才意识到自己此前对待琳姐的那种方式，是极端错误的："我才突然感到了巨大的悲痛和后悔，后悔我是多么薄情，多么不宽容，多么冷酷，后悔我辜负了我们曾经拥有过的那一切。在她最无助、最煎熬的时候，我掉头而去。"面对着姐姐的死，她妹妹小蔚一语道破天机："我姐其实早就是个病人了，可是没人知道这个。"而身为写作者的蒋韵自己，也只有在这个时候，方才深刻地认识到："她姐姐的病，得因于一直没能走出伤害了她的那个时代。"从这个角度来说，心灵早已被畸形时代所扭曲的琳姐，自始至终都没有能够在心理上真正摆脱那个时代留给她的阴影。无论如何，琳姐都只能被看作是那个"革命"时代的祭品或者说殉葬品。

接下来，进入我们分析视野的，就是蒋韵那位因为过多食用"茄丝不烂子"后来再也不肯吃一口茄子的弟弟了。说是弟弟，其实年龄只比蒋韵小一岁。弟弟的引人注目，除了拒食茄子之外，就是在已逝家人骨灰处理问题上的固守与坚执。"那是母亲去世后，我们商量后事。母亲的骨灰，还有，一直在太原的家里，跟了我们已经四十年的奶奶的骨灰，要安葬在何处？这个问题,多年来,我弟始终回避。他总是说:'奶奶、妈,还有爸,都跟着我。'我说:'那你要不在了呢?'他回答:'再说。''找谁说去?'我问,觉得他不可理喻。是啊,到那时候,他都不在了,找谁说去呢?"无论如何,从中国人所讲究的入土为安的角度来说,弟弟在处理亲人骨灰问题上的这种固执,都是不可理解的。也因此,一个关键的问题就是,弟弟为什么会如此地"不通情理"?这里面肯定潜藏着某种不为人知的内心秘密。果不其然,一直到蒋韵了解到,同样一个开封,在弟弟和自己心里留下的感觉竟然截然相反之后,她才最终明白了弟弟的心理情结所在。当蒋韵想着要把这些亲人们的骨灰安顿在故乡开封的时候,弟弟却表示坚决反对,"我弟沉吟许久,问我:'开封有什么好?为什么非要回开封?'我气结,说:'魂归故里啊!奶奶、爸爸他们爱开封啊!'我弟则说:'一个那么阴沉沉、阴郁的地方,灰暗、压抑的地方,我才不放心让他们回那里去。'"正是从这一番对话中,蒋韵特别震惊地发现:"原来,我弟心里的那个开封,那个故乡,和我的开封,天差地别啊。"到最后,弟弟明确表示,自己的想法是,找一个地方,买一处院子,种几棵树,并且在树下安葬自己的亲人:"他余生就住那院子里,种种花,种种菜,守着他们,陪伴他们。死后,自己也葬在树下。不分开。"也只有到这个时候,蒋韵方才恍然大悟:"我有点懂了。原来,和母亲分离的那最初的几年,人生伊始的几年,对他,一个孱弱、敏感、多情的小男孩儿,是如此巨大的缺憾。是永不能弥补的残缺。他不舍得放手,是他害怕,再一次地和他们分别。他拒绝分别,他像堂吉诃德一样,和风车作战,一往情深地,试图将所有故去的亲人们都挽留在他的世界和日子里。"很大程度上,也只有在了解到弟弟的这种心理情结后,我们也才能搞明白开封为什么会在他心里留下那么糟糕的印象。二者之间,实际上也明显存在着一种相互制约影响的关系。

无论如何都不能被忽视的,是蒋韵母亲和她女儿泡泡(笛安)祖孙俩之间的血肉关联。李锐蒋韵的天才女儿泡泡,出生还只有二十八天的时候,就被蒋韵的父亲以"满屋子都是阳光"为由而强留在了姥姥家。这样的一个"道理",再加上稍后一些毗邻"学区房"的"道理",二者叠加在一起,就硬生生地把泡泡在姥姥家"强留"了整整十八个年头,一直到泡泡远赴法国留学,成为社会学专业的研究生为止:"于是,在长达十八年的时间里,外婆家,姥姥家,是一个事实上的'三代同堂'的家庭。只要不出差,只要不去外地开会,那么,我和我丈夫,每天的晚餐,是必定要回姥姥家去吃的。"正如同你已经预料到的,虽然是"三代同堂",但泡泡的中心地位却是毫无疑问的。既然一家人都在围着泡泡转,那姥姥在做饭时更多地顾及外孙女的口味,就是合乎逻辑的一种必然结果。比如,虾:"虾是我女儿的最爱。当然,还有蟹。"既然泡泡喜欢虾,那蒋韵母亲自然会尽可能地满足她的要求,千方百计地给她做虾吃。这其中,尤其是一道"面包虾仁",更是成为了母亲极有代表性的"独家私房菜"。关键的问题是,"其实后来,我母亲也不做这道菜了。一是觉得油炸食物毕竟不够健康,而最主要、最最主要的,是因为我女儿。""女儿十八岁出国留学,去法国念书。她一走,我母亲做饭的心劲和热情就跟着走了一大半,好像也漂洋过海去了法兰西。"想想也的确如此,祖孙俩能够在一起厮守整整十八年,这期间养成的感情,无论怎么估价都不过分。也因此,泡泡出国留学后,只有在她归来的那些日子,姥姥才会重新拿起自己的厨艺:"每年,也就是暑假,女儿归来的那些日子,我妈恢复了旧容颜,容光焕发,在厨房里忙进忙出,做每一道女儿爱吃的菜。"然而,蒋韵们不管怎么说都料想不到,"再后来,就是女儿回来度假,我母亲也不下厨了。不是不愿意,是不能了。"因为这个时候的母亲,竟然已经成了一个失智的人。母亲为什么会失智呢?医学上自然会有一番道理,但"我弟,我表妹,这些亲人们,还有我们的老邻居老朋友们,都说,假如,泡泡一直在我母亲身边,她也许不会得这个该死的病。即使生病,也不会发展得这么快、这么凶猛"。这里出现的问题,就是所谓亲情和人生前途的两难选择:"可是我们放走了泡泡。我们从她身边夺走了她的最爱。不能耽搁孩子的前程啊,我们'讲道理'。但是,我母亲不想讲这个道理了。她从这个叫泡泡的孩子出生二十八天起,捧在掌心里,一天一天养到十八岁,忽然有一天,被一架飞机带到了千重山万重水之外,这是什么道理?"是啊,这是什么道理。其实,在很多时候,人生是没有什么道理可讲的。又或者,亲情有亲情的道理,人生前途有人生前途的道理。当这两个不同的道理不期然间发生碰撞的时候,某种人性的悲剧就发生了。应该说,无论是亲情的道理,还是人生前途的道理,从根本上说都属于善的范畴。原本我们以为只有善与恶发生碰撞的时候,才会有悲剧酿成。没想到,当分别隶属于两个不同范畴的善碰撞到一起的时候,却竟然同样也会有悲剧的结果酿成。蒋韵母亲的最终不幸失智所说明的,实际上就是这样一个道理。

  我们都知道,蒋韵是成就突出的小说家。我们在这里之所以特别强调她的小说家身份,意在思考追问一个问题,那就是,她的小说创作,难道都是凭空虚构出来的吗?如果有相应的生活原型存在,那么,这种生活原型与小说作品之间所构成的,又是怎样的一种关系呢?所有这一切,在认真地读过这部《北方厨房》之后，我想，应该会获得相应的答案。具体来说，在读过《北方厨房》之后，我个人发现了这样几处后来被作家进一步想象虚构为小说作品的生活细节。一个是，在写到吕姨和琳姐的时候，蒋韵顺笔一提："此外，还有她（指琳姐）的两三个中学时期的好友，以及，吕姨当年在北京的同事的侄子，一个在我们省份插队的北京知青。那时，这个北插，已是一个无父无母的孤儿，因此，吕姨格外怜惜他，只要他一来，必定倾其所有，来款待这个急需营养和温情的孩子。"我想，只要是熟悉蒋韵小说的朋友，马上就可以由这一细节而联想到她的长篇小说《你好，安娜》。《你好，安娜》中那位引起祸端的北京知青彭，那个笔记本的原主人，其生活原型，就是这里提及的吕姨那位北京同事的孩子。再一个是，在写到迎泽公园的时候，蒋韵曾经写到过院子里第一位自杀的人："1966年，我们院子里第一个自杀的人，就是跳了迎泽湖。那是我的小伙伴的母亲。我清楚地记得，那个早晨，我站在我家小园子边刷牙，她沉着脸从我身后走过，这一走，就再也没回来。"事发后，"她的小女儿后来告诉我，前一晚，临睡前，她妈对她说：'我的小丝棉袄在柜顶上的牛皮箱子里。'过了一会儿，又说：'人死了，是要穿棉袄的。'她的女儿，比我小两岁，那一年，十岁了，却没有明白母亲这话是在嘱咐后事。"与这一生活细节紧密相关的，是中篇小说《水岸云庐》。《水岸云庐》里陈雀替的母亲，那位因为曾经做过妓女而在"史无前例"的年代被迫投湖自尽的女性的生活原型，正是蒋韵在这里写到的小伙伴的母亲。还有一个，就是在讲述沙拉酱的制作过程时，蒋韵所特别提到的那位名叫"娜塔莎"或者"玛莎"的苏联姑娘："当年，一个中国小伙子被派去苏联学习，认识了这个叫娜塔莎或者是玛莎的姑娘。那应该是中苏的蜜月时期吧？反正他回国时把这娜塔莎或者玛莎勇敢地带回了我们的城市，或者说，她勇敢地追随着爱情来到了这异国的深处。他们结婚、生子，两个混血的儿子长得都像妈妈，有蔚蓝色天空般澄明的眼睛。后来，中苏交恶，再后来，在珍宝岛打仗，她的丈夫因为她的缘故，受了牵累，被批斗，生病离世。这个娜塔莎或者玛莎，在我们这个城市，成为一个特别突兀、特别不合时宜和特别冒犯的存在。"尽管说蒋韵对娜塔莎或者玛莎这位异域女子的情况不甚了了，但有一点却是毫无疑问的。那就是，最起码，沙拉酱的制作方法，却是由这位异域女子最早传播到这座北方城市的。也因此，正是从这样一位名叫娜塔莎或者玛莎的异域女子出发，蒋韵最终构想创作出了中篇小说《我们的娜塔莎》（《收获》2020-6）。由以上三例可见，一方面，蒋韵的很多小说都是有生活原型的，但在另一方面，等到这些生活原型进入到小说作品的时候，作家其实已经增加了很多合乎人性与艺术逻辑的想象虚构。

我们注意到，到了作品的结尾处，蒋韵的笔墨再一次返回到了萨瓦兰先生这里。"我必须诚实地说，这本书（指萨瓦兰《厨房里的哲学家》或《好吃的哲学》），我真的没有读出它'开天辟地'的意义。""可它还是诱使我写下了这篇文章，只因为那句话：'告诉我你吃什么样的食物，我就知道你是什么样的人。'"正因为如此，所以，在写完一个家族的烹饪史之后，蒋韵问道："那么，萨瓦兰先生，请告诉我，我是什么样的人？"在萨瓦兰肯定无法回答的情况下，蒋韵自问自答："也许，这并不能难住他。他洞若观火。也许，他说的是，你是哪一类人。"紧接着，蒋韵进一步写道："这个，我自己也知道。我偶尔食肉，可我本质上，是一个食草动物。"因为，"我憎恨所有血腥和残暴。"事实上，到这个时候，蒋韵已经把自己的食物书写上升到了哲学思考的高度。具体来说，由于食物与舌头紧密相关的缘故，蒋韵关于食物书写的哲学思考，在密切联系社会现实的前提下，尤其是集中聚焦到了人类的舌头上面："我们所拥有的这条好舌头，这条精密的、敏感的、优秀的、同时又是邪恶的、贪婪的、永无餍足的利器，吃遍天下无敌手。万物被它戕害，奄奄一息。但是，你以为大自然会坐以待毙吗？结论大家都知道。此刻，正是新冠病毒肆虐的日子，人类陷入灾难。那么，困守在危城、困守在蜗居的时刻，是不是应该问一声，在未来，人将怎样和自己的舌头相处？人有没有可能、有没有理性和道义控制住这条横空出世的、凌驾于万物之上的舌头？能，还是不能？这是一个天问。"是啊，很多时候，人类的灾难，都可以说是舌头惹的祸。既如此，如何积极有效地控制我们的舌头，也就成了一个至关重要的问题。说到底，蒋韵之所以要在结尾处特别讲述英国人和法国人面对食物时的不同态度，也正是为了强调文明与否的一种根本区别。正是在这个比较的基础上，蒋韵进一步追问："为什么非要去尝试？""不尝试，是否意味着，他们的舌头有度？"人人都在讲全球化，"但是，我们都不知道，地球本身接受全球化吗？或者，大自然接受全球化吗？如果是一个有宗教信仰的人，可能会这样问，上帝当初为什么造巴别塔？"是啊，到底为什么呢？"因为太知道人性的缺陷。人类的自大虚妄。"也因此，九九归一，也还是一个如何有效地节制人类欲望的问题。事实上，也正是因为蒋韵对人类还抱有一定的希望，所以，她才会为自己的食物链之窄而自豪："我不认为食物链窄是我的缺点。""相反，我庆幸。""也许，有一天，人类会找到、并严守自己食物链的界限。"但其实，这又何止是食物链的界限呢？究其根本，蒋韵所强调的食物链的界限，也正是衡量人类文明程度的一个极其重要的底线。从这个意义上说，能够写出《北方厨房》这样一部长篇非虚构文学作品的蒋韵，就不仅是一位心怀悲悯的人道主义者，而且也更是一位强调各种物种平等相处的物道主义者。

2020年9月16日晚18时50分许
完稿于长安寓所

[**特约编辑：钟红明**]

# 长安的荔枝

马伯庸

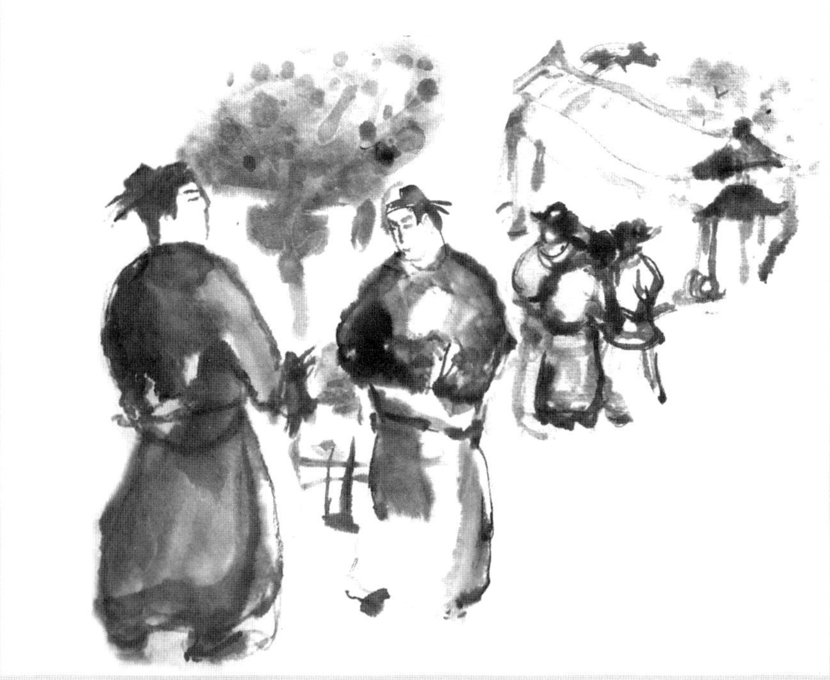

## 第一章

当那个消息传到上林署时，李善德还在外头看房。

这间小宅子只有一进大小，不算轩敞，但收拾得颇为整洁。鱼鳞覆瓦，柏木檩条，院墙与地面用的是鄘邬产的大青砖，砖缝清晰平直，错落有致，如长安坊市排布，有一种赏心悦目的严整之美。

院里还有一株高大的桂花树，尽管此时还是二月光景，可一看那伸展有致的枝丫，便知秋来的茂盛气象。

看着这座雅致小院，李善德的嘴角不期然地翘起来。他已能想象到了八月休沐之日，在院子里铺开一张茵毯，毯角用新丰酒的坛子压住。夫人和女儿端出刚蒸的重阳米锦糕，浇上一勺浓浓的蔗浆，一家人且吃且赏桂，何等惬意！

"能不能再便宜点？"他侧头对陪同的牙人说。

牙人赔笑道："李监事，这可是天宝四载的宅子，十年房龄，三百贯已是良心之极。房主若不是急着回乡，五百贯都未必舍得卖。"

"可这里实在太偏了。我每天走去皇城上值，得小半个时辰。"

"平康坊倒是离皇城近，要不咱们去那儿看看？"牙人皮笑肉不笑。

李善德登时泄了气，那是京城一等一的地段，做梦都没敢梦到过。他又在院子里转了几圈，心态慢慢调整过来。

这座宅子在长安城的南边，朱雀门街西四街南的归义坊内，确实相当偏僻。可它也有一桩好处——永安渠恰好穿过坊内，向北流去。夫人日常洗菜浆衣，不必大老远去挑水了，七岁的女儿热爱沐浴，也能多洗几次澡。

买房的钱就那么多，必须有所取舍。李善德权衡了一阵，一咬牙，算了，还是先顾夫人孩子吧，自己多辛苦点便是，谁让这是在长安城呢。

"就定下这一座好了。"他缓缓吐出一口气。

牙人先恭喜了一声，然后道："房东急着归乡，所以不便收粮粟布帛，最好是轻货金银之类。"

李善德听懂他的暗示，苦笑道："你把招福寺的典座叫进来吧，一并落契便是。"

一桩买卖落定，牙人喜孜孜地出去。

过不多时，一个灰袍和尚进了院子，笑嘻嘻地先合掌诵声佛号，然后从袖子里取出两份香积钱契，口称功德。

李善德伸手接过，只觉得两张麻纸重逾千斤，两撇斑白胡须抖了一抖。

他只是一个从九品下的小官，想要拿下这座宅子，除了罄尽自家多年积蓄之外，说不得要借贷。京中除了两市的柜坊之外，要属几座大伽蓝的放贷最为便捷，谓之"香积钱"——当然，佛法不可沾染铜臭，所以这香积钱的本金唤做"功德"，利息唤做"福报"。

李善德拿过这两张借契，从头到尾细细读了一遍，当真是功德深厚，福报连绵。他对典座道："大师，契上明言这功德一共两百贯，月生福报四分，两年还讫，本利结纳该是三百九十二贯，怎么写成了四百三十八贯？"

这一连串数字报出来，典座为之一怔。

李善德悠悠道："咱们大唐杂律里有规定，凡有借贷，只取本金为计，不得回利为本——大师精通佛法，这计算方式怕是有差池吧？"

典座支吾起来，讪讪说许是小沙弥钞错了本子。

见典座脸色尴尬，李善德得意地捋了一下胡子。他可是开元十五年明算科出身，这点数字上的小花招，根本瞒不住他。不过他很快又失落地叹了口气，朝廷向来以文取士，算学及第全无迁转之望，一辈子在九品晃荡，只能在这种事上自豪一下。

典座掏出纸笔，就地改好。李善德查验无误后，在香积契上落了指印与签押。接下来的手续，便不必让他操心。牙人自会从招福寺里取了香积钱，与房主割办地契。这宅子从此以后，姓李了。

"恭喜监事莺迁仁里，安宅京室。"牙人与典座一起躬身道贺。

一股淡淡的喜悦，像古井里莫名泛起的小水泡，在李善德心中咕嘟咕嘟地浮起来。二十八年了，他终于在长安城有了一席之地，一家人可以高枕无忧了。庭中桂树仿佛提前开放了一般，香馥浓郁，扑鼻而来，浸沁全身。

一阵报时的鼓声从远处传来，李善德猛然惊醒过来。他今日是告了半天假来的，还得赶回衙署去应卯。于是他告别牙人与典座，出了归义坊，匆匆朝着皇城方向走去。

坊口恰好有个赁驴铺子。李善德想到他今天做了如此重大的一个决定，合该庆祝一下，便咬咬牙，从瘪蹙的锦袋里摸出十枚铜钱，想租一头健驴，又想到接下来背负的巨债，到底搁回三枚，只租了头老驴。

老驴一路上走得不疾不缓，李善德的心情随之晃晃悠悠。一阵为购置了新宅而欣喜，一阵又头疼起还贷的事情。他反复计算过很多次，可每次闲暇，又会忍不住算一遍。李善德收入微薄，每个月的俸料、禄米加上几亩职田的佃租，折下来只有十贯出头。全家人不吃不喝，仍填不够缺口，还得想办法搞点外快才行。

但无论如何，有了宅子，就有了根本。

他是华县人，早年因为算学出众，被州里贡选到国子监专攻算学十书，以明算科及第，随后被铨选到了司农寺，在上林署里做一个监事。虽说是个冷衙门的庶职，倒也平稳，许多年就这么平平淡淡地过来了。

这一次购置宅第，可以说是李善德多年以来最大的一次举动。他今年已经五十二岁，他觉得自己有权憧憬一下生活。

李善德抵达皇城之后，直奔上林署公廨而去。那里位于皇城东南角的背阴之处。地势低洼，一下雨便会积起水来，所以公廨常年散发着一股霉味，窗纸与屏风上总带着一块块斑渍。

此时已近午时，一群同僚正在廊下吧唧吧唧地会食。他们见到李善德，都纷纷搁下筷子，热情地拱手为礼。李善德有点惊讶，这些家伙什么时候变得如此多礼了？他正迷惑不解，却见到上林署令招招手，示意自己坐到旁边来。

刘署令是个大胖子，平日里只对上峰客气，对下属从来不假颜色。他今天如此和蔼，让李善德有点受宠若惊。他忐忑不安地跪坐下来，低头看到诸色菜肴，更觉得古怪。

这午餐也未免太丰盛了：炖羊尾、酸枣糕、蒸藕玉井饭，居然还有一盘切好的鱼鲙，旁边搁着橘皮和熟栗子肉捣成的金齑蘸料。

刘署令笑眯眯道："监事且吃，有桩好事，边吃边说与你听。"

李善德有心先问，可耐不住腹中饥饿，这样的菜色，平日也是极难得才吃到的。他先夹起一片鱼鲙，蘸了蘸金齑，放入口中，忍不住眯起眼睛。

滑嫩爽口，好吃！

刘署令又端来一杯葡萄酒。李善德心里高兴，长袖一摆，一饮而尽。他酒量其实一般，一杯下肚，已有点醺醺然。这时刘署令从苇席下取出一轴文牒："也不是什么大事，内廷要采办些荔枝煎，此事非让老李你来勾当不可。"

上林署的日常工作，本就是给朝廷供应各种果品蔬菜。李善德把嘴里的一块肥腻羊尾吞下去，用面饼擦了擦嘴边油渍，忙不迭把文牒接过去看。

原来这公文是内廷发来的一份空白敕牒，说欲置荔枝使一员，采办特贡荔枝煎十斤，着人勾当差遣，名字还空着。李善德一看到"敕令"二字，眉头一挑，这意味是圣人直接下的指示，既喜且疑："这是让下官勾当此事？"

"适才你不在，大家圆议了一番，都觉得老李你老成持重，最适合来做这个使职。"刘署令回答。

"轰"的一声，酒意霎时涌上了李善德的脑袋，面色醇红透底，连手都开始哆嗦了。

这几年以来，圣人最喜欢的就是跳开外朝衙署，派发各种临时差遣。宫中冬日嫌冷了，便设一个木炭使；想要广选美色入宫，便设一个花鸟使。甚至就在一年前，圣人忽然想吃平原郡的糖蟹了，随手指设了一个糖蟹转运使，京城为之哄传。

这些使职都是临时差遣，不入正式官序，可因为是给圣人直接办事，下面无不凛然遵从。其中油水之丰润，不言而喻。像卫国公杨国忠，身上足足兼着四十多个使职，可以说是荷国之重。所以一旦有差遣发派下来，往往官吏们会抢破了头。

李善德做梦也没想到，上林署的同僚们如此讲义气，居然公推他来做这个荔枝使。带着醉意的脑子飞速地运转着，比价、采买、转运、入库，哪个环节都有一笔额外进账，如果胆子大一点的话，一次把香积贷还清了也不是没可能。

"真的叫在下来做这个荔枝使？"李善德仍是不敢相信。

刘署令大笑："圣人空着名字，正是让诸司推荐。若老李你不信，我现在便判给你。"说完吩咐掌固取来笔墨，在这份敕牒下方签下一行漂亮的行楷："奉敕佥荐李善德监事勾当本事"，推到李善德面前。

李善德当即连饭也不吃了，擦净双手，恭敬接过，工工整整在下方签了自己的名字和一个大大的"奉"字。他熟悉公牍，顺手连日期也写在了上端："天宝十四载二月三日"。

刘署令满意地点点头，叫书吏过来，钞成三轴，用上林署印一一钤好，分送司农寺、吏部以及御史台归入簿档。剩下的一轴敕牒本文，则给了李善德。

从这一刻起，李善德便是圣人指派的荔枝使，可谓一步登天。

周围同僚全无嫉色，纷纷恭贺起来。这些祝贺比酒水还容易醉人，让李善德头晕目眩，兴奋不已。不由得走下席来，敬了一圈酒。若非此时还是办公时间，他甚至想在廊下跳上一段胡旋舞。

双喜临门的醉意，一直持续到下午未正时分才稍稍消退。李善德喝了一口醒酒用的蔗浆，跪坐在自己的书台前，开始琢磨这事下一步该如何办理。

他在上林署做了这么多年监事，对瓜果蔬菜最熟悉不过。荔枝产自岭南，朱红鳞皮，实如凝脂，味道着实不错，只是极容易腐坏。历年进贡来长安的，要么用盐腌渍、要么晾晒成干，还有一种比较昂贵的办法，用未稀释的原蜜浸渍，再用蜂蜡外封，谓之"荔枝煎"，只有达官贵人才吃得起。以内廷之奢靡，也只要十斤便够了。

其实对这桩差事，李善德还是微微有些疑惑。

按说皇帝想吃荔枝煎，直接去尚食局调就行了，那里有一个口味贡库，专藏各地风味食材；就算没有，也可以派宫市使去东市采买，东市实在无货，一纸诏书发给岭南朝集使，让当地作为贡物送来便是——按道理，这么个肥差，怎么也轮不着上林署这么一个冷衙门来推荐人选。

李善德的酒劲已消散了不少，意识到这件事颇有蹊跷。这么大便宜，别人凭什么白白给你？说不定是因为时间苛刻，难以办理的缘故。

想到这里，他急忙展开敕牒，去查看程限。朝廷有规矩，每一份文书里面都会规定一个程限，如果办事逾期，要受责罚。但出乎意料的是，这份文牒上的程限是天宝十四载六月一日，距今还有将近四个月时间。不算宽松，但也不是很紧。

李善德松了口气，决定先不去考虑那么多，先把荔枝煎买到手再说。

上林署管着城外的苑林园庄，所以他认识很多江淮果商，可以拜托他们打听一下。就算京城没有库存，在洛阳、扬州等地一定会有。实在不行，拜托岭南那边一坐果，便立刻蜜腌封送。荔枝的果期早熟要四月，大熟从五月开始，勉强赶得及六月一日。

李善德拿起算筹和毛笔，计算起从岭南送荔枝煎到长安的成本，怎样运送才最为快捷且便宜。但他很快又自嘲地摇摇头，穷酸病又犯了不是？这是给圣人办事，不是给自己买房，朝廷富有四海，何必计较这些锱铢之数。

他勾勾画画了很久，忽然听到皇城门上的鼓声"咚咚"响起。长安规矩，暮鼓六百下之后，行人都必须留在坊内，否则就是犯了夜禁。他家如今住在长寿坊，距离有点远，得早点动身。

李善德收拾好东西，一样样挂在蹀躞上，犹豫了一下，把敕牒也揣上了。差遣使职没有品级，自然也就没有告身，这份敕牒，便是他的凭证，最好随身携带。

在鼓声之中，他离开皇城，沿着大路朝自家赶去。路上的车马行人都行色匆匆，都想早一点赶到落脚的地方。李善德看着那些风尘仆仆的客人模样，内心涌起一点骄傲。他们只有旅店、寺庙可以慌张投宿，而自己马上就可以有自宅可归了。

他矜持地昂起下巴，迈开步子，却不防被一条深深的车辙印绊到，一下整个人扑倒在地。李善德狼狈地爬起来，发现连黑幞头都摔在了地上，同时掉出来的还有那张文牒。他吓得顾不得捡幞头，先扑过去把敕牒捡起，拍了拍尘土，发现一张细小的纸片从纸卷里飘落出来。

李善德拿起来一看，这纸片只有半个

指甲盖大，和敕牒用纸一样是黄藤质地，上头写了个"煎"字。

这是书办寻常之物，名叫"贴黄"。书吏在撰写文牒时难免错写漏写，便剪出一小块同色同质的纸片，贴在错谬处，比雌黄更为便当。

不过按说贴黄之后，需要押缝铃印，以示不是私改，怎么这张贴黄上没有印章痕迹呢？李善德想到这里，不免好奇地看了一眼，被"煎"字遮掩的到底是个什么字？

可这一眼看去，他却如被雷磔，那居然是个"鲜"字！

"荔枝鲜"和"荔枝煎"只有一字之差，性质可不啻天壤。

他整个人僵俯在原地，只有下巴的斑白胡须猛烈地抖动起来。有路过的武候发现这位青袍官员有异，过来询问，可他的声音听在李善德耳中，却如同在井底听井栏外讲话那么隔膜。

街鼓声依旧有节奏地响着，李善德抓起敕牒，僵硬地把脖子转向武候。武候吓得朝后退了一步，握紧腰间的直刀。他从来没见到这样的眼神：惶惑、涣散、恐慌、惊恐……

武候正琢磨着该如何处置，突然看到这位官员动了。

他缓缓转过身躯，曳开步子，突然加速，疯狂地朝北面皇城跑去，花白头发在风中凌乱不堪。武候大为感慨，一个五十多岁的人能跑出这样的速度，委实难得。

李善德一口气跑回到皇城，此时鼓声大约已经敲了四百多下，距离夜禁已不远。他奔到上林署的廊下，迎面传来一阵爽朗的笑声，正见刘署令与同僚说笑着离开。

刘署令正高高兴兴走着，猛见一个披头散发的黑影猛冲出来，吓得"嗷"了一声，差点要跳进旁边的水塘。黑影速度不减，一头撞到他怀里，两人齐齐倒在廊下，一条地板发出龟裂的哀鸣。

刘署令拼命挣扎，却发现那黑影死死抱住自己大腿，喊着："署令救我！署令救我！"他听着声音耳熟，再一辨认，不由愤怒地吼道："李善德，你这是干什么！"

旁边的同僚和仆役七手八脚，把两人搀扶起来。

"请署令救我！"李善德匍匐在地，样子可怜之至。

"老李你失心疯了吧？"

李善德哑着嗓子道："您判给我的文牒，贴黄掉了，恳请重铃。"

刘署令怫然不悦："多大点事，至于慌成这样吗？"

李善德忙不迭地取出文书，凑近指给署令看，"您看，这里原本错写了'鲜'字，贴黄改成了'煎'字。但纸片不知为何脱落了，得重贴上去。这是敕牒，如果没有您铃上官印押缝，就成了篡改圣意啦。"

刘署令脸色一下子冷下来："贴黄？本官可不记得判给你时，牒上有什么贴黄——不是你自己贴上去的吧？"

"下官哪有这种胆子啊，明明……"

"你刚才也说了，贴黄需要铃印押缝，以示公心。请问这脱落的贴黄上，印痕何在？"

李善德一下子噎住了。是啊，那张"煎"字贴黄上，怎么没有押缝印章呢？当时他喝得酒酣耳热，只看到文牒上那"荔枝使"的字样，心思便飞了，没有检查文书细节——话又说回来，自家上司给的文书，谁会像防贼一样查验啊。

他一时情急，声音大了起来："署令明鉴。您午时不也说，是内廷要吃荔枝煎吗？"

刘署令冷笑道："荔枝煎？我看你是老糊涂了吧？那东西在口味贡库里车载斗量！用得着咱们提供么？你们说说，中午可听见我提荔枝煎了么？"

众人都是摇摇头。

刘署令道："我中午说得清楚，敕牒里也写得清楚，授给你这一个荔枝使的头衔，本就是要给宫里采办鲜荔枝的，不要看错！"

李善德的胡须抖了抖，简直不敢相信耳中听到的话："鲜荔枝？您也知道荔枝的物性，一日色变，二日香变，三日味变。从岭南到长安，远近不下五千里路，无论如何也赶不及啊。"

"所以李使臣你得多用心，圣上可等着呢。"

外头鼓声快要停了，刘署令不耐烦地站起身来，匆匆朝外头走去。李善德惊慌地扑过去揪住他袖子，却被一把推开，脊背再一次重重磕在木板地上。待得他头晕目眩地爬起来，廊下已是空空荡荡。

李善德呆呆地瘫坐了一阵，忽然发疯似的直奔司农寺的阁架库。宿直小吏突然被一个披头散发的疯子拦住，吓得差点喊卫兵来抓人。李善德抓住他胳膊，苦苦哀求开库一看。小吏生怕被他咬上一口，只好应允。

这里有几十个大枣木架子，上头堆着大量卷帙。京城附近的林苑果园，虚实尽藏于此。李善德记得，中午签的那份敕牒，按原样钞了三份，分送三个衙署存底，其中司农寺存有一份。他决心要弄个清楚，如果贴黄是真，那么在这个存档里一定也有痕迹。

这里的每一卷文书，都在外头露出一角标签。这叫抄目，上面写着事由、经办衙署与日期，以便勾检查询。李善德凭着这个，很快便找到了那件备份。他迫不及待地将卷轴从阁架擎出来，展开一看，心脏骤然停跳了一拍。

这份文书上面，并无任何贴黄痕迹，"荔枝鲜十斤"五个字清晰工整，绝无半点涂抹。

"不行，我得去吏部和兰台去核验另外两份！"

李善德仍不肯放弃，也不敢放弃。要知道，这可是圣人发下来的差遣，若是办不好，只有死路一条。所以他必须得搞清楚，圣人到底想要的是什么。

他正琢磨着如何进入那三处阁架库，无意中扫到了卷轴外插的那一角抄目标签，上头密密麻麻许多墨字。

如果一轴文牒的流转跨了不同衙署，负责入档的官吏为了省事，往往懒得更换新标签，只用笔划掉旧标签上的字迹，把新抄目写上去。所以对有心人来说，光看抄目便知道它的流转过程。

李善德疑惑地拿起来仔细看，发现它在尚食局、太府寺、宫市使和岭南朝集使手里都待过，然后才送来司农寺。而司农寺卿二话没说，直接下发给了上林署。

读罢这条抄目，李善德眼前不由得一阵晕眩。他意识到，不必再去吏部和兰台查验了。

从一开始，圣人想要的，就是六月初一吃到岭南的荔枝。

不是荔枝煎，是新鲜荔枝。

荔枝三日便会变质，就算有日行千里的龙驹，也绝无可能从五千里外的岭南把新鲜荔枝运到长安。所以荔枝使这个差遣，是注定办不成的，它不是什么肥差，而是一道催命符，每一个衙署都避之不及。

于是李善德在抄目里，看到了一场马球盛况：尚食局推给太府寺，太府寺传给宫市使，宫市使踢到岭南朝集使，岭南朝集使又移文至司农寺。司农寺实在传无可传，只好往下压，硬塞到上林署。

李善德虽然老实忠厚，可毕竟在官场待了几十年，到了这会儿，如何还不知道自己被坑了。

谁让他恰好在这一天告假去看房，众人一圆议，把不在场的人给公推出来。刘署令为了哄他接下这枚烫手梨子，先用酒菜引他入彀灌醉，然后故意把"鲜"贴黄成"煎"，反正只要没钤大印，李善德就算事后发现，也说不清楚。

一想明白此节，李善德手脚不由得一阵抽搐，软软跌坐在阁架库的地板上。恍惚中，他感觉自己待在一个狭窄漆黑的井底，浑身被冰凉的井水浸泡。他抬起头，看到那座还未住进去的宅子在井口慢慢崩塌，伴随着一朵朵桂花落入井中，很快把井口的光亮堵得一丝不见……

他再度醒来时，已是二月四日的早上。昨晚皇城已经关闭，无法进出。李善德无论如何都回想不起来，自己是怎么回到上林署的宿直间，又是何时睡着的。他心存侥幸地摸了摸枕边，敕牒还在，可惜上面"荔枝鲜"三字也在。

看来昨天并不是一个噩梦。他失望地揉了揉眼睛，觉得浑身软绵绵的，毫无力气。明媚的日光从窗牖空隙洒进来，却不能带来哪怕一点点振奋。

对于一个已提前判了死刑的人，这些景致都毫无意义。二十八年的谨小慎微，只是一次的不经意，便陷入了万劫不复。夫人孩子随他在长安过了这么多年苦日子，好不容易要有宅可居，却又要倾覆到水中。想到这里，李善德心中一阵抽痛，抽痛之后，则是无边的绝望。

区区一个从九品下的上林署监事，能做什么？

他失魂落魄地待到了午后，终于还是起了身，把头发简单地梳拢了一下，摇摇摆摆地走出上林署。很多同僚都看到了他，可没人凑过来，只是远远窃窃私语，如同看一个死囚犯。

李善德也不想理睬他们，昨天若不是那些人起哄，自己也不会那么轻易被骗入彀中。他现在不想去揣测这些蝇营狗苟的心思，只想回家跟家人在一起。

他离开皇城，凭着直觉朝家里走去。走着走着，忽然听到一声呼喊："良元兄，你怎么在这里？"

李善德扭头一看，在街口站着两个青袍男子。一个细眼宽颐，面孔浑圆有如一枚肉铜镜，还有一个瘦削的中年人，八字眉头倒撇，看上去总是一副忧心忡忡的面相。

这两个都是熟人。胖胖的那个叫韩承，在刑部比部司任主事，因为家里排行十四，大家都叫他韩十四；瘦的那个叫杜甫，如今……李善德只知道他诗文不错，得过圣人青睐，一直在京待选，别的倒不太清楚。

韩承一见面，热情地要拽李善德一起去吃酒，说杜子美刚刚得授官职，要庆祝一下。李善德木然应从，被他们拉去了西市里的一处酒肆中。

一个胖胖的胡姬迎出来，略打量一番他们三人穿着，径直引到了酒肆的一处壁角。

韩承嫌她势利，从腰间摸出十五枚大钱，案几上一拍："今日老杜授官，原该好生庆祝一下，与我叫个乐班来助兴！"

胡姬一听这三位里居然有了个实职官，连忙敛起态度，唤来两个龟兹乐手，又从垆端取来三爵桂酒，说是酒家赠送。韩承脸色这才好点。

杜甫局促道："十四，我也不是什么高官，不必如此破费。"

"怕什么，改日你赠我一篇诗文便是。"韩承豪爽地摆了摆手。

两个高鼻深目的龟兹乐手过来，先展开一帘薄纱，左右挂在壁角曲钉上，然后隔着帘子奏起西域小曲来。

韩承拿起酒爵，对李善德笑道："良元兄，你是有所不知。吏部这一次本是授了河西县尉给子美，结果他给推了，这才换成了右卫率府兵曹参军——虽是个闲散职位，好歹是个京官。当今圣上是好诗文的，子美留在长安，总有出头之日。"

李善德木然拱手，杜甫却自嘲道："兵曹参军实非我愿，只为了几石禄米罢了，否则家里要饿煞。五柳先生可以不折腰，我的心志不及先贤远矣。"

韩承见他又要开始絮叨，连忙举起酒爵："来，来，莫散发阴能量了，你可是集贤院待制过的，前途无量，与我们这些浊吏不一样。"

三人举起酒爵，一饮而尽。这桂酒是用桂花与米酒合酿而成的香酒，香气浓郁，李善德一入口，想到自己活不到八月，连新宅中那棵桂树开花也见不到，不由悲从中来，放下酒爵，泪水滚滚。

韩承与杜甫都吓了一跳，忙问怎么回事。李善德没什么顾忌，便把敕牒取出来，如实讲了。两人听完，都愣在原地。

半响，杜甫忍不住道："竟有此等荒唐事！岭南路远，荔枝易变，此皆人力所不能改，难道没人说给圣人知么？"

韩承冷笑道："圣人口含天宪，他定了什么，谁敢劝个不字？你们可还记得安禄山么？多少人说这胡儿有叛心，圣人可好，直接把劝谏的人绑了送去河东。所以荔枝这事，那些衙署宁可往下推，也没一个敢让圣人撤回成命的。"

"圣人是不世出的英主，可惜……智足以拒谏，言足以饰非。"杜甫感慨。

"皇帝诏令无可取消，那么最好能寻一只替罪羔羊，把这桩差遣接了，做不成死了，才天下太平。良元兄可玩过羯鼓传花？你就是鼓声住时手里握花的那个人。"

韩承说得坦率而犀利。他和这两人不同，身为刑部比部司的主事，工作是勾检诸部的账目，对官场看得最为透彻。

杜甫听完大惊："如此说来，良元兄岂不是无法可解？可怜，可怜！"他关切地抚了抚李善德的脊背，大起恻隐之心。

这一抚，李善德登时又悲从中来，拿袖角去拭眼泪，抽抽噎噎道："我才从招福寺那里借了两百贯香积贷。一人死了不打紧，只怕她们娘俩会被变卖为奴。可怜她们随我半世艰苦，好容易守得云开，未见到月明便要落难。"

杜甫也垂泪道："我如何不知。我妻儿远在奉先，也是饥苦愁顿。我牵挂得紧，可离了京城，便没了禄米，她们也要……"

韩承把玩着手里的空酒爵，看着这两位哭成一团，无奈地摇了摇头："子美你莫要添乱了。良元兄，我来考考你，我们比部最讨厌的，你可知是什么人？"

李善德擦擦眼泪，不解地抬起头来，

他怎么突然问起这个问题了？可见韩承脸色凝重，不似开玩笑，只好收了收精神，迟疑答道："逋逃税赋之人？"

韩承摆摆指头："错！我们比部最讨厌的，就是你们这些临时差遣的使臣。"

杜甫皱皱眉头："十四，你怎么还要刺激良元？"

韩承道："不，我不是针对良元，而是所有的使臣，在比部眼里都是啖狗肠的逃奴。"

他一下爆出粗口，震得两人都不哭了。韩承索性拿起筷子，蘸着桂酒在案几上比画："朝廷的经费廪给之制，两位都是熟悉。比如说你们上林署在天宝十四载的一应开销用度，正月里先由户部的度支郎中做一个预算，司金和仓部负责出纳，从左、右藏署和司农寺划拨出钱粮，给你们上林署。等这些钱粮用完了，我们刑部的比部司还要审验账目，看有无浮滥贪挪之弊——是这么个过程吧？"

随着韩承叙说，一条笔直的酒渍浮现在案面上，两人俱是点了点头。

"但是！圣人近年来喜欢设置各种差遣之职，因事而设，随口指定，全然不顾朝廷官序。这些使臣的一应用度，皆要从国库支钱，却只跟皇帝汇报，可以说是跳出三省六部之外，不在九寺五监之中。结果是什么？度支无从计划，藏署无从扼流，比部无从稽查，风宪无从督劾。我等只能眼睁睁看着各路使臣揣着国库的钱，消失在灞桥之外。"

杜甫愤怒道："蠹虫！这些蠹虫！"

李善德却听出了这话里的暗示，若有所思。

"我给你举个例子。浙江每年要给圣人进贡淡菜与海蚶，为此专设了一个浙东海货使。这位使者运作之下，水运递夫每年耗费四十三万六千工时，这得多大开销？全是右藏署出的钱。可我们比部根本看不到账目——人家使臣只跟皇帝奏对，而宫里只要吃到海货，便心满意足，才不管花了多少钱。"

杜甫听得触目惊心，而李善德的眼神，却越发亮起来。

韩承拿起一块干面饼，把案几上的酒渍擦干净，淡淡道："为使则重，为官则轻。你这个荔枝使与浙东海货使、花鸟使、瓜果使之类的，又有什么区别呢？"

这哪里是抨击朝政，分明是鼓励自己仗势欺人，做一个肆无忌惮的贪官啊。李善德暗想，可心中仍有些惴惴："我一个从九品下的小官，办的又是荔枝这种小事，怕是……"

韩承嗤笑一声，拿起敕牒："良元兄你还是太老实。你看这上面写的程限：限六月初一之前——难道没品出味道吗？"

李善德一脸懵懂。

韩承"啧"了一声，拿起筷子，敲着酒坛边口，曼声吟道："云想衣裳花想容，春风拂槛露华浓。若非群玉山头见，会向瑶台月下逢。"

杜甫听到这诗，双眼流露出无限感怀："这是……太白的诗啊。"

韩承转向杜甫笑道："也不知太白兄如今在宣城过得好不好。今年上元节还看到京城传抄他在泾县写的新作《秋浦歌十七首》，诗风不减当年，就是《赠汪伦》烂俗了点。"

一说起作诗，杜甫可来了劲头，他身子前屈，一脸认真道："那汪伦是什么人，与太白交情多深，为什么太白会特意给他写一首诗，这些我不知道，也不想知道，

106

但单就这诗的作法,十四你却错了……"

两人叽叽咕咕,开始论起诗来。

李善德不懂这些,他跪坐在原地,满心想的都是韩承的暗示。

李白那首诗,是天宝三载所作。当时圣人与贵妃在沉香亭欣赏牡丹,李龟年欲上前歌唱,圣人说:"赏名花,对妃子,焉用旧乐词?"遂急召李白入禁。李白宿醉未醒,挥笔而成《清平调》三首,此即其一。

在大唐,贵妃前不必加姓,因为人人都知道姓杨。她的生辰,恰是六月初一。这新鲜荔枝,九成是圣人想送给贵妃的诞辰礼物。

韩承的暗示,原来是这个意思!

这是为了贵妃的诞辰采办新鲜荔枝,只怕比圣人自己的事还要紧,天大的干系,谁敢阻挠?

他是个忠厚循吏,只想着办事,却从没注意过这差遣背后蕴藏的偌大力量。这力量没写在《百官谱》里,也没注在敕牒之上,无形无质,不可言说。可只要李善德勘破了这一层心障,六月初一之前,他完全可以横行无忌。

这时胡姬端来一坛绿蚁酒,拿了小漏子扣在坛口,让客人自筛。

"那六月初一之后呢?"李善德忽然又疑惑起来。这头衔再如何横行霸道,也解决不了荔枝转运的问题。这个麻烦不解决,一切都是虚的。

韩承从杜甫滔滔不绝的论诗中挣脱出来,面色凝重地看过来,吐出两个字:"和离。"

"和离?"

"和离!"

李善德突然读懂了韩十四的意思,这两个字,如重锤一样,狠狠砸在胸口。

荔枝这事,是注定办不成的,唯有早点跟妻子和离,一别两宽,将来事发才不会累及家人。李善德可以趁这最后四个月横行一下,多捞些油水,尽量把香积贷偿清,好歹能给孤女寡妇留下一处宅子。

"到头来,还是要死啊……"

李善德的拳头伸开复又攥紧,紧盯着酒中那些渣渣,好似一个个溺水浮起的蚁尸。

韩承同情地看着这位老友,拿起漏子,缓缓地筛出一杯净酒,递给他。

他在比部常年查账,知道商家有一种账目叫做"沉舟莫救账"——舟已渐沉,救无可救,惟有止损而已。他这办法虽然无情,对老友已是最好的处置。

此时一曲奏完,乐班领了几枚赏钱,卸下帘子退去了。壁角只剩他们三个,周围静悄悄的,毕竟午后饮酒的客人还不多。李善德哆嗦着嘴唇,从蹀躞里取出纸笔,说道:"既如此,我便写个放妻书,请两位做个见……"

话未说完,杜甫却一把按住他肩膀,扭头看向韩承怒喝道:"十四,人家夫妻好端端的,哪有劝离的?"

李善德苦笑道:"他也是好心。新鲜荔枝这差遣无解,我的宿命已定,只能设法博回一点点羡余罢了。"

"你纵然安排好一切后事,嫂夫人与令嫒余生就会开心吗?"

"那子美你说,我还有什么办法?!"李善德被他这咄咄逼人的口气激怒了。

"你去过岭南没有?见过新鲜荔枝吗?"

"不曾。"

"你去都没去过,怎么就轻言无解?"

"唉,子美老弟,做诗清谈你是好手,却不懂庶务繁剧……"

杜甫又一次打断他的话："我是不懂庶务，可你也无解不是？左右都是死局，何不试着听我这不懂之人一次，去岭南走过一趟再定夺？"

李善德还没说话，杜甫一撩袍角，自顾坐到了对面："我只会作诗清谈，那么这里有个故事，想说与良元知。"

李善德看了一眼韩承，后者歪了歪头，做了个悉听尊便的手势。

"我比现在年轻十岁的时候，一心想要在长安闯出名堂，报效国家。可惜时运不济，投卷也罢，科举也罢，总不能如愿，一直到了天宝十载，仍是一无所得。我四十岁生日那天，朋友们请我去曲江游玩庆祝。船行到了一半，岸边升起浓雾，我突然之间陷入绝望。这不就是我的人生吗？已经过去大半，而前途仍是微茫不可见。我下了船，失魂落魄，不想饮酒，不想作诗，就连韦曲的鲜花都没了颜色。我就像行尸走肉一样，漫无目地走着，干脆朽死在长安城的哪个角落里算了。

"不知不觉，我走到了城东春明门外一里的上好坊。其实那里既算不得上好，更不是坊，只是一片乱葬岗。客死京城的无主之人都会送来这里埋葬，倒也适合我的归宿。我随便找了个坟堆，躺倒在地，没过多久，却遇到了一个守坟的老兵。那家伙满面风霜，还瞎了一只眼，态度凶横得很。他嫌我占地方，把我踢开，自顾喝起酒。我问他讨了一口，两个人便聊了起来。他原来是个西域兵，还在长安城干过一段不良人，不过没什么人记得了。老兵如今就隐居在上好坊，说要为从前他被迫杀掉的兄弟守坟。那一天我俩聊了很久，他讲了很多从前的事，其中我最喜欢的一段，却不是故事。

"老兵讲，他年轻时被迫离开家乡，远赴西域戍边。那是他第一次别离亲人，也是第一次上战场，何时会死也不知道。而军法管得极严，连逃都逃不掉。他一个年轻孩子，日夜惶恐惊惧，简直绝望到了极点。有一天，他在战场上被一个凶狠的敌人压住，眼看被杀，他发起狠来，用牙齿撕咬掉对方的脸颊肉，这才侥幸反杀。老兵突然明白了，既是身临绝境，退无可退，何不向前拼死一搏，说不定还能搏出一点微茫希望。从那以后，他拼命地练习刀术、骑术，每天从高山一路冲下，俯身去拔取军旗。凭着这一口不退之气，他百战幸存，终于从西域安然回到这长安城里。

"我当时听完之后，深受震动。我之境遇，比这老兵何如？他能多劈一刀在造化上，我为何不能？接下来的事情你们都知道了，我回去之后，振奋精神，写出了《三大礼赋》，终于获得圣人青睐，待制集贤院——虽说如今的成就，也不值一提，但自问比起之前，创作更有方向：我要把这些籍籍无名的人与事都记下来，不教青史无痕。于是我再次去了上好坊，请教老兵的姓名，希望为他写一些诗传。可老兵死活不肯透露姓名，只允许我把他当兵时的经历匿名写出来。于是我便写成了九首《前出塞》，适才那个故事，是在第二首，现在我把它赠与你。"

杜甫把毛笔抢过去，不及研墨，直接蘸了酒水，唰唰写了起来。一会儿工夫，纸上便多了一首五言古诗：

> 出门日已远，不受徒旅欺。
> 骨肉恩岂断，男儿死无时。
> 走马脱辔头，手中挑青丝。
> 捷下万仞冈，俯身试搴旗。

杜甫把笔"啪"地一声甩开，直直看向李善德，眼神锐利如公孙大娘手中的剑器："骨肉恩岂断，男儿死无时。既是退无可退，何不向前拼死一搏？"

李善德读着这酒汁淋漓的诗句，握着纸卷的手腕，突地一抖，仿佛有什么东西在胸中漾开。

## 第二章

二月春风，柳色初青。每到这个时节，长安以东的大片郊野便会被一大片碧色所沁染，一条条绿绦在官道两旁依依垂下，积枝成行，有若十里步障。唯有灞桥附近，是个例外。

只因天宝盛世，客旅繁盛，长安城又有一个折柳送别的风俗，每日离开的人太多，桥头柳树早早被薅秃了。后来之客，无枝可折，只好三枚铜钱一枝从当地孩童手里买。一番铜臭交易之后，心中那点"昔我往矣"的淡淡离愁，也便没了踪影，倒省了很多苦情文章。

李善德出城的时候，既没折柳，也没买枝，他没那心情。唯一陪伴自己上路的，只有一头高大的河套骏马，以及一条鼓鼓囊囊的马搭子。

那日他决定出发去岭南之后，韩承向他面授机宜了一番。李善德转天又去了上林署，一改唯唯诺诺的态度，让刘署令准备三十贯去岭南的驿使钱与出食钱。

刘署令勃然大怒，说你是荔枝使，要么去开圣人的内帑大盈库，要么去找户部的度支郎中讨，关上林署屁事？李善德却亮出敕牒，指着那行"奉敕金荐李善德监事勾当本事"，说这"金荐"二字是您写的，自然该先从上林署支取钱粮，上林署再去找度支部报销。

刘署令还要挣扎，但李善德表示你别耽误了圣人的差遣，他立刻怂了，痛心疾首地从公廨本钱里调了三十贯出来。

这公廨本钱，是朝廷发给各个衙署自行放贷的本钱，所得利息用于维持办公开销。李善德强行划走三十贯，同僚们的午食档次登时下降一大截，整个上林署里怨声载道——也算是他小小地报了个仇。

离开上林署之后，李善德又去了符宝司，以荔枝使的名义索要了一张邮驿往来符券。有了这券，官道上的各处驿站便可以免费停留，人嚼马喂皆由朝廷承担。

既然路上有人管吃住，上林署支给的所谓"驿使钱"与"出食钱"，其实是用不着。使职的妙处就在这里，它超脱诸司流程之外，符宝司不会跟上林署对账，上林署也没办法问户部虚实，三处彼此并不联通。

李善德用这些钱购买一匹行脚马和一些旅途用品，余下的全数留给家人。只可惜他的本官品级实在太低，没法调用驿站的马匹，否则连马钱都能省下来。

奔走了一圈，李善德才真正明白，为何大家会为了使职差遣抢破头。他还没怎么做手脚，只利用程序漏洞，就赚了三十贯。韩承骂那些使臣都是唉狗肠的逃奴，着实深切。

二月五日，李善德跨过灞桥，离开长安，毫不迟疑地向东疾奔而去。

他既是算学及第，对数据最为看重，出发之前特意去了趟兵部的职方司，钞来了一份《皇唐九州坤舆图》与《天下驿乘总汇》，对大唐交通算是有了一个直观的了解。

其时大唐自长安延伸出六条主道，联通两京、开封、幽州、太原、江陵、广州、益州、扬州等处，三十里为一驿，天下计有一千六百三十九间驿所，折下来总长是四万九千一百七十里。

而他要去的岭南，距离长安一共是五千四百四十七里，一般自蓝田入商州道，经襄州跨汉水，经鄂州跨江水，顺流至洪州、吉州、虔州，越五岭，穿梅关而至韶州，再到广州。

一开始他还能每日奔驰一百五十里，但很快便慢了下来。人且不说，再神骏的宝马，这么持续奔跑也要掉膘，蹄子更受不了。他不得不放缓速度，还心疼地自掏腰包，让驿站多提供几斛豆饼。

即使如此，在他抵达鄂州时，那匹马终究抵受不住，在纷纷扬扬的春雨中栽倒在地。李善德别无他法，只得将其卖掉，另外买了头淮西骡子。骡子坚韧，只是速度委实快不上去，任凭李善德如何催促，一日也只能走四十里。总算天下承平日久，没有什么山棚盗贼作祟，他孤身一人，倒也没遇到什么危险。

这一路上山水连绵，景致颇多。倘若是杜甫去壮游，定能写出不少精彩诗句。可惜李善德的头上悬着一把铡刀，无心观景。白天埋头狂奔，晚上在驿馆里也顾不得看壁上题诗，忙着研究职方司的资料和沿途地势、里程，希望从中找出机会。

只不过越是研究驿路，李善德的心中越是冰凉。出长安时那股拼死一搏的劲头，随着钻研的深入，被残酷的现实打击得四分五裂。

其时大唐邮驿分做四等：驿使赍送，日行五百里；交驿赍送，日行三百五十里；步递赍送，日行二百里。以及最慢的日常公文流转，马日行七十里，步人及驴五十里，车三十里。

即使是按照最快的"驿使赍送"，从岭南赶到京城也要十几天，新鲜荔枝绝送不过来。

朝廷倒是还有一种八百里加急，但只能用于最紧急的军情传递。职方司的记录显示：二十年内，唯一一次真正达到八百里速度的邮传，是王忠嗣在桑干河大破奚怒皆部，两千四百里路，报捷使只花了三日便露布长安。

当然，这种例子不具备参考价值。漠北一马平川，水少沙硬，飞骑可以一路扬鞭。而李善德自渡江之后便发现，南方水道纵横，山势连绵，别说兵部不给你八百里加急的权限，就算给了，你也跑不上速度。

李善德知道，自己是在跟一个不可能的任务作战，但他别无选择。为了挽救家人和自己的命运，李善德只能殚精竭虑，在数字中找出一线生机，他希望即使最终失败了，也不是因为自己怠惰之故。

一过鄱阳湖，他有了新发现。原来大江到了浔阳一带，可以联通到鄱阳湖，而鄱阳湖又连接赣水，可以直下虔州。乘舟虽不及飞骑速度快，但胜在水波平稳，日夜皆可行进，算下来一昼夜轻舟也可行出一百五十余里，比骡马省事多了。他索性卖掉骡子，轻装上船，宁可多花了钱，也要把时辰抢出来。

一过虔州，李善德便看到前方一片峥嵘山势，崔嵬高绝，如一道苍翠屏障，雄峙于天地之间。这里即是五岭，乃是岭南与江南西道之间的天然界限。这五岭极为险峻，只在大庾岭之间有一条狭窄的梅关道，可资通行，过去便是韶州。

李善德穿过关口时，想起在长安时曾听过的一段朝堂故闻。开元四年，张九龄辞官回岭南故乡，交通壅塞不便，遂上书圣人，在大庾岭开凿了一条"坦坦而方五轨，阗阗而走四通"的穿山大路，从此之后，岭南的齿革羽毛、鱼盐蜃蛤，都可以源源不断地流入中原。

更让李善德惊喜的是，一过五岭便有一条绵绵不断的浈水，向南汇入溱水，溱水再入珠江，可以一路畅通无阻地坐船直到广州城下。

三月初十，在路上奔波了足足一个多月之后，满面疲惫的李善德终于进入广州城内。出发前鼓鼓囊囊的马褡子，如今搭在他的右肩上，干瘪得不成样子；而那一身麹尘色短袍和绢兰腰襕，早已脏得看不出本色了。

一算速度，他原本的那点侥幸登时灰飞烟灭。按这种走法，再快三倍，运送新鲜荔枝也不可能。

广州这里气候炎热，三月即和长安五六月差不多。李善德走进城里，只觉得浑身都在冒汗，如蚂蚁附身一般。尤其是脖颈子那一圈，圆领被汗水泡软了，朝内褶进，只要稍稍一转动，皮肉便磨得生疼。

这广州城里的景致，和长安可不太一样。墙上爬满藤蔓，屋顶侧立椰树，还有琴叶榕从墙头伸出来。街道两侧只要是空余处，便开满了木棉花、紫荆、栀子、茶梅与各种叫不上名字的花卉，几乎没留空隙，几乎半个城市都被花草所淹没。

他找了个官家馆驿，先行入住。一问才知道，这里凭符券可以免费下榻，但汤浴却是要另外收钱。李善德想想一会儿还要拜见岭南五府经略使，体面还是要的，只好咬咬牙，掏出袋中最后一点钱，租了个汤桶，顺便把脏衣服交给漂妇，洗干净明天再用。

广州这里的驿食和中原大不相同，没有面食，只有细米，少有羊肉，鸡羹鸭脯却不少，尤其是瓜果极为丰富，枇杷、甜瓜、白榄、卢橘、林檎……堆了满满一大盘子，旁边还搁着一截削去外皮的甘蔗，上头撒着一撮黄盐。这在长安城里，可是公侯级的待遇了。

他随口问了一句有荔枝没，侍者说还没到季节，大概要到四月份才有。

李善德也不想问太多，他在路上啃了太多干粮，急需进补一下。他撩开后槽牙，风卷残云一般吃将起来。

酒足饭饱之后，沐桶也已放好了热汤。岭南这边很会享受，桶底放了切成碎屑的沉香，旁边芭蕉叶上还放着一块木棉花胰子。

李善德整个人一泡进去，舒服得忍不住"哎呀"了一声。蒸汽氤氲，疲意丝丝缕缕地从四肢百骸冒出，混着滑腻的汗垢脱离躯体，漂浮到水面上来。有那么一瞬间，他浑然忘了荔枝的烦恼，只想化在桶里再也不出来。

一夜好睡。次日起来，李善德唤漂妇把衣袍取来，漂妇却像看傻子一样看他。李善德发了怒，以为她要贪墨自己官服，漂妇嘟嘟哝哝说的当地土话，也听不懂。两人纠缠了半天，最后漂妇把李善德拽到晾衣架子前头，他才尴尬地发现真相。原来岭南和长安的物候截然不同，天潮暑湿，衣服一般得晾上几天才会干。

没有官袍可用，李善德又没有多余的钱贯去买。他只好把蹀躞上的一把突厥短匕首解下来——这是杜甫当年在苏州蒸鱼时用的匕首，送给他防身之用——送去质铺，换来一身不甚合身的旧丝袍。

李善德穿着这一身怪异衣袍，别别扭扭地去了岭南经略使的官署里。这官署门前没有阀阅，也不竖幡竿，只有两棵大大的芭蕉树，绿叶奇大，如皇帝身后的障扇一般遮着阔大署门。李善德手持敕牒，门子倒也不敢刁难，直接请进正堂。

一见到岭南经略使何履光，李善德登时眼前一黑。这位大帅此时居然箕坐在堂下，捧着一根长长的甘蔗在啃。他上身只披了一件白练汗衫，下面是开裆竹布裤子，两条大毛腿时隐时现。

早知道他都穿成这样，自己又何必去破费多买一身官袍。李善德心疼之余，赶紧恭敬地把敕牒递过去。

何履光皮肤黝黑，额头鼓鼓的像个寿星佬。他出身比张九龄还要靠南，远在海岛之上的珠崖郡。以獠蒌之身居然做到了天宝十节度之一，可以说是朝堂之上的一个异数。这位在六年前带着十道雄兵，一口气打下了南诏的安定城，把东汉马援的铜柱重新立了起来。这样的奢遮人物，碾死他比碾死一只蚂蚁还容易。

何履光啃下一口甘蔗，嚼了几口，"啐"地吐到地上，这才懒洋洋地翻开敕牒："荔枝使？做什么的？"

李善德双手拱起，把来意说明。

何履光把敕牒往地上一摔，沉着脸道："来人，把这骗子拖出去沉了珠江！"立刻有两个牙兵过来，如狼似虎要把李善德拖走。

李善德吓得往前一扑，身形迅捷得像猿猴一般，死死抱住甘蔗一头："节帅，节帅！"

何履光想把啃了一半的甘蔗拽回来，没想到这家伙看似文弱，求生的力气却不小，居然握着甘蔗杆子不撒手，无论那两个牙兵怎么拖拽都不松开。最后何履光没辙，把手一松，李善德抱着甘蔗，与牙兵们齐齐跌倒在地，四脚朝天。

何履光又是好气，又是好笑："你这个猴崽子，骗到本节帅府上，还不知死？"

李善德躺在地上，声嘶力竭地大叫道："下官不是骗子！是正经从长安受了敕命来的！"

"休要胡扯。送新鲜荔枝去长安？哪个糊涂蛋想出来的蠢事？"

"是圣人啊……"

何履光大怒，抬起大脚丫子去踩他的脸："连皇帝你都敢污蔑，好大的狸胆！"说到一半，他突然歪了歪脑子，觉得有点蹊跷。圣人的脾性和从前大不相同，这几年问岭南讨要过许多稀奇古怪的玩意儿，都不太合乎常理，这次会不会要新鲜荔枝，也不好说……

他把脚抬起来几分，俯身把那张敕牒捡起来，拍拍上面的蔗渣子，重新打开看了一番，啧啧赞叹："做得倒精致，拿去丹凤门外发卖都没问题。"

李善德双手抓着红土，急中生智叫道："这敕牒也曾在岭南朝集使流转过，节帅一查，便知虚实！"

何履光叫来一个小厮，吩咐了几句，然后拖了张胡床对面坐下，继续啃着甘蔗道："你这敕牒真假与否，噗，其实无关紧要。假的，直接沉珠江；真的，我也没办法把新鲜荔枝送去长安，还是要把你干掉。"

李善德没想到他说得这么直白，先是

瑟瑟地惊惧，随后反而坦然起来。这一路上他见到长路艰险，早知新鲜荔枝绝无可能，与其回去被治罪，倒不如在这里被杀，至少还算死于王事，不会连累家人。

一念及此，他熄了辩解的心思，额头碰触在地，引颈待戮。

他这一跪伏，何履光反倒起了狐疑。他打量眼前这骗子，嘴里蔗肉"喀吧喀吧"嚼个不停，却没动手。

过不多时，一个白面文士匆匆赶到，对何履光道："查到了，内廷在二月初确实发过一张空白文书，讨要新鲜荔枝。那文书曾流转到岭南朝集使，他们不敢擅专，移文到司农寺去了。"

岭南朝集使是何履光在京城的耳目，每月都有飞骑往返汇报动态，这消息刚送回不久。

何履光看向李善德，突然一脚踹过去，正中其侧肋，登时让他在甘蔗渣里滚了几圈："呸！差点着了你的道儿。我若在这里宰了你，鲜荔枝这笔账，岂不是要算在本帅头上？你们北人当真心思狡黠。"

李善德强忍着痛楚，心中直叫屈。自己都伏首认命了，怎么还被说成心思狡黠啊……那文士在何履光耳畔说了几句，后者厌恶地皱皱眉头，把剩下的甘蔗扔在地上，走开了。

文士过去把李善德搀起来，拍拍袍上的红土，细声道："在下是岭南经略门下的掌书记赵欣宁。李大使莅临岭南，在下今晚设宴，与大使洗尘。"

李善德一阵愕然，自己刚被踏在地上受尽侮辱，他怎么能面不改色说出这种话来？

"大使莫气恼，本地有句俗谚，做人最重要的就是开心，乃是养生之道啊。"

"你……"李善德知道，掌书记虽只是从八品官，但在经略使手下位卑权重，轻易不可开罪，只好忍气吞声拱了拱手："设宴不必了。圣人敕命所限，在下还得履行王事，尽快把土贡办妥才是。"

他事先请教过韩承。岭南每年都会有诸色土贡，由朝集使带去京城。如果设法把鲜荔枝归为"土贡"一类，那么经略府就有义务配合了。

赵欣宁怎么会跳进这个坑里，笑眯眯道："好教大使知。开元十四年圣人颁下过德音，岭南五府路迢山阻，不在朝集之限。所以这土贡之事，岭南是送不及的。"

"下官知道，鲜荔枝转运确实艰难。不过圣人和贵妃之所望，咱们做臣子的应该精诚合作，尽力办妥才是。"

赵欣宁当即应允："这个自然！等下节帅给大使签一道通行符牒，只要是岭南管内，广、桂、邕、容、交五州无不可去之者，大使便可以尽展拳脚了。"

李善德"呃"了一下，忽然不知该说什么才好了。

在出发之前，韩承帮他推演过几种可能。"土贡"只是虚晃一枪，如果经略使不跳进这个坑，李善德正好可以抬出圣人和贵妃借势，让他们提供经费——他心里一直有个计划，只是需要大量钱粮支持。

没想到这赵欣宁滑不溜手，轻轻一转便滑过去了。他表面慷慨，主动开具了五府符牒，却避开了最关键的钱粮——说白了，我们给予你方便，你在岭南爱去哪去哪，圣人面前挑不出错，但鲜荔枝的事，我们一文钱不给，你自己晃荡去吧。

李善德不善应变，口舌也不利落，被赵欣宁这么一搅，背好的预案全忘光了，站在原地直冒汗。

远远的廊下,何履光抱臂站着,朝这边冷笑。这北人笨得像只清远鸡,还妄想把经略府拖进鲜荔枝这档子事?

何履光的思绪,到这里就停住了。能让一位经略使费神片刻,对一个从九品的小官已是天大的体面。

李善德悻悻回到官驿,看着窗外的椰子树发呆。赵欣宁倒是说话算话,半个时辰之后,便送来一张填好的符牒,随牒送来的还有两方檀香木,说是赵书记私人赠送。

他敲打着两块木头,闻着淡淡清香,内心壅滞却无可排遣。杜甫鼓励他在绝境中劈出一条生路,李善德也是如此打算的,还拟定了一个计划。可现在岭南经略使拒绝资助,李善德就算想拼死一搏,手里都没武器。

"算了,本就是毫无胜算的差遣。你难道还有什么期待吗?"

李善德在案儿上摊开了纸卷,还是听韩承的吧,沉舟莫救,先把放妻书写完是正经。他写着写着又哭起来,竟就这么伏案睡着了。

次日李善德一觉醒来,发现纸张被口水洇透。他正要拂袖擦拭,却猛然见一只褐油油的蜚蠊飞速爬过。这蜚蠊个头之大,几与幼鼠等同,与他在长安伙厨里见到的那些简直不似同种。李善德顿觉一阵冰凉从尾椎骨传上来,惊骇万状,整个人往后躲去。

只听哗啦一声,案儿被他弄翻在地,案上纸砚笔墨尽皆散落,那放妻书被墨汁浇污了半幅,彻底废了。李善德一时大恸,觉得自己真是流年不利,太岁逆行,干脆去问问驿头哪里是珠江,蹈水自投算了。

不料他刚披上袍子,腹部一阵鼓鸣,原来还没用过朝食。李善德犹豫片刻,决定还是做个饱死鬼为好,便正了正幞头,迈步去了驿馆的食处。

岭南到底是水陆丰美之地,就连朝食都比别处丰盛。一碗熬得恰到好处的粟米肉羹粥,里头拌了碎杏仁与蔗饧,三碟淋了鸭油的清酱菜,一枚鸡子蒸白果,还有一合海藻酒。至于水果,干脆堆在食处门口,随意取用。

李善德坐在案儿,细细吃着。既是人生最后一顿饭,合该好好享受才是。只可惜身在岭南,没有羊肉,如果能最后回一次长安,吃一口布政坊孙家的古楼子羊油饼,该多好呀。

一想起长安,他鼻子又酸了。

这时,对面忽然有人道:"先生可是从北边来的?"

李善德一看,对面坐着一个干瘦老者,高鼻深目,下颌三绺黄髯,穿一件三色条纹的布罩袍,竟是个胡商。看他腰挂香囊、指带玉石的作派,估计身家不会小。

李善德"嗯"了一声,就手拿起鸡子剥起来。谁知这胡商是个自来熟,一会儿过来敬个酒,一会儿帮忙给剥个瓜,热情得很,倒让李善德有些不好意思。

其时广州也是大唐一大商埠,外接重洋三十六国,繁盛之势不下扬州,城中蕃商众多。这胡商唐言甚是流畅,自称叫做苏谅,本是波斯人,入唐几十年了,一直在广州做香料生意。

"若有什么难处,不妨跟小老说说。都是出门在外,互相能帮衬一下也说不定。本地有俗谚,做人最重要的就是开心。"

"你们岭南怎么是个人就来这套!"李善德忍不住抱怨。

苏谅突然用那只戴满玉石的大手压在

筷子上:"先生……可是缺钱?"

这一句,直刺李善德的心口。他怔了怔,说:"尊驾所言无差,不过我缺的不是小钱,而是大钱。你要借我么?"

天下送客最好的手段,莫过于"借钱"二字。苏谅却毫无退意,反而笑道:"莫说大钱,就是一条走海船,小老也做主借得。只要先生拿身上一样东西来换。"

李善德本来抬起的筷子,登时僵在半空——这家伙过来搭话,果然是有图谋的!他在长安听说,海外的胡人最擅鉴宝,向来无宝不到,今天这位大概要走眼了,居然找上一位穷途末路的老吏——我身上能有什么宝贝?

苏谅看出这人有些呆气,干脆把话挑明:"昨日小老在馆驿之中,无意见到经略使幕里的赵书记登门,给先生送来五府通行符牒,可有此事?"

"这,这与你何干?"

"小老经商几十年,看人面相,如观肺腑。先生如今遇到天大的麻烦,急需一笔大款,对也不对?"

"……嗯。"

"明人不做暗事。你要多少钱粮,小老都可以如数拨付,只求借来五府通行符牒,照顾一下自家生意。公平交易,你看如何?"

原来他盯上的,居然是这个……

为了不落人口实,赵欣宁给李善德的这张通行符牒,级别甚高。苏谅眼睛何其毒辣,远远地一眼便认出来了。若有商队持此符牒上路,五府之内的税卡、关津、堰埭、码头等处一律畅通无阻,货物无需过所,更不必交税,简直就是张聚宝符。

李善德本想一口拒绝。开玩笑,把通行符牒借予他人冒用,可是杀头的大罪。可转念一想,自己本来就是死路一条,多了这一道罪名又如何,脑袋还能砍两次不成?

苏谅见李善德内心还在斗争,伸出三根皱巴巴的指头:"小老知此事于官面上有些风险,所以不会让你吃亏。先生开个价,我直接再加你三成。"

李善德明知对方所图甚大,却没法拒绝。他迅速心算了自己那计划所需的耗费,脱口而出:"七百六十六贯!"

这数字有零有整,让老胡商忍俊不禁。世间真有如此实在的人,把预算当成决算来报。

"成交!"

老胡商毫不犹豫地答应下来。李善德立刻一阵后悔,自己还是低估了这张符牒对商人的潜在价值……看对方那个痛快劲,估计就算报到一千五百贯,也会吃下。

"跟先生做生意太高兴了。唐人诚信为本,三杯吐然诺,五岳倒为轻啊。"苏谅为了堵住李善德的退路,抬出了李太白。

"我,我……"李善德支吾了几句,终究没敢反悔。这个老胡商是唯一的救命稻草,若是发怒走了,自己便真的希望断绝。

"呵呵,先生是老实人,小老不占你便宜。七百六十六贯,再按刚才小老承诺的加三成,抹去零头,一共给你一千贯如何?"

"七百六十六贯加三成,是九百九十六贯……"

苏谅一怔,这人是真不会讲话啊,我给你主动加了个零头上去,你还扣这些数?不过老胡商没流露半点情绪,大笑道:"好,就九百九十六贯。敢问先生是要现钱?轻货?还是粮食?"

大唐钱荒,一般来说这么大宗的交易,很少用现钱,都是折成诸色物品。李善德想了想道:"钱不必给我。我想在广州当地买些东西,能否请您代为采买?"

苏谅一口答应："这个简单，你要什么？"

"待一会儿我写张清单。"李善德又追问一句，"从您的渠道走，给点折扣如何？"

"自然，自然。"苏谅捋了捋胡子，不知怎么评价这人才好。

三月十二日，两骑矮脚蜀马离了广州城，向着东北方向的从化疾驰而去。

李善德昨晚连夜拟定了清单，请苏谅代为采买。自己则买了两匹蜀马，寻了个当地向导，直奔盛产荔枝的从化县。

其时荔枝在广州、桂州和泸州皆有所产，但圣人不知为何，诏书明言要岭南荔枝，他自然只能从广州附近想办法。他从向导口中得知，岭南一带的荔枝种植，与中原劝农颇为不同。这里畲、瑶、黎、苗等族甚多，以"峒獠"统而称之。他们出入山林，部落散聚，官府连编户造籍都做不到，更别说推行租庸调之制了。

所以岭南经略干脆用了扑买的法子，每年放出几十张包榷状，各地商贾价高者得。商贾拿了包榷状，去雇峒獠种植诸色瓜果，所得不必额外交税。如此一来，官府减少了事端，还可以提前预收榷税；商贾种植越多，收益越多，无不争先恐后；而峒獠们只要垦地种果，便有稳定收入，山中所缺的盐、茶、药、酒亦可以源源不断进来——可谓皆大欢喜。

李善德听完解说，大为感慨。他还看出一层用意，这些峒獠习惯了种植，便不会回山林去过苦日子，自然会依附王土。从此道德远覃，四夷从化——从化这名字，还真是起得恰当。

这何履光看似粗豪，心思缜密得很啊。

岭南官路两侧随处可见树灌藤萝，这些浓郁的绿植层层叠叠，填塞几乎每一处角落，生机勃然如浪潮扑击。灞桥柳若生在此地，必无薅秃之虞。

蜀马不快，两骑走了大半天，总算进入从化境内。向导指着道路两侧的一片片绿树林道："这便是荔枝树了，只是如今刚刚开花，还未到过壳的时日。"

李善德不由得勒住缰绳，原来这便是把我折磨死的元凶了。

他抬眼仔细观瞧，这些荔枝树干粗圆，枝冠蓬大，像一个圆幞头扣在幡杆之上。一簇簇羽长叶从灰黑色的树干与黄绿色枝梢间伸展出来，密不透风。此时虽非出果之日，但花期已至。只见叶间分布着密密匝匝的白花，这荔枝花几乎不成瓣，像一圈毛茸茸的尖刺插在杯萼之上。这副尊容，恐怕难以像牡丹、菊花一样入得诗人青眼。

就算是杜子美亲至，大概也写不出什么吧？李善德心想。

向导告诉李善德，这里种荔枝最有名的，不是那几处大庄子，而是石门山下一个叫阿僮的峒女。她种的荔枝又大又圆，肉厚汁多，远近口碑最好。不过她的田地不大，只得三十几亩，产出来的荔枝有价无市，只特供给经略府。

李善德冷笑了一下，他既有了荔枝使的头衔，为圣人办事，经略府是不敢来争的。他一抖缰绳，朝着石门山疾驰而去。

阿僮的荔枝田是在石门山一处向阳的外麓，山坳下有一道清澈溪水穿行，田庄恰在溪水弯绕之处。下足取水，侧可避风，可以说是一块风水上好的肥田。这田中不知多少棵荔枝树，间行疏排，错落有致，每一棵树下都壅培着淤泥灰肥，可见主人相当勤快。

他们走进田间，先是三四个峒家汉子围过来，面色不善。向导说明来意之后，他们才将信将疑地站开一条路，说僮姐正在里面系竹索。

李善德翻身下马，徒步走进荔枝林几十步，只看到树影摇曳，却没找到什么人。他疑惑地抬起头来，发现树木之间多了许多细小的索线，犹如蛛网。李善德好奇地伸手去扯，发现这索线还挺坚韧，应该是从竹竿抽出来的。

"嘿，你是石背娘娘派来捣乱的吗？"

一个俏声忽地从头顶响起，由远及近，好像直落下来似的。吓得李善德下意识往旁边躲闪，"噗"的一声，踏进树根下的粪肥里。这粪肥是沤好晾晒过的，十分松软，靴子踩进去便拔不出来。

他踩进粪肥的同时，一个黑影从树上跳下来。原来是一个窈窕女子，二十出头，身穿竹布短衫，手腕脚踝都裸露在外，肌肤如小麦，右膀子上还挎着一板缠满竹索的线轴。

她看到李善德的窘境，先咯咯大笑，然后伸手扯住他衣襟往后一拽，连人带腿从粪堆里拉出来。

"我是阿僮，你找我做什么？"女子的汉话颇为流利，只是发音有点怪。

"什么？什么石背娘娘？"李善德惊魂未定，靴子尖还滴着恶心的汁液。

阿僮左顾右盼，随手从树干上摘下一只虫子，这虫子有桃核大小，壳色棕黄，看着好似石头一样："就是这东西，你们叫蟥蟓，我们叫石背娘娘，最喜欢趴在荔枝树上捣乱。眼看要坐果了，必须得把它们都干掉。"

她手指一搓，把石背娘娘碾成碎渣，然后随手在树干上抹了抹。李善德镇定下精神，行了个叉手礼："吾乃京城来的钦派荔枝使，这次到岭南来，是要土贡荔……"

"原来是个城人！"

峒人都管住在广州城的人叫做城人，这绰号可不算亲热。李善德还要再说，阿僮却道："荔枝结果还早，你回去吧。"

李善德碰了个软钉子，只好低声下气道："那么可否请教姑娘几个问题。"

"姑娘？"阿僮歪歪头，经略府的人向来喊她做獠女，不是好词，这一声"姑娘"倒还挺受用的。她低头看看他靴子上沾的屎，忽然发现，这个城人没怒骂也没抽鞭子，脾气倒真不错。

她把线轴拿下来，随手扔到李善德的怀里："你既求我办事，就先帮我把线接好。"

李善德愕然，阿僮道："前阵子下过雨，石背娘娘都出来了，所以得在树间架起竹索，让大蚂蚁通行，赶走石背娘娘。"

原来那些丝线是干这个用的，李善德恍然大悟。孔子说"吾不如老农"，这农稼之学果然学问颇深。他是个被动性子，既然有求于人，也只好莫名其妙跟着阿僮钻进林子里。

他年过五十，干这爬上爬下的活委实有点难，只好跟着阿僮放线。她一点都不见外，把堂堂荔枝使使唤得像个小杂役似的。两人一直干到日头将落，才算接完了四排果树。

李善德一身透汗，气喘吁吁，坐在田边直喘气，哪怕旁边堆着肥料也全然不嫌弃。阿僮笑嘻嘻递过一个竹筒，里面盛着清凉溪水。李善德咕咚咕咚一饮而尽，竟有种说不出的惬意。

夕阳西下，其他几个峒家汉子已在果园前的守屋里点起了火塘，火塘中间插着十来根细竹签，上头插着山鸡、青蛙、田鼠，居然还有一条肥大的土蛇，诸色田物上洒满茱萸，烤得滋滋作响。李善德心惊胆战，只拿起山鸡签子上的肉吃，别的却不敢碰。其他人大嚼起来，吃得毫无顾忌。早听说百越民风彪悍，生翅者不食襆头，带腿者不食案几，余者无不可入口，果然没有夸张。

阿僮吃饱了蛇肉，抹了抹嘴，伸脚踢了一下李善德："你这个城人，倒与别的城人不同。那些人来到荔枝庄里，个个架子奇大，东要西拿，看我们的眼神跟看狗差不多。"

李善德心想，我自己也快跟狗差不多了，哪顾得上鄙视别人。

阿僮又道："你帮我侍弄了一下午荔枝树，我很喜欢。有什么问题，问吧！"说完她斜靠在柱子旁，意态慵懒。屋头不知何处蹿来一只花狸，在她怀里打滚。

李善德掏出簿子和纸笔："有几桩关于荔枝的物性，想请教姑娘。"

阿僮撸着花狸，抿嘴笑起来："先说好啊，我这的果子早被经略府包下啦，不外卖。"

"我这差事，是替圣人办的。"

"圣人是谁？"

"就是皇帝，比经略使还大。他要吃荔枝，经略使可不敢说什么。"李善德有点掌握跟这班峒人讲话的方式了，直接一点，不必斟字酌句。

阿僮想不出比经略使还大是个什么概念，搔了搔脑壳，放弃了思考，说你问吧。

"荔枝从摘下枝头到彻底变味，大概要几日时间？"

"不出三日。到了第四日开外便不能吃了。"

这和李善德在京城听的说法是一致的。他又问道："倘若想让它不变味，可有什么法子？"

"你别摘下来啊。"阿僮回答，引得周围的峒人们大笑。

李善德也不知道这有什么好笑的。"我就是问摘掉之后怎么保存啊！"他烦躁地抓了抓头发，上头沾满了碎叶和小虫。

阿僮借着火光端详他片刻："你是第一个在这里做过农活的城人，阿僮就传授给你一个峒家秘诀吧！"

李善德眼睛一亮，连忙拿稳纸笔："愿闻其详。"

"你取一个大瓮，荔枝不要剥开搁在里面，瓮口封好，泡在溪水里，四日内都可食用。"

"……"

李善德一阵泄气，这算什么秘诀。上林署的工作之一就是冬日贮冰，夏日送进宫里与诸衙署去镇瓜果。若不是岭南炎热无冰，还用得着这峒女的秘诀么？

阿僮见李善德不以为然，有些恼怒。她挪开花狸的大尾巴，凑到他跟前："城人，我再说个秘诀给你，这个不要外传，否则我下蛊治你哦。"

李善德点头静待。

阿僮得意道："放入大瓮之前，先把荔枝拿盐水洗过，可保五日如鲜。"

李善德一阵失望。密封、盐洗、冰镇，这些法子上林署早就用过，但只济得一时之事。

阿僮大为不满，举起狸猫爪子去挠他："你这人太贪，得了这许多好处都不满意么？"

李善德躲闪着猫爪，只好把自己的真实要求说出来。

阿僮对长安的远近没概念，更不知五千里有多远，但她一听路上要跑至十数天，立刻摆了摆手道："莫想了，十几天，荔枝都生虫啦。"

"你们峒人真的没办法,让荔枝保鲜十几天吗?"

阿僮叽里咕噜地跟其他人转述了一下,众人皆是摇摇头。岭南这里,想吃荔枝随手可摘,谁会去研究保存十几天的法子。李善德叹了一口气,果然不该寄希望于什么山中秘诀,还是得靠自己。

他放弃了保鲜问题上的纠缠,转到与自己试验至关重要的一个话题上来:"从化这里的荔枝,最早何时可以结果过壳?"

过壳即是指荔枝彻底成熟。阿僮没有立刻回答,招呼一个峒人出去,过不多时拿回来两朵荔枝花。阿僮把花摊在李善德面前:"你看,这花梗细弱的,叫做短脚花,一般得六七月才有荔果成熟;花梗粗壮的那种,叫长脚花,四五月便可有果实结出。"

"还有没有更早的?"

"更早的啊,有一种三月红,三月底即可采摘。我田里也套种了几棵,现在已经坐果了。"阿僮说到这里,厌恶地撇了一下嘴,"不过那个肉粗汁酸,劝你不要吃。我们都是酿酒用。"

"这种三月红,不管口味的话,是否可以再催熟得早一些?"

她支起下巴,想了一回:"有一种圆房之术。趁荔枝尚青的时候摘下来,以芭蕉为公,荔枝为母,混放埋进米缸里,可以提前数日成熟。这就和男女婚配一样,圆过房,自然便熟红了。"

阿僮说得坦荡自然,倒让李善德闹了个大红脸,心想到底是山夷,催熟果子也要起这种淫乱的名字。

他问得差不多了,放下纸笔,吩咐向导从蜀马上卸下几匹帛练。阿僮看到里面有一匹粉练,喜得连花狸也不要了,冲过去把布扯开围住自己身子,犹如裙裾,就着火光来回摆动。

"这是送阿僮姑娘你的礼物。"

"聘礼吗?"阿僮看向李善德,目光闪闪。

"不,不是!"李善德吓得慌忙解释,"这是给姑娘你预支的酬劳。我要买下这附近所有的三月红,你帮我尽早催熟,越早越好。"

"哎,买卖啊!"阿僮把练角披在背上,小嘴微微撅起,"我还以为,总算有个肯干活的城人,能帮我一起侍弄庄子呢。"

"阿僮姑娘国色天香,自有良配,老朽就算了,算了……"他擦擦额头的汗水。若让夫人误会自己来岭南纳妾,不劳圣人下旨,他早已魂断东市狗脊岭了。

"行吧,行吧!你这人真古怪。"阿僮嘟囔了一句,出去安排。临走之前,她恼火地伸脚踢了踢那花狸,花狸非但不跑,反而就势躺倒在地,露出肚皮。

李善德靠着地塘旁,正打算假寐片刻,却看到那花狸露着肚皮,威严地歪头盯着自己。他在长安做惯了卑躬屈膝的小官,发现它颐指气使的眼神竟与自己上司一样。多年的积习,让他鬼使神差地凑过去,伸手去蹭花狸的肚皮。李善德做低伏小,把那花狸伺候得一阵呼噜紧似一阵。

漫漫长夜,居然就这么撸过去了。

转眼时历翻至三月十九日,又是个艳阳热天。

阿僮怀里抱着花狸,在从化的官道路口等候。在她身后,一字排开十个水缸,水缸口泡着近一百斤催熟的三月红。按照李善德的要求,这些果子事先还用盐水洗过一遍。

很快从远处传来密集的马蹄声,一支马队转瞬而至。

阿僮看到为首的除了李善德之外,还有个老胡商。身后四名骑手皆是行商装扮,坐骑与岭南常见的蜀马、滇马不同,是高大的北马。这些马匹的后搭搭着一条长席,席子两侧各吊着一个藤筐,筐内各放一个窄口矮坛。旁边还捆了一圈六七个拳头大小的小坛子。

马队到了近前,李善德向阿僮打了个招呼。阿僮发现他脸色苍白,双眼周围一圈灰黑,连头发都比之前斑白了几分。她怀里的花狸叫了一声,可李善德却没有看过去,一脸严肃地发出指令。

那些骑手纷纷下马,从水缸里捞出荔枝。只见个个鳞斑突起,艳红如球,确实是熟得差不多了。他们从腰间取出一叠方纸,把荔枝一个个糊住,然后放入坛中。

阿僮忽然发现,马匹一动起来,那坛子里会有咣当咣当的水声。她大惊,赶紧对李善德道:"荔枝泡在水里超过一日,就会烂了。"

李善德微笑道:"不妨事,不妨事,这是特制的双层瓮,外层与里层之间灌满了水,可以保持水气。"

他笑得自然,心里却有点疼。这双层瓮造价可不低,一个得一贯三百几钱,广州城里没有,只有胡人船上才有。

"城人你到底要做什么?"阿僮不太明白。

李善德摆摆手,示意等一会儿再说。等到骑手们都装完了,他冲老胡商一颔首。苏谅走到骑手们面前,手势轻压,沉声道:"出发!"

四个骑手拨转马头,各自带着两个坛子以冲锋的速度朝着北方疾驰。一时间尘土飞扬,马蹄声乱。待得尘埃重新落回到地面之后,马队已变成了远处的四个黑影。过不多时,黑影们似乎分散开来,奔向不同的方向。

李善德望着消失的黑影们,眼神就像一个穷途末路的赌徒,紧盯着一枚高高抛起尚未落地的骰子。

"子美啊,我如你所愿,在此拼死一搏了。"他喃喃道。

在李善德五十多年的人生里,一直是跟数字打交道。及第是明算科,入仕后每日接触的都是账册、仓簿、上计、手实……他不懂官场之术,不谙修辞之道,他这一生熟悉的只有数字,也只信任数字,当危机降临时,他唯一所能依靠的,亦只有数字。

从京城到岭南的漫长旅途中,李善德除了记录沿途里程之外,一直在用算学思考一件事:"荔枝转运的极限在哪里?"

无论是刘署令、韩十四还是杜甫,所有人都认为新鲜荔枝太易变质,不可能运到长安。这个结论没错,但太含糊了,没有人能给出一个详尽的回答。事实上,当李善德严肃地深入思考这个问题时,才发现它复杂得惊人。

什么品种的荔枝更耐变质?何时采摘为宜?用飞骑转运,至少要多快的速度?与荔枝重量有何关系?飞骑是用稳定性更好的蜀马滇马?还是用速度更快的云中马、河套马?是走梅关古道入江西?还是走西京古道入湖南?是顺江上溯至鄂州,还是直上汴州?倘若水陆交替,路线如何设计最能发挥运力?每一条路,在荔枝腐坏前最远可以抵达何处?

从荔枝品种到储存方式,从转运载具

到转运路线,从气候水文到驿站调度,无数变量彼此交错,衍生出恒河沙般的组合可能。李善德在途中就意识到,这件事要搞明白,纸面无用,必须要做一次试验才能廓清。

单就试验原理来说,它并不复杂。因为把新鲜荔枝运到长安,只有两个办法:延缓荔枝变质的时间,或者提高转运速度。

对于第一点,李善德并没有太多好办法。峒人的秘诀不靠谱,他唯一的收获是在胡商的海船上发现了一种双层瓮。这种瓮本来用于海运香料,以防止味道散失,李善德觉得运荔枝正合用。先将荔枝用盐水洗过,放入内层,坛口密封;然后外层注入冷水,每半日更换一次,可以让瓮内温度不致太热。

目前也只能做到这程度了。

而第二点,才是真正的麻烦。

他通过苏谅帮忙,购置了近百匹马,雇佣了几十名骑手以及数条草撇快船,一共分做四队,他们将携带装满了荔枝的双层瓮,从四条路同时出发。

第一支走梅关道,走虔州、鄂州、随州,与李善德来时的路一致;第二支走西京道,这是一条自东汉即修建的谷道,自乳原至郴州、衡州、谭州而至江陵,是直线距离最近的一条;第三支也走梅关道,但过江之后,直线北进至宿州,加入到大唐的江淮漕运路线,沿汴河、黄河、洛水至京城;第四支则直接登舟,由珠江入溱水、浈水、过梅关而入赣水,至长江上溯至汉水、襄州,再转陆运走商州道。

这四条路线,各有优劣。李善德并不奢求能够一次走通,只想知道新鲜荔枝最远可以运到哪里。

阿僮今日看到的,只是始发的四个骑手。其他的马匹、骑手与船只已先一步出发,配置在各条路线的轮换节点上。李善德提出的要求是,不要体恤马力,跑到荔枝彻底变质为止。为此他还设置了阶级赏格,以激励骑手。

这样一来,可以勉强模拟出朝廷最高等级的驿递速度。

如此实行,饶是李善德精打细算,成本也高得惊人。一匹上好北马在广州的价格,约是十三贯左右;一名老骑手,一趟行程跑下来,佣金至少也要五贯。倘若算上草料钱、辔鞍钱、路食钱、柴火钱、打点驿站关卡的贿赂,以及行船所产生的诸项费用,所费更是不赀。

这还只是跑一趟的支出。如果多来几次,费用还会翻番。

所以李善德最初的想法,是请经略府来提供资助。可惜何节帅袖手旁观,他也只能铤而走险,选择与胡商合作。

事实上,对整个计划的吞金速度,李善德还是过于乐观。他卖通行符牒的那点钱,很快便用尽了。最后苏谅提出一个办法,先贷两千五百贯给他,但李善德得再去一次经略府,再去讨四张空白的通行符牒来。

李善德二话没说就同意了,挥笔签下钱契,他整个人早就麻木了。之前九九六贯的福报,在他看来只是等闲,招福寺那两百贯香积钱,更是癣疥之疾。

解决了钱赀的问题之后,李善德便投入没日没夜的筹划调度,整个人忙足了七天,几乎累到虚脱。一直到此时马队正式出发,李善德才稍稍放松了心神。人已尽力,静待天命便是。

他从阿僮手里接过花狸,在怀里轻轻挠着它的下巴,感觉有一丝莫名愉悦注入体内。

"阿僮姑娘,真是多谢你。若没有你告诉我三月红和催熟之术,只怕我已经完蛋了。"

李善德说的不是客套话。他最大的敌人,是时间。这个试验,必须携带荔枝,随时观察其状态。如果等到四月底荔枝熟透后才开始行动,绝无可能赶上六月初一的贵妃诞辰。阿僮的这两个建议,帮他抢出来足足一个月的时间。

阿僮得意地昂起头,大大方方等着他继续表扬。可半晌却没动静,她恼怒地移动视线,却发现李善德摩挲花狸的手,在微微抖动。

"你是怎么了?病了?"

李善德勉强挤出一个笑容:"不,我是在害怕。我这辈子,从来没花过这么多钱在一件毫无成算的事情。"

"没成算的事,你干嘛还干?"阿僮觉得这个城人简直不可理喻。

李善德长长吐出一口气,仿佛要吐出胸口所有的块垒。那疲惫到极点的神情,反让眉宇间挤出一丝坚毅。

"就算失败,我也想知道,自己倒在距离终点多远的地方。"

## 第 三 章

"第四路,已过浔阳!荔枝流汁!"一个仆役抱着信鸽,匆匆跑进屋子,报告最新传回的消息。李善德从案几后站起来,提起墨笔,在墙上的麻纸上点了个浓浓的黑点。

这面土墙上贴的,是一张硕大的格眼簿子。那格眼簿子顶上左起一列,从上至下分别写的是"一路""二路""三路""四路";顶上一排,自左至右写着"百里""二百里""三百里"……彼此交错,形成一片密密麻麻的格子。

这是李善德发明的脚程格眼。那四队撒出去之后,除了大瓮,还带了同样规制的一批小瓮,每到一地,开启一个小瓮检查状态,便放飞一只信鸽回报。李善德在广州一收到消息,立刻按里程远近,用四色笔填入格眼。黑圈为不变,赭点为色变,紫点为香变,朱点为味变,墨点为流汁。

如此一来,每队人马奔出多远,荔枝变化如何,便一目了然。

李善德退后一步,审视良久,长长发出一声叹息。在前五百里,四路进展还算不错,格眼中皆是黑圈,可随着里程向前延伸,圆点如荔枝一样,开始陆续发生了变化。一旦出现朱色,就意味着荔枝不再新鲜了。

一个刺眼的墨点出现在墙壁上,说明荔枝彻底坏掉,这一路已告失败。

出乎李善德意料的是,这一路居然是事先寄予厚望的水路。在出发后第四日下午,他们冲到了浔阳口,可惜还没来得及入江,荔枝便已变味。前后一千五百八十七里,日行近四百里。

可他飞速拿起九州舆图复盘时,发现自己忽略了一件事:从万安至虔州一段,有一段"十八险滩",江中怪石如精铁,突兀廉厉,错峙波面。过往船只无不小心翼翼,往往要半天之久方能过去。

当然,即使避开这一段,未来也甚为可虑。之前李善德测算过,他从鄂州入江,顺流直下，可以日行一百里。但如果按这条路线返回，则必须溯流逆行，只能日行五十里——这还是赶上风头好的时候。

李善德一阵叹息。如果有足够的时间和人手，这些问题都可以提前预料到。可让他一个人在七天设计出四条长路来，实在太分神乏术。

唯一让他略感安慰的是，双层水瓮确实发挥了作用，让荔枝的腐坏延缓了一日，才开始流汁——虽然这只是聊胜于无，但这就如同攒买宅钱，都是一点一点锱铢计较出来的。

他搁下毛笔，负手走到窗边。温湿的气息令天空更显蔚蓝，每次一有黑影掠过云端，他的心跳便猛地跳动一下。今天是三月二十五日，距离试验队伍出发已过去六日，差不多到了荔枝保鲜的极限。理论上，四路结果都应该出来了，信鸽随时可能出现。

这时苏谅拎着食盒一脚踏进院来，看到李善德仰着脖子在等信鸽，不由笑道："先生莫心急，鸽子不飞回来，岂不是好事？说明骑手走得更远啊。"

李善德知道老胡商说得有道理，只是一只靴子高悬在上，不落下来，心里始终不踏实。

苏谅把食盒打开，取出一碗蕉叶罩着的清汤："本地人有句俗话，做人最重要的，便是……"

"开心是吧？别啰唆了，我都听出耳茧了。"

"事已至此，先生不必过于挂虑。我煲了碗罗汉清肺汤，与你去去火气。"

"谁能给我下碗汤饼吃啊。"李善德抱怨。岭南什么都好，就是面食太少。不过他到底还是接下老胡商的汤，轻轻啜了一口，百感交集。他自从接了这荔枝使的职责，长安朝廷也不管，岭南经略也不问，只有这老胡商和那个小峒女给予了实质性的帮助。

正要吐露感激，老胡商慢条斯理道："这边小老代你看着，保证一只鸽子也错不过。先生喝完汤，还是出去转转吧，毕竟是敕封的荔枝使，经略府那边总不好太冷落。"

李善德的笑意僵在脸上，原来老胡商是来讨债的。他为了这个试验，贷了一笔巨款，现在得付出代价了。果然是生意场上无亲人啊……他抹抹嘴，起身道："有劳苏老，我去去就回。"

一想到要从经略府那里讨便宜，他就觉得头疼。可形势逼人，不得不去，只好赶鸭子上架了。

"先生要记得。跳胡旋舞的要诀，不是随乐班而动，而是旋出自己的节奏。"老胡商笑吟吟地叮嘱了一句。

再一次来到经略府门口，李善德这次学乖了，不去何履光那触霉头，径直去找掌书记赵欣宁。可巧赵欣宁正站在院子里，挥动鞭子狠抽一个昆仑奴，抽得鲜血四溅，哀声连连。

赵欣宁一见是他，放下鞭子，用丝巾擦了擦手，满面笑容迎过来。李善德见他袍角沾着斑斑血迹，不敢多看，先施了一礼。赵欣宁见他表情有些僵，淡然解释了一句："这个蠢仆弄丢了节帅最喜欢的孔雀，也还罢了，居然妄图拿山鸡来蒙混。节帅最恨的，不是蠢材，就是把他当蠢材耍的人，少不得要教训一下。"

李善德不知他是否有所意指，硬着头皮道："这一次来访，是想请赵书记再签几张通行符牒，方便办圣人的差事。"

123

"哦？原来那张呢？大使给弄丢了？"赵欣宁的腔调总是拖个长尾音，有阴阳怪气之嫌。

李善德牢记老胡商的教诲，不管他问什么，只管说自己的："尊驾也知道，圣上这差事，委实不好办，本使孤掌难鸣啊。手里多几份符牒，办起事来更顺畅。"

赵欣宁一抬眉，大感兴趣："哦？这么说，新鲜荔枝的事，竟有眉目了？"

"本使在从化访到一个叫阿僮的女子，据说她种的荔枝特供给经略府。圣人对节帅的品位，一向赞不绝口。节帅爱吃，圣人一定也爱吃。"

赵欣宁闻言，面露暧昧道："我听说峒女最多情，李大使莫非……"

李善德忙把面孔一板："本使为圣人办事，可顾不得其余。"

赵欣宁原本很鄙夷这个所谓"荔枝使"，但今日对谈下来，发现这人倒有点意思。他略作思忖，一展袖子："此事好说，我代节帅做主，这一季阿僮田庄所产，全归大使调度。"言外之意，你能把新鲜荔枝运出岭南，便算我输。

李善德达成一个小目标，略松了口气，又进逼道："本使空有鲜货，难以调度也不成啊。还请经略府行个方便，再开具几张符牒，不然功亏一篑，辜负圣人所托呀。"

他句句都扣着皇上差事，那一句"辜负圣人所托"也不知主语是谁。

这位掌书记稍一思忖，展颜笑道："既如此，何必弄什么符牒，我家里还有几个不成器的土兵，派给大使随意使唤。"

他这一招以进为退，不在剧本之内，李善德登时又不知如何回应了，在心中哀叹，胡旋舞没转几圈，别人没乱，自己先晕了。

赵欣宁冷笑一声，这蠢人不过如此，转身要走，不料李善德突然捏紧拳头，大声道："人与符牒，本使全都要！"

这次轮到赵欣宁愕然了，怎么？这大使要撕破脸皮了？却见李善德涨红了面皮，瞪圆眼睛："实话跟你说吧！荔枝这差事，是万难办成的，回长安也是个死。要么你让我最后这几个月过得痛快些，咱们相安无事；要么……"他一指赵书记那沾了血点子的袍角，"我多少也能溅节帅身上一点污秽。"

这话说的，简直比山棚匪类还赤裸凶狠。赵欣宁被一瞬间爆发出的气势惊得说不出话来。

李善德喝道："若不开符牒也罢，请节帅出来给我个痛快。长安那边，自有说法！"说完径直要往府里闯。

赵欣宁吓了一跳，连忙搀住胳膊，把他拽回来："大使何至于此，区区几张符牒而已，且等我去回来。"说完提着袍角，匆匆进了府中。

李善德站在原地等候，面上古井无波，心中却有一股畅快通达之气自丹田而起，流经八脉，贯通任督，直冲囟顶——原来做个恶官悍吏，效果竟堪比修道，简直可以当场飞升。

韩承早教导过他，使职不在官序之内，恃之足以横行霸道。李善德因为性格缘故，一直放不开手脚，到了此时终于忍不住爆发出来。

赵欣宁回到府中时，何履光在竹榻上午睡方醒。他打着呵欠听掌书记讲完，两道粗眉微皱："咦，这只清远笨鸡，要这许多通行符牒做什么？"

"自然是卖给那些商人，谋取巨利。"赵欣宁洞若观火。

"兔崽子！敢来占本帅的便宜！"何履光破口大骂。

赵欣宁忙道："他这个荔枝使做到六月初一，就到头了。大概他是临死前要给家人多捞些，也便不顾忌了。"

何履光摸摸下巴的胡子，想起第一次见面，那家伙伏地等着受死，确实一副不打算活的衰样。这种人其实最讨厌，就像蚊子一样，一巴掌就能拍死，但流出的是你的血。

他倒不担心在圣人面前失了圣眷。只是朝中形势错综复杂，万一哪个对手借机发难，岭南太过遥远，应对起来不比运荔枝省事。

"娘的，麻烦！"何履光算是明白这小使臣为何有恃无恐。

"节帅，依我之见。不妨这次暂且遂了他的愿，由他发个小财。等过了六月初一，长安责问的诏书一到，咱们把他绑了送走，借朝廷的罪名来算这几张符牒的账。那些商家吃下多少，让他们吐出十倍，岂不更好？"

何履光喜上眉梢，连说此计甚好，你去把他盯牢。

于是赵欣宁先去了节帅堂，把五份通行符牒做好，而后拿出来送给李善德。

李善德松了一口气，拿了符牒正要走，赵欣宁又把他叫住，一指那捆在树上的昆仑奴："大使不是说人、牒都要么？这个奴仆你不妨带去。"

李善德看了看，这个昆仑奴与长安的昆仑奴相貌不太一样，肤色偏浅，应该是林邑种。就是眼神浑浊，看着不太聪明的样子。他心想不拿白不拿，便点头应允。

赵欣宁把那林邑奴绳子解开，先用汉文喝道："从今日起，你要跟随这位主人，若有逃亡忤逆之举，可仔细了皮骨！"

林邑奴诺诺称是。

赵欣宁忽又转用林邑国语道："你看好这个人。他有什么动静，及时报与我知，知道么？"

林邑奴愣了愣，又点了一下头。

苏谅正在馆驿内欣赏那幅格眼簿图，忽见李善德回来了，身后一个奴隶还捧着五份符牒，便知事情必谐，大笑着迎出来。

"幸不辱命。"李善德神采飞扬，感觉从未如此好过。

"先生人中龙凤，小老果然没走眼——居然还多带了一个林邑奴啊。"苏谅接过符牒，仔细查验了一遍，全无问题。这五份符牒，就是五支免税商队，可谓一字千金。

林邑奴放下符牒，一言不发，乖乖退到门口去守着了。

李善德着急催问："外面有新消息了吗？"

苏谅道："鸽子都飞回来了，我已帮先生填入格眼。"

他又忍不住赞叹道："你这个格眼簿子实在好用，远近优劣，一目了然。我们做买卖的，商队行走四方，最需要就是这种簿子。不知老夫可否学去一用？"

"这个随你。"李善德可不关心这些事，他匆匆走到墙前，抬眼一看，满墙格眼都变成了墨点，字面意义上的全军尽墨。

第一路走梅关道，荔枝味变时已冲至江夏，距离鄂州一江之隔。

第二路走西京道，最远赶到巴陵郡，速度略慢，这是因为衡州、谭州附近水道纵横。不过它却是四路中距离京城最近的。

第三路北上漕路，是唯一渡过长江的一路，跑了足足一千七百里，流汁前奇迹般地抵达同安郡。但代价是，马匹全数跑死,人员也疲惫到了极限,再也无法前进。

第四路走水路,之前说过了,深受险滩与溯流之苦,只到浔阳口。

李善德仔细研读了墨点颜色与距离的变化关系,得出一个结论:在前两日的变色期,双层瓮能有效抑制荔枝变化,但一旦进入香变期之后,腐化便一发不可收拾了。四路人马携带的荔枝,都在第四天晚或第五天一早味变,可见这是荔枝保鲜的极限。

而这段时间,最出色的队伍也只完成了不到一半的路程,差距之大,令人绝望。

"看来有必要再跑一次。"李善德敲击着案几,喃喃说道。他注意到老胡商脸色变了一下,急忙解释,第二次不必四路齐出了,只消专注于梅关道与西京道的路线优化即可,费用没么大。苏谅这才稍微松了一口气。

两者一个胜在路平,一个胜在路近。如何抉择,其实还取决于渡江之后去京城的路线。这其中变化,亦是复杂。

两人嘀嘀咕咕,全然忘了门口一双好奇的眼睛,也在紧盯着那张格眼图。

五日之后,三月三十日,两路重建起来的转运队,再次由从化疾驰而出。这一次,李善德针对路线和转运方式都做了调整,两队携带着半熟的青荔枝,看荔枝在路上能否自然成熟,为变质延后一点点时间。

阿僮望着他们远离的背影,忍不住咕哝了一句:"这么多荔枝全都糟蹋了,你莫不是个傻子?"

"总要看到黄河才死心……不对,看到黄河说明已经跑过长安了。"李善德现在满脑子只有路线规划。

阿僮不明白这句的意思,但听语气能感觉到,城人情绪很是低落。她一拍他后脑勺:"走,去我庄上喝荔枝酒去!今天开坛,远近大家都去。"

"我就不去了,我想再研究下驿路图。"

"有什么好研究的!射出片箭放下弓,不差这一晚。"

"可是……"

"你再啰唆,信不信在从化一枚荔枝都买不到?"阿僮不由分说,把花狸往李善德怀里一塞。

花狸威严地瞥了这个老男人一眼,李善德面对主君,只得乖乖听命。两人一狸朝着田庄走去,身后还跟着一个沉默的林邑奴。

到了庄里时,一个不大的酒窖前已聚了好些峒人,人人手里带着个粗瓷碗或木碗,脸有兴奋。酒窖的上方,摆着一尊鎏金佛像。

据阿僮说,每年三月底四月初,荔枝即将成熟,这是熟峒——即种荔枝的峒人——在一年里最关键的日子。大家会齐聚石门山下,痛饮荔枝酒,向天神祈祷无有蝙蝠鸟虫来捣乱。

这种荔枝酒,选的料果都是三月的早熟品种,不堪吃,但酿酒最合适。先去皮掏核,淘洗干净,让孩子把果肉踩成浆状,与蔗糖、红曲一并放入坛中,深藏窖内发酵。到了日子,便当场打开,人手一碗。

李善德一出现在酒窖前,立刻在人群里引起嘻笑。一个声音忽道:"倘若想让它不变味,可有什么法子?"另一个声音立刻接道:"你别摘下来啊。"又是一阵哄堂大笑。

这是当日李善德请教阿僮的原话。峒人的笑点十分古怪,觉得这段对答好玩,只要聚集人数多于三人，就会有两个人把对答再演一遍，无不捧腹。几日之内，传遍了整个从化，成为最流行的城人笑话。

阿僮喝骂道："你们这些遭虫啃，这是我的好朋友，莫要乱闹！"

李善德倒不以为意，撸着花狸说无伤大雅，无伤大雅。长安同僚日常开的玩笑，可比这个恶毒十倍。假如朝廷开一个忍气吞声科，他能轻松拿到状头。

阿僮让李善德旁边看着，然后招呼那群家伙开始祭拜。峒人的仪式非常简单，酒窖前头早早点起了一团篝火。诸色食物插在竹签上，密密麻麻竖在火堆周围，犹如篱笆一般密集。在阿僮的带领下，峒人们朝着佛像叩拜下去，一齐唱起歌来。

歌声的旋律古怪，别有一种山野味道。李善德虽听不懂峒语，大概也猜得出，无非是祈祷好运好天气之类。他忍不住想，当年周天子派采诗官去诸野搜集民歌，他们听到的《诗经》原曲是不是也是同样风格。

至于那个佛像，李善德开始以为他们崇佛。后来才知道，峒人的天神没有形象，所以就借了庙里的佛像来拜，有时候也借道观里的老君来，只要有模样就成，什么模样都无所谓……

祭拜的流程极短，峒人们唱完了歌子，把视线都集中在酒窖里，眼神火热。阿僮砸开封窖的黄泥，很快端出二十几个大坛子。峒人们欢呼着，排着队用自己的碗去舀，舀完一饮而尽，又去篝火旁拿签子，边排队等着舀酒边吃。

阿僮给李善德盛了一碗荔枝酒过来，他啜了一口，"噗"地喷了。刚才阿僮讲酿造过程，李善德就觉得不对劲儿，按说果酒发酵起码得三个月，怎么荔枝酒才入窖几天就能喝了？刚才一尝才知道，除了红曲、蔗糖之外，峒人还在荔枝坛里倒入了大量米酒。

难怪七八日便可以开窖，这哪里是荔枝酒，分明是泡了荔枝的米酒。这些峒人，只是编造个名目酗酒罢了！

李善德其实也好酒，只是很少有畅怀的机会。转运试验的压力太大了，他也想借机放松一下，一口气喝了三碗，整个人开始醉醺醺。他侧头发现那个林邑奴在旁边，眼神直勾勾地盯着自己手里的碗，便笑道："痴儿莫不是也馋了，来，来，我敬你一碗酒！"然后舀了一碗荔枝酒，递到林邑奴面前。

林邑奴吓了一跳，伏地叩头，却不敢接："奴仆岂能喝主人的东西。"

李善德嚷嚷道："什么奴仆！我他妈也是个家奴！有什么区别！今天都忘了，忘了，都是好朋友，来喝！"强行塞给他。

林邑奴战战兢兢地接过去，用嘴唇碰了碰，见主人没反应，这才咕咚咕咚一饮而尽。

也许是酒精作用，这林邑奴忍不住发出一声尖啸声，似是畅快之极。李善德哈哈大笑，扔给他一个空碗，让他自去舀，然后晃晃悠悠朝着篝火走去。

此时几轮喝下来，篝火旁的场面已是混乱不堪，所有人都捧着酒碗到处乱走，要么大声叫喊，要么互相推搡，伴随着一阵一阵的笑声和歌唱声。

李善德正喝得欢畅，对面一个峒人跑过来，大声问道："你们长安，可有这般好喝的荔枝酒吗？"

"有，怎么没有?!"李善德眼睛一瞪，把烤好的青蛙咬下一条腿，咽下去，道，"长安的果酒，可是不少呢！有一种用葡萄酿的酒，得三蒸三酿，酿出来的酒水比琥珀还亮。还有一种松醪酒，用上好的松脂、松花、松叶，一起泡在米酒里，味道清香。还有什么石榴酒，葡萄浆，兰桂芳，茱萸香。愿君驻金鞍，暂此共年芳，愿君解罗襦，一醉同匡床……"

他说着说着酒名，竟唱起乔知之的《倡女行》来。那些峒人不懂后头那些浪词儿什么意思，以为都是酒名，跟着李善德嗷嗷唱。李善德兴致更浓了，又喝了一大口酒，抹了抹嘴，竟走到人群当中，当众跳起胡旋舞来。

上林署的同僚们没人知道，这个老实木讷的老家伙，其实是一位胡旋舞的高手。年轻时他也曾技惊四座，激得酒肆胡姬下场同舞，换来不少酒钱，可惜后来案牍劳形，生活疲累，不复见胡旋之风。

在这一刻，他忘记了等待的贵妃，忘记了自己未知的命运，忘记了长安城市的香积贷，只想纵情歌舞，像当年一样跳一曲无忧无虑的胡旋舞。只见夜色之下，跃动的篝火旁边，一个胡子斑白的老头单脚旋转，状如陀螺，飘飘然如飞升一般。峒人们一边欢呼着，一边围在四周，像鸭子一样摆动身子，齐声高歌。歌声穿行于荔枝林间：

石榴酒，葡萄浆，兰桂芳，茱萸香。愿君驻金鞍，暂此共年芳，愿君解罗襦，一醉同匡床。文君正新寡，结念在歌倡。昨宵绮帐迎韩寿，今朝罗袖引潘郎。莫吹羌笛惊邻里，不用琵琶喧洞房。且歌新夜曲，莫弄楚明光。此曲怨且艳，哀音断人肠。

荔酒醇香，马车飞快，所有人唱得无不眼神发亮。

李善德舞罢一曲，一挥手："等我回去长安，给你们搞些来喝！"

众人一起欢呼。

这时阿僮也走过来，脸色红扑扑的，显然也喝了不少。她"噗通"坐到李善德身旁，晃动着脖子："先说好啊，我要喝兰桂芳，听名字就不错。"

李善德醉醺醺道："最好的兰桂芳，是在平康坊二曲。可惜那里的酒哇，不外沽，你得送出缠头人家才送。我没去过，不敢去，也没钱。"

"那我连长安都没去过，怎么喝？"

"等我把这条荔枝道走通吧！到时候你就能把新鲜荔枝送到长安，圣人赏赐，想喝什么都有了！"

阿僮盯着这个斑白胡子老头，忽然笑了："你刚才醉的样子，好似一只山里的猴子。都是城人，你和他们怎么差那么多？"

"阿僮姑娘你总这么说，到底哪里不同？"

"你知道大家为什么来我这里喝荔枝酒吗？因为当年我阿爸是部落里的头人，他听了城人的劝说，从山里带着大家出来，改种荔枝，做了熟峒。大部分族人们平日做事的庄子，都是包榷商人建的，日日劳作，不得休息。所以大家一年只在这一天晚上，聚来我这里来放松一下。"

"你原来是酋长之女啊。"

"什么酋长，头人就是头人。"阿僮扫视着林子里的每一棵树，目光闪闪，"这庄子就是我阿爸阿妈留给我的，树也是他们种的，我得替他们看好这里，替他们照顾好这些族人，不让坏人欺负。"

李善德有些心疼地拍拍少女瘦窄的肩膀，看不出阿僮小小年纪，已经扛起这么重的担子了。

"你一定很辛苦吧？"

"嘿嘿，只有你才会问这种问题。"阿僮抓了一下花狸的毛皮，促狭地眨了眨眼，"无论是经略府的差吏还是榷商，他们只算荔枝下来多少斤，多了贪掉，少了打骂，可从来没把我们当朋友，也没来我这里喝过酒、吹过牛，更不会问我这样的话。"

"我可不是吹牛！长安真的有那么多种酒！"

阿僮哈哈一笑："我劝你啊，还是不要回去了，新鲜荔枝送不到那边的。你把夫人孩子接来，躲进山里，不信那皇帝老儿能来抓。"

"不说这个！不说这个！"李善德迷迷糊糊，眼神都开始涣散了，"我现在就想知道，有什么法子，让荔枝不变味。"

"你别摘下来啊。"阿僮机灵回道。

李善德还是不知道，这段子哪里好笑。不过他此时也没法思考，一仰头，倒在荔枝树下呼呼睡去了。

到了次日，李善德醒来之后，头疼不已，发现自己居然置身在广州城的驿馆里。一问才知道，是林邑奴连夜给他扛回来的。一起带回来的，还有一小筐刚摘下来的新鲜荔枝。

李善德这才想起来，自己忙碌了这么久，居然还从来没吃过新鲜荔枝。阿僮家的荔枝个头大如鸡子，他按照她的指点，按住一处凹槽，轻轻剥开红鳞状的薄果皮，露出里面晶莹剔透的果肉，颤巍巍的，直如软玉一般。他放入嘴中，合齿一咬，汁水四溅，一道甘甜醇香的快感霎时流遍百脉，不由得浑身酥麻，泛起一层鸡皮疙瘩。

那一瞬间，让他想起十八岁那年在华山的鬼见愁。当时一个少女脚扭伤了，哭泣不已，他自告奋勇把她背下山去。少女柔软的身躯紧紧贴在脊背，脚下是千仞的悬崖，掺杂着危险警示与水粉香气的味道，令他产生一种微妙的愉悦感。

后来两人成婚，他还时时回味起那一天奔走在华山上的感觉。今日这荔枝的口感，竟和那时如此相似。

怪不得圣人和贵妃也想吃新鲜荔枝，他们也许想重新找回两人初识时那种脸红心跳的感觉吧？李善德嘴角露出微笑，可随即觉得不对，他俩初次相识，还是阿翁与儿媳妇……

李善德赶紧拍拍脸颊，提醒自己这些事莫要乱想，专心工作，专心工作。

六日之后，两路飞鸽尽回。

这一次的结果，比上一次好一些。荔枝进入味变期的时间，延长了半日；而两路马队完成的里程，比上次多了两百里。

有提高，但意义极为有限。

所有的数据都表明，提速已达到瓶颈，五天三千里是极限。

当然，如果朝廷举倾国之力，不计人命与成本，转运速度一定可以再有突破。李善德曾在广州城的书铺买了大量资料。其中在《后汉书》里有记载，汉和帝也曾让岭南进贡荔枝，他的办法就是用蛮力，书中记载，"十里一置，五里一堠，奔腾阻险，死者继路，邮传者疲毙于道。"

但这种方式是地方上无法承受的，贡荔之事遂绝。也就是说，那只是一个理想值，现实中大概只有隋炀帝有办法重现一次这样的"盛况"。

李善德再一次濒临失败。不过乐观点想，也许他从来就没接近过成功。

他不甘心，心想既然提速到了极限，

只能从荔枝保鲜方面再想办法了。

李善德把《和帝纪》卷好，系上丝带，放回到阁架的《后汉书》类里。在它旁边，还摆着《氾胜书》《齐民要术》之类的农书，都是他花重金——苏谅的重金——买下来的。

他昏天黑地看了一整天，可惜一无所获。岭南这个地方实在太过偏僻，历代农书多是中原人所撰，几乎不会关注这边。李善德只好把搜索范围扩大到所有与岭南有关的资料。从《史记》的南越国到《士燮集》《扶南记》，全翻阅了一圈，知识学了不少，但有用的一点也无。

唯一有点意思的，是《三辅黄图》里的一桩汉武帝往事：当时岭南还属于南越国，汉军南征将之灭掉之后。汉武帝为了吃到荔枝，索性移植了一批荔枝树种到长安的上林苑，还特意建了一座扶荔宫。结果毫不意外，那批荔枝树在当年秋天就死完了。

巧合的是，汉代上林苑，与如今的上林署管辖范围差不多，连名字都是继承下来的。李善德忍不住想，这是巧合还是宿命轮回？几百年前的上林苑，或许也有一个倒霉的小官吏摊上了荔枝移植的差遣，并为此殚精竭虑，疲于奔命。那些荔枝树死了以后，不知小官吏会否因此掉了脑袋？

可惜史书里，是不会记录这些琐碎小事的。后世读者，只会读到"武帝起扶荔宫，以植所得奇草异木"短短一句罢了。李善德卷书至此，不由得一阵苦笑，嘴里满是涩味。

阿僮那句无心的建议，蓦然在心中响起："你把夫人孩子接来，躲进山里，不信那皇帝老儿能来抓。"难道真要远遁岭南？李善德一时游移不决。他已经穷尽了可能，

确实没有丝毫机会把荔枝送去长安。

拼死一搏，也分很多种，为皇帝拼，还是为家人拼？

到了四月七日，阿僮派了个人过来，说她家最好的荔枝树开始过壳了，唤他去从化采摘。李善德遂叫上林邑奴，又去了石门山下。

此时的荔枝园，和之前大不相同。密密麻麻的枝条上，挑着无数紫红澄澄、圆滚滚的荔枝，在浓绿映衬之下娇艳非常。长安上元夜的时候，挂满红灯笼的花萼相辉楼正是这样的兴隆景象。李善德怔怔看了一阵，意识到这是个征兆，自己怕是再没机会见到真正的上元灯火了。

几十只飞鸟围着园子盘旋，想觑准机会大吃一顿，可惜却迟迟不敢落下。因为峒人们骑在树杈上，一边摘着果子，一边放声歌唱。大部分唱的祭神歌，还有几个怪腔怪调的嗓门，居然唱着荒腔走板的《倡女行》。

"你们峒人还真喜欢唱歌啊。"

"什么呀！"阿僮白了他一眼，"这是为了防止他们偷吃！摘果子的时候，必须一直唱，唱得多难听也得唱。嘴巴一唱歌，就肯定顾不上吃东西啦。"

正巧旁边一棵树上的声音停顿，阿僮抓起一块石头丢过去，大吼了一声。很快，难听沙哑的歌声再度响起。李善德一时无语，这种监管方式当真别具一格，跟皮鞭相比，说不上是更野蛮还是更风雅一些。

"对了，我下定决心了。我会把家人接过来，到时候还得靠姑娘庇护。"

阿僮大为高兴："你放心好了，我家是土司，不管是庄里的熟峒还是山里的生峒，都卖我面子，任你去哪儿。"

"我听说山里的生峒茹毛饮血，只吃肉

食。若有可能，还是希望她们留在庄里。"

李善德重重叹息一声，只觉双肩沉重，迫得脊背弯下去。让住惯了长安的家人移居岭南，这个重大抉择让他一时难以负荷。

阿僮见他还是愁眉苦脸，便把他带去荔枝林中，扔来一把小刀一个木桶："来，来，你亲自摘几个最新鲜的荔枝尝尝，便不会难受了。"

李善德闷闷"嗯"了一声。他看到有一丛枝条被果子压得很低，离地不过数尺，便随手去揪。这一揪，树枝一阵晃动，荔枝却没脱落，李善德又使出几分力，这才勉强弄下来。他剥开鲜紫色的鳞壳，一阵清香流泻而出，里面瓤厚而莹，当真是人间绝品。

阿僮开心地摊开手，在林中转了好几圈，说道："这里每一棵树，都是我阿爸阿妈亲手挑选，亲手栽种，全是上好品种。虽然他们不在了，可每次我吃到这样的荔枝，就想起小时候他们抱着我，亲我，一样的甜，一样的舒服。有时候我觉得，也许他们一直就在这里陪着我呢。"

李善德把荔枝含在嘴里，望着红艳，嗅着清香，嚼着甘甜，心中忽地轻松起来。他夫人和女儿都爱吃甜的，在岭南有这么多瓜果可吃，足可以慰思乡之情了。至于长安，虽然他很舍不得繁华似锦，可毕竟有命才能去享受。至于归义坊那座宅子，大不了让招福寺收走，也没甚可惜的。

念头一通达，连食欲都打开了。他拿过一个木桶，伸手去摘，一口气揪了二十几个下来，然后，然后就没力气了……荔枝生得结实，得靠一把子力气才能拽脱，有时候还得笨拙地动刀，才能顺利取下来。

周围峒人们不知何时停止了歌唱，都攀在树头哈哈大笑。李善德莫名其妙，不知自己又干了什么傻事。

阿僮走过来，一脸无奈："城人就是城人，这都不懂！我给你一把刀，干嘛用的啊？"见李善德仍不开解，她恨恨扔过一个木桶："你瞧瞧，这两桶荔枝有什么不一样？"

李善德低头一看，自己这桶里都是荔枝果，而阿僮的桶里，竖放着许多剪下来的短枝条，荔枝都留在枝上。

"荔枝的果蒂结实，但枝条纤弱。你要只揪果子，早累死啦。我们峒人都是拿一把刀，直接把枝条切下来，这样才快。"阿僮牵过旁边一根枝条，手起刀落，利落地切下一截，长约二尺，恰好与木桶平齐，让荔枝留在桶口。

"这么摘……那荔枝树不会被砍秃了么？"

"砍掉老枝条，新枝长得更壮，来年坐果会更多。"阿僮把木桶拎起来，白了他一眼，"你来这么久，没去市集上看看么？荔枝都是一枝一枝卖的。"

李善德暗叫惭愧，来岭南这么久，他一头扎进从化果园，还真没去市集上逛过。他突然想起一个训诂问题，荔枝荔枝，莫非本字就是劙枝？劙者，吕支切，音离，其意为斫也、解也、砍也。先贤起这个名字，果然是有深意的！

"而且这么摘的话，荔枝不离枝，可以放得略久一点。"阿僮似笑非笑地看着他，"现在你知道为何被那些熟峒取笑了吧？"

仿佛为她做注脚似的，两个庄工又一次学起对话来：

"有什么法子，让荔枝不变味？"

"你别摘下来啊。"

李善德呆住了。原来峒人们笑的是这个意思，不是笑他为何从树上摘下来，而是笑他为何不知摘荔枝要从枝截取。

一丝龟裂，出现在他胸中的块垒表面。李善德失态地抓住阿僮的双肩："你，你怎么不早说！"

"说什么？"阿僮莫名其妙。

"荔枝不离枝，可以放得久一点！"

"你不是要把荔枝一粒粒用盐水洗过，搁在双层瓮里嘛，怎么带枝？"阿僮大是委屈，"再说带枝也只能多维持半日新鲜，也没什么用。"

李善德没有回答，他张大了嘴，无数散碎的思绪在盘旋碰撞。

"武帝起扶荔宫，以植南越所得奇草异木。"

"有什么法子，让荔枝不变味。"

"十里一置，五里一堠，奔腾阻险，死者继路。"

"你别摘下来啊。"

"劙者，吕支切，音离，其意为斫也、解也、砍也。"

李善德突然松开阿僮，一言不发地朝果园外面跑去，吓得花狸嗷呜一声，跃上枝头。

阿僮揉着酸疼的肩膀，又有点担心他失心疯，赶紧追出去，却只来得及见到老头骑马消失在大路尽头。

"死城人！再不要来了！"阿僮恼怒地跺跺脚，忽然发现耳畔清静下来，回头大吼道："懒猴仔！快继续唱！"

广州城中驿馆。苏谅摊开一卷账簿，正在潜心研究荔枝格眼簿的原理。他提起毛笔，学着样子勾画出一片方格，琢磨着如何设计到其他生意里去。突然大门"砰"地一下被推开，吓得他笔下直线登时歪了一分。

"李大使？"苏谅一怔。李善德满面尘土，头发纷乱，一张老脸上交织着疲倦和兴奋。

李善德顾不得多言，冲到苏谅面前大声道："苏老，再贷我五百，不，三百五十贯就行！我有个想法。"

苏谅无奈地摇摇头："大使啊，可不是小老不帮忙。之前两次试验结束后，是你自己说的，绝无运到长安的可能。你这又有新想法了？"

李善德道："之前我们只是提速，总有极限。如今我找到一个保鲜的法子，双管齐下，便多了一丝胜机！"然后他把离枝之事讲了一遍。

苏谅索性把毛笔搁下："此事我亦听过，可你想过没有？荔枝带枝，最多延缓半日，且无法用双层瓮，亦不能用盐水洗濯。两下相抵，又有什么区别。"

他见李善德犹然不悟，苦口婆心劝道："大使拳拳忠心，小老是知道的。只是人力终有穷，勉强而上，反受其害。"

"不，不！"李善德一把将毛笔夺过来，在纸卷上绘出一棵荔枝树的轮廓，然后在树中间斜斜切了一划，"我们不切枝，而是切干！"然后滔滔不绝地把筹划说出来。看来自从化赶回广州这一路，他都已经想通透了。

苏谅听罢，这一个嗅觉灵敏的老胡商，难得面露犹豫："这一切，只是大使的猜想吧？"

"所以才需要验证一下！"李善德狂热地挥动手臂，"但请你相信我！现在整个大唐，没有人比我更懂荔枝物性与驿路转运之间的事情。"

"今天已是四月七日，即便试验成功，也来不及了吧？"

"这次我会随着马队出发!"李善德坚定道,"成与不成,我都会直接返回长安,对圣人有个交代。"

苏谅沉默良久。他经商这么多年,见过太多穷途末路的商人。他们花言巧语,言辞急切,妄图骗到投资去最后博一把翻身。可惜,他们嘴里吹出的泡沫,比大海浪头泛起的更多。然而,不知为何,眼前这个头发斑白、畏缩怯懦的绝望官吏,眼里却闪着一种前所未见的粼粼光芒。

"好吧,这次我再提供大使五百贯经费。"苏谅似乎下了决心。

李善德大喜,一捋袖子,说你把举钱契拿来吧,我签。他如今见过世面了,等闲几百贯的借契,签得胜似闲庭信步。

苏谅微微一笑,取出另外一轴纸状:"还有这一千贯,算是小老奉送。"

"你还要多少通行符牒?"李善德以为他又要做什么交换。

"够了,那东西拿多了,也会烧手。"苏谅把纸状朝前一推,"这一次不算借贷,算我投大使一个前程。"

"前程?"

"这一次试验若是成功,大使归去京城,必然深得圣眷。届时荔枝转运之事,也必是大使全权措手。小老的商团虽小,也算支应了大使几次试验,若能为圣人继续分忧报效,不胜荣幸。"

李善德听出来了,苏谅这是想要吞下荔枝转运的差遣——所谓"报效",是说朝廷将一些事务交给大商人来办理,所支费用,以折税方式补偿。比如有一年,圣人想要在兴庆宫沉香亭植牡丹千株,上林署接了诏书,便委托洛阳豪商宋单父代为报效筹措。圣人得了面子,上林署得了简便,宋单父则趁机运入秦岭大木数百根,得利之丰,甚于花卉支出十倍。若苏谅能盘下荔枝转运的报效,其中的利益绝不会比宋单父小。

苏谅见李善德没回答,开口道:"当然。这保鲜的法子,是大使所出。小老情愿让出一成利益,权做大使以技入股。"

李善德道:"这法子成与不成,尚无定论,苏老这么有信心么?"

"做生意,赌的便是个先机。若等试验成了再来报效,哪里还有小老的机会?"

"就这么说定了!"

李善德一点没有犹豫。他没有时间了,这将是最后一次试验,不成功便成鬼。至于早上想逃到岭南避罪的念头,早已被抛至脑后。

两人就一些细节开始商议,全情投入,却不防屋外有一只黑色耳朵贴在门框上,安静地听着。

一个时辰之后,五岭经略使后衙。

赵欣宁匆匆赶到何履光的卧室门口,敲了敲门环,低声道:"节帅,有桩急事,须向您禀报。"

屋里头传来一阵窸窸窣窣的声音,还夹杂着女人略带不满的娇嗔。门一开,何履光只穿着条袅裤出来了,一身汗津津的。

"什么事这么急!"

赵欣宁一指旁边跪地的林邑奴:"馆驿传来消息,那个李善德,似乎把新鲜荔枝搞出点眉目了。"

何履光眉头一拧:"怎么可能?"

赵欣宁狠狠踢了林邑奴一脚:"这个林邑奴太蠢笨,只听个大概,却说不清楚!"又道,"但至少有一点很清楚,苏谅那只老狐狸,又投了一千五百贯在里头。"

胡商向来狡黠精明,无宝不到。他既

然肯投资这么大金额，想必是有成算的。

何履光舔舔嘴唇："那只清远笨鸡，还真给他办成了？那……要不请叫他过来叙叙话？"

赵欣宁轻摇了一下头："节帅，您细想。倘若他真的把新鲜荔枝送到京城，会是什么结果？"

"圣人和贵妃娘娘肯定高兴啊。"

"那圣人会不会想，这么好吃的东西，为何早不送来？一个上林署的小监事，尚且能把这事办了，岭南经略使怎么会办不成？他到底是办不成，还是不愿意办？我交给他别的事，是不是也和新鲜荔枝一样？——节帅莫忘了，无心与物竞，鹰隼莫相猜啊。"

听着赵欣宁这一步步分析，何履光胸口的黑毛一颤，牙齿开始磨动起来，眼神里露出凶光来。这两句诗来自于岭南老乡张九龄。他当年因为位高权重受了李林甫猜忌，圣人听信谗言，送了他一把白羽扇，暗喻放权。张九龄只好辞官归乡，写了一首《归燕诗》以言志："无心与物竞，鹰隼莫相猜。"

他这个岭南经略使看着威风八面，比之一代名相张九龄如何？比之四镇节度使王忠嗣如何？看看那两位的下场，他不得不多想几步。

"看来，是不能让他回去了。"何履光决断道。

赵欣宁早有成算："我听说李善德这一次会亲随试验马队一并出发。只消调遣节下一支十人牙兵队，尾随而行。一俟彼等翻越五岭之后，便即动手，伪做山棚为之便是。"

"不成。等快到虔州再动手，便与岭南无关。圣人过问，便让江南西道去头疼吧。"

"遵命。"

何履光把门关上，正欲上榻，忽然听到耳畔一阵嗡嗡作响，不知何时又有一只蚊子钻了进来。岭南经略使挥起巴掌，想要拍死，才好继续云雨。可那蚊子却狡黠之至，瞻之在前，忽焉在后，一直折腾到凌晨也没消停。

四月十日，阿僮第三次站在路边，看着李善德的试验马队忙碌。

"城人言而无信，说好了接家人过来，现在倒要跑回长安了。就不该给你荔枝！"她气呼呼地折断一根枝节，丢在地下。

李善德只得宽慰道："这次若成功了，你便是专贡圣人的皇庄，周围谁都不敢欺负你了。"

阿僮双眼一瞪："谁敢欺负我？"

李善德知道这姑娘是刀子嘴、豆腐心，骂归骂，荔枝可是一点没短缺，还叫来好多人手帮忙处理。他拍着胸脯说："岭南我肯定还回来，给你们多带长安的美酒！"

阿僮这才稍微消了点气。

"这回真能成吗？"

"不知道。但我只有这一次机会了，不得不全力而为。"

这一次的马队，始发一共有五匹马，沿途配置约二十匹，但它们的装备，和前两次却截然不同。

每一匹马后，只挂一个双层瓮。内瓮培着松软的肥土，外层灌入清水。但每一个瓮的水土比例不尽相同。李善德事先请了一批熟峒佣工，从过壳的荔枝树支干切下去，截下约莫三尺长的分权。尾端斜切，露出一半茎脉，直接扎入瓮中水土。

在分权的上端，裁出三条细枝，上面挂着约莫二十枚半青荔枝。李善德还苦心孤诣请了石门山里的生峒，用上好的买麻藤编了五个罩筐，从上面套住树冠。这样一来，既可以防止荔枝因为颠簸在途中脱落，也能透水透气，让荔树苟活。

李善德把这段时间他所能想到的所有办法，都整合到了一块，命名为"分枝植瓮之法"。这种办法能不能到长安，不确定，但每一瓮，会毁掉至少一棵荔枝树，这让阿僮心疼唠叨了很久。

但这个灵光一现，只能解决一半问题。真正的考验还在路上，所以他不得不跟着。

这次试验至关重要，苏谅也赶来出相送。他看到李善德也翻身上马，准备随队出发，有些担心地仰头道："大使你这身子骨，能追得上马队的速度吗？别累死在中途啊。"

李善德一抖缰绳，悲壮慨然道："等死，死国可乎？"

## 第 四 章

江南西道南边有一处大庾县，正南即是五岭之一的大庾岭。从梅关驿道北上，这里是必经之地。县内群山耸峙，三道岭壁封住了三面方向，只留一条狭长的池水盆地可以向东通去虔州。

往返此间的行商，只能沿着山坳底部的水岸前行。驿路逼仄，两侧苍山对倾而立，仿佛随时要倒下来似的，遮住了大半片青天。要一直走到三十里外的南安镇，视野方才舒展，如雨过天晴一般。是以这一段路，被客商们称为天开路。

李善德跟随着试验马队一路马不停蹄，过韶州、穿梅关，然后沿着天开路朝南安镇赶去。那里有第二批马匹早早等待，轮换后继续前进。

天开路附近，带"坑"字的地名颇多，诸如黄山坑、邓坑、禾连坑、花坑等等。盖因地势不平，高者称丘，低者称坑。赶路再急，在这一段也得放缓脚步，否则一下不慎跌伤，可就全盘皆输。

此时他们正穿过一个叫铁罗坑的地方，诸骑都把速度降下来。李善德骑术不行，加上年纪大了，这一路强行跟跑下来，屁股与双髀都酸疼不已。可他大话说出去了，只能咬牙强撑，靠默算里程来转移注意力。

算着算着，李善德忽然听到一声尖啸，似是山中猿鸣。这里山势深厚，偶有猿猴出没不算稀奇。可走了一段，这尖啸声似乎有点耳熟，好像……那天晚上喝荔枝酒时，林邑奴也发出类似的声音。

可他出发的时候，根本没带林邑奴啊。

李善德还没反应过来，又有一声吼声传来，这下子整个山坳都为之震颤。

大虫？

马队的骑手们登时脸色大变。唐人为了避李渊父亲的讳，皆呼虎为大虫。五岭有大虫并不奇怪，可靠近驿路却很罕有。

李善德吓得两股战战，但幸亏骑手们都是行商老手。他们一半人拿出麻背弓，开始挂弦；另外一半则掏出火石火镰，取出背囊里的骆驼粪点燃。大虫与骆驼生地不同，前者闻到粪味奇异，往往疑而退去。

外围又安静了半炷香的工夫，一个黑影已从山中蹿出，几下翻滚，冲到山麓边缘。而一头斑斓猛虎，也从密林中追出来。李善德定睛一看，却惊得叫出声来，那黑影竟真是林邑奴。这人一改在广州时的呆傻笨拙，动作极为迅捷，真如猿猱一般。

只是不知为何，林邑奴不在山中躲闪，却偏要冲入山坳。这里没有高树可以攀援，也无灌木可以遮蔽，那大虫却可以奋开四爪，尽情驰骋。眼见林邑奴要丧生虎口，李善德急对骑手们喊道："诸公，还望出手相救，我这里每人奉上酒钱一贯。"

按说跟大虫缠斗，既浪费时间，还有风险。倘若马匹受惊把荔枝瓮弄翻，那可就亏大了。可李善德总不能见死不救，只好自掏腰包，心想实在不行，先让苏谅把这几贯钱也算进借款里。

听主家发了赏格，骑手们便纷纷下马，举着弓箭与短刀，举着燃烧的骆驼粪靠了过去。他们本以为会是一场恶斗，不料这只华南大虫从未见过骆驼，一闻到粪味，二话没说掉头跑掉了。

李善德纵马过去，看到林邑奴趴伏在地上，浑身激烈地颤抖着，嘴角不断咳出鲜血。他以为这是被老虎所伤，连忙扶将起来，正要唤人来准备伤药，不料林邑奴却嘶声道："不必了……你们须快些走，后头有追兵。"发音居然端正得很。

"追兵？"李善德一头雾水。他送个荔枝而已，哪里来的追兵？

林邑奴胸口起伏，断断续续才讲明白赵欣宁的计划。李善德这才发现，原来自己在岭南一番折腾，竟招致来一场杀身之祸。

"他何履光堂堂一个经略使，竟对一个从九品的小人物下手，这器量比痔疮还小！"李善德忍不住大骂起来。

他低头看了眼林邑奴，对他告密这个举动倒不是很气愤，本就是赵书记的奴隶，尽责而已——倒是自己全无防备，把人心想得太善了。

只是……他既然告了密，怎么又跑过来了？

林邑奴咽了咽唾沫，苦笑道："向主人尽忠，乃是我的本分，跑来示警，是为了向大使报恩。"

"报恩？"李善德莫名其妙，他虽没虐待过林邑奴，可也没特意善待啊。

"那一夜，您给了我一碗荔枝酒……"林邑奴低声咳嗽了几声，也许是触动肺经，双眼开始涣散起来，"好教大使知……我幼时在林邑流浪乞讨，不知父母，后来被拐卖到广州，入了经略府做养孔雀的家奴。我自记事以来，从来只有主人打骂凌虐、讥笑羞辱。他们从来只把我当成一只会讲话的贱兽，时间长了，我也自己这么觉……咳咳。"

李善德见他脸色急遽变灰，赶紧劝别说了。林邑奴却挣扎着，声音反而大了些："您敬我的那一碗酒，是我有生以来，第一次被人敬酒，也是我第一次被当成人来敬酒。可真好喝呀。"他舐了舐干裂的嘴唇，脸上似乎浮现出笑容："我记得您还说，你我没什么区别，都是好朋友。那我得尽一个朋友的本分……"

李善德一时无语。他现在想起来了，当时那林邑奴喝完酒以后，仰天长啸，当时他还暗笑，这酒至于么好喝么？原来竟还有这一层缘由。

"我那是醉话，你也信……"

"醉话也好，也好。好歹这一世，总算也有人对我说过这样的话了……"林邑奴喃喃道，"我向主人举发了您的事，然后又偷听到他们密议要派兵追杀，所以急忙跑出来提醒您。"

"你这是……这是一路跑过来的？"李善德简直不敢相信。这个人赤脚奔跑，翻越五岭的速度竟会快过马队。

林邑奴道:"穿山越岭,对林邑人来说不算什么。只是我没想到,会被一头大虫缀上。更没想到,您竟然会停下脚步,把它驱走……"说到这里,他突然再一次咳嗽起来,极其剧烈,嘴唇开始浮现带血的泡沫。

有老骑手过来检查了一下,摇摇头说这是把肺生生给跑炸了,灯尽油枯,没得救。李善德焦虑地搓着手,不知该说些什么才好。

林邑奴睁圆了眼睛:"我这一世入的是畜生道,只有被您当做人来看待一次。也许托您的福,下辈子真能轮回成人,值了值了……"他忽地努力把脖子支起来,嘴巴凑近李善德耳畔,细声说了几句。

李善德大惊,连忙说这怎么行!这怎么行!

可他再低头看时,林邑奴已没了声息。那张覆满汗水的疲惫面孔上,还微微带着一丝笑意。


何押衙对麾下的九名牙兵比了个手势,解下刀鞘扔在地上,只握紧了短柄铁刀。因为刀鞘上的铜环,可能会惊动休息的人。

五十步之外的小树中,有一小堆篝火在燃烧着,在黑漆漆的夜里格外醒目。听不见谈话声,也许是连日赶路太过疲惫了。

不过也无所谓,眼前这些人的底细,他们早就摸清楚了。自从化开拔之后,他们就一直尾随着这支荔枝马队,远远隔开二十里。按照赵书记的指示,他们进入位于江南西道境内的天开路后,才开始徐徐加速,并在黄昏时缀上了刚刚抵达铁罗坑的目标。

何押衙不是个鲁莽的人,他为策完全,特意选择了对方宿营时发起突击,不可能有人逃脱。

他们接近到十五步时,何押衙发出了短促的哨声。树林里响起一连串树枝被踩断的声音,九名精锐同时突入攻入篝火圈内。可出乎他们意料的是,篝火旁居然空无一人。不,准确地说,还有一个人。这人皮肤黝黑,居然是个林邑奴,半依着树干,似乎已经死了。

这人的死状有些诡异,双手双脚的腕处都被短刀割开,四道潺潺的鲜血流泻出来,洇红了身下的泥土。从血液凝固程度来看,应该有一段时间了,空气中还残留着淡淡的血腥味。

"这不是何节帅家里的家奴吗?他怎么跑到这里来了?为什么杀他?其他人呢?"

何押衙脑海中浮现出数个疑问。他又看了一圈,没有其他东西了,便一挥手,示意所有人回去上马,继续追击。天开路这里的地形,注定了只有一条路可以走,就算李善德故布疑兵自己跑了,他们追上去也只是时间问题。

空气中除了血腥味,似乎还有一种熟悉的味道。何押衙一边琢磨着一边往外走,猛然意识到,这是驱虎用的骆驼粪啊!他后脖颈一霎时寒毛倒竖,一种极度危险的预感闪过心头。何押衙急忙转动脖颈,在火光中,他看到一张额头有"王"字的斑斓兽脸,正张开血盆大口……

远远的高丘之上,李善德看到篝火堆旁人影散乱,隐隐还有惨叫声传来,赶紧双手合十,念诵了几句阿弥陀佛,然后才带着骑手们漏夜前行。

林邑奴在临死之前,叮嘱李善德把自己的尸体扛到一处林中,点起篝火,趁血液还流动的时候,割开脚腕手腕。老虎这种猛兽报复心极重，那只白天袭击自己的大虫，应该就一直在附近跟着，它闻到血腥味一定会过来。

李善德先用骆驼粪围着营地撒了一圈，待估算着追兵接近，便把剩余的干粪收起来，匆匆离去。没有了骆驼粪的压制，那只伤人巨兽立刻会靠近篝火，打算把下午那只逃脱的血食吃掉。

至于十个经略府的牙兵和一只成年大虫谁比较厉害，李善德对这个话题一点兴趣也没有。他默默地把林邑奴的位置记住，待日后回来看，看是否能找到残留的骨骸，然后埋头继续赶起路来。

摆脱了这一个小小的插曲之后，马队重新找回了赶路的节奏，在驿道上疯狂地奔驰着。李善德在第三天的时候，无奈地掉了队。他的身体实在经受不住太多折磨，再跑下去只怕会比荔枝先废掉。

好在这一次的路线和次序都已经规划完毕，骑手们也得到了详尽指示。李善德可以慢慢从后面赶上去，检视他们留下的记录。

在第三次试验里，李善德根据前两次的经验，对路线进行了微调。转运队出发时走梅关道，但在抵达吉州之后，将不再继续北上抚州、洪州，而转向西北方向，直奔谭州，转到西京道。这样一来，既避开了谭州与衡州之间的水泽地带，也可以比梅关道节约四百五里路。

马队会从谭州西北方向的昌江县穿过，弃马登船，循汨罗江进抵洞庭湖，并横渡长江。渡过之后，再沿汉水、襄河、丹河辗转至商州。这一路上并无险滩恶峡，只要水手够多，可以昼夜划行不断，直到商州。然后队伍将下舟乘马，沿商州道一口气冲入关中，一过蓝田，灞桥便近在眼前。

这条路的水陆全程是四千六百里，且避开了大泽、逆流、险滩、川峡、重山等各种险阻，可以说集四路之精华。李善德为了算出这么一条路来，差点把眼睛都算瞎了。他相信，除非是腾云驾雾，否则再没有比这条路更快更稳的了。

四月二十一日，李善德一人一骑，走到了基州的章门县。在一处简陋的驿馆里，他接到了前方的结果。

五瓮荔枝的枝条，从第四天开始相继枯萎，坚持最久的一瓮是第七天。按照预案，骑手们一发现枯萎，立刻将荔枝摘下来，换用之前的盐洗隔水之法，继续前进。

之前测试的结果证明，摘下来的荔枝最多坚持五天，考虑到新鲜度的话，只有四天。也就是说，用"分枝植瓮之法"和"盐洗隔水之法"，一共能争取到十一天时间。

试验的结果，和这个计算结果惊人地相符。最快的一个转运队，在出发后第十一天冲到了丹江口，在前往商州道的途中，才发现荔枝变了味。

李善德收到这个报告之后，不悲反喜。

转运队伍没能抵达长安，是在他意料之中的。

一个小小荔枝使，调动资源有限。他一路上只能安排十五个左右的换乘点，平均每三百里，才能换一次马或者船。单以马行而计，一匹健马，每跑三十里就得饮水一次，每六十里得喂料一次，三百里中途休息便得十次。每次停留时间差不多两刻。换句话说，每跑三百里，就要有两个半时辰用来休整。这还没考虑到，同一匹马跑出一百里以后，速度便急速衰减。

而且这些骑手皆是民间白身，虽然持

有荔枝使签发的文牒，穿越关津时终究会花上很长一段时间。

这些制约速度的因素，都是李善德所无法改变的。

但朝廷可以。

如果尚书省出面组织，便可以把沿途驿站的力量都动员起来，加大更换频度，让每一匹马都可以跑出冲刺的速度来。而且荔枝不涉机密，不必一个使者跟到底，可以频繁地替手接力。只要持有最高等级的符牒，理论上可以日夜兼程。

当天晚上，李善德便埋头做了一次详细计算。民间转运队伍，尚且可以在十一天内冲到丹江口；以朝廷近乎无限的动员能力，加上李善德设计的保鲜措施和路线，速度可以提起三成，十一天完全可以抵达长安！那时候荔枝应该介于香变和味变之间。

不对！还可以再改进一点！

他之前曾听人说过，可以用竹箨封藏荔枝，效果也还不错。如果等枝节枯萎之后，立刻摘下荔枝，放入短竹筒内，再放入瓮中，效果更好。

等一下，还可以改进一点！

他在上林署做了许多年监事，所分管的业务是藏冰。每年冬季，李善德会组织人手去渭河凿冰，每块方三尺，厚一尺五寸，一共要凿一千块，全数藏在冰窖里。等到夏季到来，这些冰块会提供给内廷和诸衙署使用。不仅长安城如此，大唐各地的州县，只要冬季有冰期的，都会建起自己的冰窖储存冰块。

荔枝保鲜最有效的法子，是取冰镇之。可惜岭南炎热无冰，只能用双层瓮灌溪水的方式来做冷却。沿途州县也不可能开放冰窖给转运队。

可一旦朝廷出面转运，情况可就不一样了，各地唯有听任调遣。转运队只要一过长江，便能从江陵的冰窖调冰出来使用。

如此施为，荔枝抵达长安时，庶几在色变与香变之间，勉强还算新鲜！

可光有想法还不成，具体到执行，至少涉及二十多个州县的短途供应，何处调冰，何处接应，如何屯冰，冰块消融速度是否赶得及等等，不尽早规划，根本来不及……

灵感源源不断，毛笔勾画不断，李善德此时进入了一种道家所谓"入虚静"的奇妙状态，过往的经验与见识，融汇成一道大河，汪洋恣肆，奔腾咆哮。这一刻，他不是一个人在计算，陈子、刘徽、祖冲之、祖暅在这一刻魂魄附体。李善德的眼睛满布血丝，却丝毫不觉疲倦，恨不得撬开自己脑壳，一磕到底，把脑浆直接涂抹在纸卷之上。

当李善德写完最后一行数字时，已是夜半子时。烛花剪了又剪，纸上密密麻麻，满是令人头晕目眩的蝇头小楷，他吹了吹淋漓墨汁，从头到尾浏览了一遍，忍不住心潮澎湃。

这一份新鲜荔枝的转运之法，关涉物候、邮驿、州县、钱粮等几大领域，内中细碎繁剧之处，密如牛毛，外行人根本难以想象。从驿站之调度、运具之配置、载重与里程之换算，乃至每一枚荔枝到长安的脚费核算，几乎每一个环节，都须做到极细密极周至方可。这件事牵一发而动全身，一处思虑不当，便很可能导致荔枝送不到长安。

李善德拿着这本牛毛细账，心中不期然地想起了当年裴耀卿于河口建仓的壮举。

开元二十二年，江淮、河南转运使裴

139

耀卿受命来到河口，先凿漕渠十八里，避开三门之险，然后又在河口设置河阴、柏崖、集津、盐滩诸仓，与含嘉、太原两仓连缀成线，开创了节级转运之法。三年之内，运米七百万斛、节省运费三十万贯。从此长安蓄积羡溢，天子不必频繁就食于东都。

当时李善德也被调入幕下，参与磨算，亲眼目睹了裴大使统筹调度的英姿。他从心底认为，比起浮藻文辞之士，这样的君士才堪称国之栋梁。荔枝转运虽是小道，比不得漕粮，但自己如今能追蹑前贤，稍觇其影，足可以自傲志满了。

一念及此，李善德起身推开窗户，一缕夜风吹入，澄清了逼仄小屋中的油浊之气。他胸口块垒尽消，不由得发出一阵长啸。窗下恰好是一汪池塘，池中青蛙突受惊吓，也纷纷鼓噪起来。吓得驿长和其他客人从床榻上惊起来，以为赶上了地震，着实忙乱了一阵。

如今技术上已无障碍，唯一可虑的，只有时间。

贵妃诞辰是六月初一，从岭南运荔枝到长安是十一天。也就是说，最迟五月十九日，荔枝转运队必须自从化启程，这是绝不可逾越的死线。

今天已是四月二十一日，留给李善德说服朝廷以及着手布置的时间，只有不到三十天时间。

一算到这里，李善德登时坐不住了。反正他此时兴奋过度，整个人根本不成寐，索性唤来一脸不满的驿长，牵来一匹好马，连夜匆匆上路。

这一次，他再也顾不得自己的双髀和尊臀，扬鞭疾驰，一把老骨头跑得像真正的荔枝转运那么快，几乎要把自己燃烧殆尽。

到了四月二十二日的寅末卯初，李善德抱住马头正在昏昏欲睡，忽然一阵清风吹过面庞。

这风干爽轻柔，带着柳叶的清香，带着雨后黄土的泥味，还有一点点夹杂着羊肉腥膻的面香味道，令李善德嗅觉为之一振。岭南什么都有，唯独没有麦面，他在那里待的日子里，不止一次梦见吃了满嘴的胡饼、捻头、毕罗、馎饦……

李善德缓缓睁开眼睛，他看到，远方出现了一道巍峨的青黄色城墙。在晨曦沐浴下，大城的上缘泛起一道金黄色的细边，仿佛一位无形的鎏金匠正浇下浓浓的熔金，然后，随着时间推移，整片墙体都被缓缓笼罩，勾勒出城堞轮廓，整座城市化为一件精致庄严的金器，恍有永固之辉。

满面尘灰、摇摇欲坠的他，终于回到了属于自己的城市。

晨鼓声中，东侧的春明门隆隆开启，活像一位慵懒的巨人打着呵欠。李善德手持敕令，撞开等候进城的人群，从正在推开的两扇城门之间跃了进去。他对长安街道熟稔至极，径直先赶去自己家中。那座归义坊的宅子，还没顾上搬迁，夫人孩子暂时还住在长寿坊内。

他一进家门，夫人正在灶前烧饭，女儿趴在地上玩着一具风车。娘俩见到李善德回来，又惊又喜。女儿抱住他的脖颈，一直阿爷阿爷叫个不停。

李善德跟女儿亲昵了一阵，在灶前一屁股坐下，不顾烫手，直接抓起锅里的胡饼，往嘴里扔。他夫人有一个独到的秘诀，羊肉馅里掺了碎芹与姜末，还添一勺丁香粉，吃起来格外舒爽。李善德狼吞虎咽，一口气吃了六个，自己在路上几乎被颠散的三魂七魄，这才算是尽数归位。

夫人说招福寺的和尚来过两次，贼头贼脑，打听荔枝使的去向。李善德冷笑一声，他们大概也听到风声，以为自己不免要死于荔枝差遣，想要提前挽回香积贷的损失。

李善德现在也没钱还。苏谅的投资，全数花在了转运试验上，他自己可是一文未落，攒下的那一点点羡杂，还赏给那几个在铁罗坑救林邑奴的骑手们了。

不过没关系，今日之后，情况必大不一样了。

李善德吃罢早馔，换了一身干净朝袍，把那卷荔枝转运法仔细卷成一个札子，然后昂首阔步出了门，直朝皇城而去。

韩承此时还未抵达刑部，至于杜甫，他那个兵曹从事就是个挂名，不可能来上班。李善德只好给韩承留了个字状，先去了户部。

他所设计的运转之法十分迅捷，唯一的缺点就是所费不赀。从岭南运送两瓮荔枝到长安的费用，大概要七百贯，这还是船底数——就是说，无论运一枚还是运两瓮，至少都要花这么多。两瓮荔枝大约有四十枚，平均下来一枚耗费高达十七贯五百钱。要知道，西市一头三岁口的波斯公骆驼才十五贯不到。

更麻烦的是，这个费用是不可摊的。裴耀卿当年修河口仓与漕河，虽然费用浩大，但修成后可以逐年均摊成本。而荔枝转运之法的诸项用度，譬如马匹、冰块、人员、器具、调度工时等等，这一次用完了，下一次还要从头来过。

若是别的差遣，使臣大可以跳开规矩，从国库直接提出钱粮就行。但荔枝转运除了耗费钱粮，还需要诸多衙署密切配合，因此李善德必须让这个差遣进入流程才成。

"你就是那个荔枝使？"一个须发皆白的老官员手拈札子，斜眼觑着下方。

李善德恭敬一礼，看来这个荔枝鲜的离奇差遣，已经传得朝堂皆知了。

他知道户部对所有使职都怀有敌意，可天下钱粮，皆归户部的度支部调拨，是荔枝转运费最合适落下的衙署，只好硬着头皮闯一闯。可惜无论是度支郎中还是员外郎，他都没资格求见，说不得，只好先找到这位分判钱谷出纳的主事。

老主事抖了抖文卷："你这个字可太潦草了，当初怎么过得吏部试？"

李善德赔笑道："事出紧急，不及誊抄，还请主事见谅。"

老主事不满地抬了抬眉毛。吏部选官有四个标准：身、言、书、判，这人相貌枯槁，嗓音干涩，字又凌乱，身、言、书三条都不合格，至于"判"这一条么……他把文卷一拍，数落道："你知不知道，从河南解送租、庸到京城，官价脚费是每驮一百斤，每百里一百文，山阪一百二十文。从岭南运个劳什子荔枝，居然要报七百贯？当本官是盲的么？"

"这是运新鲜荔枝，自与租庸不同。详细用度，已在卷中开列。本使保证，绝无浮滥虚增。"

"泸州也有荔枝啊，你为何不从那里运？难道你在岭南有亲戚？"

"是圣人指明要岭南的，我这是遵旨而行。"李善德"咚"地一拍胸脯，"而且已有岭南商人自愿报效，不劳朝廷真的出钱。"

"哼，左手省了钱，右手就得免税，最后都是商人得利，朝廷负担。"

老主事摇摇头，一脸鄙夷地把札子掷下来。

李善德见自己的心血被扔，心头也冒出火来，迈前一步沉声道："这是圣人派下来的差遣，你便不纳么？"

这招原本百试百灵，连岭南经略使都不好正面抗衡。不料这主事是积年老吏，手指往上一晃："好教大使知。户部虽掌预算，不过是奉诸位堂官的命令罢了。你去药铺里抓药，总要医生开了方子，才好教柜台伙计配药不是？有了中书门下的判押，本主事自然尽快办理。"

言外之意，我就是个办事的，有本事你找政事堂里的诸位相公闹去。

李善德明知他是托词，也只能捡起文卷，悻悻而退。出了户部堂廊，他朝右边拐去，径自来到政事堂的后头。这里有一排五座青灰色建筑，分别为吏房、枢机房、兵房、户房、刑礼房，造型逼仄，活像五个跪在地上的小吏。

那老主事其实也没说错。都省六部，无非是执行命令的衙署，真正决断定策，还得中书门下的几位相公。李善德只要能把这份文卷送进户房，就有机会进入大人物的视野。

"这个……可有点为难啊。"户房的令史满脸堆笑，脸颊间恰到好处地露出一丝为难的褶皱。

李善德一怔，旋即沉下脸："我乃是敕令荔枝使，难道还不能向东府递交堂帖了吗？"

户房令史也不多说，亲热地把李善德拽到屋外，一指那五栋联排的建筑："大使可知，为何这里有五房？"

"呃……"

"您想啊，天下的事情那么多，相公们怎么管得过来？所以送进中书门下的札子，都得先通过都省的六部审议，小事自判，大事附了意见，送来我们五房。我们才好拿给相公议。"

"所以呢？"

"所以您不能直接把札子送到这里，得先递到户部，由他们审完送来堂后户房，才是最正规的流转。"

李善德眼前一黑，这不是陷入死循环了吗？

户房令史笑盈盈站在原地，态度和蔼，但也很坚决。李善德咬咬牙，从袖子里取出一枚骠国产的绿玉坠子，这是老胡商送的，本打算给妻子做礼物。他宽袖一摆，遮住手势，轻轻把坠子送过去。

令史不动声色地接过去，掂了一下分量，似乎不甚满意，便对李善德道："户房体制森严，没法把你的札子塞进去。不过别有一条蹊径，您可以试试。"

李善德竖起耳朵。

令史小声道："天下诸州的贡物，都是送去太府寺收贮。荔枝的事，你去找他们一定没错。"

李善德别无良法，只好谢过提点，又赶去位于皇城斜对角的太府寺去。到了太府寺，右藏署说他们只管邦国库藏，四方所献的邦国宝货，请找左藏署。左藏署却说，他们只管各地进献贡物的收纳，不管转运，还得去问兵部的驾部郎中。

李善德又去了兵部，这次干脆连门都没进去。那里是军情重地，无竹符者不得擅闯，直接把他轰了出去。

整整一天，李善德在皇城里如马球一样四处乱滚，疲于奔命，口干舌燥，那张写着荔枝转运之法的纸札，因为反复被展开卷起，边缘已有了破损迹象。

他这时才体会到，自己那二十多年的上林署监事，其实只窥到了朝廷的小小一角。这个坐落着诸多衙署的庞大皇城，比秦岭密林更加错综复杂，它运转的规律比道经更为玄妙。不熟悉的人贸然踏入，就像落入壶口瀑布下的奔腾乱流一样，撞得头破血流。

李善德实在想不通。之前鲜荔枝不可能运到长安，那些衙署对差遣避之不及，可以理解；但现在转运已不成问题，正可以慰圣人之心，为何他们仍是敷衍塞责呢？

转了一大圈，最后他在光顺门前的铜甀前面，遇到一位宫市使，才算让事情有了点眉目。

严格来说，李善德遇到的这一位，只是宫市副使。真正的宫市正使，判在右相杨国忠身上，那是遥不可及的大人物，他不奢望能见到。

一张颀长面孔如少年般清朗，让人一看便心生好感。他自称是内侍省的一个小常侍，名叫鱼朝恩。

李善德跟他约略讲了遭遇，鱼朝恩笑道："别说大使你，就连圣人有时候要做点事，那一班孔目小吏都会夹缠不清，文山牍海砸将过来，包管叫你头晕脑涨。"

"正是如此！"李善德忙不迭地点头，他今天可算领教到了。

"他老人家为何跳出官序，额外设出使职差遣？还不是想发下一句话去，立刻有人痛痛快快去办成嘛。唉，堂堂大唐皇帝竟这么憋屈，我们这些做奴婢的，看了实在心疼啊。"鱼朝恩喟叹一声，用手里的白须拂子轻轻抹了下眼角。

李善德赶紧劝慰几句，鱼朝恩复又振颜道："我这个宫内副使的职责，正是内廷采买。岭南的新鲜荔枝，既然是圣人想要，那便是我分内的责任了。你放心好了，这件事我一定勾管到底。"

李善德大喜过望，奔走了一天，那些朝堂衮衮诸公，居然还不如一个宦官有担当。他看了看铜甀西侧的坠坠日头，急切道："目下时间紧迫，无论如何要先把钱的事情解决，接下来才好推进。"

鱼朝恩朝远处的政事堂看了眼，淡淡道："让东府解决这问题，起码得议一个月。这样吧，圣人在兴庆宫内建一个大盈库，专放内帑，不必通过朝廷那些孔目们支用。你这个荔枝转运的费用，从这个库里过账便是，易事耳。"

李善德激动得快要流出泪来，鱼朝恩的建议有如天籁，把他的忧愁全数解决。

"不过……我听高将军说，荔枝三日之外便色香味俱败坏。那新鲜荔枝，真能运过来么？"

鱼朝恩有这样的疑问，也属正常。李善德拿出札子，吐沫横飞地讲起转运之法。

鱼朝恩认真地从头听到尾，不由得钦佩道："这可真是神仙之法，亏你竟能想到。"他接过那张写满数字与格眼的纸卷，正欲细看，远处忽有暮鼓传来。

鱼朝恩摩挲着纸面，颇为不舍："我得回宫了。这法子委实精妙……可否容我带回去仔细揣摩？若有不明之处，明日再来请教。"

"没问题，没问题。"李善德大起知音之意，殷勤地替他把札子卷成轴。

两人在铜甀下就此拜别，相约明晨巳正还在此处相见，然后各自离开。

李善德回到家里，心情大畅，压在心头几个月的石头总算可以放下了。他陪着女儿玩了好一阵双陆，又读了几首骆宾王的诗哄她睡着，然后拉着夫人进入帷帐，开始盘点子孙仓中快要溢出来的公粮。

这个积年老吏查起账来,手段实在细腻,但凡勾检到要害之处,总要反复磨算。账上收进支出,每一笔皆落到实处方肯罢休。几番腾挪互抵之后,公粮才一次全数上缴,库存为之一清。

到了次日,李善德精神奕奕地出了门,早早去了皇城。结果他从巳正等到午正,却是半个人影都没见到,反倒撞见了提着几卷文牍要去办事的韩承。

韩承一见李善德回来了,先是欣喜,可一听在等鱼朝恩,脸色一变。他左右看看没人,扯着李善德的袖子走到铜匦后头,压低声音道:"良元兄,你怎么会跟鱼朝恩有联系?"

李善德把自己的经历与难处约略一讲,韩承不由得顿足道:"哎呀,你为何不先问问我!这鱼朝恩乃是内廷新崛起的一位貂珰,为人狡诈阴险,最擅贪功,人都做唤他上有鳖。"

"什么意思?"

"就是说他为人如鳖,一口咬住的东西,绝不松嘴。"

"那为何叫上有鳖?"

"宦官嘛,也只能上有鳖,想下有鳖也没办法嘛。"韩承比了个不雅的动作。这些官吏起的绰号啊。

李善德表情一僵,嗫嚅道:"鱼朝恩只说去研究一下,说得好好的今日还来,我才给他看的……"

韩承气道:"那他如今人呢?"

李善德答不出来。韩承恨不得把食指戳进他的脑袋,把里面的汤饼疙瘩搅散一点。

"就算你跟他交际,好歹留上一手啊!如今倒好,他拿了荔枝转运法,为何不照葫芦画瓢,自去岭南取了新鲜荔枝回来?这份功劳,便是宫市副使独得,跟你半点关系也没有了!"

李善德一听,登时慌了:"我昨天先拿去户部、户房、太府寺和兵部,他们都可以证明,这确实是我写的啊!"

韩承无奈地拍了拍他肩膀:"良元兄,论算学你是国手,可这为官之道,你比之蒙童还不如啊——我来问你,你现在能想明白经略使为何追杀你么?"

"啊,呃……"李善德憋了半天,憋出一个答案,"嫉贤妒能?"

"嗐!人家堂堂岭南五管经略使,会嫉妒你吗?何节帅是担心圣人起了疑心,为何李善德能把新鲜荔枝运来,你却不能?是不能还是不愿?岭南山远地偏,这经略使的旗节还能不能放心给你?"

被韩承这么一点破,李善德才露出恍然神情。这一路上他也想过为何会被追杀,却一直不得要领,便抛去脑后了。

韩承恨铁不成钢:"你把新鲜荔枝运来京城,可知道除了何履光之外,还会得罪多少人?那些衙署与何节帅一般心思,你做成了这件事,在圣人眼里,就是他们办事不得力。你那转运法是打他们的脸,人家又怎么会配合你作证呢?"

李善德颓然坐在台阶上,他满脑子都是转运的事,哪里有余力去想这些道道儿。

韩承摇头道:"你若在呈上转运法之时,附上一份谢表,说明此事有岭南经略使着力推动、度支同仁大力支持、太府司、司农寺、尚食局助力良多,你猜鱼朝恩还敢不敢抢你的功——良元兄呐,做官之道,其实就三句话:和光同尘,好处均沾,花花轿子众人齐抬。一个人吃独食,是吃不长久的。"

"那……现在说这个也晚了,如今怎么办?"李善德手脚一阵冰凉。数月辛苦,好不容易要翻过峻岭,这脚下一滑,眼看就要再度掉下深渊。

韩承只是个比部小官,形势看得清楚,能做的却也不多。他思虑许久,也不知该如何破这个局,最终幽幽叹了口气:"要不,你还是赶紧回家,跟嫂子和离吧。"

李善德一口血差点没喷出来,绕了一大圈,又回到原点了。他双眼一酸,委屈的泪水滚滚而下。难道这真是宿命?无论如何挣扎都摆脱不了的宿命?子美老弟啊,你劝我拼死一搏,还不如当初就躺平等死呢。

就在这时,忽然远处一个人影不急不忙朝铜匦走过来。李善德眼睛一亮,莫非是鱼朝恩守了信诺?他再定睛一看,倒确实是个宦官,只是年纪尚小,看服色是最低级的洒扫杂役罢了。

这小宦官走到铜匦钱,左顾右盼,喊了一声:"李大使可在?"

李善德闪身走出来,恹恹应了一声。

小宦官也不多言,说有人托我带件东西给你,然后从怀中取出竹质名刺一枚,递给他,又说了句:"招福寺,申正酉初。"

李善德接过名刺,上头只写了"冯元一"三字,既无乡贯字号,亦无官爵职衔。他还想问个明白,小宦官已经转身走了。

他莫名其妙地站在原地,一头雾水。莫非是鱼朝恩有事不能赴约,叫个小宦官来另约日子?可这种事直说就好,何必打个哑谜?而且干嘛要去招福寺?李善德脑海中闪过一个荒唐的猜测,该不会是鱼朝恩与招福寺的和尚勾结,逼着自己卖掉新宅去还香积贷吧?

韩承翻看了半天,也不知道这个冯元一到底是谁,实在神秘得紧。他劝李善德不要去,事不明说,必有蹊跷,何必去冒那个险。可李善德思忖再三,还是决定去看看,自己已经穷途末路,还能惨到哪里去?

韩承也没有更好的办法,只得叮嘱说万一遇到什么事,千万莫要当场答应,次日与他商量了再说。

招福寺是京城最大的伽蓝之一,位于东城崇义坊西北角,距皇城只有两街之隔。寺门高广,大殿雄阔,但它最著名的,是殿后有一座七层八角琉璃须弥宝塔。这塔身自下而上盘着一条长龙,鳞甲鲜明,须爪精细。晴天日落之时,自塔下仰望,但见晚霞迷离,龙姿矫矫,流光溢彩之间有若活物一般。

于是常有达官贵人刻意选傍晚入寺,到塔下来赏景色,美其名曰"观龙霞"。

李善德放下手中的名刺,朝不远处的塔顶看去。那昂扬向上的龙头,正在夕阳下熠熠生辉。今日的天气不错,霞色殊美,想必一会儿香客离去、寺门关闭之后,便会有贵人单独入寺赏景了——事实上,这是招福寺笼络朝中显贵最重要的手段。

据说此塔修建于贞观初年。当时匠人们开挖地基,却无论如何都打不下去,地中隐有怪声传来。招福寺的一位高僧说,这下方有一条土龙,塔基恰好立在了龙头之上,故而难以下挖。他算定了土龙有一日要翻身,教工匠趁机开挖,果然顺利把地宫建了起来。可惜高僧因为泄露天机,几日后便圆寂了。为了避免再生祸患,招福寺便在塔身外侧加建了一条蟠龙。

李善德知道这传说是瞎话。他翻过工部的营册,这塔是贞观年修的不假,龙却是神龙元年才加的。当时中宗李显与五王联手,逼迫则天女皇交还帝位,从此周唐鼎易,世人皆称为"神龙革命"。招福寺的住持为了讨好皇帝,便搞了这么个拍马屁的工程。当然,长安的善男信女们,可不会去查工部档案,因此香火一直极旺盛。

"哎,都这境地了,还去想别家闲事!"

他重重地拍了一下自己脸颊,低下头去,三筷两筷把眼前的槐叶冷淘干掉。凉津津的面条顺着咽喉滑进胃里,心中烦躁被微微抑住了一点。

那个小官宦说的是"申正酉初"前往招福寺。那会儿已是夜禁,街上不许有行人,只能坊内活动。李善德只好提前赶到崇义坊,选了个客栈住下。不过这附近住宿可真贵,他花了将近半贯钱,只拿到一个靠近溷所的小房间。

眼看时辰将近,他去了招福寺对面,要了一碗素冷淘,边吃边等。可谁知道,李善德眼神一扫到寺门上那一块写着"招福寺"的大匾,便会想起自家的香积贷,又开始算起负债来。

好不容易等到申正酉初,李善德起身走到寺旁的一处偏门,伸手拍了拍门环。过不多时,一个小沙弥打开门来,问他何事。他战战兢兢把冯元一的名刺递过去,也不知该说什么好。小沙弥接过名刺看了眼,莫名其妙。幸亏韩承临走前提醒李善德,必要时可以故弄玄虚一下,李善德便鼓起勇气,冷着声音道:"把这名刺交给此间贵人便是,其他的你不要问。"

小沙弥被这口气吓到了,收下名刺,嘀咕着关门走了。过不多时,偏门"哗啦"一声打开,两人一照面,俱是一怔。开门的居然是熟人,正是和李善德签了香积贷的招福寺典座。

"李监事,你回来啦?我以为你去了岭南呢。"典座的表情有点精彩。

"贵寺功德深厚,福报连绵。在下无以为报,不去岭南怕是只能捐宅供养佛祖了。"李善德淡淡地讥讽了一句。

典座有点尴尬:"咳,先不说这个,就是你给贵人递的名刺?"

李善德点点头。典座不再多说什么,示意他跟着自己,然后转身走进寺中。他们七绕八绕,沿途有四五道卫兵盘问,戒备甚是森严,好不容易才来到了八角琉璃塔下的广场。

此时晚霞绚烂,夕照灿然,整个天空被晕染得直似火烧一般。一个身材颀长的锦袍男子在塔下负手而立,仰望着那龙霞奇景,似乎沉醉其中。旁边一位穿着金襕袈裟的老和尚双手合十,看似闭目修行,实则大气都不敢喘,胸口起伏,憋得很是辛苦。

"卫国公?"

李善德双膝一软,登时就想跪在地上。

# 第 五 章

卫国公杨国忠。

这是自李林甫去世之后,长安城里最让人颤栗的名字。

圣人在兴庆宫里陪贵妃燕游,这位贵妃的族兄就在皇城处理全天下的大事。以至于长安酒肆里流传着一个玩笑,说天宝体制最合儒家之道——内圣外王。圣人在内,而外面那位"王"则不言而喻……

这么一位云端的奢遮大人物，李善德做梦也没想过，会跟自己有什么联系。

今日观龙霞的，居然是他？

李善德脑子里一片混乱。难道是鱼朝恩引荐自己来见杨国忠？但那张名刺上明明写的"冯元一"啊？鱼朝恩何必多此一举？还是说，是右相自己要见我？他又是从哪儿知道我这么个小人物？

杨国忠一直专心欣赏着霞龙，李善德也不敢讲话，站在原地。老住持偶尔瞥他一眼，目光传递出"莫做声"的凶光。

约莫一炷香后，夕阳最后一丝余晖缓缓掠过龙头，遁入夜幕。那龙仿佛也收敛起爪牙，变回凡物。杨国忠缓缓转过头来，手里转着名刺，注视着李善德。

"他说本相今日来招福寺，会有一场机缘，莫非就是你？"

李善德不知该如何答这话，连忙跪下："上林署监事判荔枝使李善德，拜见右相。"

"哦，是那个荔枝使啊。"杨国忠的面孔，似乎微微露出一丝嘲讽，"说吧，找我何事？"

"啊？"

李善德惊慌地抬起头。怎么回事？不是您要见我吗？怎么看这架势，您也不知道？那个叫冯元一的家伙一点提示都没给，只让我来招福寺，还以为都安排好了一切呢。此时韩十四也不在，这，这该如何是好啊？

眼看这位权相的神情越发不妙，李善德只好拼命在心里琢磨，该如何应对才是。他不谙官场套词，也没有急智捷才，只擅长数字……对了，数字！数字！

一想到这个，李善德的思绪总算有了锚，思路逐渐清晰起来。看右相的反应，鱼朝恩应该还没来得及拿转运札子给他，大概还在誊写吧，那可是好大一篇文章呢，光是格眼抄写就得……哎呀，回正题！鱼朝恩既然还没表功，那么我就还有机会！

李善德顾不得斟酌了，脱口而出："下官有一计，可让岭南新鲜荔枝及时运抵长安。"

听到这话，杨国忠终于露出点兴趣："哦？你是如何做到的？"

李善德本想约略讲讲，可面对右相可一点都不能含糊，非得说透彻不可。他环顾左右，看到宝塔旁边的竹林边缘，是一面刚粉刷雪白的影壁，眼睛一亮。

这是招福寺的独门绝技。达官贵人赏完龙霞之后，往往诗兴大发，这片白墙正好用来题壁抒情。而这白壁外侧不是砖，而是一层可以拆卸的木板。贵人题完诗，和尚们就把木板拆下来，移到寺西廊去，用青纱笼起。下次再有别的贵人来，依旧可以在无瑕白壁上题……

"我可以借用这影壁么？"李善德问住持。

住持的腮帮子抽了几抽，双手合十道了句："阿弥陀佛。"

回答虽然含糊，但典座立刻领会了个中无奈，赶紧取来粗笔浓墨。李善德挥起笔来，先在影壁上画出几行词头。

甲。叙荔枝物性易变事。
乙。叙岭南京城驿路事。
丙。叙分枝植瓮之法并盐洗隔水之法。
丁。叙转运路线并替手交驿之法。
戊。叙诸色耗费与程限事。

这"词头"本是指皇帝所发诏书的撮要，没想到李善德也懂得应用。杨国忠对这形式颇觉新鲜，吩咐人拿来一具胡床，就地坐下,背依宝塔,看这小吏表演。

一说起庶务来,李善德便丝毫不怵。他以词头为纲要,侃侃而谈,先谈荔枝转运的现状与困难,再一一摆出治策,配合三次试验详细解说,最后延伸开来,每一项措施所涉衙署、成本核算与转运程限。有时文字不够尽意,还现场画出格眼簿与舆地简图,两下比照,更为直观。

他说得兴奋,只是苦了招福寺的和尚,李善德每说一段,便喊换一块新的白板来。十几页过去,寺里的库存几乎罄尽。好在李善德的演说总算也到了尾声,他最后在影壁上用大笔写了"十一"两个字,敲了敲板面,道:"十一日,若用下官之法,只要十一日,鲜荔枝便可从岭南运至长安,香味不变!"

听到这个结论,杨国忠捋了一下长髯,却没流露出什么情绪。

他身边不乏文士,说起治国大略吹得天花乱坠,好似轻薄的绢帛漫天飞舞;而李善德讲得虽无文采,却像一袋袋沉甸甸的粮食。他原来在西川干屯田起家,后来在朝里做过度支员外郎和太府寺卿,一直跟钱货打交道,对后者其实更有好感。

此人前后谈了那么多数字,若有一丝虚报,便会对不上榫头。可杨国忠整个听下来,道理关合,论证严丝合缝,竟找不出什么破绽,可见都是锤炼出的实数。

他从胡床上站起来,对这个转运法不置一词,只是淡淡问道:"你是敕命的荔枝使,既然想出了法子,自己去做便是,何必说与我知?"

李善德刚要回答,脑子里突然闪过韩承下午教诲的为官之道:"和光同尘,好处均沾,花花轿子众人齐抬。"一霎时福至心灵,悟性大亮,连忙躬身答道:"下官德薄力微,何敢觍颜承此重任。愿献与卫国公,乐见族亲和睦,足慰圣心。"

这一刻,古来谄媚之臣浮现在李善德背后,齐齐鼓掌。

李善德知道。随着转运之法的落实,新鲜荔枝这个大盘子是保不住的。与其被鱼朝恩贪去功劳,还不如直接献给最关键的人物,还能为自己多争取些利益。那个"冯元一"让他来招福寺的用意,想必即在于此。

杨国忠听惯了高端的阿谀奉承,李善德这一段听在耳朵里,笨拙生硬,反倒显出一片赤诚。尤其是"族亲和睦"四字,让杨国忠颇为意动。

他与贵妃的亲情,紧紧连系着圣眷,这是右相最核心的利益,一丝一毫都不能疏忽。新鲜荔枝如果真可以博贵妃一笑,最好是经他之手送去——李善德那一句话,可谓是正搔到痒处。

杨国忠略做思忖,开口道:"本相身兼四十多职,实在分身乏术。这荔枝转运之事,还得委派专人盯着,你可有什么推荐的人选么?"

李善德回道:"宫市副使鱼朝恩,可堪此任。"

杨国忠嘿了一声,这人也不是很傻嘛,居然听出暗示来了。他把玩着手里的名刺,心中已如明镜一般:"好,好,你既然送我这个人情,我也便还你一个。"

李善德诧异地抬起头,不知道他在跟谁说。

杨国忠道:"贵妃六月初一诞辰将至,鱼副使有太多物事要采买,就不给他添负担了。这件事,你有信心能办下来么?"

"只要转运之法能十足贯彻,下官必能在六月初一之前,将荔枝送到您手里。"李善德大声道。他必须努力证明,自己有无可替代的核心价值,才不会在这个大盘中被挤出局。

杨国忠从腰带上解下一块银牌递给他。这牌子四角包金,中间錾刻着"国忠"二字。卫国公本名杨钊,其时天下流传的图谶中有"金刀"二字,他怕引起忌讳,遂请皇帝赐名"国忠",这块银牌即是当时所赐。

李善德接了牌子,又讨问手书,以方便给相关衙署行去文牒。

杨国忠一怔,不由得哈哈大笑:"你拿了我的牌子,还要照章发牒,岂不坏了本相的名声?——流程,是弱者才要遵循的规矩。"

李善德唯唯诺诺,小心地把牌子收好。

其实,杨国忠不给手书,还有一层深意。倘若李善德把事情办砸了,他只消收回银牌,两者之间便没任何关系,没有任何文书留迹,切割得清清楚楚。

李善德想不到那么深,只觉得右相果然知人善用。他忽然想到一事,高兴地补充道:"这次转运,所费不赀。有岭南胡商苏谅愿意报效朝廷,国库不必支出一文,而大事可毕。"

"岭南胡商?瞎胡闹。我大唐富有四海,至于让几个胡人报效么?体面何在!"

李善德有些惊慌:"那些胡商既然有钱,又有意报国,岂不是好事?"

"关于这次转运的钱粮耗费,本相心里有数。"杨国忠不耐烦地摆摆手。

"下官也是为了国计俭省考虑,少出一点是一点……"他想到对苏谅的承诺,不得不硬着头皮坚持。

杨国忠有些不悦,但看在李善德献转运法的分上,多解释了一句:"本相已有一法,既不必动用太府寺的国库,亦无需从圣人的大盈内帑支出。你安心做你的事便是。"

说完他把身子转过去,继续看塔上的蟠龙。李善德知道谈话结束了。

至于那名刺,杨国忠既没有还的意思,也没提到底是谁。

李善德收好银牌,跟着典座朝外走去。走着走着,他忽然发现不对,这似乎不是来时的路。

典座笑道:"外头早已夜禁。这里的禅房虽不轩敞,倒也算洁净,大使何妨暂住一宿?"

招福寺的禅房,可不是寻常人能留宿的,不知得花多少钱。李善德受宠若惊,刚要推辞,典座又从怀中取出一卷佛经:"怕大使夜里无聊,这里有《吉祥经》一卷,持诵便可辟邪远祟。"

听他的意思,似乎不打算收钱?李善德只好跟着典座来到一处禅房。这禅房设在一片桃林之中,屋角还遍植丁香、牡丹与金铃铛草,果然是个清幽肃静的地方。

典座安排完便退走了。李善德躺在禅房里,总有些惴惴不安,随手把《吉祥经》拿来,展开还没来得及读,就有一张纸掉了出来。他捡起一看,竟是自己签的那一轴香积契,从骑缝的那一半画押来看,这是招福寺留底的一份。

"这什么意思?他们不要还了?"李善德先有些发懵,后来终于想明白了。住持亲见杨国忠赐了自己银牌的,自然要略作示好。两百贯对百姓来说,是一世积蓄,对招福寺来说,只是做一次人情的成本罢了。

这一夜,李善德抱着银牌,一直没睡着。他终于体会到,权势的力量竟是这等巨大。

四月二十四日，李善德没回家，一大早便来到了皇城。

他刻意借用了上林署的官廨，召集了兵部驾部、职方两司、太仆寺典厩署以及长安附近诸牧监、户部度支司、仓部、金部、太府寺左藏署等衙署的正职主事们，连上林署的刘署令也都叫来，密密麻麻坐了一圈。

这其中不乏熟人，比如度支派来的那个主事，就是两天前叱退了李善德的老吏。他此时脸色颇不自在，缩在其他人身后，头微微垂下。有右相的银牌在，谁也不敢有半句怨言。

李善德突然觉得很荒谬，他依足了规则，却处处碰壁；而这么一块不在任何官牍里的牌子，却畅行无阻。

难道真如杨国忠所说，流程是弱者才要遵循的规矩？

李善德没时间搞私人恩怨。他直接开门见山，简要地说明了一下情况，然后拿出了数十卷空白的文牒，直接分配任务来。驾部要调集足够多的骑使，以及跟沿途水陆驿站联络；典厩署负责协调全国牧监，就近给所有的驿站调配马匹；户部要协调地方官府，调派徭役白直；太府寺要拨运钱粮补给、马具装备；就连上林署，都分配了调运冰块的庶务。

能想到砍树运果的法子，并不出奇，稍做调研即可发现。转运的精髓与难点，其实是在以此延展出的无数极琐碎、极繁剧的落地事项。整整一个上午，上林署官廨里一直响着李善德的声音。各位主事只有俯首听命的份儿。前日的委屈，今日彻底逆转过来。

抛开内心对这个幸进小人的鄙夷，这些老吏们对李善德的工作思路还是相当钦佩的。

李善德发给他们的，是一系列格眼簿子，里面将每个衙署的职责、物品列表、要求数量、地点、时限都写得清清楚楚，如果有两个衙署需要配合比对，把簿子拿出来，还可以合并成一个，设计得极为巧妙。整个安排下来，流程清楚，职责准确。

大家都是老吏，你是唱得好听还是做得实在，几句就判断出来了。

安排好了大方向，李善德请各位主事畅所欲言，看有无补充。他们见他不是客气，也便大着胆子提出各种意见，有价值的，都被一一补进转运法度里面。连荔枝专用的通行符牒什么样子、过关如何签押都考虑到了。

午间休息的时候，鱼朝恩来找过一次，他拿出札子，交还给李善德，说自己揣摩了一天一夜，可惜才疏学浅，实在读不透，只好归还原主。他讲话时还是那么风度翩翩，言辞恳切，不见一丝嫉恨或不满在脸上。李善德懒得说破，跟他客气了几句，送出门去。

下午又足足讨论了两个时辰，算是最终敲定了荔枝转运的每一个细节，李善德长舒一口气。原来他限于预算与资源，很多想法无法实现，只好绞尽脑汁另辟蹊径。而如今有了朝廷在背后支撑，便不必用什么巧劲了。

以力破巧，因地制宜。总之一句话，疯狂地用资源堆出速度，重现汉和帝"十里一置，五里一堠，奔腾阻险，死者继路"的盛况。

李善德在规划好的那一条荔枝水陆驿道上，配置了大量骑使、驿马、快舟与桨手、纤夫，平均密度达到了惊人的每六十里一换，换人，换马。而且根据道路特点，每一段的配置都不一样。比如江陵至襄州中间的当阳道一带，官道平直，密度便达到了三十里一换；而在大庾岭这一段盘转山路上，则雇请手脚矫健的林邑奴，负瓮取直前行，让骑手提前在山口等候。

当然，如此转运，花费恐怕比之前的预算还高。不过右相说他会解决，李善德便乐得不提。各个衙署的主事们，也都默契地没开口去问，各自默默地先从本署账上把钱垫上……

一切都安排妥当之后，李善德宣布，他会亲自赶去岭南，盯着启运的事。其他人也要即刻动身，分赴各地去催办庶务。所有的准备，必须在五月十九日之前完成，否则……他扫了一眼下面的人群，没有往下说，也不必说。

散会之后，李善德算算时间，连回家的余裕都没有。他托韩承给夫人捎去消息，便连夜骑马出城了。

这一次前往岭南，李善德也算是轻车熟路，只是比上一次行色更为匆匆，更无心观景。他日夜驰骋，不顾疲劳，终于在五月九日再度赶到广州城下。

广州的气候比上一次离开时更加炎热，李善德擦了擦汗水，有些忧心。这边没有存冰，荔枝出发的前两天，在这个温度下挑战可不小。

比天气更热情的，是经略府的态度。这一次，掌书记赵欣宁早早候在城外，他一见李善德抵达，满面笑容，唤来一辆四面垂帘的宽大牛车，车身满布螺钿，说请尊使上车入城，何节帅设宴洗尘。

很显然，岭南朝集使第一时间把银牌的消息传到了。

"皇命在身，私宴先不去了。"李善德淡淡道。一来他不太想见到何履光，二来也确实时辰紧迫。

"也好，也好。何节帅在白云山麓有一处别墅，凉爽清静，正合尊使下榻。"

"还是上次住的馆驿吧，离城里近些，行事方便。"

连吃了两个软钉子，赵欣宁却丝毫不见恼怒。他陪着李善德去了馆驿，选了间上房，还把左右两间的客人都腾了出去。

安排好之后，赵欣宁笑眯眯地表示，何节帅已作出指示，岭南上下一定好好配合尊使，切实做好荔枝运转。李善德也不客气，说麻烦把相关官吏立刻叫来，须得尽早安排。

赵欣宁吩咐手下马上去办，然后从怀里掏出大小两串珍珠额链。珠子圆润剔透，每个都有拇指大小，说是给尊夫人与令媛选的。李善德知道自己不收下，反而容易得罪人，便揣入袖中。

李善德想了想，刚要张嘴问寻找林邑奴尸骸的事，没想到赵欣宁先取出一卷空白的白麻纸，道："大使在铁罗坑遇到的事，广州城都传遍啦。忠仆勇斗大虫，护主而亡，何节帅以下无不嗟叹，全体官员捐资立一块义烈碑。如果大使肯在碑上题几个字，必可使忠魂不致唐捐。"

李善德眼眸一凛，这赵欣宁真是精明得很，他的想法全被算中了。看来他们是打算把铁罗坑的事这么揭过去，拿林邑奴来卖个好。

他本想把麻纸摔开，可一想到林邑奴临死前的模样，心中忽地一痛。那位家奴一世活得不似人，死后更是惨遭虎吻，连骨殖都不知落在山中何处。若能为他竖起一块碑，认真地当成一个人、一个义士来祭奠，想必九泉之下也会瞑目吧。

李善德不擅文辞，拿着毛笔想了半天，最终还是借了杜子美的两句诗："我始为奴仆，几时树功勋。"赵欣宁赞了几句，说等碑文刻好，让大使再去观摩。

李善德牢记韩十四的教诲，拿出一轴早准备好的谢状，请赵欣宁转交何节帅。谢状里骈四俪六写了好长一段，中心意思是没有岭南经略府的全力支持，此事必不能成。荔枝转运若畅，当表何帅首功云云。

赵欣宁闻弦歌而知雅意，在调度人员上面积极起来。半个时辰之后，二十几位官吏便聚齐在馆驿。李善德也没什么废话，把在长安的话又讲了一遍，只不过内容更有针对性。

这里是荔枝原产地，是整个运转计划最关键的一环。如何劈枝，如何护果，如何取竹，如何装瓮，路上如何取溪水降温，必须交代得足够细致。

李善德特别提到，阿僮姑娘的果园，从即日起列为皇庄，一应出产皆供应内廷。这样一来，也算是为阿僮提供一层保护，省得引起一些小人豪强的觊觎。

把工作都安排下去之后，李善德遣散了他们，从案几上端起一杯果茶，润了润冒烟的嗓子。真正操办起，他才发现真是有无数事务要安排，简直应接不暇。这时门口有人传话，说苏谅来了。

一听这名字，李善德一阵头疼。可这事迟早要面对。他拿起笔墨纸砚摆了一阵，觉得不能这么逃避，只好说有请。

苏谅一进门，便放下手里的一个大锦盒，向李善德道喜，看来他也听说了右相银牌之事。

一阵寒暄之后，李善德说："苏老啊，我跟户部那边讲过了。你襄助的一应试验费用，回头报个账，我一并摊入转运钱里，给你补回来。说不定还能给你从朝廷弄一个义商的牌匾，以后市舶司也要忌惮几分。"

李善德见面便主动开列了一堆好处，希望能减缓一点坏消息的冲击。

苏谅何等敏锐，一听便觉得不对劲，皱起眉头道："李大使，此前你我可是有过约定的。莫非有了什么变故么？"

李善德举起杯子，掩饰着自己的尴尬，半天方答道："报效之事，暂且不劳苏老费心，朝廷另有安排。"

"这是为何？"苏谅看着李善德，语气平静得可怕。

事实上，李善德也不知道正确答案，杨国忠没让他管钱粮的事。可这种高层给的私下指示，他又不能明着跟苏老说，迟疑了半天，也没想好怎么解释。

苏谅那张满脸褶皱的面孔，却越发不悦了。

"大使在困顿之时，是小老不吝援手，出资襄助，方才有了今日的局面。莫非大使富贵之后，便忘记贫贱之交了？"

"苏老的恩情，我是一直记在心上的。只是朝廷有朝廷的考量，我一介小吏，人轻言微……"

"人轻言微？你最人轻言微的时候，找小老借钱时怎么不说？"

"这是两码事啊。"

"好，我信你，朝廷有安排，那你争取过没有？"

李善德登时语塞。他确实没有特别努力争取过，因为争取也没用。右相做的决定，谁敢去反对？他憋了半天，讪讪道："荔枝转运我能做主，可钱粮用度却是从另外一条线走,不在我权限之内。"

苏谅气得笑起来:"三杯吐然诺,五岳倒为轻。嘿,大使你是一推五岳倒,吐得干干净净啊。"

李善德面色惭红,手脚越发局促不安:"苏老放心,我的权限之内,还款绝无问题,利息也照给,不让您白忙一场。"

"白忙一场?你知道什么叫白忙一场?"苏谅霍然起身,像只老狮子一样咆哮起来,"小老就因为信任大使你的承诺,整个商团的同仁们早早去做了报效的准备。如今你一句办不了,商团这些准备全都白费了,撒出去的承诺也收不回来了,这里面损失有多大?大使你能想象么?"

李善德确实想象不出来,所以他只能沉默地承受着口水。待得苏谅喷完了,他抬起袖子擦了擦面孔:"朝廷又不是这一次转运,以后每年都有,我会为你争取。"

苏谅冷笑起来:"明年?明年你是不是荔枝使,还不知道呢!你立了大功,拍拍屁股升官去了,倒拿这些来敷衍!"

被他这么数落,李善德心里也忍不住拱起火来:"您先前借我的那两笔,我已用六张通行符牒偿还了。剩下的一千贯,是我欠您的不假,我会请经略府尽快垫付拨还。其他的事情,恕我无能为力。"

望着板起面孔的李善德,苏谅恼悲交加,伸出戴着玉石的食指,点向李善德的额头直抖:"李善德,小老与你虽然做的是买卖,可也算志趣相投。我本当你是好朋友,这次你回来,还计划着请你去给广州港里的各国商人讲讲那些格眼簿子,去海上转转。可你竟,你竟这么跟小老算账⋯⋯"

李善德心中委屈至极,便拿出"国忠"银牌,搁在自己面前一磕:"苏老,此事的根源可不在我⋯⋯"

他的本意,是暗示对方到底是谁从中作梗。可苏谅却误会了,以为他是把杨国忠抬出来吓唬,不由怒道:"大使不能以理服人,所以打算以势压人?"

"不,不是,苏老你误会了。这件事是右相要求的,你说我能怎么办?"

可这句解释听在苏谅耳朵里,根本就是欲盖弥彰。他一甩袖子,怒喝道:"好,好,大使你既如此,看来是小老自作多情了。就此别过!这寿辰礼物,就是丢海里好歹也能听个响!"说完,重新把锦盒抱在手里,转身离去。

李善德这才想起来,今天竟是自己生辰,真亏苏谅还记得。那个老胡商本是喜怒不形于色的老狐狸,这是把他当真朋友,才突然爆发出孩子似的脾气。他一时愧疚交加,有心冲出去再解释几句,可又赶上一堆文牍送到案牍。荔枝运转迫在眉睫,实在不容在这些事情上扯皮,这位荔枝使只能强压下心中不安,心想等事情做完,买一份厚礼去广州港,再设法重修旧好吧。

他又忙了整整一个下午,办起事来却没了之前行云流水的通畅感。李善德发现,他早已把苏谅当成一个朋友,而非商人,闹成这样,实在令他情绪大受打击。

一直到了傍晚时分,李善德才算恢复点精神,因为阿僮过来探望他了,连花狸都带了过来。

花狸一见这房间内铺着柔软的茵毯,立刻跳出阿僮的怀抱,避开李善德的拥抱,径直去了墙角蜷起来,呼呼大睡。

阿僮这次带了两筐新鲜荔枝,居然身后还跟着几个同庄的峒人。他们一见到李善德,就开始哄哄地叫起来,说要喝长安酒。李善德这才想起来,他之前答应过他们，要带些长安城出产的佳酿到岭南来。所以这些人一听说城人回来了，便跑过来讨酒喝。

李善德笑容颇不自然。他这次赶回岭南，日夜兼程，连行李都嫌多，更不可能带酒回来。阿僮见他有些不对劲，拽到一边悄声问道："城人，酒你忘带啦？"

"哎，哎，事务繁忙，真的没空带。"

"我的兰桂芳你也没带？"

"惭愧，惭愧……"

阿僮瞪了他一眼："就交代你一件事，还给忘了！你的记性还不如斑雀呢！我把荔枝带回去了！"她说完，走到峒人们面前，叽叽咕咕地解释。峒人们发出失望的叹息声，可终究没有闹起来。

李善德趁机说我请大家喝广州城里的酒。峒人们一听，也是难得的机会，复又兴奋起来。李善德让驿馆取来几坛波斯酒，拍开坛口，请大家开怀畅饮。这些峒人一边喝着，一边大叫大唱，在房间内外躺了一地。驿馆的掌柜一脸厌恶，可碍于李善德的面子，只得忍气吞声地小心伺候着。

阿僮倚着案几，拿起酒碗一饮而尽，然后斜睨着眼看那个掌柜，对李善德道："瞧，你们城人看我们峒人，就是这种眼神，就好像一条细犬跑到他榻上似的。"

李善德"嗯"了一声，却没答话。手里这醇如琥珀的波斯酒，又让他想起苏谅来。阿僮见他有心事，好奇地问起，李善德便如实说了。

阿僮惊道："原来今天是你生日。"

李善德啜了一口酒，苦笑："五十三了，还像个转蓬似的到处奔波，不得清闲。"

"那你干嘛还要做？"

"很多事情，身不由己哇。就像苏老这事，我固然想践诺，却也无可奈何。"他瞥了眼大睡的花狸："还是你和花狸的生活好，简单明了，没那么多烦恼。"

阿僮从筐里翻出一枚硕大的荔枝："喏，这是今年园子目前结出最大的一枚，我们都叫它丹荔，每年就一枚，据说吃了以后能延年益寿。你今天既然生日，就给你吃吧。"

李善德接过荔枝，有点犹豫："这如今可都是贡品了。"

阿僮一拍他脑袋："园子里多了，不差这一枚。你不吃我送别人去。"

李善德轻轻剥开来，里面现出一丸温香软玉，晶莹剔透，手指一触，颤巍巍的好似脂冻，果然与寻常荔枝不同。他张开嘴，小心翼翼地一整个吞下去，那甘甜的汁水霎时如惊浪一般，拍过齿缝，漫过牙龈，渗入满是阴霾的心神之中，令精神为之一澄。

"谢谢你，阿僮姑娘。"

阿僮不以为然地一摆手："谢什么，好朋友就是这样的。你忘了给我带酒，但我还是愿意给你拿丹荔——那个苏老头真是急性子，怎么不听你解释呢？"

"唉，这件事错在我，而且他的损失也确实大。找机会我再报偿他吧。"李善德拍了拍脑袋，想起了正事，"哎，对了。你的园子，挂的荔枝还够吧？"

"你这人真啰唆，问了几遍了？都留着没摘呢。"阿僮说到这个，仍是气鼓鼓的，"你们城人坏心思就是多，要荔枝就要吧，非要劈下半条枝干。运走一丛，要废掉整整一棵好树呢。"

"我知道，我知道。横竖一年只送去几丛，不影响你园子里的大收成。我会问皇帝给你补偿，好布料随便挑！"

"再不信你了,先把长安酒兑现了再说!"

"呃,快了,快了。眼看这几日即将启运,我一到长安马上给你发。"李善德带着微微的醉意承诺。

他把花狸揽过来,揉着肚子,拨弄着耳朵,听着呼噜呼噜的声音,也不知是打鼾还是舒服。他忍不住腹诽了一句,这样的主子,伺候起来才真是心无芥蒂。

次日李善德酒醒之后,发现阿僮和那一群峒人早已离开,只把花狸剩在他怀里。他想赶紧起身办公,花狸却先一步纵身跃到案几上,一脚把银牌踢到地上去,然后伸出爪子把文书边缘磨得参差不齐。他吓得想要把它抱开,它一回身,居然开始用牙咬起地上的牌子来。

"要说不畏权贵,还得是你呀。"李善德又是无奈又是钦佩,掏出一块鱼干,这才调开了圣主的注意力,把牌子拿回来。

在花狸眼中,右相这块银牌不过是块磨牙石头,可在别人眼睛,却比张天师的请神符还管用。李善德有了它,对全国驿传都可以如臂使指。

这些天里,除了岭南这边紧锣密鼓地忙碌之外,驿站沿线的各种准备工作也陆续铺开。雪片一样的文牍汇总到广州城里,让李善德一天要工作七个时辰才应付得了。他在墙上画了一条横线代表驿路,每一处驿站配置完毕,便划一根竖线在上头。随着五月十九日慢慢逼近,竖线与日俱增,横线开始变得像是一条百足蜈蚣。

五月十三日,赵欣宁又一次来访。这次他没带什么礼品,反而面带神秘。

"尊使可还记得那个波斯商人苏谅?"

李善德心里"咯噔"一下,难道他去经略府闹了?赵欣宁见他面色不豫,微微一笑:"昨日经略府在广州附近查处了一支他旗下的商队,发现他们竟伪造五府通关符牒。"

李善德吃了一惊,在这个节骨眼上,经略府突然提出这个事,是要做什么?赵欣宁淡淡道:"这些胡商伪造符牒不说,还在上头伪造了尊使的名讳,妄称是替荔枝使做事。这样的符牒,居然伪造了五份,当真是胆大包天!"

赵欣宁见李善德脸色阴晴不定,不由笑道:"我知道尊使与那胡商有旧。不过他竟打着你的旗号招摇撞骗,可见根本不念旧谊。尊使不必求情,经略府一定秉公处理。"

李善德总算听明白了,赵欣宁这是来卖好的。他一定是听说苏谅和自己闹翻了,故意去抓五张符牒的把柄,还口口声声说老胡商是冒用荔枝使的名头。这样一来,既替李善德出了气,又把他私卖通行符牒的隐患给消除了。

看来追杀一事,经略府始终惴惴,所以才如此主动地卖个大人情。

"你……你们打算怎么处理他?"李善德有点着急,想赶紧澄清一下。

"市舶司的精锐,已整队前往老胡商的商号,准备连根拔起。"

李善德双眼骤然瞪圆,失态似的抓住赵欣宁双臂:"不可!怎么可以这样!你们不能这么做!"

赵欣宁语重心长道:"尊使,既已闹翻,便不可留手。妇人之仁,后患不绝……"

可他话没说完,李善德已疯了一样冲出馆驿,远远传来他的高喊声:"备马!快备马!我要去广州港!"

赵欣宁望着这妇人之仁的荔枝使,着

实有点无奈。事已至此,你现在去又有什么意义?难道就能挽救苏谅?就算救下来,难道因报效而起的龃龉,便能冰释不成?

可他又不能不管,只好快走几步,喊着说尊使我们同往,我给你带路。

广州一共有三座港口,其中扶胥和屯门为外港,珠江旁的广州城港为内港,乃是有名的通海夷道、港内连帆蔽日,番夷辏辐,水面常年漂浮着几十艘来自外洋三十六国的大船宝舶,极为繁盛。

李善德一路赶到广州港,赵欣宁本以为他要去阻拦对苏谅货栈的查抄,不料他却一口气跑到码头边缘,朝着珠江出海的方向望去。望着望着,李善德一屁股瘫坐在栈桥上,斗大的汗珠从额头沁出来。

恰好市舶司的查抄行动已然结束,负责的伍长把抄收名单交给赵欣宁。他走到李善德面前,把名单递过去:"刚刚收到消息,苏谅的几条大船听到风声,昨天连夜拔锚离港了,这是他们来不及搬走的库存,尊使看有无合意的,笔端上好处理。"

李善德拿过清单看了一遍,先是痛苦地闭上眼睛,然后突又跳起来,揪住赵欣宁的衣襟狂吼:"你们这群自作聪明的蠢材!蠢材!!"

在他的荔枝转运计划里,有一样至关重要的器物——双层瓮。无论是分枝植瓮之法还是盐洗隔水之法,都用得着它。不过这个双层瓮,只有苏谅的船队里才有,别处基本见不到。不是因为难烧,而是因为它的应用范围十分狭窄,平时只是用于海运香料防潮。除了苏谅这样的香料商人,没人会准备这东西。

李善德在拟定计划时,为了节省费用,没有安排工坊烧制,打算直接从苏谅那里采购。即使两人闹翻,李善德还在幻想多付些绢帛给他,弥补报效未成的损失。

现在倒好,经略府贸然对他下手,让局面一下子不可收拾了。

这位老胡商的嗅觉比狐狸还灵敏,一觉察到风声不对,立刻壮士断腕,扬帆出海。更让李善德郁闷的是。苏谅并不知道经略府自作主张,只会认为是李善德想斩草除根。两人之间,再无人情可言。

他知道,李善德的软肋是这双面瓮,没它,荔枝转运便不成,所以在撤离时果断带走了所有的存货——这是对那个背信弃义的小人最好的报复!

听明白个中缘由,赵欣宁的脸色也变得煞白。一个卖人情的动作,反倒把荔枝运转给毁了,这个责任,纵然是他也承担不起。

"那……请广州城的陶匠现烧呢?"

"今天已经五月十三日了,十九日就得出发,根本来不及!"

"全广州卖香料的又不止他苏谅一个,我这去让市舶司联络其他商人,清点所有货栈!"

赵欣宁跌跌撞撞跑开了,李善德望着烟波浩渺的珠江水面,心中泛起的愁苦,怕是连丹荔都化不开。一来是与苏谅这个误会,怕是至死也解不开,二来千算万算,没想到居然在这里出了变数,满口的愁苦无处诉说。

接下来的一整天,广州港所有商栈被市舶司的人翻了个遍,结果只找到两个,还是破损的。赵欣宁这次算是真尽了心,他忙前跑后,居然想到一个补救的办法。

这边的胡商嗜吃牛肉,因此广州城里的聚居区里有专杀牛的屠户,并不受唐律所限。有些奸猾的牛贩子为了多赚些钱,卖牛前故意给牛嘴里灌入大量清水,把胃

156

撑得很大。赵欣宁原本是贩牛出身，对这些市井勾当熟悉得很。他的办法是：取来新鲜牛皱胃，塞入一个单层瓮内，先吹气膨大，内侧用石灰吸去水分，抹一层蜂蜡定形，再将食道口沿坛口一圈胶住，只留一处活口。

需要给外层注水时，只要把活口打开，清水便会流入坛内壁与胃外壁之间的区域。牛胃不会渗水，可以保证内层的干燥，同时也能够透气。这样一番操作下来，勉强可以当做一个双层瓮来使用。

唯一比较麻烦的是，牛胃会随时间推移发生腐烂。即使用石灰处理过，也只能支撑数日，需要更换新的。

李善德对这个办法很不满意。首先它没经过试验，不知对植入瓮中的荔枝枝干有什么影响；其次，三日就要更换一个新胃，还得准备石灰、蜂蜡等备料，这让途中转运的负担变得更加繁重，凭空增加了许多变数。

但他已无余裕去慢慢挑选更好的材料了。走投无路的李善德只得告诉赵欣宁，限一日之内，把所有的瓮具准备出来。而且接下来启运的所有工作，也将交给他来完成。

"我一定尽力办妥，但尊使您要去哪儿？"赵欣宁问。

"我会提前离开广州，摸排线路。"李善德揉着太阳穴，疲惫地回答。

双层瓮的事情出了之后，他意识到，自己不能等到十九日和荔枝转运队一起出发。沿途类似的突发事件有很多，这在文书里是看不出来的，他得提前把驿路走一遍，清查所有的隐患。

李善德现在不敢信任任何人，只能压榨自己。

可他没想到的是，就在即将离开之时，又一个意外发生了。

这一次的麻烦，来自于阿僮。

五月十五日一大早，李善德快马上路。他会先去一趟从化，用眼睛最后确认石门山下的荔枝长势，然后再踏上归路。

可是一到庄子门口，他惊讶地发现，大量的经略府士兵围在园子内外，热火朝天地砍伐着荔枝树。而阿僮和很多峒人则被拦在外圈，惊恐而愤怒地叫喊着。

"这，这是怎么回事？"李善德勒住马头，厉声问道。

现场指挥的，正是赵欣宁。他认出李善德，连忙过来解释说，他们是奉命前来截取荔枝枝节，行掇树术，做转运前的最后准备。

这件事李善德知道，本来就是他安排的。他在第二次抵达岭南之前，曾委托阿僮做了一次试验，如果将荔枝干节提前截下，放在土里温养，等隐隐长出白根毛，再移植入瓮中，存活时间会更长——谓之"掇树之术"。

事实上，这不是什么新鲜发明。广东这边种新荔枝树，早已不是靠埋荔枝核，那样太慢，而是取树间好枝刮去外皮，以牛屎和黄泥封壅，待生出根须之后，再锯断移栽。这正是掇树之术的原理，峒人则称为高枝压条。

"我知道到了行掇树术的日子，但你们为什么砍了这么多？"

李善德愤怒地朝园中观望，只见将近一半的荔枝树都惨遭毒手，粗大的干枝被锯下，残留着半边凄惨的躯干，如同一具具被车裂的遗骸。他记得自己明明规定过，这一次的运量只要十丛荔枝，最多砍十棵树就够了啊。

赵欣宁"呃"了一声，还没回答。那边阿僮已经发现了李善德的踪影，大哭着跑了过来。李善德的印象里，这个姑娘永远是一张开朗爽快的笑脸，这还是第一次见她面露绝望与惶恐，和自己女儿有一年看灯走失时的神情一样。他不禁大为心疼。

"城人，他们欺负我！他们要把我阿爸阿妈种的树都砍掉！"阿僮带着哭腔喊道，嗓子嘶哑。

"放心吧，阿僮，我不会让他们欺负你！"李善德重新把严厉的目光转向赵欣宁："快说！为何不按计划截枝！谁让你们多砍的？"

他从来没这么愤怒过，感觉就像看到自己女儿被人欺负似的。可赵欣宁从怀里取出一轴文书来。李善德展开一看，整个人顿时呆住了。

这是来自京城的文牒，来自于杨国忠本人。李善德正为双层瓮的事忙得晕头转向，这个指示便转去赵欣宁手里。文书内要求：六月初一运抵京城的荔枝数量，要追加到三十丛。

怎么会这样？万事即将具备，怎么上头又改需求？

饶是李善德是个佛祖脾气，也差点破口大骂出来。他杨国忠知不知道，需求数量一变，所有的驿乘编组都得调整，所有的交接人马都得重配，工作量可不是一加一那么简单。

赵欣宁也是一脸无奈。他拉住李善德衣袖，低声道："贵妃娘娘吃到了荔枝，那么她的大姐韩国夫人要不要吃？三姐虢国夫人要不要吃？杨氏诸姐妹哪个都得照顾到，右相就只能来逼迫办事之人，咱们那些倒霉蛋是不怕得罪的。"

"那砍三十丛就够了，何必把整个园子都……"

说到这里，李善德自己先顿住了，赵欣宁苦笑着点了点头。

李善德是做过冰政的人，很了解这个体系的秉性。每到夏日，上头说要一块冰，中间为求安全，会按十块来调拨。下头执行的人为了更安全，总得备出二十块才放心。层层加码，步步增量，至于是否会造成浪费，并没人关心。

所以右相要三十丛荔枝，到了都省就会增加到五十丛，转到经略府，就会变成一百丛，办事的人再打出些余量，至少也会截下两百丛。李善德无法苛责任何人，这与贪腐无关，也与地域无关，而是大唐长久以来的规则。

阿僮看李善德呆在马上，久不出声，急得直跺脚："城人，城人，你快说句话呀！你不是有牌子吗？快拦住他们呀！"

李善德缓缓垂下头，他发现自己的声带几乎麻痹掉了，连带着麻痹掉的，还有那颗衰老疲惫的心脏。

是，右相的命令非常过分，张嘴就要加量，丝毫没考虑到一线办事之人的难处。但那是右相啊，一个小小的荔枝使根本无力抗衡。更何况，如果他现在勒令停止砍伐，那些官吏便会立刻罢手，停下所有的事。届时连转运队伍都无法出发，一切可都完了。

这么复杂的事，他实在没法跟阿僮解释清楚。可少女仍在哀哀地哭号着，双眼一直停在他身上。她打不过那群如狼似虎的城人，只有这一个城人可以相信，可以依靠。

"阿僮啊，你等等。等我从京城回来，一定给你个交代……"李善德的口气近乎恳求。

"城人,你现在不管吗?他们可是要砍阿爸阿妈的树啊!"阿僮瞪大了眼睛,几乎不敢相信。李善德还要开口说什么,她却嘶声叫道:"你还说这里从此是皇庄,没人敢欺负我,难道是骗人的吗?"

李善德心中苦笑。正因为是皇庄,所以内廷要什么东西,就算把地皮刮开也得交出去。他翻身下马,想要安慰她一下,她却一脸警惕地躲开了。

"你骗我!你骗我说给我带长安的酒,你骗我说没人会欺负我!你骗我说只砍十棵树!"阿僮似乎要把整个肺部撕来,浑身的血都涌上面颊,可随即又褪成苍白颜色。

"我本以为你和他们不一样……"

阿僮猛地推开李善德,一言不发地转头走开。她瘦弱的身形摇摇摆摆,像一棵无处遮蔽、被烈风摧残过的小草。

李善德急忙要追过去,却被眼神不善的峒人们阻住了。只见阿僮跌跌撞撞走到园中,走过每一棵残树,唤着阿爸阿妈。待她走到深处一处砍伐现场时,突然从腰间抽出割荔枝的短刀,朝着旁边一个指挥的小吏刺过去。

小吏猝不及防,被她一下捅到了大腿,惊恐地跌倒惨叫起来。其他人一拥而上,把阿僮死死压在地上。刀被扔开,手腕被按住,头被死死压在泥土里,可她却始终没有朝这边再看一眼。

正午的太阳,刚刚爬到了天顶的最高处。没有了荔枝树的荫庇,强烈的阳光倾泻下来,把整个庄子笼罩在一片火狱般的酷热中。李善德的脖颈被晒得微微发痛,他知道,如果不立即继续执行掇树,这些荔枝都将迅速腐坏,让过去几个月的努力彻底成为泡影。而如果自己再不出发,也将赶不及提前检查路线。

他从来没这么厌恶过自己,多审视哪怕一眼,胃部都会翻腾。

坐骑突然发出一声不安的嘶鸣,猛然踢踏了几下,李善德睁开眼,发现是花狸挠了马屁股一下,迅速逃开十几步远。它注视着李善德,脖颈的毛根根竖起,背部弓起,不复从前的慵懒。

"快把她放开!不要为难她。"李善德挥动着手臂。

赵欣宁原地没动,等着他做另外一个决定。

李善德强制自己挪开视线,声音虚弱得像被抽取了魂魄:"计划继续执行……"

他痛苦地闭上眼睛,抖动缰绳,让马匹开始奔跑起来。可这样还不够,他拿起鞭子抽打着马屁股,不断加速,只盼着迅速逃离这一片荔枝林。可无论坐骑跑得有多快,李善德都无可避免地,在自己的良心上发现一处黑迹。

在格眼簿子的图例里,赭点为色变,紫点为香变,朱点为味变。而墨点,则意味着荔枝发生褐变,流出汁水,彻底腐坏。

# 第六章

一匹疲惫的灰色骟马在山路斜斜地跑着,眼前这条浅绿色的山路曲折蜿蜒,像一条垂死的蛇在挣扎。粘腻温热的晨雾弥漫,远方隐约可见一片高大雄浑的苍翠山廓,夸父一般沉默峙立,用威严的目光俯瞰着这只小蚂蚁的动静。

李善德面无表情地抱住马脖子，每隔数息便夹一下马镫。虽然坐骑早已累得无法跑起速度，可他还是尽义务似的定时催动。

自从他离开从化之后，整个人变成了一块石头，滤去了一切情绪，只留下官吏的本能。他每到一处驿站，会第一时间按照章程进行检查，细致、严格、无情，而且绝无通融。待检查事毕，他会立刻跨上马去，前往下一处目标。

他对自己比对驿站更加苛刻，连休息的时间都没有留出，永远是在赶路，经常在马背上晃着晃着昏睡过去，一下摔落在地。待得清醒过来，他会继续上马疾行。仿佛只有沉溺于艰苦的工作中，才能让李善德心无旁骛。

此时他正身在岳州昌江县的东南群山之间。这里是连云山与幕阜山相接之处，地势如屏如插，东南有十八折、黄花尖、下小尖，南有轿顶山、甑盖山、十八盘，光听名字便可知地势如何。

但只要一离开这片山区，便会进入相对平坦的丘陵地带，然后从汨罗江顺流直入洞庭湖，进入长江。这一段水陆转换，是荔枝运转至关重要的一环，李善德检查得格外细致。

他跑着跑着，一座不大的屋舍从眼前的雾气中浮现出来，它没有歇山顶，而是一个斜平顶，两侧出椽，这是驿站的典型特征。李善德看了看驿簿，这里应该叫做黄草驿，是在连云山中的一个山站。

可当他靠近时，却发现这驿站屋门大敞，门前空荡荡的，极为安静。李善德眉头一皱，驱马到了门口，翻身下来，对着屋舍高声喊"敕使至"。

没有任何回应。

李善德推门进去，屋舍里同样也是空荡荡的。无论是前堂、客房、伙房还是停放牲口的侧厩，统统空无一物。他检查了一圈，发现屋舍里只要能搬动的东西都没了，伙房里连一个碗碟都没剩下，只有曲尺柜子后头还散乱地扔着几轴旧簿纸和小木牌。

"逃驿?!"

这个词猛然刺入李善德识海，让他惊得一激灵。

大唐各处驿站的驿务人员——包括驿长和驿丁——都是金派附近的富户与普通良民来做，视同徭役。驿站既要负责官使的迎来送往，也要承担公文邮传，负担很重，薪俸却不高。一旦有什么动荡，这些人便会分了屋舍财货一哄而散，这个驿站就废了。

李善德为了杜绝逃驿，特意在预算里放入一笔贴直钱，用来安抚沿途诸驿的驿长和驿丁。他觉得哪怕层层克扣，分到他们手里怎么也有一半，足可以安定人心了。

他面色凝重地里外转了几圈，真的是屋徒四壁，干净得紧。驿站原存的牛马驴骡，和为了荔枝转运特意配置的健马全被牵光了，刍草、豆饼与挽具也一扫而空。唯一幸存下来的，只有一个石头马槽，槽底留着一条浅浅的脏水。

李善德坐在屋舍的门槛上，展开驿路图，知道这回麻烦大了。哪里发生逃驿不好，偏偏发生在黄草驿。

此地衔接连云、幕阜，山势曲折，无法按照每三十里设置驿所，只能因地制宜。这个黄草驿所在的位置，是远近八十里内唯一能提供水源的地方，一旦它发生逃驿，将在整条线路上撕出一个巨大的缺口。飞骑将不得不多奔驰八十里路，才能更换骑乘和补给。

更麻烦的是，一离开昌江县的山区，就要立刻弃马登舟，进入汨罗江水路。这里耽搁一分，水陆转换就多一分变数。

如今已经是五月二十二日未时，转运队已从岭南出发三日，抵达黄草驿的时间不会晚于五月二十三日午时。

李善德意识到这一点后，急忙奔出屋舍，跨上坐骑。现如今去追究逃驿已无意义，最重要的是把缺口补上。他能想到的唯一办法，就是找到附近的村落，征调也罢，和买也罢，弄几匹马过来。

在山中寻找村落，并非易事，李善德只能离开官道，沿着溪流的方向去寻找。总算皇天不负有心人，他很快便看到了一处山坳的村落，散落着约莫十几栋夯土茅屋。

可村子里和驿舍一样空无一人，没有炊烟，没有狗吠，远处山坡上的田地里，看不到任何牲畜。路旁的狭小菜畦里，野草正疯一样侵压着弱小的菜苗。李善德走进村子，感觉周围几栋土屋那黑乎乎的空洞窗口，像一具具无助的骷髅头在注视着他。

莫非这些村民也逃走了？难道附近有山贼？

李善德无奈地退回到驿站，在屋舍里的柜台翻来翻去，想要找出答案。他打开地上那两根残存的卷轴，一卷是本驿账册，一卷是周邻山川图。他先把账册收起，留作以后查验，然后钻研起地图来。没过多久，李善德抬起头来，深深地吸了一口气。

而今之计，只有一个办法了。

从周邻山川图来看，这黄草驿所在的位置，距离汨罗水的水驿直线距离并不远，两者恰好位于一道险峻山岭的上缘与下麓，道路不通。行旅必须绕行一段叫十八折的曲折山路，才能迂回离开山区。

李善德决定把自己这匹马留在黄草驿，这是匹好马，后来的骑手多一匹马轮换，速度可以提升很多。至于他自己，则徒步穿行下方山岭，直抵汨罗水驿。

孤身一人夜下陌生山岭，这其中的风险，不必多说。可李善德就像存心要糟践自己似的，毫不犹豫便做出了决定。

五月二十二日，子时。

汨罗水驿的值更驿卒打着呵欠，走出门对着江水小解。上头发来文书，要他们早早备好几条轻舟和桨手，将有极紧急的货物路过，所以这几日他们都处于高度紧张状态。

驿卒撒完尿，突然听到身后有奇怪的声音。他回过头去，黑暗中看不清什么，但却可以清楚地听到脚步声。不对，节奏不对，这脚步声里总带着一种拖曳感，似乎有什么东西拖在地上移动，隐约还有低沉的粗喘声，更像是吼叫。

驿卒有点害怕了，他听过往客商讲过灵异故事。据说当年三闾大夫在这江中自尽时，不小心把一条江边饮水的山蛇也拖下去了。三闾大夫从此受渔民供奉，每年有粽子可吃，那条枉死的山蛇却没人理睬，久变怨灵，一到夜里就会把站在江边的人拖进水里吃掉。

莫非这就是山蛇精来了？他害怕极了，刚要转身呼喊伙伴，却看到那黑影一下子扑过来。借着驿头的灯笼，驿卒这才发现，这竟是一个人！

这人一头斑白头发散乱披下，浑身衣袍全是被藤刺划破的口子，袍面沾满了苍耳和灰白色痕迹，那大概是在山石上剐蹭的痕迹。他走起路来一瘸一拐，右腿一直拖在地上，似乎受了很严重的伤。

驿卒稍微放心了些，喝问他是谁。这人勉强从怀里掏出一份敕牒，虚弱地答道："上林署监事判荔枝使李善德，奉命前来……前来查验！"

李善德这次能活着抵达汨罗水驿，绝对是一个奇迹。他从下午走到深夜，穿行于极茂密的灌木与绿林中，复杂多变的山势被这些藤萝遮住了危险，导致他数次因为脚下失误而一口气滚落数十尺，并因此摔伤了右腿脚腕，浑身的血口子更是无数。连李善德自己，都不知道是怎么撑下来的。

如果招福寺的住持知道这件事，一定会说这是因为李施主瞻仰过龙霞、福报缭绕。

李善德简单地查验过水驿之后，立刻登上一条轻舟，唤来三名桨手，交替轮换，毫不停歇地朝着洞庭湖划去。

就长途旅行而言，乘船要比骑马舒服多了。李善德斜靠在船舱里，总算获得一段闲暇时光。他浑身酸疼得要死，只有嘴巴和胳膊还能勉强移动，亟需休养。小舟轻捷地在江水表面滑行着，顺流加上桨划，让它的速度变得惊人。几只夜游的水鸟反应不及，惊慌地拍动翅膀，才算堪堪避开船头。

李善德面无表情地咀嚼着干硬的麦馍，用唯一能动的胳膊从船篷上抽下几根干草，充做算筹，在黑暗中飞速计算着。过不多时，胳膊的动作一僵，似乎算出了什么。

这一次荔枝转运，意料之外的麻烦实在太多了。

之前双面瓮和掇树的纷争，对荔枝保鲜质量都产生了微妙的影响，而黄草驿的逃驿事件和其他一些驿站的失误，对速度也有耽搁。聚沙成塔，集腋成裘，这些大大小小的意外凑在一起，产生的推迟效应十分惊人。

按照原计划，荔枝转运的枝节枯萎，将发生在渡江抵达江陵之时。当地已经准备好了冰块和竹节。飞骑将把荔枝迅速摘下，将用竹箨隔水之法处理，加以冰镇并继续运送。

但刚才的计算表明，因为行程中的种种意外，以及保鲜措施的缩水，枝节枯萎很大可能会提前在进入岳州时发生。而岳州无冰，他们只能用"盐洗隔水之法"坚持到山南东道的江陵，再改换冰镇。岳州到江陵这一段空窗，对荔枝的新鲜程度将是致命打击。

李善德疲惫地闭上眼睛，山岳他可以翻越，但从哪里凭空变出冰块来啊？

这道题，解不开，莫道荔枝运到这里，便是极限了吗？

完了，完了……

在绝望和疲惫交迫之下，李善德的潜意识接管了身体的控制，强行进入睡眠。李善德梦见自己走进一片林中，这里有荔枝树也有桂树，荔枝满枝，桂花一树，甘甜与芬芳交融，令他有些陶陶然。他信手剥开一枚荔枝，却发现里面是一张陌生的男子的面孔，与阿僮有几分相似。他又剥开另外一颗，又是一个陌生女子的面孔。

他吓得把荔枝抛开，攀上桂树高处。那桂树却越来越歪斜，低头一看，一只斑斓猛虎在树下狞笑着抓着树干。李善德正要呼喊求饶，却发现不知何时夫人与女儿也在树头，紧紧抱住自己。女儿号啕大哭着，喊着阿爷阿爷。

本来他以为老虎不会爬树，暂时是安全的。可荔枝树的树根却猛然拱起来，把地面抬得越来越高，猛虎距离树顶越来越近。一瞬间，所有的荔枝都爆裂开来，喷出浓臭的汁水。无数魂魄呼啸而出，把整颗桂树和他们全家都淹没……

他霍然醒来，挣扎着要起身，不防右腿一阵剧痛，整个人"咣当"一声摔到船舱底部。这时桨手进来禀报，已快接近洞庭湖的入江口了，耳边哗哗的水声传来，他竟睡了足足快十二个时辰。

这条轻舟只能在河湖航行，如果要继续横渡长江，需要更换更坚固的江舟。李善德有气无力地"嗯"了一声，还未从噩梦的惊惧中恢复过来。

这噩梦实在离奇，就算是当年长安城最有名的方士张果，怕也解不出此梦寓意。不过随着神智复苏，梦里的细节正飞快地消褪，一如烈日下的冰块。很快李善德便只记得一个模糊画面：那老虎依托着荔枝树根，地面升起，朝着桂树头不断逼近。

等等……李善德突然意识到什么。

冰块，对了，冰块。他想起来昏睡之前的那一个大麻烦。这个问题不解决，他还不如睡死过去不要再醒了。

也许是充足的睡眠让思考恢复了锐利，也许是噩梦带来的并不止是悚然。李善德突然看懂了最后一片残留梦境的真正解法。

桂树没有倒在地上，地面却在逼近桂树。那么，荔枝赶不到冰块所在，那就让冰块去找荔枝！

原来我连做噩梦都在工作啊……李善德顾不得感慨，赶紧拿起舆图，勾算起行程来。只要先赶到江陵，让他们把冰块反方向渡江运到岳州，应该刚刚能和转运队衔接上！

"立刻换舟，我要去江陵！"李善德挣扎着起身，对篷外喊起来。

五月二十四日卯时，一条江舟顺利抵达江陵城外的码头。码头的水手们都好奇地看过来，区区一条长鳅江舟，居然配备了三十个桨手，个个累得汗流浃背。虽说溯流是要配备桨手不假，可这一条小船配三十个，你当这是龙舟啊？

李善德全然不理这些眼光，直奔转运使衙署而去。负责接待他的押舶监事态度恭谨，可一听说要派船把冰块送去岳州，便露出为难神色。

"大使明鉴。驾部发来的公文说得明白，要我等安排人手，把荔枝送去京城。这去岳州方向反了，不符合规定呀。"

李善德没有余裕跟他啰唆："一切都以荔枝转运为最优先。"

押舶监事却不为所动："本衙只奉驾部的公文为是，要不您去问问京城那边？"

"没那个时间，现在我以荔枝使的身份，命令你立刻出发！"

"大使恕罪，但本衙归兵部所管……"

李善德拿出银牌来，狠狠地批到那监事的脸上，登时批得监事血流满面，再一脚把他踹翻在地，自己的伤腿也差点跌倒。

监事有心反抗，可一看牌子上的"国忠"二字，登时不敢言语，只嗫嚅道："可是，可是江上暑热，冰块不堪运啊。"

这点小事，难不住曾主持过冰政的李善德。他亲自来到冰窖门口，吩咐库丁们把四块叠压在一起，再用深井水泼在缝隙处。他一共动用了二十块，合并成五方。这五方搬运上船后，再次叠压，看上去犹如一座冰山似的，用三层稻草苫好。

监事有些心疼地唠叨说，即便如此，送到岳州只怕也剩不了多少了。

李善德不动声色道："我算过了，融剩下的，应该足够荔枝冰镇的量。"

"二十块大冰啊，够整个江陵府用半个

月的,就为了那么一小点用处,这也太浪……"监事还要说,可他看到李善德的冷酷眼神,只得咽下去。

可很快问题又来了。这条运兵船的吃水太深,必须要减重才能入江。

监事吩咐把压仓物都搬出来,可还是不行。

李善德道:"从江陵到岳州是顺水而下,把船帆都去掉。"

众人依言卸下船帆,可吃水线还是迟迟不起。

李善德又道:"既然江帆不用,桅杆也可以去掉了,砍!"

监事"啊"了一声,要表示反对,可李善德瞪了他一眼:"你有什么好办法,尽可以说给右相听。"

于是几个孔武水手上前,把桅杆举斧砍掉,扛了下来。

李善德扫了他们一眼:"这船上多少水手?"

"十五名。"

"减到五名。"

除了五名最老练的水手留下,其他人都下船了,可吃水线还是差一点。

"与行船无关的累赘一律拆掉!"李善德的声音比冰块本身还冷酷。

于是他们拆下了船篷,拆掉了半面甲板,连船头饰物和舷墙都没放过,还扔掉所有的补给。一条上好的江船,几乎被拆成了一个空壳。送完冰块之后,这条船再不可能逆流返回江陵,只能就地拆散。

李善德目送着光秃秃的运冰船朝下游驶去,没有多做停留,继续北上。前面出了这么多状况,他更不敢掉以轻心,非得把整条路都提前走过一遍才踏实。

为了这些荔枝,他已经失去太多,绝不能接受失败。

六月初一,贵妃诞辰当日,辰时。

一骑朝着长安城东侧的春明门疾驰而去。

马匹是从驿站刚刚轮换的健马,皮毛鲜亮,四蹄带劲,跑起来鬃毛和尾巴齐齐飘扬。可它背上的那位骑士却软软趴在鞍子上,脸颊干瘪枯槁,全身都被尘土所覆盖,活像个毫无生命的土俑。一条右腿从马镫上垂下来,无力地来回啷当着。

与其说这是活人,更像是捆在马革上的一具丧尸。

在过去的七日中,李善德完全没有休息。他从骨头缝里榨出最后几丝精力,把从江陵到蓝田的水陆驿站摸排了一遍。今日子时,他连续越过韩公驿、青泥驿、蓝田驿和灞桥驿,先后换了五匹马,最终抵达了长安城东。

马匹快要接近春明门时,李善德勉强撑开糊满眼屎的双眼。短短数日,他的头发已然全白了,活像一捧散乱的颓雪,根根银丝映出来的,是远处一座前所未见的城门。

只见那城楼四角早早挂上了霓纱,寸寸挽着绢花,向八个方向连缀着层叠彩旗。城门正上方用细藤和编筐吊下诸品牡丹,兼以十种杂蕊,眼花缭乱,将城门装点得如仙窟一般。

不只是春明门,全城所有的城门、城内所有的坊市都是这般装点。为了庆祝贵妃诞辰,整个长安城都变成了一片花卉的海洋。要的正是一个万花攒集、千蕊齐放,香馥冲霄,芳华永继,极绚烂之能事。城门尚是如此,可以想象此时那栋花萼相辉楼该是何等雍容华丽。

以往贵妃诞辰，都是在骊山宫中，唯有这一次是在城中。现在这场盛宴，只差最后一样东西，即可完美无瑕。

在距离春明门还有一里出头的距离，李善德的身子突然晃了晃。他的力量已是涓埃不剩，毫无挣扎地从马背上跌落下去，重重摔在一块露出泥土的青岩旁边。

李善德迷茫地看向身下，发现那不是一块青岩，而是一块劣质石碑。碑上满是青苔和裂缝，字迹漫漶不清。他再向四周看去，发现自己置身于一片矮丘的边缘。坡面野草萋萋，灰褐色的砂土与青石块各半。矮丘之间有很多深浅不一的小坑，坑中不是薄棺便是碎碑，偶尔还可以看到白森森的骨头。几条野狗蹲在不远处的丘顶，墨绿色的双眼朝这里望来。

李善德认出来了，这是上好坊啊，这是杜子美曾经游荡过的上好坊，长安附近的乱葬岗。这里和不远处的春明门相比，简直就是无间地狱与极乐净土的区别。

李善德没有急切地逃离这里。他有一种强烈的感觉，也许这里才是自己最终的归宿。

"杜子美啊杜子美，没想到我也来啦。"

李善德蠕动了一下嘴唇，不知那个独眼老兵还在不在。他想站起来，那条右腿却一点也不争气。它在奔波中没有得到及时的救治，基本上算是废了。他索性瘫坐在石碑旁，让身躯紧紧倚靠着碑面。上好坊的地势很高，从这个角度看过去，春明门与长安大道尽收眼底。

理论上，现在荔枝转运应该快要冲过灞桥驿了吧？在那里，几十名最老练的骑手和最精锐的马匹已做好了准备，他们一接到荔枝，便会放足狂奔，沿着笔直的大道跑上二十五里，直入春明门，送入邻近的兴庆宫内去。

当然，这只是计算的结果。究竟现在荔枝是什么状况，能不能及时送到，李善德也不知道。

能做的，他都已经做完了。接下来的，只剩下等待。

他吃力地从怀里拿出一轴泛黄的文卷，就这么靠着石碑，入神地看起来，如老僧入定，如翁仲石像。大约在午正时分，耳膜忽然鼓动起来，有隆隆的马蹄声由远及近。李善德缓缓放下纸卷，转动脖颈，浑浊的瞳孔中映出了东方大道尽头的一个小黑点。

那个小黑点跑得实在太快，无论是马蹄掀起的烟尘、天顶抛洒下的阳光还是李善德的视线，都无法追上它的速度。转瞬之间，黑点已冲到了春明门前。

一骑，只有一骑。

骑手正弓着脊背，全力奔驰。马背上用细藤筐装着两口鼓瓮，瓮的外侧沾着星星点点的污渍，与马身上的明亮辔头形成鲜明对比。

李善德数得没错，只有一骑，两坛。

后面的大道空荡荡的，再没有其他骑手跟上来。

从岭南到长安之间的漫长驿路中，九成九的荔枝因为各种原因中途损毁了。从化出发的浩浩荡荡的队伍，最终抵达长安的，只有区区一骑、两坛。坛内应该摆放着各种竹节，节内塞满了荔枝。

至于荔枝到底是什么状态，就只能听天由命了。

飞骑没有在李善德的视野里停留太久，它一口气跑到了春明门前。春明门的守军早已做好了准备，二十面开城鼓同时擂响，平时绝不同时开启的两扇城门，罕有地一起向两侧让开。

在盛大的鼓声中，飞骑毫不减速地一头扎进城门洞子。与此同时，城内更远处也传来鼓声。一阵比一阵更远，一浪比一浪更高，似乎兴庆宫前的城门、宫门、殿门正在次第敞开，迎接贵客的到来。

没过多久，一阵悠扬的钟声也加入这场合奏，那是招福寺的大钟，这种事他们可是从不落人后的。随后钟鼓齐鸣，交相喧鸣，所有的庙宇、道观，所有的坊市都加入庆祝行列，整个城市陷入喜庆的狂欢。

李善德低下头，依靠着上好坊的残碑，继续专心读着眼前的纸卷。他的魂魄已在漫长的跋涉中磨蚀一空，失去了对城墙内侧那个绮丽世界的全部想象。

"良元，这次你做得不错。"

杨国忠轻轻挥动月杆，把一只马球击出两丈远，正中一座描金绣墩。

李善德跪在下首，默然伏地一拜，幞头边露出几缕白发。在右腿旁边，还搁着一把粗劣的藤拐杖，与金碧辉煌的内饰格格不入。这里是右相在宣阳坊的私宅，内中之豪奢难以描述。有资格来这里叙职的官员，在朝中不会超过二十个。

"你是没见到，贵妃娘娘看到荔枝送到时，脸上笑得有多开心。全国送来的寿辰贺礼，都被这小小的一枚荔枝给比下去了。"

李善德依旧没言语。

"要说那荔枝的味道，我吃了一枚，就那么回事儿吧，不算太新鲜。不过圣人看中的是心意，贵妃娘娘高兴，他也就心满意足了。"杨国忠放下月杆，用汗巾子擦擦额头，"以后这鲜荔枝怕是要办为每年的常例了，你得多用心。"

这一次，李善德没有躬身应诺，而是沙哑着嗓子道："下官可否斗胆问一件事？"

杨国忠笑了笑："放心好了，荔枝使还是你的。不过你本官品级确实太低，回头我让吏部把你挂到驾部去，先在六品过渡一下，借绯、赐鱼袋不会少了你的。"

李善德道："下官问的，不是这个。"

杨国忠一怔，难道这家伙是要讨赏么？他忽然想起，招福寺的住持有意无意提过，说免去了李善德的香积贷，忍不住嗤笑一声，真是改不了的穷酸命。

杨国忠正要开口，李善德已说道："荔枝转运，糜费非小。虽说右相曾言钱粮不必下官劳心，可始终有些惶恐。可否解惑一二？"

对这个要求，杨国忠倒是很能理解。他也是财货出身，知道整天与数字打交道的人，如果搞不清哪怕一文钱的账目走向，浑身都难受。何况……这也算是他的一个得意妙手，不说给懂行的人显摆一下，未免有锦衣夜行之憾。

"反正日后也要你来管，不妨现在说说好了。"杨国忠背起手来，缓缓踱步，"荔枝转运的费用，其实是颇有为难的。从太府寺的藏署并不合适，国用虽丰，自有法度，总要量入为出；而从内帑大盈库里拿，等于是从圣人的锦袋里掏钱，也不是不行，但咱们做臣子的，非但不为陛下分忧，反而去讨债，不是为臣之道。"

李善德的姿势一动不动，听得十分专注。

"所以在你奔忙转运之时，中书门下也发下一道牒文：要求沿途的都亭驿馆，所领长行宽延半年；附地的诸等农户，按丁口加派白直庸，准以荔枝钱折免。"

换了旁人，只怕要一头雾水，李善德却听得明明白白。

各地驿站的日常维持经费，都是驿户

自己先行垫付。每三个月计账一次，户部按账予以报销，谓之"请长行"。长行宽延半年，意味着驿户要多垫付整整六个月的驿站开销，朝廷才会返还钱粮。这样操作下来，政事堂的账上便平白多了一大笔延付的账。

至于驿站附近的农户，他们在负担日常的租庸之外，突然要再服一期额外的白直徭役，没人愿意。没关系，那么只消缴纳两贯荔枝钱，便可免除这个劳役。

"如此一来，国库、内帑两便，不劳一文而转运饶足，岂不是比你那个找商人报效的法子更好？"

杨国忠话音刚落，李善德已脱口而出："下官适才磨算一下。荔枝转运路程四千六百里，所涉水陆驿站总计一百五十三处，每驿月均用度该四十贯，半年计有三万六千七百二十贯；每站附户按四十计，一共有六千一百二十户，丁口约万人，荔枝钱总有两万贯上下。合计五万六千七百二十贯。"

"好快的算计。"杨国忠眼睛一亮。

李善德又道："本次荔枝转运，总计花费三万一千零二十贯，尚有两万五千七百贯结余。"

杨国忠脸色猛地一沉："怎么？你是说本相贪黩？"

"不敢，只想知道去向。"

"哼，自然是入了大盈库，为圣人报忠。"

李善德钦佩道："下官浅陋驽钝，只想要怎么找圣人要钱；您事情做完，居然还帮圣人赚了钱，还是右相有手段。"

这恭维话，杨国忠听着总有点不自在。这老吏太不会讲话，难怪在九品蹉跎了二十多年。他将了捋胡髯，决定在他说出更难听的话之前，中止这次会面。

不料李善德从怀里拿出一卷泛黄的纸卷，恭敬地搁在膝前的毯子上，肩膀一松，似乎刚刚做出一个重大决定。

杨国忠嘴角一抽，不会吧？你一个明算及第的老吏，难道也想学人家投献诗作？

李善德把纸卷徐徐展开，里面不是诗句，涂满了数字与书法拙劣的字迹。

"启禀右相，这是昌江县黄草驿的账册。他们在荔枝转运期间发生逃驿，下官只收得账册回来。"

"这种小事交给兵部处理，该惩戒惩戒，该追比追比，你拿给本相做什么？"

"右相难道不好奇，他们为何逃驿？为何附近村落也空无一人？"

李善德见杨国忠保持着沉默，翻开一页，自顾说起来："这账册上记得颇为清楚。黄草驿每月用度三十六贯四百钱，由附户二十七户分摊，每户摊得一贯三百四十八文。长行宽限半年，等若每户平白多缴八贯，再加上折免荔枝钱，每户又是一贯五百钱。"

他的声音不知不觉高了起来："这些农户俱是三等贫户，每年常例租庸调已苦不堪言。下官去找到的那个村落，家无余米，人无蔽衫，连扇像样的屋门板都没有。如今平白每户多了九贯五百钱的负累。让驿长如何不逃？让村落如何不散？"

杨国忠愕然地瞪着他，没料到这小官居然会这么说……不，是居然敢这么说。

"原本我在预算里，特意做进了贴直钱，给驿户予以补贴。没想到您妙手一翻，竟又从中赚得钱来。内帑固然丰盈，这驿户的生死，您就不顾了么？"

"哼，只是个例罢了，又不是个个都逃。李善德，你到底想表达什么？"

"右相可知道。为了将这两坛新鲜荔枝

送到长安城，在从化要砍毁多少成树？三十亩果园，两年全毁。一棵荔枝树要长二十年，只因为京城贵人们吃得一口鲜，便要受斧斤之斫。还有多少骑手奔劳涉险，多少牧监马匹横死，多少江河桨橹折断，又有多少人为之丧命？"

杨国忠的表情越发不自然了，他强压着怒气喝道："好了，你不要说了！"

"不，下官必须得说明白，不然右相还沉浸其中，不知其理！"李善德弓着身子，压抑了二十多年的能量，从瘦弱的身躯里爆发出来，令得堂堂卫国公一时都不能动弹。

"右相适才说，不劳一文而转运饶足，下官以为大谬！天下钱粮皆有定数，不支于国库，不取于内帑，那么从何而来？只能从黄草驿馆、从化荔园榨取，从沿途附户身上征派。取之于民，用之于上，又谈何不劳一文？"

"你！你疯了！"杨国忠挥起月杆，狠狠砸在了李善德的头上，登时打出一条深深的血痕。

李善德不避不让，目光炯炯："为相者，该当协理阴阳，权衡万事。荔枝与国家，不知相公心中到底是如何权衡，圣人心中，又觉得孰轻孰重？"

月杆再次挥动，重重地砸在李善德的胸口。他仰面倒了下去，口中喷出一口血来。

"滚！滚出去！"杨国忠手持月杆，青筋绽起，眼角赤红，感觉连呼吸都是烫的。多少年来，还是第一次有人敢当着他的面这么说，这老头子简直是魔怔了。连他自己都没觉察到，这股怒意不甚精纯，其中还夹杂着丝丝缕缕说不清的情绪，也许是恼羞，也许是畏惧，也许还有一点点惊慌。

李善德勉强从茵毯上爬起来，先施一礼，把银牌拿出放在面前，然后挂起拐杖，一瘸一拐离开了金碧辉煌的内堂，离开这间"栋宇之盛，两都莫二"的偌大杨府，离开宣阳坊，朝着自己家的方向蹒跚而去……

两日之后，韩承与杜甫忽然被李善德叫出去西市喝酒，还是那一家酒肆，还是那一个胡姬，只是酒味浓烈了许多。因为人人都知道，京城出了个能人，有两副神行甲马，能把新鲜荔枝从几千里之外一夜运到京城。贵妃闻之，笑得明艳无俦。

他们本以为李善德是为庆贺升官，谁知他把自己与杨国忠的对话讲了一遍。听完之后，两个人俱是大惊失色。

韩十四颤声道："我说怎么这两天弹劾你文书变多了。本以为树大招风，引来嫉妒而已，没想到却是你开罪了右相……"

杜甫不解道："良元兄立下大功，能有什么罪过被弹劾？"

"岭南朝集使弹劾你私授符牒，勾结奸商；兰台那边弹劾你贪黩坐赃，暴虐奴仆；户部也收到地方投诉，说你强开冰库，巧取豪夺——就连我们比部，都受命要去勾检你从上林署预支三十贯驿使钱的事。"韩承掰着手指头，一样样数过来。

杜甫露出难以置信的表情，他心思单纯，可没想到那些人会巧立出这么多罪名来。

李善德反倒极为平静："我这几日好好陪了陪家人，物什也都收拾好了，自辩表也写好了，只待他们上门拿人了。这次叫两位来喝酒，一来是感谢平日照顾提点之恩，二来是代我照顾下家人。"

杜甫激愤难耐，从席间站起来："良元兄，你为民说言，仗义直谏，何罪之有？

我去上书,跟圣人说去!"

韩承一把将他拽回去:"老杜啊,别激动,你只是个兵曹录事参军,不是拾遗啊,哪来的权限……"

杜甫反复起坐数次,显然内心澎湃至极。韩承劝住了这边,又看向李善德:"可我还是不明白。良元兄你这么多年,汲汲于京城置业,眼看多年夙愿得偿,怎么却自毁前途呢?"

李善德拿起酒杯,玩味地朝着廊外檐角望去,那里挂着一角湛蓝色的天空,颜色与岭南无异。

"我原本以为,把荔枝平安送到京城,从此仕途无量,应该会很开心。可我跑完这一路下来,却发现越接近成功,我的朋友就越少,内心就越愧疚。我本想和从前一样,苟且隐忍一下,也许很快就习惯了。可是我六月初一那天,靠在上好坊的残碑旁,看着那荔枝送进春明门时,发现自己竟一点都不高兴,只有满心的厌恶。那一刻,我忽然明悟了,有些冲动是苟且不了的,有些心思是藏不住的。"

"我给你们讲过那个林邑奴的故事吧?他一世被当做牲畜,拼死一搏,赚得作为一个人的尊严。我其实很羡慕他。我在京城憋屈了二十多年,如老犬疲骡,汲汲营营。我今年五十三岁了,到底憋不住,也是时候争取一下自己想要的生活了。子美,你那一组《前出塞》,第二首固然不错,但我现在还是喜欢最后一首多些。"

他拍着案几,漫声吟道:"从军十年余,能无分寸功。众人贵苟得,欲语羞雷同。中原有斗争,况在狄与戎。丈夫四方志,安可辞固穷。"最后两句,重复了数次,拍得酒壶里的酒都洒了出来。

对面两人一阵沉默。

杜甫忽然开口道:"这次若是良元兄事发,有司会判什么结果?"

韩承沉思片刻,艰涩开口:"这个很难讲,要看右相的愤恨到什么地步了。他有心放过,罚俸便够了,若一心要找回面子,五刑避四也不奇怪。"

唐律计有五刑:笞、杖、徒、流、死。韩承说五刑避四,其意不言而喻。

李善德大笑,神意舒展:"今日不说这个,来喝酒,来喝酒。对了,我还有一件小事要拜托。"说完他从腰间拿出一个绣囊,掷到桌上,听声响里面似有不少珠子。

"这是海外产的贝珠额链,你们两位拿着,空闲时帮我买些长安的好酒,尤其是兰桂芳,多买几坛,看是否有机会运去岭南。"

两人如何听不出这是托孤,正待闷闷举杯,忽然酒肆外进来一人。李善德定睛一看,竟是当初替冯元一传话的那个小宦官。

小宦官走到李善德案前,仍是面无表情:"今日未正,金明门。"然后转身离开。

三人面面相觑,不知道这又是哪一出。金明门乃是兴庆宫西南的宫门,墙垣之上即是花萼相辉楼,这是要做什么?

李善德虽一头雾水,却不敢不信。上一次这"冯元一"让他去招福寺,结果赚得了杨国忠的信任,荔枝转运这才得以落地,这一次不知又安排了什么目的。

杜甫担心道:"会不会是右相的圈套?"

韩承却说:"右相想弄死良元兄,只怕比碾死蚂蚁还容易,用得着这么陷害么?"

两人对视一眼,不约而同地一拍案几,对李善德道:"我们陪你去!"

算算时辰,如今差不多未初快过了。三人结了酒钱,匆匆朝金明门赶去。上一次是招福寺招待卫国公观霞龙,被李善德撞见，这次金明门附近应该也有什么活动，与他密切相关。

韩承与杜甫左右各一打听，发现这里今日居然有观民之仪。

所谓"观民"，是说圣人每月都会登上勤政务本楼与花萼相辉楼，向下俯观，取个体悯良庶、与民同乐之意。而聚在楼下的百姓，虽然要一直保持叩拜，但趁身子抬起的瞬间，也能偷偷瞻仰一下龙颜。

今日轮到圣人登花萼相辉楼，百姓们都在金明门前聚齐，人头攒动，少说也有千人之数。可三人仍是不解，"冯元一"的意思难道是直接叩阙面圣？怎么可能？观民之时，禁卫戒备最为森严，根本连墙垣都无法靠近。何况圣人高居楼顶，你在下面喊什么，也难及圣听。

未正时分很快就到了，禁卫开始出面维持秩序。他们三个人都是有官身的，自然不会同百姓挤在一起，而是被安排在最前面一排，跟其他小官员聚在一块。放眼望去，一片青绿袍衫。

六品以上的官员，有的是机会近睹龙颜，不必跑这里来。只有七品以下的，才会借这个机会搏一搏存在感，说不定圣人独具慧眼，就把自己挑中了呢。

等了约莫一炷香的时间，花萼相辉楼上开始有人影出现。禁军的呼喝连成一片，在场百姓纷纷跪伏，以额贴地。禁军对官员们的要求稍微松一些，这里不是朝会，只须立行大礼即可。

李善德行罢了礼，仰起头来，看到花萼相辉楼的最高一层，有一男一女凭栏而立。距离太远，看不清面容，但从衣着和周围侍者的态度来看，应该就是圣人和贵妃。

他的心脏跳得比刚才快了一些。这是李善德第一次亲眼见到这对全天下最著名的伉俪。

圣人与贵妃恩爱得很，两人并肩俯瞰，不时朝下面指指点点，意趣颇足。这时有第三个人影靠近，身材有些肥胖，手里还拿持一柄拂尘，肯定是个宦官。这宦官到了两人面前，朝下面一指，李善德突然发现，他指的方向正是自己，而贵妃的视线，也随之看过来。

他连忙垂下头，不敢以目光相接。

楼上三人嘀嘀咕咕，也不知说些什么。过不多时，忽然有使者从楼上奔至城头，用嘹亮的嗓门喊道："赏嘉庆坊绿李一篮！"

百姓们和官员们的队伍一时有些散乱。嘉庆坊远在洛阳，那里出产的绿李极为鲜嫩。虽不及荔枝出名，京中能吃到的人，也不算多。圣人居然在观民时发下赏赐，不知是哪个幸运儿能拿到。

使者将篮子从城头垂吊下来，由禁军小校径直送到李善德面前。周围的官员无不面露羡慕与嫉妒，还有人在打听这人到底是谁，竟蒙圣人御赐水果。

一直到观民之礼结束，众人散去之后，再没发生过其他怪事。李善德站在街头提着果篮，有点哭笑不得，那冯元一就为了给他发点水果？可他看向韩十四，却发现对方双目放光，连连拍着自己肩膀。

"怎么回事？"

"良元兄，这次你可以放心了！"

"别卖关子了，到底怎么回事？"杜甫比李善德还急切。

"嘿嘿，我竟忘了是他。"韩承不肯当众打破这盘中哑谜，扯着两人到了一处僻静的茶棚下。他丢出三枚铜钱，唤老妪用井水把李子洗净，拿起来咔嚓一咬，绵软酸甜，极解暑气。

其他两个人哪有心思吃李子，都望着他。韩承笑道："我来问你，这个冯元一之前让良元兄去招福寺，目的是什么？"

"阻止鱼朝恩抢功，保下荔枝转运的差遣。"

"良元兄与他素昧平生，他却出手指点，为的是什么？或者说，他能从中得到什么？"

两人陷入沉思，李善德迟疑道："让鱼朝恩吃瘪？"

韩承一拍茶案："不错！鱼朝恩近年来蹿升很快，颇得青睐，你看这次贵妃诞辰，正是由他出任宫市副使，难免会有人看着不顺眼。"

"可宫里那么多……"

"你们别忘了。这人只用一个名字，就让杨国忠迫使自己副使吐出功劳，面子极大。这样的人，在宫里能有几个？"

李善德回想起今日在花萼相辉楼上看到的第三人，不由得"啊"了一声，原来竟是他？

杜甫很快也反应过来了，可仍是不解："他就为了拦一下鱼朝恩？"

"荔枝转运这个功劳，右相自己，都要忍不住拿过去，遑论别人……"韩承说到这里，忽然眉头一皱，细思片刻，神情一变。

"不对！荔枝这事，也许最早就是从他那里来！"

李善德与杜甫对视一眼，都很迷惑。

韩承懊恼地猛拍自己脑袋，说："真是的，我怎么连这么大的事都忘了！早想起来，良元兄便不必吃这么多苦了！"

"到底怎么了？"

"他本来可不姓高，而是姓冯，籍贯是岭南潘州，入宫后才改的名字。"

这一下子，惊醒了其他两人。那个人名气太大，很少有人知道这段过往，只有韩承这种人才会感兴趣。原来，他竟也是岭南人。

难怪圣人特别言明一定要岭南出产的荔枝，源头竟在这里。大概是他向贵妃夸口家乡荔枝如何可口，才有了后面这一堆麻烦。

李善德随即把花萼相辉楼上的情形描述了一番，韩承忍不住击节赞叹："高明！真是高明！"

"我听说他名声很是忠厚。把良元叫来金明门前，大概是念在如此拼命的分上，略做回护吧？"杜甫猜测。

"也对，也不对。"韩承又拿起一枚李子，"他把良元兄叫过来，只为了能在贵妃耳畔点一句：楼下那人，就是把新鲜荔枝办来长安的小官。如此一来，圣人和贵妃便知道了，原来这人是他安排的。"

说到这里，韩承满脸笑容地冲李善德一拱手："但无论如何，良元兄的量刑一定会被削薄数层，不必担心有斧钺之危了。御赐的这一篮子水果，虽不是什么紫衣金绶，可也比大唐律厉害多了。"

"为什么？"

"圣人刚打赏过的官员，你们转头就说他该判斩刑？是暗讽圣人识人不明么？"

李善德震惊得半天没说话，这其中的弯弯绕绕，真是比荔枝转运还复杂。那一位的手段好高明，两次模糊不清的传话，一次远远的手指，便在不得罪右相的情况下揽走一部分功劳，又打压了鱼朝恩，至于救下自己，不过是顺手而为——用招之高妙，当真如羚羊挂角，全无痕迹。

能在圣人身边服侍这么久仍圣眷无衰，果然是有理由的。

李善德心中略感轻松，可又"嘿"了

一声。当初贵妃要吃新鲜荔枝，所有人都装聋作哑，一推二送，一直到自己豁出性命试出转运之法，各路神仙这才纷纷下凡，也真是现实得很。

他奔忙一场，那些人若心存歹意，己死无葬身之地；若尚念一份人情，抬手也便救了。生死与否，皆操于那些神仙，自己可是没有半点掌握，直如柳絮浮萍。

这种极其荒谬的感觉，让他忍不住生出比奔走驿路更深的疲惫。此事起于贵妃一句无心感叹，终于贵妃的一声轻笑。自始至终，大家都在围着贵妃极力兜转，眼中不及其余。至于朝廷法度，就像是个蹩脚的龟兹乐班，远远地隔着一层薄纱，为这盛大的胡旋舞做着伴奏。

李善德摇了摇头，拿起一枚李子奋力咬下去。他运气不太好，篮中这一枚还没熟透，满嘴都是酸涩味道。

三日之后，朝廷终于宣布了对他的判决："贪赃上林署公廨本钱三十贯，杖二十，全家长流岭南。"

明眼人能看出来，这个判决实在颇具匠心。所有涉及到荔枝转运的弹劾罪状，一概不提，只拿一个贪赃差旅驿钱的罪名出来。若依唐律，贪赃区区三十贯竟要全家长流，判决明显偏重；若依右相心情，判决又明显偏轻，可见是经过了一番博弈，各有妥协。

一个因从岭南运荔枝而犯事的官员，居然被判处长流岭南。招福寺的大师在一次法会上说此系因果循环、报应不爽，唯有恭勤敬佛，方可跳出轮回云云。

李善德一家，就这样彻底告别长安城的似锦繁华。这在上林署那些同僚的眼里，只怕比死还痛苦。

"那个蠢狍子，放着京城的清福不享，去了那种瘴气弥漫的鬼地方，明年他就会后悔的。"刘署令恨恨地评论道。

李善德自己倒是淡定得很，能避开杀头就算很幸运了，不必奢求更多。他把归义坊那间还没机会住的宅子卖掉，买了一辆二手牛车，还换了一批耐放的酒。在六月底的一个清晨，他带着夫人孩子，平静地从延兴门离开。

全城没人知道这一家人的离去，只有韩十四和杜甫前去灞桥告别。

"子美，你的诗助我良多，要继续这样写下去啊，未来说不定能有大成。"李善德谆谆叮嘱道。

杜甫泣不成声，挽起袖子要给他写一篇送别，李善德却把他拦住了。

"我不懂诗，给我浪费了。下次韩十四回江东老家的时候，你给他写好了。"

"莫咒人啊。长安城这么舒服，我韩十四可不要离开。"韩承笑道。

辞别二人，李善德一家坐着牛车缓缓上路。从京城到岭南的这条路，他实在是熟极而流。但这一次，他还是第一次有闲暇慢慢欣赏沿途的景致。一家人走走停停，足足花了四个月时间，才算是抵达岭南。

岭南这个地方流放的官员实在太多，没人关注这个从九品的落魄小官。赵欣宁把他判去了从化幽居，并暗示说这是朝里某位大人物的授意。

一转眼，就是一年过去。
"李家大嫂，来喝荔枝酒啦。"
阿僮甜甜地喊了一声，把肩上的竹筒往田头一放。李夫人取出两个木碗，旋开筒盖，汩汩的醇液很快便与碗边平齐。

阿僮从怀里又取出两个黄枇，递给李

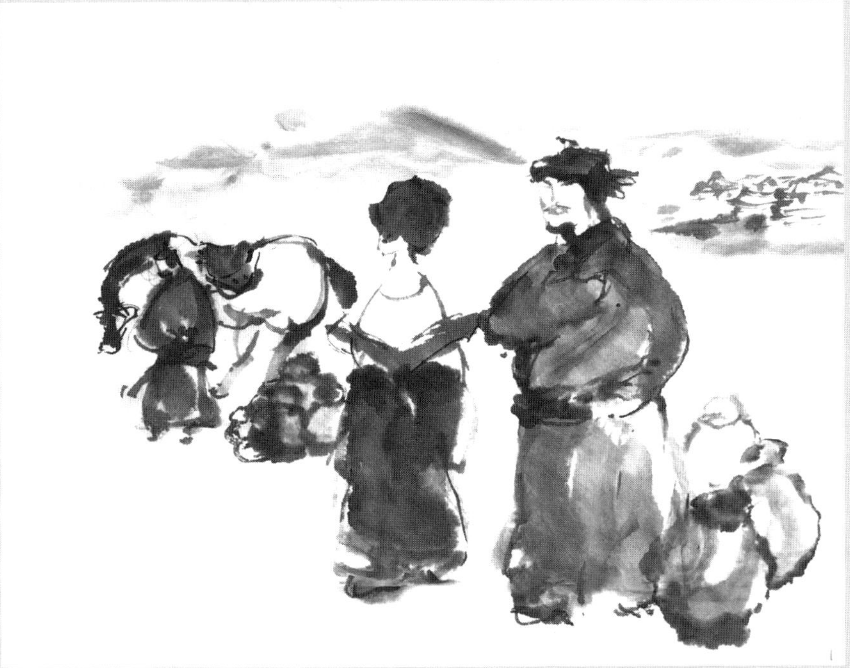

夫人身旁的小女孩。小女孩不去接黄枇，却过去一把抱住她肩上的花狸，揉它的肚皮。花狸有些不太情愿，但也没伸出爪子，只是嘴里哼哼了几声。

远处的林田里，一个人影正挥汗如雨地搅拌着沤好的粪肥，虽然他一条腿是瘸的，干劲却十足。他正要把肥料壅埋到每一根插在地上的荔枝树枝下。它们的枝节上皆有一处臃肿，好似人的瘤子一样，还用黄泥裹得严严实实。隐隐已生出白根毛。如果培育得法，枝条很快就能扎下根去。

阿僮朝那边眺望了一眼，转身要走。

李夫人笑道："都一年了，你还生他气呢？既是朋友，何必这么计较。"

"哼，等他把答应我的荔枝树一棵不少地补种完，生出叶子来再说吧！"阿僮哼了一声，又好奇地问道："你们从那么好的地方跑来这里，你难道一点都不怪那个城人？"

李夫人撩起额发，面色平静："他就是那样一个人，我也是因为这个当初才嫁了他。"

"哈？他是什么样的人啊？"

"好多年前，我们一群华县的少男少女去登华山，爬到中途我的脚踝崴伤了，一个人下不去，需要人背。你知道华山那个地方的险峻，这样背着一个人下山，极可能摔下万丈深渊。那些愿为我粉身碎骨的小伙子们都不吭声了，因为这次真的可能粉身碎骨。只有他把我背起来，一路下山去。我问他怕不怕，他说怕，但更怕我一个人留在山上没命。"李夫人说着说着，不由得笑起来，"他这个人呐，笨拙，胆小，窝囊，可一定会豁出命去守护他所珍视的东西。"

阿僮挑挑眉毛，城人居然还干过这样的事，看来无论什么烂人都有优点。

"其实他去找杨国忠之前，跟我袒露过心声。这一次摊牌，一家人注定在长安城待不下去。只要我反对，他便绝不会去跟右相摊牌。可这么多年老夫老妻了，我一眼就看出他内心的挣扎。他是真的痛苦，不是为了仕途，也不是为了家人，仅仅只是为了一个道理，却愁得头发全都白了。二十多年了，他在长安为了生计奔走，其实并不开心。如果这么做能让他念头通达，那便做好了。我嫁的是他，又不是长安。"

李夫人看向李善德的背影，嘴角露出少女般的羞涩："只要他肯背着我下山，无论是华山还是泰山，又有什么区别呢？"

阿僮歪了歪脑袋，对她的话不是很明白。她还想细问，忽然看到李善德手持木锹从田里朝这边走过来，赶紧一甩辫子，迅速跑开了。

过不多时，李善德满头大汗地走过来，接过夫人递来的酒碗，咕咚咕咚一饮而尽。

好酒！

这可不是米酒兑荔枝水，而是扎扎实实发酵了三个月的荔枝果酒。

李善德放下碗，靠着田埂旁的一块石碑缓缓坐下。虽然小臂酸痛，可浑身出了一层透汗，却畅快得很。他把碗里的残酒倒在碑底的土里，似是邀人来喝。

这石碑只刻了"义仆"二字，其他装饰还没来得及刻，经略府便取消了立碑的打算。李善德索性就把它扛回来，立在园旁做个陪伴。

他给石碑倒完酒，凝望着即将成形的荔枝园，黝黑的脸膛浮现出几许感慨。

在这一年里，李善德在石门山下选了一块地，挽起袖子，从一个刀笔吏变成一个荔枝老农，照料阿僮的果园，顺便补种荔枝树赎罪。他日出而作，日落而息，叩石垦壤，完全不去理睬世事。唯一一次去广州城，只请港里的胡商给不知身在何处的苏谅捎去一封信。

"有点奇怪啊。"

李善德暗自嘟哝了一句。他虽然不问世事，但官员的敏感性还在。荔枝在去年成功运抵京城之后，变成了常贡，转运法也很成熟，按道理今年朝廷从五月份开始就该催办新鲜荔枝了。可今天都七月中了，怎么没见城吏下乡过问呢？

这时他听见一阵马蹄敲击地面的声音，示意夫人和女儿抱着花狸躲去林中，然后站起身来。

只见顶着两个黑眼圈的赵欣宁带着一大队骑兵，正匆匆沿着官道朝北方而去。他注意到路边这个荔枝农有点脸熟，再定睛一看，不由得勒住缰绳，愕然问道："李善德？"

"赵书记。"李善德拱手为礼。

"你现在居然变成这样……呵呵。"赵欣宁干笑了两声，不知是鄙夷还是同情。

"赵书记若是不忙，何妨到田舍一叙。新酿的荔枝酒委实不错。"

"你还真把自己当成陶渊明了啊……外头的事一点都不知道？"

"怎么？"

赵欣宁手执缰绳，面色凝重："去年年底，安禄山突然在范阳起兵叛变，一路东进，朝廷兵马溃不成军。半年之内，洛阳、潼关相继失陷。经略府刚刚接到消息，如今就连长安也沦陷了！"

"啊？"酒碗从李善德的手里坠到地上，"何至于，长安……怎么会沦陷？那圣人何在？"

"不知道。朝集使最后传来的消息，说圣人带着太子、贵妃、右相弃城而走，如今应该到蜀中了吧？"

李善德僵直在原地，像被丢进了上林署的冰窖里。长安就这么丢了？圣人走了，阖城百姓如何？杜子美呢？韩十四呢？他咽了咽唾沫，还要拉着对方询问详情。

赵欣宁却不耐烦地一夹双镫，催马前行。刚跑出去几步，他忽又勒住缰绳，回过头看向这个乡野村夫，神情复杂："你若不作那一回死，怕是如今还在长安做荔枝使——真是走了狗屎运呢。"

赵欣宁一甩马鞭，再次匆匆上路。天下将变，所有的节度使、经略使都忙起来了，他可没时间跟一个农夫浪费。

李善德一瘸一拐回到荔枝林中，从腰间取出小刀，在树上切下一枚无比硕大的丹荔，这是这园中今年结出最大的一枚，珠圆玉润，鳞皮紫红。他把这枚荔枝剥开瓤来，递给女儿。

"阿爷不是说，这个要留着做贡品，不能碰吗？"女儿好奇地问。

李善德摸摸她的头，没有回答。

女儿开心地一口吞下，甜得两眼放光。

李善德继续将树上的荔枝都摘了下来，堆在田头。这都是上好的荔枝，不比阿僮种的差，本作为贡品留在枝头的。他缓缓蹲下，一枚接着一枚地剥开，一口气吃下三十多枚，直到实在吃不下去，才停下来。

当天晚上，他病倒在了床上。家人赶紧请来医生诊过一回，说是心火过旺，问他可有什么心事。李善德侧过头去，看向北方，摆了摆手："没有，没有，只是荔枝吃得实在太多啦。"

[特约编辑：朱婧熠]

# 或十二时辰,十五日,或以六月初一为期
## ——马伯庸的故事术,兼及《长安的荔枝》

何 平

### 1

《长安十二时辰》《两京十五日》和《长安的荔枝》,十二时辰、十五日,或以六月初一为期,好故事的讲者深谙时间的幻术,他们投身时间洪流,丈量时间长度,计算叙事的速度。那这里存在着一个技术问题:如何保证每一个刻度精确的时间和叙事单元足够的细节密度——事实上,不只是日常的信息密度,马伯庸惯以压缩时间长度或者折叠时间来换取更大的密度——而挟大的密度还能使得整个叙事维持符合小说运动学的姿势优美地奔跑和飞腾?

叙事速度的更高更快更强更能刺激读者的阅读快感。至少《长安十二时辰》《两京十五日》《长安的荔枝》这些最近的小说,马伯庸的叙事是考验爆发力和极端速度的"短跑"竞技派,他天然地首先让自己成为一个小说叙事的运动学家。

小说叙事运动学，不只是修辞学，而是关乎运命，就像《长安十二时辰》，"拔灯红筹抛出燃烛""旋臂开始运作，二十四个灯屋缓缓旋转，此升彼降，轮转不休"，马伯庸的小说一旦命运的齿轮启动，其矢量不可逆转。二十四个灯屋次第燃烧，天枢转动，柱顶指向北极，猛火雷深藏中心，即使顽抗如张小敬，此时此刻也不断遭遇穷途末路。这个场景是小说最后高潮段落（阴谋爆发）的起点。就修辞学或者命运学而言，讲故事的人是不管研究通俗还是严肃的划分，随便举两个例子，在约翰·契弗的《哈特利一家》，缆索的马达排放着废气，转动绳索的大铁轮响个不停，缆绳滑动，安妮被缠上了绳索，安妮被拖向了铁轮；而《复仇者联盟3·无限战争》里，无限宝石以各种形式逐一来到灭霸的手中，带来一半的世界灰飞烟灭的弹指终将一现。对，这就是叙事的魔力。

《长安的荔枝》中，上林署底层官员李善德的同僚把一个不可能完成的任务以诡计的形式强栽到他身上，在他直到知天命年纪才在居不易的长安购置第一个宅所之时。《长安的荔枝》六章八万余字，马伯庸视为新书《两京十五日》的预热，因为同为在限定时间内完成的艰难任务，同时也可以看作是《长安十二时辰》以长安为背景的故事的延续。同理来说，《长安十二时辰》也符合限定时间内完成艰难任务的写作一种。由此，这几部作品在小说虽则题材内容和主题中心有异，在叙事节奏和速度上处理上别无二致。以作者在《长安十二时辰》后记中所说，写了"一个古代反恐题材的快节奏孤胆英雄剧"。采用美剧《24小时》的分集方式，每半个时辰为一章，一共二十四章，正好是一天的时间。时间紧逼，章节独立，悬念和冲突以高密度的频次出现，这在该小说影视化的短剧中呈现得尤为清晰。《长安的荔枝》以贵妃生辰的六月初一为限，递送鲜荔枝任务的谋划、实验、失败、改良、孤注一掷，也可以说是古代速递题材的快节奏孤胆英雄剧，融合工程学知识等等，以生死速递命名也不为过。除去故事的背景、来源，小说延续的陈说方式无疑是服务于具有现代阅读习惯的读者的。

## 2

还得从长安说起。为什么是长安，不是其他的故都？可以谈一件旧事。有一种说法，自1922年起，鲁迅曾打算写作长篇小说《杨贵妃》，为此他研究了白居易的《长恨歌》、陈鸿的《长恨歌传》、洪升的《长生殿》等为创作准备。1924年7月，鲁迅去西安西北大学讲学。从西安回来后，鲁迅并未创作《杨贵妃》。后来鲁迅在给山本初枝的信中说："五六年前，我为了写关于唐朝的小说，去过长安。到那里一看，想不到连天空都不像唐朝的天空，费尽心机用幻想描绘出的计划完全被打破了，至今一个字也未能写出。原来还是凭书本来摹想的好。"关于鲁迅未竟的《杨贵妃》，学界众声言殊，陈平原在《长安的失落与重建——以鲁迅的旅行及写作为中心》一文中指出，同一个长安可以有不同的解读方式，或亭台楼阁，或通衢大道，或民生疾苦，或宝马香车，或宴饮赋诗，或踏青赏胜，或客商云集，或士子风流。作家关注的是长安的时代精神、日常生活还是都城景观，牵涉作家的学识、历史感以及文化趣味等等。鲁迅关注的是时间上的"历史"，而不是空间上的"都城"。讲述杨贵妃的故事，既牵涉人间真情的体味，更旁及汉唐盛世的遥想、帝京风物的复活。而后两者，在时间意识外，还得兼具空间想象的趣味与能力。而当时中国学界并没有给鲁迅提供"唐都长安的丰富学识——尤其是历史地理以及考古、建筑、壁画等方面"。陈平原的这篇文章提出，鲁迅的长安再造有两个要素：对人的再造，对知识的占有。以这两个条件来观察马伯庸的唐时长安背景的两部作品《长安十二时辰》和《长安的荔枝》，恰也是作者作品完成的重要的因素。同时，视叙事为主要任务，注重组织情节、叙事结构等技术性条件，明显的类型要素也是马伯庸的历史题材小说值得注意的地方。

  事实上，鲁迅也曾向老朋友许寿裳、郁达夫等谈起过《杨贵妃》的腹稿，说小说的构想是从玄宗被刺一刹那间，开始倒述。这是他选择的切入点。马伯庸的作品常被称为历史可能性小说。何谓可能性？即是从具体的时间中推理出乾坤。他自陈"历史小说的创作，有点像是警察站在凶案现场，他必须凭借遗留下来的线索来重新推演当时发生了什么，重构过去。《风起陇西》源头是《三国志·李严传》中的一句记载。《两京十五日》的灵感仅来自于《明史》中"夏四月，以南京地屡震，命往居守。五月庚辰，仁宗不豫，玺书召还。六月辛丑，还至良乡，受遗诏，入宫发丧"四十字的记录，讲述了明初身在南京的太子朱瞻基得知父亲朱高炽驾崩后，用十五天时间回京登基的故事。马伯庸借用大众熟知的历史人物，但小说用力的却是偶见于史书的小人物。"我在小说里边，埋了很多事实。""我可能在情节设计上发挥想象，但是落到实处，所有的地方都实有可据，都能在历史上查到。"查到，最多也是真真假假的史料碎片。马伯庸的绝技在于在这些历史的留白或者毫无关联处找出可能，在对历史记录的点状和短线的截图之中，利用想象建立他自己的小说逻辑，自圆其说，如他所言，"从一句微不足道的史料记载或一个小小的假设出发，把散碎的历史片段连缀成完整的链条。"运用这种小说话术的他可以称之为"伪史"制造者。"伪史"制造者，并非伪造历史，而是小说家言。打一个也许不恰当的比方，更像受当下动漫文化影响甚深的同人文的一种结果，在真实历史之外构筑另一个属于作者自己的平行宇宙的故事，其中亦有在形式逻辑结构上的理趣。

在这些以历史之名的"伪史"故事，人物是历史的，背景和工具是历史的，作者的意识却是属于现代单数的个人。作者并非想复原在特定历史时期人的处境和心理，而是试图向现代读者传达符合他们心理的对历史人物的理解和期待，如《长安的荔枝》一处高潮（或者说"爽点"）即李善德和杨国忠的对峙。李善德了然在递送荔枝的过程中，杨国忠所代表的政治利益集团对于下层官吏和百姓的无情碾压，他质问："右相适才说，不劳一文而转运饶足，下官以为大谬！天下钱粮皆有定数，不支于国库，不取于内帑，那么从何而来？只能从黄草驿馆、从化荔园榨取，从沿途附户身上征派。取之于民，用之于上，又谈何不劳一文？"这一段不符合人物历史身份和意识的对话，其实是叙述者代言现代人意识的读者的发问，也自然形成了极具有感染力的情绪爆发点。

马伯庸曾自述《长安的荔枝》之缘起，疫情期间看了日本电影如《决算忠臣藏》《陛下万万税》等，都是以基层办事员的角度去审视历史事件，如此起念。一些评论戏言《长安的荔枝》讲的是长安"社畜"的故事，中年买房、承受贷款、上司欺压、同侪排挤等等种种境况确实能引发现代读者微妙的共情。如此长安事即今日事。因此，此时对峙双方地位悬殊，绝无史实事实可推演，但又命中现代人情感的命门，小人物的抗争与迷惘，败坏的世代中的虚无感，如此种种。从历史的缝隙中跻身进去，利用被忽视的小人物的名姓，以敏觉的观察与大胆的想象穿针引线，"伴史"小说，马伯庸一以贯之的小人物的英雄主义，投身破除危难，扶危济困甚至更高的正义，不仅是试图勘探特定时刻小说人物生存的真相，也让读者跟随着小说人物共同经验以渺小之身面对历史洪流时的对命运的无从知晓却也无法放弃的孤勇。

## 3

涉历史的小说对知识的征用是无可避免的话题。茅盾文学奖获奖作品《金瓯缺》的作者徐兴业著有《中国古代史话》，他曾在上海师范学院历史系任教，主讲宋金史，对宋代史料，诸如官职兵制、风俗习语、奇闻掌故等十分了解，这使他在小说可以很大限度还原汴京城风土人情、宫闱、市井，以及发生在辽金的外交和战争细节。马伯庸涉历史的小说，比如《长安十二时辰》对唐长安地理、风俗的细节铺排和繁复描绘，如艾柯所言："要讲故事，首先要建造一个世界,这个世界要尽可能地填充起来,直至细节。"取自历史记载的小说正是用精准的仿真的历史知识来建构故事的世界。井上靖在《我的文学轨迹》一书中谈到同以唐长安为人物出场的舞台的《天平之甍》:"如果说之前写《漆胡樽》那类的小说,不依据正史也可以,但《天平之甍》就完全不行。"据井上靖随笔《〈唐大和上东征传〉的文章》所述,他对《唐大和上东征传》的书名、著者以及传本之间的差异相当了解,甚至还会特别指出其所依版本。同样,马伯庸涉历史的小说当属知识密集型的小说生产。此类创作在当下大热,可否称为知识考古型写作?

写作《长安十二时辰》,马伯庸说,"上至朝廷典章制度,下到食货物价,甚至长安城的下水道什么走向、隔水的栏杆是什么形制……"做了资料研究和实地考察,因此小说试图复现纤毫毕现的旧都长安。亦有好事的读者对他的小说进行严格的考据和论证,如《长安十二时辰》有对应严密的长安城图,甚至有历史专业读者会参与细节商榷。事实上,读者并非全是审美所吸引,依从阅读趣味从文本中各有所得,或者悬疑类型的快节奏故事,或者唐代文化的科普性知识类似百科全书展览。除了具体的知识,更有全览性的观察,如《长安的荔枝》中,通过对运送荔枝一事如何决策和如何执行,呈现天宝年间官场规则运行与各方利益博弈的描写,把唐朝的政治生态完整地呈现出来,亦有从前朝到宫廷,从外戚到宦官各种利益群体的纷争倾轧。

马伯庸推崇小说家张大春的《城邦暴力团》,称其"把我一直喜欢的以考据的手法写奇幻的故事这种方式做到了极致,其中的细节是极其到位的,读了之后满脑子都是学术索引和史学教科书的影子,吊书袋到了一定境界"。马伯庸有历史随笔写作者的"前科",这一点,张大春也是一样。我们读马伯庸《显微镜下的大明》,大量的一手史料,如档案、笔记、供词、诉状、家谱、地方志,以及正史诸如《明史》《明实录》等资料中的记载,翔实佐证,细致剖析。涉历史小说对故实的征用是一种必然。不只是所谓正史,知识性小说也会对中国史传传统的笔记、传奇、野史等征用。但从另一个方面来说,知识的征用容易失于驳杂,陷于堆砌,作者需要对知识经验的控制能力和服务于小说文学化的表达的需求。而且,向历史知识寻求可资借鉴的文学资源,也需要联结现实问题,以求联结和突进。

## 4

《长安的荔枝》以侦探、悬疑、推理等拖动家国历史兴亡这样的庞大题材,是类型小说习见的招数。征用类型元素服务历史书写,其中杰出的作者有如艾柯。艾柯在台湾的第一诠释人可称张大春，马伯庸自陈在写作之初受张大春的《城邦暴力团》影响至深。因而，这一套小说游戏在谱系上有迹可循。它关乎知识的迷恋和想象的肆意（读者称之为"开脑洞"）。不过，显然可见的是，若以艾柯的作品为标杆，张大春更偏向《波多里诺》，而马伯庸更靠近《玫瑰之名》，前者更重实验，而后者严密熟练地遵循着类型原则。从近些年马伯庸的产品流水线看，影像化是小说的后史，马伯庸一直是准备好了服务于他的从小说到影像的庞大当代受众。我想，游戏等其他周边 IP 应该也是未来可期的。

但是，即使在类型小说的框架里，并非说作家就放弃了某种审美野心。中国现代小说等级学，其实有类型小说处于小说鄙视链下游的误判。以马伯庸的写作史而论，从戏谑式戏仿文本开始的涉历史的小说写作，逐渐走向成熟的类型化的历史小说写作，并且伴有较高质量的历史散文生产，这些都呈现一个作者的成熟和自觉。而从内部叙事来说，作者的写作动力和技术升级也在不断调整变化。

早先，马伯庸坦承自己是个坚定的阴谋论者："身为一个阴谋论者，我的信条是：历史上每一件事都有一个内幕，如果没有，那么就制造一个出来。"他有对历史暗面发微的冲动，并以阴谋论的动力机制结构文本，不断地大开脑洞，这在他早期的"三国"系列中尤其明显。而选择小人物作为角度也是因为"那种在历史会有所作为，对历史产生影响，却因为种种原因而不为人知的人会进入我的视野。譬如拘于他们身份卑微或者尴尬等等政治不正确的原因，被写作者刻意抹掉的。表面看起来，他们很正常，但很可能背后藏着阴谋"。但近年时移势易，马伯庸发生着微妙的转变。"年轻的时候我喜欢的是阴谋论，故事的最后有个阴谋，有幕后黑手。但这几年我还是坚持有内幕，但这个内幕已经不叫阴谋了，叫原因。"从"阴谋"到"原因"，呈现的是小说内部的对于一些严肃主题进行探讨的自觉，从"三国"系列到《长安十二时辰》到《长安的荔枝》，马伯庸的趣味从权谋游戏走向了更开阔的内容，这也许是通向汉语小说类型小说大家的必然。《长安的荔枝》中，回到岭南种荔枝的唐代"社畜"李善德，当得知安史之乱爆发，帝国崩坏，皇室外逃，他一下子食下三十多枚甘美的荔枝病卧床上。医生诊断为"心火过旺"，问其心事，他说"荔枝吃多了"。对比此前他为了运送荔枝费尽心机，几番拿性命和时间搏斗，这样的结局几分荒诞几分怆然。作为精于算术的小官吏，为有效执行运送荔枝事务，"在预算里，特意做进了贴直钱，给驿户予以补贴"，而在他奔忙转运之时，"中书门下也发下一道牒文：要求沿途的都亭驿馆，所领长行宽延半年；附地的诸等农户，按丁口加派白直庸，准以荔枝钱折免"，因此造成他在最重要的转运关头遇到逃役，几乎功亏一篑。小说追踪的已不是在为了博取妃子笑的荔枝使事件里，一个长安低等官吏的个体命运，及其在权势的能量左右下微尘一般的渺小无力，更有借荔枝说事，以现代意识和眼光附体，洞看偌大的帝国如何走向颓败的时刻的历史反思。

确实，涉历史小说的外壳之下亦因作者不同的诉求而呈现不同的侧重。同以盛唐长安做背景的井上靖《天平之甍》作比较，《天平之甍》小说讲述的是有关唐代鉴真法师渡日传法的史迹。陈述的角度也是从历史小人物（五位留学僧）的视角，联结真实的历史人物事件，虚构故事，最终传达的作者的写作诉求。《天平之甍》的创作意图如学者篠田所言："《天平之甍》与其说是仅写历史上真实存在的鉴真，不如说是写为了请鉴真东渡日本付出努力的日本留学僧人。"井上靖表达过相同的观点，在他看来，留学僧们到长安的目的就在于像蜜蜂采蜜一样取日本之所需："我看这个国家，现在已发展到了顶峰……我们目前必须尽力得到一些可以得到的东西。"由此，井上靖去书写盛唐的故事，不是瞻慕其气象，宣其辉泽，而是书写采蜜人一样的遣唐使、留学僧的信念和眷恋。

涉历史的小说，归根结底影响格局的亦有着作者所秉有的历史观。马伯庸认为："历史在我们脑海中的印象，是烛照万里的规律总结，是高屋建瓴的宏大叙事。……普通老百姓的喜怒哀乐，往往会被史书忽略。即使提及，也只是诸如'民不聊生'之类的高度概括，很少细致入微。"因此在小说人设的选择上，他往往突出历史背景中的配角，如《风起陇西》中并不见于史书的荀诩，《三国机密》虚构的主角作为汉献帝替身的刘平，《长安十二时辰》张小敬在正史并无记载，姚汝能作为华阴尉也只在《新唐书·艺文志》出现。在姚所书的《安禄山事迹》中，记载了一个在马嵬坡之变中先声夺人杀死杨国忠的骑士，即名张小敬。这就是两位主人公在史书中的渊源。"李善德"是马伯庸在敦煌写经卷名录中拣取来的上林署官员的名字。这些在历史无有束缚的小人物，结合了历史索隐与文学想象，在马伯庸的笔下拥有了充分的自由完成类型要素的实现，他们或聪明诡谲，或命运多舛，在恐怖的情境、离奇的桥段、重重迷雾一般的悬念穿身并连接重要的历史时刻，他们承担小人物的传奇、现代人的幻想，呈现人性共通的部分，如马伯庸所说，"这些小人物遭受的是怎样的一个折磨？他们享受着怎样的快乐？"《长安十二时辰》有一段动人的段落，出自阎罗一般的张小敬视角下的长安，却可谓有情：

"你曾在谷雨前后登上过大雁塔顶吗？那里有一个看塔的小沙弥，你给他半吊钱，就能偷偷攀到塔顶，看尽长安的牡丹。升道坊里有一个专做毕罗饼的回鹘老头，他选的芝麻粒很大，事先翻炒一次，所以饼刚出炉时味道极香。还有普济寺的雕胡饭，初一、十五才能吃到，和尚们偷偷加了荤油，口感可真不错。东市的阿罗约是个驯骆驼的好手，他的梦想是在安邑坊置个产业，娶妻生子，扎根在长安。长兴坊里住着一个姓薛的太常乐工，庐陵人，每到晴天无云的半夜，必去天津桥上吹笛子，我替他遮过好几次犯夜禁的事。还有一个住在崇仁坊的舞姬，叫李十二，雄心勃勃想比肩当年公孙大娘，她练舞跳得脚跟磨烂，不得不用红绸裹住。盂兰盆节放河灯时，满河皆是烛光，如果你沿着龙首渠走，会看到一个瞎眼阿婆沿渠叫卖折好的纸船，说是为她孙女攒副铜簪，可我知道，她的孙女早就病死了。"

马伯庸小说的好固然在小说叙述的速度和节奏，但即便投身更高更快更强的竞技性叙事，大时代中小人物的蝼蚁人生和种种不服依然是他小说的根底，甚至那些生死攸关的时刻，他依然可以游目骋怀，旁逸斜出故城旧都的风景风俗，市井细民的日常烟火，以及盘根错节的政治罗网，如此等等，唯其如此，长安才是长安，两京也才是两京。

［特约编辑：朱婧熠］

# 鹊桥仙

## 萧耳

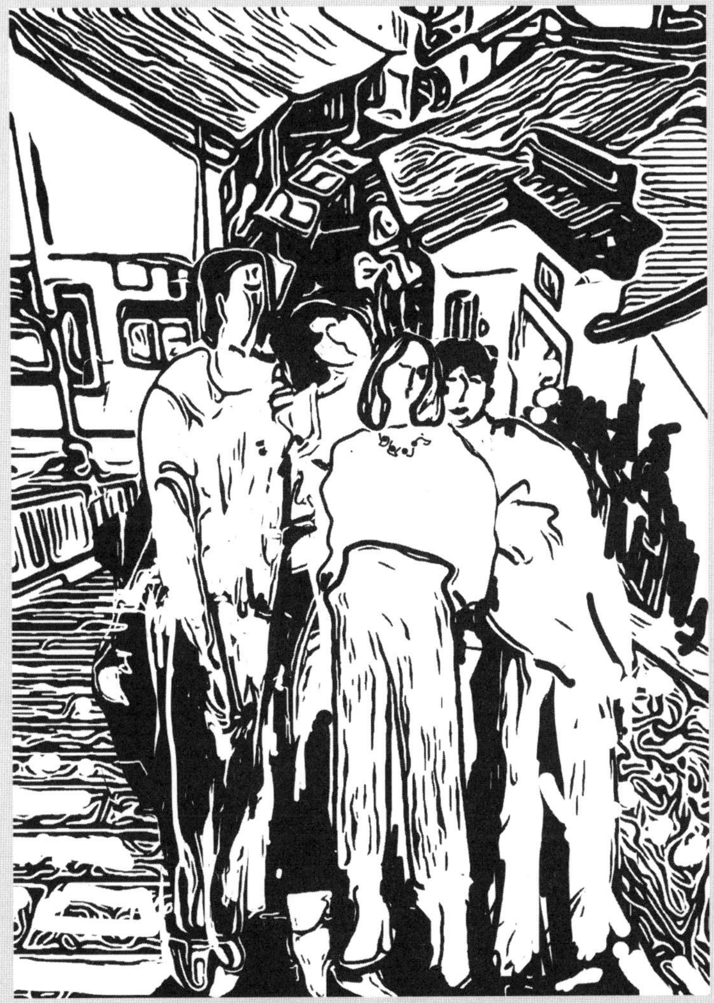

> 这个码头的人，一辈子就喜欢荡发荡发。荡着荡着，江河湖海尽在掌握。荡着荡着，荡成了仙。他们或是今朝世上最接近庄子"逍遥游"真谛的人。
>
> ——题记

## 初

少女思春，河边一梦。雨滴敲窗，敲瓦，密密匝匝，桨声灯影，旁逸斜出。水蒸云梦，恣肆漫漶，舟楫棹歌，渔栅幢幢。

夜里三点半，夜苏班轮船（指苏杭之间的轮船，开一夜，早上到苏州）开过长桥桥洞，是啥光景？梦里有，一两句弹词开篇散开。河边，平添一桩春愁。

少女对夜航船有一种执迷。小辰光经常骑在父亲脖子上，漫游过栖镇每一条街道和弄堂，每天晚上就在轮船汽笛声中入睡。深夜，夜航船川流不息，在运河上亮起点点渔火。河上幽微，有光闪烁。晴朗之日，天上繁星，几颗特别亮的，就落进河里。小辰光她在这样的时候会觉得孤单，就时常缠着父亲讲古代故事，听着听着就睡着了。

这个梦之前，少女经常做的梦，是父亲背着小人儿的她在河边老街荡发荡发，她正从父亲的肩膀上滑下去，快要落到地上，梦就醒了。不料这次，梦里有个新的小人出现了。

一个少年，十二三岁，笑意盈盈，眼神清澈，温柔敦厚。夜里河港上汽笛声响起，恼人的聒噪，惊得她很不情愿地从梦里醒来。她翻个身，听声音数着夜半河上驶过的轮船，须臾数了十来只。

醒来后就再也没睡着。少女怔怔寻思这怪梦，此后每晚睡觉前都会浮现少年的影子，又是无声的，绝不泄露一点声音出来。她有自己的秘密通道走过去，与住在那里的他说话。又觉得那是很羞耻的事情。又好像身体有了重量，从此不再是个无牵无挂的人了。

起初，他们一起出现在桥边的照相馆。八十年代初，长桥脚下的照相馆，生意忽然热闹起来了。

栖镇不大，镇上本地人沾亲带故，转弯抹角的，十有八九相识。一九八一年，大年初一上午，四家栖镇人家不约而同，新衣裳新裤子，到照相馆拍全家福。照相馆张师傅一家家摆弄，拍照，等待照相的几户人家，互相都熟悉，在一边聊得起劲。男人家互相敬烟，女人家掏出糖果，分给四个小人，讲一句，甜一甜。听说四个小人都是中心小学的同学，张师傅就讲，我来给你们小人也拍一张合影。

三男一女，陈易知和戴正小学同班，靳天和何易从在隔壁班。陈易知家的西横头老屋，一边面朝运河，一边的侧门就在弄堂口子上。戴正家在弄堂的另一端，无论上小学还是上初中，戴正都要经过陈易知家门口。

四个小人，扭捏着，稀里糊涂被拉到一起。靳天阳光，戴正憨笑，何易从略显严肃，陈易知有点骄矜，张师傅躲在黑色幕布后面，只听得轰隆一声响，照相拍好，过两日来取。这张小人们的合影照相，是奉送的。

十二岁那年，四个小人定格在同一张合影上。张师傅喜欢这张合影，精心放大了一张,挂在栖镇照相馆橱窗。洗出来的相片,交给各家大人时,张师傅都说,这几个小人,今后都会有出息的,我看好的。大年初一的吉利话,大家都听了欢喜。

有段时间,四小人的合影,跟在《杜十娘》中演丫鬟的杜秋依的照片挂在一起,秋依也是他们的同学。路过照相馆的人,时常驻足看橱窗,评头论足。

她路过,定睛看一眼照片上的自己,觉得自己长得还算好看,但是秋依比自己更好看,就走开了。

她在夏天开始发育。屋里是楼上楼下的老房子,有一具木楼梯连着,楼梯底下有小天井。发育第一天,奔下楼梯,一脚踏空,整个人滚下去,楼下的父亲听到咕噜咕噜滚落的声音吓呆了,以为这次伊要死了,伊一骨碌爬起,只是蹭破一点皮。第三十天,在屋里汰浴,从此不让人看到,父亲每次把洗澡水和大木盆抬上楼梯,去楼上的房间,伊汰浴,在窗边吹风,跟瓦檐上的猫聊天,看河上风景,父亲又把大木盆抬下楼梯,从不嫌麻烦。第三百天,月事一来,汹涌泛滥如海潮,母亲一脚盆一脚盆地汰衣裳。

第五百天,她觉得自己长丑了,脸变得圆嘟嘟,样子蠢笨了,没有从前清秀好看,总之对自己的相貌,十二分不满意。还有初潮的麻烦。学堂里,他就坐在她后面,她很怕他知道自己某些日子的尴尬。

他们是运河主干道上的小镇少年。那时候的镇还是很热闹的码头,正历经一段繁荣岁月的尾声。清早环卫工人吆喝倒马桶和河边洗刷刷的声音,都是热闹市井生活的味道。外乡新娘子的嫁妆运来夫家,走的也是河道。在岸上看热闹人们的围观下,喜船敲锣打鼓靠了岸,嫁妆上装饰着大红花。红漆雕花的新马桶里,有花生红枣桂圆,寓意"早生贵子"。

他们都是枕水而居。他家在东边,她家在西边。她从小爱看热闹。有时候,她会赶去他家的东边看个热闹。他们把看热闹叫作看西洋景。据说,她家西边,河里有水鬼,他家东边,河里也有水鬼。水鬼讲多了,小人们你吓我,我吓你,小镇之夜就变得惊悚,惊悚里又飞扬着欢乐。放学之后,他们的心都野在外面,在河岸边玩耍,或者在各种空白地游荡,上蹿下跳。那时候小镇还有很多的白地,是野孩子们的天堂。

跟镇上那些野孩子比,她发现他其实挺斯文的,有种早慧的书卷气,他似乎不屑于一些同龄男孩热衷的捣蛋游戏,也不打架耍污。这样一来,他在男孩们中间就显得特立独行,有时又显得落落寡合。

中学在东边,离他家很近。她每天上学放学都要路过他家。后来又铺好了一条新水泥马路,有更近的路可走去学校,但从那个梦后,她总是走那条能经过他家的路。不管他在或不在,门是否关着,都会往那里匆匆地瞥上一眼,这个习惯一直保持到她去县城上高中。那三年,每周五傍晚她回到小镇,从车站下了车,都会走从他家门前经过的路,行注目礼。他在家吗,他在忙什么呢?约摸晚饭时光,他一家三口,坐在厅堂间吃饭。每周日傍晚,她赶去汽车站,也会经过他家。她是吃了早夜饭去车站的。夏天天黑得迟,有时她能看到晚霞映照在河面上,他家的老屋就映照在霞光中,跟她家老屋长得一式一样。冬天天黑得早,她经过他家时,他家厅堂的灯已经亮起。也是快要吃饭的时候,她坐上黄昏六点左右的公交车,去县城上学。

她很多次看到他坐在屋里，静静写作业，走动，或做着别的什么事。她看到他家灯光就高兴。

从前从他家走到她家，落雨天不用打伞。成排的黑瓦屋檐下，镇上人荡发荡发，来来往往悲悲喜喜地营生。

除了学校，小镇最重要的地点是轮船码头。二十世纪八十年代，小镇最重要的交通工具是轮船。轮船码头就在她家西面，西面尽头不到的地方。再往西，还有一座大丝厂，那时男男女女的青工骑着自行车进进出出，烟囱起劲地冒着热烟，大浴室里一大堆裸体在云蒸霞蔚中走来走去。医务室里定期给已婚职工发避孕套。丝厂再往西，就是一大片田地了，夏天有很多蛙虫鸣叫。

他去轮船码头隔壁印刷厂玩耍，需经过她家门口。有几年，他母亲在印刷厂上班。他会坐船去哪里？上海、苏州、无锡、湖州、德清、新市、震泽、嘉兴、平湖、练市。河道向东北方向流出小镇，不多久，有一个十分宽的河面，河道就分了汊，一条水道去苏州无锡，另一条水道是去湖州的。他坐轮船去过不少地方，最远坐船去过上海。

白日，她一个人搬把小竹椅，闲坐在街边屋檐下，看的不是镇上人荡发荡发，而是看船。船真是好看。一个船队由领头的船牵着，长长的十几条拖船，头船快要钻过大桥洞了，尾船看过去还是小小的一粒。看多了船，她的心思也摇荡起来，跟着船走。

下午四点光景，镇上两岸人家能望见河上炊烟。这是船上人家的生活。妇道人家穿着花色鲜艳的衣裳，在船的后部做饭，背上还背着个小把戏，身边环绕几个大一点的小把戏。男人家在船头撑篙、摇橹卖力气，抽烟吐痰，小人朝河里撒尿。驶过的船上，时常有一只珍贵的半导体收音机发出声音，下午五点光景，飘来"金玉良缘将我骗"的越剧徐派唱腔，连河水也流得铿锵起来。船上的人，岸上的人，彼此对望几眼，你看我我看你，彼此看穿了似的。寂寞时，船上的单身汉们冲着岸边洗衣的丰满女子指指点点，或吹一两声口哨，岸边洗衣女子明明听到了，心里也不恼，只假装没看见，偶尔遇上个泼辣女人家，就对着行进中的船叫骂几声：枪毙鬼、杀头鬼、下作胚。

她听父亲讲过，陈家最早，爹爹孃孃摇个小船，从德清水路摇到栖镇靠岸谋生。年轻夫妻生殖力旺盛，船上住了几年，一连生了三男二女，一家七口，才搬到岸上。船上生的这五个小人，一个都没夭折，倒是后来河边房子里生的娃，出天花一连夭折了好几个。

当时栖镇商业繁荣，是大码头，聪明能干的人就有发财机会。爹爹屋里男小人多，到陈家当了入赘女婿，本姓周，周致福，婚后随妻家姓，改姓陈。后来混过上海滩的致福老板做水产生意，大起大落。有年夏天，买来的鱼苗得了病大批死亡，亏得伤筋动骨，再折腾终究时运不济，渐渐败落了。从穿绸到穿布，大鱼大肉到粗茶淡饭，长相漂亮的这对年轻夫妻，一路走到了中年，总共生了五男三女，夭折了两男一女，留下五个儿女长大成人。屋里穷了，夫妻就天天吵架，女的拼命守财，藏着掖着，男的大手大脚惯了，依然是散财相公，对谁都慷慨大方。每次朋友聚餐，都抢先跟跑堂说，今朝算致福老板的。陈家最盛时，买了栖镇西横头的老房子，一

188

幢前后三进的两层小楼，就在米行隔壁，另有几艘运输船跑生意，屋里伙计两个，学徒两个。生意败落后，只得把私房卖了还债，租镇政府的公房住，公房房租便宜，离原来的私房小楼就一百米，隔了七八户人家。从前致福老板混上海滩的日子就像前世梦里。

嬢嬢说得最多的一句话是：前世作孽啦。后面拖个"啦"字，带颤抖的花腔。镇上人说的爹爹，是祖父的意思，嬢嬢就是祖母。父亲叫阿爸，母亲叫姆妈。后来少女听发小秋依叫她父母为爸爸妈妈，觉得真洋气。

父亲跟伊讲过小辰光。正是解放前些年，屋里条件优渥过一阵子，梳小分头，穿黑色小皮鞋，去大上海跟着阿爸白相，在豫园吃蟹粉小笼包，大世界看西洋镜，外滩看大轮船。屋里败落后，爹爹嬢嬢就没有和睦过，一直为钱吵架，嬢嬢一哭二闹三上吊。

爹爹曾被日本鬼子在长桥上抓走过，嬢嬢后来背越来越驼，还得归功于日本人的那一记飞毛腿。日本人的兵舰开进了运河，就泊在长桥下，离家门口几步路。小人们见到稀奇大兵舰，纷纷拥到船上玩耍，船上的日本兵给小人们一大罐头的糖，他们欢笑着下了船，像西方小孩遇上了圣诞老人一样开心。也许过些天，给糖吃的日本兵会捅某个栖镇孕妇的肚子，小人们是不会知道的。

她童年时，天真烂漫到无法无天，完全不像她斯文有礼的母亲。直到一夜之间，她忽然成了整个西横头最斯文的少女，母亲才放了心。

他们一天天长大了。她觉得小镇太小了，想走出去。

上大学后，起初，还坐着轮船来回。杭班船舱里乌烟瘴气，三教九流，各色人等，咳嗽的，抽烟的，打牌的，嗑瓜子的，放屁的，脱了鞋袜臭气熏天的，高声谈笑的，也有在这种熟悉的污浊气味中只顾自己睡觉的，这些都是她能够忍受的。这样在水上两个半钟头，靠岸，登岸，回来或者离开。

他们上大学，同一个城市，两所大学都在市中心，相距不远。同样在小镇与省城之间来来回回，无论是坐长途汽车还是轮船，一样的路线，差不多的时间，两个人从来不碰面。

她做过一百多个梦，他在梦里。他是唯一，是原初，她喜欢他的语调、头发、脸的形状，有点倔强孤独的颧骨，他沉静走路的样子，他有男小人的骄傲与自卑，偶尔因某种热情闪烁的眼睛，在情窦初开的黎明前不自知的仇女行为。她梦见她家的猫漫游过从西到东的河边老房子瓦屋顶，去了他家。猫在他面朝河港的花窗前叫了几声，他就给它开了窗。她的猫跳上他的膝盖陪他写作业。后来她经过他家时看到他手里确实抱了一只猫。她又梦见他从一张长条凳上跳下来，一不小心把脚下的一只幼齿小黄猫踩死了。他用一条小被子包裹了可怜的小猫，哭哭啼啼在河滩边的一棵香泡树下埋了它，裹猫的小被子是她的，打雷时蒙头专用。她梦见自己责备他，你怎么这么不小心？他就委屈得泪眼婆娑。

秋天，母亲教她背了一首诗，名《塘西夜泊》。母亲那天翻一个老旧的笔记本，讲，是我做姑娘时我阿姐教我的，诗是明朝一个叫刘璟的人写的，后来母亲姐妹就离开家乡，一路从台州流落到杭州，母亲又到了这个江南小镇。母亲说，当时相信诗里写的，一定是个特别美的地方。诗是这样的：

> 客舟夜泊塘西浦，灯火几家犹未眠。
> 姹女纳凉谁氏宅，小儿唱歌何处船。
> 疏星影落湖波静，凉月光生竹露鲜。
> 蚊蚋无声清梦足，一团神气似飞仙。

她假想诗中的"姹女"是自己，"小儿"是他。随便河埠头找一只小船，他只要划拉几下，再划拉几下，很快就可以摇到她家门前了。他们小辰光，对这样的小船都不陌生，两三个小人就可以把小船划动起来，只是不敢划到河中央去，毕竟河里每年都淹死人的。

很多个梦之后，伤心的那一天终于来了。好像也没有下雨，也不是特别热，毕业照已经拍完了。最后的一个回校日，少年们曲终人散。她是等他走了之后，才一步步离开教室，离开学校的，腿好像灌了铅。她想看着他走。教室边二楼的那条不长的走廊上，他穿着白衬衫，和两三个男生说笑着走出教室，她目送他下楼，转眼就不见了。她就竖着耳朵听他的脚步声，好像还有他说话的声音，弥漫在走廊。一堆杂乱的脚步声中，不知哪个是他的，又被后来的脚步声覆没了。他们连个"再见"也没有说，没有告别，那一年他们十五岁。

到了一九八九年，她拍出一份加急电报，上面只写：

> 何易从，我孤独得要死了，人生好迷惘啊，我要你来看我，不然此生不见。

她并没有拍出这份电报，只是脑子里无数遍重复自己拍了这份电报，一个字八分钱，连同标点，这份电报值二块六毛四，邮局就在大学对面，五分钟的路程。

多年以后，他回到小镇。他们在一个梅园里晒太阳。

他说话的腔调还是少年时那样，仿佛不容置疑，语速很快。他坐在一棵梅树下，好像宣布一件重要事情：我们这些人，其实是共同经历了一百年的巨变。从倒马桶的时代，到如今互联网的时代，我们都经历了。

一瓣白梅花瓣落进他的茶杯。梅枝的花影斜过他的额头。他又像在宣布重要事情：这是最好的时代，也是最坏的时代。

他们一起坐在一张长条凳上，吃一碗白糖镬糍汤。他说，大概放了两勺糖，有点甜。她说，还是甜一点好吃呀。

他们说起夜航船。他说，我的睡觉功夫蛮好的，小辰光总是能枕着夜轮船的汽笛声入睡。她说，我也是这样。她欢喜夜轮船驶过河流的声音。呜呜呜，天下太平。

长远以后，她终于能够向他描述长条凳的故事。她讲，好像是一个星期天的下午，别的同学都放学了，我们的语文老师让少数几个同学到学校，一起商量个事情，我已经记不得具体商量什么了，可能是我们毕业班的一个节目，反正是跟毕业有关。我和你在一间教室，那间教室有些不一样，没有很多课桌椅，我们几个想坐下来讨论，你忽然出去了，回来后，你拎一张长条凳给我，挺热情地让我坐下。

他说，长条凳，小辰光屋里都有的，还有骨牌凳。

她说，那个下午，你居然有一点绅士风度了，好像一下子，你变成大人了。

他说，我不记得了。

她说也许是真的，也许是梦境，因为

隔太久了,记不清了。她说了一半,他说,你不要说了,让我想想。

他们河边枕水而居的故园早已不在,轮船也绝迹了。真正的水乡故里早已被摧毁,那时毁得可真痛快。他们小辰光踏的桥,游泳过的小河,全变成了水泥马路。河边的老房子不见了,她小辰光玩耍的河滩、洗过衣裳的河埠头都不在了。

从前的小孩子,现在变成中年人了。从前的中年人,现在变成老人了。从前的老人,荡发荡发,去另一个世界了。

这条河还在,衰老的、快流不动的样子,但还没彻底干涸,时常还要卖弄几下老艺伎一般的风情,给外来的游客。

冬至那天,他在桥上拍了一张相片,郊寒岛瘦。他飞出去那么远,乡音比她说得更地道。他说得自然而然,这平和的语调在她心目中是高级的。要是换了别人说,她可能会觉得这乡音土得掉渣,是端不到台面上的。

他们荡发荡发,荡到河边水北街东首,一家老朴素的茶馆。下午三四点钟,又是平常日子,茶馆外的水北街上冷冷清清,雨一直下。再往东走几米路,是姚宅,两百多年历史,清朝时,姚家门庭显赫,也是镇上大户之家。如今大门紧闭,门前杂草丛生,里厢雕花牛腿,花门花窗。姚永兴酱园东家的房子,据传是俞曲园的丈母娘屋里。

茶馆内,只有他们两个人坐着。她就跟他说,我讲个故事给你听。

他静静听完,叹口气,若有所思。

此时又有一对男女顾客进来,雨落得更大了,两个人不说话,歪着头望着窗外,看天落雨。

雨快停了。走出店后,他们走去早已废弃的顺德码头,以前的登船处,有个人坐在小椅子上钓鱼,像尊石雕那样,对着运河一动不动。

再往东走,想走去从前的丝厂旧址,居然已是尽头。一大片铁皮围栏将向东的路阻断了。她看见一架简易梯子搭在围栏处,似乎有人翻越梯子进进出出,她好奇,让他替她扶住梯子,爬了上去。

你穿着裙子还乱爬,小心钩住了。他说。

放心,我从小是爬梯子高手,猴子一样。她登梯四顾,只见前方的路,已是一片巨大的废墟。她下来,又换他爬上梯子。顾盼,巨大的废墟。一时都有点苍茫感。

这时一个脏兮兮的捡破烂的流浪汉走过,冲他们傻笑,口中念念有词:来白相,来白相。流浪汉在废墟旁的墙角撒了一泡尿,朝她的方向,一脸欲仙欲死地说了句土话。

他赶紧拉着她快步走开,往河边的水文站走去。他说,还好我们小时候的水文站还在。

她说,现在是枯水期,运河的水也很浅。

一边走,她边悄声说,这个人长得好像从前我们街上天天碰到的毒鬼金发啊。他说,我也觉得像。她笑道,毒鬼倒是哪个朝代都不缺的。

他们在边上老顺德码头的水泥石阶上坐了会儿,这时细雨像河上起了一层雾。静默。

他叹息,真静啊。没有船了,感觉河都成了死水。

坐了一会儿,水泥板的寒湿气慢慢溢上来,她感觉屁股发凉。他们站起来,离开老码头。穿过一排老码头的花窗,看了一眼那个还在钓鱼的人，钓鱼人一动不动，也不知有没有钓到鱼，她脑子里闪过一个念头：这个人，真有点像姜太公钓鱼。

## 少年游：序曲

一九八七年，七夕。

序幕是少年何易从和靳天的一次半路凉亭之旅。那时栖镇是一个不大不小的江南镇子，沿着河流过的地方，有四个尽头。东南西北，河的支流，也有尽头。走着走着，就荒芜了。

那是两年前的初夏，一日黄昏，吃过夜饭，靳天荡发荡发，从市心街走到东横头，叫上何易从，一起往09省道上走。他们沿19路车的线路一直向北走，走着走着，出了栖镇界域。

那时易从在栖镇，靳天在临平，上不同的高中，不过一到周末假日就腻在一起，青春期少年开始分享彼此的秘密。易从刚读过《聊斋志异》，是用压岁钿从镇上新华书店买的，自己看完后，又借给了靳天看。

两少年在荒凉夜路上走，何易从给靳天讲《聊斋志异》里的女鬼故事，先讲聂小倩和宁采臣，讲得激动了，忽然说，我以后没准就是宁采臣。听得靳天艳羡起来，两人一路上争论起哪个女鬼最好看，靳天说梅三娘，又觉得阿宝更娇艳，又觉得辛十四娘美艳，易从初时认为聂小倩最美，又动摇说连城也许更美，才貌双全，又说婴宁也很美，一听名字就古典美。

走过了半路凉亭，再往前走，又走了十几分钟路，看天上星星不是很多，靳天说我们回转吧，天墨黑了。何易从忽然豪情满怀，说，我想要走到世界尽头。

两个少年把臂同游，又走了一站路光景，公路上没有路灯，靳天就用打火机点一下照明。靳天那时候赶时髦，偷偷学抽香烟，口袋里有了石狮货（石狮，福建小镇，八十年代批发小商品，时髦的集散地）的打火机。

走不动了，靳天看了一眼手表，已经九点多了。两人终于折回，又到了半路凉亭，又累又渴，就坐下来。半路凉亭的破败亭子上有联：雁将往候芦先黑，露到浓时月有烟。何易从磕磕巴巴念了两遍，说，又是黑又是烟的，这种荒郊野外的古亭古寺，最是女鬼出没、勾引赶考书生的地方。靳天说，这时候《画皮》里梅三娘一来，你肯定就跟她走了，然后半路就被吃掉了。易从说，我怎么会，你才会。

打量四周，黑咕隆咚，虫声啾啾，又不时闻乌鸦寒号，直叫得人心里发毛，汗毛倒竖。易从说，慌兮兮的，回去了。靳天笑说，胆小胚，还说要走到世界尽头。这时一只大黑野猫嗖地窜过脚边，靳天跳了起来，一跳又碰到了柱子边结得密密的蜘蛛网，粘了一头蛛丝。易从笑道，蜘蛛精来抓你了。

他们在这荒野刺激中，疾走离开半路凉亭。一路上，靳天怪叫一声，大笑着说，也许古寺那边有好多漂亮女鬼游荡的，下次我们晚上带上个大手电筒去吧。何易从说，走路吃不消吧，道古寺要走三小时，不如我们借两辆自行车骑过去。最好再叫上戴正，三个人胆子壮。何易从又说，你晓得不，道古寺以前是杀头的刑场。靳天说，我晓得，我们血气旺，不怕的。

七夕前一天下午，何易从到靳天家，商量一起出去骑游的事。靳天说，明朝我们再叫上几个同学，一起骑车去郊游。易从说，我们去哪儿呢？靳天说，超山太近，余杭骑车有点远。易从说，要不我们跟你去临平，骑车一路玩过去，老是听你讲，你们学校铁路边上有个小水坝，你小子爱在那里放风，带我们去看看。靳天说，那倒没问题，我让我妈煮点茶叶蛋，再带点甘蔗。这时靳天妹妹靳瑶进来，见哥哥死党何易从在，就问，易从哥哥，你们在谋划什么？易从笑笑说，我们明朝想去郊游。靳瑶说，带上我吧，我也要去。最近我哥哥老不带我玩。易从说，只要你骑得动车，就可以带上你。靳瑶说，当然骑得动，不要小看我。

靳瑶比靳天小两岁，这会儿也是十七岁的姑娘了。靳瑶长身玉立，脸盘子也俏丽，家里叫她瑶姑娘，从小受宠爱，偶尔也任性使气。靳天的同学中，到家来厮混最多的，就是何易从，因此瑶姑娘从小跟何易从就熟。瑶姑娘学习一般，父母要靳天多辅导妹妹功课，时间久了，靳天也有些不耐烦，况且妹妹又不肯认真听他的。靳天上高中，离开栖镇去县中，其中一个原因，就是想逃避老要给妹妹补习功课的责任。男孩子，内心毕竟是贪玩的，不想整天当哥哥，背责任。有时瑶姑娘数学和物理卷子上的试题不会做，事后要订正，若是正好何易从在靳天家，靳天就把辅导妹妹的事推给易从，易从只好认真给瑶姑娘讲题。瑶姑娘不笨，易从讲的，她基本上能懂，就是平时心浮气躁的，不肯用功。后来靳天笑着说，看来易从辅导功课比我在行。我妹妹呢，我跟她说效果差，你一说她就懂了。易从只好说，瑶姑娘在亲哥哥面前调皮。

何易从听了天气预报，说第二天傍晚有雷阵雨，大家仍决定走。次日上午九点，郊游去临平的小分队，三男两女，五个人在靳天家聚拢，五辆自行车，两辆凤凰牌、两辆永久牌、一辆飞鸽牌，浩浩荡荡出发。何易从又叫上了戴正，靳瑶又叫上了小姐妹杜秋依。

小姑娘家的心思，就像江南三月天气，阴晴变幻不定。秋依曾经是何易从的小学五年级同桌，又因演过《杜十娘》中的小丫鬟，是栖镇中学的小名人。秋依小辰光就住在靳天外婆家隔壁，所以从小跟瑶姑娘是玩伴。后来瑶姑娘随父母住回市心街，两个小姑娘还时常相约长桥头见面，然后手拉手一起去上学，要么一起找同学玩，好得跟一个人似的。两个小姑娘又都长得俏，无心思读书上进，成绩马虎，也从来没有想过要考大学，私下里还喜欢对男同学评头论足，只是各有自己的小秘密：秋依喜欢瑶姑娘的哥哥靳天，不过对靳瑶不好意思说，怕靳瑶笑她花痴。瑶姑娘从小接触最多的，不是自己班级年级的男同学，而是时常来屋里玩的哥哥的男同学，她一开始有点喜欢何易从，后来又喜欢哥哥的另一个同学刘晓光，看起来，刘晓光比何易从高大帅气，也热情亲切，而且是学校第一男歌星，每有文艺表演，刘晓光是男生中最耀眼的那个。刘晓光足球也踢得好，是校队前锋。何易从斯文瘦弱，对文艺表演和体育比赛的事，一概淡漠无为，像书呆子，眉宇间又有些不可捉摸。

瑶姑娘不爱想问题，只爱想心事。自从有点迷上刘晓光之后，就把何易从抛一边了，有时又觉得，刘晓光好是好，如果何易从对她热情一点就更好。

这日早上，众人兴致不错。骑车带风，一路郊野，风吹稻浪。一行人很快骑过了半路凉亭，又到了超山，两个女生叫吃力，说要去超山休息一下，戴正说，那我们去找钟晓伟吧。

钟晓伟是他们在超山的同学，家住超山大明堂边上，他们家这几年种梅树，又承包了蜜饯厂，屋里开青梅酒作坊，屋里条件好了，他父亲兄弟俩合盖了两层的小楼。超山的后山有一大片墓地，很多栖镇家族的先人就葬在这梅花山上。钟晓伟家和戴正家祖上就有来往，结过坟亲，戴正家每年清明去超山上坟时，都会送烟酒水果等礼品给坟亲家，借些锄头铁耙等工具去整理家族墓地。上坟之后，客气的坟亲家又会留戴正一家吃饭，杀只鸡，烧条鱼，炒一盘落花生，地里摘点新鲜蔬菜，一边吃，一边唠唠家常。坟亲，也是一门亲眷啊。

戴正领大家拐进一条进山的小路，骑一段路，很快见一排新造的农民房子，最新的那个独门小院，就是钟家的。大家跟着戴正推门进去，见钟晓伟正在洗一箩筐的青梅子，戴正笑嘻嘻说，钟晓伟啊，你都已经会赚钱啦，果然厉害。一边抓起一粒青梅塞进嘴巴，然后牙被酸得直跳脚，逗得众人大笑。钟晓伟赶紧放下手上活计，招呼大家坐下，一边憨笑着说，这种青梅，要用很多糖腌过才不酸，要么浸白酒，那酒劲道很大的。靳天说，听得我要流口水了，还想吃梅子酒。戴正说，小辰光看《三国演义》，青梅煮酒论英雄，那个向往。后来街上看到有卖青梅的老太太，一小盅里有三颗，很大的，五分钱。靳天说，我晓得，超山的梅花，大多会结梅子的。钟晓伟讲，梅花花落结子，分青梅、花梅两种。青梅花纯白，果实纯绿，俗称家梅。花梅花白，带点微红，果实绿中带红，俗称野梅。我听我爸讲，以前超山的青梅运到杭州，乘轮船走运河水路，直达拱宸桥，一船梅子，大概装五十担以上，苏州商人上海商人，也来收购。现在我们刚开始自己加工，想多挣一点。戴正笑道，好的，钟晓伟会做人家的，将来说不定是大老板。

钟晓伟的爸妈，都在自家厂子里忙生活，只有他孃孃在家。孃孃张罗着给大家泡馈糍汤，每个碗里加两勺白糖。大家正好有点饿，就着茶叶蛋，满头是汗地吃得香。吃完后，又嗑了一会儿瓜子。钟晓伟不是读书的料，毕业后就在屋里的蜜饯厂做生活了。在学校里，钟晓伟忠厚开朗，人缘好，他超山的家，离栖镇不远不近，时常成为栖镇同学去超山玩耍时的据点。

钟晓伟的孃孃在厨房忙活，过了一会儿，又端出每人一碗的荠菜馄饨。这一顿午饭，大家吃得又香又美。易从见坐在对面的两个女孩，鼻尖上都有小汗珠，亮晶晶的，瑶姑娘和秋依都是栖镇人说的美人胚子，只是瑶姑娘看着干练一点，秋依却有些说不清，易从的心思，飘忽不定。

钟晓伟孃孃跟他们拉家常，说，你们镇上读书人家好呀，我家阿伟，明年要定亲了。结了亲，成了人家，就是要挑大梁的男人家了。钟晓伟难为情地笑笑。靳天说，你小子厉害的，哪里的姑娘呀？孃孃说，同一个村坊的姑娘，我们从小看到大的，贤惠，懂事，靠得牢。钟晓伟嘿嘿笑着说，从小就认识的。戴正说，哟，青梅竹马呀！郎骑竹马来，绕床弄青梅，钟晓伟超山人，从小就是这么过的。这时秋依偷瞄一眼靳天，瑶姑娘偷瞄一眼易从，各自似有若无的小心思浮荡了几下。

靳天和易从，听得有些暗暗心惊。易从想，钟晓伟明年就要当人家的丈夫，然后生儿育女，这人生步伐，是不是太快了？本来是出来解闷的，可此时靳天想到好久不见的湘湘，心里又起惆怅。

一行人又继续出发。戴正想叫上钟晓伟一起，他真心觉得人多点好玩，特别是应该男生多点才好玩，现在五个人一行，他倒是有点落单。可钟晓伟却像个懂事的大人，想了想就说，我还是不去了，万一落雨，我还要把晒在外面的蜜饯原料收回家。

他们就告别了钟晓伟，走出钟家院子。戴正感叹道，钟晓伟老实人，都要讨老娘挣钞票了，我们还在荡发荡发。靳天笑道，要不要我们给你相一门亲事，你也早点讨老娘，你们一对老子老娘荡发荡发。众人笑，戴正忙说，我不要，我不要，老娘么，麻烦煞，哭哭笑笑，烂糖鸡污搅搅。易从说，钟晓伟就不怕麻烦，介早要当老子。靳瑶说，你爸要不讨老娘，哪里来你？戴正连忙说，我就要学庄子。靳天更笑道，戴正不想当老子，只想当庄子。戴正叫道，我是讲，学老子讨老娘，不如学庄子逍遥游。易从说，你们在讲绕口令，老子庄子，还有竹子梅子呢。

接着过了小林、蓬坞。这一路上，戴正是骑得最快的那一个，不像靳天和易从，要照顾着和两个女生保持同步。戴正经常一个人骑到了一百米之外，再慢下来等大家上来，口里还要嘀咕。靳天喊，你小子，追风少年啊。一会儿，戴正又说，看来是两个女生严重拖了我们后腿。秋依就没好气地说，那你一个人先去，到目的地等我们好了。戴正想想，一个人先走，也是无趣。

骑到蓬坞，一家小店前，大家停了车歇脚，在路边吃了根赤豆棒冰，又继续上路。终于骑车到了临平，一看时间，下午两点半钟。靳天说，等我们回来路上，再去道古寺转转。

靳天带着大家走过临平东大街，过一座小桥，路过火车站时，戴正说，想想我们栖镇，从来没有见过火车，只有轮船。临平有火车站，这点好，有了火车站，就可以去几千公里远的地方。易从说，早个十年，你可以坐上火车，三天三夜，去黑龙江插队落户，在那边讨个东北老娘。戴正说，黑龙江我不去，我喜欢江南，叫我去苏州插队，我就去。靳天说，我在临平读书，夜自修前，学校外面荡，觉得绿皮火车蛮有味道。

易从说，靳天读书的地方，原来是一座庙，叫龙兴寺。秋依说，反正靳天又不会到庙里当和尚。靳天说，我还没有看破红尘，倒是夜里在寝室睡不着时，听着火车"哐啷哐啷"的声音，很想跑到老远的地方去。

瑶姑娘说，我哥哥喜欢火车的声音，易从哥哥是不是喜欢轮船的声音？易从笑说，我有点后悔了，从小听多了轮船的声音，当时应该跟靳天一起到县中读书，起码可以换个火车声音听听的。靳天说，当时我叫你，你说要住校，算了吧，你比我恋家嘛。易从说，我也不知为啥，也不是恋家，大概是缺乏动力，安于现状。戴正笑道，反正你们俩又拆不散。

他们荡到学校后面的空旷地。旷地之上，小野花野草丛生，铁轨隐隐现现，伸展向远方。三个男生走在一起，两个女生走在后面，自顾自咬耳朵，窃窃私语，不时发笑。又走到一条小河边，河水干净，无声无息。靳天说,我们学校边上的河,比易从家门口的运河窄多了,不过有河就好。再过一个月,这里又是芦花满天飞了。

戴正说,以前栖镇到临平,也是有河道的。我爸说过,解放前,有几年,临平的人要到栖镇来读书,就是坐船来的。

靳天说,有两次,我跟班里男同学荡到这里来,想爬到苕溪水文站那边的坝上去,结果看到陈易知同林茵茵已经坐在河边坝上,我们的领地被女同学霸占了,只好荡到别处去了。她们呢,很开心的样子,还唱费翔刘文正的歌。

易从若有所思,想起自从陈易知去了县中读高中后,他已经好久没有见过她了。就说,不知她们考得怎样。陈易知心高气傲的,也不知她想考什么学校。

戴正说,县中有名的两个学霸,考不上就见鬼了,再说呢,陈易知一向用功的,课间还要捂着耳朵背书。

易从说,陈易知听到又要骂你啦,伊最怕人家讲伊用功。

戴正说,反正伊也听不到,不晓得这会儿在做什么,要是没考好,肯定就在屋里哭鼻子。

易从说,你不要瞎咒人家。

戴正说,伊从小对我凶巴巴,还骂我"小死尸"。

易从说,以前伊也经常回过头来瞪我的,我都不晓得哪里得罪伊了。

戴正说,对你还算好的吧。我看伊老是跟你讲东讲西。

易从说,有一次伊请假去上海,回来后,问我上趟去上海,有没有去看海?我说没有,吴淞口离我亲戚家有点远,我只在外滩边逛了逛。伊就白了我一眼,那是黄浦江,不是海。我说,黄浦江还不是流进东海去的。伊讲我长这么大,海都不看,就晓得买军棋,真没劲。我想我看不看海要你管。

靳天叹气道,唉,我爸当海军时,一天到晚在海上漂。我倒想跑远一点,去北京学法医。

戴正说,我只欢喜家乡,最好一辈子待在江南,吃吃茶,听听评弹,看看戏文,看看桥上风景,最好空的时候到河边钓钓鱼,学学姜太公,学学桐庐严子陵。我这个人,没啥理想没啥追求的,看不看大海,我倒无所谓的,从小到大,一天到晚看水,看大海,跟我们上次站在武林头码头边的桥上看野眼,四面都是河,有很大区别吗?

靳天听到"武林头码头"几个字,惊涛拍岸,卷起千堆雪,心思杂杂沓沓,拐到湘湘那儿去了,眼前闪过那日他和湘湘亲热的乌篷小船,湘湘蜜一样的气息又扑面而来,就听不见别人在说什么了。

这时秋依跟瑶姑娘走过来,两人身上一绿一白的连衣裙,被风吹起了裙角,额前的刘海,也被风吹得摆动起来。何易从见着,想诗中写的青柳枝一般美丽的女孩子,大概就是这个样子。

不知不觉中,易从手里采了一把苍耳子,瑶姑娘见到,就笑起来,说,你要干吗?易从懵懂,说,我没有呀。

秋依撇撇嘴,笑着说,你们讲阿知呀,不过呢,女同学都不大要看伊的,伊嘲笑班里女同学,讲她们上个厕所,都要勾肩搭背,纤瑟瑟,伊喜欢独来独往。

戴正哈哈笑着说,伊整日一本正经,怪不得孤家寡人。

秋依说,小辰光我也跟阿知好的,后来不一道了。

易从想起陈易知凶他的样子。有一次,

易知坐他前面，梳两条小辫，她发现自己头发上挂了好多颗苍耳子，以为是他干的，凶巴巴找他算账。他并没有，就很生气地要她不要乱冤枉人。陈易知这会儿在干什么？

从前四月天春游，到了野外，戴正等几个没心没肺的男同学总是爱采一堆苍耳子，偷偷扔到女同学们的头发上，然后在后面嬉笑。何易从羞涩，未曾干过这等恶作剧。易从这才反应过来刚刚瑶姑娘笑什么，连忙把手里的苍耳子扔掉了。

《诗经》中说，采采卷耳，可能这苍耳子就是卷耳。

他们在县中附近荡到了快五点钟，靳天说，不如去找我高中同学唐云玩吧，他是我高中的哥们，我们一起吃了夜饭再回去。

瑶姑娘和秋依有点乏了。秋依心里别扭，一路上，靳天离她不远不近，何易从又好像更关注瑶姑娘。秋依就说，我想去我娘舅家吃饭，再洗把脸。瑶姑娘说，那我陪你去。靳天想想也好，带上两个小姑娘总归麻烦点，而且人也有点多，去蹭饭不大好意思，不如让她们在秋依娘舅家吃饭，住一宿，明朝再慢慢回来比较好。

于是兵分两路。靳天带着易从和戴正，骑车去了唐云家。唐云家在临平山脚下一个大院子里，大院子一共三户人家，好像都有点来头。唐云姆妈见栖镇小客人很客气，说起他们一家老房子在栖镇南横头，一直住到唐云十五岁，唐云爸工作调动，才从栖镇搬到临平。唐云喜欢栖镇，每年寒暑假都要去栖镇找老同学玩，有时一玩三四天才回家。

唐妈妈去院子里的鸡笼里，抓了一只自己养的鸡杀了，做白斩鸡，鸡汤烧成菠菜豆腐汤，炒了雪菜时件，再剥几个松花蛋，招待小客人们吃夜饭。夜饭有井水里浸过的凉爽的啤酒，唐妈妈说，你们是大人了，天气热，可以来点啤酒消消暑。这是男孩子们第一次正大光明吃酒。四个少年碰了杯，祝大家都考上大学。靳天发现啤酒很好喝，将杯中酒干了，感觉自己胸中有了豪气。戴正三口四口牛饮，觉得解渴，不过好像还是汽水更好喝。只有易从皱皱眉头，笑笑说，我不会吃酒。唐云笑说，喝点酒，才有男子气概，我已经可以跟我老爸干杯了。戴正说，何易从就算了，初三暑假我们一道白相，我拨伊空腹吃了一碗甜酒酿，伊醉了大半天，吓都吓煞。易从说，有种人天生酒精过敏的，我好像是。

唐云提议，晚上一起去看场电影，靳天想想太晚了，就说下次你来栖镇，我带你一起去看电影。

晚上七点半，三个男生踏上了归程。这时天已经黑下来了，比白天凉爽多了。一行人骑了廿来分钟，不觉已到了道古寺附近。靳天说，我每星期经过一次道古寺站头，倒是从来不晓得道古寺真面目，我们去看看吧。

于是，三个人骑骑停停走走，一边问路，终于看到一座像是早已废置的老房子，也不知是否是当年的道古寺。戴正说，这些庙大概解放后都废了吧。他们围着房子转了一圈，何易从发现后门虽然锁着，但是两扇门之间的缝隙很大，人完全可以侧身挤进去，他又比较瘦，马上就钻了进去，靳天和戴正随后，也一一进了门。里面光线更暗了，靳天拿出手电筒，照了一圈，说像是从前的庙，不过可能里面的菩萨早就没了，早就"破四旧"了吧。三个少年正好奇地东看西看，忽然雷声从远处到近处，滚滚而来。接着一道道闪电，夏天的雷阵雨来了。

易从说，果然是老天让我们到道古寺来躲躲雨，不然在路上的话，淋成落汤鸡了。戴正说，还好瑶姑娘和秋依不在，不然又要娇滴滴乱煞了。

郊外的雨下了有半小时，电闪雷劈，再变成哗哗大雨，渐渐雨点小起来，他们开始觉得新鲜，夜里道古寺躲雨，还好自行车没有淋得很湿。后来又觉得无聊，想雨快点停。戴正说，我妈以前在小林工作，带我弟弟住单位宿舍，礼拜六才回家，后来回到栖镇，我弟弟反倒被瓦片敲坏了脑壳。我妈总是说，早知如此，宁可不调回来。戴正忽然严肃，倒使三个人沉默了。

雨小了，三个少年从坐着的一处避雨的廊檐下站起来，观察周围的地形。戴正说，我正好找个角落撒泡尿，刚才啤酒喝得有点多。靳天说，我好像也有点想撒尿。他们俩就去找地方。易从独自顺着廊檐往里走，又推开了一道门，也许是眼睛慢慢地适应了此处的黑暗，反倒比刚进门时看得见了，原来里面一进还有院子，也有蜿蜒的廊檐，易从就往前走。雨声渐止，忽然听到奇怪的、有节奏的声音，像有女孩子在哭泣似的，呜呜咽咽，觉得诡异，想过去看看又不敢过去，就站立定细听，又听到粗重喘息的声音。居然还有人说话，喘息着说："阿芬，好不好，好不好。"易从听着，忽然心头大乱，失了方寸，石佛一样呆在那里。又听得女声带着哭声说："你天天带我来这破庙，姆妈晓得了不会饶我的，我要有小人了怎么办。"又听得男声急切地说："这里没人知道的，你要是有小人了，我带你去广州。"女声泣道："你要是玩弄我，我做吊死鬼去。"又是哭泣，又是呻吟，易从听得，浑身一颤，竟冒失地从裤子后袋里拿出很小的一枚手电筒，打开，往声音的方向照了过去，只见光亮处，一男一女，在长廊木椅上交叠在一起。

易从一时愣住，又羞又怕，怕有人追他，赶紧快步疾走，急急出来的时候，和正想推门进来的靳天撞了一下。

靳天说，你这么慌张做啥，撞上鬼了？

易从说，真的有鬼，快走吧。

靳天嬉皮笑脸说，我不信，男鬼还是女鬼？要是女鬼，你别怕，我去见见。

易从说，别去啦，男鬼女鬼都有。赶紧走吧。

易从心慌慌地催促着，又强作镇定。三个人离开了疑似老道古寺的这个地方。外面雨已经停了，树上有鸟儿的叫声。一路上，戴正说，这不知道是不是从前的道古寺，还真有点像《聊斋志异》里的荒郊古寺啊，我去撒尿时，一只黄鼠狼窜过，吓我一跳，我以为是狐狸呢，尾巴很大的。

易从想着他听到的那一句话，"我做吊死鬼去"，也不知道被压在男人身下的叫阿芬的女子为啥要这么说。易从想到《石头记》里的男女之事，司棋和表哥潘又安也做了这样的事，被鸳鸯撞到，事后怕传出去，怕得要死。易从的心里，觉得沉沉的，又是惆怅，又是担忧阿芬姑娘。可一路上靳天问他到底看到什么了，易从又不肯说，又想着男声说的"去广州"，到底是什么意思。

雨后，回到栖镇，差不多九点，人困马乏，各自回家。这次临平道中的郊游，在靳天和易从心中都留下了烙印，只有戴正，来去一身轻，雁过无痕。

198

# 沉 船

## 壹

一九八七年,何易从和陈易知十八岁,身高分别是一米七二、一米六。戴正十九岁,身高一米六九。靳天十九岁,身高一米七七。这一年,栖镇这运河大码头似乎有点萧条下去的迹象。

处暑之日,何易从闲坐东横头家中,听到半导体收音机里,一段老生的昆曲唱腔,不觉入耳,一听之下,却有几分沉郁,原来是昆曲名家计镇华的《开眼上路》:春深离故家,叹衰年倦体,奔走天涯。一鞭行色,遥指剩水残霞。墙头嫩柳篱畔花。见古树枯藤栖暮鸦,叉桠。遍长途触目桑麻。江山如画,无限野草闲花。这是戏词。过几日要去省城上大学,易从望着河上船来船往,不觉又呆呆的,有点惆怅。

处暑前后,陈易知乘19路公共汽车去临平女同学林茵茵家白相,做了几日客。易知跟林茵茵告别,再乘19路回栖镇。下车后,过一号桥,照例又走东横头河边的小路,这条河边的小路,从东横头走到西横头,六年时光,来来回回,走了上千遍。从何易从家门前路过,每次会朝他屋里看一眼,看看他在不在家。从此以后,不会时常走了。

这次路过易从家时,他家的门关着。镇上住运河两岸的人家,白天有人时都不关门,邻舍隔壁,时常串来串去。那时民风淳朴,外来人口少,大白天关门是很奇怪的,你家白天神神秘秘,会被人背后戳脊梁骨。易知不知道,这一天易从也出门了,去了上海娘舅家小住。

八月的一些日子,考上大学的镇上发小们,打发暑假最后的轻松时光。吆五喝六,从这家屋里跑到那家,打牌跳舞,吃喝郊游,不亦乐乎。

没有考上大学的同学,与考上大学准备出发的同学楚河汉界,听说已经有好几对谈起了恋爱,只有班花沈美枝凄凄惨惨,被男朋友高庆甩了,天天在家哭得梨花带雨。后来沈美枝气不过,叫了吉彪等几个男同学,把高庆和"财仙婆"打了一顿。后来又听说,沈美枝顶她妈妈的职,去了红旗丝厂。厂里青工白天上班,晚上经常一道跳舞,沈美枝成了舞会皇后。

"财仙婆"是镇上对妖媚不正经女青年的蔑称。沈美枝在其他女同学眼中,也属"财仙婆"一流,当然这里面也可能有嫉妒的成分。传说沈美枝高中还没毕业时,就时常逃课,跟社会上的男青年鬼混,时常被人看见在长桥上荡来荡去,压马路。这一次,沈美枝只是碰上了比她道行更高的"财仙婆","木郎"高庆被抢走,沈美枝无力回天。另一位美女杜秋依曾亲见过沈美枝在校园里抽泣,正好给上厕所回来的秋依撞见,原来是沈美枝在学校教学楼下走路的时候,被三楼吐下来的一口飞痰击中,那口痰正好落在她的秀发上,沈美枝恶心得哭了。据目击者说,吐痰的是另一个班的女生,也是个"财仙婆",看中了高庆,因为看不惯沈美枝在高庆面前妖里妖气,就暗地里恶作剧出气。

消停了几个月,高庆看中的女子换成

了煤球厂会计，一来二去好上，两人郎情妾意，蜜里调油，没料到后来女方却变卦了，看上了另一个在县城的干部子弟。干部子弟气宇轩昂，彬彬有礼地找高庆谈判，说女方已经不喜欢他了，还是和平分手的好。高庆黯然神伤，方知这男欢女爱的事，自己并非要风得风，要雨有雨，螳螂捕蝉，黄雀在后。高庆不甘心，有一天厂里调休了半天，沉着脸走进煤球厂，穿过几个黑压压堆满黑色物体的车间，见到几个戴口罩的工人装煤卸煤，心情压抑。好不容易找到会计办公室，人家告诉他，那女子昨日请病假了，只得灰溜溜地回去。

这时沈美枝又回转来，对高庆百般示好。沈美枝每天下了班就去高庆家，高庆喝醉，美枝也陪他醉。高庆赶她走，她默默在一边不声不响。拉锯了三个月，高庆有点心软，有一天又喝醉，问美枝，我对你凶巴巴，又三心二意，你为啥还这样对我，我也不是铁石心肠，也觉得对不住你的。美枝讲，我读初中时，有一回，跟我姆妈去栖镇剧院看戏文，看的是《梁山伯与祝英台》，也不知哪里来的剧团，戏文结束时，我看到边上坐的就是你，你眼圈有点红红的，好像流过眼泪，我印象特别深，后来学校里看到你，才晓得你是我们高年级的，教室在我楼上，后来我就老是注意你。高庆说，不会吧？我看戏文流眼泪？讲笑话。美枝低头垂目，不吭声。高庆说，我想起来了，确实是去看过这个戏文的，我那天一个人去的。沈美枝说，当时我也看得眼泪汪汪的，后来才晓得你是高庆。高庆嘴上说沈美枝是琼瑶看多了，心里却有几分感动。

心灰意冷间，高庆答应跟美枝结婚。十月，陈易知、杜秋依、戴正和靳天，都去吃了高庆和沈美枝的喜酒，高庆和沈美枝亲戚朋友都多，喜宴共办了五十桌。大婚那日，沈美枝的嫁妆，从水北绕一个大圈，一船花花绿绿的嫁妆从船上款款运来，陪嫁丝绵被就有十几床，登岸再走一段路，到了高庆家，高庆的苏州姆妈拿出压箱底的金货，项链手镯戒指全套行头，送给了新媳妇美枝。又拿出压箱底的绣花苏缎，给美枝做新衣裳。苏州姆妈性子耐，手巧，美枝喜酒上要穿的一套中式衣裳，伊亲手给美枝量体裁衣，衣裳做好，美枝试穿，好看得像是从老底子香港电影里走出来，新郎官高庆也是风度翩翩，气宇轩昂。这是栖镇大大小小的工厂工人阶级最后的风光了。

关于栖镇美人，这一届的镇上高中生中有个说法：沈美枝和杜秋依谁是第一美人？男生偏向认为杜秋依最美，女生普遍认为沈美枝最美。为什么男生女生会有这种认知偏差？谁也回答不了。共同的是，沈美枝和杜秋依都与大学无缘。

这夏日喧嚣中，陈易知参加各种大大小小的聚会，一次也没有撞上过何易从。

一日半夜，运河上乒乒乓乓，发出船只相撞的响声，几条大船上人声嘈杂，一会儿又听见河上汽笛声大作。船上喇叭叽叽呱呱通告事故的声音，易知在楼上睡着了，听不大真切，只是觉得这一天的夏夜，河上特别吵闹，到后半夜才昏沉睡去。第二天清早醒来，开了木花窗，朝桥那头张望，才发现一只水泥船一半沉没，一半搁浅，占领了七孔长桥下一个桥洞的航道，船上的人早不见踪影，应该是转移到别的船上去了。

清早五点多，环卫所的装粪船按时停靠河埠头。易知起来，帮嬢嬢将马桶拎下楼梯，放到家门口，再上楼补个回笼觉。等环卫工人收拾后，又帮孃孃去河边刷了马桶。上午闲着无事，又用火钳钳了些刨花，点燃了煤饼，帮孃孃发好煤炉，烧好开水。这时候，孃孃喝的还是运河水，水装在大水缸里，用明矾过滤几日饮用。离公用自来水龙头近的人家，已经开始用自来水。

易知孃孃在老房子门前嘀咕，罪过的，罪过的。我活着，不要看到桥撞塌掉就好了。

镇志上讲，大清同治年间，京杭大运河上才有了第一艘运货轮船。到光绪二十三年，有了小客轮，从此江南人可以坐小客轮去北方，北方人也可以坐轮船，沿着运河下江南，过长江，无锡、苏州、上海、湖州、嘉兴、杭州，都是真正江南好地方。

这日一早，栖镇航运部门，就在桥墩周围围起了警戒线，过往船只少了两条通行的航道，行船变得拥挤。很多拖着十几条拖船的货轮，排着队，依次缓慢行进过桥洞。船从易知家门口，一直堵到了易从家门口，一两小时过去，行行停停。

街坊邻舍议论，昨日晚上有条船被撞沉了，还把长桥的一个桥墩，撞了个窟窿。从同治年间到这日，这段河上沉过几条船？

前一晚，易从枕河而眠，也听到汽笛声半夜喧闹，又紧又密，不禁猜测，会不会有几只轮船的船老大喝了点酒，抢着过桥洞，打起架来了。听说运河上的船老大，晚上喝了点酒，夜里开轮船也会争强好胜，互相别苗头。有的船老大拜过师傅，学过点拳脚功夫，行走江湖以防不测，喝了酒火气大，血一往上涌，就一撑竿，靠拢了"敌船"，人跳到"敌船"上，喉长气急，双方扭打起来，个别的，听说过闹出人命。

动了刀子、浑身是血的船老大，被自家船上的人抬上了岸，急送到栖镇卫生所抢救，已经断了气，闯祸的船见事情搞大，连忙趁乱跑船了。

喧闹声中，易从比平常晚一些进入了梦乡。那天睡了懒觉，一夜睡梦中，又做了些纷纷繁繁的梦。梦见桥，大河小河，河水泛滥，哗哗地流，变成了海，他乘一只不大不小的船在海上漂，没有尽头，海上风大，要把他身上的白衬衫吹破了，冷飕飕的，海面上一艘船也没有，后来大雾中看到一座小岛，却怎么也靠不了岸。岛上雾蒙蒙的，有穿白色连衣裙的女同学站在岛上向他挥手，头发长长的，一时想不起是谁。易从靠不了岸，更加怅然若失。正慌张时，忽有一白衣飘飘的少女，已跟他在一条独木舟上，软语温存，半张脸头发遮着，他们就亲吻起来，亲吻的感觉非常逼真，可白衣少女的脸却模糊，认不清是谁。

日高三尺时，易从被轮船汽笛声吵醒，才发现春梦留痕。不禁回旋梦中情事，又被电风扇吹得鼻塞，易从头昏然，开始流清涕。母亲喊他下楼吃早饭，桌上摆着豆浆油条，一只水煮鸡蛋，易从没胃口，吃一点就放下。母亲数落他吃得少，从小吃饭，食量像只麻雀一样，平时大鱼大肉不太碰，男小人身体发育阶段，炖小公鸡给他，也不肯好好吃，怪不得连一百斤重都不到。易从慢吞吞吃咸豆浆，不响。母亲又数落，你害我被人家讲闲话，女儿夭折，一个独养儿子养得皮包骨头。易从低头不响。

母亲走开一下，易从坐在桌边看一份新到的《参考消息》，看到世界人口达到五十亿。母亲回来，收拾碗筷，仍数落他吃得精刁。易从就讲，我不过五十亿人之一，渺小得很，胖点瘦点，有啥所谓。母亲白他一眼，说，不晓得你脑子里整天想什么。

母亲出门买菜，易从懒懒走上木梯，穿过走廊到自己房间，走到朝向河的一排木花窗前，看到长桥桥洞下斜歪着的水泥沉船，心里闪过一丝奇怪的念头：长桥下的船沉了，这是一个坏兆头么？

立秋已过，天气时有雷阵雨，闷湿难熬。易从这一场感冒，拖延了几日，人有点怏怏的，靳天戴正来叫过，也不太想出门，宁愿自己独处，错过了几场假日小聚。夜里着凉，白天精神不振，偏又不肯昏睡养身，歪在床上，反复读家中的一本有点破的旧词集《花间集》。从那年无意中拾得范小姐的小楷诗词残简起，易从就喜欢独自琢磨古典诗词，似乎很多诗词短句，正合着少年心绪。这几日因感冒而英雄气短，只有《花间集》销魂。

易从读到花落子规啼，绿窗残梦迷，好像说的是昨夜深宵的自己。读到繁红一夜经风雨，是空枝时，想起昨夜梦中模糊不清的少女，隐隐作痛。读到夜船吹笛雨潇潇，人语驿边桥，又想起宝玉戏黛玉，我就是个多愁多病的身，你就是那倾国倾城的貌，惹得黛玉生气，又平添惆怅。读到忆来唯把旧书看，几时携手入长安，又有书生知己之感。读到千山万水不曾行，魂梦欲教何处觅，明明人在家中，忽起莫名乡愁。感冒使人感官迟钝，但易从仿佛见自己的病魂在《花间集》中游走，通体透明，变得很轻。

病体初愈日，母亲喊他去对岸买米。长桥东边有两处轮渡，镇上人叫东摆渡和西摆渡。易从上了家门口的东轮渡，到水北米行买米，再坐轮渡，背着米回来。摆渡船上，碰到老同学刘春燕。刘春燕是学霸，考上了交大，正意气风发。平时一个班上，刘春燕不怎么待见何易从，嫌他沉默寡言又瘦骨嶙峋，倒像个老道士。刘春燕智商高，人又好动，更喜欢跟班上运动型的阳光男生玩。这日渡船上一见何易从，伊倒是热情打招呼，又问起，几日不见，你怎么瘦多了。没等易从回答，伊自顾自讲起昨日夜里，很多同学一道，小学同学林茵茵也从临平来了，后来又去陈易知家聚餐，杜秋依也来了，说是给大家送行。后来又一起去镇政府团委办的舞会，闹到将近夜里十二点多才散场。

易从说，昨日这么多人呀。刘春燕说，我让靳天和戴正去叫你的，你怎么不来。易从说，不巧我感冒发烧了好几日。刘春燕说，最后的疯狂，再过几日，大家各奔东西了。易从说，真是遗憾了。刘春燕说，昨日靳天喝醉了，可能没考好，心里不痛快。易从说，大意失荆州了。刘春燕说，大学好不好，也是一时的，以后也难说的。易从说，十年后，不知道大家是啥样，都在哪里呢，人生无常。刘春燕说，戴正最神羊糊蹈（吴语，指行为或语言上乱来，不合规范），说这次高考，我们从前初一五班的男女生若要打擂台，男生险胜。重点大学，男生三人，女生两人。易从笑，真是个活宝。刘春燕说，这小子，我们初一大考，大家几分第几名，他都记得，什么脑袋。又说数学没考好，是被你吓的，你跟他讲好大学栖镇小地方人够不着。易从笑笑说，我这个人，是有点悲观。刘春燕直爽地说，我倒觉得你少年老成。易从由衷道，你和陈易知两员女将厉害的，一骑绝尘。刘春燕道，陈易知昨日还问起你怎么不来，说长远没看到你啦。

这时摆渡船靠岸，刘春燕和何易从说了再会，一个往东，一个往西走了。

时间快到中午，河上的船上人家，在船尾开始生火做饭，船尾是女人的天地，她们在操持着船上之家，洗米洗菜，下锅炒菜，小把戏们在母亲边上玩耍追逐，笑声很是响亮，一般总有两三个。因为行驶得慢，船上的生活，好像是水中央搭了舞台，嬉笑怒骂，一幕幕地表演给岸上的人看。这是一九八七年的运河场景。

## 贰

从栖镇坐船去杭州，武林头、清水港、三家村、余泾渡、义桥、拱宸桥、卖鱼桥，终点武林门。第一个码头，是武林头丝厂，已到德清地界。栖镇到丝厂站，轮船票五分钱。栖镇有好几家丝厂，这里有养蚕基地，乡下的许多人家养蚕，种桑树，拿桑树叶喂蚕宝宝，蚕宝宝很快长大了，结成茧子。茧子到了丝厂，女工们在滚烫的开水里捞茧子，才能剥茧抽丝。靳天有几个同学姆妈是丝厂的女工，手心都是一道道的裂痕，看着肉都痛。其实女工自己已经不痛了，结过几道痂，蜕完皮就好了，但别人家看了还是痛。时间久了，关节也不好了，湿气重，酸胀酸痛，都是丝厂女工的职业病。

运河河道到那个地方会宽起来，四面烟水滔滔。小辰光的靳天，觉得运河流到了武林头，就成了汪洋。河有三四分汊，像未知命运，巨大宽阔，所有的水，不知要流去何方。栖镇内外方圆十里的水域，有好几处叫"漾"的地方，靳天小辰光没见过大海，以为这就是"海洋"的模样。人到中年后，回想起来，依旧觉得这是很大的一片水，配得上叫气气派派的"漾"。

他们坐船，远远近近，总是出过门的，无数次路过这个码头，匆匆靠岸，不及登岸一探陆上，又随航船离开。虽晓得这里孤零零的有一座很大的丝厂，但他们还是想，有朝一日要踏上这里的地面，看个究竟。

初中毕业前，有个星期三下午，班级地理兴趣小组搞测量活动，班长靳天提议去武林头丝厂。一行六人在长桥上集合，下了桥，从水北往西走，走了一个钟头，又见到一座桥，名叫五福桥。再走几步，又见到一座桥，就是有点名气的武林高桥。靳天站在桥上，好像四面都是河，走了三十几步台阶，就到了桥顶。桥顶上四顾，只见河道苍茫，各个方向的船只，络绎不绝，百舸争流，一时觉得此地河山壮美。

地理课代表何易从说，这里感觉像一座河中的孤岛。但是很快，我们应该能看到武林头丝厂了。

他们沿着一排厂房外的河边走廊走，果然就是武林头丝厂的厂区。正大门有传达室，几个孩子报上了靳天伲娘的名字，传达室大伯笑眯眯就让他们进去了。到里面荡了一圈，大家争议起究竟新华丝厂大，还是武林头丝厂大。何易从眼尖，转角就看到了厂区有邮局，就下结论说，我认为还是武林头丝厂大，因为新华丝厂没有邮局，好像只有邮筒。大家想不出反驳的理由，就认同了还是武林头丝厂大。

一行人又见到了小卖部，一人买一瓶汽水解渴，橘子汽水和盐汽水三分钱一瓶，酸梅汤也是三分钱一杯。出大门，再西行，就是一片田园桑地，种桑树，种络麻。测量完毕，又在河边玩了会水，比赛打水漂。靳天打得最多，戴正第二，易从第三。易知秋依等几个女生，都不太会用石片打水漂。靳天戴了表，看看已是下午四点多，他们回转，往轮船码头方向走去，准备坐轮船回栖镇。

靳天说，听我伲娘说，武林头没有别的交通工具，就是坐船。武林头的轮船码头，比栖镇顺德码头还要热闹，一歇歇工夫，就有轮船靠岸，再离岸。好多船上旅客，上岸买点东西吃，马上再回船上。

易知说，唉，为啥介早回去呀，我真想在这里待一晚上。

戴正说，你一个人在这里，荡发荡发，百坦（吴语，慢慢来的意思）来。

易知说，是好百坦来。到晚上八点钟，武林头都有回栖镇的过路船。我还没去看水文站呢。

易从说，水文站门关了，今朝没人你怎么看？

易知说，为什么关了呢？也许值班的监测员出门了，等下就回来呢？以前我晚上在船上看到岸边的水文站，总是有灯。

易从说，我刚刚看到丝厂有家招待所的，你要是晚上要看水文站，可以住招待所，反正我们要回去了。

易知勿开心，说，有一回我船上一觉醒来，发现刚刚武林头靠岸，后来又睡过去了，结果发现，已经开过栖镇长桥啦，只好坐到新市，再回来。

靳天说，别犯傻了，你是未成年人，没有介绍信，谁让你住招待所呀。

易知说，我想看水文站，何易从居然叫我一个人住招待所。

杜秋依说，易知你要住的话，我陪你。

靳天笑了，说，其实我也很喜欢这里，风吹过来，感觉我们好像江湖中人。

戴正说，这么说，武林头也许是梁山好汉出没的地方。

易从说，等天黑了，你们女生小心被抢去当压寨夫人。

杜秋依就去打何易从。易知也笑说，秋依最有可能被抢去当压寨夫人。戴正说，我肚皮饿了，要么我们先乘一站轮船，到三家村去吃藕粉。易知说，你个馋痨胚，总是西湖藕粉好吃吧，再说三家村是杭州方向，你弄反了。

戴正又说，陈易知想看水文站，何易从你是地理课代表，应该留下来陪陈易知探求科学真知。

易从说，水文站我们镇上也有，为什么一定要在武林头看呢？陈易知总是天上一脚，地上一脚的，我要回家。

打打闹闹间，夕阳斜了。那个下午的武林头码头，依稀是初中毕业前最欢乐的时光。

武林头丝厂原来叫顺丰丝厂，据说解放前的资本家老板，后来天天挨批斗，跳井自杀了，但是顺丰丝厂改名为武林头丝厂后，一派新气象。住在栖镇水北的靳天的伲娘，户口在德清，十八岁起就在丝厂当女工。那时候工人还吃香，每天早班船去，晚班船回。说到武林头丝厂，总是热闹又有趣，夏天时常用热水瓶带回整瓶的酸梅汤，还有好吃的菱角和糖藕。靳天小时对武林头丝厂就心生向往，心想长大了，去武林头丝厂做技术工也不错。

三年后，靳天不曾料到，曾经去过一次的武林头码头，竟成了他一生的"风陵渡"。《神雕侠侣》里，风陵渡郭襄一见杨过误终身，靳天呢，他在遭遇青春的武林头渡口，一见"姐姐"误终身。

"姐姐"有个好听的名字，许湘柳。后来靳天在心里一直喊姐姐为"湘湘"。等他读过金庸的武侠小说《书剑恩仇录》后,"湘湘"的名字就改成了"香香",靳天觉得自己是那个有书有剑的翩翩公子陈家洛,许湘柳,就是他心目中的香香公主。自遇到许湘柳后,19路公交车上的售票员姐姐金枝,就成了霍青桐。

三十年后,靳天依然记得那天黄昏。这是高三的最后一个学期,三月天,春雨绵绵,柳丝抽芽。正是星期六下午,靳天随姆妈在杭州娘舅家给八十岁的外婆做寿,姆妈还要休息两天,陪外婆再住两日。杭州娘舅家住拱宸桥,也在运河边住,是杭丝联的双职工。舅母过年时酱了几只蹄髈,还有猪舌头,要靳天回去时,顺道带给在武林头丝厂的小妹尝鲜,因为在武林头丝厂的小妹,也时常捎新捕捞的德清雷甸河鲜给杭州的哥哥一家。

拱宸桥码头到武林头码头,水路很是方便,一天可以打好几个来回。下午四点光景,靳天在杭州拱宸桥码头上了轮船,过了一个小时,就到了武林头码头。这时天落起毛毛雨,又细又密,靳天带了伞,上岸后就撑开了伞,快步往武林头丝厂方向走。走几步路,见前面一个红衣裳姑娘停下来揉脚,也没带雨伞,靳天径直从她身边走过去,走几步,又犹豫着回头看,怕姑娘真有什么事。姑娘见他回头,忽然发出清脆的一声:哎——靳天一愣,原来姑娘是跟他打招呼,就走过去,问要帮忙不。姑娘说,我刚轮船上岸时,雨里一滑,崴了脚,很痛,你能不能扶我走到丝厂去?靳天说,可以的,我正要去丝厂。姑娘问,你是新来的工人,我以前怎么没见过你?靳天说,我不是,我来找我倪娘有点事,送个东西,再坐船回栖镇。姑娘说,巧了,我等下也要回栖镇的,我也是给我同学带点谷维素,明朝早上再来上班。

靳天打伞,姑娘大大方方地搀着他的胳膊,两个人雨中慢慢走着。虽然很慢,走了一刻多钟,也进了厂门了。靳天问,把你送到哪里?姑娘说,医务室。靳天说,你是要看脚吧。姑娘说,勿要紧,我自己就是厂医。靳天说,哦,你是医生呀。

到了厂医务室,姑娘开了门,坐了下来,向靳天道谢。靳天转身要走,姑娘忽然叫住他,问他等下几点走。靳天说,我在倪娘宿舍待一歇,七点钟轮船回去吧。姑娘想了想说,好啊,我等下还跟你一起走。你走的时候,来医务室叫我一声。靳天答应了,转身走了。两个人都忘了问对方的名字,只称呼对方"哎"。

到黄昏六点半,天已暗下来,渐成铁灰。雨还在落,依然密。靳天从倪娘处回来,到医务室找崴脚的姑娘,见她已经收拾过。这时才看清楚她的模样,高挑的个子,细细的腰,马尾辫高高束起。刚才的皮鞋换成了运动鞋。姑娘见靳天来,笑起来更好看了。浓眉杏眼,眼睛好像会说话一样,嘴边有细细的绒毛。

姑娘站起来说,我上了点药,痛好多了,不过还是不太好走路,脚有点肿。

靳天说,那我扶你去码头。

姑娘说,刚才都忘了自我介绍了,我叫许湘柳,是这里的厂医,去年刚来的,你呢?

靳天说了名字,说自己马上要高考,忽然就有点脸红。就问,你是栖镇人吗?怎么会在这里上班呢?

姑娘说,我读的是卫校,我妈户口是德清的,我就分在这里了。这么说起来,我比你高两届,我弟弟跟你同一届的,他就在栖镇中学,今年也高考。靳天说,我在县中。姑娘说，你十八岁啦？靳天说，我十九，小学因为转学留过一级。姑娘说，我比你大三岁。

两人一路说着话，打着一把伞，又到了武林头码头。等了五分钟，几声汽笛响起，去栖镇的过路轮船就到了。登了船，见船舱有些挤，一些客人在打瞌睡，他们找到位子坐下来，船舱内光线很暗，都不说话了。

一刻钟后，西横头栖镇轮船码头就到了，汽笛长响，轮船靠岸，忽然之间，轮船码头的灯火照亮了晚上七点半时分的夜雨。靳天扶许湘柳上岸，随人群走出轮船码头的长长过道。许湘柳问，你家在哪里？靳天说，在市心街，栖华旅馆隔壁。许湘柳说，我家就在水北缸甏店东边一点。靳天吞吞吐吐说，那等下我不陪你过桥啦，我那一带有好几个同学的。许湘柳却娇嗔地笑起来，你怕人家说你呀，有什么好怕的，我是你姐姐。靳天一听"姐姐"二字，脸唰地又红了。

靳天还是扶着"姐姐"，一路向长桥方向走。天黑了，所幸并没有遇上熟人。走到了桥下，姐姐说，你要走吗？靳天说，你脚还痛勿痛。姐姐皱眉道，平地还好，上桥有点痛。靳天说，那我扶你过桥吧。姐姐说，你不怕撞到同学啦？靳天笑一笑，不响，手中不自觉地把伞压低了些。

夜雨中，姐姐扶着他手臂的温度传递到全身，靳天莫名地喜欢这暖暖的感觉。两人慢慢走到桥上，快到桥顶时，姐姐踩到桥上青苔，脚又一滑，靳天连忙扶稳姐姐，两人一下子挨得很近。到了桥顶，姐姐说，停一歇。两人站住，桥顶处略歇了口气，看了看河上正驶过桥洞的一溜儿货船。姐姐问，你猜这轮船要去哪儿？靳天说，我勿晓得，难猜的。姐姐说，北京。靳天说，你怎么晓得？姐姐说，我就是晓得。靳天说，也可能是湖州，也可能是苏州呢，无锡呢。姐姐说，就是北京，因为我想去北京。靳天"哦"了一声，说，北京远的。姐姐说，我男朋友在北京。靳天又"哦"了一声，姐姐笑说，骗你的，我哪来男朋友。靳天笑了。

两人往桥下走。靳天看看桥两边，河上岸上的光线闪烁，穿过雨幕交织得恍惚起来，夜色美得朦朦胧胧。到了桥下，姐姐撑开自己的伞说，你回吧，我就几步路，不用你再送了。靳天说声"哦"，两人告别，各自转身走了。

靳天再次独自上桥，下桥，往市心街方向走，夜雨中竟觉得比刚才凉，身体没有靠着姐姐的一边，也有点凉津津。姐姐刚刚说话软糯的气息，又是热的。就这样一阵凉，一阵热，靳天下了桥，回了家，感觉复杂。到家后，打了几个喷嚏，刚才一路上，伞都顾着给姐姐遮雨，他竟不知道自己的左肩膀湿了一片，赶紧脱了湿衣裳。晚上躺在床上，又睡不着，总是想一路上的姐姐，她的红衣，她的话，她的脆笑。蒙眬入梦，还是有姐姐缠绕在边上，姐姐，姐姐，姐姐。

第二天傍晚，从栖镇坐19路车，回临平县中。晚上夜自修时，靳天做了几道物理和化学的复习题，略一开小差，就好像自己的身体移了出去，还在陪姐姐走在河边，慢慢上桥。

周六下午，从临平坐19路公交车回栖镇，售票员正好是之前的那位"19路西施"金枝，可是靳天奇怪地发现，其实"公交车西施"金枝就是个平常的姑娘，他再也不会为她心怦怦跳了。

老19路车站在南横头，老汽车站又小又简陋。公交车线路弯弯曲曲，慢吞吞开，要四十五分钟到临平。每天在车站候车的人围着一大堆，等久了，索性就嗑起随身带的瓜子来，总是满地的瓜子壳，还有甘蔗皮，青皮的紫皮的都有。好不容易汽车来了，车门前我拥你挤，有些挑担子的贩子硬要挤上去，因为这班车没挤上，又要等好长时间，说不定一等半个多小时。曾经许多个周末，靳天为了坐金枝的那辆19路，宁可在车站多等一小时。

对金枝的迷恋，就这样烟消云散了。一梦醒来，一梦生。靳天十八，姐姐二十。从武林头码头相遇到栖镇长桥分别，一幕幕在靳天脑海里重演了无数遍，生怕漏掉任何一个细节，任何一点身体碰触到的体温。姐姐说的每一个字，都灿若莲花。姐姐对自己是喜欢的吗？不然姐姐怎么会那么自然而然地搀着他，时有娇嗔的憨态？

靳天想给许湘柳写封信，可又完全不知道该如何说，弟弟可以想姐姐吗？姐姐是否允许弟弟给她写信？靳天的心，七上八下，没了主张。写信的话，他不知该怎么称呼她才是合适的：许湘柳、湘柳、柳姐姐、湘湘姐、湘湘？柳儿、姐姐，还是？靳天想了一个星期，最后发现自己心里叫得最多的，是"湘湘"。从此，湘湘这个名字，在少年靳天的心里生了根。

熬到了四月，高考复习的紧张已到了白热化。靳天慢慢收了心，想等考上大学再去找湘湘。

到了劳动节，靳天兄妹跟爸妈一起去吃喜酒，新娘是他母亲厂里的同事。在饭店里，意外看到了日思夜想的湘湘。那天的喜酒规模不大，只办了十来桌，靳天这桌和许湘柳这桌隔了两张桌子。喜酒吃了一大半，靳天吃饱喝足了，觉得无聊，起身想去洗手间时，一转身，就看到了另一桌就坐着湘湘。湘湘穿着小碎花的长袖衬衫，配一条黑色长裙，上次看到一根的马尾辫变成了两根，正跟边上的一位姑娘谈笑风生，还不时发出清脆的笑声。靳天的血往上涌，很想跑过去跟湘湘打招呼，但大庭广众之下，还是没有这等勇气。他朝湘湘那桌望了两眼，就往大厅外走去。

往门外走着走着，后脑勺好像长了眼睛，仿佛看见湘湘也跟着他走出来了。走到一个拐弯口的通道，真的就听到清脆的一声"嗨"，他吓一跳，回头看，果然是湘湘。

湘湘轻声说，我刚才就看见你了。靳天难抑激动，说不出话来。湘湘也不知说什么好，好像也怕有人看见他们，抬头低头地彼此对望着，她匆匆说了句，明朝我值班，到厂里来找我，就跑开了。靳天愣在原地，心跳得厉害。

第二天上午，靳天跟屋里说去何易从家复习一天，就离开了家。第一次为了一个姑娘，坐船去武林头丝厂，在船上，简直坐立不安。很快汽笛声响，离舟登岸，想象不出等下见到湘湘的情形。

五一期间，丝厂里只有少数车间有工人在检修设备，医务室也需有一人排值班，值班也并没有什么事，只是坐看闲书。靳天走进医务室的时候，湘湘穿着白大褂，正在看一本小说《安娜·卡列尼娜》。见靳天来了，湘湘很高兴，赶紧削了一个梨给他，笑眯眯看着他吃掉。很快到了中午，她让他呆在医务室等她。她去食堂打了两份简单的饭菜，带回来和他一起吃了，洗了碗，就说要带他出去走走。

湘湘脱下白大褂，换了便装。两人走

在一起,午后的武林头阳光明丽,她带他荡发荡发,逛遍了厂区周围的白地,走得漫无目的。

他偷偷看她,她除了腰细,其实是挺丰满的,胸脯高耸处,他无意中瞟到那里,眼睛被烫了一下,视线赶紧移开。她说,平时中午的时候,我经常一个人在这里散步。他问,你在这儿没有朋友吗?她说,好像没有,一个人在医务室,孤零零的。医务室有大姐大伯,都五十出头了,他们快要退休了,我才分进来的。靳天说,丝厂女工多的。湘湘说,车间里的人,来往也少。我好像一个人也习惯了。

两个人一路说着话,湘湘说,我刚到这里的时候,蛮新鲜的。时间长了,又觉得这爿厂就像一座孤岛,四面都是水。丝厂里女工多,所以也可以说,像一座水中央的修道院。靳天想起什么,问湘湘,你什么时候去北京?湘湘说,我也不知道,只是说说的。靳天说,你说像修道院,那还是早点离开的好。湘湘也问,你考大学想去哪里?靳天说,我也不知道。北京也可以呀,我想考医学院。湘湘说,那好啊,我们将来是同行,都去北京。

过了一歇,湘湘才想起问,你成绩好吗?靳天笑笑,马马虎虎,还可以吧。靳天不好意思说,自己小升初,全镇第一名。初升高,也是以高分考进的临平中学。从小到现在,一直是班长。

两人转到一堵斑驳老墙下,墙的一边是河滩,另一边是大片的桑田,桑田外边是络麻田。桑树和络麻都是江南最常见的经济作物。桑树的叶子,是用来喂蚕宝宝的,蚕宝宝长大后,作茧吐丝,丝厂把一筐筐茧丝再加工出来,变成白亮细腻的生丝,变成丝绸。络麻收了,络麻的皮剥下来,再加工,变成各种档次的麻。高级的麻,并不比丝便宜。做这些生活的女工,两只手摊出来,手上都是一道一道的印子,看着可怜。刚进车间做生活的女青工,没有一个不哭的。时间长了,对开水的温度麻木了,手能在滚烫的水里捞茧子。湘湘说,我医务室里开的最多的,是给刚来不久的女青工开的烫伤药膏。

桑田边,靳天湘湘逍遥游。湘湘摘了一片嫩桑叶,放在手里搓。靳天说,你手上染了颜色啦。湘湘说,你晓得吧?嫩桑叶可以做菜,桑叶采下来,略微有点腥气,要开水里焯一下,凉拌或者炒炒吃,夏天吃,味道很不错。靳天笑,没听说过吃桑叶的。湘湘说,我在洛舍外婆家吃过,听外婆说,桑叶嫩是嫩,炒起来费油。有一回,干脆猪油渣炒桑叶,真好吃。还有一只菜,我外婆家拿手的,是荷叶粉蒸肉,这荷叶是刚刚从河港里摘上来的。靳天说,我去过一次洛舍。湘湘说,洛舍有大漾,叫洛舍漾。漾漾泛菱荇,澄澄映葭苇,我就会背这句,我娘舅教我的。小辰光眼睛里的洛舍漾,跟海一样烟波浩渺,流进太湖,再流过去,就是吴兴地界。靳天说,到底是荡大,还是漾大呢?现在听起来,漾比荡要大。湘湘说,小辰光,没有见过海,从洛舍坐船到栖镇,听说最早还没有小火轮,只有乌篷船,要划大半天,我妈说慌兮兮的,漾到处是水,看不到边。后来我去外婆家,就有轮船了,感觉安全多了。靳天说,心太野。

湘湘兴致来了,忽然唱起了越剧《何文秀》里的《桑园访妻》:

路遇大姐得音讯
九里桑园访兰英

行过三里桃花渡
走过六里杏花村
七宝凉亭来穿过
九里桑园面前呈
但只见一座桑园多茂盛
眼看人家十数份
那一边竹篱茅舍围得深
莫非就是杨家门

靳天笑眯眯地听着，桑树丛中，湘湘忽然停下来，靳天也停下来，她一米六四，他一米七六。两个都是好看的。湘湘抬头看靳天，说，叫我一声姐姐。靳天不好意思，脸有点红了。湘湘说，是不是想我了？靳天脸涨得更红了，轻微地点点头。想去拉湘湘的手，结果不知为何，手却背到了后边，她却踮起脚尖，迅速亲了一下他的嘴唇，又迅速弹开，又拉起他的手，又放开。这一亲，亲得他魂飞魄散。

湘湘说，今朝你早些回去吧，下周六晚上来接我下班。靳天还不想走，说还早。湘湘说，今朝我医务室不能走开太久的。靳天说，我可以陪你。湘湘说，傻弟弟，我不要你陪。

好不容易等到了下一个星期六下午，靳天从临平回栖镇，出发前，特地换了件清爽的短袖浅蓝色格子衬衫，到栖镇后没有回家，就直接坐船去了武林头。丝厂里的人，下班走得差不多了。湘湘在医务室已经换好了衣裳，五月的天有点热了，湘湘穿了淡绿底的花布腰裙，上身是白色圆领衬衫，靳天觉得说不出的好看。

湘湘洗了很多草莓，颗大饱满，鲜红欲滴，说是附近农民到厂门口卖的。靳天正好口渴，就大口吃草莓，结果一滴草莓汁将将要流到下巴处，湘湘就伸手去替他擦。擦了又喂给他吃了几粒，还会摸摸他的头，一副小儿女娇态。靳天的心里，甜蜜忧伤，湘湘更亲了。

此后靳天有了秘密行踪：每周六下午回栖镇后，再直接坐船去武林头丝厂看湘湘。他们一起坐船回栖镇前，下了班的湘湘，带靳天去厂附近的河滩和桑田边散步。到第三个星期六黄昏，靳天鼓起勇气，散步时牵住了湘湘的手，湘湘也没有甩开他，两个人就一直拉着手散步。她告诉他很多在医专时的经历，各种稀奇古怪的事情。靳天说，想不到你一个小姑娘，胆子真大。湘湘说，很多个夜里，我不想困觉，就看《福尔摩斯探案集》，你以后应该当法医，那样才酷。靳天说，我听你的，我也想当法医。湘湘说，你要学法医，那胆子要大，否则当不来法医。靳天说，我还好，不怕死人的。湘湘说，你不要当白衣天使了，你就当黑衣天使。我觉得法医就是黑衣天使。靳天笑说，法医也穿白大褂呀。湘湘说，法医就是黑的嘛。

靳天说，我以前乱翻书，看到过一本古代笔记小说，书上讲，人体全身骨头有三百六十五块，就像一年有三百六十五天，又讲，左右肋骨，男的各有十二条，女的各有十四条，怎么男的比女的少四根肋骨呢？我不相信，就对法医很感兴趣。湘湘大笑道，是不是还看到，男人家骨头白，女人家骨头黑？靳天说，对呀对呀，原来你也看到过。湘湘说，这是中国法医老祖宗宋慈写的书，叫《洗冤集录》，我学医时当闲书看过，稀奇古怪。我还看到书里讲，老虎咬人，月初时咬头颈，月中咬腹背，月末咬两脚。靳天一调皮，作势"阿呜"一口咬湘湘的脖子，湘湘一声惊叫，靳天说，今朝是月初。湘湘也调皮起来，回咬他，笑说，这不是老虎，是吸血僵尸。两个笑闹成一团。

少年靳天沉浸在湘湘带给他的更大、更神秘的世界里。有一个晚上，在丝厂的运河边，另一边是灰色围墙，天上一轮弯月儿，四下无人，湘湘跟靳天说，我们既然都是学医的，那就不要害羞了。靳天热切地看着她。湘湘说，来亲我吧。靳天的心脏，快要爆炸了。他颤抖着亲了湘湘的嘴巴，蜜糖一般少女的清甜。可湘湘说，这样不对。她回吻他，很快教会了靳天接吻。两片温热的嘴唇颤抖地叠织在一起。分开之后，靳天的嘴唇麻了很久。

有了秘密的靳天不露声色，星期六晚上到家后，有时去找何易从，何易从感觉靳天有种从来没有过的雀跃，但靳天绝口不提湘湘。不像之前，靳天喜欢19路公交车西施，老爱挂在嘴上念叨，带着少年嘻嘻哈哈的味道。靳天有很多回跟何易从说，售票员姐姐好漂亮啊，笑起来像冰激凌化开来。而且不仅靳天一个，好几个在县中和栖镇间来回的高中生，那年夏天都喜欢上这个售票员姐姐，激励得大家热情更加高涨。有一次，站在这位姐姐边上的靳天，终于听到有熟人叫姐姐的名字，金枝。靳天想，噢，她叫金枝。但这个名字离他的想象有点距离，他宁可她叫娜娜或菲菲。作为死党的何易从，此时仍一点不知道许湘柳的存在，也不知道靳天每周都要去武林头丝厂看许湘柳。那一天，正好是靳天在武林头丝厂的伲娘休息的日子，伲娘也从未发现他。

到了六月，高考复习进入了最后的阶段，湘湘让靳天好好复习，不要再找她了，等考完再去找她。靳天答应着，可一周不见湘湘就感觉自己丢了魂。

高考前最后半个月，停课自习，靳天回到栖镇，想要离湘湘近一点儿，就跟爹妈说，市心街在镇中心，白天太吵了，想搬去水北外婆家住。

外婆家就在水北长桥西边的老房子，门对着河。复习了两日后，靳天的心依然静不下来，因为现在离湘湘不远了。只要沿着河向西走上不到一个小时，武林头丝厂就到了。但是要真的走到丝厂，路并不好走，因为沿途好多地方是农田。

靳天刷数学题时最专注，奇怪复习生物时，就特别想跑出去，一直沿着河走，去找日思夜想的湘湘。坚持了一周，只剩最后一周，到了周五傍晚，内心激荡难安。

第二天周六，靳天知道，这天湘湘一般要比厂里职工晚一个小时下班，决定步行去武林头丝厂接湘湘。这天正好外婆吃过中饭后，就坐船去杭州伲娘家了，要星期天才回来。

靳天换上了长裤，出了门向西走，想了想，又回头带上了手电筒。听伲娘说过，运河边笔直一条路，中间不好走，稍微要绕一下道。他曾经问过伲娘骑脚踏车去方便不方便，伲娘说过有段路还没修好，骑车容易摔跟头。靳天的自行车又在市心街的屋里，他想想就步行算了。

靳天花了不到一小时就到了武林头丝厂，途中被花脚蚊子咬了两口，裤子差点被一丛河边荆棘划破，其他一切顺利。在路上，看到了运河边的晚霞，特别好看，不由唱起了费翔的歌。

到医务室时，湘湘还有一歇歇就要下班。见到靳天汗涔涔地进来，很是惊喜。她给他倒水，拿自己的毛巾给他洗脸，给他削了一个菜瓜，让他吃掉。休息了片刻后，湘湘脱下白大褂下班了。

湘湘说，你知道吗，前两天我忙死了。厂里一个车间女工突然在宿舍里上吊，也不知为啥事体，有人说她被男人抛弃了。等到同宿舍的女工回宿舍拿东西发觉，已经口吐白沫了，我们医务室赶紧叫救护车送到镇上医院抢救，最后还是没救回来。这个女工才二十岁出头，长得蛮好看的。后来她家属到厂里闹，说要一尸两命，骂得很难听。厂里风言风语很多，有人说厂领导玩弄女性，要是她家里告赢了要抓去坐牢。靳天说，上吊死的你有点怕吧？湘湘说，怕倒是不怕，我学医的。

靳天就跟湘湘说起小辰光的一件事情。他家隔壁栖华旅馆里厢，有栖华书场，经常有来跑码头的评弹班子来演出，他小辰光时常进去白相，也不怎么听得进说书。倒是记住一句开场白，草树知春不久归，百般红紫斗芳菲。小人不像大人那样，一壶茶一支烟，就坐得住，书场里厢荡了一圈，看个热闹就出来。他倒是对从黄昏到深夜进出旅馆的四方客人更好奇。十岁的一个礼拜天早上，一堆街坊邻里到栖华旅馆去看热闹，听说前一天还在栖华书场演出评弹《杜十娘》的女演员，夜里吞了一大把安眠药，一伙人赶紧送伊到栖镇医院，洗了胃，女演员才活转来。第二天跟一个搭班的评弹男演员走了，一起坐轮船回平望。那时看热闹的纷纷猜测女演员为啥寻短见，说到后来，总归是红颜薄命。湘湘说，我晓得，栖镇镇上说得出名号的，就这么一家旅馆，外地客商来来往往的，基本上住这家旅馆，我以前路过，还觉得旅馆门口的灯箱很神秘。靳天说，我看见用担架抬出栖华旅馆的女演员，头发垂到担架下面，脸色跟纸一样惨白，以为她死了，心里很难过。湘湘叹气道，我当厂医到现在，还是头一次碰到这种事情。

他们好像久别重逢似的，湘湘又带他去厂外边走。就在经常去的河边围墙旁，靳天停下来，俯身抱住湘湘疯狂地亲吻。湘湘的胸脯一起一伏的，靳天的手，不知不觉就握住了那高耸处。

野外有接近满月时的月光，有河上摇晃的船灯，有汽笛呜呜的声音，有夏虫的聒噪鸣叫。男孩和女孩，经历相思，这一次的厮磨比从前都更大胆，更热烈了，靳天的手，伸进了湘湘的衣裳里面。他们站累了，就顺势坐在靠墙的一处河滩上，湘湘已经半躺在靳天的膝上。

靳天身上的火好像总是没法平复下来。他又流了鼻血。湘湘见他流鼻血，就赶紧替他处理了一下，又去河边用凉水给他洗脸。她说，这是荷尔蒙，也是激情。他不好意思说，前一天一群老同学打了狗，吃了狗肉。

河边白地野草丛生，周围有人家养蜂，有些蜂飞出去，飞远了，成了四处浪荡的野蜂。少男少女的气息里，或许有蜜，有香甜，有几只野蜂围着他们飞舞转圈，嗡嗡嗡嗡。靳天用一只手去挥赶野蜂，怎奈过一歇，蜂儿们又飞回来。湘湘笑，看来我真的招蜂引蝶了。靳天说，蝶还好，蜂倒真是个麻烦，蜇一口很痛的。

他们站起身来整理衣裳，靳天见湘湘微乱的云鬓，一些细细的碎发微扬着，红扑扑的面颊像路上所见的晚霞，再一次不能自持。湘湘拉着他的手一指，我们去那儿。他们沿河边走了五六分钟，湘湘说，这一带我最熟了。靳天跟着湘湘走，心脏仍是扑通扑通跳得很快。湘湘就是蜜糖，所以蜜蜂都跟来了。

湘湘走到河边，只见前方一丛野苇边，

泊着一艘小船，很像是一只乌篷船。湘湘说，这船是我雷甸的亲戚家的，这两天就停在这儿，过几日我亲戚运了货回来，就要摇走的，让我这两天帮忙看着点呢。靳天问，运什么货？湘湘说，我也不太清楚，可能是枇杷、甘蔗这些吧，也有可能是鱼苗。湘湘拉着靳天进了船舱，舱很小，铺了一些干净稻草，刚够两个人躺下，面对面，看着彼此。湘湘的十指抚着靳天的嘴唇，轻声说，你别动。你一动，船会翻的。靳天有点害羞地笑了。终于躲过了野蜂，现在是两个小儿女的天地了。湘湘一边亲靳天，一边用手抚摸着他，靳天沉浸在湘湘温柔的触摸之中，闭上了眼睛，靳天忍着自己年轻强壮的身体的战栗，身体里潜藏已久的雄性力量被湘湘的温柔唤起，但湘湘始终不让靳天乱动，说船会翻的。

不知过了多久，湘湘忽然说，哎呀，我们要赶不上末班轮船了。两人坐起身来，爬出船舱，离开了小船。他们一路跑着直奔码头，果然从武林头回栖镇的末班轮船，几分钟前已经离岸，在他们视线之内渐行渐远。两个人只好步行回栖镇。

半路上，就着月光，靳天浑身是胆，湘湘的情绪好像也特别高涨，他们手牵手，是一对神雕侠侣。有时候，靳天要停下来抱着湘湘接吻，再走一段，湘湘又停下来，紧紧搂着靳天，让靳天吻她，然后，靳天臂膀上还是被蜜蜂蜇了一口，也不过是热辣辣的感觉罢了。

走着走着，终于看到了远处栖镇水北人家的灯火。又走一段路，就到了靳天外婆家。靳天说屋里没人，带湘湘进了屋。进了他的房间，关上门。湘湘靠在靳天的床上，说你小辰光住的房间跟我的很像，就是床单花色不一样。靳天又亲湘湘，湘湘就躺下去，靳天也躺下去。就这样又慌乱又刺激地，靳天被湘湘引领着初试云雨。

他听到她轻声说，你不是探险吗？一次不要探那么多。靳天撒娇，湘湘说，等你再长大一点，靳天郑重点头。

湘湘整理好衣裳回家，她家也在水北，离靳天外婆家走七八分钟的路。

高考结束后的这一日，靳天按往常湘湘的上班时间，坐船去武林头丝厂，寻湘湘不遇。一打听才得知，湘湘乡下的孃孃病重，她请了假，回乡下看望孃孃去了。靳天记得湘湘说过，她孃孃家在德清雷甸，家里是养珍珠蚌的。她说过，商场里卖得很贵的珍珠项链，最早就是从一只只珍珠蚌壳里挖出来的，然后要经很多道工艺，就变成了白色的珍珠。她孃孃家的那个村子，有很多大大小小的水塘，几乎家家户户都在水塘里养这种产珍珠的河蚌。靳天没有见过湘湘戴珍珠项链的样子，心想等自己有钱了，就给湘湘买一条好看的，给她当生日礼物。

见不到湘湘，又没法联系湘湘，只能隔一个星期再去。湘湘每周有一两天早上上班很早，会住在厂里，不过她的宿舍他并没有去过，他想可能湘湘觉得不方便带他去。他们进行的是"秘密约会"，大三岁的湘湘和一个高中生恋爱，这肯定是不妥当的，靳天都不明白湘湘为什么喜欢他。

惆怅之下，靳天一个人直挺挺躺在床上，从中午一直睡到了下午三点。何易从来找靳天，靳天才清醒过来，仿佛被拉回到现实。两人说起高考，易从虽然忐忑不安，倒是诧异靳天的自我感觉更差，这是从来没有过的。易从就说，反正等着也是等着，我们干脆找人一起出去散散心。

一礼拜后，父亲打麻将输多了，家里

又为钱吵架,易从心烦,收拾了几件换洗衣裳,备了点过年时舅舅给的压岁钱零用,独自到临平,再从临平火车站坐火车去上海走亲戚。上海娘舅家的两个表姐,一个大学毕业,一个正在毕业实习,大表姐学外贸,小表姐学医。易从是独子,最亲的就是这两个上海表姐。晚上她们带他看电影,吃冷饮,一起荡马路,白天都有事要忙,易从就自己骑辆自行车,或者坐公交车,去人民广场,看上海博物馆,又看美术馆。玩到第三天,易从问娘舅舅母怎么去吴淞口,舅母说,小从你还是等星期天吧,让你小姐姐带你去,吴淞口在郊区,很远的。易从说,这两天我没啥事情,只要告诉我怎么坐公交车就行了,我自己去没问题的。娘舅说,注意安全。舅母说,到了吴淞口,你可以看到海面上远洋巨轮开进开出,这批船,顶远要开去南美洲,远到智利阿根廷的都有,美国都不算远的。

这日上午,易从带上水壶、两只豆沙面包和一点零花钱,换了三趟公交车。坐在公交车上看窗外风景,在心里比较娘舅和姆妈,想起他妈总是说,我弟弟比我幸运多了,晚生了几年,少吃了多少苦头。娘舅从栖镇出发,一路求学,考上上海交大,当时国家特别需要工科人才,要搞建设,娘舅毕业后,顺利留在上海工作,在一个交通设计院工作。舅母是上海人,两人同单位。而他妈也是从小会读书,因女孩子,屋里还有弟弟妹妹要养,让她考了中专,毕业时又因出身不好,被打发回原籍,一生不得志,变得怨气冲天,到后来,学的专业也荒废了。娘舅也时常为他姐姐可惜,说他姐姐从小聪明,心气高,相貌也好,只是命不好,什么都只好将就,将就了一生,脾气也变坏了。娘舅叹口气,说,小从你多照顾你妈一点。

历时两小时,辗转到了吴淞口码头。何易从向大海的方向走去,然后依在围栏中,静静地看着眼前大海,海上烟波浩渺,一望无际。远处万吨巨轮驶过,各种彩旗随海浪起伏涨落,海上来往汽笛的声音,跟栖镇运河上轮船的汽笛声比起来,阔大沉厚,他好像怎么也看不够。

易从想起初二上学期,坐在他前面的陈易知从上海回来,对他到了上海不去看海很鄙视,白了他一眼。"你为啥不去吴淞口看海呢,真没劲!"她清脆的声音在他耳边响起,现在他觉得陈易知说的是对的。

几天后易从回杭州找靳天,不料这日靳天再次去武林头丝厂找湘湘了。一个月不见,湘湘见到靳天,愣了一下,似有意外,湘湘消瘦了一圈。靳天感觉湘湘一定有什么心事。

湘湘对他不似之前的亲昵,仿佛他们不曾耳鬓厮磨,倒是像姐姐那样,问靳天高考的情况,靳天垂头丧气。眼前则是湘湘连衣裙外露着的一截白嫩的胳膊。湘湘沉默了良久,对靳天说,我可能要去上海了。靳天惊讶道,你不是想去北京吗?湘湘笑笑说,北京是梦,够不着,上海是现实。靳天问,去上海读书吗?湘湘说,我要去上海进修两年。

靳天听了,不知该欢喜还是悲伤。天慢慢黑下去,他们一起走到武林头码头,至无人处,靳天冲动地转过身去,要吻湘湘,湘湘接受了靳天发烫的嘴唇,却并不热烈回应,似乎心在别处。靳天就紧紧拉着湘湘的手,湘湘也由他拉着。等到上了船,很短的到栖镇的水路,两人找到最后一排的位子,并排坐着,黑暗中,靳天再次紧握着湘湘的手,湘湘的手由他握着,却无力似的。

回家后，靳天躺在床上，迟迟不能入睡，想起湘湘的异想天开。湘湘不仅想去北京，还想去英国。因为《福尔摩斯探案集》看得入迷，湘湘说过以后一定要去英国看看，那辰光整个栖镇年轻人中，还没有人出过国门。靳天曾对湘湘说过，你是扒脚野猫，就想野出去。湘湘说，我就怕闷得慌，我不喜欢小地方。靳天笑，我爸我妈说，栖镇是大码头呢。

## 叁

九月，新生活开始了。陈易知、何易从、靳天，一个月从杭州的学校回一次家。一开始，他们都坐轮船。杭州的轮船码头就在武林门，离学校不算远。同一个轮船码头出发，同一个轮船码头到达，放假时间也差不多，不过巧遇这件事，从来都没有发生过一回。后来，弃舟登岸，改去城东艮山门坐公共汽车。想遇见的人遇不到，不想遇见的人，倒是在船上碰到了。

轮船上，陈易知意外碰到了用扑克牌行骗的吉彪。现在吉彪完全长成了社会青年的样子。易知先是听说吉彪当起了倒爷，又迷上赌博，钱输个精光，现在却出现在杭班轮船上。

吉彪一看是老同学陈易知，就打着哈哈说，哦哟大学生回家啦，稀客稀客，各毛大学生顶有前途啊。陈易知听着，心里泛起一阵厌烦，觉得这个吉彪的话一点不友好。易知从小就特别不高兴一点，跟谁同一天生日不好啊，偏偏要和吉彪同一天生日。这个绝密消息是小辰光易知爸说起的，因为小毛头出生时，易知和吉彪，恰好在同一个病房，栖镇小地方，碰来碰去都是熟人，易知爸认得养鱼场工作的吉彪爸。易知爸说过，吉彪是早上生的，你是夜里生的。你哭得呱呱叫，全医院喉咙顶响。

船上狭路相逢，易知正不知怎么回答时，吉彪就已经闪开了，陈易知看他走开的样子，不像是猥琐，倒是决绝。她想起小学两人同桌时，吉彪时常欺侮她，又整天脏兮兮的，还故意将鼻涕抹到她的作业本上，从此她一见他就讨厌。后来好不容易同桌换成了刘晓光，伊一下子好像从地狱到了天堂。

在杭州上大学的何易从和靳天，都坐过轮船回家，也都在这班轮船上碰到过吉彪。有一日，吉彪在船上碰到靳天，船上贩夫走卒，乌烟瘴气，又是落雨天。靳天从学校回栖镇，船上光线昏暗，独自无聊，见吉彪和几个人打牌赌博，就在边上围观，他也看不懂吉彪出老千。吉彪心情不错，赢了其他三个人一百多块后，见靳天坐在边上，热情招呼老班长。递烟过去，靳天接了，跟吉彪对了火，抽了起来，两个老同学聊了一些镇上道听途说的事，吉彪的麻子堂阿哥在广东发财了，老同学王小强家的板鸭店生意红火，快发财之类。黄昏六点多，轮船靠了岸，靳天撑着把蓝雨伞上了岸，吉彪也跟着上了岸，两人在上岸的客流中同走了一小段路后，过了圆满桥，靳天客气地跟吉彪道别，吉彪拐向圆满路的养鱼场宿舍。结束了船上"工作"的一天，这是吉彪愉快的一天。

隔两个礼拜，同一趟轮船上，吉彪几局扑克后，看见了隔条走道的位子上，坐着他另一个老同学何易从，正埋头看一本书。初中时，何易从就坐在他斜前方，吉彪犹豫了一下，挤到何易从对面空着的一个座位，跟何易从打招呼说，老同学啊，难得难得，你也坐轮船啊，我上趟刚碰到过靳天。何易从从学校回家，见是老同学吉彪，也点头致意，不冷不热，犹疑疏离。吉彪说，你们读书好的学生，有阳关道好走，考上大学，是天之骄子啊，羡慕羡慕。易从尴尬，想问吉彪在哪里工作，又一想，就没问出口，看起来就像在沉思。吉彪说，我们不好好读书的，现在只好混口饭吃。易从更尴尬了，连忙说，哪里哪里，都是一样的。吉彪说，老同学，我等你们飞黄腾达，以后当官了，拉兄弟一把。易从听吉彪这么说，忽然大窘，不知说什么好，沉默中，吉彪连忙从上衣口袋里掏出三五牌香烟，递烟给易从，易从急忙手一挡，说我不抽烟。吉彪一愣，连忙缩回手，忙说，你读书人，看书，看书。吉彪走开了，易从又埋头管自己看书，心情却有点复杂。碍于老同学在场，吉彪不好意思在轮船上再行骗，只好干坐等上岸。好不容易船靠了岸，两个老同学随着人流下了圆满桥，没有再打招呼，各自上岸。吉彪逃也似的一拐，去了轮船码头的小卖部买香烟。易从一路从西横头走到东横头，看看运河上黄昏辰光的灯火，有些恍惚，又想着刚才吉彪递烟，自己推开了，他看到吉彪脸上失落的表情，心里闪过几分歉意，又一想本来跟吉彪不是一条道上的人，稍稍舒坦。

冬日。一天下午，何易从和陈易知正好同一班轮船，从杭州武林门码头到栖镇，却没有看到彼此。易从在轮船二层舱，易知在一层客舱，各自手里有一本书在看，易从看《悲惨世界》，易知看《傲慢与偏见》，都是从各自大学图书馆借的。易从手冷，略微活动下，搓搓手，轮船的上舱只能坐着，不能直立，但很宽敞，易从有时干脆就躺下来。

轮船汽笛声响起，到了武林头丝厂，大家就收拾收拾，等着下船。拖着长音的"嘟——嘟"两声，两人一上一下，几乎同时抬头看水面。

过一刻钟，到栖镇时，天已黑透。轮船靠岸，旅客们纷纷下船。易知合上书，动作慢了点，上岸时，昏黄灯光下，看到有一个很像何易从的身影快速从身边走过，往前去了，易知本能地追了几步，又慢下来。她再一次看清楚了何易从的背影匆匆离去，像对她完全不屑似的。

那日黄昏，何易从下了船，只闷头快步走路。本来这趟他并没打算回家，医学院功课繁重且快要期末考试，但母亲写信给他，说自己天天头痛失眠，人有气无力，跟他爸怄气，他不关心她，退了休只顾自己开心，天天麻将，老是输钱，真不想活了。易从看罢信，心烦意乱，想起母亲的怨天尤人，还有没完没了的愤怒，父亲的窝囊无为。多年来他听家里吵架耳朵起茧，本想置之不理，但正在学医学公共卫生课的易从，转念一想，母亲的很多表现，可能是女性更年期综合征症状，加之母亲工作的针织厂要倒闭了，只好办了病退手续，收入减少。易从决定还是回家一趟，劝劝母亲。

第二天傍晚，下了一点雨，易从和易知差不多时候吃过早夜饭，各自从自己家出发去轮船码头，两人一个东横头一个西横头，易知坐的那班轮船起锚离港时，易从刚进轮船码头售票处，排队买下一班船的票。吃晚饭和动身的时间基本上是固定的，一趟趟坐轮船回杭州，易从坐的轮船，总是要比易知的晚一班船。半小时后，易从也在杭州武林门码头登岸，再去同一个公交车站等车回学校。

　　九十年代初，栖镇在外的学子，已很少有人再坐轮船回家。也是同一趟郊区公交车，同一个车站候车，同在省城求学，相隔不过半小时自行车距离的易从和易知，还是从没碰到过。

　　靳天去杭州读大专的那个新学期，湘湘也去了上海进修。湘湘没有告诉靳天，她在杭州上大专期间，确实有过一个医学院的男朋友，男朋友是常熟人，健壮挺拔，父亲是当地医院的院长。后来男朋友考上了北京的研究生，一南一北，前程渺茫，就分了手。再后来，前男友没有留京，而是分配到了上海工作，她去看他，前男友惊讶于许湘柳回到小镇武林头丝厂工作几年后，出落得越发漂亮了，经过时间的洗礼，许湘柳的眸子里，似乎沉淀出水汪汪的哀愁，这似有似无的哀愁打动了他，这次前男友舍不得放手了。湘湘觉得前男友也更成熟了，一番挣扎，比较了前途可期的前男友和才上大专、前程难以预期的靳天，决定放下长相更英俊、也一直痴爱着她的小弟靳天，重回前男友怀抱。

　　靳天在杭州求学期间，趁假期去上海看过湘湘两次，那时候的湘湘还是模棱两可，既不给他希望，也不彻底打碎他的希望。靳天到湘湘宿舍，湘湘跟同宿舍女生说，这是我老家的表弟，把他安排到男生宿舍借宿。她陪他逛外滩，逛南京路淮海路，陪他看电影，吃饭，既像女朋友又不像女朋友。他牵她的时候，她也没有甩开他的手。湘湘还在南京路"一百"给靳天买了一套西装，一条皮带。靳天推辞，湘湘一定要给他买，说靳天穿西装最帅，以后用得着。男孩子毛茸茸的心，能感知姐姐心疼他。但每一次去，靳天都觉得自己和湘湘已是两个世界的人。

　　回杭州后，靳天给湘湘写信，湘湘也没有回音，他摸不透她，她一歇是云，一歇是雾，一歇是电，一歇是雨。靳天心里越来越自卑，觉得自己不能给湘湘她向往的生活，湘湘向往的是大都市，他自己的心好像也没有湘湘的心大。

　　靳天没有勇气再去上海看湘湘，最后一次，坐了夜沪班轮船到上海，没有去湘湘学校找湘湘，自己漫无目的荡了一圈，又坐夜轮船回了栖镇家，自此沉默了。

　　一九九〇年的盛夏，有个三十八度蒸笼天的晚上，长桥边挂着个晕黄的毛月亮。易从、易知、戴正都回到了小镇，在自己家的电风扇下无聊地等着睡觉，又热得有点睡不着。此时靳天已经大专毕业了。

　　这天夜里的毛月亮，靳天终生难忘。晚上九点多，靳天觉得烦闷，走出水北外婆的老房子。老房子里只有他一个人，外婆去杭州女儿家做客了。他在隔壁小店买了烟，就不由自主地往武林头丝厂的方向走，走了十分钟左右，就到了湘湘家门口。他知道湘湘家，却从来没有进去过。他也不知道湘湘会不会恰好回栖镇来。又径直往西走了一段，河边一溜儿，是在外面搭起竹榻板乘凉的人。靳天走到灯火阑珊处，觉得没意思，心越来越空，无精打采地折回。

　　在快到家门前时，居然碰到了独自迎面走来的湘湘。湘湘刚刚下了长桥，往家的这边走。两个人停住了，不约而同说，你怎么在这里？

　　一起走了几步，在边上一处光线幽暗的河埠头台阶上，一起站了几分钟后，湘湘拍打了下手臂说，蚊子咬我。靳天赌气，说，那我回去了。湘湘说，去你家吧。靳天说，嗯。

湘湘跟着靳天进了他从小居住的老屋，进了靳天的房间，靳天打开电风扇，让湘湘凉快凉快，又找出驱蚊花露水，让湘湘抹一抹。湘湘站在电风扇前，把束发橡皮筋取下，头发就披下来了，在风中四下飞散，花露水的甜香也发散开来。湘湘吹够了，就在竹席子上坐下来，靳天也挨着她坐下来。呆坐了一分钟，靳天眼圈红了，湘湘就握住了他的手。两人一句话没有，就开始亲吻，交缠，湘湘先把靳天身上的衣裳脱掉了，又利落地脱了自己的衣裳。那个晚上，靳天结束了自己的处子之身。

耳鬓厮磨时，湘湘在靳天耳边说，对不起，我来不及等你长大。靳天眼泪一涌，一句话也说不出来，只是更疯狂地亲吻她，更疯狂地冲锋陷阵。他们的汗和体液混在一起，湘湘的头发被靳天咬在嘴里，又覆在靳天的短发上。赤裸的湘湘抱着赤裸的靳天，断断续续说，我是不是很虚荣，贪图荣华富贵。靳天只管将自己的头深深埋在湘湘的双乳之间，去吻那两个乳尖。湘湘的乳房是他心目中最美丽的女子的乳房，连带湘湘蜜甜般的气息，他会一直想念下去的。因为想念，他少年后搬离了外婆的水北老屋，仍然会不时回到这里住上几晚。

湘湘耳语，我们两个是不是都很好看。靳天说，我们是金童玉女。湘湘低语，十年内，你不要找我。靳天说，十年后呢，湘湘说，要不你来拯救我，要不我去拯救你。靳天也不管是戏言还是痴语，喉结处堵堵的。

第二年春天，湘湘嫁去了上海。靳天对湘湘，一点都恨不起来，好像觉得湘湘做什么都是有理由的。

四月，湘湘出嫁时，回栖镇办喜酒。靳天把自己嬢嬢临终前给的一块老翡翠拿出来，嬢嬢曾交代这翡翠是好东西，将来要靳天给媳妇的，算是给孙子的礼物，靳天没有给将来的媳妇，却送给了湘湘当嫁妆。湘湘起初欲推辞，最后还是神情肃然地收下了。

肆

戴言礼跟回家度假的戴正说，现在我能去听听评弹的书场都没了，剧院不演戏了，真是想不到，栖镇没有白相去处了。戴正同情地说，你现在荡发荡发得不舒齐了。

戴正远在长沙生活，听说昔日发小们一个个离开了栖镇，远走他乡淘金。何易从去北京读博士后，留在了京城工作。又听说还有人南下，去了香港讨生活，有人去了广州当厨师。

陈易知回到红太阳的家中，眼前的小镇风景已经变了腔调。从三楼房间望出去，就是镇中心的广场。流行歌曲响起，扩音器里，嘭嚓嘭嚓，迪斯科皇后张蔷的歌声，整夜在小镇上空响彻。深圳红菱艳歌舞团、巴黎红磨坊歌舞团等等，在镇中心广场上搭个篷子，你方唱罢我登场。易知往窗口一站，江南冬天的冷风里，四个穿着红色高跟鞋，穿暴露走光超短裙的姑娘，扭腰摆胯在台上卖力地跳舞。这风骚里，又是地道的村俗。观众三五块钱，买的流水票，看一拨走一拨。坐第一排的，看得兴奋，就叫好，就要跳舞姑娘弯下腰来，就往伊胸前塞小费。为了刺激观众，跳舞的姑娘，有时故意让上衣的带子掉下来，露出半个奶，下面的看客，尖叫声四起。这是白天表演，夜场表演，一张票比白天场贵两块，据说表演还要露骨刺激。

易知站在三楼窗前，几十米外的纸醉金迷的场景，一次次地见得多了，感到小镇有些东西变了。

母亲有时也站在窗前抱怨，一天到夜吵煞，这些小姑娘也不知哪里来的，一个个浓妆艳抹，奇装异服，袒胸露背，这哪里是艺术，这是低级趣味。陈子船笑谢清韵迂腐，说，什么高级低级，你还是老式古板的审美眼光那一套，时代不同了，现在趁年轻，跑江湖挣钞票要紧。谢清韵鄙视道，你这个人。陈子船说，那怎么办呢，女小人能考上大学的有几个，要是农村里女小人，不出来谋生，只能种地。谢清韵说，世风日下啊。陈子船说，白猫黑猫，能抓老鼠的都是好猫。现在不要说跳舞了，出来卖肉挣快钱的，不要太少。谢清韵没听明白"卖肉"什么意思，陈子船自顾自说，我给楼下的草台班子算笔账，五块钱一张票，一天不多算，就算卖三百张票，一千五百块。过年期间连演五天，再换个码头，钞票还是不少的。这种班子来，住顶差的旅馆，吃盒饭，顶多小饭店里马马虎虎弄几只菜，唱歌跳舞的行头，不过市场批发的蹩脚货，大篷车自备，成本不高的。

有一日，陈子船说汪厂长昨日去看过跳舞了，说好看的，新式白相，脱牌拉丝（吴语，指很牛，很厉害），交关赞。老汪倒是新潮人，一个人在家没事体做，顶喜欢去轧年轻人的道。再后来，去看大篷歌舞的退休工人越来越多，镇上三三两两男男女女的退休工人结伴而行，个个第一回开洋荤，在这种尴尬场合碰到，起先还有点难为情，嘻嘻哈哈互相取笑一通，以后也就见怪不怪，向着时髦的新生活方式过

渡。栖镇附近乡村小青年，成群结队骑着摩托车，带着衣着时髦、乡气尚存的女青年赶来镇上看表演，摩托车发动机轰鸣，增添了小镇的热闹气氛，也给大篷歌舞做了最好的活广告。夜色中，镇上小青年和乡下来镇上看热闹的小青年，两帮"洋火担子"互相看不起，互相嘲笑，互相"钓财仙婆"，于是骂架火拼，也是常事。只是到了一九九七年，小青年打架也比从前文明，顶多拔出拳头比划比划，鲜有动刀子的。

陈易知过年回乡，楼下日日夜夜歌舞不休，虽不待见，也打发了几日的小镇无聊生涯。从前的发小们忙着生儿育女，来往少了，春节也不知会不会回到镇上。那年月没有手机，联系不方便。从前大家互相串门，直接上门找人，如果听说要找的人去了另一家，就再登门去另一家。那种热情，不复再现了。

变迁时代，陈易知父母家搬到了运动场。何易从、戴正和靳天父母的家，也都搬了地方。易从家搬去了酱园弄，戴正家和靳天家，都搬去了南横头。从此要像从前那样熟门熟路串个门，也不能够了。

陈子船已经下不动象棋了，说年纪大了，白天着棋，要喝浓茶，夜里就困不着。只是娱乐活动不见减少。跟发小汪厂长经常一起混，老汪当厂长时，和颜悦色，不耍威风，人缘不错，退休后热衷白相经。陈子船听到风言风语，说汪厂长一个月只花五百块，就包养了一个外地女人。汪厂长时年六十六岁，外地女人比老汪小三十岁，也不清楚来历，有说是这边最大的丝厂改制后，到外地去招来的农民工。这时，镇上已经陆陆续续来了一批外地人，云南贵州四川河南湖南，五湖四海，以女性居

多，四十岁不到，出来讨生活，也有一些来摆小摊的、做小生意的外地人。外地人都讲不标准的普通话，听起来荒腔走板。慢慢地，栖镇这个曾经密不透风的封闭型古镇上，说不标准的普通话的人、租房子住的人多了起来。

一开始汪厂长还神神秘秘，闷声大发财一般，参加几个老朋友的聚会也少了。有一日，几个退了休的老朋友约好，一起去老余杭一个朋友家开的馆子吃饭，早出晚归，每个人头八十元，以前这种活动老汪蛮积极的，这次却推三阻四，说自己最近肠胃不太好，去不了。过了段时间，大概人生得意，锦衣夜行没劲道，老汪忽然邀请陈子船到屋里吃饭。陈子船一进门，见老汪屋里打扫得清清爽爽，一结实大波浪女子在厨房切菜。陈子船嘴上说，老汪你长远不来一道白相，发财去了？心里吓一跳，心想老汪搞起腐化堕落了。

陈子船瞄两眼厨房里忙活的女人家背影，说不上好看，胚子粗壮，脸蛋黑里透红，就是年轻，可以给老汪做女儿的年龄。那辰光，镇上人家还极少家里雇保姆的，陈子船认定这女人家是老汪轧的姘头。

两人吃茶，见老汪面有春色，陈子船悄问老汪，老汪你齐人之福，老太婆不吃醋呀？老汪说，老太婆在上海，给儿子管小毛头，我一年也见不着几次，相当于老来打光棍。陈子船又问，反正你退休了，也可以去上海跟儿子住。老汪说，上海的房子你晓得的，叫叫十里洋场，实际螺蛳壳里做道场，儿子媳妇拨我钞票去，我都不去。陈子船说，现在你倒是逍遥的。老汪说，辛苦了一辈子，现在改革开放了，我也要享几日福。话说回来，讲句男人真心话，老头子老太婆天天一道等死，有啥意思，要说女人家，毕竟年纪轻的好，干瘪老女人，你没有想法。陈子船连忙附和：格倒是。老汪讲，老陈啊，我们这辈子做一世人，算白做了。我以前虽然当领导，漂亮女人家想都不敢想。陈子船开玩笑道，这把年纪了，你还能做事啊？老汪讲，不瞒你说，我吃药的，平时多滋补壮阳，狗鞭酒鹿鞭酒吃一点，勿要太节约，贵是贵，我不怕肉痛，虫草也吃一点，对身体好。陈子船说，你厉害的。老汪讲，勢想太多了，铜钿银子骗人，女人家，不过是解解心焦。陈子船以为然。

年轻女人菜烧好，三人坐下来吃饭。女人家讲口音很重的普通话，老练地招呼陈子船，不要客气，多吃点，俨然女主人。两个男人家吃黄酒，老汪也给女人家倒上酒，笑眯眯说一声，金娥呀，今朝你辛苦哒。叫金娥的女人家纤瑟瑟笑，啊呀叫我吃酒呀。我们外地人，不太习惯喝黄酒的。老汪说，我们江南人，吃酒是黄酒第一，你入乡随俗，多吃吃就习惯了。金娥也算健谈，说屋里种地，看天吃饭就是个死，她们村里，能干点的女人家，都出来讨生活，都是听说哪里工厂招工，一个带一个出来的。有的出来晚了，此地招工已满，就又到别处去碰运气。不过有几个心思活络的老乡，嫌厂里劳动太苦太累，做了一年半载，稍微有点熟悉，又出来给人做保姆钟点工，或者做点小生意，也比厂里三班倒、死工资要好。言谈之间，陈子船知道了，叫金娥的女子现在在老汪原来的厂里当质检工，工作相对轻松，看来也是汪厂长发挥余威，动用了关系的。金娥在这里讨生活，每个月有钞票寄回老家，老家的丈夫儿子倒也高兴。

一顿饭之后，陈子船回家，走在路上，

心里骂一声"册那",又想想老汪毕竟是当过厂长的,脑筋转得快,样样不落后,跟得上时代。以前老老实实,屋里妻管严,现在轧姘头不算"腐化堕落"了,老汪哪怕吃药也要享受。

小镇日子慢,子女们都在外头,读书的读书,工作的工作,很少回家。关于他们在外边的消息,时常真真假假,捕风捉影。

已经不下棋的陈子船和何君乾,此时不约而同地迷上了打麻将。每天下午两点后,他们都走到工人俱乐部的棋牌室打麻将。陈子船精明,赢多输少,打麻将也要记账。何君乾糊涂,输多赢少,也不记账。陈子船话多,翻出老黄历讲,我家小囡上大学辰光,就有台湾制片人追求伊,制片人我也搞不清楚干啥的,小囡说是拍电影的,到省里,跟副省长称兄道弟,是老朋友,省政府拨给他一个院子住,说是鼓励文化台商投资。伊有一年暑假,给那家儿子做家教,回来说,台湾人的杭州屋里,有一大堆黑胶唱片,他放的邓丽君,还有很多外国歌曲,伊也觉得有趣,跟这个台湾人聊得来。结果台湾人就看上伊,很正式地跟伊讲,如果两人结婚,就可以带伊到美国去发展。台湾人是美国籍,在美国洛杉矶还有文化公司,以后都准备交给伊打理。还很正式地给她看离婚证,要明媒正娶。何君乾听了,也是啧啧称奇。

陈子船接着讲,后来我家阿囡一个礼拜天回来,说刘先生给伊看了很多相册,各种大场面,都是西装笔挺,有好多在好莱坞跟外国电影明星的合影,跟美国副总统和州长合影,跟香港小姐合影,跟法国文化部长合影,各种酒会,真是见过大世面的。伊讲,这个刘先生,年轻时长得英俊儒雅,现在四十出头了,保养得就像三十出头。两人互相吹了下儿女,都神气活现起来,吹到后来,就有了别苗头的意思,互相有点不服气。陈子船看看烧饭时间到了,才跟何君乾几个麻友告辞了,各自回家。

又过了一个礼拜,陈子船桥头碰到戴言礼,又绘声绘色讲陈易知被大人物追求的故事,这次细节又多了一些。陈子船讲,伊一个女小人,吓都吓煞了,这个刘先生给伊请束,请伊到省政府内部电影厅看了个台湾电影,是刘先生担任制片人的,据说还得过金马奖。伊好奇,就去了。伊回家,马上跟我说这桩事体,我说这种人家,我们高攀不起,而且人家已经结过一次婚了,有两个男小人,我同伊讲,我们不稀罕去给这种达官贵人做填房。伊找了个借口,不做家教了。戴言礼掐指一算,这台湾人高级是高级,比你家知姑娘大十几岁,荣华富贵有,可惜年纪是大了点。陈子船说,对啊,我们根本不稀罕的。

陈子船问,戴正现在多少铜钿一个月?戴言礼说,伊勿来讲的,一个人在长沙,逍遥法外,我是想叫伊回来。又讲,我家儿子不像知姑娘,什么话都回来讲,我们都不晓得伊有没有对象。陈子船嘚瑟道,小囡我从小一泡屎一泡尿管大的,跟我比跟伊姆妈还要亲呢。

有段时间,麻将桌上,要数何君乾话多。说儿子杭州读完研究生还不够,还要到北京读博士。陈子船掐指一算,按老底子,大学生是秀才级别,研究生算举人老爷,你家儿子博士生,相当于金榜题名,中进士了。何君乾听了高兴,笑道,我家阿从有点像书蠹头,只晓得读书。陈子船讲,好人家都是讲读书的。何君乾讲,伊姆妈样样不称心，儿子好歹是博士，给伊撑面孔的。陈子船附和道，你屋里林师母书香门第，儿子博士，总归称心的。

时光飞逝。后来何君乾讲，我家阿从博士毕业，留北京大学里工作了。陈子船讲，我家小囡，一个人跑到深圳去了，还好过年回来，被伊姆妈从包里翻出深圳杭州来回的火车票，还有在深圳的男小人写给伊的信，要伊过好年早点去深圳。小囡跟伊姆妈大吵一架，说乱翻伊东西。吵过架，小囡见瞒不过，坐下来跟我们摊牌，写信的男小人是伊校友，研究生毕业，在深圳做金融，天津人，从小没有爹，姆妈是大学教授。我们勿同意，小鬼人再好，一歇歇天津一歇歇深圳，我们吃不消的，小囡变成人家的人了，我们白养了。伊姆妈嘴上不说，夜里困不着，要吃安眠药。我说，我不会让伊去的，你放心。何君乾说，我晓得的，去深圳都要边防证的，前途是有前途，就是太远。

何君乾讲，还是老陈你想得长远。阿从跑到北京去，我们要是拦他，也怕以后他要怪我们的。陈子船讲，男小人不一样，女小人总归不要跑太远。何君乾连连点头。

又一日，一道打麻将，变成何君乾主讲。何君乾讲，是有好几个大好佬，要拨我家阿从介绍对象，木头儿一根筋，荣华富贵不要，不肯抛弃大学里谈的女朋友，也就算了。陈子船说，荣华富贵都不要，这小人倒是狠的。何君乾讲，我家阿从有点木知木觉。在北京都要讲关系，伊一个书生，有什么用，钞票也挣不着几个。陈子船讲，读到博士，高级人了，以后总归能挣大钞票的。何君乾讲，老话讲，找对象要找门当户对，阿从可能觉得，我们这种小户人家高攀不起吧，其实我们上代也是大户人家。陈子船顺势恭维了几句，你们何家原来发达的，绸缎店、米行都是你家的，屋里厢院子里埋着金子，老底子镇上人都晓得啊。何君乾说，没有的事，没有的事，中等人家而已。陈子船又高谈阔论。老底子有古话，读书人的梦想，就是夜里有狐仙到厢房里共度春宵，等高中了状元，再娶宰相家千金，差一点，也要娶自己老师家的千金，这就叫人往高处走。何君乾说，老陈你讲法顶好。陈子船说，你儿子小辰光看不出，不大响的。何君乾谦道，呆大一个，脾气像伊姆妈。

陈子船和何君乾，屋里都管买汰烧，早上八点档，小菜场买菜，挤挤挨挨，热热闹闹，抬头不见低头见。搭白几句，有时一不小心，就扯长了。买好小菜，回家路上，从前一个回东横头，一个回西横头，现在一个运动场，一个酱园弄。两个老头儿各拎一只菜篮子，哼着小曲儿，哼着哼着就停下来了，想到儿女婚姻大事都未定局，忽一闪念，两家要是结个亲，好像也不错，青梅竹马，门当户对。又有说法，英雄就怕旧邻居，这对昔日棋友，现在彼此有点看不上对方，都觉得对方家的底子，比自己家要差口气，应该联姻条件更好的人家，好得太多，又怕自己吃瘪。

又过段时间，戴言礼碰到陈子船，说起儿女们的情况，戴言礼说，伊姆妈身体勿好，我们两个管不动小儿子了，小鬼答应调回来了。陈子船说，长沙调回杭州，都是省会城市，问题不大。戴言礼说，我家阿正讲，只要找到接收单位。陈子船说，小人总还是在身边的好，飞出去太远，等于白养。

夏天晚上，陈子船和何君乾打好麻将，一个往西走，一个往东走。陈子船走到电影院边上一条闹中取静的小弄堂，忽见打扮时髦的外地女子走到跟前，招呼说，阿哥啊，要不要白相相，五十块，便宜的。路灯下面，陈子船瞥见一个穿得红红绿绿、露出上半部分胸脯和整条胳膊的丰满女子，看上去三四十岁，嘴巴涂得血红，陈子船心里别别跳，赶紧说，勿要勿要，对不住。一边赶紧快步走开，一边心里有点激动，心想，碰到"野鸡"了。

几年间，镇上外来女人越来越多，一个个野性勃勃，寻找可以投靠的金主。洗浴中心，按摩店，夜总会，一家家地出现了。霓虹灯闪烁的地方，隐隐让人觉得，此地画外有画。

过了几个月，陈子船听打麻将的朋友讲，长桥脚下，现在有个私人诊所生意蛮好，实际上，是治疗性病的，打几针要好几百块，染上那种脏病，真是自己倒霉。有个麻将朋友神神秘秘讲，都是这批外地女人带来的脏病。听说街上有好几个退休工人，偷偷摸摸到这种地方打针去过了。

又过几日，有个下午，何君乾一边在工人俱乐部打麻将，一边讲，以后我夜里要想摸两圈，出都出不来了，老太婆昨日同我吵架，说现在外头乱七八糟，到处是坏女人勾引男人家钞票，不许我夜里再出门。其他男人家也七嘴八舌，有个一道打麻将的老蒋说，男人家真的想出去白相，女人家要管是管不牢的。也有人讲，做人做人，一辈子蛮快的，自己开心就好。样样听老娘的，自己就勿开心了。陈子船附和道，老何是个老实头人。何君乾唉声叹气。

夜场麻将凑不齐人时，陈子船就出门荡过长桥，长桥上立一歇，看看河港两边，这时又有外地女人过来，碰碰伊肩臂，叫声阿哥，你要不要跟我白相相。陈子船火冒三丈，就朝女人低吼，册那，不要挡路好哦。无论如何，一个老栖镇人接受不了，如今长桥上也会出现这种龌龊事体。女人待要发作又忍住，朝石板上吐了口唾沫，陈子船瞪女人一眼，女人恨恨低骂一声。陈子船气得想打人，想想今朝晦气，万一被这种女人缠上了说不清楚，一路"册那""狗触东西"地低骂着，下了桥。

六月里，汪厂长的年轻女人金娥忽然打电话给陈子船，说有点事体，想同陈子船谈谈。陈子船有点奇怪，问啥事体，伊顶怕半生不熟的人来借钞票。金娥说，电话里讲不清楚，你有空到我房里来坐坐再讲。陈子船有点犹豫，不想摊上麻烦，但又不好意思拒绝，毕竟汪厂长家吃过人家烧的饭，支支吾吾几下，就答应了，心想只要不是借钞票，能帮忙就帮忙。

到夜里，陈子船拿了把蒲扇，心里七上八下，一直走到了东小河金娥的出租房，进了门，只见金娥穿一件玫瑰红吊带连衣裙，描眉画凤，打扮得妖妖娆娆。金娥泡了茶，切了香瓜给陈子船吃。陈子船问金娥有啥事体，金娥也不急，殷勤招待吃东西。陈子船奇怪，问起汪厂长，金娥说，老汪儿子搬了大房子，他去老婆儿子那里团聚，来回要一个多月。陈子船说，大房子，格倒蛮好。金娥道，有啥好呀？

后来金娥抱怨汪厂长为人小气精巴，一个月不在，就停发给她的五百块零用钱，金娥心里委屈，想另觅良人。陈子船听得，脱口而出：老汪倒是精明人。说完又觉得自己讲错话了。金娥用眼睛瞄他，似有别的意味。金娥说，陈大哥看着比汪厂长会体贴人多了，样子也比他长得嫩相。陈子船连忙说，哪里哪里，老汪当领导当惯的。

金娥耻笑道，领导又怎样，我都不想伺候他。两个人讲白相，金娥眼锋瞟一眼陈子船，巴结道，陈大哥，我时常看到你在公园里锻炼身体，你身体一定比汪厂长好。陈子船谦虚道，老了，老了，不比年轻时了。金娥殷勤道，我看你身体蛮强壮，人瘦筋骨好。陈子船嘚瑟起来，说，这倒是的，我天天锻炼，每天雷打不动锻炼三个钟头，走出去，好多人说我看上去只有六十岁。金娥连忙说，陈大哥你哪里有六十岁啊，我看你，跟我们农村里四十几岁男人差不多。陈子船听着高兴，连忙谦虚道，四十多岁是不可能了，毕竟老大伯了。金娥又说，姜还是老的辣么。陈子船笑起来，说，你不喜欢老汪吗？金娥说，喜欢老汪？老汪耐心好，夜里困觉，摸上摸下要摸半天，真的弄弄两分钟顶多了，我也是女人，你说是吧？陈子船听了，心别别跳，暗忖老汪"银样镴枪头"，为了每次一分钟又要吃药，又要每月花五百块，倒有点"大好佬"了。又思忖，金娥这个女人蛮会说下流话，心思太活络，明明是在勾引自己。

吃完一杯茶，陈子船觉得自己该走了。金娥依依不舍，说，陈大哥不用急，再白相相，陪我看一歇电视嘛。陈子船不好意思马上走掉，额头上出汗。金娥说，你热吧，过来吹吹电风扇。屋子里厢，摇头电风扇转着，坐在沙发上，金娥的身子靠过来，又剥一根香蕉，喂到陈子船嘴边，他瞥见金娥保养并不太好的手上，涂了大红的指甲油。陈子船只得接了，心思慌乱。一不小心，胳膊碰到了金娥丰满的胸部，金娥嗔怪道，老陈啊，原来你还是小伙子，毛手毛脚的。陈子船忙说，我没有想揩你油啊。金娥软软地说，你是正常男人嘛，说罢，已经软软地靠到陈子船身上来

了。陈子船推开也不是，不推开也不是，就这样僵在那里。金娥身上的热气，一缕缕地传递到陈子船全身，陈子船觉得自己的身体仿佛膨胀起来，突然"豁"地站起来，对金娥说，你不要难过了，汪厂长少你的一个月，我补给你吧。过几日我来交给你。

陈子船逃也似的离开金娥家，有些恍惚，夜风一吹，心里后悔，刚才心一软，脚一软，五百块没了，说出口的，又不能赖账，路上气得直跺脚，对着半空骂一句"册那娘"。这个金娥，真是上伊当了。

过了半个月，一个星期六午后，陈子船思前想后，赖账怕金娥说出去，被人笑话，真金白银掏出去，又觉得肉痛。打了几场麻将，赢了点铜钿，算起来不止进账五百块，又想起金娥奉承自己看起来不过四十几岁，脚步就轻飘起来，绕道去了金娥家。金娥要陈子船歇一歇，两个人就在金娥床上歇了歇。陈子船心里还是疙里疙瘩，肉痛五百块是被这女人骗走的。

又过了一个多月，汪厂长回来，怀疑起陈子船跟金娥勾三搭四，也小气起来，又把陈子船叫到屋里，以请他吃饭的名义，两个老发小喝了点黄酒，汪厂长先说，老陈如果你有意思，老子把金娥转给你，只要你不少于五百块一个月给她，伊肯定高兴的。陈子船连忙说，误会了误会了，我真没这个意思。

两人继续吃酒，汪厂长忽然冷笑道，"册那"，这种女人家，你以为靠得住呀。老子只出去一个月，就到处勾搭男人。陈子船也推心置腹讲，伊不过是想挣点外快，也罪过相，想钞票想疯了。汪厂长骂骂咧咧，这种女人家不知足，老子勿要了。骂完"册那"，又骂"狗触"。陈子船连忙说，

我没有这种闲工夫,也没有闲铜钿。你一个人,伊有空时拨你烧烧小菜,你吃好困好,也实惠的。汪厂长忽然霸气地说,水性杨花,等老子敲伊两巴掌,敲老实了再讲。

陈子船回家路上,暗骂:册那娘,老汪怎么会平白无故怀疑我呢?一定是金娥自己嚼舌头。女人家事体多,花样经十足,真是麻烦,目的不过是捞几个外快,还是不要骨头轻。

又一个多月后,汪厂长身边,已有了新欢,也不知金娥去了哪里,是否另攀高枝了。

陈子船依然跟汪厂长热热络络,后来听汪厂长说,老陈,你晓得那个金娥做啥去了?陈子船问,好长时间勿见伊了,伊做啥?汪厂长说,人家讲在夜总会碰到伊,做鸡,真不要面孔的。陈子船感叹道,钞票来得快。汪厂长道,人为财死,鸟为食亡,现在是笑贫不笑娼了,伊不会在乎被人家背后骂了。陈子船说,要堕落蛮快的。说是这么说,两个老头的心里,总有股说不出来的复杂滋味。

不觉到了一九九九年,小满。陈子船下午照例去工人俱乐部打麻将。问起几个麻友,老何长远不见了,到哪里去了。听麻将朋友讲,何君乾前几日买了张火车票,一个人拎了两篮栖镇枇杷坐火车到北京去了,说是给亲家送枇杷去的。

过了几日,何君乾回到麻将桌上,说儿子媳妇同亲家公亲家母一起陪他荡天安门广场,大家就夸老何生了个出息儿子。陈子船问,枇杷不经放,闷火车上会不会烂掉。何君乾说,这点就我们老栖镇人的礼节。我坐火车一夜,早上到北京,白沙枇杷只烂掉十一只,我自己挑出来吃掉的。陈子船讲,以前赵匡胤千里送京娘,今朝何君乾千里送枇杷,亲家肯定感动的,有没有好好招待你,北京烤鸭吃一顿?何君乾讲,我北京烤鸭是吃到的,全聚德烤鸭店,最正宗的。何君乾叹口气道,就是我回来,阿从姆妈又同我淘气,说我小气自私,为啥火车票偷偷摸摸只买一张,伊北京也没有去见识过。陈子船讲,说得也是,多买一张火车票就多一百块差不多。何君乾讲,我就怕伊路上还要同我吵架,一个人顶逍遥。一个麻友说,老何你上回到香港探亲,也是一个人去,也不带何师母去,何师母是要同你讨相骂了。另一个麻友又讲,香港花花世界,老何你是想一个人去,做坏事体方便吧。

这一日何君乾真是春风满面,成为俱乐部老年活动室的舆论中心。又讲,我儿子媳妇开年后就要去美国了,要见面也难了。一桌子的人都表示羡慕,纷纷讲,老何你儿子要做美国人去了,以后你就是花美金的人了,有得福享了。何君乾笑呵呵说,阿从万一到美国想吃枇杷,也不晓得美国有没有枇杷呢。陈子船见何君乾一脸傲骄样,心想,今朝老何真是脸上飞金。

## 伍

一九九七年春节前,何易从自京城回乡探亲,很纳闷在栖镇待了一个星期,一个要好的同学也没碰到。高中同学一个班有五十个人,可能只有十个人还在小镇扎根。

自八十年代始,不断有家长在县城做官的同学,拍拍屁股,迁去临平了。何易从靳天童年时,班里小仙女林茵茵,初一上了半个学期就随父升迁,搬到县城临平去了，临别时，约了陈易知等几个要好女同学，去长桥堍下的照相馆拍了纪念照，从此绝尘而去。易从是走得最远的那个人，难得回来一趟，却为别人的陆续离开小镇惆怅。

女同学们纷纷当起了新娘。最早结婚的是沈美枝。陈易知回栖镇，又连吃了两场喜酒：杜秋依、刘春燕先后在十月和春节后结婚了。上午，几个伴娘簇拥着新娘子在超山梅园拍婚纱照，又到长桥上拍照。晚上，婚宴在河边酒家进行。婚礼酒宴上都有家乡菜：酱油蹄髈、板鸭、粢毛肉圆、细纱羊尾、烂糊鳝丝、清汤鱼圆，是栖镇繁华时期留下的美食。

易从只赶上了靳天的婚礼。自易从去了北京读博士后，只有过年回家，才会与靳天见上一次。靳天比易从早好几年上班，关于他的恋爱史，总是扑朔迷离。

靳天谈过几个女朋友，有杭州人临平人栖镇人，基本上不超过一年就分手。易从每年回来，见的靳天身边的姑娘都不一样。第一年见的杭州姑娘，斯斯文文，说话软糯，公务员，比靳天大两岁。易从看得出姑娘很喜欢靳天，目光不离靳天左右，处处照顾他，靳天在她面前像个动口不动手的公子，完全忘了有绅士风度这回事。但是到了下一年，两人春节后小聚，靳天身边又换了个栖镇姑娘，在临平当英语老师，看着也是活泼开朗、得体大方。等姑娘先回去后，易从私下问靳天，去年的那个杭州姑娘怎么回事？靳天说，人家就想结婚过小日子，我真的不想结婚，就分手了。易从不免遗憾。又到了下一年，易从回乡，两人春节后小聚，靳天身边又换了个在银行工作的临平姑娘，长得也算漂亮，得体大方。易从又纳闷，问靳天去年见到的姑娘，靳天说栖镇姑娘也想跟他结婚，他还是不想结婚，人家等不起，又分手了。又过一年，易从见靳天，这次靳天身边没有跟任何女子，易从问，女朋友呢，怎么没带来？靳天说，每一个谈不到一年，都想结婚，见父母，建立小家庭，想想真是没劲。易从说，就没有一个能让你想结婚的吗？靳天说，说不清楚啊，我现在还不想结婚。易从开玩笑说，靳公子真是迷失花丛中了。靳天苦笑，我要是像你就好了，一根筋地死心塌地。易从说，其实我知道，秋依一直对你有意思的。靳天说，秋依我惹不起，她是我阿妹小姐妹，还是远点好。易从说，没准秋依挺失望的。靳天说，她大美女，追的人不要太多。

年初十，易从和长沙回来过年的戴正，一起参加了靳天的婚礼，婚礼上碰到了刘晓光等几个男同学。高中毕业后，何易从跟刘晓光素无深交，也不知他的情况，只知刘晓光高考落榜，并没有离开栖镇。婚宴上，刘晓光和靳天妹妹瑶姑娘说说笑笑，眉目传情，看起来颇像一对，而且正在情浓时，别人都不好意思打扰。瑶姑娘出落得比从前更漂亮，烫了卷发，也有了成熟女性的模样，见到易从，只是浅浅地打了招呼。

这时女同学杜秋依和刘春燕也到了。刘春燕元旦刚刚在临平结婚，新郎是宁波人，在临平工作。言谈之间，仿佛刘春燕跟新娘子沾亲带故，后来才知道，新娘子的父亲是刘春燕现在单位的局长，刘春燕已经是该局的中层干部。从前刘春燕一路学霸，大学毕业后凤凰回飞，在临平工作。何易从曾有担心，小地方到处都是关系网，刘春燕这高材生，会不会虎落平阳被犬欺，但酒宴上，看到刘春燕谈吐干练，面对各种熟人似乎游刃有余，又想是自己多虑了。

杜秋依刘春燕在女宾一桌，何易从和戴正在男宾一桌。婚礼正式开始前，昔日同桌寒暄几句，易从再见秋依，有种雾里楼台倾圮之感。几年不见，秋依新做了头发，浓妆艳抹，风姿迷人。当年一起骑游去临平的青柳美少女，几月前新嫁作商人妇，已是香港人汪太太。

这一年，镇上人紧跟形势，爱说香港回归。从香港来的都是大好佬，派头第一，台湾来的，派头也足，比香港大好佬略逊。从香港回来的，都戴金戒指、金项链，男的金利来领带，女的穿时装，烫时髦发型。从东横头到西横头，水南到水北走一遭，人发达了，必须衣锦还乡。

秋依秋天嫁到香港，香港男人是保险公司职员，比秋依大十岁。香港男人离异，带一个七八岁的男孩，秋依赴港后，又生了一个儿子，全职在家料理家政。

杜秋依嫁香港男人，版本有几个，一说是通过正式的婚姻介绍所介绍的。一说是杜秋依在香港的亲戚介绍的，据杜秋依的闺蜜沈美枝讲，秋依自己的说法很浪漫，说是在广州到杭州的火车上认识现在老公的，秋依到广州旅游白相回来，碰到了到杭州旅游的香港男人，两人就坐在邻座，聊了一路，香港男人就开始中意她，回去后天天打长途电话，打了三个月，又特地飞到杭州来，买了很多礼物专程来看她，秋依就被感动了。

秋依风光出嫁，第一年回娘家探亲，香港男人亲自陪来。香港男人头发考究，三七分开，喷过摩丝，每一根都精神。皮肤略黑，皮鞋锃亮，广东人的精瘦身材，一身浅灰西装，领带打得一丝不苟。秋依带香港男人走过塘廊，时髦漂亮，皮肤雪白，挎一只精致小包，香风阵阵。香港男人姓汪，从此秋依成了汪太太。

新婚第一年，添置了好多名牌行头，这趟回娘家，给瑶姑娘、沈美枝等小姐妹们带了口红香水护肤品等手信。香港男人给秋依姆妈送了金项链金戒指，殷勤周到。秋依爸妈脸上飞金，四处表扬新女婿慷慨大方。还透露，这次来探亲，新女婿孝敬他们两万块港币，他们反复推辞不得，只好收下。邻舍跟秋依爸讲，你培养女儿这么多年，两万块当彩礼钱，也不算多的，这个钞票是要收的。秋依阿爸听了，有点不舒服，辩解说，我们又不是乡下人，不作兴彩礼的，香港那边也不作兴彩礼的，听说要是香港小年轻住在公婆屋里，还要交房租的，又嘟哝道，我们又不卖女儿。

作为曾经在《杜十娘》里演过丫鬟、剧照在照相馆里挂了很长时间的栖镇标致美人，秋依成了街坊口中嫁得好的样板，背地里也讲，秋依福气好，不然高不成低不就，也拖成老姑娘了，都不提秋依要给人家当继母的事，大概都被"香港"两字镇住了。有几个觉得自己女儿品貌不错的好姆妈，已经悄悄托秋依帮忙牵红线，顶好能帮自家闺女钓个香港金龟婿。秋依也都笑口应承，说回去后会仔细物色，看有无机会，让她也当一回红娘。

回乡省亲的汪太太，接到靳天的结婚请柬时，心里千回百转一通，决定盛装出席，又用港币包了红包。秋依暗中较着劲，风头一定要盖过新娘子。

新娘子出场，杨柳绿波。一众伴娘里，戴正眼尖，一眼认出了他们的小学同学、初中时迁去临平的"大院公主"林茵茵，连忙跟何易从讲，那个伴娘，不是林茵茵吗？易从看过去，世界真小啊，果真是林茵茵。

新娘子张静是临平人，温婉标致，高挑的身材，白净的皮肤，长眉长目，长发绾起。婚礼上穿婚纱、穿旗袍、穿礼服，都是仪态万方。新娘子也是公务员，在县税务局工作，靳天的老丈人是南下干部，卫生局局长。婚礼上听司仪介绍说，新娘是靳天的高中校友，但高中时两人并非同班同学，只是彼此耳闻，后来工作场合才真正认识的。易从看着，郎才女貌，春风满面。戴正说，虽然不是同班同学，也许新娘子老早就对我们靳天有意思了。易从说，你也是瞎想想。易从心想，靳天这次倒不怕结婚了。

酒宴后，宾客散去。刘春燕已有孕在身，告辞先走了。刘晓光陪着瑶姑娘，在酒店处理婚宴后的杂事。新郎新娘各自的发小老同学七八个人，到新房里厢闹洞房，戴正最会起哄，猢狲一样蹦上蹦下。易从不会闹腾，只是斯文地在沙发上坐着，看别人起劲，心里还有点恍惚。这趟回乡，靳天成了已婚男人。有个节目，新郎新娘抽到一张纸条，要各自说出第一次相识的地点。靳天答，我们是在一个高中同学唐云的生日聚会上，第一次碰到。张静回答的版本不同，很早以前其实就见过一次，当时她刚参加工作不久，税务局团委组织舞会，财政局的一些青年男女也来联谊，那次很热闹，靳天请她跳过舞，她就记住他了，他当时穿一件墨绿色羊毛衫外套，相貌堂堂。靳天窘道，我还以为唐云的生日聚会上，我们是第一次见面呢。张静说，那是第二次，隔了快两年了，正巧人家都出双入对，只我们两个单独去的，就被起哄孤男寡女，要凑一对。靳天说，我记得刚到临平工作时，舞会确实多，各个局轮着张罗舞会，周六没事干，就跟几个兄弟到处赶场子，人太多，一时记不清了，有时我们中途就走掉，找个小馆子吃老酒去了。戴正插科打诨，说，原来靳天混成了舞林高手，奢遮的（吴语，了不起，出众的意思）。可惜我根本不会跳舞，只会走路，所以找不到女朋友。

张静嗔道，前些年舞会多，好像每星期都有，但是我记得你，你却不记得我。杜秋依说，他是孙悟空，你是如来佛。张静笑。戴正说，说起唐云我记得，靳天带我们去过他家吃饭的，我们在他家吃酒了。秋依说，就是那次郊游，我和瑶姑娘没有去，便宜你们大吃大喝。戴正说，你们姑娘家娇滴滴，车都骑不动，另立小分队，贪图享乐。秋依说，你现在还要秋后算账啊。

几个发小又起哄，要新郎跪搓衣板，罚答题错误，戴正新房里晃了一圈，找不到搓衣板，又让新郎自罚一杯酒，半跪着吻新娘，总算放过。

一番闹腾后，林茵茵端一杯香槟酒，过来跟何易从讲话。林茵茵说，你总是最深沉的那个，众人皆醉我独醒啊。易从腼腆地笑笑，说，我不会吃酒，不敢惹他们。林茵茵笑笑说，想不到。易从记得有好多年没见林茵茵了。林茵茵说，其实我一直晓得你们的。高中时，我好几次听陈易知讲起你们几个人的。易从问林茵茵现在在哪里高就，林茵茵说，我在北京，过年回来，刚巧赶上当伴娘。易从寻思，原来老同学在北京的，只有自己和林茵茵两个人。两人交换了联系方式，林茵茵知易从住五棵松，说自己也经常去复兴路一带，还跟人去过二炮文工团的舞会，易从笑说，我住在那边，也经常能碰到文工团的女孩。

林茵茵笑问，博士你跟她们跳过舞吗？易从窘道，岂敢，我很少去那种地方，再说我也不喜欢跳舞。

林茵茵又被叫去新娘跟前招呼。一群人闹到午夜十一点多，喝多了酒的靳天，眼神有点迷离，倒在易从坐的沙发上，又靠在易从身上，勾住易从的肩膀，对着易从耳语了一句：其实每个人的心里，都有一个刻骨铭心的人。易从听见，愣了一下。秋依也喝多了，一会歪在林茵茵身上，一会歪在戴正身上，一会歪在何易从身上。戴正问易从，要怎么才能找到女朋友呢？你女朋友是不是学校里舞会上认识的？易从说，不是的。林茵茵说，何易从也有女朋友啦？戴正说，他不用跳舞，只要师生恋。林茵茵说，原来是师生恋呀。易从说，不算师生，我只是帮导师上了上课。戴正说，何易从看不出，有手段的，上课上出个女朋友。林茵茵笑说，看不出呀。戴正说，你太小看他，他人瘦归瘦，却是一肚子鸳鸯蝴蝶，读高中时，就爱对着女同学碎碎念：问世间情为何物。这下有了女朋友，不知女朋友喜不喜欢听。易从笑道，你瞎三话四，把我说成神经病了。秋依说，易从你爱背情为何物，那你说说看，答案是什么呢？易从说，我也不知道啊，真的不知道。秋依说，不管结婚没结婚，我晓得的，都是痴男怨女。戴正说，杜秋依，以前男生都说你是第一美人，到底是美女啊，你钓到了香港金龟婿，厉害的。秋依说，我没本事呀，谈恋爱又不能当饭吃。不过是嫁汉随汉，穿衣吃饭。林茵茵笑说，最后都是要过日子的。秋依喝一口酒，说，人是缺啥想啥。我在香港，又想念江南。在这里，又想跑出去。易从说，我好像也是这样。戴正瞎叫，何易从，你可不要朝三暮四，到底要林妹妹还是宝姐姐，要想清楚。易从笑骂戴正，你喝了点酒，又十三点了。

到凌晨一点，各自散去，易从和戴正披星戴月地送走了杜秋依和林茵茵，才各自回去。

春节后几日，易知孃孃听说西横头住了大半辈子的老房子要拆，呼天抢地，不肯搬走，房管所的人一次次上门做工作，都灰溜溜被骂了回去。隔几日又上门磨，工作队前脚刚出屋，易知孃孃后脚就哗的一声，一脸盆的洗菜水泼在门口。明知是这死硬的老太婆示威，不好发作。易知孃孃放出话去，讲，我住在河边大半辈子，离了河活不了，你们拆我房子，就是要我命。易知孃孃曾去几个儿子家轮流住，也觉得不习惯，又执意住了回来。

陈子船有一日倒好马桶，对老母亲埋怨，叫你轮流住住你又不肯，要一个人住老屋里，我们也老了，过几年吃不消倒马子，只好把你送养老院去了。易知孃孃听了不响，心里气闷。

这时镇上换了领导班子，拆运河边老房子的事，也暂时搁浅了。陈子船听小道消息说，西横头重新规划，要拖一两年才拆。

易知孃孃说过要死在老房子里，在清明后几日，一着凉，得了一场小感冒，就无声无息地死了，九十岁寿终。陈子船对回来奔丧的易知讲，你孃孃五更天上路前，叫了两声阿爸，大概回到了做姑娘的辰光了，一路划着小船，回德清雷甸去了。

易知带陆韶回栖镇送孃孃，见一个瘦小干瘪的身体安详地睡着的样子，不觉回想起第一次带陆韶回栖镇，去了西横头老房子看孃孃。老少三人，三张竹椅坐在老

228

屋门前，面朝河港聊天，正是盛夏，陆韶穿着一条休闲短裤，或许坐姿有点别扭，孃孃瞟了一眼陆韶裆部那里，居然跟自己孙女儿开玩笑说了一句下流话。易知顿时脸红，生怕陆韶听到。心想孃孃八十几岁了还老没正经。这一日告别孃孃，易知想到这个滑稽的场景，想到孃孃作为一个生育过八个子女的女人说的下流话，又瞥了一眼身边表情严肃的陆韶的裆部，不由笑了一下。

## 少年游　上

当年照相馆的四个小人聚齐时，在长桥上拍了一张合影。只是长桥脚下的照相馆，早已了无痕迹。

陈易知和戴正先到了桥上，吹了会风，见何易从上了桥。三个人会合，继续等靳天从临平过来。起因是搞水文的陈易知，对栖镇近代以来的地理水文演变产生了兴趣，趁何易从这趟回来，就请几个发小陪她一起去探一探栖镇四只角的尽头。

长桥上的人，上上落落。夏夜里，是一年中长桥上人流量较大的时候。水南的人，走到水北去，水北的人，走到水南来，都兴兴头头。还有些人的目的地就是桥，上了桥，在桥上待一会儿，就回转了。老人和小孩会待得久一些，手里一把蒲扇，赶赶蚊子。也有老头老太、提早退休或下岗的中年男女，在红太阳跳完广场舞后又到桥上约会，说说笑笑拌拌嘴。栖镇人男男女女的老了，有的一辈子无事忙，就忙了一辈子的男女关系，老了还要耍风情，还要争风吃醋，你争我抢，只要有一口气在。栖镇人男欢女爱，讲风流快活，无人能及。

八点钟光景，靳天走到桥上，额头上汗津津的，说，今朝休息日，还被分管的副区长叫去开会，出来晚了。戴正说，你领导嘛，总要比我们忙。靳天说，谁能想到，栖镇现在停个车都这么困难。戴正说，开发旅游了，停车场来不及造。易知说，勿急勿急，你先歇一歇，在桥上吹吹风，我们再走。

长长斯远，没有这么坐在桥上吹风了。何易从一声感叹，四个人面面相觑。

三十年前的光景——

靳天在水北外婆家住，就在长桥脚下。上初中后，搬到了市河花园桥侧，栖华旅馆隔壁。后来叫市心街，也就是镇中心的位置，政府机关大都在那边，有种中心辐射边缘的地缘骄傲，犄角旮旯儿的，靳天没有大的征服欲。

靳天听外婆说，栖镇旧贵，一般住在市河两岸，新富居塘廊一带。真要比富，水南的富户，不及水北的富户。靳天家住的地段，就是栖镇的曼哈顿，他对其他偏远之地就没啥好奇心了。

从市心街到水北，上桥落桥，或摆渡船去，叫上又是远房表弟又是同学的何易从，靳天忙煞。但靳天的云游也有限制，遇到管束极严的爹妈，有时候，何易从倒成了"帮凶"，因为靳天姆妈关照过易从，不要让靳天太野了。易从虽时常阳奉阴违，但受长辈嘱托，不好意思说不。

何易从不是野小人，很少窜到栖镇郊外去。从小怕蛇，越是郊外，蛇虫出没越多。戴正家也去得少，因戴正家有傻弟弟。

何易从有亲戚在杭州上海，去杭州上海做客人要坐轮船，路过西横头。他不像陈易知爱用脚云游，更喜欢静静地看书、发呆、野思。

戴正顽劣，放了学就时常荡发荡发，扒脚野猫。陈易知脚头最散，她爸叫她白脚花狸猫。在镇上四处云游，把自己当成了侠女十三妹。栖镇四只角，西横头熟，东横头也熟。有几百次游手好闲，无聊了，就去易从家隔壁东摆渡码头坐摆渡船玩。易知喜欢跟着父亲荡，几次去南横头看死人，而且每次都是夜里。从此印象中，南横头的死鬼最多，有落水鬼、吊死鬼、电死鬼，顶不太平。北横头在水北，是田坂最多的地方。戴正虽号称神行太保戴宗，不过也有盲区，对南横头和北横头的发言权，戴正不如陈易知。

靳天肤白，瘦瘦长长，站在桥上。刚刚走得急，出了点汗，更显面如敷粉。陈易知是女士，皮肤细是细，但此刻肤色倒是没有靳天好，不过也还腰是腰、腿是腿，天热，头发扎成了最流行的丸子头，白T恤牛仔短裙，白色波鞋，清爽利落。何易从清瘦，穿圆领浅灰T恤、牛仔裤，脚上一双夹脚拖，大概在美国夏天这样穿惯了。因为清瘦，易从脸上比靳天略显沧桑。戴正一张娃娃脸，看着最年轻，不过肚皮有点挺出，脸上却光滑，一派天真少年气。

易知打量他们几个一番，对戴正笑着说，本来以为戴正十八岁，一看肚子就暴露了你的年龄，还是靳天容颜不败啊。戴正说，我游泳，我游泳。

东西南北四个尽头，一天走完吃力。不要一口吃成一个胖子，要像从前小辰光，游手好闲，看野眼，要荡发荡发。重要的是，路上的四个人，情绪要饱满，要细水长流，不要木知木觉。

他们从桥上往桥下走。戴正对靳天说，你来晚了，我们刚刚说轮船，你也是河边长大的，听不到轮船嘟嘟叫的声音，是不是觉得少了点啥。

靳天说，我小学放学后，时常跟同学从水北荡到水南，一落桥，正对面就是茶馆店，一天到晚闹哄哄。有几次，我外公外婆会带我去茶馆店听评弹，里面有一股烟气，还有水气。不进去的话，走过就听到评弹叮叮咚咚的琵琶声。

戴正说，讲好听点，叫人间烟火气，讲难听点，是乌烟瘴气。

戴正走得高兴，一跳一跳，像只兔子。兴致上来，哼起蒋月泉评弹《杜十娘》来：窈窕风流杜十娘，自怜身落在平康。叹落花无知随风舞，飞絮飘零泪数行。戴正讲，小辰光评弹我顶爱听蒋月泉，还有张鉴庭张鉴国。蒋月泉的声音，那个糯呀。那十娘，偶尔把清歌放，呖呖莺声倒别有腔，多少糯。我下辈子，就想当个苏州男人。易知笑道，男人家也糯呀，不会太"娘"吗？戴正说，糯点好，温柔呀，现在的女人都要温柔的男人，不喜欢贴胸毛。

戴正爱边走边哼小曲儿，又哼起一首歌来，吴语歌《花好月圆》。浮云散，明月照人来。圆满美满今朝醉。易知嘻嘻笑道，呀呀呀，清浅，池塘，鸳鸯戏水。这么软绵绵的小哥哥呀，过去人要讲，木郎唱小曲，钓的是财仙。戴正说，就是我长得太不像木郎了，靳天卖相好，好充木郎。红裳，翠盖，并蒂莲开。最适合靳天又唱又做。易知又笑，靳天风流倜傥的，多少好姑娘，眼儿相望，侬为郎陶醉，格么易从呢？戴正说，易从怎么看都像秀才，还是落第秀才。

230

何易从说，怎么轮到我就要落第了，我不服气。浮云散，明月照人来，范进中举了。戴正说，易从博士还没读够，还想中举人，再中进士，再当个豪门姑爷，看来何易从还没看破红尘。

易知说，木郎钓财仙，你们想到的"财仙"是谁？

戴正嘴快，说，我想起一个人，先不讲。易知逗戴正，你讲呀你讲呀，是啥人？戴正忽然扭捏起来，勿肯讲。倒是靳天忽然来了一句神来之笔：阿妹呀，侬个只夜菩萨，纤风纤样，我请侬到塘廊吃冷饮去，好勿好？

戴正说，到底是风流才子靳天，地地道道，木郎钓财仙。

易知说，戴正不肯讲，我心目中的财仙，是沈美枝。

戴正见何易从若有所思，就说，你不要说，何易从身上有一点劳少麟的影子。

劳少麟是栖镇乡贤，西小河人。从小家境小康，清末时屡试不举，与士绅为伍，诗酒唱和。民国时，受德清县故旧俞陛云邀请，一起去当时北洋政府所在地北京，谋了一个小职，一九二九年，人到中年思归故里，回来担任了栖镇镇长。

易从说，俞陛云我知道，中过大清朝探花，是国学大师俞樾的孙子，俞平伯的爹。

易知说，我还以为戴正要说何易从是木郎呢，吓我一跳。

靳天说，易知和易从两个臭味相投的，都喜欢做文人。跟沈美枝嘛，有点不搭。

戴正说，主要是何易从当不了何木郎，气质不像。

易从较真道，为啥男的叫郎女的叫仙呢？我有点不懂。

易知说，易从你回头考证好了告诉我，为啥男郎女仙。

他们沿着河岸向西走。戴正又讲，我小辰光，从东面从南到北一路荡过去，冷饮店，酱油店，杂货店，理发店，点心店。荡到西面，是安乐旅馆，杂食店，照相馆。到了西横头，穿过钱家弄，张望一眼陈易知家的后门，我走几步就回家了。

戴正又讲，双塔弄口，老底子（杭州方言，指以前）有个牙医叫孙鹤轩，隔壁照相馆原来就是他家的，我大爹爹开杭州米行，孙鹤轩是股东之一。落雨天，实在没啥好白相的，我跟吉彪到这个诊所白相，看老牙医拔牙，有时候帮忙递把钳子。拔牙的人，嘴巴张得老大，后来我都不敢去拔牙。

又走过原来混堂的位置，浴场以前叫"混堂"，专门有个灯箱招牌。易知说，以前我爸带我去过混堂泡澡，后来去扬州老浴场感受"水包皮"，其实跟栖镇的混堂差不多。

靳天说，我小辰光到扬州亲戚家白相，栖镇老底子，倒有几分小扬州味道。

又走几步，就到了长桥堍下的码头。易知说，小辰光，我家东边码头时常敲锣打鼓，结婚喜船靠岸，坐新娘子的主船旁边，还有好几只小船，装的是新娘子的陪嫁和娘家亲戚。栖镇人喜欢秋冬天结婚的多，新娘子总是穿红色中式礼服，真是一个喜气烟火的码头。我家西边，有个重型水上码头，旁边还有运输站，从前天天很闹猛。

易从说，不知道为啥，我家东横头只有渡口，码头却都在你这边西横头呢。

正说着，易知发现靳天已经落在后面，走得很慢，拿着手机，不知对谁窃窃私语。

靳天接电话时，手机里声音像是一个女的在说话，靳天唯唯诺诺，柔声细语，好像不想多讲又不得不接。

易从说，我们不管他，他事体多。

戴正说，昨日他临时有事爽约，这会儿又有事，主要是女朋友太多吧。

靳天大帅哥，又是地方上父母官，要是前几年，他可能挡都挡不住啊，我跟他说过，国内当官诱惑太多，也不是好事，西方已经过了欲望横流的阶段，在中国你这样的尤其要节制。易从平时不苟言笑，不过好像他最喜欢挖苦讽刺的人，就是靳天。

电话那头，女子撒娇，说人刚到娘家落定，收拾停当，要见靳天。靳天轻声说，这会儿走不开，要不晚点见。女子嗔道，人家飞了十几小时再开车三小时，回来看你。靳天说，你先歇一歇，倒倒时差。女子声音说，我不要倒时差，我要看见你。靳天对着手机笑。女子声音又道，那边房子都替你看好了，基本谈妥了，你老婆的银行账户开好，你看我利索不利索。靳天又问，你夜饭吃好没有？女子声音说，我不要吃夜饭，我现在就去找你，你在哪里？靳天连忙说了碰面地点，歉意说本来以为你今朝晚上到上海要休息一下，明朝再过来的。手机的那头，又是一阵娇笑，我想你了，哪里等得及明朝。

等靳天跟上来，戴正开玩笑说，靳公子你要保重身体，少近女色了。

靳天无奈笑道，是有点烦人的，说我不回微信。

戴正又一派天真嘴脸，起劲道，女人家靠哄，女人家微信要秒回。

靳天说，我说我跟老同学小聚，又来问长问短。

易知说，你们别笑靳天，人到中年，谁还没有本难念的经。

靳天一声叹息，说，参不透啊，等参透了，就七老八十，白胡子老大爷了。长桥头拄根拐杖，无所谓红男绿女，闲话三千就好了。

易从忽想起沈美枝，心里闪过一首歌：为悲欢哀怨妒着迷，舍不得璀璨俗世。只有戴正不依不饶问靳天，看你魂灵都被叫走了，人家是不是赶过来捉你啦？

伊偏要过来，快到圆满河边停车场了，靳天笑而无奈。

正说着，已过了圆满河，走到了圆满桥上。圆满桥啊圆满桥，再往西，就是顺德码头了。再往西，就是顺德桥了，顺德桥早就不见了。

在桥上，易知停下来，让易从给她拍张照。说，从前我从家门口往西走，走啊走，一过了顺德桥，就要走到德清去了。

再往西走，河道一拐弯，有一分汊，大面积的水域荡漾着，烟烟渺渺。孔子说得好，逝者如斯夫，不舍昼夜。

戴正说，老底子栖镇人讲，灵清勿灵清，临平到德清，真是废话，也不知啥意思。

易知说，临平湖塞，天下大乱，老底子真有过临平湖的。

靳天说，我小辰光想法蛮多，住在水北，夜里乘凉，一把蒲扇摇摇，先是想在运河上开大轮船，后来又想，应该在长江上开轮船，小辰光跟我爸去过一次舟山，看到海上轮船来来往往，又想最好是在海上开大轮船，当远洋水手，就好世界各地去跑码头。

易知说，我们回转吧，不然有人要苦等靳天了。靳天只好歉意地笑笑，说那我对付姑奶奶去了,失陪失陪。易知说,轮船码头我以后要一个人去朝圣。戴正开玩笑,要易从当护花使者。易从忙说,我们下次再去好了。

走到了圆满路的岔路口,戴正道了别,说晚上要陪摔了跤有点小中风的老父亲,就大步流星往镇中心走去,很快就不见了。三人走到停车场,靳天有些急切地朝一辆白色轿车走过去,上了车,但不见那白色轿车启动。

易知猜想着那辆白色轿车里坐着一位怎样的女郎,是个姑娘,还是一个少妇,她为什么这会儿一定要见靳天。就问易从,你说靳天是舍不得走开,还是想逃开?易从说不好猜。易知又问,从小你们两个不是最要好吗?易从说,最要好,我还是弄不懂他。你说靳天这个人有心,也对,说他无心,也对,摸不透,再说我们有这么多年没在一起。易知说,若说靳天出世,有一点,说他入世,也有一点。易从说,反正他总能应付得来。易知说,人生啊,我们的靳天,成了情场浪子。易从笑道,男人皮相好,烦恼也多。易知问易从,你烦恼多不多?易从只是沉吟不答。

这时天下起了毛毛雨。两人默默走着,易从陪易知找车,停车场很大,找了一圈,又找一圈,靳天坐进去的那辆白色轿车,此时已经开走了。雨越下越密,可易知怎么也不记得车停哪里了。易从让她不要发急,慢慢找。等到终于找到车时,两人头发和身上都有点湿了。

易知又找不到车钥匙了。两人又蹲在地上,易从让易知把包放在他膝盖上,在包里仔细找,还是没找到车钥匙。这一路,他们只在栖味馆停留过比较长的时间,于是又折回栖味馆,果然一问服务台,车钥匙是在洗脸台边发现的。

正要出门,忽然听到有人叫何易从名字,原来是刘晓光高高大大站在面前。刘晓光梳小分头,穿牛仔裤,枣红色休闲T恤衫,依然风流倜傥,只是眼袋有点明显。老同学彼此客气一番,刘晓光说,何易从原来有美女陪同呀,今朝我就不打扰了。

告别刘晓光出了店门,他们和刘晓光都有好多年没见了,听说他在镇上很吃得开,瑶姑娘跟他好了,后来他们又离婚了。又听说他去杭州的保险公司,做到了中层,后来不知怎么又出来单干,听说现在经营栖镇老字号酒厂了。这些都是道听途说。

刘晓光现在是"少妇杀手",易从在国外都听说了。高中时何易从孤僻,不合群,刘晓光那会儿蹿个子了,英俊开朗,时常穿一条浅灰色卡其裤子,皮鞋锃亮,跟靳天一样是女同学心目中的白马王子。

我想到一个弱冠少年在河边顾影自怜的样子,觉得很好笑。

你说刘晓光吗?

不是呀,说你呢。

那时候我就是自卑又自尊又敏感。

谁知道一个小男孩长大后会变成什么样,刘晓光小辰光比你还文气呢。

你小学时最喜欢刘晓光呀?

好吧,他是我小学时的白马王子,我们同桌时从来不划三八线,两小无猜,我们从没吵过架,不像你。

你跟他两小无猜啊?易从一副不可思议的样子。

人家性格比你好嘛,温和开朗。

他性格是比我好,人也比我帅。

实话说,我也从来不知道你长得好不

好看，你就是你。

以前不少人夸我长得清秀呢，易从不好意思地笑了，样子很逗。

你记不记得，那时候你自己丢三落四，老是找不到东西，还要冤枉是我拿走的，你很霸道，在我的桌子上，抽屉里，铅笔盒里一通乱翻，简直要翻箱倒柜，我很生气的，易从又道。

怪不得你老是对我凶巴巴的，一句好话没有，易知说。

我有时候不开心，就是自己生闷气，不是针对谁，易从说。

我小辰光最喜欢做的事情，就是翻箱倒柜寻宝，我妈最怕我到人家屋里去，回回要翻乱抽屉，说我没教养，老是唠叨我不要到人家屋里翻抽屉。我妈越是紧张我翻人家抽屉，我偏忍不住，易知说。

易知又跟易从讲，我再告诉你个秘密，有没有发现，你有好几支铅笔、圆珠笔上，被绕上了蚕丝，那都是我干的。

易有几个亲戚在丝厂上班，小辰光喜欢玩茧子，觉得茧子抽丝，又白又亮，她问易从是否知道一只茧子，丝能拉长桥那么长，蚕茧的气味是臭的，蚕宝宝吃桑叶的沙沙声，像是落雨声。

给铅笔绕上蚕丝，很好玩吗？易从奇怪道。

两个人乐颠颠了一会儿，此刻的何易从，表情分明是从前的少年。他们说好找时间再去新华丝厂遗址看看，听说废弃的老厂区，留着建厂初期的民国老建筑一幢，五十年代的建筑还有六幢，也是老古董了，以后规划要做文化创意园区的。

正说着，有电话进来，易从接了，易知在边上听到一个女声，好像问易从几点过去。只听得易从说，还有点事，等下好了过去找你。易知听见自己变成了易从嘴里的"事"，敏感道，你晚上还有事，那我撤了。易从歉意地说，这趟回来是有些事情，以后再跟你说。易知说，干吗要跟我说呢，你的事是你的事。易从急道，是沈美枝找我要说点事。易知问，原来是沈美枝，她还好吗？易从说，不太好吧。易知说，我有阵子没见她了。上次我碰到她还在三观庙里，她好像在吃素修行，妆都不化了，像个女居士。我想反正现在有钱人都流行修行什么的，也没在意。易从殷勤说，还早，我再陪你转转吧。易知奇怪道，怎么还早，难道你要半夜去见人家呀？易从忙说，不是不是，我怕你不高兴。易知哼道，今天你和靳天都心猿意马的，我都不要你们陪，我一个人也可以逛。易从赔小心道，你别生气了，你生气我罪过大了。易知一个白眼，说，谁说生气了？好像我要独霸你似的。易从忽然笑了，说，有时我跟你一起，真搞不清自己是几岁。

易从跟易知上车。又下雨了，天也更黑了。

易从说每次回来，还是喜欢落雨天。易知问他新泽西那里的雨少吗？他说感觉不一样。那边下雨就是下雨。易知说，我观察过，好像只有这儿的雨，颜色是湖绿色的，有时是灰绿色的，有时是白色的。印象中，美国的雨，颜色偏蓝一点的。

车上，易知说了一个白虹精的故事，很难得就是讲栖镇的仙妖故事。正说着，就到了易从父母家小区门口，易知说，你就像那个给我麻布的白虹精。须臾，车子在一家水果店门口停下，何易从仿佛心事重重地下了车，有些孤独地向父母家走去。

234

# 鲲 鹏

## 壹

> 夜雪初霁,荠麦弥望。入其城,则四顾萧条,寒水自碧,暮色渐起,戍角悲吟。予怀怆然,感慨今昔,因自度此曲。千岩老人以为有《黍离》之悲也。

二〇〇六年冬,何易从回家第一晚,时差加失眠,躺在陌生房间陌生的床上辗转反侧,索性起床,从房间一个小小的竹书架上抽出一本词集翻看,一边吃着屋里自制的风干荠荠。一吃风干荠荠,好像才真正回到老家了。

易从想起某年过年,小简跟他一起在栖镇,学他样子啃风干荠荠,一尝,就说吃不惯这种奇怪水果的泥土味,到底不是江南人氏。竹书架老旧得寒酸相,是他在栖镇读书时用过的,上面不齐整地摆放着一些陈年旧书和杂志,还有报纸。旧书架上堆着的,依然还有些是他高中时代的读物。这一本词集,也是当年他的心爱之物。

何易从三十七岁,去国离乡经年,未料到自己离家的方向已越来越远。先是几十公里,几百公里,再是上千公里,现在是一万多公里。易从想起自己第一次独自离家去上海走亲戚,在舅舅家呆了整个暑假,那一年才十二岁,回栖镇时,他妈说他讲话像个上海人了,没想到,他没当上海人,当了几年北京过客就远走了。

腊月初八,易从辗转归乡,那时还未到新泽西州定居。一路舟车劳顿,先从北卡的罗利达勒姆机场登机,中间转机一次,停留并等待三个多小时,中转纽约、洛杉矶、西雅图、亚特兰大或底特津,再飞十几个小时,到上海,再从上海坐长途大巴到杭州。

靳天开车到杭州武林门,把风尘仆仆的何易从接回到栖镇。这日下午,车到易从几年未归的故乡,看到长桥时,易从心头泛起一些复杂滋味。

路上,靳天接了个电话,是瑶姑娘。易从问起瑶姑娘现在过得怎么样,靳天说,伊勿大开心,在跟刘晓光办离婚。易从不便多问,靳天自己讲。刘晓光这个人,聪明面孔,花花肚肠。伊前几年外头就有人,跟我阿妹吵吵好好,也没离成婚。去年跟着个有赌瘾的相好到澳门赌博,去了好几趟,钞票输得精光。女人家我认得,临平街上人,也算美女,看起来斯斯文文,不知怎么沾上赌,前夫是给国企领导开车的司机,吃不消伊败家,离了婚。易从惊诧道,女人家豪赌,少见啊。靳天说,赌性不分男女。美国不是有赌城拉斯维加斯吗,我前年去过。易从笑道,你倒是潇洒,公款旅游。我在美国这么多年,还没去过赌城。

靳天说,这女人家不知怎么搭上刘晓光的,听说专门找帅哥,伊前夫也是卖相好,但司机么,没什么钱。刘晓光和我阿妹结婚后,两套房子,栖镇一套临平一套,栖镇的一套房子,只好卖掉,后来工作也丢了,听说挪用公款去赌博。我阿妹眼光不准,想想到这个地步,夫妻仁至义尽,离婚算了,还好没养小人。易从半晌沉吟道，刘晓光变成这样，真是没想到，我以为他一定混得很好。靳天说，人不可貌相，胆子太大，总有风险。刘晓光已经算万幸，钱要是退不出来，得坐牢去。易从说，听说不少官员，都去澳门赌，人财两空，乌纱帽也丢了。靳天说，说实话公款出去旅游，一般机关里干部都轮得上，到澳门，到马来西亚云顶赌场，感受一下就好了，我也去过的。拿出五千块试试手气，体验一下，输光走人。这种事情，怎么好当真？易从说，美国没有公款考察旅游这种事的，纳税人的钱，都监督着呢。靳天摇头，笑笑说，你现在反正都是美国的月亮圆。易从连忙说，这倒不是。

靳天想起什么，又说，你晓得哦？我们女同学里，沈美枝最近也离婚了，离婚后伊搬出来，现在家就住在酱园弄你爸妈楼上。易从问，沈美枝当年是不是嫁给我们上一届的高庆的？靳天说，对的，后来高庆到广东那边做电子产品批发生意，发了财，在外面乱七八糟的，对沈美枝没有以前好了。沈美枝听说高庆外面包了二奶，或许还有私生子，受不了，拿了一笔钱走开了。易从说，沈美枝倒是不肯委曲求全的，烈女子啊。

靳天送易从到酱园弄公寓楼下，靳天有事先回临平去了，约了改日再聚。易从见到陌生房子中的父母，好像父母都缩小了一号。再见的一瞬间，变老的父母让他生出一丝陌生感。两三分钟的局促不安之后，陌生感渐渐褪去，愧疚感占了上风。

易从新世纪之初从北京漂洋过海，一晃八年了。八年来，在异国添了儿女一双，却只回过故乡三次。熬了八年，如今是大洋彼岸美利坚公民了。

在五棵松待了五年后，易从和太太小简一起漂洋过海，抵达纽约后坐大巴，跟着一个艾滋病研究的实验室到了罗德岛，大西洋彼岸的美国最小的州。第一站是大西洋海滨城市金斯顿，罗德岛大学药学院，易从成了驻站博士后。世界忽然从热闹的东方变成了宁静的西方。罗德岛在纽约和波士顿两个东部大都会之间，从金斯顿开车去纽约只要三个小时，一到长周末，易从和小简就去纽约玩，比如去百老汇看一场《悲惨世界》音乐剧。罗德岛却像是一处世外桃源，海水蓝得惊心，夜里海上点亮的灯塔，让他忽然穿越到家乡运河上夜航船的灯火。

他和小简去罗德岛首府普罗维登斯游玩，看到了十九世纪的古老街道和建筑，这是一座典型的新英格兰小镇，和家乡的江南小镇一样，镇中心有河道，河上有一种手划的小船来来往往，船身狭长，两头尖尖地上翘，不像江南的小船，船头基本是平的，还有简易的蒲苇顶盖。

庞大的北京城渐渐地推远了，退出了何易从的中心视野，中国的首都忽然就成了过去时，何易从成了罗德岛新移民，又从大都会心脏回到了象牙塔，工作和生活半径，基本上就围着罗德岛大学。

两年后，易从跟着他工作的艾滋病研究实验室迁徙，从罗德岛出发，转机纽约，又到了下一站，美国中南部的田纳西州。他们先到了田纳西州首府纳什维尔，纳什维尔也有一条河。再到田纳西州立大学所在的小城诺克斯维尔，在这里只花五千美元，买下了人生中的第一辆二手车，开着这辆丰田二手车，初来乍到的夫妇去了超市购买日用品，购买了一套豆绿色的沙发，一点点安顿下来。小简看着他们田园风的新家，忽然笑道，我们怎么一步步努力，漂洋过海的,从大都市走到乡下来了?易从道,我是一步步从小镇到了省城,再从省城到了首都,然后又从首都,一步步回到了小镇。

第二年,在田纳西州,小米出生了,小简刚生完,就问易从女儿是不是双眼皮。易从仔细一看,是双眼皮,小简就高兴了。小米一出生就是美国国籍,易从说,中文名字就叫何望兮吧。小简说,大概是从你喜欢的诗文里来的。易从说,也不是,我好像哪天脑子里冒出一句渺渺望兮天地,还记得一句望美人兮天一方,也不知道哪里看到过,就老是念叨这两句,不如给女儿做名字吧。小简说,果然她爹有文化。

何易从将小小的女儿抱在手里,感觉自己忽而少年,忽而迟暮。夫妻俩在田纳西的生活,就变成了工作和育儿两件事,时间很快就过去了。这里是"猪和玉米饼之州",有很多的树木,干净的街道,随处可见的小松鼠,最好的乡村音乐,密西西比河,还有全美最高的消费税。他们开着车,抽空去过一趟大雾山国家公园。何望兮满周岁后,跟着外公外婆回国,在北京养了一阵,有一天中午,看到电视上有个瘦瘦的、戴着金丝边眼镜的播音员叔叔播午间新闻,小望兮激动得手舞足蹈,对着电视大叫爸爸。小简打电话回家时,听何望兮外婆讲起这笑话,心里舍不得,过了几个月,夫妻俩休了探亲假,又把小米接回了美国。

两年后,他们开着二手丰田车,翻越阿巴拉契亚山脉,一路听着电台播放的田纳西乡村音乐,还有孟菲斯的猫王阿尔维斯的情歌。易从记得,他们到达刚租下的房子时,起居室的一面墙上贴满了猫王的演出和电影海报,房东或者上一任房客,一定是个猫王的铁杆粉丝。离开时,才有些遗憾。两年来,除了到达时当地工作团队的接风,他们后来没有一次主动走进过田纳西的乡村音乐酒吧。"今晚你寂寞吗?今晚你想我吗?"易从最熟悉的是猫王的这一首歌。

在离北卡罗莱纳州还有一百公里时,他们在一家墨西哥餐厅吃了个午餐,还没吃完时,餐厅里来了五六个黑人,貌似粗野,他们不笑时,让人会有紧张感。易从观察周边,隐隐不安,对小简说,我们快点走吧。他们起身,迅速打包了食物上了车,易从发动了汽车,小简说,你害怕了?易从说,看太多新闻,黑人砸过路客人的车窗抢劫,还有杀人的,我们惹不起赶紧躲。小简叹道,说到底我们还是不了解这里的人,特别是黑人,只要他们不笑,看起来就觉得像危险分子。易从说,我刚有点紧张,是不是眼花了,看到有个黑人裤兜里像插着手枪,心想等下没准会有一场枪战。小简哭笑不得,说,没准,美国不禁枪。易从说,电视上枪击案有点多,枪支不管控,总归不安全,再说我们车上只有一柄藏刀。小简看到了那柄很漂亮的藏刀,说,你什么时候放进车里的?易从说,这是靳天送我的,我放车上就当避邪了。

车开出约半个小时,两边风景好看起来,大片的湖、碧绿的牧场,花花树树,他们的心情明朗起来,也不再去想枪的事情。易从说,讲起来好笑,第一趟回去,靳天送我这把藏刀,我想他抽烟牙齿黄,送他电动牙刷。小简说,靳天要笑你真变成美国人了。

几个小时的车程后,一家人到达了人生的又一站:北卡罗莱那州三角洲的"东部硅谷",租下了维克郡凯瑞市郊区的一幢小别墅，有四个房间，超大的客厅饭厅和地下车库，一个需要打理草坪的后院，每月租金是何易从薪水的三分之一。易从在这块南方土地上学会了割草，学会了使用洗碗机，也学会了像大多数美国中产阶级一样，在早晨或晚上在小区周围跑步。这里相对他曾经居住的五棵松，显得过于安静空旷。某天在开车上班的路上，何易从忽然想到，他远离大都市的生活已经很久了。

他们下班后带小米在小区散步。一个夏夜，小米对着树丛中一闪一闪飞舞的光手舞足蹈，原来是萤火虫。这么大的空旷之地，宽敞的房子，地广人稀，适合养儿育女。秋天，一个长周末，他们开车去北卡西部山区，汽车奔驰在蓝岭公路，红叶于飞，灿烂在蓝岭公路两边的山丘上，被红色晕染的群山连绵不绝，似乎看不到头。他们住在一个叫阿什维尔的小城。天高云淡。小城闹市区的最高楼，不过是一幢简朴的十多层的小楼，阿什维尔街上走着穿得很波西米亚的流浪汉，此地是波西米亚风的歌手和艺术家的聚居地。易从想念起住过五年的北京，那时也知道北京有798和圆明园艺术家村落，还有宋庄画家村，都是艺术家们的聚居地。相比之下，阿什维尔不过是乡村。

易从说，你说我们为什么要放弃北京，跑到这么鸟不拉屎的地方来呢？小简说，这可是阿巴拉契亚高地最惊艳的城市啊，说它是古朴的小山城比较公平。小简说话时像画眉一般清脆，让易从感觉欣快。

他们去了比特摩尔庄园，庄园建于一八九五年，是美国镀金时代的象征之一。他们带着小米在庄园的绿地和边上的森林玩耍，小米用一顶草编的小帽子拾了一篮子的红叶，易从就说，在这里隐居不错，谁也不认识最好，自由自在。小简说，那你就在这儿找个小草坡，造个小房子住里边，负责思考人生吧。我十天半个月给你送点食物来，免得你饿死。易从笑道，不管美国人中国人，都有出世者，隐居爱好者。小简说，可惜你老婆是个平凡人，你就负责多关心人类吧，我就帮你打理柴米油盐了。

当晚，他们住在阿什维尔郊区的一个度假村，复古式酒店舒适，这是他们来美国后住过的最贵最好的酒店，想庆祝一下小简的三十三岁生日。山城之夜，夫妻缱绻，易从因为小简白天的"柴米油盐"之说，惭愧在心，就格外地温柔细致。如此，就在阿什维尔的那一夜，孕育了一个儿子。十个月后，易从给儿子想名字，左思右想，捻断三根须，最初想叫"望雨"，是他某日曾梦见江南的小弄堂，又想起从前背过戴望舒的《雨巷》。小简说，有一个替你望乡了，还不够吗？易从说，那你来取。小简说，男孩子名字要大气点，雨巷的格局太小。又提醒易从，你这个秀才，既然出来了，就多适应此地，融入此地，老是思乡望乡的，你当初又何苦来。易从醍醐灌顶，反省自己，近来老是乡愁难解，心情就像江南雨巷，淅淅沥沥的愁怨，也不知因何而来。

小简又道，起名字是你在行，你是我家秀才嘛。易从提了精神，往大气时思索，偶尔翻到一首曹丕的《善哉行》，中有策我良马，被我轻裘。载驰载驱，聊以忘忧，觉得特别契合他们这一路从田纳西驱车来到北卡，又在蓝岭公路中驰骋的心境，于是给儿子取名何载驰，小简也喜欢"何载驰"这个中国名字。

孩子们好像生来就是美国人，根本没有融入这回事。从幼儿园开始，何望兮和何载驰就有了美国本土的小伙伴，很快拉着白皮肤黄皮肤的小伙伴的手到处乱跑了，然后就被邀请，去小伙伴的家玩耍。小米喜欢上了小伙伴家的小狗小猫，回来就吵着对爸爸妈妈说，我也要养条小狗玩。不久后，屋里有了一条小狗。孩子们就讲流利的英语，倒是中文需要刻意地教他们。

又过了几年，他们开上新买的越野车，带上一只两岁的柴犬，从北卡罗莱那州再次迁徙，在药厂和医药公司众多的新泽西州定居下来，买下了自己的第一处独幢别墅，过上了有房有车的美国中产阶级生活。这时屋里除了狗外，小米又捡了一只折耳猫回来，毛色黑白相间，有点像易从小辰光屋里养的土猫。

从此家中队伍更壮大了，一儿一女，一狗一猫，因为这一狗一猫总是处于对立状态，时常在屋里的走廊上，一东一西盘踞着，各自为政，若是狭路相逢，或猫咪因不满狗狗太不要脸地谄媚主人而愤怒挑衅，就会各用狗爪和猫爪斗上三个回合。易从有一天觉得好玩，给经常盘踞走廊东边的狗夫人，取绰号叫"东横头"，盘踞西边的猫老爷，叫"西横头"，小简开玩笑说，那你哪天还得把它们带回栖镇去，要去东横头西横头认祖归宗。易从笑说，你不记得了，有一次你跟我回栖镇，我家老房子里有老鼠，把你吓得，半夜跑到我屋里来。小简想起，自己正是那夜听到老鼠吱吱叫，吓得钻进了易从的被窝，青涩的两人，交付了彼此。那时的自己，还是长发飘飘的女子。后来，家里就养了一只猫，再后来，小简父母不同意女儿远嫁，易从这江南书生一跺脚，放弃了进杭州这边吃香的政府机构，索性再考博士，考去了北京。小简未料平日优柔寡断的易从如此干脆，感动之下，心想从此跟易从浪迹天涯都愿意。

孩子们的外婆来美国后，在他们的后院种了一些菜。后来外婆回国了，那些菜地的区域又被小简种成了玫瑰花，不过这对学医出身的夫妇，种玫瑰花似乎还不得要领，花开得时好时坏。屋里又添置了一架二手钢琴，一台跑步机，一个户外烧烤炉。这时小简已学会了像美国主妇那样，不定期在家开派对，易从就打个下手。有时搞冷餐会，有时在院子里搞烧烤，聚会基本上是以家庭为单位，一开始是两人的同事，后来就以孩子们玩得好的同学的家庭为主。小简在家中准备派对的一切用品，一次做十多个人吃的食物：三明治、热狗、自己烘焙的蛋糕、马卡龙、饼干等小甜点、水果杯等。家里第一次按美国人的习惯过感恩节，两人去超市买了火鸡，按照火鸡制作的步骤配制完，放进烤箱，火鸡看着油光锃亮，很好吃的样子，但易从品尝了一块火鸡肉后，不太喜欢，就说还是家乡的白斩鸡用酱油麻油蘸蘸好吃。

在新泽西小镇人烟稀少的街区跑步时，易从习惯看天。有时屋里高朋满座，几个家庭一起开派对时，易从总是独自走到露台上站立片刻，抬头观星。屋里已经买了一台天文望远镜，易从时常教两个孩子看星星。孩子们以为，牵牛星和织女星，是中国的星球。爸爸讲的《星球大战》里面的星星，是美国的星球。新泽西的夜太静，他心里不时泛起寂寞之感，眼眶湿润了，其实并没有，他的眼睛干燥，发涩。好不容易安定下来了，如今每个月按揭房子贷款，一儿一女可以在最好的学区上学，倒是在身体或灵魂的某处，感受到一丝一缕的七年之痒，挠着人心。故国一别千万里，匆匆已七载。

易从拿绿卡满五年后，正式加入了美国国籍。当年冠盖满京华，可七年间，当年所有在国内的博士同学全都去了美国和加拿大。好像每一个人都不敢多想，只能选了一条路，一直往前走。

## 贰

易从到家第二天，陌生的环境加上十三小时的时差，几乎没怎么熟睡就醒了，他每天睡醒后自己下楼去买早餐。这趟回来，易从忧心如焚，母亲不知又受什么刺激，抑郁症再次发作，人极消瘦萎靡，一天到晚躺在床上，易从回来，母亲只是盯着他，头低着，一句话也说不出来，家务也做不了。看到母亲这样子，易从一筹莫展，夜深时，独自仰天长叹。

易从坐在母亲床边，给她看一双儿女的相片，跟她说孙女儿望兮长得像奶奶。林冰芝难得地笑了。

易从在家烧饭，父亲吃过中饭就出门打麻将去了。易从下楼扔垃圾袋，楼梯口碰到提着一堆东西正准备上楼的沈美枝。沈美枝穿着灰呢大衣，系一条彩色图案丝巾，黑色高跟靴子，脸上化着精致的妆容，多年不见，依然还是个标准的栖镇美女。易从想起靳天送他回来路上，讲起沈美枝的新情况。易从礼貌地跟美枝打招呼。美枝一脸笑意，说，原来是我们何博士啊，回家探亲了，稀客稀客。易从道，不好意思，现在确实难得回来了，也难得碰到老同学。美枝讲，我现在跟你爸妈隔壁邻居，我们很熟的。易从客气道，我妈脾气不大好，你多多包涵。沈美枝爽快地说，你客气啥呀，老同学了。

又几日，林冰芝夜里泡脚，易从看到她腿上一根根青筋暴突，静脉曲张厉害，又觉察母亲视力有所退化，怀疑其糖尿病症状也在加重，好说歹说，总算带着母亲去了趟杭州看医生，一折腾就是好几日。这次回乡，易从见老同学的心思寡淡了，连靳天也不曾再约。

一日，易从自医院回，听到有人敲门，开门一看，是楼上的沈美枝，连忙请进门。美枝放下一只袋子，说是有朋友送来一箱菜籽油，拿几瓶给易从父母。除了菜籽油，袋子里还有一袋枸杞子一袋核桃肉，美枝说也是北方的朋友一同寄来的。易从不好推辞，连声道谢，想想礼尚往来，不知回什么礼，就说找时间请她吃饭。美枝马上了解到易从母亲在医院治疗，易从爸也时常在医院里陪着，就善解人意地说，不是隔壁邻居么，也不要麻烦外面吃了，你哪天医院回来不想开伙，来我家，炒几个小菜就是了。易从不好意思，美枝落落大方地说，说实话，你是大博士，见识多，我正好有点事体请教你。易从只好答应了。

到了礼拜六中午，易从接到美枝邀请，匆促之间，去超市买了一篮水果，两盒美国带来的巧克力上门。美枝开门，屋里并没有其他人。

美枝让他在客厅看看电视，吃茶坐一歇，说原来几个小菜早就准备好了，不过现炒一下。易从坐着看电视，有几分局促，虽说跟沈美枝是老同学，小学时同桌过一年，多年不见，到底还是生分的，但如今美枝跟自己父母做了邻居，忽然又拉近了距离。

不到半小时，菜已上桌。两人在餐桌

前坐下来，美枝要给易从倒点黄酒，易从说自己不会吃酒，美枝惊讶，给易从的杯子里换了可乐。美枝聪明人，是不会让两个人的这顿饭冷场的。她先说看到易从父母平时如何如何，这是他肯定要听的，两个人渐渐陌生感少了。易从窘道，我妈这脾气，没少得罪楼上楼下邻居啊。美枝劝慰道，你不要光听他们说，有些人自己就爱斤斤计较，也不知道谦让老人，也有问题的。你妈人蛮好的，也不占人家便宜。我还晓得，这小区里的大妈，也有厉害角色的，不要理他们就是了。易从心稍安。美枝又问，你在美国做点啥。易从说，在大学里，也不过是打打工而已。美枝说，你打工跟我们不一样，打工也是打高级工。易从笑笑说，华人融入美国都比较难。

当时国内房地产如火如荼，美枝就讲现在温州人炒房这些故事，易从也讲美国房地产相关的一些见闻，一通聊下来，易从感到沈美枝对美国是真的感兴趣，像小学生一般问长问短。美枝烧的四菜一汤煲一点心，酸菜黑鱼片做得好吃，一个火腿老鸭煲，吃得热乎乎的，还有一只家常的雪菜炒毛豆，饭锅里蒸熟的酱油茄子，居然还有一个菜，是沸龙虾片，易从的眼睛发亮了，说这是小辰光过年过节最贪吃的。美枝说，我也是，猜你小辰光也爱吃，所以专门开了个油锅。易从感谢，吃到一半，不再像刚来时那么做筋做骨，僵硬的肩膀也放松了下来。

闲聊之间，易从方知沈美枝这几年过得辛苦。红旗丝厂下岗了，离婚后，分了些财产，自己做生意，先在临平一个市场租了摊位卖服装，赚不到什么钱，还欠了债务。走投无路之下，索性绾起头发，捋起袖子，在市心街租个门面，卖起了板鸭。

美枝对谁都笑脸相迎，板鸭生意好，一年后翻身，又跟板鸭厂合作，开起经销板鸭的门市部，也开发栖镇板鸭的旅游商品。美枝想栖镇板鸭有特色，并不比南京盐水鸭差，需要的是打开销路和知名度，所以时常跑来跑去，抛头露面，为了订单跟人吃酒应酬，现在生意总算上了轨道。沈美枝讲起，父亲老底子就是栖镇手艺响当当的板鸭师傅。后来得癌去世，她自己七转八转，命中注定还要跟板鸭打交道。易从终于知道，沈美枝同高庆离婚后，一个儿子平时跟着她，休息日会去苏州奶奶家吃饭。虽然离婚了，高庆的苏州姆妈，对美枝一直不错。

美枝说，杭州拱宸桥那边，我买了一套房子，两年后交房，生活是不成问题。现在我住栖镇，主要为了管儿子方便些，他有爷爷奶奶，外公外婆家，都可以去。我有时候想，要不争口气，把儿子送到美国去吧，在这里，总归也不太有出息。易从说，现在国内发展快，出不出国，倒是难说好歹。沈美枝说，主要我不想让儿子跟他爸一样，男人家，有钱就变坏，吃喝嫖赌。易从略尴尬，沈美枝连忙赔礼说，不是说你，我是说我前夫。你是读书人，跟他们不一样。

易从也感叹道，这几年回来，家乡越来越冷清，几乎碰不到什么同学了，离最近的，都在临平住了。叫我吃个饭聚一下，我也要特地临平跑一趟。美枝讲，现在留在栖镇的同学真的没几个了。这里连个两三千块工资、适合年轻人的工作都不好找，以前的工厂，基本上都关掉了，要是不离开栖镇想办法，只能吃老米饭（吴语，意为简单糊口）。美枝说，我因为有一个阿妹在深圳，想多照应点父母，暂时留在这里。

241

易从说，我晓得以前的棉纺厂也关掉了。美枝说，听说中国人好多出国的，一开始都很艰苦，住地下室里厢，打工，餐馆里洗盘子，做车工等等，你有没有吃过这种苦头？易从说，我倒没有，一去就在大学实验室里待着，做博士后。不过也很无趣的，刚去时我英语也不太好，张口结舌，倒是我太太学英语天赋高，她在那边很受欢迎。美枝笑道，我不知道，我都是电视剧里看来的。易从笑说，那跟我妈一样，我妈的世界观都是电视剧里看来的。美枝难为情道，我知道我这个人就是太感性了。易从正色道，其实在哪里都是过活，差别没那么大。

美枝笑道，只有我在这里留守了，还住你家楼上，真是有缘。易从道谢，说，你也真是客气了，听我妈讲，你是一会儿枇杷一会儿杨梅，一会儿乡下的土鸡蛋，总是给他们东西，他们都过意不去的，我都不知道该怎么谢你。美枝说，都是顺便的，我本来是要给我爸妈的，顺便也给你爸妈带一点，也不值多少钱，不用在意的。有次我听你妈说，养个儿子离这么远，现在样样自力更生，想想也可怜。易从叹了口气，说，早知道是这样，他们当年死活不放我走好了。

易从听美枝讲话，发现美枝完全不懂去美国的途径，只好跟美枝说，要去美国的捷径就是嫁个美国人，甚至也有中国人为绿卡假结婚的，到美国后再离婚。沈美枝听了，想想自己现在单身，有些心动，就开玩笑说，我去通过征婚机构钓个美国佬，这样儿子就可以去美国受教育了。易从无语，见她喝了点酒，脸上灿若桃花，有点世故又有点天真，低头憧憬着带儿子去美国开始新生活的模样，婉转良人之姿，不免心里起了几分怜惜。

几日后，归期迫近，易从因母亲还需要住院几天，心里犹豫是否再向公司续几日假，改签机票。给小筒打电话，小筒正盼星星盼月亮等他回去，她才能去外地出差。家里还有一双儿女，故乡有一双父母，易从想推迟几日的话又咽了回去。

美枝问了易从的归期后，说自己那天正要开车去上海办事，可以顺路送他去浦东机场。易从心里感激，也不知她是否特意为送他去上海的。

易从在故乡的最后一晚，听父亲说，东横头的河边老屋很快要拆，心里空落落的。吃过夜饭，独步去东横头。这时的东横头一带，只有隔了一段距离的路灯的昏暗光线了，运河上死寂，没有夜航船的灯光打在水中晃悠，再也没有河边七十二家房客的灯火，易从想起美枝所言，心中凄然。易从在黑暗中走着，纳闷东横头如今这么荒凉了，正可谓，老去闲僧忘岁月，倦来行客恨东西。河边的一排老屋也是死寂的，以持久的沉默等待着最后的拆迁时刻。河流拐角处，易从家的老屋，不过是一排死寂的房子中的一幢。

正想离开，却好像还是本能地，用手推了推门，老木门吱呀呀地开了，易从吓了一跳，原来只是假锁着。易从心想，不会有流浪汉叫化子栖身在里面吧，心里有点乱乱的，但脚还是不由自主地往屋里迈。他从厨房、客堂间，走上有点年久，但依然可以使用的老木楼梯，踏进了自己的房间，有几道黄昏的光线，从木头楼板的几处裂缝里透进来，有气无力。屋子里空荡荡的，父母亲从他们住了大半辈子的老屋搬走时，他远在美国。一些被扔弃的废物还堆在一边，他发现其中有他小辰光爱玩的几套残缺的军棋，他从小学四年级就开始读的几部金庸梁羽生的武侠小说，是他在香港的伯父带给他的，如今破破烂烂地叠在一角。易从微笑了一下。这时天色渐暗，房子早已断电，屋里光线更暗了。易从下楼，哪怕闭着眼睛瞎摸，他也可以轻松走下这再熟悉不过的楼梯。没有吃的东西，连老鼠都不光顾了。易从想，如果他家的狗狗"东横头"真的来到这里，是汪汪乱跳乱走呢，还是胆小地不敢进门呢？

从东横头往西横头方向走，河两岸的灯火亮堂起来，易从七拐八拐，回到酱园弄的新家。明天一早就要出发，又检查一遍要带的行李，跟父母一别又要一年，天各一方。

最后一个晚上，母亲似乎精神了一些。人坐直了，眼睛也有神采了。拉住易从的手说，明年再回来，我就好了。易从悲喜交加，眼泪差点滚落。又听见母亲说，我现在好像脑子有点清爽了。原来我想同你讲讲话，怎么都堵在心口，就是讲不出来。

在栖镇的最后一夜，何易从睡得不踏实，乱梦不断，梦是黑白的。易从梦见自己从老房门前望过去，运河上有一艘客船沉了。船沉没前，杜秋依坐在船上嗑瓜子，吉彪在船上玩扑克牌。易从看见自己也在船上，准备跳进河里，听到两个女同学在桥上喊，何易从，等等我。他回头朝长桥上看看，大雾之中，一个穿白色汉服的少女好像杜秋依，另一个也像穿着浅色汉服的，看起来更成熟一些的女子，好像沈美枝。听不清沈美枝对他讲了什么。易从又在梦里问自己，我怎么会梦到沈美枝的？

这日，沈美枝开车送何易从到浦东机场，一路上，何易从挂心挂肠，心情复杂。沈美枝说，反正我就住隔壁，有事体你跟我讲，平时我照应一下，送个医院这些都没问题的，你不要太担心，自己保重。两人分别前，易从心头一热，拥抱了美枝一下。

## 叁

六月，江南梅雨季，雨哗哗下个不停。钱家弄的青石板上积着水，各种老房子的墙脚墙边，长满了滑腻的青苔。戴正家的老房子里，墙的四壁都开始渗水。厨房和天井的墙上，大批黑乎乎的潮湿虫满墙壁爬行。家中潮湿虫横行，对戴正来说是司空见惯的事了，虫子长得有点像蜘蛛，趴手趴脚，也觉得没必要喷杀虫剂，因为潮湿虫不咬人。戴正只是跟爸妈说，有空弄点石灰来，干燥一下。屋里的泥地也是湿的。这辰光，河边或老弄堂还没搬走的人家，有些已经把屋里的泥地改装成了水泥地，居住环境好了很多。但戴正父母心里等老屋拆迁，拆迁的消息不时传来，加上屋里有个傻儿子要操心，就一直维持着原样。刘凤娇的关节炎一到梅雨天就发作，有时痛得整夜都睡不着，小声地哼着，也只是贴几张膏药，抹点红花油，实在痛得受不了，去医院扎个针灸。这些年生活不易，刘凤娇早已习惯了有病就熬熬。

戴言礼在屋里愁闷地叹息，今年这梅雨天没完没了啊，被子要长霉了，人都要发霉了。心想梅雨天一过，出几个大太阳，人就会舒服点，傻儿子也不会这么烦闷躁动了。

戴言礼记得在栖镇待了大半辈子，从他童年时开始，每一两年冗长的梅雨季节，镇上就会有一件悲伤的事情，有小孩子溺水而亡的，有屋里或者厂里漏电触电死的，有正常人变成精神病的。他记得从前镇上有名的范小姐，就是在一个很长的梅雨季之后变成精神病人的，如今范小姐病好了，已经去美国好几年。

刘凤娇洗好一篮子黑炭杨梅，摆到八仙桌上，擦擦手对戴言礼说，不要让阿凤出去玩，落雨天，他不仔细看着路，很容易摔跤的。

戴正的傻弟弟阿凤，梅雨季困在屋厢，爸妈不让他出去，看得很牢，每天基本上是以抓取墙上的潮湿虫再用脚踩扁取乐，抓虫子玩腻了，有时候会莫名其妙地发脾气，大喊大叫，要母亲哄他很久，才能安静下来。

有一天傍晚，阿凤盯着墙上的黑虫子发呆，忽然大叫起来："蛇，蛇!"戴言礼一看，果然有一条不大不小的蛇，从家中天井游过去。戴言礼不敢打它，有种说法，家蛇是不能打的，家蛇无毒，连忙开了门，让这条蛇从天井沿着墙根，一路游过门槛，游到钱家弄去了。

刘凤娇自家中出现蛇之后，心里忐忑。有一次梦见这条蛇爬上了阿凤的床，心里更是不安。栖镇人风俗，对蛇有忌讳，又有敬畏。大白天屋里看到蛇是不吉利的，这种蛇是家蛇，一般与人相安无事，但如果家蛇大白天出来，这家人家可能会出事，刘凤娇就更加看严了阿凤，不让他出门去玩耍。

雨又下了一个星期，镇上住老房子的人家，家家有东西发霉了，等到镇上人的愁云惨雾变成了叹气声，从东到西，从南到北地连绵成一片，所有人在街上碰到，问候语一律变成了这雨要落到啥辰光啊。另一个应声说，是啊，真是伤脑筋啦。

这时戴正已经从长沙调回了杭州，在一家省级医院麻醉科上班，可老是觉得学非所用，医院里又干边缘化的工作，依然不称心。

戴正分到单位的一套老城区的旧房子，房子破小，四十几个平米，螺蛳壳里做道场，终算栖身下来。每个周末，再倒腾公交车回栖镇，要帮年纪越来越大的父母照顾弟弟。

戴正倒并不觉得孤独，他从小爱唱歌，养成了一个习惯，自己一个人在房间里时，会经常哼歌。有段时间想学五线谱，觉得太难而放弃，改学简谱，倒是容易。恋爱不顺，就更想学唱歌，从声乐自修起，买了几本声乐书看，又觉得自己五音不全，不像父亲戴言礼年轻时有副好嗓子，开口就能唱。洗澡时唱的最多的歌，是童安格的《其实你不懂我的心》、姜育恒的《再回首》、巫启贤的《特别的爱给特别的你》、王杰的《一场游戏一场梦》、杨庆煌的《再一次为我披件衣》、张镐哲的《不是我不小心》、陈百强的《一生何求》，有时唱江南小调《无锡景》，有时也大唱帕瓦罗蒂的《我的太阳》《今夜无人入眠》，有时说梦话也在哼歌，因为唱的是《我的太阳》，音太高，唱不上去了，戴正喉咙处吊牢，就把自己唱醒了。

大暑一过，漫长的梅雨忽然就停了。

这日上午，出了大太阳，明晃晃的，有点晕。刘凤娇去街上买小菜，戴正阿爸屋里厢解手，一个没看牢，阿凤一个人走了出去，手里还拿着个苍蝇拍子。两天没回家，一家人到处找也找不到，第三日，发现阿凤在丁山湖的一个塘里淹死了。

刘凤娇给阿凤做了五七后，一直心事重重，有段时间，有点神神秘秘的，跑了好几趟乡下。戴言礼问她去乡下做啥，伊也不讲。后来戴言礼碰到东塘一个乡下本家，才听说刘凤娇在给儿子寻访可以做阴婚的姑娘。听说在云会访到一个，在宏畔也访到一个，都是因病因灾祸去世的黄花闺女，刘凤娇找到人家屋里，东塘的那家人家信迷信，一开始有点动心，后来了解到刘凤娇儿子智力不全，又不肯了，说自己姑娘不会同意嫁个傻瓜的。宏畔的那家人家，听说比较贪财，出价有点高，也要阴婚的"彩礼"，刘凤娇承受不起，所以还在寻访中。戴言礼一听，心想孩子他娘真是昏了头了，但不知道该怎么劝她。

有一天，见刘凤娇又要下乡去，说有点事情，戴言礼就打开天窗说亮话，说，你不要去了，我不会同意的。刘凤娇脸色灰白，知道瞒不过戴言礼，就哭起来，说，我儿子这样走了，我不甘心啊。戴言礼说，已经走了，认命吧，我们不要搞迷信，毕竟是有文化的人，搞迷信被大家笑话的。刘凤娇又难过又羞惭，泪流不止。戴言礼说，你不要多想了，活人总还要好好过日子，我们就希望小儿子重新投个好胎。刘凤娇遂不再下乡，也不再提阴婚的事，只是此后少见笑容。

戴正感觉母亲更爱弟弟。弟弟一走，父亲默然，话少了，其他也还正常，父亲有时会念叨，叹气，母亲却像魂灵被他弟弟叫走一样，从此之后，人变得空洞，只剩一副瘦弱躯壳还挂在人世间。

一年之后，刘凤娇就病倒了，人一日日消瘦，自己对自己的病也漠不关心，药也时常不吃。

戴正工作后这些年一直很顾家，是别人眼中的孝子，很少想到自己。父母退休金有限，还要养弟弟，戴正工资省下来就往家寄，自己节衣缩食，就找不到合适的对象。三十五岁后，有些灰心，怀疑自己生来是和尚命。发小中，好像靳天何易从都蛮受女同学欢迎，女同学却把自己当小弟弟。戴正发育晚，上高中时个子小，人高马大的女同学，还要摸摸头搭搭肩，要他喊阿姐。

戴正读研时，身高长到一米六九，离一米七差一公分就定格了，自认是三等残废。硕士毕业后留在长沙，幸好湖南人个子也不高，戴正其实还算清秀，男女之情将将开窍，因为觉得自己矮，有些自卑，内心就想赖在无忧无虑的少年阶段。同屋男生把女朋友带进宿舍，拉起帘子又亲又啃，戴正独以江南少年在班里"立万"，有人给他取了个"戴少年"的绰号，他索性就躲在"戴少年"的诨名背后嬉笑怒骂起来。

一个夏日，戴正无聊，提议男同学一起横渡湘江，大家都说好，想看戴少年出洋相。到了江边，从湘江东岸到橘子洲，估计有八百米，戴正一脱衣裳，什么装备都没有，拍了两下大腿小腿，跳进江里。戴正水性好，几个猛子一扎，转眼就在江中。男同学们对他刮目相看，尤其旱鸭子的北方人，看得目瞪口呆。戴正游回来，上了岸，抖抖身上江水，豪迈地说，我小时候京杭大运河主干道上游泳，都是自学，一开始扶一只木桶游，慢慢就学会了。先是运河中能站住脚的地方才敢游，后来跟弄堂里几个小阿哥一起下水，河上船多，来来往往，实在吃力就抓住一只拖船休息一下，再游回岸边，再后来胆子大了，就敢游到河对岸，爬上岸，叫河对岸的同学一起下河，经常玩得手上皮都皱了，天黑透了，才上岸回家，到家后，再吃杯酸梅汤，真是开心。湖南的同学说，我小时候也在湘江里学游泳，但是只敢沿着岸边游，从来不敢横渡湘江，就怕游一半抽筋。戴正说，刚才中间江水有点冷的，不过还好，我身体热量足。

渡江回来那晚，夜半，戴正做了个梦，梦里，见自己和一个穿杏色连衣裙的姑娘在河边的一个阁楼上，河港涨大水，阁楼就像独木舟一样漂到了河中央。杏色连衣裙姑娘的胸脯一起一伏，他就抱住了她，亲她。姑娘问他这是哪里，他说苏州老城里。梦里姑娘说苏州怎么涨大水了，他说，是黄梅天到了，黄梅天落雨落多了，就会涨水。姑娘说，我是苏州人，可是我找不到我家在哪里了。戴正说，阿妹我帮你一起找。姑娘问，哥哥哪里人？戴正说，我是栖镇人，坐苏班轮船，船上过一夜，就到苏州了。两个人在水上迷宫一般飘浮的房子内又找了一阵。戴正说，这边跟我老家蛮像的，我小辰光，栖镇黄梅天也发过大水。他们找到一个青瓦白墙的老墙门，姑娘说，那个墙门里就是我家了，哥哥进来坐一歇。这时戴正见自己和姑娘在一只小船里，伊划小船，停靠到一座老宅前，老宅有好几级青石板台阶，地势高，水就没有满上来。戴正和姑娘进了一间闺房，伊见墙上挂着唐伯虎的画，桌上有青瓷花瓶，就说唐伯虎也是苏州人呀。姑娘就说，唐伯虎是我本家，我也姓唐。戴正说，原来是苏州唐姑娘，在下有礼了。姑娘端一盅酒给他喝，喝了酒，两人就在一只古色古香的雕花榻上缠绵起来。戴正听见自己说，阿妹我们生个小人吧。姑娘说，哥哥讲怎么生？戴正说，我来教你。他们就从一只画匣里，翻出一轴唐伯虎的春宫画，边看边学。等早上醒来，方知是南柯一梦，似乎唐姑娘浮上红晕的脸还不曾远去。戴正趁同屋们都在睡觉，悄悄起身，去了男生宿舍水房洗了裤头。

苏州是戴正的梦里水乡，苏州姑娘是戴正梦里的姑娘。戴正从小就很向往苏州。那个春梦之后，有次正逢国庆假期，戴正独自从长沙坐火车，先去苏州游玩，再折回老家栖镇。途中，遇上了一个苏州医学院大三女生，名叫程芸。伊乌黑短发，圆脸上有点婴儿肥，五短身材，一米五五左右，虽不算艳丽，也有邻家女孩的可亲模样。程芸在游沧浪亭时丢了钱包，同在沧浪亭闲坐的戴正帮她找钱包未遂，就请她在悬桥巷吃虾腰面，又送她回学校，就此两个医学院大学生认识了。此后戴正和程芸通信，戴正讲，我回家后看了苏州人沈三白写的《浮生六记》，程芸的名字很好，让我想起我们一起玩的沧浪亭，以前沈复和他妻子芸娘，也经常到隔壁沧浪亭来，芸娘真名叫程芸，跟你的名字程芸念起来差不多。程芸回信说，看不出你学医的，原来还是个江南才子。戴正心中欢喜。程芸是苏州吴江人，主修中医针灸，本有些羡慕戴正的学校是"北协和南湘雅"的"湘雅"，可戴正信中说，我其实不喜欢学医，最想学的是历史，还有民俗，我羡慕的是扬州评话的开山祖柳敬亭，程芸就不知说什么了。

两人依旧通信往来，戴正仍然稀里糊涂，见程芸不讲苏州了，他就说起自己求学的湖南来了，说自己对湖湘文化充满好奇，湖湘文化，踏实肯干，心系苍生，刚刚读了唐浩明的《曾国藩》三部曲，好男儿立于天地间，不拘于卿卿我我。戴正从曾国藩说到李鸿章，洋洋洒洒，说得得意。程芸回顾戴正数封来信，思量戴正从没有细问过她在苏州的情况，他从来自顾自滔滔不绝,哪里有儿女情长。程芸神伤一番,自此对戴正淡了很多。

到了下一年暑假,程芸刚刚毕业,还未上班,最后一个暑假,想四处走走。忽然想起戴正,猜他应该放假回了杭州。程芸想,戴正这个人,做个朋友也不错,于是写信给戴正,说自己毕业了,过两个月就上班去了,想去杭州玩。不巧那时戴正母亲生病,父亲要照顾母亲,暑假他要在家照顾弟弟,脱不开身,又不想跟程芸说弟弟的事,只推说自己这段时间都在老家,那几日实在没空陪她玩,相当抱歉。程芸非常失望,此后戴正写信去,程芸没了音讯,戴正也不知她有没有来过杭州。

开学前,戴正鼓足勇气,去苏州找程芸表白,程芸见到从天而降的戴正,很是惊讶,此时程芸已经分配在苏州老城区一家医院工作,有了一个一起分在医院工作的校友男朋友,程芸和男朋友一起请戴正在得月楼吃了一顿饭。戴正抱歉地问,程芸后来有没有来杭州玩,程芸指指男朋友,说跟他一起去的。戴正告别苏州姑娘程芸,黯然而归。

送走弟弟后,又过三年春秋,母亲也走了,戴正作为长子出面,替母亲办了体面的丧事。戴正在栖镇的几个要好的同学都来了,靳天特地从临平赶来,沈美枝作为从小学一直到高中的老同学,也来参加了他母亲的葬礼。来参加母亲丧礼的人中,还有老同学刘春燕的父亲,原来是刘凤娇的老同事。出了殡,一行人一起吃豆腐饭时,刘春燕的父亲说,我家燕子现在单位里混得不错,领导要提拔伊,去北京党校培训半年,回来就要提局长的。

刘凤娇走后,屋里就剩下父子两个单身汉,光线有些昏暗的客堂间里,高挂着母亲和弟弟的遗像,两双眼睛,似悲似悯地俯视着他们。戴言礼有时望望照片,心想刘凤娇这一世,不知吃了多少苦,跟他结婚后,他也没有让她真正舒齐过。戴正看看墙上的照片,心想,母亲顾不得我们父子了,急急忙忙就想去陪阿凤了。一阵彷徨,一阵深悲。

戴正回杭州上班,医院里人际关系也搞不好,意兴阑珊。两个月后,索性辞了职。学医七八年,一股脑儿什么都不要了。一身轻松地回到自己的小屋,过往经历的一切,就算做了一个不开心的梦。

辞职后第一次回家看父亲,一说不喜欢医院的工作,已经辞了,把戴言礼气得血往上涌,血压一下子升高了,骂儿子一句"你个掼掉货(吴语,意思是败家子,没用的人)",竟气出了小中风。有一个月时间,戴言礼出不了门,只能在家门口拄拐杖,在竹椅子上坐坐,去不了他每天要去散步的长桥上了,在家独自喝闷酒,心想人生不如意事十有八九,自己的不如意事十有九九。直到炙冷杯残,戴言礼独自像个小孩那样呜呜哭了起来。

有两年,心灰意冷的戴正,过年才回家一次,父子俩吃年夜饭,面对几个小菜,相对无言。戴言礼自斟自饮,年轻时,也曾风流倜傥,相貌堂堂,好身段加一副好嗓子,风头出了不少,后来梦断西湖,被打发回原籍,无非凄凉度日。如今衰年残喘,儿子又不得志,徒增叹息。两杯黄酒下肚,戴言礼开口问,你辞职了,单位里分的房子会不会收回去?戴正说,房子已经作为商品房买下了,不会收,放心好了。戴言礼心想杭州大井巷的房子还在,儿子也不算一穷二白,心里稍安。夹了一筷梅干菜焖肉,对戴正说,男人家好歹总要成个家,也不要太挑,屋里厢有个女人,弄璋弄瓦,养儿防老,日脚总归好过点。戴正听着心酸,嘴上无话,也夹了一块梅干菜焙肉,慢慢咀嚼。这是老父亲最拿手的家常菜。母亲和弟弟走之后,父亲每年还是不嫌麻烦,坚持自制梅干菜。

新年过后,戴正想走出去闯一闯。通过一个湘雅医学院老同学的牵线,做起电脑代理生意,也是时来运转,遇上行情大好,戴正做了三年代理,赚了一笔钱,就想出门旅行一次,再仔细想想接下来的生涯。

这趟旅程,最后定下目的地山西五台山。三月,戴正背包出发。一个人的旅途中,在绿皮火车上遇到一个眉清目秀的姑娘,剪齐耳短发,穿一件绿色的开司米开衫,牛仔裤,运动鞋,面色忧戚。两人卧铺的下铺相对着,戴正见绿衣姑娘不言不语,不吃不喝,一直望着窗外发呆,形容也略有憔悴,觉得不对劲,就洗了苹果和葡萄,买了泡面,热情地请姑娘一起吃一点。姑娘起先推辞,慢慢地,发够了呆,两个人就聊起天来。戴正自嘲,人生半途,无问东西,出来荡荡。姑娘见戴正白净斯文,笑容温暖,又长着一张娃娃脸,心想不会是坏人。两个人越讲越多,以为一下火车,就此匆匆别过,也无甚顾忌。戴正知道了姑娘乃江苏徐州人氏,母亲祖籍浙江绍兴,芳名杜慧。这趟一个人的旅程,只因她想辞职去南方工作,男朋友只想结婚生孩子,完成人生任务,两个人谈不拢,恋爱两年分手了,杜慧失恋,心里难过,想去五台山拜菩萨。戴正说,你是不是方向弄错了,要是求姻缘,应该南下,去我们宁波普陀山拜观音。杜慧说,我只是散心。听说普陀也不错,海上仙山,以后一定去看看。一路上,戴正说个不停,逗得本来愁眉不展的杜慧笑个不停,忽然就饿了,将戴正给她准备的泡面一口气吃完了。

辗转到了五台山,北方的天气晴好,春和景明,两人一起同游,戴正抢着买票。姑娘发觉跟戴正一起很开心,总是笑声不断。

他们在五台山边的一家客栈住了三天,五台山晚上凉意袭人,杜慧和戴正山上逛了一圈,杜慧一个喷嚏,戴正说小心感冒,山上凉。两个人马上回转,到了房间,杜慧开始流清鼻涕,戴正说你感冒了,不过没关系,我是学医的。戴正回房间,拿出个迷你小药箱,感冒药和维生素泡腾片各一种,到杜慧房间,烧了开水,叫杜慧一大杯水就着药喝下去。等杜慧吃了药,戴正告退。杜慧说,你等下再走吧,我一个人睡不着。戴正说,那我陪你,你安心睡。等杜慧钻进被窝,又过了半个多小时,两个人有一句没一句地说着话,各自说起小辰光的事。又过一会儿,杜慧打哈欠,想闭眼睡了。戴正让她睡,说等她睡着了他再走,杜慧果然一会儿就睡着了。戴正还是第一次看一个姑娘在他面前安稳熟睡的样子,心里好生幸福。看了一会儿,轻轻离开。

三日后,杜慧感冒大好了,在五台山也玩够了,搭上火车,到了大同,又住了两日,看云冈石窟。又从大同坐车去浑源县,到达北岳恒山,看半崖峭壁间的悬空寺,两个人一起惊叹悬空寺的险要奇观。这是中国仅存的儒道释三教合一的寺庙,戴正说,徐霞客很喜欢悬空寺,我也喜欢。杜慧说,你是想在石壁上刻上"戴正到此一游"吧。戴正说,要刻那也要刻上:"杜慧戴正到此一游。"杜慧见他一派天真,心里一热，就说，那你把我名字也刻上。戴正说，你看李白到了悬空寺，写了"壮观"两个字了，还嫌不够"壮观"，硬要再加上一点。杜慧说，那你在我的"慧"字下面，一颗"心"里，再加上一点好了。戴正说，我正有此意。杜慧大笑。一路上，戴正又说，我记得《笑傲江湖》里，悬空寺好像令狐冲和小师妹仪琳来过的。杜慧忽然说，我发现你是个才子哎，荣幸啊荣幸。戴正难为情道，我不过是三脚猫，什么都知道点皮毛。

游悬空寺的路逼仄，杜慧不时要戴正拉着她走，几个回合下来，两个人就牵着手走了。戴正怕杜慧走累了，时常说你歇一歇，又说，悬空寺很早是道教圣地，传说"八仙过海"里的张果老在这里隐居修行过。我小辰光很羡慕张果老，因为他有白毛驴可以骑，还倒着骑。杜慧笑着说，前几日我们不是也看到驴子了么？你可以问问驴子，它肯不肯让你骑呀。戴正笑说，我们看到的驴子怎么不那么白呢？杜慧逗他说，你拉回家给驴子洗个澡就白啦。

两人开心地说笑着，出了悬空寺，杜慧在寺庙后山的一处空地，发现有桃树已开花，一朵朵粉嫩娇艳，要戴正给她拍照。戴正见杜慧白衣红裙，站在桃花树下，忽然闪过一念：天下名胜大川不少，自己到过的地方并不多，原来到五台山，就是为了遇到杜慧的。

到恒山的当晚，杜慧就退了自己的房间，和戴正住了一个标准间，说还不如省点钱，吃点好的。似乎有佛光辉映着、护佑着，戴正也奇怪，和杜慧素昧平生，竟一见如故，那一晚，两人很自然睡到了一张床上。戴正和杜慧初试云雨，小儿女情态，既慌乱又甜蜜。事后戴正搂着杜慧似信非信，似真非真，一会儿两人都睡着了，早上醒来一会，翻个身，又相拥而眠。已近不惑的戴正，就这样猝不及防地，跨出了人生的一大步。又醒来，赖在床上说话，两人才各自报上生辰，戴正不敢相信，自己比杜慧大了整整一轮。

戴正最感叹的是，总以为自己的缘分是在江南，没料到竟是在北方。此番逍遥游，得遇红颜，决定将自己的生命历程和盘托出。

戴正第一次说起自己三十岁那年的一次旅程。正是五月，他独自骑自行车环太湖行，先坐船至古镇南浔，再自行车经震泽、平望、盛泽、王江泾、吴江、苏州、无锡、丁蜀、宜兴、湖州，从湖州坐船回杭州。戴正本想买一把紫砂壶，就在宜兴的一条老巷子里逛，那一晚大概月色撩人，逛到后来，就跟一个穿湖蓝色旗袍的女子走进一条更深的弄堂里吃茶，伊很年轻，二十出头，声音软糯，水蛇腰，化着略浓的妆，在夜色下烟视媚行。戴正有几分疑心伊是风尘女子，却依然跟着走了，像午夜的梦游一样，想起从前做过的梦，原来这里是平康巷里？戴正跟着女子七拐八拐，进了一条很狭的弄堂，这弄堂让他想起自己从小串进串出的老家钱家弄，拐进一个老墙门，又过了一个回廊，跟女子上了木楼梯，又进了一间阁楼，阁楼顶上糊着各种旧报纸，灯光是橘黄色的，伊的假古董床上，挂着白帐子，有点像戴正小辰光的床。伊让他坐在床上，用一把紫砂壶倒了热的茶捧给他，是一种无锡的红茶，桌上还有一小碟桃干和话梅。

戴正随手捡一颗桃干放进嘴里，味道不错，这是他小辰光的心爱零食。戴正慌忙中还想闲聊，女子客气道，今朝还要做

249

一单生活，才好歇着，我不能耽搁太长时间的。就让戴正脱了鞋上床。这张床上，戴正被引领着，结束了旷日持久的处子之身，伊收了三百块。女子事后说，你不是要买壶吗，我送你一把壶，就从一个柜子里拿了一把小小的紫砂壶，用报纸包好了给他。戴正就自己下了楼，摸出了巷子，回到老街，这时老街上还有几家店零星地开着。整个过程应该不超过一小时。后来他把这把壶带回了杭州。他说这是他最离奇的经历，以后再未有过，一个人独处了很多年，要向伊坦白。杜慧只是安静地听着。

农历七夕，戴正和杜慧在杭州吴山街道领了结婚证，领证后，在十五奎巷的老面馆各吃了一碗虾腰面。杜慧从广告公司辞了职，自徐州来到杭州，带着所有的积蓄，又卖了徐州父母给的一套小房子的钱，在武林路女人街开了一家童装店，童装店生意好好坏坏，尚能维持下去。杜慧住进了戴正的小房子，从前的单身公寓被收拾得脱胎换骨。戴正说，房子小，只好螺蛳壳里做道场。杜慧说，来日方长，等以后赚了钱，再换大一点的好了。这一年，新郎官戴正四十周岁，镇上人爱讲虚岁，就讲戴正四十二岁了才结婚。这跨越江南江北的婚事一切从简，杜慧带着戴正，去徐州办了一个还算热闹的婚礼。戴正带着杜慧，去栖镇看望了老父亲。戴言礼听说媳妇祖籍是绍兴，很是高兴，给了新媳妇两万块钱的红包，说是让她买金首饰。戴正因为是同学发小中最后一个结婚的，大多数同学早已拖儿带女，也没打扰任何同学。直到四十三岁那年，戴正抱着牙牙学语的女儿走过长桥，遇上老同学沈美枝去水北看父母，戴少年终于结婚当爹了的消息才不胫而走。

戴正结婚的事，陈易知是后来听父亲陈子船说起的，戴正最要好的发小何易从，是第二年回国时才知道的。

这一年，靳天升任环保局局长。刘凤娇的丧事后，过了几个星期，靳天和刘春燕两个老同学，就在县城的一个培训班上碰到了。培训班在超山风景区开了三天，所有与会者在超山的一家度假酒店住了两晚。功课结束后，大家聚餐，到晚上，还有包厢里的卡拉OK节目。靳天和刘春燕如今是两个不同部门的副局，老同学相逢，却是近了不是，远了不是。

白天严肃紧张，夜里团结活泼。卡拉OK包厢里，靳天见刘春燕像跟白天换了个人似的，颇放得开，歌一首一首地唱，啤酒一杯一杯地喝，眼波流转中，座中的男人，位置重要一点的，似乎每一个，她的眼波都能照顾到。刘春燕点的歌，既有当时的流行歌曲，又有适合怀旧的老歌，又有适合男女对唱的，听得出训练有素。低音时深情款款，高音时高亢嘹亮。靳天暗暗纳罕，惊叹昔日的学霸老同学，如今已成风情万种的女中豪杰。

歌过五味，酒过三巡，两个人都已经主动或被动地灌下了不少啤酒。晕晕乎乎中，有人知道他们是老同学，就开始起哄，要他们情歌对唱，还要他们喝交杯酒，靳天好像手脚已经不听自己了，唱歌的时候，就开始对刘春燕搂搂抱抱。他在她耳边说，燕子，你歌唱得那么好。刘春燕说，阿天你也很会唱啊。靳天说，你小燕子女大十八变。刘春燕说，阿天哪里有空注意到我呢，我那时候不就是个黄毛丫头。他又咬耳朵说，怎么会是黄毛丫头，你是我佩服的女学霸。她说，大概在你们男生眼里，成绩好的女生都是丑八怪吧。靳天就顺势搂住了刘春燕的腰,心想她的腰肢也还柔软,有女人味。他一边唱歌,一边含情脉脉地注视着她,她也并不回避,主动点了一首陈慧娴的《飘雪》:又见雪飘过/飘于伤心记忆中/让我再想你/却掀起我心痛/早经分了手/为何热爱尚情重/独过追忆岁月/或许此生不会懂。

一首终了,两人坐到一起叙旧。想当年,刘春燕的爸和靳天的爸,各是一所镇小的校长。刘春燕和靳天,又是各自小学的大队长,到小学五年级,他们会合到了一个小学,两人作为学校少先队大队长副大队长,经常一起升国旗。后来又在同一个初中,是各自班级的班长。靳天没考上本科,刘春燕也曾深感意外,不料两个人现在又在一个大衙门里,忽然人生就已四十。

包厢里,灯光幽暗,两个老同学不停窃窃私语,或许都有酒精的作用。刘春燕说,你知道吗,你那时候是女生眼中的白马王子。靳天说,怎么可能,从来没有女同学向我表白过。刘春燕说,是不敢吧。你看起来谁也不在乎的样子。靳天说,那你呢,你是女中豪杰,也不敢吗?刘春燕说,我是不敢,我最怕自讨没趣。靳天笑说,问题是你又没有暗恋过我。刘春燕不响。靳天说,我只知道,我可能让杜秋依失望了,不过她是大美女,追她的人不要太多。刘春燕说,你记不记得,去上大学前,我们几个人一起瞎逛,后来林茵茵、戴正还有你一起去了陈易知新搬的家聚餐。我记得你那天穿了红衣的T恤,就是好像很不开心的样子,好像有心事,喝了黄酒,有点醉。后来我们一起去一个地方跳舞,我看到你躲在一边抽烟。靳天说,那时你春风得意,我是失意人。说到后来,两个人头依着头,肩膀靠着肩膀了。靳天不明白自己,明明熟悉的《飘雪》旋律响起时,他心头泛起的是湘湘的影子,此刻搂的,却是刘春燕。

凌晨两点,服务员进来提醒营业结束时间到了,一群人才醉醺醺地,依依不舍地起身。靳天和刘春燕刚好住同一层楼,大家起哄说,靳局长要当好护花使者,把刘局长安全送到房间。靳天连忙说,护花有责,护花有责。靳天就和刘春燕互相搀扶着,嘴里哼着歌,摇摇晃晃地走到了他们所在的那幢楼。经过小花园时,刘春燕的头已歪在靳天身上。上了二楼,刘春燕摸出房卡,两个人一起推门进去了。进了房间,靳天摸到了开关,开了灯,两人几乎同时倒在同一张床上。靳天转过身,抱住了刘春燕,撑起了胳膊吻她,刘春燕茫然中有回应。他帮她脱去了身上的外套,扔到了沙发上,她身上只有贴肉穿的橙色羊毛衫了,胸脯对着他,高高地耸着,靳天伸手解刘春燕胸罩的扣子,终于触碰到了她干热的肌肤。她被他的手一刺激,顺势伸展了一下腰肢,这使他欲罢不能了。他正要去脱她的毛衣,这时房间的电话响了,响了几声后,又停了。靳天嘟哝,这么晚了,还有小姐。可能"小姐"这个词刺激到了刘春燕,刘春燕忽然坐了起来,对靳天说,我们都喝多了,你快回去吧。靳天说,我走不动了。刘春燕说,我不想被人说三道四。靳天说,你老公对你好吗?刘春燕犹豫了一下,回答说,蛮好。靳天的手和嘴,无力地从刘春燕的乳房顶端跌落,忽然冒出一句:今朝酒醒何处。正欲撤退,刘春燕却再一次贴紧了他。经历了狂乱的一段时间后,两个人的喘息平息下来，安静了一会儿，谁也没有说话。过了一会儿，刘春燕说，我的衣裳呢？靳天起来，帮刘春燕整理好衣裳。

靳天起来找打火机点烟，没料刘春燕也问他要烟。两人靠在床上抽了一支烟后，靳天亲了一下刘春燕的脸，替她关上房门走了。酒店走廊上，一阵半夜的过堂冷风吹过，酒醒大半。他想起刚才的凌乱场面，酒喝得脑袋昏沉，又想到曾经坐在他前面的老同学刘春燕，心中难过。如今人生四十，他们都变了，有欲望的，不再单纯的成年男女，再也回不去从前的学生时光了。他根本不知道她的婚姻生活过得如何，之前也不怎么关心她，也并不太了解她这个人。他们刚才发生了一点错误的亲密，现在赶紧收梢。倒不如像这县城官场的兄弟般相处，既是自己人，又各自在仕途中一步步走下去。

靳天醒来，看到半夜的一条短信，是刘春燕发来的：忘了吧。靳天马上回复：嗯。刘春燕的影子马上消散了，此刻靳天的心里眼里，都是湘湘的面容。

## 肆

两年后，何易从四十还乡，第一次作为外国人入境中国，过上海海关时，递上中国签证，海关窗口的工作人员扫了一眼他理得很短的脑袋，按下印章。易从喉咙口涌起一阵难言的酸胀。

几次回乡，易从见的最多的故人是靳天。靳天身上起了一些变化。靳天犹在盛年，本来就是玉面郎君模样，这时在小城也算得志，就像靳天对易从说的私房话，那些女人，一个个自己就扑上来。人生苦短，不能太较真。靳天说自己现在是"三不主义"。

昔日发小日渐南辕北辙。易从活得越来越像美国的清教徒，虽然夫妻俩并不是基督徒，但这些年他和小简相依为命。靳天在外面玩，太太不闹，也不管他，走出去仍然是相亲相爱的一家人。易从听说，现在很多中国家庭就这样。

正月里，两个发小约了在临平吃饭聊天，易从惊讶地看到靳天身边跟着个女子，三人一起吃完饭，靳天和易从先把那姑娘送回家，两个人才坐下来。易从笑问，这个是你姘头？靳天说，别说得这么难听。易从说，你现在是酒色财气，醉生梦死啊。靳天说，你大惊小怪，都是成年人了。易从问，这么多的红颜知己，有你真正放不下的吗？靳天说，好像都是蜻蜓点水。易从说，那如果对方一定要跟你结婚呢？靳天说，不可能的，真要这样就断了，家庭还是最重要的。靳天问易从，你呢，不要告诉我你没有。易从窘道，还真没有，美国生活很乏味的，这些年都在忙生存。靳天喝了酒，有点晕晕地说，花花世界，鸳鸯蝴蝶，我好像在其中，又好像与我无关。易从道，你是逢场作戏。

回栖镇路上，易从心里不平静。心想，国内的热闹和诱惑，与他这个美国乡下人是没有干系了。易从甚至怀疑，如果他和靳天同处一样的大环境中，是不是也会跟靳天一样，在女人堆里打滚。

隔几日，易从忽然接到靳天的电话，说要他帮个忙。那天跟着他的姑娘怀孕了，要去医院做人流，靳天出面陪同肯定不方便，哪怕去省城的医院，也因为到处有同学熟人在医院工作，怕被人撞见尴尬，靳天让易从替他陪一下姑娘去医院。易从哭笑不得，就骂靳天荒唐，寻欢作乐还不戴套。骂归骂，易从还是硬着头皮遵命了，陪了姑娘一天，鞍前马后帮着跑跑腿。姑娘全程神情淡漠，很少说话。姑娘与靳天的事，他也不敢多问。完事后，又把脸色苍白的姑娘送到了靳天事先订好的宾馆休息，接下来的事就交给靳天善后了。这次小简也一起回来了，小简听说后，说你这狐朋狗友，真是太过分了。易从连忙说，他人不坏，就是这几年好像有点失控。小简说，国内男人现在都这样混吗？我也听说几个男同学差不多的情况。易从说，我看他爱喝酒，喝酒时又老要打酒嗝。心脏也不太好，还有点三高，国内好多男人有这些富贵病。我提醒他注意身体，这老兄却说，做人没意思，都会有惩罚的，我信命。小简说，我回去高中同学聚会，看那些男同学现在还在拼酒，啤酒海鲜的一大顿一大顿，痛风了才知道苦头。易从说，听他这么说，我想想他真是心大。小简说，倒要庆幸你不在大染缸里了。易从说，我要在国内，还真不知道自己会是什么样。小简说，每次回去，你都要心神不定两三个月，看来还挺羡慕他们的嘛。易从知小简言下之意，有些愧疚。

那年冬天，江南天气特别的冷，镇上一连下了好几日的雪。易从在酱园弄屋里待了几日，也无门可出，只是偶尔去河边走走，赏赏雪景。新闻里说，很多地方断电断水，飞机火车停运，一场雪灾，人心惶惶，弄得小半个中国兵荒马乱，连江南小镇的雪，也不那么宁静出尘了。易从怕爸妈落雪天出门不方便，自告奋勇上街买东西买菜，其他时间闷坐家中，小简回京陪自己父母后，易从退了宾馆，回到了父母家住。

雪一直下，想跟老同学们见个面也不太方便。易从闲坐无事，在劳家亲戚家看到一册跟栖镇有关的古诗词，就借回来看，读到断鸦流水栖镇路，风雪谁知昔掩门，是清朝诗人张际亮的诗。张际亮是个狂生，亢直负气，年少有狂名，历游天下山川，倒是给他赶上了栖镇的一场雪。

易从想起小辰光，栖镇一落雪，雪在瓦片上冻住了，变成冰雪。他家河边的屋檐是朝北的，少见太阳，要化好些时日，化成雪水，到晚上一冻，又结成冰凌，挂在屋檐下，长长的一根。河埠头结冰，很滑，走路需特别小心，好在后来有了自来水，不需要再去河埠头汰衣汰菜。小辰光落雪天，在记忆中变成了江南古镇雪景图。又读到一首明朝进士、刑部尚书王世贞的《塘栖道中得转山西报自嘲》，诗云：长河风雪舞孤舟，兴尽真成王子猷。尘世偶炙那可料，故乡明日是并州。王世贞是江南大才子，易从小辰光就听劳家小娘舅说过，有种说法，写《金瓶梅》的兰陵笑笑生，其实就是王世贞。王世贞在运河的孤舟上风雪兼程，落雪天的栖镇，不过是他的宦游途中的一个码头。这么说来，王世贞的船，一定曾路过易从东横头的老家门口的，也不知道明朝时候的东横头，是否有一模一样的一排两层楼的老房子。

这趟回来，易从还没碰到过沈美枝，也没跟沈美枝说过自己回来的事，不过母亲对他说，你要好好谢谢楼上的沈美枝。易从连忙答应，心想沈美枝可真是个热心人。林冰芝又说，沈美枝这几日正好带儿子去香港玩了，两三日后就回来，你带点礼物去谢谢伊。

易从听靳天讲起过沈美枝的近况，说她只过了两年时间，已经从栖镇"板鸭西施"起家，转身开起了临平第一家美体中心"夜来香"。靳天说，这个沈美枝有点意思。她给老同学都打六折，对有钱人的老婆和小三，就巧立名目下个套，狠狠斩上一刀。但是开业后的新鲜期过后，"夜来香"并不好维持，沈美枝的美体中心，就开始有了些暧昧勾当。幸亏公安局里，有一个副局长关照她。但沈美枝内心仍不安定，也有人跑去砸她的场子。

易从说，听说现在国内很多生意，打的是擦边球。靳从说，老话讲，水至清无鱼。靳天酒喝得有点多了，跟易从讲，你晓得美枝的靠山是啥人？就是我高中好朋友唐云，唐云是警校保送生，现在是公安局副局长了。易从想起高考那年夏天，他们几个骑车去临平，在唐云家吃饭，印象中那个热情又阳刚的少年唐云，当时比他们几个看着都要成熟，不料竟成了沈美枝的靠山了。

易从为了表示谢意，这次特地从美国给沈美枝的儿子买了衣裳文具学习机等礼物。等大雪停后，在香港多耽误了几日的沈美枝回来，两个人电话联系上了，易从登门拜访，送上了礼物。美枝谢过，说改日请他吃个便饭。美枝听说前夫高庆也回家过年了，就把儿子送去苏州奶奶那里团聚几日。高庆送了她一个上万块的名牌包，又给了一张卡，给儿子的生活费，也算出手大方。此时跟高庆的恩恩怨怨，美枝总算也看开了。

易从离开栖镇前两天，美枝盛情邀请他和父母一起去她家吃饭。她烧了一桌拿手小菜，易从父母很开心，连赞美枝心灵手巧。美枝"好伯伯，好姆妈"叫得亲热。易从不便推辞，任她给父亲倒了上好的十年陈黄酒，给母亲倒了栖镇自酿的一种甜米酒，易从盛情难却，也倒了一点米酒，大家边吃边聊，细细碎碎，无非是些生活家常，老同学们的今昔。沈美枝最让易从舒服的，是一种知冷知暖的体己态度。美枝家的客厅，除了开着空调，还有一个发红光的取暖器，正所谓绿蚁新醅酒，红泥小火炉。

八点不到，易从父母先告辞了，美枝让易从再坐一歇，喝口茶聊聊天。这次两个人相对，易从也不再局促。易从刚才喝了点酒后，脸马上通红，美枝则桃花上脸，星眼乱飞，娇声说，你记得我们同桌过吗？你怎么没什么变。易从笑道，老了，我都是两个孩子的爹了。美枝说，真的，我眼里你一直没变。我身边那些男的，没有一个人有你气质好的。易从难为情道，那过奖了，其实我这人，时常不知道自己怎么回事。美枝忽然眼圈发红，说，你们男人家，志在四方，你就是啊。你看我们女人家，红颜薄命是真的吗？为什么我兜兜转转，总是遇不到好男人？易从不知如何作答，就安慰道，也可能缘分还没来吧。美枝哭道，中学时啥也不懂，看个戏文看到人家男孩子会流眼泪，就喜欢他了。

美枝忽然说，你知道我最喜欢的一部电影是什么吗？是《大话西游》，我一个人时看了好几遍的，你能再陪我看一遍吗？易从欲走还留，见美枝情意拳拳，不忍拂了她的意。

两个人坐在橘黄色的布艺沙发上，美枝调暗了客厅灯光看影碟，易从本是坐在一张两人沙发上的，离沈美枝坐的那张三人沙发，正好呈一个直角。看着看着，忽见美枝的眉眼似有几分像紫霞，特别是美枝神情忧愁时，也有一种楚楚的风致。易从不由自主多看了一眼美枝，哪知正撞上美枝看着他的眼睛，易从慌忙躲闪开眼神。

美枝却忽然起身,坐到了他的沙发上来,身子倚在他肩膀上。易从半边肩膀僵硬得一动不动,感觉美枝趴在他肩膀上无声地抽泣了一阵子,很犹豫要不要拍拍她,表示安慰。美枝带哭腔说道,我知道,你是看不起我。易从连忙说,没有没有,怎么会呢,我们是发小。慌乱中,连忙站起来拿纸巾,递给美枝。美枝抽泣道,那你为什么对我介冷冰冰的,外面天也介冷。易从心又一软,头晕乎乎的,心迷意乱间,与美枝两个依偎在沙发上。但见她脸上犹有泪光,梨花带雨,又红晕飞散,易从忽然想到,曾经的小学同桌,如今都已人生四十了,心中一紧,就伸臂抱住美枝。美枝的脸就贴着他的脸,嘴离得太近,就碰上了,吻住了。缠绵了一会儿,她说等一下,起身去房间拿了床被子出来,盖在他们两个身上。他脱了她身上的红色羊绒衫,美枝露出了白腻的前胸和后背,他忽然看见她身上有很多细细的伤痕,像是抓伤的痕迹,还有淤青,连忙停了下来,用被子裹好她。他小心问她怎么了,身上这么多伤,她不语,说不用他管,这是她的命。美枝说不出口,这些伤痕是那重口味的副局长情人酒后粗暴对她时,在她身上留下的,她自己都麻木了。刚才她一时情动,忘了身上的这些伤。易从震了一下,忽然明白了早先靳天说的美枝的靠山是什么意思。而且靳天说的唐云,从前他跟靳天去过他家做客的,他记得唐云还调侃过他不会吃酒,就此清醒,心生悔意。易从抚慰性地摸了几下美枝的头发,轻手轻脚帮美枝重新整好衣裳,轻声说,对不起,是我不好。美枝不语。易从又歉意地拥抱了她一下,就起身告辞。

美枝听到易从离去时的带门声,心里难过,又泣。又想起唐云,想忘掉唐云。如果何易从对她真的动情,她或许是可以放下唐云的,可是何易从走了。

易从头重脚轻地回楼下自己家。心里怪刚才自己太荒唐,他和美枝明明是两个世界的人,他对她的这点不明不白的情愫,像云雾聚于巫山,散于巫山。又怪自己优柔寡断,到底今晚,他是辜负美枝了。又想美枝的出路在哪里呢?他也帮不了她,她是走江湖的女人,而他远离江湖,他们却又有几分不明所以的、同病相怜的投契。

两日后,马路上东一堆西一堆的残雪,被反复踩踏得狼藉。易从独自去长桥上走了走,阴天,河上一片死寂,偶见河边几片惨白,泛着青光。坐在桥墩上,易从让过桥的路人给自己拍了一张"长桥残雪"的照片,次日飞去北京与太太孩子会合,离岸回美。

易从回栖镇探亲这数日,易知也在栖镇。初三当日,雪后阳光正好,运河两岸的街上很是热闹。下午三点多,陆韶陪易知走亲戚,留在亲戚屋里打麻将,易知带着五岁的篱笆去河边玩耍。篱笆的手里,拿着根孙悟空的金箍棒,边玩边走,见着相貌丑点的行人,就大喊"打妖怪",搞得易知甚是窘迫。母子俩荡发荡发,过桥到水北,在水北桥头的法根糕点,买了篱笆喜欢吃的糕糕饼饼,又走到乾隆御碑那里,篱笆边舔着雪白一团的棉花糖,一边走过了铁板平桥,到了水南,再回家。

易知走过平桥没多久,易从带着五岁的女儿小米在外面玩耍,小米穿着一身古色古香的大红中国裤子。易从哄女儿说,以前地主家的闺女才有这身漂亮衣裳穿,小米就问爸爸,什么是地主?易从说,地主就是有土地有房子的人。小米不断重复地说着"地主"两个字,咯咯地笑个不停。这也是小米出生后,第一次回到爸爸老家过年,第一次探望爷爷奶奶。小丫头看什么都新鲜,父女俩从平桥走到了水北,往西边走边逛,快到长桥边时,小米手里有了一团白云朵一般的棉花糖,易从领着女儿也在法根糕点停留,买了自己小辰光爱吃的椒桃片和枇杷梗,还有一种绿豆糕,又买了一种桂花糖糕。小米边吃小零食,一边蹦蹦跳跳过了长桥,吃得小肚皮鼓鼓的,父女俩手拉手回酱园弄。易从只是有点可惜,他从小冬天最喜欢当零食吃的风干荸荠,小米不喜欢吃,这一点跟小简一样。

易知和易从前脚后脚,上桥下桥,易知带儿子在长桥上的时候,易从正带着女儿在二三百米远的东边另一座平桥上玩耍。

也是这日下午三点多,易知带小篦笆沿着运河散步,一直走到东横头,发现何易从家的河边老房子已经拆了,从前东横头的热闹之地,现在市面变得寂静萧条了,倒是小篦笆在从前易从家门口一处白地,捡得一根树枝当棍子,称自己是双棍侠。

林冰芝的病时好时坏。此后越洋电话里,林冰芝仍会跟何易从说起美枝的好。易从眼前浮现美枝伤感脆弱的脸,又自嘲独在异乡为异客,这些年的儿女之思,又只在故乡的几个少女的幻影中徘徊,有时思念这个,有时思念那个,有时丽影交叠,他的心,依然没有定处。

一日晚饭后,一双儿女在客厅玩耍,易从与小简在餐厅相对而坐。易从说,我们以后葬在哪里?小简被吓一跳,说,怎么突然问这个,我没想过呢。易从说,我以后是葬回去,还是就葬美国呢?我也不知道。小简说,孩子们在这儿呢。你不要胡思乱想,老了总会知道的。易从叹息,说,中国人说叶落归根,这里总归是人家的地盘。小简有点生气,说,那难道你葬回栖镇,我葬回北京吗?易从被噎住了。小简说,你总想着回去,当初干吗来了?易从说,也许当初错了。现在中国发展好,机会多,国内的朋友都过得不错。小简说,我看你就是心不定,每次回去一趟,心浮气躁很久,叫魂都叫不回来。易从"唉"了一声,不想再说,就上楼,独自关进书房,小简还在楼下料理,也不理他。

易从心里烦恼,夜里想跟小简亲热以忘却烦恼,去抱小简,小简却背过身去不理他。易从意兴阑珊,也背过身去。一时翻来覆去睡不着,就戴着耳机听歌,听到一首歌,歌词里有这样几句:

在你的手提箱里贮存过往,
带上你的小马驹,
冷风萧瑟,盖上风衣,近乎被寒冷吞噬,
皮肤的感知渗入灵魂,
岁月渐渐模糊了你陈旧而潦草的字迹,
也掠夺了自由。
沉浸在水中,也深入骨髓中,
你所有的爱都已杂草丛生,
你身体的一切都已廉价抛售,
你所有的等待就是等待走在回家的路上,
回家。

## 伍

公安局副局长唐云,也是沈美枝旧相识。唐云孃孃老家,住在栖镇南横头。美枝外婆家，也住在南横头，隔壁邻舍，时常碰到。到初中快毕业时，唐云才搬去临平父母家里，此后美枝很多年没有见过他。

多年以后，沈美枝为自己的美体中心"夜来香"办各种证照，小姐妹帮她托了公安局里的人，美枝到了唐云办公室，两人碰面，看着都觉得眼熟，一讲起来，才知道是小辰光旧相识。沈美枝说，我想起来了，我小辰光老是看到你在河埠头白相，有一次还看到你划一只小船，我好羡慕的。还有一年暑假涨大水，我跟你南横头河埠头一道抓螃蟹摸螺蛳，你蛮大方的，后来抓的一桶螃蟹，你倒给我半桶。唐云笑了，说，我小辰光顶喜欢划小船。

唐云说，我蛮想我嬢嬢家的，临河枕水，老底子的南横头真是有味道。所以拖到初中快毕业了，我才转学去的临平。美枝笑说，隔壁邻舍，你多关照我啊。唐云说，你坐一歇，等歇下班，我请你吃饭。

两人在办公室聊了会天，到了五点半，唐云就带沈美枝去了附近一家酒楼吃饭。吃饭点了两瓶黄酒，美枝兴致好，见当年的小男孩如今长得浓眉大眼，有不怒自威的硬朗，心里暗暗喜欢。又说起各自生活，唐云说，在栖镇时，我是大人管不牢的野小人，到处拆天拆地，在琵琶湾游泳抽筋，差点淹死。美枝说，我小辰光，是听大人说，南横头有水鬼。唐云说，还好还好，我没有被水鬼拖走。后来大了，被喊去父母身边，我爹南下干部，打过仗的，对我严加管束，棍棒伺候，才学会讲规矩。美枝说，我小辰光，好像样样聪明，就是不会读书。后来就想白相，经常逃课，现在想想懊悔。唐云笑，说，女人家太漂亮了，读书当然没心思。美枝娇嗔道，这倒没有。唐云说，肯定有给你写情书的。美枝说，倒是有过，我不理人家的。美枝不说，她那时心里只有高庆。两人你来我往，彼此敬酒，喝完了两瓶黄酒，酒酣耳热，报上各自生辰，原来唐云比美枝大半岁。美枝说，那你是我哥哥。

唐云说，明朝我一早还有重要会议，今朝不能多陪你了。美枝说，我要回请你的，让你帮了这么多忙。两人客气一番。临别，唐云很绅士地为美枝披上外套，让已经有几分醉意的美枝有些不舍。

过了几日，唐云通知美枝，需要的所有证照办齐，让她来一趟。美枝特地化了精致的妆，打扮得漂漂亮亮去见唐云，说要请他吃饭。唐云说，还是我带你去一个地方吧，你应该会喜欢。美枝依了，心想，当局长的总比自己江湖大。

美枝不知道，唐云带她去的会所，正是靳天老婆张静开的普洱茶坊。星期三晚上，人少，清静，张静也不在那里。唐云带美枝进了一个和式包厢，跟服务员吩咐了一下，然后两人脱了鞋，盘腿坐进榻榻米，吃茶聊天。不到一小时，包厢里已经送上了六道精致的菜肴和点心，足够两个人吃了，又上了一瓶日本清酒。须臾，服务员把吃剩的菜肴撤走，奉上水果、茶点和茶壶，就退下去了。包厢里的背景音乐是日本抒情老歌，美枝听得感伤，后来就软绵绵半躺在唐云的怀里。唐云搂住美枝的腰说，盘腿不习惯吧，还是伸直腿舒服。美枝就舒服地伸直了腿，身体越靠越低，后来上半身都枕在唐云腿上了。美枝娇声道，你怎么盘腿功夫介好？唐云说，我当然是练过功的。在警校时，我文的武的都来事，是优秀毕业生。美枝说，云哥你厉害的。唐云摸美枝尖尖的下巴，说，你大美女，这些年男人不会少的。美枝嗔道，

257

瞎讲，我哪里有，就跟了一个我前夫，还负心，我伤心死了。唐云说，还想他么？美枝气道，枪毙鬼，伊伤害我太深，我想伊做啥。两人忘乎所以起来，美枝闭了眼睛躺在榻榻米上，唐云的手大刀阔斧，很快就剥春笋一样剥掉笋衣，纤白笋肉在茶室的柔光中无处躲藏，他的手和嘴双重地蹂躏着她的乳房，并不温柔，她忽然想到老电影里严刑拷打的场面，一丝紧张后，身体却更加兴奋了。迷离中，她听到唐云笑着称她南横头的小妖精，从此她就成了唐云的女人。

唐云是美枝看不透的，他出手大方，经常送她礼物，衣裳包包都送，似乎还挺会买东西，说都是在香港托人代购。他又霸道，说一不二，对她好起来，甜言蜜语，百依百顺，怒起来，把她当个小妾般对待，伤她的自尊心，有时两人亲热时，他脱口而出，骂她婊子，过后又道歉，说长期精神紧张，自己也怀疑职业病了。他性欲很强，一身的肌肉，又在盛年，喜欢岛国生活片，在床上有一点怪癖，时常擦枪走火，她也顺了他，只要不用手铐铐着她做就好。她觉得他本质并不坏，可能是特殊职业干久了，尺度不一样，喜欢玩那些花样显示自己的雄风。

美枝的美体中心顺风顺水，她时常觉得唐云是医自己的药一般。有了唐云，她渐渐忘了高庆对她的伤害。有时候唐云忙工作，任务繁重，一连大半个月也不跟她联系，她就痴痴地想他。他有空到她家来的日子，她总是打发儿子去爷爷奶奶家，美枝也不计较他有家有室，也没想过要转正。有时他说要来，结果很晚才到，来了往美枝床上一倒，嘴里会抱怨一句：这活儿真不是人干的，真他妈狗一样，累死。

美枝就心疼得不得了，小心地伺候着。自此还上了心，时常给唐云煲滋补的汤。两个人很熟了后，也知道唐云的妻子是中学教师，比他低两届的县中的师妹，两家是世交。中学教师也很忙，唐云有时对美枝抱怨，她那点收入，有时比我还忙，我也指望不上她，她帮我管好儿子，考个好大学就行。

两三年后，美枝的身上有一些暗伤，有时唐云把她弄哭，美枝怪他下手太狠了，唐云却说，这是你爱我的证据。美枝反问，那你爱我吗？唐云说，男人家没有爱不爱，只有要不要。美枝自怜，这是痛并快乐着，唐云像她的鸦片一样，他够男人，她从小就喜欢这一类有点霸道的男人，高庆是，唐云也是。私下比较，唐云的段位比高庆高，到底是读过书的人。美枝慕强，从电视上看到过唐云公开场合那种英气逼人的风采，讲话头头是道，她就更加仰慕他。

美枝的花容月貌，唐云渐渐地腻了，也不是不讲感情，只是唐云背着美枝，又有了更青春的红颜，比美枝更黏人，又在兴头上，就没多少空到美枝这里来了。有时唐云想吃美枝烧的菜，或者小红颜闹得他烦了，才会来美枝这里。美枝怀疑他有别的相好后，哭过闹过，他一开始哄她一下，后来对她更加冷落了，总是托忙。只是唐云此人，情逝了义还在，对美枝做的生意，唐云仍然会尽心照拂。有一次美枝爸急病，也是唐云托了关系，直接送杭州，找了最好的大夫手术，还亲到医院探望。

靳天的太太张静几年前辞职下海，做起了普洱茶生意。张静的娘舅，是杭州一家大的茶业进出口公司的老总。那几年，玩茶的人越来越多，普洱茶水涨船高，成了收藏的大热门，有钱人玩茶，成了有品位的时髦。张静辞职后，拉了离婚后的瑶姑娘一起，姑嫂两人联手，时常跑去云南等地采办，各种年份、各种品种的普洱，几百、几千到几万块一饼。张静做事干练，有头脑，瑶姑娘从前做酒的代理，现在茶行情好改做茶，会交朋友。在思茅，也就是普洱，很快结交到了当地的茶霸。姑嫂俩采办了几次，渐渐就熟门熟路。靳天又利用这些年的八方人脉，替张静和妹妹张罗着，在临平闹市区开了家普洱茶坊，品茶卖茶，也销售一些老年份民间收来的茶器。开业那日，相当风光，来了当地各方面的头面人物，有靳天的几个当了局长的老同学，其中有刘春燕、唐云。张静也有两个局长同学，悉来捧场。林茵茵的父亲，已经是区领导班子成员，看在世侄靳天面子上，亲自前来为新店开张讲了话，请来剪彩的，则是从栖镇飞出去的金凤凰，著名越剧青衣，出道前曾受到过靳天父亲的提携，这次算是还个人情。

普洱茶坊里有两个包间，一间是日式，内铺设草席和榻榻米，另一间中式，仿明清红木家具，这两间茶室成了政界和商界的朋友聚会，谈生意，拉人脉的隐蔽会所，茶倒是成了道具。唐云、刘春燕都来光顾过。偶尔茶客们聊得兴起，到了饭点也不想离席吃饭，张静就会打发服务员叫餐馆的外卖送进包厢。对于特别熟的客人，有时张静的母亲会在家里亲手烧几个拿手小菜，让人送到茶坊来，茶客们昵称为"静家私房菜"。

跟刘晓光离婚后，瑶姑娘云南去得多了，留起了长发，以前常穿干练的牛仔裤，现在换成了有点民族风格的长裙，棉麻类或绣花的长衫布衫，看起来比先前飘逸。瑶姑娘也爱上了喝茶，好上茶后，才发现原来茶也欺生。慢慢地，品茶有了心得，可以想醉就醉，想不醉，就控制住不醉。

瑶姑娘有趟云南回来后，跟靳天商量在那边买房，靳天担心路途不便。瑶姑娘说，普洱有机场了。靳天想想也是，倒是羡慕妹妹异想天开。没过多久，听说妹妹在茶马古道上的碧溪古镇已买了个小院子，跟杭州这边的房价相比，只是一个零头了。

一夜，靳天和张静夫妻床头闲话。靳天对张静说，我妹妹从前不想事的，读书一般般，现在倒是有主张了。张静说，我们姑嫂档还不错吧。靳天开玩笑道，我们夫妻档也不错。张静说，都讲夫妻就像开公司，你是把我当合作伙伴了，你是总经理，我不过是你的财务总监。靳天说，哪里哪里，你才是董事长。张静冷笑一声，说，你嘴上说得好听。靳天连忙道，我的真心话，我晓得我老婆是贤内助。

张静心里还是委屈，想起这些年靳天在外面惹的风流债，就把身子背对着靳天。靳天知趣，连忙搂住她，岔开话题说，你说我阿妹会不会那边有喜欢的人了，不然也没必要总往云南跑。张静说，她不说，我也不好问。靳天说，听说刘晓光又要结婚了。张静有点恨恨地说，反正总有傻姑娘会喜欢刘晓光。靳天把张静扳过来，抱住她，说，他怎么样跟我们没关系了。张静见老公求欢，扭捏了一下，嘴上说，男人没一个好东西，也抱住了他。

多年夫妻，恩情有，怨气也有。张静生儿子时，胎位不正难产，吃了不少苦，靳天一直守在产床边。平时靳天对妻子态度温和，几乎很少在家发脾气，有空就做家务。但张静总觉得靳天的心不在她这里。这些年他的瓜田李下，她真是受够了。有一次，靳天一个相好竟敢给她打电话，说靳天并不爱她,要她让位,张静一句话没有,就挂了电话。等靳天回家,平时文气的张静又哭又闹,打了他一耳光,要跟他离婚。靳天愧疚,说这辈子她都是第一位的,他们是一家人,他会好好待她,当场保证从此跟那姑娘断绝来往。他说他时常觉得人活着没意思,管不住自己游戏人间。

这一场家庭纷争平息后,靳天下决心戒色,很长一段时间不惹花花草草,应酬也减少了,下了班就尽量早早回家。张静感到丈夫是真的收了心,心才宽下来。

二〇一一年,劳动节小长假期间,靳天一家从临平开车回栖镇,参加一个姑表妹的婚礼。婚礼在东小河的一家大的酒店举行,隆重地办了三四十桌。婚礼开始前,靳天一家按座位表落座,靳天落座后,定睛一看,座位表上有一个名字,令他心怦怦跳,有些坐立不安了。

几分钟后,来了一男一女,照座位表上对了下,就坐下来,那女子,正是多年不见的许湘柳。两人就这样斜对着,愣了片刻。圆桌直径的距离,他的湘湘,又一次在两人共同参加的婚礼上出现了。

这一桌虽是女方亲眷,但绕来绕去,大家并不怎么认识,彼此客气几句,就没了话,靳天夫妇跟湘湘姐弟也点了头,算是彼此打了招呼。过了一会儿,靳天才知跟湘湘一起来的,是她的堂弟。湘湘看到了靳天妻子张静的模样。新娘子是湘湘的远房三表表亲,可能平常还有走动,所以婚礼湘湘也来了。

乍一看,湘湘比从前瘦了不少,不见了那时脸上的婴儿肥,五官分明的脸成熟了,一看便是三十几岁的女人,衣着倒是有一点时尚和贵气,其实湘湘已经四十出头了。靳天也人到中年,比从前胖了一些,气色比从前要差一些,岁月的痕迹,在彼此的脸上,刻画得不多也不少。但她是湘湘,世界上就只有一个湘湘。

接下来的时间,靳天完全不知道婚礼是怎么一个个步骤进行的,表面上不动声色,心里却乱了。从前不堪回首的青涩时光袭来,像钱江潮,一浪打过一浪。湘湘在此。

婚礼喜气洋洋地进行,靳天注意到湘湘吃得很少。以前他们并没有好好在一起吃过一顿饭,只在上海吃过,她请他的,在栖镇并没有。他不记得她爱吃什么,不爱吃什么。他心神不宁,用眼睛的余光用心观察她,终于看清她的样子。她现在是三七分的长直发,眉毛似精心修过,姑娘时,湘湘的眉毛是纯天然状态,浓,略有些散。如今比从前细了,又细细地描过。她的妆很精致,还戴了假睫毛,口红是大红色,又戴了一对珍珠耳环。脸上有几粒明显的雀斑,以前没有雀斑。她穿的一条土豪金的丝绒长裙,腰上束了一根紫红的宽带子。这一身是为喜宴精心准备而来的,只是在家乡小镇,仍然显得有点突出。相比之下,张静的一身行头就平淡多了,一件质量不错的绿色真丝衬衫,黑色短裙。靳天心想,湘湘现在是上海女人了,比从前讲究多了。印象中,武林头丝厂时期的湘湘天真娇俏,脸上没有任何的妆。弹指十多年过去了。席间,靳天总是开小差,思绪围着湘湘跳来跳去的,以前的湘湘最像一种水果,水果的表皮还有一些细细的绒毛,现在的湘湘呢?他眼里的湘湘,已变不成各种各样的水果了。可她仍然是湘湘。

喜宴的菜上到一半时,靳天坐立不安,跟张静说出去抽烟,张静要他别错过新娘子来这桌敬酒。靳天答应了，携了手机及一包烟走了出去。下了电梯，走到酒店外边的院子里站了会儿，空气清新，比在热闹的大厅里安静多了。

他点了一根烟，深深地吸了一口。湘湘并没有过来，她可真坐得住呢。刚才他们俩很默契地装作不认识，并没有单独致意，完全就像婚礼上的临时桌友。在一桌的几个小时，只是略寒暄几句。此刻靳天真想和湘湘说说话。一别多年，自她结婚起，他没有再去打扰过她，也不知道她这些年的生活。她不知是否听过一些他的传闻，他这些年在女人堆里打滚多了，总会有一些传闻在坊间传来传去，或许会传到她耳朵里，他忽然担心起来。

湘湘，你过得好吗？靳天又抽了一根烟，下决心发短信给她，也不知道她有没有换过手机号码。他没有署名。

干吗问这个？他收到她的短信时，感觉等了很久。回复的五个字，很湘湘。

你没换号码。他回复。这时他感到身体内的大半个自己，已经回到了高三毕业前的那个夏天。

你也没有。这次她马上回了。

不敢换，怕你找不到我。他又回了。少年的钟情和中年的一言难尽交织在一起。

等了几分钟，没见湘湘再回信息。想想出来透气有一刻钟了，怕张静喊他，就慢慢走了回去，进电梯前，又发了一个短信：我进来了。他貌似平静地回到桌前坐下。新郎新娘正在一桌桌地敬酒点烟。他不看湘湘，湘湘也不看他。新郎新娘来这桌敬酒，他们之间的暗流，被掩护得刚刚好。

喜酒尾声之前，坐湘湘一边的同桌小男孩打翻了桌前的饮料，他注意到湘湘的衣襟上洇了一小片橙汁，孩子的妈正好跑开了，于是就站起来帮忙收拾了一下，又给同桌喝饮料的女士们各倒了一杯橙汁，也给湘湘的空杯子里倒上了橙汁。湘湘礼貌地道谢。他左边的胳膊，不经意碰到了湘湘的右臂。

后来就散场了。靳天和张静起身，离开酒店，去停车场取车。湘湘和她堂弟也几乎同时离开，不是同一部电梯走的，后来就不见了。回临平是张静开的车，因为他喝了一点酒。一路沉默，张静也没怎么说话，大概乏了。到家，洗洗睡了。没有再给湘湘发消息。

第二天是星期天，靳天心中纷乱，不知湘湘有没有离开栖镇，还是决定冷静几日再说。于是忍住不联系她。除了电话没变，他对她现在的生活一无所知。第三天就上班了，他开了好几个会，忙碌，机械，说些场面话。清醒明了又有点心不在焉，是靳天这些年的状态。除了出差或特别的应酬，周五晚上基本上去岳父母家吃饭，双休日有半天时间，一般是小家庭一起去他父母家。他不想再像以前那个毛头小子那样，莽莽撞撞地去追湘湘，从前是湘湘负了他，但是他仍然放不下她。

与湘湘重逢后的第二天，从那时积到现在的委屈怨怼，从身体各处漫溢出来，靳天就想算了，不要再去找她了。他已阅春色无数，再说好马不吃回头草。一个星期里，这复苏的委屈和怨怼一点点退潮，到第六天，怨气烟消云散了，变成一个念头，无论世道如何纷扰，他就找湘湘叙一叙旧。

到下一个周六，他给她发了信息：这周忙，没问候你，在上海吧？

回来探亲，陪我姆妈。等了半个小时，

湘湘回了。

他说，我去找你？他心里做好了被她拒绝的准备。他心想，如果她拒绝，那他就正好彻底放下了。可她很快就回复了，问他是否在栖镇。靳天说他开车过来。湘湘说好，说她下周要从上海飞新西兰了。这时靳天才知道，湘湘现在定居在新西兰的奥克兰。两个人短信发来发去，约好了靳天去湘湘母亲家小区门口接她。

一小时后，靳天出现在绿荫街的一个新小区楼下，湘湘原来水北的家已经搬到了这里的新小区。穿着黑白圆点连身裙的湘湘，坐进了他的副驾驶座上，似有点不满地说，等你好几日了，不然我早回上海了。

大小姐，我这礼拜很忙。靳天说，再说你有空，为什么不给我打电话呢。

湘湘说，我就是要你先打。

靳天哭笑不得，过了这么多年不见，从小白菜到黄花菜了，湘湘还这么理直气壮，颐指气使。

五月里，已经有点热了。靳天将车子开了一点空调，可仍有一股热血上头，此时天还很亮，离吃饭时间还早，他问湘湘想去哪里？湘湘说不饿，每天在妈妈家就是吃吃吃，就说开车随便兜一兜。靳天想自己家新市街的房子现在没人住，不方便带湘湘去，忽然想起什么，就说要带湘湘去一个地方。

车子在镇上七拐八拐，过了一会儿，上了09省道，又过了运河大桥，湘湘一看，已是德清地界，问，你要带我去哪里。靳天说，别急，很快你就知道了。开了一段路，靳天发现公路边有卖桑葚的小摊，就停了车，从小贩那里买了一篮子鲜紫鲜紫的桑葚果子，花了十五块钱。湘湘开心地说，呀，这才是最好吃的野果子，记得以前，每年五月，满街卖桑葚的老阿太啊。靳天笑，从前一角钱一大堆了。

进入雷甸镇时，湘湘轻声说，我知道了。两个人都不说话，靳天凭记忆找，拐来拐去，车拐到了当年的武林头码头附近。靳天仍记得从前武林头丝厂的门牌是武林头三十六号，终于找到这里时，此地似曾相识又似换了天地。从前的砖红色厂房还在，只是周围多出来几幢楼房，衬托着陈旧的老楼房更寂寥，像是被时间遗弃了。曾经的武林头丝厂已经破产，老字号消失了，老烟囱还在。靳天找了老厂房边的河边空地停下来，两个人并没有下车，只是静静地坐在车里，望着眼前的这一片风景，他记得初见她时，天气要比现在凉些。

靳天问湘湘要不要下车，湘湘说，就在车上吧，我不想下去走了，我穿了高跟鞋。接着湘湘望着窗外，好久不说话，仿佛陷入了沉思。靳天问，回去吗？湘湘说，待一会儿。靳天说，那我们坐后面去吧，舒服点。靳天离开驾驶座，坐到了后面，湘湘顺从地跟他一起坐到了车后面的长椅上。关上车门，靳天什么也没说，张开臂膀拥住了湘湘，湘湘几乎是扑进了他怀里。

十几年，荣华富贵都有了，许湘柳跟着丈夫定居上海，过几年，又从上海移居去了新西兰，在新西兰开了口腔诊所，生活富裕。过了几年诊所稳定了，她也就退出了诊所的劳作，一心当全职主妇。两个孩子都大了，学校有校车接送，她一点点给自己松绑了。慢慢地，一年在国内的日子就多起来，从每年两个月变成三个月，四个月。等以后一儿一女都上了大学，她就彻底自由了，可以在新西兰、上海和老家之间，狡兔三窟。

两个人都不饿,偎依在车上说话。湘湘说她这些年的经历,她倒是好,什么都有了,现在又折回来,想找回当年自己丢掉的东西了。她从领口拉出一件东西,正是她结婚时他送的家传的翡翠。一见翡翠,靳天胸闷,一股怨气又莫名其妙冒上来,一种当年自己被卖了还替她数钱的屈辱感。他推开她,打开车窗,找烟,点烟,到底意难平。

湘湘等靳天抽完烟,说,你还在怪我呀。靳天说,怪不怪的,早就过去了。你命好,想要的都有。湘湘咬咬嘴唇,说,我想要回你。靳天说,你想得美,不难为情么,国外呆久了寂寞是不?现在说话这么直接,下菜单呀。湘湘撒娇说,是的,都这把年纪了,还玩假的吗?靳天慢条斯理地说,我没空怀旧。湘湘说,那你带我来这里做什么。靳天说,带你老外看看。当年这里很繁荣是吧,现在很萧条。湘湘说,你为了这个带我来的么?靳天说,你不是说要去英国么,怎么跑去新西兰了?湘湘说,我也身不由己,嫁鸡随鸡,嫁狗随狗了。靳天说,不是嫁得很好么,人家可以带你去那么远的地方,我是办不到。湘湘叹口气,说,越年轻越搞不懂自己要什么。靳天说,现在知道了。湘湘说,也不是全知道,难道你全知道么?靳天说,我知道我是有家的人了,人到中年,身体也不如以前好。湘湘捏了一把靳天的胳膊,说,你什么意思?靳天说,没意思。湘湘说,我就是想看看你怎么样。靳天说,我还是没出息,没混出啥名堂,还在这小地方,做一天和尚撞一天钟罢了。湘湘说,本来这个婚礼我可参加可不参加的,我知道你会来。靳天说,就是想参观我一下,我要是又发胖又秃顶又潦倒,瘪三一样,

你就心安了。湘湘说,不是这样,你以为我一点不知道你的事情吗?靳天说,人生如戏,逢场作戏,见笑了。湘湘说,我就是想要回你,那些姑娘我没放心上。靳天说,不给,总得给你留点遗憾吧。湘湘用手搓着靳天一天没刮的胡楂,喃喃地说,我就是想要回你嘛。靳天一动不动,说,不给。湘湘又说,我想要回你。声音更轻了。靳天说,你四十五岁了,美人也迟暮了吧?湘湘"啪"一个巴掌,打在靳天脸上,打开车门要下车,被靳天一把拽住,对她吼,你讲不讲理?变心的是你,打人的也是你!湘湘愣了。靳天继续发泄道,你想要就要,不要就不要,有这么容易?你当我什么?

湘湘颓然倒在座位上,鼻涕眼泪肆意横流,以为自己全败了,多年之后,处心积虑,鼓了几番勇气想重拾旧梦,面对靳天时,未料却一败涂地。湘湘慌了,靳天再不是当年那个什么都听她的痴情少年了,这个人已是一个复杂的、有阅历的男人了。

湘湘边哭边说,你不晓得,我那时只想赶紧离开那个鬼地方。你不晓得,那个夏天我被人欺辱了。靳天吓了一跳,忙问是谁。湘湘说,那个人恶有恶报,现在已经死了,六十岁不到,生癌。靳天说,我要是那时候知道,没准会拿把刀去杀人的。湘湘说,我那时小,不知事。后来听说不少这种厂里类似的事,一开始女的都是被强迫的,后来男的软硬兼施,手里有权,给你好处,女的就变成自愿了的,女的工作调到更好的岗位,或者当个小领导,厂里人背后议论,当面还是要拍领导马屁。那时候,一个单位,把人都捆死了,我只想有人带我逃走。

湘湘记得那年夏天,特别闷热的一

晚上。那时她每周四夜里要值夜班,那个领导也值夜班,就趁半夜没人的时候,叫她去他办公室,说有事体。她去了后,领导一开始给她殷勤倒水,说趁两个都值夜班的时间,找她谈谈心。后来他对她说一些下流话,说老早喜欢她,开始对她动手动脚,她不情愿,站起来要走,他一把锁上门,把她顶在门上欺辱。他力气大得要死,她叫起来,周围一个人也没有。她哭了,求他放过她,他却说,其实你也想要,越哭就是越想要。他说,你一个女孩子,在这里一个人待着多寂寞啊,要学会享受。她没能挣脱。后来他给她穿好衣裳,要她不要声张,以后他会关照她的。他还大言不惭地说,这个厂里很多女人喜欢我,这些骚娘们,巴不得我上她们。

她是医生,回医务室后马上吃了药,以防万一。这个流氓,她恨透了他,却不敢告他。他是领导,厂里大有前途的二把手,一把手没几年要退休了。他平时衣冠楚楚,一本正经。没有人会相信她,只会说她是狐狸精勾引领导。她一直不敢响,想赶紧逃掉。后来她值班时,他还想骚扰她,她在身边备了一个针筒。她真的扎过他一下,把他吓住了,但是她预感报复马上会来。她每天焦虑,困不着,想要抓住一根救命稻草,等不了靳天了。不离开就死路一条。她写信,哭哭啼啼地向前男友求助,后来动用了他家的关系,去上海读书。她离开很多年后,才听说那时厂里,这个领导有好几个姘头,有小姑娘,也有小嫂儿。有的一开始不情愿,后来就反过来了。他睡腻了,喜新厌旧,不要人家了,人家还闹,争风吃醋。闹到他老婆那里,鱼死网破。眼看他有麻烦了,一转眼却风向大变,改制了,一个厂子的几千人,男男女女,全都散了,连着见得光和见不得光的事体一起,作鸟兽散。后来,听说他当了私企老板,还是成功人士,上过报纸。再后来,听说他得癌症死了,得的是睾丸癌,不知道是不是真的,但死了应该是真的。

靳天亲眼见湘湘这副中年女人的残山剩水,她在他面前毫无保留的,斯文和尊严扫地的颓败,心里一颤,把眼睛一闭,用力抱紧了她。如果她是残花败柳,那么他会抱她更紧。然后是令人窒息的亲吻。两个人,灵魂还彼此有意见,想要互相折磨一下,久别重逢的身体却诚实。湘湘爱虚荣,会犯错,他也会,这些年他感到自己的心是空的,没有付出,也不知情深。他们都有好皮囊,可好皮囊也会变老。那年夏天在水北他外婆家老宅的时光,是他们最美的时光,以后的一年又一年,他们可以相依相偎着,互相审判,互相伤害,他们还是自己人,别人都插不进足。

天一点点暗下来。一场风暴过后,怕见光,怕见人。他们很累,缩在车上的小空间,还不想戴上盔甲和面具,整肃衣冠身处于有人的地方。他拿车上的餐巾纸替她擦了脸上的涕泪,又轻轻地拍着她的背。

他打开车上的天窗,露天的深蓝夜空漏进来一块。又打开一包车上的饼干,拧开一瓶矿泉水,说,没想到第一次请你吃饭,十块钱就把你打发了。他们依偎着,在这新的荒凉之地,静默地看了很久星星。湘湘说,在新西兰的旷地,时常看到流星划过。我就觉得自己是在太空中央飘浮。我很多次想到这里,好像又看到我们从前。天快黑了,我们还在这里散步,我那时就想,星星是免费的,可是星星真的贵啊。靳天说,还有我们头上飞来飞去的蜜蜂,也是免费的,也很贵,免费来吃过我一口。时光飞过,同样的河边,那时他们躲在一条小船上,他孟浪,她老担心亲戚家的小船会翻掉,现在躲在车上,他的奥迪车,四平八稳。河上也没见过什么来往船只,静悄悄的。湘湘枕在靳天腿上,以一个舒服的姿势面朝着河,躺下来,她的长头发都披散在他腿上。

湘湘说,我现在想到从前当厂医,真恍如隔世啊。靳天说,你跟我说过,这里像孤立在水中央的修道院。湘湘说,我当时觉得待得都快死了。靳天叹息道,那年高考我考砸了。湘湘说,想想不可思议,造化弄人,你是有名的学霸。靳天说,其实我挺抱歉的,不然我应该可以和你一起去北京。湘湘说,我当时是挺失望的,出了那个意外,我的如意算盘没成。靳天笑道,是命吧,我完全弄不懂生物考十七分是怎么回事,又不能查卷子。就说读书这件事情,我那么多年都很好,父母以我为荣。结果这一次不好,就完蛋了。湘湘说,要是我们认识晚几个月多好,真不敢想。靳天说,是我那时嘴上没毛,办事不牢。

湘湘抚摸靳天的脸颊,说,你看你都掉眼泪了,毛头小伙子呀。靳天亲亲她的手。

湘湘说,那时我们多好,你是在我最难熬的时候出现的,像个小太阳。靳天说,那时毛头小伙子,天天都想去看你。湘湘沉吟道,是我不好。我曾想,如果我们都窝在这里就太无趣了,井底之蛙啊。靳天说,我还是井底之蛙,小公务员一个,整天蝇营狗苟,你不觉得我无趣吗?湘湘说,现在你是蛙的话,我就是那口井。你可以待在井里看世界。靳天说,其实我只想待在井里,不一定要看世界,不像你。湘湘说,我也看不动了,想做蛙了。靳天抚着湘湘的头发,说,你有白头发了,我也有了。湘湘说,是,两三个月要染一次。靳天问,他对你好吗?湘湘说,他这些年很努力,其实他当时不太想离开上海的,我对什么都好奇,想出国。上海房子小,看到新西兰大花园洋房的照片,我就心动了。后来有个机会,我们就办了移民。新西兰生活也不错,环境好,除了寂寞。靳天说,你不是安分的人。湘湘说,这个我也没办法啊。靳天抚摸着她的手,将她的手指骨节一节节地揉捏着。湘湘说,我老了吗?靳天说,比以前肯定老了,姐姐。湘湘反手把靳天的手拉到唇边,咬了咬他的手指,又舔了下他的手心。靳天笑道,我会忍不住的。湘湘咯咯地笑起来,说,你又不是当年要把船弄翻的小屁孩了。

夜里十点钟,他们吃掉了一包苏打饼干,半篮子的桑葚,嘴唇乌紫乌紫的,整理好衣裳,靳天启动车子。刚上路,湘湘让靳天开车兜一下,看看以前他们常去的桑园还在否。靳天凭印象兜了几圈,却是一片桑地也没看到,两个人都有些郁闷,湘湘说,难道现在都不养蚕不种桑树了吗?从前我外婆家洛舍,有大片大片的桑园,现在想起来,美得不得了。靳天说,不可能,没有桑树,哪里来的桑葚呢?湘湘说,怪的是,我们从前喜欢的桑林失踪了。靳天叹息,物是人非都不对,物也非,人也非。湘湘说,我以前还想过,要养多少只蚕宝宝,等它们吐完丝,我才能织出一件丝绸衣裳,穿在身上。靳天笑了,说,男耕女织,回到小农经济。湘湘问,你愿意跟我过男耕女织的日子吗?靳天想了想,说,如果两个都是自由身,我种田,你织布,蛮好嘛。我这个人,其实要求不多,随遇而安。湘湘叹口气，道，真想这样啊。我们就在这里买块地，造个房子，再种桑养蚕织布。靳天摸了摸湘湘的脑袋，说，很奇怪，我这些年梦到你，好像都穿的绿色的衣裳。湘湘问，深绿色还是浅绿色？靳天说，跟湖水差不多的绿色吧。湘湘说，那就是湖绿色，正是我喜欢的颜色。

次日湘湘从栖镇回上海。又改签机票，把回新西兰的日期推后了一星期。到下个双休日，靳天谎称出差，悄悄去了上海湘湘的家，晚上，两个人在卧室，靳天拿出一串珍珠项链给湘湘。说，我第一次听你说，你孃孃家是雷甸养珍珠的，就想存够钱送你一串珍珠项链，哪知道实现这个心愿过了这么多年。湘湘指指胸口的翡翠说，你把传家宝都给我了。靳天说，这不一样。珍珠项链是我想自己赚了钱就给你买的。湘湘坐在梳妆台前，穿着乳白色真丝睡袍，取下脖子上的翡翠项链，让靳天给她戴上珍珠项链，两个人久久地望着一双镜中人。

靳天和湘湘一起度过了两天，然后把湘湘送到了浦东机场。回到屋里，上卫生间，无意间在镜子前看到自己，感觉自己好像年轻了七八岁，眼睛有了光，眉宇间，甚至几分少年气还了魂。耳边响起湘湘的话，上帝为了让他们两个坏人不要再祸害别人，只能在一起互相祸害。靳天笑了，不知不觉中吹起口哨。他好像从来也没有像这几日这样幸福过。眼前飘过之前他有过的那些女人，婚前婚后，不乏比湘湘年轻漂亮的，他从来都不走心，他是一个淡漠温和的人，也不拿甜言蜜语去哄女人开心，他看着又是好脾气的，女人们偏就迷恋他，他反倒有些被动，愿者上钩。只有跟湘湘亲热时，他就才经历了一次人生的巅峰，快感遍布他的全身，从灵到肉，有爱，有痛，有泪。

## 陆

二〇一三年小暑后三日。黄昏，何易从意外地在长桥上遇到了杜秋依，这时的杜秋依已经不再是汪太太，跟香港男人汪先生离了婚，回娘家住一段辰光。发小久别重逢，两人正好闲来无事，就一起去桥脚下的茶馆。

正放暑假，秋依的儿子交给了父母带着，自己和老同学发小们天天麻将，暂时忘却烦恼。秋依已是香港永久居民，香港教育好，开了学总是要回去的，没有房子住，还是带着儿子跟前夫住在一起，现在倒更像是同居，秋依还是做三个人的家务。

秋依说，我孃孃上个月刚过世。你想不到吧，伊活了一百岁。易从说，我记得我们同桌时，你孃孃落雨天来学校给你送雨伞。秋依说，我从小跟我孃孃感情好。

秋依的孃孃，原来是水北绸布行老板的千金，姓吴，屋里有伙计，有学徒，有佣人。后来家道中落，不得已嫁给了原来屋里的长工，安徽人，还比自己大二十岁。大小姐被改造成了喉长气粗的劳动妇女，时常心情恶劣，嫌丈夫不能干，就抽起了香烟，打发生活的不如意。相当于虎妞找了骆驼祥子。兵荒马乱时，丈夫被日本人抓去，失踪不见，伊到处寻人，活要见人，死要见尸，一直找到水北荒僻处的安徽会馆，这地方很是阴森恐怖，小孩子们都不敢到那边去白相，相当于在栖镇做生意的各种遭遇不测的外乡人的太平间，没人认领的，这里有人帮忙草草收殓。有人认领的，各自认领回家安葬。秋依孃孃一个女人家不害怕，在安徽会馆寻到了丈夫的尸体,叫一声"短命鬼",哭一场,骂一顿,买了一具红漆薄皮棺材,选了日子,棺材先装到一只水泥船上,走水路,再走陆路,护送回乡,秋依孃孃和丈夫族人披麻戴孝,哭天抢地地下了葬。秋依孃孃当了寡妇,照样要养几个小孩长大。孃孃唯一的儿子成了亲,生头胎是个女儿,也就是秋依,吴孃孃看了一眼,不屑地说一句"一只细丫头",从此新媳妇在屋里几年抬不起头。虽然秋依姆妈来头不小,是县越剧团的头牌花旦,秋依孃孃也不咸不淡。直到秋依有了弟弟,吴孃孃才有了笑脸。秋依曾经说伊孃孃,要强是真要强,大小姐活活被生活逼成了女汉子。重男轻女是真重男轻女,孙子孙女,手心手背都是肉,但是永远区别对待。

秋依说,我大概骨子里有点像我孃孃。秋依说起她的经历。香港金融危机爆发,汪先生失业,炒楼又失败,背负了不小一笔债务,一时又看不到头,秋依的全职太太生涯维持不下去了,夫妻本是同林鸟,大难临头各自飞。秋依很怕,一怕债主上门,二来自己终归是香港外来客,缺乏安全感,就想离婚。汪先生无奈,只得同意了。又想想老婆孩子还在一个屋檐下,还是一家人,怕只怕秋依这样的美女,很快就会有人下手,另攀高枝而去。在香港,美女仍是稀缺资源。经济一不景气,美女的水准也一路下行,近年竞选香港小姐的,歪瓜裂枣,不再有从前风光。秋依的标致,有点像利智,五官精致,雪白粉嫩,身高一米六五,在南方女人中显得亭亭玉立。秋依生了小孩后,更有少妇丰韵,慈目中带一点优越的贵气。汪先生舍不得,但也现实,知道自己现在的财务状况养不起杜秋依,只能自保。

秋依跟易从讲,你觉得我无情无义吧?对我来讲,嫁汉就是穿衣吃饭。我这人,从小谈不上什么理想,跟你们不一样,我就想过一份好生活。易从说,大家都不容易的,无所谓高低。秋依说,主要是我对汪先生也没有真感情,当时觉得去做香港人是个机会,他又待我不错,就跟他去了。爱不爱的,想都没想过。易从说,难怪的,前些年都觉得,去香港就是出人头地。我小辰光,我爸去香港探亲,看我爷爷和伯父,回来后说香港比大陆要繁华几十年。秋依说,我知道你有亲戚在台湾香港的,你爸那时候怎么不办出去呢?易从说,他好像没有想过。秋依笑说,但是你跑得更远了。易从说,也许我去美国,潜移默化还是受我爷爷和伯父的影响。又问秋依有什么打算,秋依说,还好后来我为自己打算,晓得理财,买香港保险,买黄金,保住了几十万港币的私房钱,现在暂时回来住一段时间,散散心,再做打算了。

秋依问易从在美国过得怎样,易从笑笑说,在哪里都一样,打工为生。秋依说,你是我们的高材生呀,哪里跟普通打工一样了。易从说,在美国,白领蓝领,没有高低,要么自己当老板,要么给资本家打工,差不多的中产阶级。秋依说,我到香港,学英语学粤语,都头痛的,我这个人,就是不爱读书。易从心思荡开去,想起秋依读书时,成绩一般,还有公认的栖镇美女沈美枝,成绩也不好。老话讲,女小人太漂亮,是没有心思读书的。等回过神,就对秋依说,你说粤语不习惯,我说英语也不习惯,刚去的时候,要逼着自己讲出来,否则只能当哑巴。秋依说,香港女人风风火火的,好像都比我能干,个个精干巴瘦,喜欢穿牛仔裤,我顶不习惯牛仔裤。

后来我跟那些香港太太学点理财，还真有用。秋依又讲，想想我到香港，也算入乡随俗。我学会了做叉烧。易从想起坊间笑话，广东女人骂小孩，说生你还不如生一块叉烧，笑了。

秋依讲，有一次跑银行，我穿了身旗袍，铜锣湾有个街口红绿灯，居然被一个星探相中，说我旗袍穿得像张曼玉，让我去一部古装电视剧试镜，我有点心动，说要回家问我先生，那时汪先生不同意，大概怕我一到那种地方，会被别的男人拐走了。我当时想想不缺吃少穿，做了人家老婆才到香港的，也就算了。要做明星梦，感觉晚了点，那时候我廿八岁了，可能看不出年纪，星探以为我是小姑娘。易从听着，心思又荡开去。忽想起他在美国时，在艾滋病毒疫苗研究的实验室工作的空隙，网上看《长恨歌》的电视连续剧，里面有个上海美人叫王琦瑶，也曾经去过片场，穿旗袍，选美，秋依细眉长目，倒是有点像王琦瑶的，只是连王琦瑶的心思都没有，秋依到底还是老实人。易从道，你小辰光演过《杜十娘》里小丫鬟的，镇上人都晓得啊。秋依说，小辰光就是好玩。易从说，记得你的古装照片在照相馆挂了很长时间呢。秋依笑笑说，往事莫提，我没有那个明星命。

秋依讲起在娘家时，陪一个小姐妹去看房，在栖镇镇与杭州市区之间一个湿地公园排屋区，相中一套房子，才千把块一平米，相比香港曾经的楼价，真是白菜价，一冲动，把三十几万港币全投进去，没想到房子买了个把月，就节节看涨。秋依就说自己，我呀桃花运不灵，财运倒不错。易从微笑，说，人生随缘就好。秋依叹气，说，现在我一个离婚女人，真不知道姻缘在哪里。易从忙安慰道，你从小美人胚子，不知有多少人喜欢你呢。秋依笑，说，我怎么都不知道。你呢？易从不提防被秋依问到，以为秋依逼问他是否喜欢过她，慌忙回答，我那时也喜欢你的，可知道你喜欢靳天。秋依笑起来，说，易从你真坦白，我本想问你姻缘好不好。易从难为情道，我不会说谎，有就是有，没有就是没有。不过少年心事，都过去了。

秋依说，还是要谢谢你告诉我。那时我跟瑶姑娘常一道玩，可是靳天从来没有注意过我。后来有一年平安夜，我和瑶姑娘，还有他和他的一个同学，一起去临平舞厅玩，舞会快要结束前，放一首邝美云的《堆积情感》，那是我很喜欢的歌，就希望他请我跳，可是他居然先站起来请他妹妹跳了，意思是让他同学请我跳。我真的伤心过一阵，后来也就放下了。

易从听秋依诉说，也跟着伤感起来，心想公认的大美人秋依怎么就够不着靳天呢。替秋依惋惜着，从手机里找到《堆积情感》，插上耳机，给秋依听。秋依听歌，渐渐沉静。

易从想起自己高中时，曾偷偷为秋依写的诗，没有拿出来示人过。眼前美人依旧，只是美得离他少年时恋慕的那个秋依远了，秋依如今是一种成熟的、繁盛的美艳，就像古装戏里凤冠霞帔的贵妇。易从依稀记得自己上大学时，有一个暑假，在家读《石头记》，觉得大观园女儿们清纯可爱，不由慨叹如今再也没有这等水做的女儿了，一时沉浸在书里，深夜睡不着，就细数自己一起长大的江南女孩里面，有谁是配得上住大观园的，他就一一对号入座，秋依对了宝钗，因少女时的秋依肌肤雪白、略丰。瑶姑娘对了湘云，记得瑶姑娘少时在他面前总是娇憨。沈美枝对了尤三姐，因沈美枝身上有股子横冲直撞的野气。刘春燕对了探春，探春也是大观园里的学霸。陈易知最像薛宝琴，总想着探究外面的世界。只有林妹妹一直悬在空中。

又叨了些别的，茶过三巡，秋依说，我得回家陪儿子睡觉了。易从埋了单，两人出了茶馆。秋依说，你还是这么瘦，看来美国的牛肉不养人。易从笑说，我大概是瘦子基因。易从说，我这次回来是陪母亲看病，也没怎么跟老同学们联系。秋依说，我现在跟老同学也联系得少，也不知道说什么。前两年靳天到香港公差，我们见过一次。陈易知到香港来，我陪她逛过街，吃过饭。易从感叹道，他乡遇故人啊。

两人在广济大街分手，易从目送穿红花白底半身裙的秋依袅娜地向河东走去，心想杜秋依这样的人是令人放心的。易从独在异乡为异客，一路从罗德岛到北卡，身边没几个华人，有时思绪奔逸，也会回忆儿时情状，想两个从小一起，又都同桌过的女同学，以为沈美枝身上还有点不合时宜的天真，容易对男人扑心扑肝，又不能阻止自己往下跌，跟下跌的股票一样，越跌越低。杜秋依老早就是务实的，清楚自己要什么，所以杜秋依顺风顺水。想是这么想，易从心里却还有很多的疙疙瘩瘩。

小暑后十日，易从回美国前，戴正叫了些男同学，说趁何易从在，多年不见了，一起聚聚。这一日黄昏，戴正定了个河边饭馆，是他们的中学同学王小强开的。靳天来了，戴正来了，何易从来了，见膀大腰圆的王小强忙前忙后照应着，有空就进包厢坐坐，喝上一杯。后来范小荣也来了。

戴正说，我本来想，当年我们"江南七怪"，再加上何易从，一道聚聚的。

易从说，"江南七怪"？我没听说过啊。

靳天说，我晓得，是戴正叫出来的。

戴正说，你还记得吉彪吗？我们的小学同学，以前叫伊"聪明面孔呆肚肠"的吉彪。

戴正讲故事。那年高考前，我们一堆同学在水北荡发荡发，结果打死了一只狗，后来去吉彪家，吉彪姆妈烧的狗肉，靳天也在。我去你家找你，后来被你一说，我回家了，没有参加。这个吉彪，十年前失踪了，到现在还下落不明。我听人家讲，轧坏淘，赌博欠了一屁股债，借的钞票都不还，后来就没有人肯借钱给他。问我借五百块，我说我没有这么多，身上一百块你拿去，以后不要赌。后来就想坏心思，半夜里入室偷窃，摸到东小河我们小学班主任张老师屋里，大概晓得张老师一个人住，有点积蓄。哪里晓得，吉彪用万能钥匙开了门后，张老师半夜里困不着，听到动静爬起来，正好撞着。张老师正要叫，一看是从前自己的学生。这个吉彪，手里有刀，对着从前老师，总归刺不下手。张老师生气地叫他走，他就灰溜溜走了。后来就不见了。

易从和靳天都感叹道，我们同学里，还有这种事。

戴正又讲，吉彪失踪后，张老师亲口跟我说过这个事情的，说吉彪可能出去走江湖去了。张老师对我说，吉彪也要脸孔的，又不想还赌债，只好跑掉。我想吉彪水性好，肯定是趁半夜里没有人看见，扒了开过长桥桥洞下的一条运煤船逃掉了。我听人家说，吉彪姆妈，人称"养鱼场西施"，后来哭瞎了一只眼睛，剩一只眼睛，还要小菜场里厢烧粽子羊肉，摆摊头做小

269

生意。吉彪阿爸，养鱼场的退休工人，后来经常老酒吃醉，骂骂咧咧，真是罪过。

吉彪是哪年失踪的呢？易从对这个小学同学，一时想不出样子，后来眼前慢慢浮现出一张俊俏秀气的脸。

二〇〇〇年以前吧，戴正说，你不记得吉彪也正常。我小辰光，三教九流。我跟吉彪，差点火烧养鱼场。想想吉彪对张老师下不了手，总归讲点良心的。就是那几年，镇上出过凶杀案的，就是为财。

何易从说，凶杀案，镇上多少年没听到过了，如今江南真是斯文扫地了。

戴正说，你离开久了，再看江南故乡，镜头失真了。易从想想倒是。小辰光就听说，以前镇上附近，往东边或往北边，运河上只要是交叉航道，水面开阔处，也有过杀人越货的江洋大盗的。

易从说，我记得的，那天戴正来叫我去吃狗肉，我听了气煞，我才不去，不过也好奇，怎么靳天你会在？

靳天说，我也不知道，大概那时有点心烦。

易从故作正经地说，你听说过怨灵吗？这是高庆的狗在报复你。

戴正问靳天，我让你叫上刘晓光的，他怎么没来？

靳天沉吟道，他来不了，好像最近有麻烦。

王小强以前开的饭店，去年盘给别人了，听说先赚后亏，前几年倒是风光的。王小强十九岁开化工厂，后来认识了铁路上的朋友，做起石子生意，开山挖隧道的石子，拿去销售，做得不大，后来听说这位铁路上的朋友进去了，王小强石子生意做不成，就开起饭店来，现在身上毛病一大堆。今年刚刚又盘下这家饭馆，说是要东山再起。靳天说起几个老同学。

易从听得云里雾里，问，开化工厂，哪来的钱？

戴正说，虾有虾路，蟹有蟹路。王小强不晓得是什么路。易从点头，若有所思。

戴正说，范小荣说等歇来的。他要先办点事体，你们晓得么，这小子现在算镇上首富。

易从问，看不出，他靠什么成为首富的？

戴正说，范小荣会投胎啊，以前不晓得。东石塘那一带的一大片老房子，都是他爷爷的私房，他是长房长孙，以后基本上是他继承了。

靳天说，现在要开发旅游，这片老房子值钱了。

戴正说，我真的想把他们都叫到一起，大家喝一杯。哪怕吉彪牢里放出来，我跟他也可以一起喝酒的。我们三教九流，喝杯酒，讲讲小辰光总没问题。

易从说，你们讲"江南七怪"，我总以为是金庸小说里的人物，原来是江南"打狗帮"。

戴正就笑说，何易从你以为你是什么名门正派，你也不过是"红花会"的陈家洛嘛，所以我也把你算进"江南七怪"里的，好凑满七个。

王小强抽空进包厢来，给老同学轮番敬酒，话题又回到了"杀狗事件"。易从见大家说得起劲，只有自己完全是局外人。

王小强被服务员叫走后，他们开始议论，当年"七怪"中，有没有谁认得高庆家的狗的。靳天说，我真不认得。戴正也说天太黑，可能一时认不出是高庆家的狗。他们就猜其他几个人里，可能有人认得这条狗是高庆的。戴正说，打狗还要看主人，可能吉彪他们胆子大，不怕高庆的。

易从说，高庆带他的狗，那时经常从我家东横头门前经过的，我认得的，他的狗真是精神，人也帅。一人一狗逍遥游，走在运河边，当年真是塘栖镇上绝代风华。

戴正说，这倒是的。要是高庆跟靳天、刘晓光、吉彪四个人一道走在长桥头，就是栖镇F4啊。

易从说，你们吃掉的狗，相当于高庆的家人或者说朋友。

忽然靳天打碎了一只酒杯，边收拾边说，这多少年前的事了？连高庆都去南边发财好几年了。大家面面相觑。易从见啤酒沫沫从破的杯子里漫延到桌上，也帮着擦桌子。

这时范小荣进来，说，来迟了来迟了。范小荣高高大大，满面红光。何易从印象中，已经记不起这个同学了。范小荣说，王小强的饭店呀，我赶上给你们埋个单。

戴正说，你老兄埋单是应该的，听说镇上搞开发，想买你家弄堂里的那一大片房子，你家还不同意是吧？范小荣说，是呀，为啥要卖给政府呢，我家祖传私产。我准备收拾一个老房子，重新内部装修一下，以后你们好来吃茶，打麻将都欢迎。戴正说，范小荣是镇上首富了吧。范小荣笑笑说，首富谈不上，谈不上。

范小荣说，我上个月刚刚弄了条藏獒回来，据说藏獒难养，这狗好像还不太喜欢我现在住的房子，所以我打算搬回老房子里去了，也许我家马路喜欢呢。

靳天说，范小荣你小子当年杀狗，吃狗肉你胃口挺好，现在倒养起狗来啦。

范小荣说，我现在养了四条狗，三只小狗加一只藏獒。

范小荣说话的当儿，何易从的思绪飘游出去，奇怪地浮现起那一夜，他站在老屋窗前，听到有人在河对岸喊了很多声"铁饼"，有一丝风吹到额上，他脑子里不断回旋着"昨夜星辰昨夜风"这首诗的情景。

这时，一个锥子脸的漂亮姑娘牵着狗绳进了饭店，一只小约克夏径直往范小荣这边扑过来。范小荣对姑娘惊讶道，你怎么跑这里来了，我跟同学聚聚，你们先走吧。姑娘说，不是我要来的，它带我来的。说了几句，有点不情不愿地走了。

又过了不到半个钟头，有一只博美、一只雪纳瑞又朝范小荣叫着扑过来，范小荣见是自家的另外两只小狗，对走进来牵狗绳的姑娘说，怎么跑这来了？这姑娘说，又不是我要来，是它们带我来的。范小荣又说了几句，我跟同学聚聚，你们先走吧。这个也长着尖锥脸的漂亮姑娘不情不愿地走了。

戴正说，范小荣你的三条狗我们都见过了，还有两个姑娘，看来很神秘啊。范小荣说，见笑，见笑，狗的鼻子真是灵，大概一路追着我的味道来的，我是走路过来的。

因为范小荣来了，本来已经意兴阑珊的老同学们，兴致又上来了，王小强又回来敬范小荣，大家又继续喝酒，话题基本上围绕着范小荣。靳天说，你小子，小心回去两个美女争风吃醋。刚才差一点就狭路相逢了，会打起来的。范小荣，我现在单身，雾里看花，雾里看花。王小强勾着范小荣的肩膀说，你小子，什么雾里看花，明明是拔屌无情。已经有好几个小姑娘，到我这里哭过了，为范哥伤心了。范小荣笑说，王小强你嘴巴贼老。又改用普通话说，我现在是，乱花渐欲迷人眼，浅

271

草才能没马蹄。王小强说，范老板你要多多来捧场，小姑娘我保证安抚好。

范小荣起身去上厕所，王小强趁着酒兴，又同众人讲，你们倒是评评理，范小荣给美女们发红包，五月二十日，伊就发五块两角。情人节，伊红包发十三块一角四分，比铁公鸡还精啊，范小荣呢，伊讲就怕美女是看中他的钱，就这样发红包考验女人家。众人哄笑，王小强更是起劲。唯有何易从听着觉得尴尬。

这天夜里，戴正送喝了两小杯啤酒的何易从回家，易从走出王小强的饭店，走到河边就吐了，吐得翻江倒海。吐完了，跟戴正说，开弓没有回头箭，这里的一切我越来越弄不懂了。戴正说，我天天在这里，我也弄不懂，你就不要费神了，省省脑子。

## 柒

沈美枝历经蹉跎岁月，重拾河山，决定通过国际交友平台相亲，交了一笔会费，一年间，几个来回后，选了一位五十出头的美籍华人麦克，两人有结婚意向。麦克是休斯敦唐人街的一家中餐快餐店小老板，有个很土的中文名字，叫吴金发。

二〇一四年初秋。吴金发给自己休了半个月的假，特意飞来中国，在杭州与沈美枝约见。沈美枝见吴金发相貌一般，比照片上略胖，有一点肚子，头发量略少但也不明显秃顶，待人接物和气又热情，其他也没有什么特别。美枝就说服自己，这次不要非帅哥不找了。她从前的男人，无论是高庆还是唐云，都是条儿壮脸盘靓，偏偏都风流好色。经历了对两个帅哥的痴迷后，美枝想想自己，一晃青春的尾巴了，才决定试试交友平台找个老外。

吴金发邀请沈美枝一起去了西安、南京、上海、苏州等地旅游，沈美枝的旅游费用全包。先到西安，吴金发订的是五星级酒店的标准房，沈美枝一犹豫也就没反对。都是成年人，既然已相亲，就试试床上的事，也说不上好，美枝完全没有跟高庆和唐云时的那种激情，只是清楚自己在做这件事。吴金发倒是对她的美色赞不绝口。美枝劝自己，这辈子就吃帅哥的亏了，遇的都是负心人，跟这个麦克，再努力一下吧。

从中华大地旅游了一圈回来，最后三天，正逢中秋佳节，吴金发陪美枝回栖镇。美枝跟他说好，栖镇太小，到处碰到熟人，要是问起，就说他是她的客户。吴金发看到江南古镇的破败，很同情地说，没想到沈美枝这么美丽的女人，在这种脏乱差的地方呆了半辈子。吴金发表现出来的优越感，让美枝有点不舒服。但是这美国人在栖镇的三天，除了吃饭睡觉，的确没地方可去，只能每天夜里去桥上桥下及河边走走。他比较喜欢的水北老街，也只有不长的一段，河里的水脏，桥洞下的河面，生活垃圾明晃晃地漂浮着。沈美枝平时不喝咖啡，爱喝茶，家中没有咖啡机。吴金发美国人习惯，想喝杯纯正的咖啡，一路上的五星级酒店都有咖啡喝，一到栖镇，想找一家像样的咖啡馆也找不到。沈美枝去超市找咖啡，也只买到速溶咖啡，吴金发见了速溶咖啡，很滑稽地笑了。

吴金发这次倒是有一个意外收获，就是栖镇特产粢毛肉圆。他看美枝做粢毛肉圆，鲜肉剁碎，淘好糯米，用温水浸泡三小时，捞出沥干，再将四一比的瘦肉和肥肉剁成肉茸，掺上辅料葱、姜末、黄酒、

272

盐,加少许水,与一半的糯米拌匀,看美枝再用手搓成乒乓大小的圆子,一个个放进盛有糯米的筛子里滚动,肉圆子的表面就均匀地粘上了糯米,再放入蒸笼里蒸。蒸熟之后,美枝揭开蒸架,糯米已经珠圆玉润,粒粒竖起,吴金发尝了一个,这味道鲜的,又实实在在,灵机一动,粢毛肉圆这道菜或者点心,可以开发进自己休斯敦小饭店的特色点心里,说不定会大受欢迎。吴金发于是认真学了两天,一道道程序学下来,终于会了。

中秋夜里,月亮皎洁。一对男女吃饭,喝梅子酒,又尝过水北点心铺子现做的鲜肉榨菜月饼,到河边散步,吴金发承认,运河边夜里比白天美得多。中秋节的感觉,到底是江南古镇有味道。

两人边走,边说起过往。美枝讲,我小辰光,镇上还有很多桥,栖镇是江南十大古镇,现在萧条了。我曾经想过开咖啡馆,也怕没生意亏本,外地人来得少,本地人也不会来喝咖啡。吴金发给美枝看他自小生活的美国休斯敦郊区,漂亮得像明信片一样,又跟美枝讲他父母在美国的奋斗史,解放前从温州乐清偷渡出去的美国劳工,一开始在旧金山打工,后来因为开饭店,移居到了休斯敦找新机会。美枝寻思,自己对美国,既向往,又不怎么向往。这些天的交流下来,美枝思忖,吴金发在美国也普通得很,开个小饭店而已。自己曾经经销板鸭,后来开美体中心,接触各种各样的人,在美国当小饭店老板娘,跟在这里当老板娘,难道有云泥之别吗?

中秋夜里,圆月映江南。靳天一家和妹妹瑶姑娘在临平饭店陪父母吃团圆饭,心里却记挂已回新西兰的湘湘。戴正和杜慧回了栖镇,带刚满周岁的女儿小月芽到栖镇看爷爷,戴言礼特地去买了本地亭趾月饼。戴言礼这么多年来老一套,从来不吃广式月饼,说那不叫月饼。他只吃苏式月饼,苏式月饼中,顶顶喜欢亭趾月饼。亭趾月饼中,鲜肉、百果、椒盐、白糖、火腿等等品种,顶顶喜欢火腿月饼,咸中有甜,甜中有咸,酥皮松脆。戴言礼见杜慧喜欢吃亭趾月饼,就讲,以前戴家跟亭趾镇沈家是表亲,过年过节时常坐船走动的,现在老一辈亲戚都作古了,慢慢也就断了来往。可惜沈家娘姨顶顶考究的手工亭趾月饼,再也吃不到了。

这日,陈易知带着小篱笆也回到栖镇,陪父母过中秋节。陈子船忙了一整天,早起去小菜场,买了只本塘甲鱼,野鲫鱼,还有几只湖蟹,烧了一整桌的菜,见女婿陆韶没有一起来,有点不高兴。陆韶中秋节参加省里送文化下乡慰问,去了丽水蹲点。易知说,他是个大忙人,不要说这种锦上添花的事了,就是孩子生病,都指望不上。谢清韵说,工作要紧,勿要怪伊。

远在美国的何易从,早上和小简去亚洲超市,买了台湾月饼。易从打电话回栖镇,何君乾说,我和你妈都好,我们夜饭吃过了,等歇去河边荡一荡,你忙,你忙。易从难得听出母亲心情不错,才晓得前几日,也就是林冰芝七十周岁生日,她曾经的中专母校搞五十周年同学会,一帮几十年大半辈子没见过的老头老太见了面,在杭州栖霞山庄住了二日。他听母亲说,有三分之一同学已经走了,剩下的三分之二,就想大家活着,就该一起聚聚。他爸也讲,你妈这几日可开心了,一改往日愁苦怨艾,脸上喜滋滋的,人也变漂亮了。易从听了稀罕。后来又听母亲拐弯抹角地提到一个男同学，也还活着，男同学在杭州当过规划局局长，已经有三个孙子辈，一儿一女，儿子北京，女儿加拿大，屋里平常也就两个老头老太。易从挂了越洋电话，想起很多年前上海娘舅的话，母亲说的男同学，一定是指初恋了，遂对小简感叹起母亲失意的一生年华，又叹息母亲一生好像都活在旧戏文里。

夜饭吃好，陈易知老小四人，兴步去长桥，看八月半的月亮高挂在桥上。中秋夜，仿佛一半的镇上人都出动了，长桥上，摩肩接踵。老熟人碰到，忙着寒暄。

易知站在桥中央眺望，看见河的西边，再看看河的东边，有很远处的老烟囱，已经废弃了几年。就讲，听说原来栖镇街上的厂都关门了，是这样吧？陈子船说，都关门了，新华丝厂、红旗丝厂、棉纺厂、骨粉厂、晶体管厂、钢丝绳厂，现在好像一爿厂都不见了，也奇怪的。易知说，听说我同学里厢，原来读职高的，初中高中毕业后到工厂里上班的，转制后全部另谋出路，现在真的没有一个当工人了。陈子船说，以前你们同学爸妈，大部分都是工厂里的。易知说，也不晓得他们现在做啥。陈子船说，我碰到过你小学同学吴美仙，你记不记得，原来住吉家斗的，读书不灵光，厂里不做之后，上半日小菜场里摆个摊头，卖粢毛肉圆、卖粽子，下半日屋里打麻将。谢清韵说，还是读书好。陈子船说，还有更落魄的，你小学同学张小芬，原来住木鸭棣的，前几年下岗后，老公好吃懒做，吃喝嫖赌样样来，离了婚，伊带个小鬼，生活难过，日日夜里去红太阳跳广场舞，搭上汪厂长了，老汪老伴帮儿子带小人去了，儿子当老板，条件好，伊铜钿用不光，实际上就是包养张小芬，听说每个月八百块，过年过节加红包，加小人压岁钱。谢清韵皱眉头，讲，你又讲乌七八糟的事体。陈子船呵呵冷笑两声，讲，我勿乱讲，啥人不晓得。我前两天夜里走路，水北原来缸甏店门口，还碰到老汪跟张小芬一道荡马路，老汪还跟我打招呼。

易知听了，愤道，你这个老朋友作孽的，起码差二十几岁，都好当她爹了，这糟老头子。但其实陈子船提到她同学的名字，易知记不起来了。谢清韵说，你爸现在每天晚上走到红太阳，去看人家跳广场舞，真是喜欢轧闹猛。

陈子船夸夸其谈，你们不晓得外面世界，红太阳跳舞，跳出各种事体。有屋里厢女人寻到老子的舞伴，凶巴巴去打人家巴掌的，有年轻一点、长得登样点的女人家，今朝同这个好，明朝同那个好，男人家互相争风吃醋的。前几日，还有子女为自己姆妈出气，找到跳舞地方来，要打伊阿爸姘头的。男人家嫌坍台，自己跑了。这个女人，听说被吓得尿裤子了。跳舞地方，男女是非多，旧社会新社会，都一样。

易知听着父亲的奇谈怪论，望望烟囱，望望月亮，心里涌上一股怪味的凄凉，又努力回忆小学女同学的模样，还是模糊一片。陈子船说，我不过是解解心焦。

下桥时，正好碰到何君乾林冰芝走上桥。陈子船跟何君乾打招呼，谢清韵跟老船厂小学同事林冰芝打招呼，互称谢老师、林老师。何君乾说，今朝知姑娘回来了啊。陈子船说，是啊是啊，小囡回来过中秋节了。你儿子过年要回来吧？快了，快了。林冰芝说，儿大不由娘，我家小鬼，放出去的风筝，我望都望不着了。何君乾笑呵呵跟陈易知打招呼，小辰光看见过你，现

274

在长长斯远不见了啊。易知也问候好伯伯好姆妈,张嘴想问何易从近况,话到嘴边又咽了回去。一堆人桥头道别。

何易从那里还是中秋早上,收到一条来自中国故乡的短信:中秋快乐。是杜秋依发来的,心想秋依大概春风得意,心情正好。这时很久没联系的沈美枝打电话来,说已在临平买了套大房子,装修好了快要入住。原来何易从父母家楼上的房子,打算出租。易从祝贺她即将乔迁之喜。

吴金发归期即至,临走前,向沈美枝求婚,说只要有了结婚证,很快可以给她办美国绿卡,一去休斯敦,她就是他家的女主人,屋里有两辆车,可以给她换辆新车。房子花园,楼上楼下,都交给她打理,她有空可以去店里当老板娘,没空就不用去帮忙。吴金发给美枝一张张看休斯敦住宅的照片,确实是花园洋房,房子里铺着的像是羊毛地毯,一尘不染。屋外的大草坪,滴绿一片。吴金发还体贴地提到,美枝可以将儿子带去美国一起生活,在美国接受最好的教育,将来上美国大学,美枝听了这个提议,尤其心动。美枝怕自己犹豫不决,为了儿子前途,一冲动马上答应了求婚。当晚,吴金发要美枝换上旗袍,在这个东方情调的温柔乡里,表现得尤其卖力,一口一个"老婆",叫得蜜里调油,美枝闭上眼,不由自主地把压在身上的吴金发想成好久不见的唐云,才慢慢有了感觉。

第二天早上,本来说好,两人要去登记结婚,到了街道门口,沈美枝心里忽然一阵慌乱,觉得自己透不过气来,知道自己要反悔,就对吴金发说,还是不要急吧,我担心我们恐怕不合适。等说完这番话时,沈美枝脑子彻底清醒了,干脆不要再给吴金发希望了,就此别过的好。

吴金发失望了一下,问美枝到底有什么问题。美枝说,我这人留恋家乡,好像做不到将自己连根拔起,重新开始了。吴金发点点头,心里懂得美枝说的是实情。吴金发细细算一本账,自己来中国玩了一趟,美人在怀好几日,还学了几个特色点心的做法,也不算亏。又安慰自己,中国大陆想嫁去美国的漂亮女人多得很,沈美枝飞了,还有王美枝、张美枝、赵美枝等着嫁给他。

回到美枝屋里,吴金发开口要回上海买的戒指,说这是给未婚妻的,能否还他?美枝心里不舒服了一下,就说,我戴过两次了,怎么办?吴金发犹豫了一下,就说要不你喜欢的话留着,能否折个价给我?美枝笑了笑,说,我有办法。自己回房间,一会儿回到客厅,交给吴金发一个匣子,说首饰处理了一下,就是全新的,匣子也是上乘的首饰盒子,你送给以后的女朋友完全没问题,吴金发收好了,两人无话,吴金发收拾行李。跨越大洋相交一场,美枝只留下一条细银的项链,和一个小手包,是在南京两人逛街时,美枝自己喜欢的款式,吴金发掏钱买的,加起来价值不过三百美元,对美国人来说,已经是厚礼了。

在栖镇的最后一晚,美枝请吴金发去河边王元兴餐馆吃了晚饭,正式饯行。夜里,吴金发还想要美枝,美枝不肯,对吴金发说,谢谢你,这么远来看我。自己去了客房睡觉,关好了门。半夜,美枝小解,开床头小灯去卫生间,吴金发睡不安稳,听到响动,就悄悄溜到美枝房间躺在床上,等美枝回到房间,就被吴金发一把抱住,上下摸索,嘴唇也热烈地贴了上去,美枝无奈，想着从此不会再见这个人，就由他折腾。吴金发卖力讨好，软语温存，说美枝是他见过的最水嫩的美人儿，他以后很难忘记她。美枝听得陶醉起来，又觉得寂寞入骨，漫漫长夜，终于被他推到了巅峰，两个人筋疲力尽后沉沉睡去，睡到将近第二天中午。午后，美枝开车送吴金发到临平火车站，吴金发有点失落地告别了美枝，美枝转身，一个庞大的，曾经越来越逼近她生活的幻想中的美国，像潮水一般地退场了。

## 少 年 游　　中

二〇一八年，七夕。

时候尚早，易知和易从沿河往长桥这边走，找了家水北的咖啡馆坐下，吃个西式简餐。

栖镇北横头那一只角，对易知来说，始终是个神秘之境。易知说，很多次我做梦，在栖镇云游，一路走，走到里仁桥，再往北走，是骨粉厂。比我们大几岁的镇上男女青年，招工招进骨粉厂的，总有点倒霉，印象中，骨粉厂比较脏。去新华丝厂的青工，要风光得多。

易从说，新华丝厂离你家太远了，从我家走过去蛮近的。当时是国内有名的丝绸业大厂，最兴盛时，职工有三千人，有好多杭州职工在厂里上班。

须臾，结了账，易从说，去看看你老是梦见的地方。易知说，我要不要去看个究竟呢，倒是想不好了。易从说，边走边看，不妨碍你痴人说梦。

他们在水北从西向东走。走过了从前的靳天外婆家，走过缸甏店，走过以前女同学沈美枝和杜秋依的家，易知说，我以前时常去她们两家玩，躲在大水缸后捉迷藏、踢毽子、掼沙包。记得七夕夜里，满天星斗，秋依带我到河埠头放荷灯，我们做了两只荷灯，我们放的荷灯快要漂到长桥下面时，不巧一只轮船开过，火熄灭了，一只荷灯不见了，还有一只过一会儿也沉没啦。前几年过年时，我在开封放过荷灯，但是找不到小时候那种神神秘秘的感觉了。

易从说，放荷灯是七夕吗，不是要七月半鬼节么？过年哪里有荷花呀。

易知说，你个呆子，荷灯哪里就是新鲜荷花做的灯呀。易从笑说，倒也是。

易从说，这个梦要圆也容易，你要是想放，找一天半夜三更没人时，就到你家原来的西横头，我陪你放荷灯。

易知像个小孩一般高兴起来，说，今天就是七夕呀。那得半夜三更悄悄放，不然别人以为我们两个神经病。

易从说，也可能以为我们是外地游客。

易知说，被人认出来，原来是从前东横头的小伙子和西横头的姑娘，这就有点难为情了。易从说，怕啥，你不是想圆梦吗？

易知说，你记不记得？初三时，你还为七夕的作文跟我吵一架，说我乱写，说我无病呻吟。

易从笑了。他们又说起从前在河里游泳的事，又说在长桥上跳水。一到夏天，长桥上最是热闹，成群的男孩子，从半高的桥墩上往河里跳。夜里六七点钟，易知夜饭吃好，看得眼热巴巴的，眼热还是男孩子自由自在。

易从说，我那时跟他们不一样。在家

里无聊，就抄一些古人写栖镇的诗，现在还记得有一首，是清朝一个刑部尚书夜过栖镇的诗，里面有几句诗：烛龙摇夜水，村鼓接比邻。雨湿归帆重，风微乡语真。我实在喜欢。易知说，我猜你看到的诗是劳家留下来的吧。易从说，有几册清末民间刻印的残卷，可惜劳家以前很多藏书都抄光了，散失了，我去劳家走亲戚偶尔翻到，就拿回来了。我劳家表亲，基本上在外面经商，对这个没啥兴趣，说我美国这么多年也没长进，还是个书呆子。

易从说，我记得有个万历年进士是栖镇人，叫沈朝焕，他的书斋号我特别喜欢，叫"泊如斋"，泊如，我这么理解，不就是人生如泊吗？易知说，嗯，人生如泊，人生如寄，说你呢。两人相视一笑。

他们沿着河又走一段，路过水北几家老房子，门口还保存着破破烂烂的米床，河道懒洋洋拐了个弯，由东拐向了北，再往北，气氛就越来越神秘。

易知说，我做梦，每次走到这儿，就寻思要不要走到新市去。梦里记得到了这边，河道就变出了两条分汊，很开阔，一条河道向北去了，新市湖州苏州吴江平望，还有一条河道向东，到嘉兴上海方向。

又继续痴人说梦。易知说，梦境里，北横头尽头处有几户人家，我都不认识的，好像是一些异邦来客，也许是狐狸世家，也许是吸血鬼家族，也许是外星球来客，总之，那尽头处的最后几家，是一种非常神秘的所在，"人鬼情未了"，很诡异的一种气氛。我做梦，每次独自云游到那里，那几间长期沉默的老房子里，夜里从花窗里漏出几缕灯光，灯光总是暗昏昏的，河上的幽光也是有气无力，在水面上晃动几下。房屋尽头，记得有一座小石桥。

易从笑道，是有一座小石桥，名字倒忘了。从我家门口摆个渡过去很近的。有时候我走里仁桥，再走三分桥，也可以到那边去。那只角还是老底子的样子，可能跟几百年前也差不多，沧海桑田改朝换代，就弹丸之地变化不大。

易知说，以前旧的里仁桥很陡，好像就是栖镇的奈何桥，过了桥，栖镇所有的人和鬼都迷失在梦境里了。

易从说，你可以编一部栖镇版《聊斋志异》，南横头北横头，狐鬼出没最多。

易知说，是的，而且他们都讲栖镇话。

易知说，有一次我梦见自己吱呀一声，居然推门进了北横头的最后一户人家家里，但是一个人也没有。

易从笑她，细丫头，胆子挺肥的呀。

易知说，做啥笑话我？

易从说，以前北横头到底，就是一片白地。

易知说，你是不是又要告诉我，月亮上没有嫦娥。

两人走到了里仁桥，天落起毛毛雨，就在毛毛雨里走。易从说，听说原来里仁桥北塊，曾是旧时栖镇繁华地，后来遭遇太平天国兵火，繁华不再，也不知真假。易知说，我也不清楚了。说起来，秋依小时候被选去演了《杜十娘》电影里的小丫头。秋依真是地道的栖镇美人，小时候就好看。

易从说，杜十娘怒沉百宝箱，发生地在瓜州，也就是现在的扬州，扬州好地方啊。当年拍电影居然到栖镇来拍，说明栖镇当年还是保留得不错的。

易知问，我是不是记错了，是在哪座桥拍的？里仁桥还是八字桥？易从说，八字桥。拍电影那几天我去看过热闹，离我家近。易知说，我也去赶热闹的，主要是看秋依扮丫鬟。

秋依是我小学同桌，易从说。

沈美枝也曾是你同桌，你怎么尽跟美人同桌？易知说。

那时候都是小屁孩呀，划三八线，易从笑道。

不知不觉中，快要走到易知梦境中反复出现的那个拐角了，她忽然停了下来，对易从说，我们回转吧，雨下大了。易从问，你不想走到尽头了？易知笑，我怕旧梦被惊破。易从笑，事到临头，你打退堂鼓了。易知说，梦境里的北横头，还是不要弄清楚的好，让它们留在梦里吧，那样，你永远没机会跟我说，那里没有外星人，没有狐狸和野鬼了。

折返路上，到了原来的东摆渡口位置，易知望一眼高大气派的乾隆御碑亭，慢条斯理地说，真想坐个渡船，上了岸，就到你家吃茶去。

说话间，过了平桥，易从说，还早呢，你不急回去吧。易知说，嗯，再随便荡荡。

易知跟易从路过一片新街区，从前这里是水沟弄。见雨下得密，易从在街边小超市买了把伞。两人在细雨中撑着伞走着。易知说，我小时候生活的中心区域，就是西横头到东横头，花园桥头，再到水沟弄。可惜现在水沟弄也没了，大概在这个位置吧，很难定位了。

易知讲，水沟弄就是老底子栖镇的红粉沟，又叫胭脂弄。这老弄堂南宋辰光就有了，福王在这里建了个福王庄，权作离宫，宫中妃子宫女们也有不少，日常梳洗打扮，胭脂花粉水，就顺着弄堂里青石板下的大水沟流出来，水的颜色都染红了。清朝时，水沟弄口还有一爿卧龙桥，桥边几家酒楼。我看到过一首诗，记得是讲清朝时一堆栖镇的文人骚客，就在西石塘水沟弄的卧龙桥边酒楼豪饮作诗，是个快活的地方。

易从说，水沟弄倒是让我想起我们读书时背的《阿房宫赋》。

易知感叹道，胭脂弄曾经是香艳的，不明白后来为啥生猪收购站开在这条弄堂里。

易从说，还有一家兽皮收购站，以前我每回路过，都看到墙门边竖着几块上面钉着新剥羊皮的木板，还有别的兽皮，也不知道是什么动物的，走过总有一股子腥膻气。可我们这里是平原，不知哪里来的野兽。

易从说，我听说老底子在乡下，还打过两只狼，狼皮就送到这家收购站了，镇上人奇怪，都来水沟弄看狼皮。易知说，我们江南水乡，怎么可能有狼？易从说，你怎么跟阿毛娘似的。易知说，我是常识，不知平原有狼。易从说，我们不能因为自己没见过，就觉得一定没有，有时候，常识就是用来突破的，不然怎么会有"虎落平阳"这种话呢。易知笑道，你又来了，也可能这狼是黄鼠狼啊。除了狼皮，也有羊皮。湖羊的羔羊皮很贵的，听我爸说，有时候还有水貂皮，那水貂是河里有的。

易从说，听我妈讲，以前镇上好几户好人家，都住在水沟弄。屋里厢的人，肚皮有墨水的，解放后，小囡有考去北京上大学的。我记得小学时去过沈美枝家，还在水沟弄老墙门里。后来初中时听说她叔叔结婚，兄弟分家，她家搬到水北去了。

易知说，我小时候经常去水沟弄，还有皮匠弄，我爸也有象棋朋友住在那里，晚上经常带着我去。我记得那边墙门里厢进去，还是蛮敞亮的。大人下棋，小人在天井里玩，实在没事干，人家叔叔会给我小人书看。主人家待客人蛮客气，夏天的时候，有西瓜香瓜还有葡萄吃，葡萄是天井里的葡萄架上现摘的。有时候是冷饮，赤豆汤、酸梅汤。冬天有时候有热乎乎的番薯汤，要么镬糍汤，白糖放得多，很甜，真是大方。有时下棋晚了，我爸说要走了，主人家棋瘾正大，想赢一局，就让我爸再杀一盘，让我在藤榻上睡一觉。到夜里十一点钟光景，我爸就背着我，走过北小河西小河到长桥堍下，再回家。易从说，那时候没有夜生活，夜里十一点也就是半夜三更了。易知说，对的，更夫都敲过二更天了。我爸经常背我回家的。再小辰光，我骑在他脖子上招摇过市。东横头你隔壁家也常去下棋的，要是那时候知道你就住隔壁，我找你玩多好啊。易从说，嗯，可能一起玩过，只是太小不记得是你了。易知说，没准还打过架，我小时候很"污"的，最喜欢欺负男小人。易从说，好男不跟女斗，我才不跟你打架。易知笑，又讲，后来我做梦，老是梦到要从我爸背上滑下去。易从说，我也是独养儿子，怎么就没有你这样开心的记忆呢？易知说，你爸没有背着你走街串巷吗？易从说，好像没有，我只记得从小他们吵架。易知听了，叹一声气，说，你是独养儿子，理当是最受宠的。易从说，拾吾不像伲。

听到在美国多年的易从嘴里冒出个"拾吾"来，易知哈哈大笑。易从也笑，"拾吾拾捺拾伊拾拉"，不是这里的人，怎么弄得清啥意思。易知说，我以为你说话会夹带英文，没想到你冒出个"拾吾"。易从说，毕竟人在栖镇，每次回来过几天，真是乡音难改鬓毛衰。易知说，我看看，还好还好，鬓毛不衰，白头发也没有，还是少年呢。易从像个孩子般乐了。

说话间，收了伞，两个人在桥边，走进了一家古色古香中国风的星巴克。易从说，刚才那家的咖啡很一般。易从要了两杯热美式咖啡。

易知想起，从手机上翻出一首诗，递给易从看，易从一看是《红粉沟》：红粉沟头窈窕娘，蟠龙髻子藉丝裳。倾城一笑千秋恨，梦影犹飞蛱蜨廊。也不知作诗的人是谁。易从说，应该写的就是老底子的水沟弄。王侯将相住的地方，后来也就给了贩夫走卒。易知说，我们父母这代，就看多了贵妇到村妇的转换，不以为奇了。所以镇上人都觉得平常度日，最最好。要让一个栖镇人自杀都难的，伊宁愿吹吹风，荡发荡发。

易从忽然说，那倒未必。脸上似若有所思，人也沉默下来。

易知见易从好像心不在焉了，就问，你又想什么了？易从有些吞吞吐吐，道，没有，我看《红粉沟》，不知怎么就又想到沈美枝，自古以来，红颜薄命啊。易知道，沈美枝是栖镇有名的美人，怎么就红颜薄命了？对了，上次你说她要找你聊。易从说，前几年她住我爸妈楼上时，帮过我很多忙。易知说，她这人是热心的，古道热肠。易从说，一言难尽，总之我很感激她。

见易从有些出神，易知说，本来想看北斗星的，结果七夕还下雨，我要回去了。易从脸上似有愧疚，对易知说，下雨了，你说牛郎织女星还有鹊桥给他们走么？易知开玩笑说，下雨了，不知道喜鹊会不会偷懒。易从说，今天不巧，下次陪你看北斗星。两人走到停车场，易知上了车，挥手告别。

# 杀 狗

## 壹

睹花枝枝枝都凋落，再不能香馥馥馥郁上林芳。残花瓣瓣瓣埋香土，情黯黯黯然独悲伤，想他年何人把奴葬。

易知父亲陈子船，土生土长栖镇人，名"子船"，意思就是这个儿子是生在一条船上的，直接就叫子船了。陈子船说过，在他之前，家里的孩子都是小船上出生的，是"船上人"。

小船就停在水北，乾隆御碑往东，一棵大樟树下面。陈子船之后的小人，都是陆上出生的。他出生当年，父母生意做大，就在栖镇水南置了房产，从此告别了船居时代。

四个发小的父亲，都是土生土长栖镇人。戴言礼和陈子船是小学同学，何君乾和靳云长是姨表三表亲，陈子船跟何君乾是年轻时一道下棋的棋友。陈易知的母亲谢清韵和靳天父亲靳云长，有七八年在一个学校教书，弹丸之地，碰来碰去都是熟人。

母系的身世更复杂一点。何易从母亲林冰芝、靳天的母亲王晓兰，是栖镇人。陈易知的母亲谢清韵，台州人。戴正的母亲刘风娇，老家北方锦州人，原是锦州邮电局局长的千金，一九四八年，仓皇南迁杭州。解放后，当过国民党邮电局长的父亲被判刑，后来下放乔司农场，到了八十年代才平反。刘风娇拔了毛的凤凰不如鸡，在杭州女中只读到初中毕业，流落到栖镇落脚。谢清韵和刘风娇从小家里有厨子佣人，都不会烧菜，后来为栖镇妇，勉强上了灶头，烧小菜也不太灵光。

红颜薄命，大抵林冰芝是刺猬型，谢清韵是绵羊型。易从的母亲和易知的母亲，都是弱不禁风的女子，好人家闺秀出身，不同的是，何易从的母亲林冰芝，是栖镇望族劳家的外孙女，陈易知的母亲谢清韵，是台州书香门第谢家的小姐，祖上做官，家谱可以一路追溯到东晋，山水诗人谢灵运一脉。这两个女人，走在栖镇落雨不用打伞的街上，看起来总是和大多数栖镇女人家格格不入。都长得白，时常弱柳扶风，病歪歪的，缺一点健康的红色。说话的声音，要比其他镇上女子轻，大多数栖镇女子虽然说吴侬软语，声音时常高八度，还要拉长了调门，生怕别人听不见。林冰芝和谢清韵习惯轻声细语，镇上女人们认为她们气力不足。在上了年纪的镇上人眼里，这类女人跟纸片人似的，不太适合过日脚。

只有个别栖镇老大学生，还讲究斯文派头，经常白衬衫上别支派克钢笔，比如林冰芝的表哥曾对林冰芝说，你这叫小布尔乔亚气，就像冬妮娅，还需要在劳动人民中改造自新。林冰芝的反应，只是白了表哥一眼，不吭声。倒是谢清韵，到栖镇后，入乡随俗，学会了翻丝棉衣被，又学会自己做衣裳做鞋子。

谢清韵和林冰芝有一个共同的特点，人长得清秀，年轻时只会读书。胆子小，杀鸡杀鸭杀甲鱼都不会，镇上其他已婚妇女则手起刀落，往地上一甩，开水一烫，就地拔毛。鸡屁股上好看的鸡毛，烫开水前拔下来，留着小姑娘做毽子。谢清韵和林冰芝这些事情上都笨手笨脚，离标准的栖镇贤惠能干媳妇很远。

谢清韵在台州的娘家败落后，随震旦大学法律系毕业的姐夫一起到了杭州，后来一转两转，又因为是黑五类子弟，从杭州再下放到了栖镇。谢清韵从十五岁的少女时代始，一再受惊吓，变得胆小怕事，谦卑恭顺，只知道低头做人，跟资产阶级家庭划清界限，不敢多说一句话。自己是需要被改造的旧人，有工作做，有工资拿，就该感恩戴德新政府，拿了工资，还能悄悄省出一部分，寄给在台州受苦、每天在街上扫地的母亲。

易从的母亲林冰芝却没有一味乖顺，她是半个劳家人，家里又重男轻女，从小沾上了不得宠的小姐脾气，冰芝的皮肤比易知母亲谢清韵略黑一点点，相貌也算秀丽，只是多了二分傲骨，三分不驯。未出阁时，冰芝闲读母亲劳婉莹收藏的鸳鸯蝴蝶派小说，张爱玲苏青小说，林琴南翻译小说，读大仲马小仲马，《茶花女》《玉楼花劫》，张恨水、周瘦鹃笔下江南旖旎世界，痴男怨女，才子佳人，也不免让少女冰芝向往。上世纪六十年代初，林冰芝在半山杭州建筑工业学校读中专，当时学的跟杭州人、民国才女林徽因一样的建筑专业，心里想自己要用功学点本领。林冰芝聪明，学习不输男同学，读了两年后，国家三年困难时期开始了，一个政策下来，凡是一九五八年办的学校，都要停办。冰芝失学回家，没有其他门路。黯然之下，她又去湘湖师范上了个培训班，四个月就结业了，随后，根据国家分配去小学当老师。工作后，冰芝觉得各种不称心，学到的知识没有用武之地，单位里，一天到晚开会，政治学习，人人汇报思想，白天学，晚上学，冰芝就有了厌烦情绪。工人阶级男同事们冰芝合不来，开会时打毛线家长里短的女同事们，冰芝也合不来，每天数着钟头盼下班。

很快运动来了，各种工作队武装起来了，要下乡的事情很多，冰芝觉得自己像一个瘪了的气球，或者像被人操控的提线木偶，三天两头身体不舒服，头晕，贫血，偏头痛，有时胸闷。吃不消又要上课又要下乡劳动，冰芝被人家指责"娇小姐"，有一次晕倒在一个阶级教育展览厅前，没有人同情，反倒吃批评。镇上一个老中医一看，说冰芝得了黄疸，只好再一次回家，不去上班了。

单位脱离了，归街道管。街道里的干部，也拿一个病歪歪的女人家没办法，况且凡出身地道的老栖镇人，不管思想进步不进步，对栖镇劳家都怀有两分好感、三分敬意，心里也不想要劳家后人的难看，门面上能交代过去即可。林冰芝这一"白专"，又一身林黛玉小性子的女子，居然没有被消灭，庆幸地躲过了大风暴。又过几年，风声渐松，冰芝在家待得烦闷，又无收入来源，有同学介绍去镇上一所中学当老师，她就去了。时间一长，冰芝做老师也觉得烦，那时候学风不好，课堂就像菜市场，无心上课的学生多，冰芝教书育人的热情，又被泼了一大瓢凉水。到了暑假，本想休息休息，看看闲书，陪陪小孩，不料学校要所有老师下放去宏畈公社，和农民兄弟一起，双抢劳动，下田割晚稻。冰芝没干过力气活，更没有下地割过水稻，一把镰刀拿不稳，笨手笨脚，手上脚上都割破。伊又从小体弱，血小板少，出点血还老是止不住。身上不便时，更是肚子痛得冷汗直流，心里直诅咒双抢之苦。

林冰芝经人介绍，跟栖镇棉纺厂工人何君乾相亲。何君乾长相平常，中等个子，小眼睛小鼻子，脾气温和。林冰芝不咸不淡地会了何君乾一面，见是个老实头，笑眯眯的，无可无不可。又会了一面，何君乾中山装穿得齐整，谦和礼貌得体，样样奉承她，也不讨厌。第三次，介绍人给他们两张油印的电影票，两人一起去看了电影，孙道临、谢芳和上官云珠演的《早春二月》，都很喜欢这部电影。那时期的电影，基本上是另一种昂扬的调子，冰芝不太能欣赏，觉得隔膜。这天看《早春二月》，想想林道静，又是喜欢，又是伤感，就流了眼泪，何君乾及时地把一块干净的白手帕递给了她，这种没有花样的手帕，当时棉纺厂工人都有发的，一时用不完。

林冰芝跟何君乾结婚后，有了老大何易从，两年后又生了一个女孩，不料很快夭折。冰芝长期病病歪歪，在屋里时，看一堆才子佳人旧小说，打发光阴，又觉得心中烦闷，叹自己红颜薄命。憋屈久了，就转移目标，"望夫成龙"。想何君乾是男人，有跟上国家形势的责任，识时务者为俊杰，可这个人偏偏不灵光，连个车间主任都当不上。何君乾实在被说得烦了，两人就吵架，老实人也会掼出话来：我不能干，我又没有挡着你，你可以重新嫁老子的。栖镇土话，管丈夫叫"老子"，妻子叫"老娘"，冰芝最不爱听这类粗言俗语，一被气晕，就要躺上三日，长吁短叹，期期艾艾，下不了床。过几日，冰芝又骂，何君乾就说自己脑子不灵光，是小辰光被晚娘的拳头打坏了。冰芝一时心软，又哀其不幸，怒其不争。等这一时的同情心过去，

冰芝又骂，何君乾心烦，就出去赌牌消愁。输了铜钿，垂头丧气回来，冰芝又指着鼻子跳脚骂，如此恶性循环，屋里鸡犬不宁。

流淌过栖镇的大运河，是戴言礼的失意之河。别人顺流而下，从栖镇闯荡去省城杭州，再去上海，再去北京，一路的大码头，戴言礼青年时是话剧演员，相貌堂堂，文武全才，从小被屋里寄予厚望。高中毕业后，考上了南昌航空学校，同时又考上了浙江话剧团当演员，可谓双喜临门。戴言礼那时经常听到周总理亲切接见文艺工作者的新闻，当时余杭越剧团的演员们，在一次杭州的国庆汇报演出中，被敬爱的周总理接见了，全团演员还喜气洋洋地与周总理拍了合影，那张人生巅峰的合影，就挂在栖镇长桥南堍照相馆的橱窗里。戴言礼路过照相馆，驻足对着合影端详很久，心生羡慕，其中一位女演员是他的小学同学，老家是上海人，后来嫁给栖镇一大厂的厂长，成为戴正同学杜秋依的母亲。这时戴言礼头脑一发热，衡量一下，觉得做演员比飞行员还要风光，就做起了演员梦，放弃了南昌航空学校的录取通知书。结果演员梦刚做不久，却从省城卷了铺盖，被发配回原籍。

风华正茂的英俊小生，演过《雷雨》里的周冲少爷，当年浙话在杭州孩儿巷，戴言礼演小生，台风好，声音好，又肯下工夫学戏，看似未来成为名角不成问题。浙话的隔壁，是浙京昆剧团，戴言礼跟名角儿汪世瑜，抬头不见低头见，两人一起合过影，汪世瑜送过戴言礼一张《牡丹亭》演柳梦梅的相片。这张相片，戴言礼保存了一辈子。

戴言礼的人生巅峰，发生在一九五九年国庆节。各单位在杭州参加国庆游行，

戴言礼扮成《智取威虎山》里的杨子荣，队伍行经杭州闹市，过红太阳广场，群众夹道欢呼，大喊杨子荣，杨子荣，"杨子荣"就真的陶醉了。戴言礼回栖镇后，又梦见过自己演杨子荣，这一次是在人民大会堂作汇报演出，他谢幕，台下很多观众鼓掌，第一排领导也鼓掌，哗哗响。黎明梦醒，发现却是黄粱一梦。自己龟缩在栖镇钱家弄寒舍，梦中的鼓掌声，实是屋顶上急雨打瓦片之声。自己守着陋室，一妻两儿，妻子睡相难说优美，难看的旧睡衣上有破洞。稚儿睡在身边，因为瓦片击中脑壳，已成弱智。医生说了，小人智力永远停留在七八岁水平了。戴言礼醒来后睡不着，想想要是人生永远停留在国庆游行的那一刻，忽然就死掉，该有多美。

戴家老祖宗是徽商，祖父辈里，戴氏兄弟在杭州羊坝头开过米行，戴正大爷爷解放后坐过牢。戴言礼进了剧团几年后，一九六二年，忽然全国剧团精简，浙话也有指标，因家庭成分不好，原本又不是杭州市户籍，排来排去，就轮到他被精简出局。折戟沉沙之时，戴言礼顶了张标致小生面孔，灰溜溜回到栖镇，正在热恋的杭州姑娘是隔壁剧团京剧旦角，虽然两人干柴烈火，已偷吃过禁果，但姑娘见男朋友前程被断送，还是坚决跟他分了手，从此再未相见。

戴言礼回乡，先去乡下当了一段时间代课老师，眼看没有转正指标，只能到了红旗丝厂，在供销科虚度光阴。丝厂的职工们，打听得这人从前居然是唱戏的，其实他们分不清话剧演员与戏曲演员的区别，通通都叫戏子，唱戏的来坐工厂办公室，就跟风尘界人从良差不多，背地里闲话多，总之又惊羡，又要故意看低。戴言礼唯有摒弃从前当小生时的一切浪漫做派，从头到脚，老实做人，也不再悄悄练功练嗓。

一九六三年初春的一日，吃过夜饭，从杭州剧团回到原籍的戴言礼，走出钱家弄，在西横头一带荡发荡发，想解解心焦。在粮管所门口，碰到了从杨宝生弄堂走出来的林冰芝。彼时林冰芝娘家就住在杨宝生弄堂里，冰芝姆妈吴师母是劳家闺女，街坊有名的女秀才。两家人老早就认得，两个失意之人打过了招呼，戴言礼说了声，芝姑娘你也回来啦。林冰芝点头笑了笑，问了声，戴家阿哥，你还回剧团吧？戴言礼苦笑说，不晓得。两个人别过，又各自没心没绪地荡在马路上。风度翩然的戴言礼，眼前飘过一抹芝姑娘瘦削单薄的倩影，即刻又被粮管所门口码头货船靠岸的碰撞声打散了。

戴言礼性格随和，人又英俊，回到栖镇三两年后，终于和厂里职工打成一片，命运如此，也勉强自己不多想。

这时厂里有人给他介绍对象，对方是养鱼场年轻女会计，戴言礼一见之下，姑娘是北方人，脸如银盘，浓眉大眼，相貌尚算周正。只是身高略矮，下半身比上半身短，不是他理想中的修长身段，心里略遗憾。只是姑娘的普通话比镇上人说得好多了，悦耳动听，略能慰藉曾经话剧演员的心。

姑娘见戴言礼一表人才，倒是欢喜。戴言礼犹豫不决之间，见了几次养鱼场会计姑娘，听姑娘说家道中落后，她母亲，也是前局长夫人，只能脱下旗袍换上蓝布衫，带着辍了学的她在西湖边摆凉茶摊，遂起了同是天涯沦落人的心。戴言礼想，我要挑三拣四也没资格挑，就她吧，于是送姑娘一张自己话剧团时期的相片，梳小分头，齿白唇红，浓眉俊眼，风流倜傥，相片背后写上八个字：执子之手，与子偕老。姑娘回赠一张在杭州女校时的学生照，背面也写了八个字：不离不弃，风雨同舟，署名：刘凤娇。此后"风雨"二字，竟一语成谶。

这一对结婚后，对眼面前的生活似乎有一种不怎么放心上的怠懒，新夫妇在现实生活中也不甚用力，没有那种努力一针一线、一桌一椅去创造幸福小家庭的冲劲。小辰光的戴正倒是无忧无虑，也不知大人的忧愁，几乎玩遍运河两岸各个角落。回到家，戴正见父亲每天晚上困觉前，撕下一页日历，叹一句口头禅：做一日和尚，撞一天钟。搞得他小小年纪也时常从嘴里冒出来这句话，被同学们笑话伊像个小老头。

弟弟阿风出事后，戴正时常荡到养鱼场白相，伊有好几个小学同学，就住在圆满河边的养鱼场宿舍。一日夜里，小伙伴们去河里捉田鸡，戴正的手电筒掉进了河沟里，来不及捞起，手电筒的光线在水中荡漾着，一摇一晃，直至最后隐没了，消失了，几个男孩都觉得有趣。这一束水中的光，和那次船头失足落水，一起印在了戴正的记忆之中。

这时吉彪又溜回家，从厨房拿了一盒火柴出来，母亲见他跑进跑出，骂道，小赤佬，还不去睡觉，还要出去野天野地。吉彪一溜烟不见了，母亲也顾不上他，还要管他的两个弟妹，最小的妹妹在怀里潦草地奶着，奶子没精打彩地吊得老长。

他们摸下河，捉到了几只田鸡，肚子咕咕地叫了起来，吉彪就提议在河边烤田鸡吃。几个小子就去捡柴火，松果作火引子，风一吹，烧得很快，后来被路过纳凉的一个大人训斥了，大人是养鱼场职工，认得是刘会计家阿正，喝道，阿正你个小鬼头，不要玩火。戴正觉得扫兴，吉彪看到边上有一个似已废弃的小工棚子，就提议，我们不到里面去烤田鸡，免得被大人发现了，又来开骂。

更夫敲更巡逻，喊第二遍门窗关好、火烛小心，大约是深夜十一点。两个小鬼躲在棚子里，烧火烤田鸡，毛手毛脚，得意忘形。这时吉彪猜屋里大人已睡着，又潜回去，提回来一只瓶子的散装黄酒，这是他爸平时喝的。吉彪想像大人一样喝点酒，充梁山好汉。田鸡还没烤熟透，酒瓶子在两只手中轮换，你一口我一口，第一次沾酒的戴正，喝了好几大口。正兴奋间，一不小心棚子烧起来，火蹿得很高，映照了天际。

江南七月天，夜里闷热难耐，还没入睡的大人闻到了浓烟味，赶紧跑出来，一看不得了，赶紧回转拎了水桶来灭火。还好那废弃棚子在水边，离河埠头近，和连成片的养鱼场职工民房有一段距离，这个棚子烧成灰烬后，火势没有再蔓延。

戴正知道闯下大祸了，怕明朝要被派出所关监牢，马上想到拎上酒瓶子逃跑。两人一边逃，一边商量怎么办。吉彪说，听说水北有条路，可以通到德清武林头丝厂的，要不我们到厂里去避避风头。他们沿着运河向西狂奔，吉彪还拎着酒瓶子，走着走着，气喘吁吁，口干舌燥。到底是没走过长路的少年，摸黑走了一阵，周围越来越荒凉，偶尔有萤火虫一闪一闪，戴正心慌了，人又疲乏，说这是鬼火。吉彪又喝了几口酒壮胆，让戴正喝，戴正不肯喝了。戴正说，我要回家，等歇我爸我妈要寻我了。说着说着，就哭出来了。吉彪就骂伊胆小鬼，无计可施之下，两人各自溜回了家，第二天倒是波澜不惊。

疯过这一次后，戴正私下将此事泄漏给了何易从，说自己差点"火烧博望坡"。易从也没一惊一乍，只是像个小大人般地对戴正说，你以后不要老去跟他们撒野了。戴正有点羞愧，自此顽劣心性收敛不少。

有一天，何易从忽然发觉，栖镇是魔幻的。易从在工人俱乐部图书室翻过一本书，叫《百年孤独》，里面的人吃墙灰，长猪尾巴，里面有个小镇，也喜欢下雨，没完没了下雨，跟栖镇一式一样。有时雨一下就一两个月，淅淅沥沥，下个没完没了。小孩子们套鞋也不肯穿，光脚穿着塑料凉鞋，脚就泡在脏水里踩来踩去，后来很多小孩得了脚气病。江南冬天也爱落雨，还好栖镇街上的路，大多是有廊檐的，下雨也淋勿着，就省下了雨伞钿。冬天落雨，连癞蛤蟆都钓不着，最幸福的事情，就是一伙人躲在煤球厂子弟的同学屋里，用烧炭的铜盆子烤红薯吃。手上的冻疮被烤得热气腾腾地发痒，忍不住用手抓痒，有时候皮破血流，回去又被大人骂，说冻疮不能胡乱抓。

冬天落雨，镇上男人家无聊了，就吃老酒，少数女人家，也老酒咪咪，跟男人家对饮。最便宜的酒，散装的，一角洋钿拷一斤，吃一两顿。镇上最穷的酒鬼，吃的一种散装白酒，俗称枪毙烧，打江北老婆的混堂师傅，吃的就是枪毙烧，酒性较烈，不吵架的辰光，特别是冬天，江北老婆陪老子吃枪毙烧。戴言礼和陈子船，吃的是栖镇酿造厂酿的本塘黄酒。何君乾不吃酒，靳云因为部队养成的习惯，吃的白酒，不过比枪毙烧质量要好，类似竹叶青和二锅头。

上世纪七十年代的江南小镇，人生大抵如此，所谓见世面，见多不怪。戴正没有见过哪个人真的长出猪尾巴的，吸血虫病引起的大肚皮小孩，运河边倒是见过，他们像是看西洋景。猪尾巴也见过不少，而且吃过。

他们一起经历了星光暗淡的一九七六年，这是一个悲伤的年份。

有次刘凤娇走在小菜场，对面走过来一个中年女人家，普通相貌，对刘凤娇讲了一句话：你老子有相好的了。还没等伊反应过来，自顾自走了。刘凤娇拎着一只菜篮子，愣在原地。刘凤娇心里明白，戴言礼相貌堂堂，对女人家相貌要求高，以前剧团里见的都是美女。要不是落魄回乡，死蟹一只，找对象轮不到她。戴言礼单位里，确实有一位女厂长，是从杭州调来的，两人差不多年纪，刘凤娇见到过一次，也没觉得对方有多漂亮，就是个子高点，城里女人，比镇上女人会打扮点。只是找不到两人相好的证据。平日戴言礼对伊平平淡淡，夫妻也没有体己话。一只棕绷床上睡觉，除了新婚头一两个星期，冷暖自知。刘凤娇小菜场回来，见戴言礼正听收音机里的戏文，也不去对质，只是闷在心里。后来趁戴言礼不在家时，翻箱倒柜，发现了一件可能是别的女人家送给丈夫的白衬衫，一条手工编织的灰色羊毛围巾，从此更不开心。

这一年冬天，冰天雪地。易知家隔壁四岁的爱妹在家门口玩耍，被比她大的小人脖子里塞了雪球，晚上就伤了风，一场高烧，烧成了傻瓜，只会写一，不会写二。西横头从此有了两个傻子，一个智力一直停留在四岁的样子，一个停留在七八岁。

爱妹娘国英，年轻时人称西横头一枝

花，高大白皙，风流俊俏。坊间传说，陈子船小伙子时，和国英搞在一起。爱妹爸后来知道了，易知精明强悍的孃孃，跟爱妹的孃孃狠狠吵了一架，这一架惊动了整个西横头。论起是非，到底谁先勾引谁，两个女人吵来吵去，都占不了上风。隔壁邻居，一辈子再没搭过腔。但是经过爱妹变成傻瓜的打击，爱妹娘看人的眼神都木了，再没有以前的生机勃勃。走在街上，也再不像从前那样昂首挺胸，扭腰扭臀。爱妹倒是成了命根子似的。街坊邻里，常闻爱妹妈响亮的长一声、短一声"爱妹呀，爱妹呀，快回来呀"。国英有副清亮的好嗓子，年轻时唱"一条大河，波浪宽"很好听，现在用好嗓子到处吆喝爱妹，别有滋味。整个七十年代，曾经丰乳肥臀的西横头一枝花四处找傻瓜爱妹的画面，深刻留在了西横头一众街坊的印象中。

关于爱妹妈和陈子船的这段公案，终究扑朔迷离。有一日，三伏天，易知夜里和几个西横头小孩在河滩边乘风凉，天闷热，楼上房间，热得像蒸笼，几个小孩子就在河边搭的竹榻板上聊夜。贴隔壁小姐姐阿华，又说易知爸年轻时跟爱妹妈要好的事，说是自己孃孃透露的。易知听了勿开心，过了几日，横了胆子去问父亲。陈子船讲，阿囡记牢，爱妹妈是我的救命恩人，要是没有爱妹妈照顾，我早就在三十岁那年死于腰子病了。陈子船因为文采好，早年积极参加"四清"工作，下乡搞宣传调查，后来因为工作太忙，营养又差，发的工资又要大部分节省下来，寄给爹娘，养一大家子人，得了急性肾炎，俗称腰子病，小伙子仗着年轻不当回事，又拖成了慢性肾炎，整个人浮肿起来，脸肿得像猪头，工作也没法干了，只好退出了"四清"工作队。这一病，陈子船从二十八岁病到了三十二岁，一家人失去了长子的工资，致福夫妇只得重出江湖，去德清做水产生意，也顾不上他，每个月寄九块钞票给伊活命，死活由命。屋里剩下陈子船一个人病在床上，没吃的，也没钱治病，冬天只有一床赤膊席子，一床棉被，半条垫，半条盖。隔壁爱妹妈看陈子船可怜相，天天过来给伊送点吃的，有时候还陪伊说话，帮伊洗刷。爱妹妈刚生了头胎女儿，丈夫常年不在家。大人的事，易知听得一知半解，只觉得爱妹妈就像传说中的田螺姑娘。

易知记得，她爸说重病的事说了一晚上，要易知记住，命运是这样奇怪的。沈家弄算命的瞎子说，你有后福。陈子船说，后来我觉得要死了，人生没希望了，文不能文，武不能武，不是病死，穷也要穷死了，大好前程全毁了，万念俱灰。眼看着当时一起参加"四清"工作队的同志，后来都升了官，有一个已经成了县里的领导，还有一个去了北京做官，自己却在赤膊席子上等死。国英曾说，我看你死不了，天不绝人。果然病到了第四年的年三十，后半夜四更天，我做了一个梦，梦见屋里房子失火，楼梯都烧起来，我以为自己要被烧死了，这时一个白胡子老爷爷就蹲在楼梯下，叫声"子船你不要怕"，快跳下来，我奋力一跳，就跳到了白胡子老爷爷背上，梦就醒了。第二天开始，我的身体一日日地轻松，一天天病好了。

陈子船大病初愈，已是三十二岁。光棍汉重启人生，想学个手艺过活，发现栖镇街上，木匠多而漆匠少，就拜了个漆匠师傅，走街串巷，去给人家屋里的家具上油漆，吃手艺饭。陈子船人聪明，很快上手。又找来各种花鸟图案，在家具上画一些简单的漆画，就更受欢迎。这时陈子船开始为自己打算，渐渐存了一点私房钱，大难不死后，心想做人要看得破，隔三岔五买菜进补，鸡鸭鱼肉，吃吃喝喝，不再手软。陈子船毕竟在"四清"工作队工作过，觉得人生不该只是个小漆匠，仍然向往全民单位，后来找到"四清"工作队队友，终于进了当时特别吃香的单位食品公司。几经周折，婚姻大事耽误了。陈子船与爱妹妈孤男寡女，到底怎么回事，当时的小易知还是搞不清楚，反正后来她爸和她妈经人介绍结婚了，再后来，田螺姑娘成了傻瓜爱妹的妈。

小镇日脚长，无所事事的人多。住西横头的人家，家家户户都有一箩筐闲话。又是夏天乘凉时，月亮下面，黑漆漆河港边，一千零一夜故事，自己会长出手脚来。

## 贰

其中一个故事，讲杨宝生弄堂一个墙门里的范家，有个疯女人，街坊称其"毒鬼"范小姐，范小姐芳名范沁青。

易知听父亲讲，毒鬼范小姐是被封建包办婚姻害的，此地土话，把智力不正常的人都叫成"毒鬼"。范小姐从小好人家出身，屋里老幺，旧社会读的是私塾，会作诗，写闺阁体小楷，会绣花，绣手帕绣枕套，鸳鸯是鸳鸯，喜鹊是喜鹊，月季是月季，牡丹是牡丹。只是小姐脾气，为人清高，很多媒人上门做媒，伊都不肯，心里想找才子夫婿，一拖两拖，到了解放后，天地翻覆，范小姐不仅拖成了老姑娘，而且栖镇世家范家，也成了家庭成分不好的人家，抬不起头来。范小姐没有工作，想当中学语文老师，政审不合格，学校不敢要她，想当小学语文老师，也不能成，到丁河农村里去代了半个学期课，哭着回来，不想再去代课了。有一种说法是，范小姐黄昏回教师宿舍时，被村里的大黄狗咬了。另一种说法是，范小姐回宿舍路上，被不怀好意的村里贫下中农学生家长挡路，动手动脚调戏了。总之，人和狗都欺辱范小姐。从此范小姐在家，一味郁郁不乐，对象也就更难找。屋里有老姑娘，做父母的压力大，就不断地托媒人给闺女相亲。相亲的对象，要么没文化大老粗，要么长相粗陋矮小，要么年纪大一截的鳏夫，范小姐虽非国色天香，相貌也算清秀，越看越生气。她父母更急了，时常唉声叹气。

有小道消息说，范小姐悄悄爱慕从前的私塾先生，那私塾先生是个不得志的男人，比范小姐大十多岁，年轻时长身玉立，瘦削斯文，白面书生。解放后，被安排在镇小管传达室混日子。私塾先生的老婆是棉纺厂女工，棉纺厂上班，要三班倒。有日上夜班，厂里忽然停电，老婆提早回家，回去就看到四十瓦的电灯下，前私塾先生在原来当书房的厢房里，正抱着一个姑娘亲嘴。姑娘着湖蓝斜襟秋布衫，衣衫不整，头发毛糙，正是范小姐。老婆怒吼一声，不要脸的东西，上前狠劈了范小姐两巴掌，还揪住伊头发骂，骂得要多难听有多难听，范小姐这辈子都没听到过这些下里巴人的脏话，一时傻掉了，任发疯一般的女人打骂不还手。女人还出不了气，又跟男人大吵大闹，杀千刀的、杀头鬼、腐化堕落，乱骂一气，骂累了，索性赖在天井里打滚，鼻涕眼泪。范小姐受了刺激，私塾先生示意她赶快逃，范小姐醒过神才逃走，到家后，很长时间闷声不响，屋里父母问她有啥不开心，也不回答。后来父母听到风声，

287

有街坊笑话他家老姑娘想男人，作风不好。范小姐爹妈心里发慌，女大不中留，不要留出毛病来，想赶紧找个人家打发出门，就到处托人做媒。

等到有一天，正是五一劳动节，东横头的媒人方师母带着一个中年男人家上门，男人家是死了老婆的鳏夫，钢丝绳厂的钳工金荣，比范小姐生肖大一轮，想讨范小姐续弦。当时工人地位高，钳工师傅尤其威风，但范小姐依然不肯，躲在楼上，故意不梳头，不洗脸，迟迟不肯下楼。一楼客堂间，八仙桌边坐着媒婆和金荣师傅，通过老房子楼板的缝隙，范小姐能够从楼上看到楼下的人，仔细听也能听到他们讲话。父母三叫四叫范小姐，伊偏偏不肯下楼。只在楼上侧耳听，就听得楼下媒婆嘀咕，哎哟，嫁不出去的老姑娘，你们屋里成分不好，不比老底子啦，还这么骄傲看不起人呀，当填房觉得吃亏是哦？范小姐爹娘低声下气，连连赔笑，赔不是，说姑娘不懂事，慢慢会教育好的。金师傅本来踌躇满志，新理了发，穿了身哔叽料中山装，口袋上别了支钢笔上门，不料这女人家见都不肯见，就喉咙梆梆响地讲，这种老底子好人家小姐么，顶需要我们工人阶级来改造。你们煞宽放心，老娘讨回去，保证不出一个礼拜，我就收拾得伊服服帖帖，好好给我屋里厢当女人家，笃坦的，笃坦的。

范小姐楼上听到，十分厌恶，忽地心头火起，眼前涌起在私塾先生家受辱的情形，仓皇回家后，至今又没有一丝私塾先生的消息，心里正恨私塾先生的软弱，忽然起身，将她爹房间里的便壶一倒，小便就从楼板缝隙处倒了下去，淋了媒婆和钳工金荣一头小便，连喊触霉头，落荒而逃。

连闯两祸之后，范小姐的名声更臭了。屋里也麻烦不断，她父亲受尽夹板气，几个月后腿一蹬，死了。范小姐幽闭在家，变得神神叨叨，总是一个人在厢房里自言自语，有人说她翻来覆去讲一句话，"问世间情为何物"，发了花痴。再后来，范小姐成了镇上有名的女"毒鬼"，屋里人只好把她锁在厢房里，以免丢人现眼，她的芳名，渐渐被人遗忘了。

范小姐"毒"归毒，有一点好，伊是"文毒"不是"武毒"，就是脑子不灵清，一个人自言自语，不打人，不咬人。她娘老了，慢慢也认命了，就不再锁范小姐，让她天气好的时候晒晒太阳，走动走动。

寻常日子，"毒鬼"范小姐喜欢走到不远处的长桥下河埠头去，伊坐在石阶上，斯斯文文看船，大船小船，一看半日。爱妹和阿凤两个小"毒鬼"，也喜欢待在河埠头，看船玩水。有一天太阳好，大小三个"毒鬼"，一起在长桥堍西看船。范小姐念念有词：带我去，带我去。爱妹问，阿姐你要到哪里去。阿凤嘿嘿憨笑，也鹦鹉学舌，带我去，带我去。这一幕滑稽场景，被在河埠头汰衣裳的街坊大嫂看到，回头就跟人讲，三个毒鬼讲白相，滑稽的。

有时天快黑了，戴正放学后就去找阿凤回家，总是一路找到河边，几个河埠头一个个找过去，找到在河埠头玩耍的傻弟弟，拖着阿凤的小手领回家吃饭，有时见爱妹和范小姐一道玩耍。他们喜欢玩的游戏，是把河滩上的小石头堆在一起，看谁堆得多，有时候就一起堆。有时候往运河里扔石头，能扔一整个下午。有时候不知哪里捡来的避孕套，被他们吹成了白色大气球，阿凤和爱妹叫着过年喽，过年喽，在河边抛来抛去嬉戏。戴正领了还没耍够的阿凤，就好言好语地对他们说：天黑了，好回去了，好回去了。

按镇上人说话，范小姐一年中的大部分光景都是斯斯文文的"文毒头"，只是在每年油菜花开的三月，会变成"武毒头"。栖镇郊外的油菜花开得最艳黄最烂漫时，范小姐会奔到去丁山湖路上的油菜花田里，一个人披头散发，手舞足蹈，有时哭，有时笑，有时跑，有时躺在地上，有时往头上插满油菜花，要闹到天黑时，才被伊姆妈找到，拖着脚回家。镇上人说，伊姆妈也不把这个花痴锁起来，就知道在屋里念佛。也有人说，范小姐以前被人撞见过，在那片油菜花地里跟私塾先生偷偷摸摸，大概伊发了"毒"后，仍然念念不忘旧情郎吧。

一九七六年九月，开学了，刚上小学没几日，几个小学生一起在栖镇剧院里哭，衬衫上别着小白花，最亲的毛主席离开他们了。哭着哭着，有些孩子开起了小差。戴正哭了一半，忽然想起他的蟋蟀罐子忘记在何易从屋里了，就开始惦记他的蛐蛐罐里的四只蛐蛐会不会为毛主席伤心死掉。易从心软，边上同桌沈美枝哭得梨花带雨，伊也跟着眼泪汪汪。陈易知哭得很伤心，因为被这个哀伤的氛围感染了，所以伊也哭。靳天很少哭鼻子，觉得女同学才爱哭，但心里不安，大家都在哭，当班长的不哭好像不对头。这时边上的女同学杜秋依碰了碰靳天，靳天觉得很难为情，心里又有点烦，把头低得更低了。

到这一年的年底，何易从得了疟疾，莫名其妙开始拉肚子，又打摆子，好好坏坏折腾了一个月，在棉纺厂医务室打针，又碰到针都打不好的蹩脚厂医，打得伊屁股乌青，屁股上打出了一个小坑洼，才安宁下来，从此整个人更清瘦了。

小人们桥上桥下，河南河北，荡发荡发到十岁光景，散落在运河两岸的各个小学，合并成了一所气派的全新的中心小学，西横头的易知和戴正在四班，东横头的易从和水北的靳天分在三班。一年后，四个人上初中，一同分在了唯一的重点班，成了同班同学。

有一天，何易从和戴正靳天一起做完值日，正要放学，在校门口见到了白衬衫蓝裤子、穿得齐整的范小姐。大家都认得这是有名的范小姐，因为最近几年，他们都在栖镇戏馆的台阶上见到过范小姐，范小姐总是一个人斯文地坐在那里，像是陷入了沉思。但是他们这天在校门口见到的范小姐，一点不像"毒鬼"了，眼神清清爽爽，像是变了个人。

戴正悄悄拉拉何易从，说，我们等一歇，看伊想做啥。会不会放火来烧我们学校？易从狐疑道，看伊蛮正常，不像疯子呀。

但见范小姐走进传达室，问传达室大伯，校长是谁？她想进去见见。大伯问，你要见校长做啥？范小姐说，我想问问，有没有可能当代课老师，我可以教书法。难得这传达室大伯是刚从余杭瓶窑镇过来的，不识得范小姐，就说，今朝校长出去了，你过几日再来吧。范小姐说，我想看看那块老碑，可以哦？大伯说一声看看就回，就放她进去了。

他们的中学校园里，小花园确实有一块碑的。一块栖溪讲舍碑记的石碣。

后来听闻，四十不惑。过了四十后，范小姐的病真的一天天好了。伊病愈的时候，前私塾先生已死，据说得了肝癌。也有坊间说法，伊老娘太凶，范小姐"发毒"

289

后,还时不时要折磨私塾先生,私塾先生郁郁闷闷,不肯吃东西,人一路消瘦萎黄,像生了黄疸,后来不再吃东西,就死了。范小姐想出来教书,但有精神病史,没有学校敢要她。范小姐就在屋里写书法,字写得很好,署名"沁青"。据说一个人经历了从疯魔到宁静,境界完全不一样了,范小姐从前轻盈婉约的闺阁体,现在有了莫名的禅意,乍见之下,有类宋徽宗赵佶的瘦金体。女子写字,从来清瘦又有禅境的很少。范小姐的书法,先是被范家在上海的一识货文化人亲眷看中,慢慢流出去,后来又有人买她画的花鸟小品。据传范小姐的书房,自己题名为"飞鸟轩",范小姐依然单身,大概一辈子不会再嫁人了。

也有坊间传闻说,范小姐姆妈去算过命,女儿跟私塾先生前世冤家,那个死鬼一死,范小姐就醒了,从此再世做人了。还好范小姐姆妈,一世的菩萨心肠,没有抛弃这个发"毒"的女儿。

何易从这日回家,拉开一只装满宝贝的抽屉,翻出旧年在吉家斗的废品收购站他一时好奇收起来的小楷红笺,正是署名"沁青"二字。一看到曾经的"毒鬼"范小姐,满纸狂狷的"问世间情为何物",易从的心里,奇怪地翻腾了几下。

一九八七年,笼中鸟变成大鹏鸟,终于高飞了。范小姐随她亲哥哥去了美国,定居旧金山,比何易从早走了十几年。后来传闻,范小姐跟乌镇人木心在纽约一道喝过咖啡,像白头宫女一样闲话玄宗。

随着"毒鬼"范小姐的出走,栖镇古镇仿佛也彻底告别了何易从心目中的魔幻时代,一脚踏进了新时代。

也有人永远定格在了栖镇的魔幻时代。有年陈易知大学放暑假回乡,在马路上碰到拎着一只菜篮的爱妹妈,一下子都认不出来了,伊年轻时刨花水梳得乌黑发亮的头发,现在花白了,整个人松垮下来,像隔壁粮库的一只半满的大米袋子。后来才听说"毒鬼"爱妹因为贪吃粽子,端午节的半夜活活把自己撑死了。西横头的一千零一夜美人国英,也在河埠头边彻底成了一个老妪,易知从伊身边默默走过,几步之后,眼眶湿了。

## 叁

初二新学期开学,教室里,陈易知听到何易从刚去过上海,当时班里,还没有几个同学去过上海。

易从比易知早一年初涉上海滩,东张西望。见识大马路,外滩殖民时期的万国建筑,目不暇接,又觉得豫园没有外滩洋房好看。易从去上海娘舅家回来,在南京路"一百"买回一副四国大战军棋,因内有棋谱,甚是宝贝。当时栖镇的商店,还没有连棋子带旗谱一起卖的四国大战军棋。暑假里,易从跟几个男同学研究得津津有味,讨论四国十大名阵,什么飘香一剑、午夜风铃、于无声处,吃饭睡觉都在想,有时候易从半夜热醒,钻出蚊帐,凑到花格子窗边吹吹风,看看夜半运河上驶过船只的弱灯,又想起棋谱上的阵来,兴奋得不想睡。戴正评说,何易从云里雾里,最适宜走"风花逐月"阵,看似虚无缥缈,实则能卸千钧力。靳天是"飘香一剑",轻灵处有力道。戴正说我是"狼来了",虚张声势,先吓吓你们。

等到开了学,课间休息时间或者放学后,一起钻研军棋的男生越来越多,从此,四国大战统领了男生世界。易从和靳天玩军棋玩上瘾，几番折腾，变成了几副缺子的残棋。

何易从想到个办法，零花钱不够，就动员靳天一起去卖废品。这时靳天已经蹿了个子，比易从高出半个头，有了点弱冠少年的模样，怕被人看到卖废品难为情。易从说，有啥难看相，有回我去你家，碰到过杜秋依也卖废品。废品收购店原来是幢石库门老宅，有高大的石门框，宅子里立着几根大柱子，那石头门槛也有点高，靳天一想，仙女一般的杜秋依也卖过废品，要抬脚跨那门槛，也就心安了。易从说，我们卖了废品，可以换好几副新军棋，再去长桥边冷饮店吃顿冷饮。靳天说，那好吧。两人将屋里的旧书报硬纸板等废品搜刮了一通，一人拎上一捆，到吉家斗卖废品。

在废品收购站等候过磅时，易从看到另一台空着的铁磅秤上，摊了薄薄一沓旧纸，是绯色的，感觉这纸清清雅雅，说不出的好看，跟他们平时用的纸不一样，就蹲下身看了起来。易从一看纸上，是字迹娟秀的一些诗句，最后有署名，作诗的人叫沁青，看笔迹和名字，大约是一女子。易从再看，开始几页笔迹娟秀工整，到最后两页，只有一句"问世间情为何物"，笔迹凌乱，墨迹浓浓淡淡。易从不知道沁青就是范沁青，栖镇有名的"毒鬼"范小姐，曾经的范家才女，后来发了"毒"，关在范家厢房里。易从卖完废纸，也没跟靳天说起，就将这沓薄纸带回家。

晚上无聊，就在灯下细细看来，须臾，读了几首旧体诗，字大体都识得，只是似懂非懂，不知深浅。小小年纪，一句"问世间情为何物"，易从想了又想，想得呆了，也不甚明白什么意思。忽然想起，《石头记》里贾宝玉林黛玉，大概也会这么问来问去。

新学期开学不久，重新分班排座，他们到了二楼新教室。易从和易知在男女生中都是中等个子，戴正依然矮小，坐在第一排，靳天忽然蹿高了，坐在最后一排。何易从跟陈易知前后座。

一日，易知跟学校请假，跟着姆妈去了上海几日。回来后，在课间休息时，回头悄悄对易从说，我也去过上海了。易从"哦"了一声，正想问易知有没有带四国军棋回来，想想不对，女同学不喜欢玩军棋。易知又说，我美国娘舅回来了。易从又"嗯"了一声。易知正想再讲几句，上课铃就响了。下课后，易知回头跟易从要墨水瓶，易从说，我晓得吴老师给你翻译英文信封。易知说，你怎么知道。易从说，我看到的。吴老师查了很久字典，说地址很难翻译。易知说，是的，一会儿纽约，一会儿休斯敦，我也不知道在哪里。易从说，我也有爹爹伯伯在台湾，说要回来探亲。易知说，我老早知道，我爸说你爸去过香港探亲了，怎么不带你去？易从说，可能因为我要上课吧，我妈也没有去。易知说，美国不知什么样，我真想去看看。易从说，很远很远，隔着太平洋，听说飞机要坐两天，又不是你想去就能去的。易知问，那你想不想去呢？易从说，我想这干吗？易知不高兴了，扭过头去。

从这一日起，易知把易从划入她的秘密同党。他们心里都装着一个更大的世界，心也比别的同学大。他们都是独子独女，当时镇上小人，几乎都有兄弟姐妹，只有他们品尝了独生子女的孤独，他们都有"海外关系"。还有一点，他们都是好学生，会互相别苗头。还有一条，他们好像都喜欢议论神秘事物，比如飞碟外星人玛雅文明印加帝国诸葛亮的木牛流马以及世界大战什么时间爆发。几乎每节课的课间，几个男生和陈易知一个女生都在这些天马行空的胡扯中度过。

当时易知已经从母亲口中，知道了中美建交的历史性大事件。易知心想，中美建交跟我有什么关系？尼克松跟我有什么关系？但从母亲的兴奋，易知能够感受到，中美建交跟她是有关系的。因为自从这一重磅消息发布后，没多久，她家陆续飞来了贴了外国漂亮邮票的信件，有美国寄来的，英国寄来的，有辗转香港从台湾寄来的，还有沙特阿拉伯寄来的，那是因为有两年，一个娘舅派驻去了沙特的航空公司。母亲开始给"亲爱的哥哥嫂嫂"们写信，家里开始有了美元和港币，换成人民币后，又有了可以购买紧俏物资的侨汇券，一家人一年有两三次，会去杭州的友谊商店购物，再去奎元馆或天香楼吃顿好的。

让易知觉得稀奇的是，大人们信中的称呼里，有那么多的"亲爱的"。那时候，"亲爱的"是多么特别的、洋气的、肉麻的一个词。母亲自称"小妹"，收到的信，头上称呼都是"亲爱的清清小妹""亲爱的韵妹"，甜得发腻，易知仿佛被拉去一个童话世界，那里的兄弟姐妹们，都是相亲相爱的，信中提到的女子们的名字，都美得一塌糊涂，好像都是古诗里漏下来的，湘漪、彬影、葭天、碧凝、蘅逸。易知奇怪，姆妈平时也不是这样说话的。一进了书信中的世界，好像就换了一副说话腔调，咬文嚼字起来。易知从小生活的世界则完全不同，见识的是大人们兄弟姐妹间的争吵与谩骂。西横头街坊邻舍间，兄弟姐妹亲厚的有，为一砖一瓦、几只鸡蛋、一个篱墙吵架打架、翻脸不认人的有，自己家也是如此。

易知第一次收到了美国舅母给她的礼物，一件夏天的彩虹横条纹针织衫，一小瓶香水。从上海回到家，十四岁的小姑娘在镜子前试新衣，衣裳色彩漂亮大方，可是易知羞于穿到街上去，怕被人侧目，只敢自己穿着照镜子，孤芳自赏。她要很多年后才知道"性感"这个词。易知在镜子前转来转去，看了又看，只得把这件唯一的美国衣裳收了起来。

何易从和陈易知一前一后，有了对大上海的向往。另一个原因是，他们最喜欢的英语老师吴琳，是一个上海女青年。

对吴琳老师的崇拜，缘于他们十二岁那年的春游。一个班两个带队老师，一男一女，女老师就是吴琳。

在江南，四月学生时代的春游，总是碰上下雨。这日下午，杭州就开始下毛毛雨，班上春游的同学，分成了两拨。一拨跟着吴老师，从北山街一路上了葛岭。吴老师跟大家讲，你们不要小看葛岭，这是卧虎藏龙的地方啊，很多别墅，都是有故事的。

陈易知紧跟着吴琳老师听葛岭故事，听得如痴如醉。何易从穿一双新白球鞋，是上海娘舅送的，走上葛岭的时候，脑子里还在想刚才吴老师讲的苏曼殊，说他母亲日本人，父亲广州人，年纪轻轻当了和尚。雨中青苔滑腻，易从正因苏曼殊而思绪奔逸，没看地上，踩到一只跳将过来的癞蛤蟆，只听旁边的同学们一声惊叫，易从摔倒，衣裳鞋子都脏兮兮。吴老师带他到葛岭一户人家门前，户外装有自来水龙头，给他洗干净衣裳上的泥巴，又一直陪着他走。易从内向，小小单薄的一个小人，低着头，手被修长的吴老师牵着，心里很紧张。可吴老师牵着他的感觉，又让他心里生出几分依恋。印象中，好像母亲时常心情不好，很久没有这么牵着他走路了。陈易知也紧紧跟着吴老师，生怕漏听一句。不觉已到黄昏，蒙蒙细雨一直下着，葛岭上亮起些零星的灯，易从也渐渐从摔跤的阴影中淡出，开始留恋这有几分神秘色彩的葛岭景致。

春游回来，有一天放学前，戴正、何易从、陈易知一道小组值日，戴正扫地，何易从搬凳子、洒水，陈易知擦黑板。戴正边花式花样地扫地，边讲东讲西。戴正忽然说，春游时，我看你俩一左一右跟在吴老师边上，蛮发嗲的。我就奇怪，为啥你们俩的名字里都有个容易的"易"字，你们是"易"字辈亲戚吗？易知被戴正扫把扬起的灰尘呛得咳嗽了几声，凶巴巴地说，我哪里知道，你扫地能不能不要扬灰。易从则一本正经，好像思考了下说，应该不是亲戚。

易知回家，就问她爸，奇怪，我跟何易从的名字里都有个"易"字，戴正问我们是不是亲戚。陈子船有问必答。想了想，说，不是亲戚，倒是有个缘故。陈子船讲，年轻的时候，我跟何君乾是象棋朋友，有段时间，我天天去东横头下棋。后来你大了，就不太去东横头，我嫌路远了。易知问，下棋跟名字有啥关系？易知爸说，我记得，何家有好几本棋谱，我借来琢磨过的。有一本《棋谱》，讲到《易经》里的一句话，他觉得讲得很好，做人跟下棋差不多，那句话我不记得了，何易从的名字，就是那句话里翻出来的。易知问，那我的名字呢？陈易知，不男不女的。易知爸笑，生你小鬼后，我跟你妈《新华字典》翻遍了，不够用，翻《康熙字典》，取了好几个名字，你妈都不喜欢，后来你快满月时，我去何家下棋，看到他家小毛头，也才三四个月大，我说你家儿子名字蛮好，有文化，我家囡囡名字还想不好，《康熙字典》都派不着用场，何君乾把棋谱又再翻出来，说你琢磨琢磨。后来我说，男小人叫易从，女小人叫易知，陈易知，听起来蛮斯文，你妈把《易经》里的原文找出来，也觉得意思好。

易知听了，心里就多了点异样的感觉，也不知何易从知不知情。有一日早上，易知经过刚营业的照相馆，橱窗里，他们和杜秋依的放大照片已经不见，换上了几对新人的相片。

可是有段时间，易知觉得何易从变得讨厌了。他们一前一后坐着，他喜欢踢她的凳子，一下一下地踢着。她要是不理他，他就踢得重些。她有时恼火了就转过头去，怒气冲冲对他说，你不要踢我凳子呀，讨厌死了。他说一句，我没有。就不理她了。

连嘻嘻哈哈的戴正也变得讨厌了。戴正在教室里嘲笑陈易知像个政治女老师，易知反唇相讥：难道你不知道你像一只跳蚤吗？戴正急道，就是跳蚤，我也是"鼓上蚤"时迁，梁山好汉一条。易知轻蔑一笑，你还想当小偷啊。易知在家时，时常从后门看弄堂里来往的人，看到路过的戴正，走路从来不整只脚落地，总是一跳一跳的，像一只兔子。

少男少女，别别扭扭。有次语文老师要大家写关于桥的作文，易知引用了秦观的《鹊桥仙》，说每年七夕，长桥的天顶上还有一座长桥，就是鹊桥。这个想法写进了作文里，老师把她的作文当成范文在课堂上朗读。

坐在易知后面的易从这篇作文写的第一段是：

有一天，一个小男孩从窗口望出去，发现长桥倒塌了。他想，石头是可以永恒的，石头搭成了桥，就不能永恒了，因为桥有可能会塌掉，会消失。长桥倒塌的那日，小男孩面对一堆废墟发了会儿呆，默默捡了一块桥上的石头，拿回了家，留作纪念。他想，就让这块石头跟世界末日一起消失在银河系吧。

语文课代表陈易知发全班语文作业本时，每次都要看看何易从的作文写什么，读到何易从的这篇作文时，易知很喜欢。易从拿到自己的作文本后，看到老师批的分数，有点不高兴。又一节语文课后，易从嘲笑易知说，银河系根本就没有生命，你想得美，但没有科学的宇宙观。易知也不示弱，白他一眼说，这叫想象力，你不懂。何易从说，想象力也不能乱想。易知不服，说，想象力难道要符合科学吗？又不是写科幻小说。当时，他们这些小镇少年刚刚接触到科幻小说，叶永烈的《小灵通漫游未来》。易从说，那当然，什么两情若是久长时，又岂在朝朝暮暮，你们女生琼瑶看多了，就喜欢无病呻吟。易知哼道，你根本不懂，怪不得你写来写去，都是石头。

易从因自己的作文不被老师看好，又被易知偷看，脸板了一整天。这日放学前，易知见易从还板着脸，赌气地写了个字条，当面扔进了他的铅笔盒里，上写：你有本事，永远不说这两句诗。

毕业前，易知得知易从并没有报县城的重点中学，闷哭了一场。接下来，一天天地数着剩下的日子。

高中夜自修上，易知见林茵茵铺开信纸给笔友写信。易知老是摊开纸笔，想给易从写封信，早默记下他家的门牌号，可终究没有写完。那时候，男女同学之间已经"邦交"正常化了，她已经可以在高中男生面前落落大方，一起厮混了，可是跟何易从，就是不行。

那信若是写出来，应该也是矜持的，很谨慎地删掉很多东西的，差不多是这样的自言自语：

何易从，你好吗？

我在这个中学住校已经有一段时间了，渐渐适应了这里的生活，有了一些住校的和不住校的新朋友，大家来自我们县的各个地方，说的方言也有所不同，但是都能听懂。你在你的中学过得还好吗？我在新的学校，大体是愉快的。

我每周来回，都要经过你家，有时看到你在灯下写作业呢。

初中三年过得飞快，我们是学习上的竞争对手，还争吵过，斗过嘴，不过你更像我的谈得来的朋友，我记得我们聊了很多有趣的话题，交谈得很愉快，可惜我们没有在同一个高中上学，大概我和很多人想法不太相同，我有点想离开家，去看看外面的世界。

我想告诉你，那次我惹你生气的关于七夕的作文，其实你写得挺好的。当时我觉得，你写得比我更好。

其实毕业那天你走的时候，我有一点点难过。

很快就要考大学了，我知道你肯定是要上大学的，你想考哪个大学，考什么专业，可以告诉我吗？

对了，我们住校的宿舍有很多老鼠，晚上老鼠还打架，吱吱吱叫个不停，让人头皮发麻，我本来就特别特别怕老鼠，见了老鼠会尖叫的，可现在都有点麻木了。住校当然没有住在屋里舒服了，吃的也没有屋里的好，屋里每周给我带的菜，总是鸡呀鸭呀一大杯，我都吃厌了，但有些农村来的条件差的同学，带的是一大杯咸菜烧油豆腐，她们还有些羡慕我呢。有一天半夜感觉有老鼠从我被子上爬过，吓得我不敢动一下。早上起来，还看到蚊帐上有血迹。

还有很不舒服的事情，冬天夜自修，教室里很冷，因为教室里总有一面玻璃窗是破的，风就能吹进来。好不容易夜自修结束了，我们从教室跑进宿舍，要先瑟瑟发抖两分钟。

即便这样，住校生活好像也还是蛮有趣的，我觉得自己变开朗了，也变得合群了，不再觉得那么孤单。

我们这儿的学校靠着火车站旁边，从前我每晚是枕着河上的汽笛声入睡的，现在是高低铺被火车开过的振动声摇晃着入睡的。我觉得有点奇怪，轮船和火车，都是要去远方的。我在哪儿读到过一句话：与无穷的远方，无数的人们在一起。我很喜欢。

我们这儿有些用功的同学，熄灯后还站在走廊的路灯下复习，不知你们学校的学风怎样。我们这儿除了学习，我和林茵茵还学跳一种叫十六步的集体舞，我们还打牌，考试前就熬夜备战。

我回来时也去过几次你现在的中学玩，见过几个老同学，可就是没有看到过你。

高二分班时，我选了文科，现在觉得学习很轻松，大概我的文科一向很强吧。我的同桌是数学课代表，我老抄她的作业，不过我数学也还不错，就是懒得做，夜自修时我看了很多闲书，经常一个人偷着乐，有时还笑出了声。

现在我和林茵茵成了最要好的朋友，放学后，我们经常去学校外面，爬上一个水坝聊天、散步，周末我回家，时常和靳天同车，下车后总是要经过你家门口。

你的高中生活有意思吗？有要好的朋友吗？等等等等。

祝

进步！

陈易知

一九八五年×月×日

她想模仿母亲写信，头上写"亲爱的易从"，到底难为情。"其实毕业那天你走的时候，我有一点点难过。"这句话她写了又删，删了又写，最终，还是没有力气删去。结果，这封信就一直写不完。

## 肆

《遵生八笺》记载，有杭俗，农历五月二十日为分龙节，此日分猫。

栖镇街上，头号动物是猫，屋顶之下，是人类的世界，屋顶瓦檐之上，是狸奴的世界。江南老屋，时有因群猫打架翻瓦而屋漏，雨淋进了屋里，主人家才知道又是猫干的好事。被猫踩松踩凌乱了的瓦片，需要泥瓦匠上屋顶修补，重新排列整齐。尽管如此，也没人怪猫淘气。猫性如此，家家户户都需要猫来捕鼠。

其次是狗，乡下的狗比镇上的多，因为要看护院子，防贼。乡下的狗总是很凶，小孩子们都怕陌生人家的狗。有时几个小孩结伴去丁山湖一带玩耍，就带上一根打狗棒，才不怕一路的狗叫，狗追。

再次是鹅。陈易知在弄堂里的劳家天井里，看见过两只骄傲的白鹅。过了半年去看，那两只鹅还在，依然骄傲，优雅地踱来踱去，偶尔肆意叫上几声。易知才知道，这两只鹅不是买来吃的，是当宠物养的。

海阔天空的世界，却也杀机四伏。易知家养过的五六只猫，每一只猫都以失踪告终，都没有寿终正寝。易知不敢要她爸养狗，因为狗比猫更容易被偷被抢被打死，变成狗肉。

高考前最后几个夏夜，又热又闷。镇上人天天盼雷阵雨，雷阵雨也不来。有半个月的时间，学校放了假，学生各自回家做最后的自主复习。易知和靳天都从临平回了栖镇。

这一日，靳天从水北外婆家回自己家吃晚饭，晚饭后不想看书，就荡出门去，正好碰到隔壁老同学刘晓光，说天气好热，复习不进去，想出去走走。

两人在市心街上游荡，走到塘廊，又碰到跟他一起坐最后一排的范小荣，还有一个男同学王小强，两人都是毕业会考后无所事事。范小荣见靳天和刘晓光两个帅哥，嬉笑说，老班长，你大学生哎，怎么跑回来荡马路啦？说得靳天难为情，就做出满不在乎的样子。靳天说，考什么大学啊，实在无聊。刘晓光也说，我妈我爸整天说考大学、考大学，烦煞。王小强说，嗐，考大学有啥意思，书呆子干的事，不如跟我们去荡荡好白相。范小荣就拿出三五牌香烟，说，来，敬敬好学生。一人一根，要给靳天和刘晓光点上香烟，靳天和刘晓光你看看我，我看看你，略有尴尬，索性就接过了香烟。这也是靳天人生中的第一支烟。

那一年，靳天十九岁，刘晓光十八岁，两人身高都超过了一米七五，相貌堂堂，已经出落成英俊少年。靳天在县中，刘晓光在镇中，邻舍隔壁，周末时常厮混。除了何易从，靳天觉得自己跟刘晓光也气味相投。刘晓光在镇中成绩中上，担任年级团支书，是吃得开的文艺积极分子，歌唱得好，刚刚流行的交谊舞也跳得好，衣裳行头看起来，也比别的男同学精心讲究，是不少女生心中的白马王子。刘晓光一想考大学这件事，心里就上不下下。

四个人从塘廊荡到长桥南塊，这时又碰到了出来想荡一荡再回去用功的戴正，又碰到了吉彪等几个毕业考后无所事事的男同学，等到过了桥，到了靳天小辰光住的水北时，一起荡的男生，变成了七个人。戴正笑着说，我们不就是"江南七怪"吗？

被逮杀的狗，是他们上两届的师兄高庆家的，名叫铁饼。高庆又特别爱狗。这一日，也不知高庆家的公狗，怎么会从水南先出了皮匠弄，荡到街上，又过了长桥，再荡到水北去的。镇上人家的狗，一般都认得水南水北的路，熟门熟路出去寻欢，熟门熟路回家。但是这一日，高庆家的狗倒霉，它远道跟水北新桥湾和里仁桥那边的两只狗妹子交欢后，折回原路。回家路上，走得有点疲沓，也许刚刚云雨巫山，销魂过了头，此刻还在温柔乡，警惕性不高，就碰到了凶神恶煞地荡到这僻静处的"江南七怪"。

只听得吉彪提议了一声，饿煞了，我们把这只狗逮了，到我家红烧狗肉吃吧。

吉彪几个，一拍动作片就兴奋，因为附近有棉纺厂，废弃的麻袋子很多，绳子和打狗棒也易得，很快，他们已经带着家伙，追着狗跑，一下子对铁饼形成了合围之势。

一群少年的大呼小叫中，铁饼寡不敌众，很快被套进了麻袋，被吉彪倒提着，在麻袋里发出"呜呜"的惨叫。铁饼本可以跳入运河逃走的，不知为何没有想到河里的"生路"。只有靳天和戴正两个，本能地闪退到了一边，成了这场闹剧的"帮闲"。

吉彪说，这里不方便，我们走到桥下，把狗打死。

戴正以前是听说过，吉彪姆妈虽是养鱼场职工，不是厨师，但是厨艺好，会烧羊肉与狗肉，猫肉也会烧，不过猫肉酸，喜欢吃的人不多。

靳天和戴正就跟着小伙伴们回头走，走到桥脚下，感觉有点腿抖的戴正，灵机一动说，我去叫声何易从。靳天也有点怕，又有点兴奋，想跟戴正一道去找何易从，一边听得刘晓光催促说，快点快点，靳天脚不听使唤，跟着大部队走到了桥底下，戴正三步两步地上了桥。靳天的兴奋，又占了上风。

戴正去何易从家，易从正在家中复习语文，若有所思。戴正兴奋地讲述了水北打狗的事，喊他一道到吉彪家去吃狗肉。易从一脸嫌弃，说，我不吃狗肉。兴冲冲的戴正碰了壁，忽然想起易从爱狗爱猫，屋里养过小狗，后来不见了，很可能被人捉去吃掉了，他伤心了好几日。这时戴正才想起自己出来荡了半日，就告别了易从，乖乖回家去了。

长桥底下，四下无人。远处昏黄路灯的光延伸过桥洞，桥洞下，坐着一个脏兮兮的流浪汉，入定一般，淡漠地看了这群"洋火担子"一眼，仍旧闭上眼睛睡觉。靳天心神不定，瞟了流浪汉一眼，觉得流浪汉长得很像济公。靳天离开那只装狗的麻袋三米远，怕狗血溅到自己身上。他不知其他几个同学为何都一脸兴奋，瓮中捉鳖，一通乱棒，将铁饼打死了。等到狗不再发出呜呜的声音时，靳天悬着的心，又放了下来。

接着一行人提着被打死的狗去吉彪家，靳天也跟去了，狗血还是滴了一路，靳天没注意自己的球鞋上也沾了狗血。

过桥时，也不知谁唱山歌一样：东横头死只羊，西横头死个娘。

吉彪高兴地说，东横头杀只狗，西横头吃狗肉。

吉彪姆妈热情地招呼他们，欣欣然又利索地找出大锅，烧水，剖狗，洗狗肉，红烧狗肉，屋里各种香料俱全。靳天一直在旁边看着。看着看着，心里也不知为何有点堵堵的，也不知道为啥自己在这里。戴正并没有回来。何易从也没有来。一群少年打扑克，等着狗肉烧好。两小时后，吉彪几个又去小卖部买了好几瓶啤酒。

晚上九点，狗肉上桌，浓浓的香。靳天也觉得狗肉好吃。刘晓光说，每年冬天都有人送我家狗肉，还是吉彪姆妈烧得好吃。吉彪说，听我阿爸讲，有年春天，镇上的狗大部分都得了狂犬病，还照样有胆大的饿煞胚捉来吃狗肉。南横头有个老光棍，吃狗肉变成了"毒鬼"，到春天，赤膊赤卵在街上乱走，见女人家就追，女人家见了这"毒鬼"就逃。

七嘴八舌中，酒和肉都饱了，星夜各自回家。吃不完的狗肉，是吉彪一家好几顿的美餐。

接下来，靳天流了三天鼻血。

高庆的爱狗变成盘中餐的那个晚上，

297

夜深人静，高庆见铁饼到点未归，以为铁饼贪玩，等到深夜，心中不安起来，就独自出门找铁饼。铁饼平日的云游路线，高庆基本知道，找了一通无果，心想这公狗凶多吉少。当日深夜十一点，睡在桥边老屋楼上的何易从准备睡觉前，在窗口边站了会儿吹吹风，心里念起刚才背的古诗：昨夜星辰昨夜风，画楼西畔桂堂东。远远地看到了河对岸的路灯下，一个人徘徊着走过，听到这个人一声声叫"铁饼"的声音，不知为何叫得他心慌意乱，易从并不知道铁饼是一条狗的名字。

几日后，高庆得知始作俑者是小混混吉彪，又气又伤心地把吉彪打了一顿。吉彪又报复高庆，有天下午，走到高庆家的弄堂下，朝高庆家正对弄堂的窗口扔石头，窗子半掩着，石头正好击中下午得闲正在床上翻滚的男女，只听女的"噢呦"一声喊痛，高庆以为自己力道太大，弄痛了女方，结果发现女的肚子上，擦出一块乌青，还略有破皮，又在床上找到一块小石头。高庆一骨碌爬起来，提起裤子，往窗下一声吼，吉彪泥鳅一样，拐进弄堂里的一个墙门溜走了。高庆想追下去，被女的拉住说，算了，丢不起人。吉彪不知道被他石头击中的女子，正是同班女同学，班花沈美枝。那时同样毕业了不想考大学的，也不知道招工会招到哪里，沈美枝正痴迷着高大英伟的高庆，交往没多久，被高庆花言巧语几句，就主动爬上了高庆的床。

吉彪奔逃，一拐拐到了戴正家，找戴正玩，两个少年荡去运动场后面的河里摸螺蛳，还不过瘾，又荡发荡发，到了西郊乡下的张家墩，卷起裤脚，下了水田中间的水沟，吉彪教戴正取一段水沟，两人把两边的泥垒高，将中间这段水沟的水舀干，一片一片泥地翻过去，果然捉得若干条泥鳅，瓜分了战利品，带回家交给大人。戴正姆妈将泥鳅红烧了，加生姜加葱花，味道不错。

高庆是苏州奶奶的儿子，那时苏州奶奶不算老，街坊都叫她陆师母。陆师母苏州娘家，原来是开绸缎店的，后来败落，沿运河下嫁到了栖镇的远房亲戚家，丈夫是远房表哥，是个手艺不错的木匠。高庆高中毕业后，招工在晶体管厂工作，又是栖镇镇上数得上的帅小伙子，个子高，厂里篮球队队长，镇上几个大厂的青工组织篮球比赛，高庆的球队经常打胜仗。风光的青年工人，给喜欢的姑娘朗诵《钢铁是怎样炼成的》的片段，招蜂引蝶。这本《钢铁是怎样炼成的》，正是厂里给他的优秀团员的奖品之一。高庆那时正在热恋，荷尔蒙旺盛。要不是荷尔蒙过于旺盛，高庆原本在厂里的前途一片大好。后来窃窃私语多了，高庆的提拔就有了麻烦。一个个天然丽质的栖镇姑娘走上他家楼梯，拐进了高庆的西厢房，暗度陈仓，暗通款曲，沈美枝也不知排到女几号。朝南房间，窗户弄堂，姑娘总是留下来吃饭，而且是单独跟高庆两个人，牵丝伴藤关在楼上房间里，吃上一两个钟头，边吃边谈，或许还有别的节目。只见陆师母在几户人家共用的厨房里忙碌，烧几个拿手江南小菜，饭菜茶端上端下，殷勤招待伺候。后来满镇风雨，听说高庆始乱终弃。一个大了肚皮的姑娘，被高庆抛弃，求而不得，天天上门，流眼泪等着高庆接见，胎儿一天天见大，偏偏见不着心上人，被陆师母的苏州话软语糯言劝退。姑娘拖到六个月的珠胎，只好到医院打掉，高庆只赔了营养费加一点精神损失费，后来那姑娘心伤透，草草嫁人，再也没来过。

两个月后，大学发榜。和易知一起在县中的靳天居然高考考砸了，去中国医科大学学法医的理想落空，最后勉强上了个大专学校。听说数学漏做了一页，生物不知何故，总分七十分，只得了十七分。靳天后来回想，那天下午落雷阵雨前，一阵妖风，试卷吹在地上，也可能有一张卷子吹走了，我糊里糊涂不晓得，怪不得时间空出一大把。靳天爸妈如遭雷击，心想儿子一贯成绩稳定，县中理科班年级前二十，发挥再失灵，普通大学总是稳的，不知何故马失前蹄，就劝他复读一年，靳天心里杂乱无章，时常想着武林头丝厂的"姐姐"，似乎再也静不下来读书，想哪怕上了大专，也可以回来多看看"姐姐"。

离奇的是，不仅靳天，还有刘晓光，还有另一个半道撞上，没打狗但吃了狗肉的学霸同学，本来的志向是清华北大，结果连大专都没考上，只得复读。这晚参与了杀狗、吃狗肉全过程的同学，高考全部落榜。

吉彪此后打狗上瘾，于一九八八年的冬天做起了五香狗肉生意，发了点小财，从此穿起了石狮货西装，戴起了蛤蟆镜，提起录音机，从长桥上招摇而过。有一日黄昏，陈易知在长桥上看到吉彪和一个姑娘一起，提着双卡录音机招摇过桥，赶紧假装没看见飘过了。

## 少年游　下

二〇一八年七夕，夜里十点半以后。

送走陈易知后，何易从沿河走过一溜新建的美人靠，如约去见一个人。又从河南走上长桥，过了桥，到水北，进了一所木结构的老宅。这老宅如今是一家民宿"桥边月"。

知道易知走时脸上不悦，但也没办法。他这趟调整了时间，是为沈美枝漂洋过海来的。

美枝跟他说，谢谢你来看我。你白天管自己忙，晚上你爸妈睡了，你来看我，我跟你说话。

栖镇出美女，连河边米床都叫美人靠。几十年前，在河对面的河埠头淘米的男人家，看到对岸河埠头浣衣的女人家，因为隔岸观美人，对岸的美人更是美得云里雾里，哪怕脸上有几粒麻子，也完全不碍事，男人家的米淘着淘着，半天还没淘好，心思一活络，恨不得马上过桥，跟对岸浣衣女子答白，但多半是内心戏，行动是不敢的。

栖镇美女，都是地道的两三代的栖镇人，皮肤白、细，发乌黑，明眸皓齿，杨柳腰身，声音好听，说话嗲嗲糯糯，高挑的高挑，小巧的小巧，性格有的文文静静，有的牵丝伴藤（吴语，接近于妩媚、作的意思）。桥上桥下，河边，水葱儿似的，画片儿似的，无论晴天落雨天，都是一道风景。还有一条，栖镇美女养得滋润，老得比别地的女人慢，这是栖镇女人家自己的说法，一般栖镇女人家到了四五十岁，身材脸蛋都没有太大的变化，能有七八分青春时模样。

原来长桥脚下的老茶馆店，是有年看《红楼梦》时塌掉的，实在挤了太多人了。何易从记得，那次就是徐玉兰王文娟演的越剧电影《红楼梦》，当时真是万人空巷。

可能栖镇人看林黛玉，就是看国色天香。后来听镇上人说美女，就说伊生得像林黛玉，所以镇上人觉得，女人家瓜子脸最漂亮，鹅蛋脸第二，苹果脸第三。

若让李笠翁来评判，大概如此：一众栖镇女子中，沈美枝就是最俏丽的瓜子脸，风流妍姿巧笑，极品。杜秋依是标致鹅蛋脸，临水照花三分冷，看着就是淑女。陈易知一开始是瓜子脸，后来变成鹅蛋脸，后来又有点像青果脸，眉清目秀又端正，秀品。瑶姑娘像何易从心目中的薛宝钗，鹅蛋脸，天生三分熟，娟品。刘春燕是标准的苹果脸，虽是假小子风范，也够凤姐式的漂亮英气，贵品。林茵茵也是苹果脸，和和媚媚，芳品。另有许湘柳也是鹅蛋脸，看起来比瑶姑娘娇小一点，多了几分天真艳丽，艳品。

这些一起长大的莺燕们，大多符合何易从自小古典诗词里的审美，要说喜爱，都是喜爱的。易从的大观园里，流动的风景是伊们。易从又特别心软，若谁要是多招惹他，他的情愫就多向谁流动一点。

易从这一趟夏天回故乡，三分是为看父母，七分却是为了沈美枝而来。他是来还沈美枝的人情债的。美枝住他父母楼上的几年，殷勤关照易从双亲，令他不胜感激。几年前独处的那一晚，易从虽半途落荒而逃，事后想美枝或许只是一时迷离，但心里仍是承了她的情。

夜十一点，易从陪着颜憔悴的美枝走出"桥边月"，美枝轻轻扶着易从，慢慢地走。平常日脚，水北老街上，已经没什么人。

易从说，走一走看看风景，对你有好处，你心里会轻快些。

美枝说，我是很久没有这种心情了。这次想回到曾经的老屋清静一下，才包了一个月的房间。

易从说，你不会想到，住曾经自己的闺房还需要破费房钱吧。

美枝心酸，道，回来后，我每天看着曾经的屋檐瓦顶，想想真是物是人非了。

美枝说，我现在位置，老底子河对面，就是栖镇人没有不知道的老茶馆。里面用的是老虎灶，小辰光我过桥去打开水，一分钱一壶。

易从说，我小辰光，东横头茶馆店也去打过开水。我跟戴正说，你不是说想当柳敬亭吗？你的茶馆以后重新装修，最好也再弄个老虎灶，晚上茶馆里说书，红书绿书随你说。吃茶的人，嗑点瓜子落花生，轧轧是非，听听书，最是老茶馆味道。你最好再穿上青布长衫。

美枝说，戴正的茶馆店，可惜已经有老板娘了，否则我去给他当老板娘也合适。

易从说，江南灵秀，到处有西施。豆腐西施、粽子西施，还有茶馆西施，酒馆西施。你当不了茶馆西施，可以当别的西施。

他们在长桥堍下徘徊了一阵，易从给美枝拍了几张夜景照。

再往东走，对岸就是东横头了。从前易从家就在东横头。河边老房子，一楼一底，摆渡船码头边上。每天河上人来人往，呜呜呜声中，靠岸离岸，永不停息，够当西洋镜看了。易从的眼皮底下是渡口，略远处是桥。长桥上也好看，人来人往，上桥下桥。现在连个老房子的影子都没有了。

美枝说，我记得读书辰光，你跟陈易知一个西横头一个东横头，离长桥都是五百米，我初中时，就跟陈易知隔河相望。那时陈易知经常过桥，到我家里来玩。

易从说，陈易知跟我说过，小辰光经常去水北那边捉磷火玩，她还以为是萤火虫呢。她说荒郊野地的，骨殖盆很多，死人骨头到处都是，不小心一脚就踩到了。靳天说过，胆大的小人把死人头骨当球踢，看谁踢得远。

美枝说，我跟隔壁几个大哥哥半夜还去坟场去，哪里有萤火虫，是坟场边的鬼火。后来我听靳天说，水北北面有一家人家，地基下面，挖出一具女僵尸。算起来，应该是大清朝以前的人了，发现的时候好像七十年代末或八十年代初，大家赶去看僵尸，后来镇里火葬场出面，把僵尸用煤油烧掉了。但是那家人家的主人，身体一直不好，儿子又坐牢，送去青海劳动改造，一去十几年，回来后又没有工作做，摆个香烟摊混日子。镇上人都说，他家触霉头，跟房子下面有僵尸有关。当时挖出僵尸时，他们镇上亲眷阿太要他们去烧香拜菩萨，可那时他家不搞封建迷信，结果还是触霉头了。

易从听美枝讲僵尸，背脊凉津津。小辰光他经常坐渡船到水北，走过那个河道拐角，记得拐角有家花圈店，阴森森的，拐弯再走一阵，差不多水北的市面到头了，就是一片白地，每次就要走到头为止，结果夜里总做噩梦，总是梦见那个拐角阴森恐怖的事情。易知也跟他讲过，她小辰光一做噩梦，就梦见那个水北的拐角尽头。

他们再向东走，走过了里仁桥，东横头到了尽头，一拐弯，已经在南横头了。又转过了一号桥，就到了老底子的南横头老汽车站位置。

美枝说，以前跟高庆谈恋爱时，我们老是会走到这里来。没想到，他是个短命鬼，还是个风流鬼。后来我遇到一个人，他小时候就住在南横头，跟我外婆家隔壁。到十几岁他搬去临平了。

易从看美枝伤感，连忙岔开话题。说，老底子的事就戴正脑子好，什么都记得。说是从栖镇去临平，19路车全程十五公里，栖镇到半路凉亭三分、篷坞六分、超山九分、临平两角四分。戴正讲临平方言比栖镇方言好听，我说栖镇话也有好听的，很久以前叫"长长斯远"，不是很有点《诗经》的味道么。

美枝说，易从你是文化人，是我们羡慕的才子。可惜我读的书太少了，从小不敢跟你们尖子生混，只能跟社会青年混。我从小就收很多情书，喜欢野。后来陈易知也不太跟我玩了，也许当年跟着你们，我就不是现在的命运。

易从说，你别想多了，也不只是读书一条路啊。

美枝说，你说《诗经》，我没文化，只记得关关雎鸠，在河之洲。还不是书上看的，是高中教室里，看你瘦精精的，自顾自摇头晃脑背，觉得你好可爱，才记住了。

路上光线昏暗，他们相携着慢慢走着，南横头的老房子一间间多了起来，从前的旧屋尚存，熟悉的景象，缓慢静寂的时光，梦里的水乡，南横头的月色。易从想起去美国前，有朋友送给他一本关于江南古镇文化的书，他在田纳西时有点想家，就看这本书，记得书里讲，万历年间，栖镇有个名士叫卓明卿，创立了镇上第一个诗社栖水社，参加名流中有文徵明、戚继光等等，后来又有镇上才子参加"复社"，当时江南诗社遍地开花，很是繁荣，再后来，清朝搞文字狱，诗社就凄凉了，说栖镇人都不敢写诗了，怕惹牢狱之祸。到民国时，又有超社等等，诗社又复兴了，这个超社就在北小河。易从听伊姆妈讲过，劳家亲戚中，上代也有会写诗的读书人，曾经参加过超社的诗会，即兴作的超山咏梅诗，很长时间裱好了挂在劳家厅堂间里。

易从说，我不是才子。明清两朝时，栖镇确实有不少文人才子的。以前听说我外婆劳家，藏有几本栖镇诗人的集子，后来大部分毁掉了。小辰光我去劳家做客，见到过半本劳氏手抄诗集，有个什么"松寸轩"，我外婆说，她小辰光闺阁也读诗，到我妈时，旧东西不大看了。对美枝说这番话，易从又觉得好像不合时宜，这些话像是该对易知说的。可是他这会儿，最怕遇上的也是易知，还好他确定易知已经回杭州了。

眼前的美枝，是一个受了生活重伤的女子。他其实不知道该说些什么话，才能给她一份慰藉。

他们路过河边开得最晚的馄饨店，易从停下要买馄饨时，想到的却是易知爱吃这种小馄饨。打包了馄饨，回到了"桥边月"，这是美枝预定了住在这里的最后一周，美枝说过几天她就回临平去。

房间就是从前美枝少女时代住的二楼的对着天井的房间。推开窗，夏天能看见一棵芭蕉树，冬天能看见一棵梅花树。

他回来后，每天都陪美枝呆到夜里十二点，才回自己父母的家。

他看见美枝虽还是花容月貌，却比之前憔悴多了，不化妆的美枝，比起浓妆艳抹的美枝，更有几分楚楚可怜。易从最受不得"楚楚可怜"。半生江湖漂泊，心从来就硬不起来。

在"桥边月"，易从听美枝絮絮叨叨地说了好几夜的往事，她哭哭笑笑，向他诉说。他在一旁照顾着她，她似乎心安理得。有时她见他坐在边上太累，就让他倚靠在边上，听她说话。她好像需要这种依偎感。易从渐渐也自然起来。有时她靠着他，他也一动不动，让她靠着。直到七夕夜，见美枝精神渐好，才带她出来走走。

美枝花钱住回自己少年老屋的第一天，给远在美国的何易从微信发了一段话。

易从看了震惊，难过。美枝说，一周前她在临平自杀未遂，吃了大把的安眠药，结果被给自己送蔬菜来的老母亲发现，救护车去了医院洗胃。儿子长大了，也不需要她了。高庆也死了。她动过情的男人，都离开了。她找不到活着的意义，只想出家当尼姑。只是还有些放不下的东西，她心里有很多话找不到人说，只想跟易从说一说。

美枝说，我很想进庙里前，能见你一面。

易从震惊，没有及时回复，过了两天，答复她：近期会安排出时间，回一趟国。

既然回来了，易从觉得美枝的事，连易知也不方便说，也没跟靳天和戴正提起。

这一晚，是易从陪美枝的最后一晚。他说余下没几天，自己还有一些事情要处理，不能再来陪她了。

他们一起分吃完小馄饨。美枝说说笑笑的，后来就缩在易从身上哭了。她说已联系好医院，下星期就去医院做乳腺癌手术。她不知道自己到底有几分凶险，从医院出来后，还是不是完整的女人。

那晚他离开前，他抱着她。屋里空调二十五度，这是他在美国习惯的室内温度。他们一起躲进了被子。一个肉身抱着另一个肉身，他的人生同样有种种的不如意。他们彼此怜悯，最后就完成了几年前他作为一个男人没有做完的那件事。她知道他是还债，他们都知道这是一次关于告别的做爱。

他是在天亮前离开的。走出"桥边

月",易从神清气爽,全无困意。他走上长桥,看了看天,他看到了北斗七星,还看到了启明星。

# 鱼 水

## 壹

浙江塘西镇丁水桥篙工马南箴,撑小舟夜行,有老妇携女呼渡,舟中客拒之。篙工曰:"黑夜妇女无归,渡之亦阴德事。"老妇携女应声上,坐舱中,嘿无言。时当孟秋,斗柄西指,老妇指而顾其女笑曰:"猪郎又手指西方矣。好趋风气若是乎!"女曰:"非也,七郎君有所不得已也。若不随时为转移,虑世间人不识春秋耳。"舟客怪其语,瞪愕相顾。妇与女夷然绝不介意。舟近北关门,天已明,老妇出囊中黄豆升许谢篙工,并解麻布一方与之包豆,曰:"我姓白,住西天门。汝他日欲见我,但以足踏麻布上,便升天而行,至我家矣。"言讫不见。篙工以为妖,撒豆于野。

归至家,卷其袖,犹存数豆,皆黄金也。悔曰:"得毋仙乎!"急奔至弃豆处觅之,豆不见而麻布犹存。以足蹑之,冉冉云生,便觉轻举,见人民村郭历历从脚下经过。至一处,琼宫绛宇,小青衣侍户外曰:"郎果至矣。"入扶老妇人出,曰:"吾与汝有宿缘,小女欲侍君子。"篙工谦让非耦。妇人曰:"耦亦何常之有。缘之所在,即耦也。我呼渡时,缘从我生;汝肯渡时,缘从汝起。"言未毕,笙歌酒肴,婚礼已备。篙工居月余,虽恩好甚隆,而未免思家。谋之女,女教仍以足蹑布,可乘云归。篙工如其言,竟归丁水桥。乡里聚观,不信其从天而下也。

嗣后屡往屡还,俱以一布为车马。篙工之父母恶之,私焚其布,异香屡月不散。然往来从此绝矣。或曰:"姓白者,白虹精也。"

——袁子才《子不语·白虹精》

## 贰

栖镇人有乡风,清明、七月半、冬至要拜阿太,同时也给家中作古的至亲先祖上一炷香,烧一点纸钱。农历七月半,俗称鬼节。易知接到父亲电话,叫伊七月半回家,要去趟水南庙,给姆妈和孃孃上香,易知答应了。

水南娘娘庙,就在西小河街。自从新千年之后老庙新建,香火一直旺盛。水南庙的香客,以栖镇镇上人和周边乡下人为主。老栖镇人心目中,镇上总算有只像样的庙了,水南娘娘会保佑自家。老底子栖镇人,一提水南娘娘,就觉得亲切。水南娘娘变成神之前,是南宋福王的一个妃子,姓詹字玉珍,泉州南安人,其父詹彬,官统制,有战功,殁于阵,玉珍遂入福王宫为宫人。玉珍虽入宫,尚一处子。德祐末,元师入临安,福王随恭帝北迁。玉珍悲愤不食,誓以身殉,饮鸩不死,再投井而殁,年二十七岁。水南庙就是供奉詹玉珍的,敬为"水南娘娘",历代以来,香火甚旺。后来破四旧,镇上庙宇尽损。易知依稀记得,伊孃孃活着时,同一批镇上善男信女,逢清明七月半冬至，会趁夜深人静，偷偷摸摸在水南庙的残垣断壁前焚香点烛，请水南娘娘保佑全家。

这日清早，易知父女到水南庙给母亲和爹爹孃孃上香，此时谢清韵离世已有三年。父女俩庙里事毕，荡一小圈，又碰到戴正陪父亲戴言礼给去世多年的刘凤娇和阿凤上香。两个老朋友打招呼，陈子船说，做人一世，真是快的。戴言礼说，空的，空的。

戴言礼听说搞水文的陈易知业余爱好寻访古建筑，就对易知说，知姑娘，我希望栖镇总管堂能够重建。有了总管堂，长桥就不是孤零零的。易知应着，想起曾经翻找资料，找到了一张桥南堍总管堂的老照片，猜可能是到过此地的西方传教士拍的。

临别，戴正对易知讲，我长桥头的茶馆，上个月重新装修开张了，楼上隔了一块小书场，你有空来白相。易知说，恭喜恭喜，你真的要圆柳敬亭的梦了。戴言礼说，这小鬼胆子大的，夫妻俩贷款贷了五十万，要弄这个茶馆。开了三年了，本还没有挣回来。反正我也帮不上忙了，随他去了。陈子船说，百坦来，百坦来。现在有游客了，人气旺了，阿正的茶馆，慢慢就有赚头了。

戴正长桥堍下开的茶馆，名"柳敬亭茶书场"，楼上楼下的仿清建筑，要一块一块上门板，位置就在老底子桥下总管堂边上。三年前十一长假开张时，戴正叫上了一大批老同学旺旺人气，到茶馆聚会，再到隔壁饭店吃饭。靳天还从临平叫来了唐云，跟戴正开玩笑说，从此你人在江湖漂，怕万一有人寻你事体，我叫唐云来一趟，给你"加持"一下。不巧那时易知母亲刚过世，五七未断，就没有去。易知祝贺了下戴正开业大吉，说以后空一点的时候去坐坐。

水南庙事毕，陈子船说，现在三官堂又有一只新庙了，实际上也是老底子的，我带你去走走。两个人就往丁山湖方向走。沿塘超小径，走过卖柴湾，一会儿就是三官堂村。看到一座土黄色小庙，名叫慧海寺，原来栖镇人从前说的三官庙，其实是慧海禅寺。三官堂边上，有一爿桥，周围有不少水塘。庙小，周边丁山湖的人喉咙响，早市晚市，市井杂沓声音常常盖过了庙里的钟声。

给庙里捐香火钿时，易知看到大殿里一个和尚，高胖身材，圆头圆脑，有点像伊老同学吉彪，觉得奇怪，吉彪不是失踪有十年光景了吗？

正待分辨，只听见有人说，施主你不是陈易知吗？陈易知说，是我呀。仔细一看，真是小学同桌吉彪。如今一脸的慈眉善目，剃了光头，穿了僧衣。易知想起，自那年轮船上尴尬碰见，再也没有碰到过吉彪。

吉彪说，老同学，长长斯远不见了啊。我现在是出家人，庙里讨口生活，菩萨保佑，蛮好，蛮好，也保佑你们。易知连声称谢。

出了庙，易知感叹，吉彪当和尚，还真是想不到。陈子船说，说起来倒是有个缘故，吉彪爹爹，解放前就是三官堂庙里的和尚，后来一大批和尚都还俗了，吉彪爹爹也还了俗，当了工人结了婚。现在孙子倒是又去当和尚了。

陈子船边走边讲，陆韶官运亨通，过两年说不定就是厅长了。易知说，你就是官迷心窍，有啥意思，听他说，明年可能要从省里派去湖州，当地方官一两年。陈子船讲，湖州不是伊老家吗？看样子回来还要升。易知说，升不升的，反正他是他，我是我。陈子船讲，你到现在就是一个普通研究员，收入也勉强。水文监测，我外头讲都讲不响。易知说，人各有志。陆韶一天到晚不着家。陈子船说，男人家，外面要紧，要跑过三江六码头。易知听得厌烦。

陈子船上了八十岁后，身上好像出现了返祖现象。人缩小了一圈，变得又黑又瘦又小，嘴里一不小心飙出脏话，特别像从前的船上人。父女俩慢慢又亲热起来。陈子船一辈子望女成凤，没料到女儿读完书进了单位，水文水资源监测机构是清水衙门，陈子船心里失落，有时吃点酒，就对谢清韵抱怨。后来在外面荡发荡发时，又有了资本吹牛。有人奉承他，他又说，女婿好，总归不比女儿好，靠不靠得住难说的。人家就说，女婿烟酒总归会孝敬你的。陈子船就讲，香烟我老早不吃了，保命要紧。老酒么，倒是一直不断的。

庙里，易知忽见一素衣长袍的瘦削女子在佛堂虔诚拜佛。一看是沈美枝。易知以前碰到沈美枝，都是美艳浓妆佳人，不料沈美枝这次是素颜，铅华洗净，反倒更显清姿。两个人见过，美枝说，我这段时间身体不好，人到处都不对劲。念佛吃素，托了吉彪，在这里当居士，修行，练太极拳。易知也亲热地说，美枝呀，长长斯远没有碰到你了。美枝说，易知你看我，是不是变了？易知看看美枝，一时说不上来，美枝哪里变了，但又觉得美枝的气质，确实有一些变化，就笑说，你穿中式大褂，倒是有点像女菩萨。美枝说，人生如梦，都是一场空，你看吉彪都出家了，法号明空，说不定我哪天真出家了。易知说，你那么能干那么漂亮，不要瞎讲了。

不及深谈，两个儿时伙伴道别，易知和父亲继续走。陈子船讲，你同学沈美枝，栖镇街上有名的富婆啊，听说生意做得很大。伊阿爸同人家讲，沈美枝海南都买了度假房子，要伊阿爸姆妈冬天去海南住，享女儿福了。说起来，伊两个儿子都不出息，就出息了这个女儿。又自言自语道，现在有铜钿人家，好像都流行吃斋念佛，怪不得以前拆掉的庙，现在又要一座一座造回来。

这个话题，正中下怀，陈易知要父亲讲讲以前的庙。陈子船讲，栖镇原来庙不少的，后来长毛造反，镇上二三十座寺庙都烧光了，其中就有大善寺、清流寺、栖霞院、绿野庵等。以前运河南塊还有个三层木建筑，是老底子的总管堂，易知嬢嬢喜欢叫广济庵，到咸丰年间，毁于匪患，后来重建，再后来又毁了。易知听着听着心绪又飘出去，想起沈美枝和杜秋依两个美人，哪怕人到中年了，依然还是称得上佳人的。

## 叁

戴正讲，靳天上个月召集过一次同学聚会，你怎么不在？易知说，不巧，我出门去了，错过了。戴正讲，我想伊要是耗着，可能有点进退两难。现在裸官是尴尬的，不能再升官。要么靳天跟老婆离婚，伊肯定不想离。张静对伊好的，这小子，爱江山，更爱美人。易知就说，人到中年，有些想法会变的，倦鸟知返，也是有的。戴正说，靳天这个人，有点奇怪的。

戴正讲，你晓得吧？刘春燕作为够得

上条件的女干部，又要提拔了，正处级，听说正在公示。易知笑，说，伊从小就是大队长，生来就是管人的。戴正也笑，说，我从小最怕刘春燕，我这种捣蛋鬼，伊从小就有本事，把我管得服服帖帖。易知说，现在你开茶馆，刘春燕作为父母官，还是要保护你。戴正吐吐舌头，说，看来有一种女同学，是要管男同学一辈子的。易知说，你不要怕，你是光荣纳税人。你要是做出了名堂，发扬光大了江南古镇文化，说不定刘春燕还可以给你批一笔政府文化扶持基金，给你店里挂个奖状镜框。戴正说，看来我得向女菩萨多烧高香了。

此后易知每次回栖镇，都要到戴正的茶馆坐坐。有时戴正在，有时杜慧在。跟店里黑白二猫，也混得熟了，索性给它们取了两个名字，黑的叫煤球，白的叫雪糕。杜慧笑纳了。杜慧说，看来明年就能帮戴正实现他的一个梦想，请说书人来店里，不定期唱堂会。易知好奇，现在好找说书人吧？杜慧说，想找还是能找到的，现在吃说书饭的人又多起来了。特别是快手和抖音上一播，发现有人追，可以赚钱，有些老艺人就开始重拾老手艺，在屋里教下一代了。易知连连赞许。杜慧又说，我快手和抖音上看了一些民间说书人的短视频，已经在物色了。易知赞道，老玩艺有了新传播手段，要枯木逢春了。杜慧说，到时我也把柳敬亭茶书场的表演发到抖音上去，没准外地游客会跑来打卡，我们就成网红茶馆了。

杜慧还说，以后每年到冬至边，戴正会请他师傅在这里坐堂配膏方。易知问，师傅哪里来的？杜慧说，听戴正讲，伊原来医学院是研究中医的教授，退休后也给人开膏方。栖镇本地也有高人，是传了好几代的老中医，配的膏方，冬至前后吃，吃得人红光满面。易知见杜慧眼睛细细的，手却是有点大。生了孩子后，已剪成利落的短发，短发到脖子处，看着眉眼都让人舒服。由衷地说，自从戴正有了你这贤内助，整个人就像走在金光大道上了。

杜慧笑说，你知道，戴正要是在旧社会，只要他家不败落，他就是个"白相人"，只是现在经济条件不允许，我得给他管着账本，毕竟还有小孩要养。易知笑说，你上了戴正这条贼船了。

易知在戴正的茶馆，碰到过沈美枝，碰到过杜秋依，碰到过刘春燕，她们都不是一个人来的，也就匆匆打个招呼，各不相扰。

秋依又结婚了，新夫婿是杭州的一家房地产老板。这个有身家的男人，比秋依大十几岁，秋依和新丈夫，香港杭州两边都安了家。

秋依老公在超山风景区投资搞了一个"丽园香径"实景越剧梦工场。以后每年从中秋开始的半年时间，每周都有越剧实景演出。现在离首场秀，不到两个月时间了，戏正在排着，可秋依心目中最称心的角儿，还没找好。

秋依知道易知丈夫陆韶对省内各地越剧团的角儿们都熟悉，秋依要搭班子做演出，陆韶是可以帮一把的。秋依拉着易知的手说，你多支持啊，我老公拿我没办法，帮我投了两百万。这钱烧得，我心里也没底，真怕自己变败家娘们。易知连忙说好。几日后，秋依特地跟易知讲了进展，易知跟陆韶一讲，陆韶爽快答应了。易知说，谢谢你啊，替我办事体。陆韶说，你晓得吗？我是受宠若惊，能为你办点事。易知说，要不是发小找我，我也怕烦。陆韶说，人与人之间，不要怕麻烦。麻烦里面，都是交情。易知说，倒也是。过了半个月，秋依就通过陆韶的帮忙，找到了定期来演出的满意生角和旦角。秋依的老公跟陆韶也见了面，吃了饭。

陆厅长去湖州挂职前，正值陈子船八十四周岁大寿，到栖镇看望老丈人，翁婿俩推杯换盏，陈子船咪一口十年陈黄酒，长篇大论讲起来，说，有人辞官归故里，有人星夜赶考场。小陆你还年轻，官场的事，还是要用心。现在落马的官员特别多，昨日还在做报告，今天就进了班房了。说到底，跟对人顶要紧。陆韶谦虚称是。

又过几个月，已是二〇一七年正月。年刚过，陈易知到栖镇水文站有公务，看过运河水文数据，又实地察看过，见了几个当地水文站的工作人员。公务结束，又去戴正的茶馆，顺便在那里整理一点文案。

不是假日，下午两点钟光景，店里没有什么人，易知找了窗前位置，要了一壶铁观音，服务员又送上来一小碟瓜子、云片糕和椒桃片、一小碟橄榄和桃干，易知看着茶点微笑，知道这些都是戴正爱吃的零嘴。戴正这个人，现在平时还常吃橄榄话梅桃干这些蜜饯。

独坐良久，易知上了趟洗手间，忽然想起戴正说起过楼上还有一个比较隐蔽的空间，就拾级上楼。楼上环境更显清雅，略有些像阁楼的斜屋顶。易知被窗边墙上的一幅版画吸引，凑近看，是"柳敬亭说书"。易知依稀记得，在哪一篇中学语文课文里看到过柳敬亭，再读下去：

敬亭既在军中久，其豪猾大侠、杀人亡命、流离遇合、破家失国之事，无不身亲见之。且五方土音，乡俗好尚，习见习闻。每发一声，使人闻之，或如刀剑铁骑，飒然浮空；或如风号雨泣，鸟悲兽骇。亡国之恨顿生，檀板之声无色，有非莫生之言可尽者矣。

陈易知。有人唤她的名字。易知应声扭头看，一个瘦削的中年人在窗边坐着，微笑地看着站着的她。是何易从。一时间，脑子一片空白。

她第一次见到何易从成年后的照片，是几年以前。照片上的何易从像是在自己家的后院，一手抱子，一手抱女，不喜不忧，神情温肃。她记得自己对着照片发了长长的呆。夜里做了一个梦，梦中，何易从在栖镇东横头的家搬了，搬去了东小河一带，她明明见过一次他站在新家门口的，但是等她去东小河的一排房子前，一家家地找，找了好几家，怎么也找不到何易从的家了。

醒来第二日，正是七夕。白天天气炎热，夜里，晴空朗月。那夜易知读到一则笔记，说"七月流火"，是指农历七月，大火星偏西，天气要转凉了。

小辰光的七月，只要不下雨，每夜就坐在运河边纳凉，看天上北斗七星。她以为牛郎织女一年一会的喜鹊桥，就搭在长桥上面的天上。长桥的头顶上，虽然太高了肉眼看不见，每年会有一座鹊桥。牛郎可能从水北，织女可能从水南的天上，分别出发，走到鹊桥之心相会。每到七夕夜，她头朝长桥方向，仰望着天。盯得久了，仿佛有两团发亮的东西，在长桥的顶上，依稀是一男一女，两个古装的人影。

银河系根本就没有生命，你想得美。这时，少年易从的声音又在她耳边响起，煞有介事。

你看得那么认真,我叫你没听见。中年易从说。

我——刚才想起戴正口口声声想当柳敬亭来着。易知应着,还有点恍惚。傻站了一会儿,易从才想起来让座。易知说,我刚才在楼下喝茶呢。易知叫服务员把她的茶具带到楼上来。稍歇,两个人面对面坐定。

你回来了。易知微笑着,说一句废话。

是,过年前几日回来的,基本上现在每年都会回来的。易从说,两年前靳天搞同学会,怎么你缺席了?我当时还挺遗憾的。

易知说,正好我妈病重,我走不开,也没心情。

两人就此寒暄了几句。易知一时想不出话来,表情忽然严肃,沉默片刻。易从给易知的杯子里续上茶,说,这么小的地方,我们居然一直碰不到。

有三十年了吧。奇怪就是从来没有碰到过你。易知说。

那要感谢戴正了。他给了我几张这里的茶券,说是怕别人都上班了,我一个人呆在屋里闷。过年一堆应酬,这几日总算清闲了,下午我都会来坐坐。

我也是,上次这里开张时我没来,他请了很多同学来的,像开同学会了,有点遗憾又没赶上热闹。

两人又寒暄了一阵,易知讲话有点硬梆梆的。有意无意间地,看何易从从三十年前的少年跳到她眼前的中年人,就说,刚才,你不怕认错人吗?

不会呀,这怎么可能认错。易从肯定地说。

何易从瘦削,简净,微黑的皮肤略干涩,说话的腔调是易知最熟悉的。易从给易知倒茶,张罗着让她吃点戴正偏爱的零食和点心,打开了一小包桃酥,自己碟子里放一个,易知碟子里放一个。

易从笑着说,这几日我把戴正店里的小点心快吃遍了。

易知说,你不知道,其实河对面法根糕点都有卖的,喜欢的话,可以买一点带回美国去。

易从说,那不一样的,要坐在河边吃,才更有感觉。易知吃了一口小桃酥,说,还是小辰光的味道。易从说,你再尝尝这个猪油酥糖。易知笑得眉毛也弯起来,说,小辰光,我睡觉前躺在床上还在吃酥糖,一不小心吹了口气,酥糖屑屑就吹进眼睛里去了。

易从说,我记得你小辰光有点馋的。易知问,你怎么知道?易从说,你课间老在我前面吃东西,像只小老鼠一样,窸窸窣窣,害我听得肚子咕咕叫。易知笑起来,说,那时候正在发育,特别想吃东西。易从感叹道,正是二月梢头的年华。易知说,怪不得你气呼呼踢我凳子,原来是你没得吃。易从也笑,说,那时候刚长身体,老是觉得饿。易知说,那时候我每天两角零用钱都花光,买各种零食,早知道我分你一半了。易从说,你爸妈真是宠你。易知说,小辰光我爸一边给我冲麦乳精,一边笑话我,头颈贼细,只想食计。

互相说了些近况。易从道,你一直在跟水打交道。易知笑笑说,好像命里都是水,从小住在河边,大学时学的地质,结果一辈子跟水文缠上了。栖镇也有水文站,我经常会过来看看。

易从说,我记得当时听说你报的是地质系,心想其实你学的我还挺喜欢的。

易知说,我当然知道你喜欢,但结果

是我读了地质系，造化弄人。

易从微笑说，我想起来了，我们那时候在武林头，你不肯回来，说要看水文站。

易知也笑，说，我记得，你说让我自己住招待所。

易从问易知今朝住不住在栖镇，易知说，晚上回杭州去。易从说，你晚点走吧，一起吃饭。我们是有很多话要说，这些年，我都是从别人那里听到你的消息。

易知犹豫了一下，说好，也不要换地方了，就在这里吧。易从说，这里不做菜的，等下去隔壁吃。易知心里一点也不想去别的地方，就说等下隔壁菜馆叫碗片儿川过来就好了。易从说，听你的。

接下来的几个小时，何易从和陈易知絮絮叨叨地说了很多话，讲这些年的经历，不知不觉中，天早已黑了下来，外面还下起了雨。易从让易知等一下，他去隔壁叫两碗面，易知看看雨下起来，说就这样雨天坐着闲聊，谋杀光阴最好了，不觉得饿。易从说，那饭还是要吃的，你稍等我一会儿。说着易从下了楼，易知望着刚才坐着易从的那个空位置，转头支着胳膊托着腮，静静地看雨。

过了不知多久，易知从看雨的入定状中回过神来，只见易从正定定地看着她，轻声问她道，怎么了。易知连忙擦了下不知不觉中淌到腮边的眼泪，说，你头发淋湿了。

易从说，没事，反正我头发短。易知说，是呀，剃头匠怎么把你头发理这么短，再剃下去，就成光头了，难道你想当和尚？易从说，我到北京读博士的第一年，正好夏天，想理短点，结果理发师傅干脆给我理了个平头，我一看，还挺精神的，从此就保留这个发型了。易知笑道，这是硬汉头。易从说，我不是硬汉，我明白自己，性格挺优柔寡断。易知说，那你是多想改变自己啊，为了看着硬朗一点，都断发了。

易从说，我知道林茵茵跟你很好。当时栖镇同学中就我和她在北京。没想到林茵茵这样的大院公主，她先生国内做基金做得很好，后来也移民加拿大了，说是为了孩子读书。易知说，我跟她一直有联系的，知道你去美国前请她吃过饭。

一会儿，隔壁店小二送面上楼，两碗热气腾腾的面，热气一缕缕飘上头上方橘黄色的纱灯笼。易知一看，一碗片儿川，一碗虾腰面，立刻笑逐颜开，说，我很喜欢吃虾腰面的呀，好几年没吃了。

易从笑道，刚才我看到有虾腰面，就想多一种选择，没准你喜欢。易知说，老底子的虾腰面、虾爆鳝面，我都喜欢，好像比片儿川贵。易从笑着说，那你吃贵的。易知开心，说，你也可以吃呀。就去拿了两个小碗。易从先尝片儿川，说离原来栖味馆老虎灶上烧出来的片儿川，味道稍微次一点。易知也尝了下片儿川，说，汤色没有以前的好看了，肉片浇头不够嫩，不过味道还算可以。易知问，你在美国会做片儿川吗？易从说，好像不会做地道的片儿川，胡乱做做。易知问，会烧中国菜吗？易从说，不算会吧，我最拿手的是红烧牛肉面，以后烧给你吃。

两个又吃虾腰面，浓油赤酱，腰花倒是嫩滑，吃得热气腾腾，鼻尖冒汗。易知吃着片儿川里的冬笋，忽然想起什么，问，美国有笋吗？不然没法做片儿川呀。易从笑说，有毛竹就有笋，美国也有笋的，春天时我还去林子里挖过。

吃罢面，易从问了易知的时间，易知说差不多九点要走。易从看看时间还早，跟易知说,我们坐了大半天了,你想不想走一走。易知说雨不大,走一下也好。易从说,戴正的店里有伞借的,等下再还回来。

他们走出去,易从打了一把大号的咖啡色长柄伞,易知钻进伞下。易从问,往东还是往西。易知说,随你,往东是你家,往西是我家,反正都没了。上桥,易知小心地不碰到易从,走路步步小心。易从说,还好不冷,外面空气也不错。易知说,以前从我家走到你家,一路不用打伞。易从说,面目全非了。不过还好,这几年回来,感觉我们小辰光的那个小镇又回来了一点。

易知说,你有了戴正的据点了。易从说,没想到,这小子真的开起茶馆来了,还把柳敬亭请回来了。易知说,戴正有次讲,他要是开茶馆,垒起七星灶,煮开三江水,最好自己三不管,只管呼朋唤友,闲来吹一曲箫。易从笑道,他啥也不管,大家都去白吃白喝,那三个月就倒灶了。易知说,他如今是当爹的人了,只笑傲江湖恐怕不行了,是得精明点儿。

易知说,我好奇,你在外面这么多年,会想家乡吗?易从说,会呀,有时候做梦,会梦到长桥,还有我家河边的老房子。易知说,奇怪的,我这么多年梦来梦去,只要是梦见屋里,都是在河边老屋。易从说,我也是。易知道,我家西横头老房子先拆的,大概过了一年,你家东横头也拆了。易从感叹,自从回来不见了老房子,好像少了寄托。易知说,有一天回来,我看到你家老房子没有了,就很失落,以前总是从你家门前走过。易从说,我爸倒是好几次提到你。易知说,我爸也是。易从笑道,还是他们消息灵通,互相报信。

桥上桥下地走了一段路,雨势密集起来,一柄伞下,易从隔得太远,怕淋到易知,又见易知衣衫有些单薄,薄薄的藕荷色呢子大衣,没有戴围巾,穿的是半高跟的休闲皮鞋,就问易知冷不冷?易知说,我刚才出来忘记戴围巾了,不过还好。易从戴了男式围巾,也不好意思问易知要不要戴他的围巾,又怕她鞋子不好走,就说我们还是回去坐吧,别着凉了。易知说好。

回到了茶馆,上二楼坐下。续上茶,又絮絮叨叨地接着说话。服务员送来一碟小水果,是略加腌制的樱桃。易从捡起一颗樱桃放进嘴里,酸酸甜甜。

到九点时,雨渐止,易知说,我差不多要走了,明朝上班。易从说,忽然就半辈子了,话一时讲不完的,慢慢讲。易从送易知到停车场,看着易知上车,启动马达,两人道别。

回到父母家后,易从翻出一本相册,里面有从前那张黑白四人合影,他凝视有些模糊的相片,看五官清秀、神情却有点拧巴的陈易知,还在总角之年,似笑非笑,似嗔非嗔。想起前几天他在家无事,就趁父亲打麻将母亲买菜的当儿,在家搞大清理,把家里很多他觉得无用的东西扔了,看着才清爽些。不料母亲回家后见状,跟他大吵一架,说他把一个旧唱机也当垃圾扔了,那唱机有百年历史了,是古董货。易从连忙下楼去找,旧唱机已经被人捡走了。母亲骂骂咧咧了一天,易从很想用棉花塞住耳朵。幸好母亲又去楼下杂物堆想找回点什么,把一个他没看仔细误扔的相册捡了回来,不然这张从前的四人合影也被他扔掉了。

到这年秋天,陈易知去纽约参加一个水文环境的行业研讨会,有大半天的自由活动时间,事先微信上跟何易从说了,易从请了一天假，特地从新泽西坐大巴到纽约看她。一小时后，两人在四十二街附近客运中心碰头，又搭上地铁，去曼哈顿下只角的码头，易从陪易知坐船，从自由女神像下经过。易从说，我是第二次来坐船，记得在罗德岛时，来纽约玩了一次，特地坐了一回船，看自由女神像，又去百老汇看了演出，看歌剧《悲惨世界》，就算开洋荤了。易知说，听你一讲，我也好想去罗德岛看一看。易从说，记得我刚到罗德岛时，有一个月的时间，老觉得恍惚，好像时空是不真实的。我怎么会到这里呢？我一天问自己好几次。易知说，真羡慕你，一走这么远。我去过三亚有个地方叫"天涯海角"，罗德岛才是真正的天涯海角啊。易从说，从地理位置上来看，确实是的。

易知又说，《悲惨世界》我只看过书和电影，记得书我是在大学时杭州回栖镇的轮船上读的，轮船上一个来回没读完，回校又开夜车读。易从惊讶道，原来我跟你在轮船上读过同一本书呀。易知说，有一次我下了轮船，才看到你匆匆走到我前面去了，我还当你故意不理我呢。易从道，怎么可能故意？易知说，从小我就觉得你是我同类呢，没想到你理不理我。易从说，都怪我，可能我是近视眼，姑娘大驾都看不见。易知笑了，说，我不是大驾，是小驾。

他们在布莱恩公园里走，易知看到一排玻璃小屋，很是欢喜，一起走进一间玻璃小屋，小坐片刻，一人点了一杯热巧。易从开玩笑说，丫头你出息了，大老远来美国开研讨会，风光女学者嘛。易知正色道，你别糗我了，我爸一天到晚嫌我没用。说说女学者吧，我是搞水文环境的，我爸觉得这没几个人关心，要关心了，就是发洪水了或水资源污染了什么的，不是好事情。易从说，我们的大运河也是你研究的一部分吧。易知笑，你都是这么哄姑娘的么？易从说，我笨，不会哄人。但真的挺好奇你研究的江南水文。易知说，我也觉得奇怪，八字先生说过我是水命，真是一辈子跟水打交道。易从道，我这些年关注的东西杂七杂八。易知说，说起来人文研究，到头来我只明白了一件事：水满则溢。易从说，你这是从水文上升到水的哲学了。

易从说，我想我也是无用的人。易知揶揄道，比方鸿渐如何呢？易从笑道，也跟废物差不多吧，我搞艾滋病疫苗研究多年，没什么成就感。易知说，原来我们长大后，都会变成废物。

穿过布莱恩公园时，易从忽然想起范小姐，就说，上次我跟你讲起过到了美国的范小姐，她的画展就在中央公园附近的一个小画廊里。两人坐地铁，去了中央公园那边八十六街。易从带易知走进那家他半年前遇见范小姐的画廊，遗憾的是，范小姐的书画一个月前就撤展了。易知说，站在这里，好像范小姐她刚刚走开似的。易从说，这位栖镇女史，名字叫沁青。易知笑，沁青女史，你的隔代粉红知己。易从想起小辰光的事，也笑了。易知说，要不是范小姐命大，还能清醒过来，那太罪过了。易从说，等伊清醒，已经是老姑娘了，也不知后来姻缘如何。易知笑说，你可真为范小姐操碎心了。

十一月下旬，纽约风大，背阳处，寒冷萧索。太阳底下却温暖。易知缩着脖子，笑说风衣难挡纽约的寒风。易从讲，我也很少在纽约的街上走。易知说，北京我都觉得冷，我始终不习惯北方。易从说，看来你是江南植物，不能乱移植。我粗糙些，挪一挪，尽管有点不适，还能活着。

易从穿得单薄，好像并不怕冷，带易知走进古根海姆美术馆，在小卖部买了条蓝白色羊毛围巾，让易知马上戴上。易知说，现在暖和多了，纽约的风我都不怕了。易从说，我没想到纽约比北京还冷，早知道我该定居加州的，当时加州这边也有大学的实验室要我。易知问，那为什么要去罗德岛呢？易从说，谁知道呢，也许那时候有对远方的想象吧，总觉得一说加州，就是华人成堆，就是唐人街，就是到另一个中国，没劲呀，要去就去真正的美国。结果我这一路，工作环境有点像小型联合国，白人、黑人、印度人、中国人、日本人都有，跟春秋战国时代似的，也算是在高科技领域，各人种的群雄逐鹿，你要想轧个中国人堆也不容易的。易知笑说，年轻人啊，豪情万丈。易从说，年轻就是胆大。易知说，你是天马行空的，我以前就知道。易从说，小简也说我天马行空，飘忽不定。易知说，你到天涯海角，她都相随，已经很好了，不然你都要不食人间烟火了。

易从第一次问起陆韶的情况，易知有些窘，回答道，我不像你是小师妹，工作后一次省里的会议上认识的，看起来很稳重，长得也算清秀，追我就像温水煮青蛙，想不到我找了个官迷。易从笑说，在中国难道不是当官最有前途吗？呼风唤雨。一个地方官能张罗的事，有时你是想象不到的。易知坦白说，如果不是出去，我也许也走了这条路。易从一时语塞。

晚上，易从请易知在曼哈顿的一家中餐馆吃饭。烛光摇曳，侍者风度翩翩，端上冰水，易知皱了下眉头，易从反应过来，赶紧让侍者换成热茶水，另外付费，还小

贵。易知难为情道，我的中国胃，都不能入乡随俗。易从问起易从，现在是否吃得惯奶酪，易从说一般。又讲，美国的超市里，奶酪有上百种。易知又问他中午上班吃什么，易从笑道，今朝中午是蓝莓加酸奶。易知咧嘴，说，你快成地道的美国人了。易从笑道，没有品尝过上百种奶酪的人，都不可能地道，又感叹，不要说隔着中国和美国，就是一个江南人，一个北方人，一南一北，生活方式上也是有明显差异的。

等上菜的时候，易知看餐厅窗外，黄叶飞舞。易从见易知在发呆，问，你在想什么。易知笑笑，指指窗外说，你看纽约的落叶。

菜上来了，两人默默吃饭。易从也不殷勤劝菜。吃的是川菜，主菜是芹菜水煮鱼。易知感叹道，现在川菜真是要攻陷全世界了，江南菜倒是式微。易从笑道，舌头都麻掉，味觉也就麻木了，需要强刺激。易知笑道，那你为什么要带我来这家呢？易从也笑，刚才你不是冷吗？我想吃得热乎乎的，驱寒。易知脱口而出，你下次回家，我烧几个你吃吃看。

易知又说起，戴正的茶书坊添了两只猫，她给它们取了名字，易从告诉易知他家一狗一猫的名字，东横头西横头，猫名叫西横头。易知开心地说，那你家"西横头"的老家，大概就是我家老房子了。易从说，从前的猫都是屋顶上的游侠，活动范围可大了。易知说，我小辰光就梦见过我家小黄咪在你家窗口前叫呢，你还给它开窗了。易从听着，脸上就有点孩子气。

晚上九点光景，易从要赶末班车回新泽西，易从说，新泽西等于是个大乡村，他就住在乡下小镇上。有时在小镇上跑步，

半天见不到一个人。在美国呆久了，有时跑步会跑到墓地去。美国人的墓地，也是公园。说着话，易从把易知送到酒店楼下，两人道别。易知上楼，进房间，从包里掏出两只苹果、两只橘子、两根香蕉、四块巧克力，在书桌上一字排开，这是刚才易从从双肩包里掏出来给她的零食。

到晚上十一点多，易从到家洗完澡，收到易知的微信，问他到家了没有？易从说顺利到家了。易知说，我刚得到个好消息，接下来两天的集体活动，因为一个主讲人临时家中有事来不了，改自由活动了。易从回道，正好是双休日，你想去哪里逛，或者接你来我家？易知说，你可以带我去别的地方吗，开车能到的地方？你家我下次去。易从笑着说，美国大陆开车哪儿都能到呀，就是时间长短，远的开几日车也能到，不过去阿拉斯加的话，得越过国境线。易知说，我最想看你以前待过的地方，对我来说很神秘。易从说，你只有两天时间，太紧张。易知撒娇说，我好想去罗德岛呀，还有田纳西，还有北卡，都想去，你陪我去吧。易从为难，回道，有家的人了，对不起。易知胸口一震，才清醒了。

第二天将近中午，两人背着简单的双肩包在纽瓦克机场会合，易从见到一脸欣喜的易知，笑着说，才发现你这个家伙是天上一脚，地上一脚。幸好我跟小简请好假了。易知难为情道，我让你这个有家的人为难了。

易从说，就带你去北卡吧，飞机飞一个小时就到了。晚上住我朋友家里，你正好看看美国的家庭生活是什么样。易知问，住人家家里不叨扰吗？易从说，美国中产阶级家里房子大，房间多，好朋友住朋友家是没有问题的，家里也时常要搞派对。他们一家感恩节也来我家住过。易知说，那我们要带什么礼物呢？易从说，小简已经准备了酒，给孩子们准备了韩国点心。我朋友爱喝几口酒，说说话，烤个肉串，这是他最喜欢的周末生活。易知说，你太太真好，好感动啊。易从说，是，我也以为她不会同意呢。

午后，飞机落地罗利达勒姆机场，易知说，原来你在这儿，回国要转机还是麻烦呀。易从说，我家的一个笑话，之前这个机场要新添一条直飞航线，让当地居民民主投票来决定，我投了上海航线，小简投了北京航线，为了各自探亲方便。结果开通的是直飞巴黎的航线。人家说你们中国人就是不团结。

易从的朋友方先生来接，彼此见过。到他家的郊区别墅，两条狗和两个孩子一起跑了出来迎客。稍事休憩，女主人正在厨房煮咖啡，做水果盘。原来方先生夫妇上海人，以前跟何易从同在杜克大学的实验室工作。夫妻两个都是生物学博士，比易从早一年到的美国。大家在一起，说的都是中文，让易知不觉得疏离，只是方先生夫妇称呼易从英文名斯万，易知耳朵有些不适应。宾主一起喝了咖啡。易从跟朋友说好，晚上晚一点回来吃饭，借了朋友的车跟易知一起出门了。

上车后易知说，斯万，斯万。我先熟悉一下，斯万是你，你是斯万。易从笑。易知说，我只知道斯万是《追忆逝水年华》里的一个男主人公，他痴迷一个交际花叫奥黛特，后来娶到手就不喜欢她了。易从难为情道，我没看过啊。易知说，我最爱的普鲁斯特。

两个一路说话。车子开了不到二十分

钟，就到大学的一个停车场了，停好车。易从说，我离开，是因为我们这个艾滋病毒实验室折腾了快三十年，一直在做艾滋病疫苗研究，也包括其他传染病疫苗的研究，但是很痛苦地遇到了瓶颈。有一个艾滋病疫苗，现在在南非做三期临床实验。易知说，三期临床意味着疫苗或者新药快要落地了吗？易从说，更大的可能是被"枪毙"。易知说，那心理承受力得多强大啊。易从说，这些年埋头苦干，始终没有实质性突破，好几个节点，感觉疫苗要成功了，结果又是一场空，我就开始怀疑自己坚持下去的意义。搞研究十几年，苦闷在于好消息太少了。前段时间我这个朋友也跟我说，他不想坚持下去了，他想彻底改行，干自己有兴趣的事情。易知问，你朋友原来在实验室做什么？易从说，他是免疫学教授。他太太现在全职在家，要带两个孩子，有空给一些刊物写写医普文章。

说着，到了从前易从工作的那幢小楼前。小楼看起来静谧安宁，易从说，这个楼是独立的，一旦失火，是不可以进去救的，因为实验室里面有各种病毒，楼里有专门的高压灭毒锅处理垃圾，为防止病毒等有害物质流出来，只能任它自己烧完。易知听易从解释里面的一些研究设施，说有一种液化氮，零下九十六度以下超低温，储存细胞用的，比南极还冷。易知只听懂了这幢小楼的安保级别很高，直感叹隔行如隔山，易从笑说，我也不懂水文怎么回事呀，觉得很神秘。易知说，你就想人类文明都是从河流边发端的，就没那么神秘了。

这个片区的路清幽，步行起来很是适意，下午又不冷。易从说，这就是我从前每天出没的地方，还真有点象牙塔的味道。易知问易从当时是怎么来的，易从说，这事说来话长。最早到美国，罗德岛大学医学院，当时正好有个B细胞免疫调节实验室有博士后职位，我就去了，后来就跟着这个艾滋病实验室一路到田纳西，再到杜克。但是我离开了好几年了，艾滋病疫苗还是没有真正的突破。易知说，我才知道，科学真是难啊。你经历过了，离开也好。易从说，我朋友比我多坚持了几年，也离开了。易知说，我现在更理解为什么有些物理学家，最后因为自己理论被证伪就自杀了，心理关太难过。易从说，是很容易崩溃，也容易抑郁。我有段时间一到秋冬季，人容易抑郁，离开后这几年好多了。易知问，研究半途而废了，会不会觉得很遗憾？易从说，有时我觉得自己意志薄弱，所以半生一事无成。我知道，真正能坚持一辈子的，只能是出于热爱，当科学狂人，我肯定还是不够热爱吧。

易知感叹道，古水系啊，古建筑啊，我算有兴趣探究，我的理想是把世界上重要的水系都实地看个遍，但也不知道自己究竟有多热爱。易从问，你现在跑了多少水系了？易知说，国内的跑得多，每年夏天几乎都跑出去，晒得很黑回来。国外的就没跑几个啊，只去过欧洲，还有埃及，到了尼罗河。我希望以后退了休能去。易从说，以后有了时间，我陪你去看密西西比河流域吧。

易从又讲，我好像运气不好，偏偏耗在艾滋病研究上了。易知说，要是哪天宣布了艾滋病疫苗成功，你还是会很高兴的，对吧？易从说，那当然，我一直关心这个领域的。

整个下午，易知跟着易从走在昔日工

作的大学校园里，听他滔滔不绝地讲从前在这里的工作和生活，她忽然觉得这一个何易从，跟自己在老家见的那个何易从不一样。他是完全陌生的，却又是让她好奇的一个新人。

易知走累了，易从总想让她多看一些，他背着她的包，还有两个人的水。图书馆、医院、花园。晚上八点不到，易知笑着说，光风霁月，我已经看饱了。易从说，现在带你去最后一站，不看后悔。他们七拐八拐，走进校园内一座哥特式古老教堂，这时教堂里正响起古老的管风琴乐声，庄重肃穆。易知跟着易从轻手轻脚走进去，教堂里只有他们两个人。他们找了个位子坐下来，静静地听了会儿管风琴，易从说，这是十七世纪的宗教音乐。易知想的却是，教堂真是个让人有安全感的地方。

出了教堂，这时外面下起了小雨。易知说，为什么我们在一起，到哪里都会下雨。易从说，刚才下车时问你要不要带伞，你说不要，不过你今朝收获大，基本上把我从前的活动区域都走遍了。易知说，我的脚痛煞了。易从笑说，我以前每天都会在校园里走很多路。雨下得密起来，易从赶紧脱下身上外套，罩在两个人的头上，一路小跑，终于上了车，易知脱了鞋子揉脚，一边说，我的脚被你蹂躏得要肿了。易从笑道，你还是娇小姐。我这些年走南闯北，倒是练出把蛮力气了。易知笑说，瘦子也有力气呀。易从说，在美国做男人，需要动手能力非常强。我现在也要干很多户外的园子里的活，很多东西买来，要自己动手装，以前简直难以想象。易知感叹说，你一会是易从，一会儿是斯万的。

八点多，他们开车回到方先生的家，只见餐桌上已摆好葡萄酒和香槟酒，还有鸡肉、牛肉、鱼和大盘的蔬菜虾仁色拉。

餐桌上，易知听方先生说，离开大学后，他在亚马逊上卖照相器材一周年了，现在生意不错。他太太说，我们的目标是早日实现财务自由，时间自由，然后他去拍他的照片，玩他的摄影器材，我写我的文章。易从跟易知解释，方先生是摄影爱好者，对照相器材很发烧，屋里有各种镜头。又说方先生以前拍了很多花的照片，其实不是花，是实验室显微镜下的各种病毒。方先生笑说，是妖异之花。

易知又听他们说了些陌生的人和事，远远近近，一时竟迷惑何易从到底是不是她从小认识的那个何易从，这迷惑将她拖入了困倦，她强忍住困意听着，又时时出戏，终于打起了哈欠，易从和朋友一家说得起劲，却不曾察觉易知的局促。

终于捱到临睡前，易知在易从朋友家房间的窗口看了会儿星星，迷迷糊糊间，忽然想，在隔壁房间的易从，等他老了，他是何易从，还是斯万呢？

第二天一早，和方先生一家，还有他们的狗狗一起去一个很大的湖边露营，女主人早上做了些三明治和水果蔬菜色拉，还有甜点，方先生说这湖上有很多鸟可以拍，运气好的话，可以拍到鸳鸯亲嘴。易知笑问，美国也有鸳鸯吗？方先生笑说，我们自己乱叫的。

午后，方先生开车将他们送到了机场。回程飞机上，两个人都乏了，闭眼休息。两个多小时后回到纽约，在机场取了车，易从将易知送回宾馆，自己回新泽西，易知到宾馆，有些意兴阑珊。她感到对他的那一点未了的情愫，缥缈到了半空，好像被风吹走了，因此又感到了身心轻快。

## 肆

戴正讲，靳天这小子，你晓得哦？官当得好好的，一个急转弯，说按政策，他到三十年工龄，可以办内退。一开始还不让退，伊从医院里开出好几张体检单子，这里有问题那里有问题，也不知真假，要求病退，然后去新西兰跟老婆团聚去了。我说伊想得通的，无官一身轻，从此自由自在，脚底生风。易知问，张静不是原来跟瑶姑娘一起开普洱茶坊吗？戴正讲，店老早转让了。这两年风声紧，严查三公消费，又有八项规定，还有谁敢顶风去这种地方高消费。私人花钱的客户，毕竟少的，普通茶馆咖啡馆，哪里不好去。张静聪明的，一看风向不对，马上调转枪头，听说要去新西兰种茶叶了，投资移民，去那边开公司。新西兰我也不晓得可以种什么茶，反正张静就是当老板的料。

二〇一九年。冬至前，戴正从杭州请到了自己的老师坐堂一周，在柳敬亭茶书场开膏方。每年冬至前，老先生在杭州坐堂都来不及，但是听戴正神神叨叨地讲了栖镇古镇一些老底子的逸事后，就对这个老运河码头感兴趣了，欣欣然答应，来坐堂开方一周，每天最多五十个号，顺便开启一下和夫人的古镇美食之旅。

戴正在老师坐堂的最后一日下午，第一次与湘湘有了一面之缘。湘湘那日穿了草绿色大衣，是带她妈来配膏方的。临走前，特地跟正在店里给老师打下手的戴正打了招呼。湘湘说，好几次听靳天说你，蛮有意思的一个老同学，现在回老家开起了柳敬亭茶书场。湘湘说，已经带她妈来过一次，专门吃茶，今朝又来配膏方。戴正见这个陌生红衣女子，对他却是很熟悉的，心想应该是靳天的红颜知己。戴正跟湘湘客气了几句，请她多来店里坐坐。湘湘说，我现在新西兰、上海、栖镇三头跑来跑去，栖镇也是时常回来的。戴正心一动，靳天现在就在新西兰。

眼前跟他攀谈的女子，明艳贵气。湘湘指指桥对岸，说她原来住水北的。戴正"哦"了一声，说靳天小辰光也住水北的。两人简单说了几句，湘湘就陪她妈离开了。

冬至后不久，易从再次回乡时，靳天去新西兰已大半年。至于靳天到那边去后的情形，也无人了解。靳天远走之前，也没特地告别，说走就走了。同学发小，基本上猜靳天是为了儿子去的。戴正说靳天，腔调有点滑稽。伊倒是遁了，人都找不着了，大概去新西兰找魔戒去了。何易从候鸟一样，飞去飞回。靳天呢，平时恋恋风尘，醉生梦死，忽然来了一个明月清风，凌波微步，再来一记黄鹤一去不复还，白云千载空悠悠。后来易知对戴正讲，你惊堂木一拍，可以讲书了，靳公子辞官西游记，扯头扯脑的，够你说上一个月。何公子牧马频来去，又说上一个月。戴正说，何公子我还好懂一点，靳公子么，我有时候看伊，越看越糊涂，不知这一出"西游记"怎么讲法。

这日小雨天气，易从回来后第一次见易知。他到杭州省级医院先取了父母的体检报告，下午四点多，叫易知一起吃夜饭，易知刚风尘仆仆从河西走廊回来。两人约了西湖边新新饭店见。

这次回来，易从给父母做了全面身体检查，半喜半忧，父母虽没有要命的大毛病，但慢性病总还是要当心的。特别是老父亲，八十好几了。易从一想这些心境就有点灰暗。

两人饭后走出新新饭店，见西湖水清澈，微波荡漾，雨没有下大，就撑了一把伞，从西湖边走到平湖秋月，在大平台上立了会儿。易知说，白虹精回来啦？易从笑说，我成精了，白虹精不是个老妪吗？易知说，看你也没什么豪气，不过江河湖海的，踏遍了呢。易从说，没有呀。易知道，从运河，走到西湖和钱塘江，又跨过了太平洋，不是吗？易从自嘲道，也是。年轻时一去千万里。到中年，冯唐易老，进退两难。

又经孤山，走上葛岭。走路时，易从说，记得初一那年春游时，也是个落雨天，我在葛岭摔了一跤，裤子鞋子都脏了，吴琳老师牵着我走，我很紧张。易知说，你摔跤后哭丧着的小脸我记得。想起十二岁的易从呆萌的脸，易知忽然觉得，易从还是从前的那个易从。

易从心头一酸，说，在美国，我最想念江南的落雨天。易知笑说，怎么以前一春游就要下雨。我们一起散个步，也总是落雨天。易从说，是。易知说，一下雨，你还要我赶快跑，我都跑不动了。易从笑说，江南的雨更多，春天下，夏天下，秋天下，冬天也下。所以一个人在外面，下雨天会比平时想家些。

两人走到那个"孤"字下边，易从感叹道，我记得小辰光有一次跟大人来杭州，大约十岁左右，到这个大红"孤"字，表情严肃地拍了一张照相，看来冥冥中注定，此身要独在他乡作老翁。易知不知该怎么安慰他好，就对易从来了一个"摸头杀"。

正月里，老同学们的饭局一个接一个，每逢佳节胖三斤。易从难却盛情，从正月初一到十五，等着他的是一场一场的故人欢会。觥筹交错，聚了九场，醉了五场。故人相见，分外眼红。总是被各路老同学当成稀客，似乎总还有下一场等着他。有几场，易知也在，坐在边上。易知见易从主动给自己杯中倒酒去敬别人，不免惊讶，易从酒精过敏，碰酒就醉。易知悄悄对易从说，你怎么豁出去啦？易从说，有些老同学难得一会，不好推托的。

真的回来了，得应付各路饭局，中年面孔，影影绰绰，人声鼎沸。六人以上的饭局，基本上说不了什么话，最后都是喧闹中一片混沌。有两次，饭局还没散，他倒在沙发上睡着了。如果饭局不是在栖镇，喝多了，请客的老同学给他就近开个宾馆的房间，他就倒头睡一夜，第二天清醒了回家。

正月初六中午，钟晓伟大女儿在超山的盛大婚礼，酒宴有五六十桌，参加婚礼的，有不少当季有头有脸的人物，政界商界文艺界，各有代表来捧场。也是栖镇的老同学们到得最齐整的一次，杜秋依、刘春燕、唐云、何易从、陈易知、戴正等等，连和尚吉彪也来了，靳天不在中国，缺席了，沈美枝也缺席了，刘晓光也缺席了。

钟晓伟如今已是超山民营企业家，当上了市政协委员，自家厂出产的蜜饯和青梅酒出口到海外很多国家。钟晓伟结婚早，女儿研究生毕业后，嫁给了嘉兴一副市长的公子。去酒店正式开宴前，一大堆故友同学在钟家超山的别墅院子里吃茶聊天，钟家别墅占地一亩半，挨着溪流，能望见超山。下午，大太阳暖洋洋的，矮矮胖胖的钟晓伟脸上，又沧桑又喜气，和他身穿墨绿丝绒旗袍的妻子在院子里转悠着，四处递烟分茶，请女同学们吃各种精美的零食水果。大家夸他福气好，奋斗成了企业家，女儿又嫁得好。钟晓伟说，做人靠的是运道，我是遇上了最好的发展机遇，踏踏实实做，又没让女儿接班，我让伊好好读书，伊也争气的，我女儿和女婿，是香港中文大学的同学。宾客连声羡叹。

吃喜酒时，戴正感叹说，我们一堆人辛苦读书，考大学，忙来忙去，哪怕何易从读到博士再出国，也没有钟晓伟现在风光。易知说，我要有这样一个超山风景区边上的大院子，真是美都美死了。易知问易从家的院子，有没有钟晓伟家的大。易从说，我家的院子不值一提啊，没有钟家院子大，而且也没有梅花树。

酒席毕，众宾客散去，余者收到邀请函的宾客，由钟晓伟移步超山风景区内"丽园香径"实景越剧梦工场，超山梅园内，曲径通幽处，环环绕绕，梅花暗香在风中阵阵飘过，易知易从戴正杜秋依刘春燕唐云等几个老友，乘兴移步梅园。易从对易知说，晚上感觉好像进了仙境一样，暗香浮动月黄昏。易知说，你是不是都不想回去了？

正看着戏，易从忽然收到一条微信，是沈美枝发来的，只有三个字：谢谢你。易从的心，莫名地沉了一沉。自去年七夕一别，他没有再见过她。

他们在梅园中落座，只见亭台楼榭，一应俱全。穿旗袍装的服务人员从水上回廊上莲步而来，一一递上茶水和热毛巾，一小盘水果，宾客们的脚边，错落地摆放着几只取暖的炭炉。炉火的红光，影影绰绰，照得这梅园恍若大观园中的暖墟。直到杜秋依上台致辞，方把大家拉回现实。

不一会儿，丝竹之声响起，越剧折子戏的演出开始。一出《五女拜寿》折子戏，又一出《十八相送》折子戏，又一出《山河恋》折子戏。易知和易从窃窃私语。易知说，这个就是秋依和她老公投资的越剧梦工场了。易从道，秋依是能做事情的人。易知说，秋依好像就该嫁个富商，命中注定的。易从说，我这人大概顶不合时宜，人家喜事，新郎新娘郎才女貌，我刚才思绪一飘，心里忽然感叹，婚姻就像我女儿爱吃的冰激凌，只有刚出冰箱的那一刻是明艳，接下来你要么舔啊舔，烂在肚子里，你要是怠慢些，就化在手里了。易知说，你又瞎七搭八。

两日后，是刘晓光的葬礼。听说刘晓光杭州临平的房产都抵押掉了，最后只剩下栖镇的房子，丧事也是在栖镇办的。陈易知跟刘晓光不算近，没有去刘晓光的葬礼，是听何易从回来说的。易从说，刘晓光这几年改做汽车金融公司，做零首付，借了高利贷加杠杆，风光了只一年光景，结果资金链断裂，一堆人上门讨债，有的追债人急红了眼睛，身上带了刀，说哪天不给钱就剁他手指头，剁光为止。他出门到处找钱的路上，心神一恍惚，出了车祸，油门当刹车踩，当场死亡。现在他第二任妻子带着个六七岁的小儿子，整天哭，对着个烂摊子，有些是夫妻共同债务，不知道怎么办好。易知问，瑶姑娘去了吗？易从说，听说不在杭州。靳天在新西兰听说了，倒是很震惊，他跟刘晓光从小关系好，私下跟我说，刘晓光走到这一步，真是兔死狐悲。易从又叹，孤儿寡母怎么办呢？我们老同学大家也只能各出一份力，出点份子钱给未亡人。易知说，也算上我一份。记得上次我们碰到他，他正在请人吃饭。

易知说，你知道吗，我们镇上的同学中，已经过世了好几个了，有出车祸的，有上吊的，有跳楼的，唉。易从说，我学医的，对生死看得淡些。每个人总有活下去的理由，或者活不下去的理由。

正月初九，是戴正组的局，在临平。戴正和易从两个都醉了，尤其是戴正，被灌了黄酒，黄酒的后劲大，晕晕乎乎。易知主动留下来，把两个发小送到了隔壁一家宾馆。易从一头歪在床上。易知用房间的矿泉水烧了水，泡了绿茶，让易从喝了几口。易从让易知早点回去，易知见易从脸上脖子上大面积都是红的，就说不急，反正明朝我休息。戴正一进房间就去了厕所，半天没出来。易知怕他在厕所睡着了，有点不放心，说再等一下。她坐在沙发上，不远不近，听到他问，你累不累？

过了半小时，戴正还没有出来，易知走到易从床边，推推他，让他起来去卫生间看一下。易从勉强起来去卫生间，见戴正果然吐过，趴在浴缸那边睡着了。易从挣扎坐起，跟易知两个，好不容易把戴正拖到了床上，让他吃茶漱口。易知说，何苦灌那么多酒，醉了多难受。戴正醒来，嘟哝道，今朝是我生日，趁易从还在，就想一醉方休，可惜靳天不在啊。我今朝五十岁了，五十岁了啊。

易从说，人生五十，白驹过隙。易知怪道，你们两个又不能喝，充什么好汉。戴正说，陈易知，我们是开裆裤兄弟啊，你以前对我很凶。现在你终于不凶巴巴骂我们了，还留下来照顾我们。易从说，再骂我们也没用了，反正也改不了。戴正说，陈易知向来偏心你，只骂我，不骂你的，长桥西跟长桥东就是好，到底是从小共饮一条运河水的。易从说，我脸皮薄，你脸皮厚，骂你你也嬉皮笑脸，所以就多骂骂你。戴正说，以后你们两个都得让着我。

易知见两个发小东倒西歪地说着胡话，哭笑不得，嗔道，你们两个酒量介差，还乱话三千。易从指指戴正，说，是他贫嚎。易知忍不住又去摸了摸易从的脑袋，像哄两个小孩一样哄他们睡下，见两人无事，方关上门走了。

正月初十，财税局长同学的局。正月十一，公安局长同学的局。正月十二，银行行长同学的局。正月十三，开发区管委会领导同学的局。何易从又被拉去参加了四场饭局，都是初中、高中同学组的饭局，要他参加，在座的，除了易从如今当了各局局长的同学外，基本上是在做企业的大小老板，还有银行等各机构的金融人士、天使投资人等等，有头有脸的衮衮诸公，大多数人彼此都认识，只有何易从，没人知道他是什么来头，他是谁，坐在这里做啥。他像尊贵的客人，又像是无关紧要的客卿。

元宵节前一晚，易从本来要和易知一起吃饭，再去轮船码头的，但临时被刘春燕拉上，只得跟易知说另约。易知说她刚准备开车上路，问他在哪里，他说已经在去临平的路上了。

觥筹交错间，刘春燕把海外人士何易从介绍给大家，说何博士手上有技术资源，有想法，因父母年事渐高，远在他乡不便，有意回国创业，看看是否有合作机会云云。不善饮酒的易从，稀里糊涂地，被以各种很难推托的名目，灌下去好几杯酒。一堆熟人们说得热火朝天的人和事，易从也多半插不上嘴。刘春燕的饭局，老同学范小荣也来了。范小荣说，你们当年急着奔出国的，现在都后悔了吧？易从本想说是的，又感觉范小荣语气里，有说不出的得意和轻慢，令他不舒服，只是笑笑，不回应。

另一个未谋过面的发迹企业家说，我的班长，当年成绩比我好多了，上名牌大学，后来去了美国，现在也在问我国内有没有机会，哪怕他来给我打工，他也乐意，我可雇不起他。一则海龟要价高，二则么，你们懂的，海龟不懂国情，未必能干得好。他朝易从笑笑，说，你别生气啊何博士，我说的是一种情况。易从礼貌地说对对对，也无力反驳。

那晚的饭局上，易从一直神不守舍，又觉得眼前场景荒谬得紧，不知自己为什么还坐在其中，坐到后来，荒谬之感渐次变成荒凉蔓延，几乎没说一句话，只听一桌子说说笑笑，碰杯声四起，自己又不时记挂着易知是否生气。八点不到，易从找了个借口离席，不告而别，径自打车回家，不料这会儿下阵雨，易从没带伞，等车时间又有点长。等刘春燕电话追来，问他为啥不打招呼提前走了，易从说，我觉得我坐在你一堆朋友中间，像个傻瓜，人也不舒服。刘春燕气道，你不要觉得我们是一堆傻瓜坐在你边上就好了。易从说，不是你们傻，而是我是个局外人。刘春燕说，你又来了。易从歉疚拂了刘春燕一番美意，连连道歉。

易从淋了雨，到家后，低烧，头痛欲裂。昏沉沉中，觉得自己为了刘春燕的饭局失约于易知，更是后悔。于是他发信息给易知说，我这几日真像个特别无聊的人，忽然觉得这些热闹都不属于我。过十分钟，易知只回，厌烦了，那干吗又巴巴地去呢？易从说，我优柔寡断。易知说，也没要你断什么吧。易从说，得不偿失。刘春燕生气了，你也烦我了。易知回，群魔乱舞？易从说，是。易知又回，醉生梦死？易从说，是。易知说，你眼中的成功人士？易从答，不是。易知说，那为啥眼热？易从回，大概寂寞久了，远远看着，热闹也是好的，身在其中又不适应了。易知说，累不累？易从说，累病了。易知说，奇怪了，有这么累吗？不就吃吃饭，说说场面话，还有红粉佳人陪着，以崇拜的目光看着你？要是我也乐不思蜀了。易从说，你别笑我了，这么多场子，我只有跟你一起喝喝清茶，才是最舒服的。易知气道，你一回来就是大红人啦，我要约你，都要跟人抢了。易从忙回，冤枉啊！得罪姑娘。易知回道，得罪我有什么要紧？得罪刘春燕可不太好，人家是大人物。易从回，你消消气，怪我意志不坚定。

沉默了良久，易从不见易知回音，靠在床上，静默了片刻，自怨自艾起来，心想，易知一定嫌弃我一回来就经不起诱惑了，原来也是这么庸俗的、爱热闹的一个人。快晚上十点，易从喉咙痛得厉害，挣扎起来量了体温，三十九度，感觉自己又虚弱又脆弱，易知那边还是沉默，易从晕乎乎中，忽然发现易知对自己更重要。要是你不理我，那我就是世界上最孤独的人了。他默默地对她说了一句话，自己也吓了一跳。

就晕乎乎地发信息跟易知说：发烧三十九度，人有点不舒服。

易从一示弱，结果易知马上问，回国打的疫苗没用？易从回，那是流感疫苗，普通感冒还是会得。易知问，要我送你去医院不？易从说，不用，我睡觉。易知说，你屋里有药吗？易从说，好像没有，太晚了，我不去打扰老人家了，他们都睡下了。易知说，你等我，我买了药开车过去。易从说，我没事的，外面雨大，你别来了。

一个小时后，易从起来开门，见是易

知,一把抱住她,像个孩子那样委屈道,这么晚,我以为你不来了呢。易知挣脱开身,在门边放了伞,说,说了来,怎么可能不来。我买药花了点时间嘛。易从说,外面好冷吧。易知拉他重新上床,易从心落定不少。易知又摸了摸易从的额头,烫得厉害,让他服下感冒药、退烧药、维生素泡腾片,贴上降温贴,又让他平躺下。易从问她贴额头上的是什么,易知笑说,原来你不识降温贴,真是美国人了。

易知坐在易从房间的床沿。老式的栖镇家庭的房间摆设,也没觉得不适。过了会儿,又听到易从说,你不走吧?易知"嗯"了一声。易从说,我一时也睡不着,我们说说话。

易知说,发着高烧还要说话,那说的是胡话。易从道,我时常心思飘忽,自己也不知道怎么回事。易知说,是姑娘太多了吧。易从说,哪里有姑娘,并没有。易知讽道,你跟靳天,哪里有戴正纯真。易从说,要说男人的本性,我学医的,你听了可别生气啊,只是生物学意义上的,男人是比女人更有动物性的种类,从繁衍本能上来讲,男性的精子是要多多播种的,才能保证数量,因此从本能上讲,男性比女性更有多偶性倾向。女性更讲究后代的质量,所以要择优。单偶制是人类文明社会的结果。易知说,只管播种不择优劣,不是很低等动物吗?易从说,我一向认为女性比男性更高级。易知好气又好笑说,你发着高烧还振振有词,跟小辰光一个德性。易从说,其实你是我以前说话最多的女生。上高中后,我越来越内向,人瘦弱又自卑,跟女生全程无交流。易知说,戴正可不是这么说的。易从说,他整天没个正经。易知噗嗤一笑,说,戴正说的你倒真像个十三点了,整天要问世间情为何物,不是呆了就是傻了。易从也笑,这小子真把我说成神经病了。易知说,说得轻一点,你就是何宝玉。易从叹一声,又若有所思,道,你说大观园里,这么些美好的女孩子,宝玉也都是爱的吧,这就是宝玉的多偶性本能,但你一定要他只能选一人,那他当然选黛玉。

易知说,外面雨好像小了,你也胡说八道够了,我要走了。易从问,几点了?易知说,十一点半。易从说,我太自私了。易知问,怎么了?易从说,下雨天让你辛苦了。易知安慰道,没事,我等下不赶夜路了,去爸妈家就是了,明天直接去单位。易从说,那就好,我们还可以说话,过几天我又要走了。易知奇道,你今天怎么老想说话?易从说,我也不知道,身体云里雾里,心里有点乱。前尘往事和眼前搅在一起,好像觉得自己一步走错,一路错错错,再也无法掉头了。易从说,你知道吗,以前我最气你了。你自己跑得远就算了,我还要被我爸老拿你举例子比来比去。我爸最喜欢说,看看你同学,何易从美国寄美金回来,爹妈享福。刘春燕当官,家里样样方便,有点事体就有人上门服务,骂我最没本事,读书都白读。易从说,我倒是羡慕你呢。易知说,你那时候总要跟我别苗头。易从憾道,那时候我要是知道你想让我跟你一起去临平,我会跟你去的。易知"嗯"了一声,易从又说,可是我们那时都不成熟,我又不起眼又臭脾气,你又会嫌弃我。易知小心问,还记得我小辰光的样子吗?易从说,俊俏小丫头一个,天天盯你后脑勺,怎么不记得。易知笑了,说,你不也脸臭臭的。易从说,臭小子什么都不懂,让你失望了。

321

梦里不知身是客，此刻病中的易从，温顺得像一只小羊。玫瑰的刺自动除尽了，只剩下花本身。易知又摸摸易从的手，还是烫的，就说道，你是发烧亢奋的，怪不得话多呢。易从说，你的手冰凉，说着把易知的手拉进被子里焐着。易知的手，碰到易从隔着毛衣怦怦跳的心脏，抖了一下，脸红了，想要抽出来。易从还是给她焐着，说，姑娘家家的，你不老是爱摸我脑袋吗？易知难为情道，谁让你的头发剃那么短呢？

易知一动不动，易从仿佛倦了，似乎进入了浅睡眠状态。屋子里的挂钟滴答响着，外面冬雨声潇潇。不料何君乾起夜，经过易从房间，见儿子房间还亮着灯，怕儿子睡着了忘关灯，准备给他关灯，看见易知坐在屋里，不打招呼又退了出去，易知惊觉，连忙从易从的被子里抽出手，易从也被这动静惊醒，睁开眼睛，见易知一脸委屈又涨红的脸，快要落泪的样子，没来得及说什么，易知急道，你好好睡，我走了。说着迅速起身出门，雨中开车到家，已是凌晨一点半。

到家后，发现书房灯亮着，不知什么时候陆韶从湖州回来的，书房里很凌乱，好像陆韶正翻箱倒柜地找什么东西，凌乱一地。陆韶一脸的凝重，还小篱笆不在家，住校去了。一见易知，也不问她为什么这么晚回来，依然埋头寻找什么。易知一见陆韶面有菜色，忙问陆韶怎么了，陆韶说，我在找一份以前的材料，几年前的了，记得当时有复印件带回来收着的，我要确认下我到底有没有签字。易知说，你好像很紧张，出什么事了。陆韶说，我明天一早就要回湖州上班，如果这两个月有什么风吹草动，或者你找不到我，手机电话微信不通，你不要急，和孩子先过好自己的日子。易知急道，你摊上事了？陆韶说，还不好说，上面线上领导出事。易知反问，那你自己有没有什么？陆韶说，这个不好说，水至清无鱼啊。也许啥事没有，虚惊一场，也许就有事了，你要做好最坏打算。易知沉吟片刻，对陆韶说，你放心。陆韶说，不瞒你说，我在争取下半年援疆。如果成了，应该就没事。

易知先睡下了，心里盘算着，陆韶或许通过援疆，可免无妄之灾。或许这曲线救国，到了关键时刻也未必行得通。迷糊中睁开眼睛一看手机，正是夜半三点，易知默默叹了口气，再也睡不着，脑中盘旋着陆韶的这些年，觉得陆韶的路是顺理成章，也中规中矩，为人也不嚣张，为什么如今却上了华容道？

捱到天明，又迷糊了一会起来，陆韶不知什么时候已走了。易知洗脸刷牙吃早饭，给自己磨了豆浆，慢慢地喝。

收到易从信息：记得小时候你生气了扔给我的字条吗？易知回，记得。

转眼年过完了。戴正在自己的柳敬亭茶书场守店时，忽闻沈美枝红颜轶事。提到沈美枝的，正是美枝的表姐。原来沈美枝去年做了乳腺癌手术后，休养了一阵，几天前在有五百年历史的超山梅林边一家尼庵削发了。

在此之前，美枝的前夫高庆得了肺癌，高庆去世时，他的母亲苏州人陆师母也已离世。病入膏肓时的高庆回了栖镇老家，拒绝再去医院，住在老房子里独自静养。高庆良心发现，留给前妻美枝一大笔钱养儿子。据说他最后的一个月时光，是美枝和儿子陪他度过的。美枝陪儿子处理完高庆后事，有种身心俱灰的感觉。不久关了美体中心，开始茹素。美枝二十岁之前就爱上高庆，为了他要死要活，他是她的初恋。现在他死了，她好像半条命也没了。

戴正记得，去年有一回，他和陈易知在自己茶书场吃茶。易知说，以前班上，女同学一致认为沈美枝最漂亮，男同学一致认为杜秋依最漂亮，至于为啥男女审美有这等差异，戴正说，要我是搞不清的。

知道美枝正式出家的事后，易从才跟易知提及他与美枝过往几年的交情，他是最早知道她要出家的。易知唏嘘，说你再也追不到佳人芳踪了。

戴正约易从和易知，找时间去美枝出家的那家超山尼庵一探究竟，也正好再看一看开到极盛时的梅花。

元宵节晚上，易知强颜欢笑，在家陪父亲吃饭，陈子船问起陆韶，只说他忙工作，回不了家。夜里八点多，易从让易知陪他去老棉纺厂旧址看看。两人长桥堍下会合后，一路向东走，走到了里仁桥，易从说，我小辰光，从东横头屋里去我爸厂里吃食堂饭，去澡堂洗澡，很近。两人走过了里仁桥，路上的灯光渐暗，易从说，我好像闻到了小辰光熟悉的茧子的味道。易知说，我鼻子不灵，还没闻到。又继续往里仁桥北走，易从看到两个夜空中耸立的大烟囱，说，这儿已经面目全非了，但看烟囱，这一带的大厂就是棉纺厂了。易从带易知走进一条小路，小路坑坑洼洼，年久失修的样子，易从拉着易知，深一脚浅一脚，小心靠近。易从说，以前棉纺厂就是这儿了。易知说，我也闻到了茧子的味道了。

两个人同时深呼吸了一下，又对望了一下，易从笑了，易知却笑不出来。茧子的气味，就是他们童年时最熟悉的气味的一部分，总是从各家大厂的上空飘出来。

易知跟着易从，在早已不知变成什么的棉纺厂大门外探头探脑。易从看到，昔日厂区，还有一幢旧厂房里，一些日光灯没精打采亮着，难道现在还有车间在生产？又好像不像。他们窃窃私语，议论着这茧子的气味，到底是从前残留到现在的老气味，还是现在的气味，若是从前的气味，难道十多年来那气味能经久不散？也是奇怪的事。

因为曾经热闹的这一片，如今已是偏僻之地，几条野狗在夜间出没吠叫，周边又黑咕隆咚，易从担心易知害怕野狗，就说我们走吧。

回去路上，易从断断续续地说着棉纺厂往事，忽然沉郁下来。说到自己的少年心事，易从说自己曾经为父亲的行为感到很羞耻。易知问易从有什么事，易从说，我那时觉得太丢人了。因为家里海外关系，落实政策，我爸被厂里提拔为中层干部。可是他又忍不住去赌，把暂时寄存在他那儿的公款也输掉了，后来又被革职当工人，真是哀其不幸，怒其不争。易知劝道，父母是我们无法选择的。易从说，我少年时并不开心，又很自卑，不像你。家里永远在吵架，我烦了就自己躲房间里，想看书，老房子不隔音，他们吵架的声音还钻进来，我就用棉花塞住耳朵。易知说，没想到。易从说，我从来没跟人说过，太丢人了。后来我上大学，去北京，出国，心里负气，想离家越远越好。有年回家，得知我爸把外面寄来的美元都赌掉了，还欠了一屁股债，我跟他大吵，他用凳子砸我，差点砸到我，但回北京后，我还是心软，写信回家，想想父子一场，已经离得这么远了，怪他也没用啊。说着说着，易从自嘲道，你还以为我是什么劳家子弟，劳家我从小也沾不上光，我妈继承的好像都是劳家人的缺点。易知叹息一声。

两人默默往从前易从家河边的老屋走去，几分钟后，路过一小片居民新公房，绕到了东横头的河边，河边的老街木楼早已不存。易知走到河边拐弯处的一棵大樟树下，轻声说，你家原来就是这儿了。易从说，你还记得。应该是这儿。易知说，以前黄昏后，我路过你家时，看你家的灯亮着，就很高兴。我还梦见过我家的猫跑到你窗口叫，你给它开窗了。

易从在樟树下站定，扶着水泥栏杆，望着夜里深不可测的河水。须臾，易从道，要不是你，我已经很多年没来这了，也无甚心情怀旧。易知也望着夜里的运河水，良久静默。两个人听夜里的流水声，过了会儿，易知转头望望易从，忽见微弱的路灯灯光打在易从高高的颧骨上，易从的神色却是黯然销魂状。易知碰碰他，说，怎么伤心了？易从赶紧摘下眼镜，抹了下脸上，易知又去摸摸易从的头，说，谁说的，上中学到现在从来没哭过？易从却像是自言自语道，有人说此心安处是吾乡，可心安之处又在哪里呢？

易知说，我记得高中时给你写信，好像对世界满怀憧憬。易从好奇道，写什么了，可惜我没看见啊。易知笑说，撕掉了。具体不记得了，只记得有一句话：我想和无穷的远方，无数的人们在一起。很有豪情吧？可我只是嘴上说说，你却做了。

易从道，我们人到中年了，现在的愿望呢？易知说，我不要"无数的人们"了，人多太闹。等我们七老八十了，哪怕拄着拐杖，还能一起在河边桥上走走，就是岁月静好啦。易从叹道，想起我喜欢的一首古风的歌词：岁月走走停停，琅琅到关雎。

易知说，你不嫌陪个老太婆荡发荡发没意思吗？易从说，不会。易知又问，那你不会太老了就不回来了吧？易从心口一紧，说，不会，只要还走得动。

节后三日，天气晴好，三个当年的发小在超山梅林相聚，走在梅花树下，易知感叹超山梅花品相也不比孤山梅花差。他们在林间山坳处寻访寺庙。几个转弯，看见山脚边有一黄墙寺院，名"水镜庵"，几棵红梅树正开着花。他们沿着黄墙，到了庙门前，戴正说，沈美枝是在这里出家的。

听说美枝现在法号"梅清"，戴正想进去探望一下梅清，易从想起美枝曾对自己的种种，心下黯然，就说，不进去打扰了吧。我们在俗，她在佛门。易知也说，清静之地，不扰为好。我们知道她在这里修行就是了。三人在水镜庵门前止了步，说起沈美枝的儿子，戴正说刚考到北京读医科，挺懂事的孩子。易知说，跟当年易从一样，进京学医了呢。易从说，善哉，善哉。易知说，呆子，别你也跟着想遁入空门。易从说，不会。

三个人在园子里走，戴正虽然话多，易知和易从却还沉浸在刚才寻访水镜庵的惆怅里，只听戴正扯东扯西，卖力地插科打诨。易从回父母家后，夜深人静，想起望不到伊人的水镜庵，自己又想象美枝缓缓进入庵中，庭院深深深几许的哀伤佳人背影。在易从的想象中，美枝在释迦牟尼大佛像前跪下，静默，经声四起，一黄衣老尼给伊落了发。

这个人世间，从此再无沈美枝。

## 伍

易从临走前，又连续拉了三天肚子，

心里觉得怪异,大概这阵子回来吃得肠胃都紊乱了,身体都抗议了,回去是得吃几天草莓酸奶餐了。

这日刚刚见好,易知要易从陪她坐一次夜航船,易从离乡三十几年,梦里还时时有夜航船。为了保护古桥,到栖镇的航段早就停了,只能从杭州坐到拱宸桥。还好有黄昏七点出发的船,在武林门码头下船。进了船舱,两个人挨着窗口坐下来。易知难得化了淡妆,描了细细的眉眼,一件淡雅的古典式斜襟印花蓝白布棉楼,易从说,你要是一个人立在船头,就像是回到民国老电影里了。

船到清水港时,易知看见船舱前有一轮上弦月,就对易从说,我有一日夜里,梦见你穿白衬衫,清清瘦瘦,走到长桥中央,指给我看月亮。你讲,这个月亮不是今朝的,是大清朝的。易又说,你知道庄子讲的鲲鹏的故事吧。北方的海里有一条大鱼,名字叫鲲。鲲很巨大,有好几千里长;它变成鸟,就叫鹏。鹏的脊背,也不知道有几千里长,这只鸟,等大风吹动海水的时候,就要飞到海的另一边去了。易从傻问,那我到底是鱼,还是鸟呢?易知说,你是三月的鱼,鱼想飞的时候就变成鸟了。易从笑说,记得看过一个纪录片,讲鸟类迁徙的。易知说,我也看过,翻译过来叫《鸟与梦飞行》。可是鸟在天上,鱼在海里,永远不能相逢。易知又说,我和戴正五岁就认识了,跟你,到底是三四岁还是十岁以后认识的呢,都成悬案了。

你知道吗?为什么有水的地方就有鱼呢?易从忽然问。

那是因为水鸟。你忘了我是搞水文的呀。易知说。

一路上,易知跟易从絮絮叨叨说小辰光的事情,准确地说,是十二岁以前的事情。易知说,十二岁前的你我不记得了。易知记得小辰光的易从是斯文的,没有自己调皮捣蛋。问易从小辰光有没有大夏天去乡下抓知了,易从说,有啊。又问有没有挖沟、挖陷阱害过路的人掉下坑,易从说,好像有过,不记得了。问有没有半夜十二点吵着闹着要拉条草席出去野外探险,易从说,应该没有,到点了乖乖睡觉,睡觉前看看小人书,所以我看过很多的小人书。陈易知说,果然是乖孩子,所以你不会被暴打。易从说,我也一样挨打,我妈脾气急。她又问易从,有没有干过把别的小朋友河里捞来的一脸盆的小鱼全部掐死的事。易从说,这么残忍啊,我可没干过。易知笑起来,说,罪过,罪过。易从说,我是大意之过,小辰光凳子上跳下来,不小心踩死过一只自己养的小猫,真是难过,哭了很久。易知"啊"了一声,又问,有没有一生气就咬人?易从笑说,你会咬人,我不会。易知笑,又问,有没有坐在马桶上,给自己取一大堆名字呢?易从笑,那是你们女孩子干的事,我才不会。易知说,白白小学四年级就看香港武侠小说了。易从说,我倒是初一就琢磨着写武侠小说,后来跟靳天和戴正合计着一起写一部武侠小说,在靳天家里讨论小说大纲,男性侠客角色,各自贡献了好几个,取了一堆名字。一说武侠小说里的女主角,戴正的说法,为啥一定要有女主角呢?靳天说女主角当然要有的。戴正想来想去,只有一个"侠女十三妹"。易知问,你那时心目中的女主角,长得像谁?杜秋依还是沈美枝?易从说,我也不知道,反正最后女主角还是定不下来,写武侠小说的事,就不了了

325

之。易知说，你从小就是想啊想啊，看着像个假装的思想家，就爱挑我的刺。易从说，你怎么一直在骂我呢，对我有意见是不。易知小声说，当然有意见。易从说，是我不好。易知说，我是生自己气，人生啊，为什么我只有跟你，才说得出这些无聊的话。易从说，我也是。有一晚在桥上看到北斗星，就特别想跟你一起看。易从一激动去握易知的手，易知却把他的手打开了，打得易从的手背生疼。易从沉默了会儿，轻声说，我错了。易知沉默良久，小声说，你有什么错的。她眼眶湿了。他看她一眼，眼眶也湿了。

时光飞过。他们不再说话。一声汽笛声，拱宸桥就到了，一个小时不到就要上岸了。易知打破沉默说，太快了，我还没坐够。易从说，从前慢慢地坐船，两个小时，发个呆，刚刚好。易知说，现在我们要一起坐船回去是不可能了。

冬去春来，孩子们来了，又如候鸟一样飞走了。易从是惊蛰前一天飞走的，走时独自一人，并没有人送他。长途飞行后，回到新泽西的家中落定，浅浅地睡了一下。早上起来就打电话回栖镇报平安，父亲何君乾接的电话，母亲耳朵听力不好，一般只用微信文字交流。老两口刚吃过夜饭，母亲烧的饭，又在厨房洗碗。易从心里叹了口气。又想起临回美国前，有一晚他应酬迟归，忘记带家里钥匙，晚上十一点多，他站在家门口，打电话给父亲麻烦他开一下门，然后他听到父亲在自己房间，喊隔壁房间的母亲名字，大冬天的，母亲披衣起来开门，易从生气又无奈。

天各一方，易从担忧起近来风声日紧，中美关系又一天天紧张，凛冬将至，谁也不知明天会怎样，万一父母有个三长两短，真不敢想。父亲又在电话里说，你姆妈让我跟你说一声，以后我们会去敬老院住的，生老病死都有人管，万一你回不来，我们也有人管，叫你不要太操心。还有，你妈叫我先不要跟你说的，我想想还是告诉你的好，你好放心。我们的墓地，已经买好了，就在超山。易从身体里打了个雷。挂了电话，思绪却又飘了开去，飘到跟易知一起的夜航船上。

一家人饭后，夫妻客厅喝茶闲坐，小简见易从神思恍惚，半是认真半是玩笑地问道，这趟回去，公子的风流债又了了几桩？易从闻之，恍然南柯梦醒。

当夜乱梦不断，一歇坐飞机，一歇又坐轮船，一歇自己开车。梦里出现过自己和小简在云端里，总里落不下去。又忽然自己和易知在海上颠簸，易知说风吹得好冷。又梦见自己爸妈在河边老屋楼上粒米不进，可是门关着，怎么也敲不开。他知道他们已断炊好几天，急得大哭。后来他又在云端了，一个人戴了一对大鸟的翅膀在天上飞，他俯视大地，忽然不知何时，地球不再是他印象中的一个圆球，而是裂成了东西两大个矩形，中间是矩形的海洋。他拼命扇动翅膀，却怎么也飞不到东面的矩阵去。远远望去，东面矩形上立着一些人形小蚂蚁，都翘首望天。他在小蚂蚁中辨认出了有一只蚂蚁的脑袋，长得像易知的脸。心想，怎么易知变成蚂蚁了？次日醒来，胸口闷得难受，又发了低烧，还在回味着易知变成了一只小蚂蚁。

头痛中打开手机，想也没想，给易知发了一条信息：易知，我不知该拿你怎么办才好？过了半日，易从的晚上，收到易知的信息：梦见我们站在雪地里。

## 陆

又一个长日，陈子船和戴言礼不约而同看报纸，看到了江南小镇打包申请世界文化遗产的消息，可是在一堆江南小镇的名字中，却没有发现栖镇。两个老头戴着老花镜，又细细读了一遍，还是没有看到栖镇的名字，心里十分震惊。曾经是十大江南名镇之首，栖镇怎么可能没能打包进入申遗江南小镇名录呢？到晚上，陈子船郁闷地走了出门，到公园里，开始讲述这件事情。镇上的一些老栖镇老人们听到消息，就愤愤不平，都想不通了。

过了几日，戴言礼叫陈子船到柳敬亭茶书场吃茶，说要聊聊天。两个老家伙聊了半天，还不尽兴，又到隔壁馆子去吃饭。陈子船说，老戴啊，你请我吃茶，我请你吃酒，难得一道吃酒，今朝吃个痛快。两个加起来超过一百七十岁的老头儿，叫了几个家常菜，坐一起喝酒骂娘。喝醉了，一路相搀着，踉踉跄跄走上了长桥。天气晚凉，将近夜里十点了，桥上没什么人。两个老家伙一屁股坐在桥墩上，因为喝了酒，也不觉得冷。两双醉眼，晕晕乎乎，先看天上月亮，今朝是个铜钱大的细月亮。再从桥上往河上看，河一开始是死寂的，他们的身子摇摇摆摆，慢慢，河水也跟着他们摇荡了起来，岸上的灯光落在河上，河上的色彩也更斑驳摇曳了。两个老头，四只老耳朵听到了河上来往船只的汽笛声。四只老眼又看到了河上一条条各式各样的船，有客班轮船有货船有大拖船，次第朝他们驶过来。一个老头说，是官船吧，上海过来的。一个老头说，是花船吧，两排小姑娘穿古装，吹拉弹唱。一个说，我也听到船上在唱戏。最是仓皇辞庙日，教坊犹奏别离歌，垂泪对宫娥。一个说，来了两只客班。看看是苏班，还是湖班。一个说，靠过来了，停码头上了。一个说，我看到知姑娘站在船头，向我挥手呢。一个说，阿正叫我乘苏班，到苏州得月楼吃酒。一个说，乘湖班去，我女婿在湖州当地方官，叫伊请客好了，包我身上。一个说，册那，你看后头一只日本人的兵舰，小心点勿要踏错了。一个说，狗触，大清国老早倒灶了，日本人老早投降了。一个叫道，册那个娘！要脱班了。一个喊道，册那个娘！苏班，苏班，还有两个老死尸要上船。两个老头儿看见两三条船同时朝他们靠过来，互相拉着，摇摇晃晃，跌跌撞撞，骂骂咧咧，跳上船了。

第二天，镇上人听说，昨晚有两个老头儿老酒咪咪，吃得糊里糊涂，扑通扑通掼进了河港里，变成醉死鬼了。

## 柒

戴正换一件灰白长衫，脚底布鞋，杜慧撑好三脚杆，架好手机，准备戴正的柳敬亭茶书场首秀。因为提前做了网上推介，来了不少人。

夜里八点钟，戴正清了清嗓，惊堂木又一拍，叹一声，是谁鸾吟凤唱，道不尽，世间苍凉。吃一口茶，又讲，各位看官，《鹊桥仙》本事，就从这河边开始。今朝，我先开个篇。

一连讲了十日。杜慧除了直播，又将十期说书剪辑后，发到了抖音上去，点击量居然不错。有人留言，武林头轮船码头遇到的这对恋人，中年后旧情复燃，怎么都会到新西兰去的？这里面又有多少算计？

倒像一桩悬案了。戴正回复：细思恐极。南辕北辙，无问西东。有人留言，东横头的才子，好像到处留情，伊到底喜欢哪一位栖镇佳人？听得急都急煞。戴正回复：伊自己讲，宝玉最爱林妹妹。有人留言，我天朝威武，跟那日不落美利坚要脱钩，东横头飞出去的公子，这山海经还怎么念？戴正回复：梦断长桥，魂兮归来。有人留言，人世已苦，我偏看不得世间苦。不给我大团圆结局，明朝我来砸你场子。戴正回复：客官心平平气和和。睡里梦里大团圆。有人留言，栖镇白虹精到底啥意思？戴正回复：且听下回分解。

杜慧见戴正说书有了微波，又推波助澜，作网上小调查：你心目中的栖镇第一美人是谁？在以下四个人物中打勾。参加调查者无论在世界哪个角落，以后到栖镇柳敬亭茶书场，首次消费赠送一百元消费券。戴正笑言，和我讲书的力气比，还是你推广的力气大。

六月里，芒种夜，茶坊戏楼，灯火辉煌。戴正长衫拖地，梳齐整小分头，嘴边别一支小话筒，讲了一个钟点。烟雨江南岸边，红男绿女，关关雎鸠。下面有客官叫，你这就叫说书啦？不文不白，不伦不类，又不是苏白，普通话怎么叫说书，你到底讲的啥？戴正说，这位客官，你勿要急，明朝再来听。下面有人讲，你讲的不是古装戏。戴正说，我讲的是文明戏。有人讲，现代文明戏，故事精彩也好听的。公子小姐后花园，我们年轻辰光早听厌了。戴正笑眯眯说，兜兜转转，峰回路转。我今朝，学学《石头记》，先讲一个桥边梦。有人讲，你以为你穿了长袍我就不认识你了？你不就是钱家弄里的小把戏戴正吗？你学医的，怎么郎中说起书来了？有人讲，我听下来，你的书中人，一个也不会留下的，都变成栖镇客人了。有人讲，痴人说梦。有点意思。有人起哄，下趟讲，你顶好加点荤料，红男绿女，颠鸾倒凤太少了，啥人要听？戴正讲，我这柳敬亭茶书场，姜太公钓鱼，愿者上钩啊。

[特约编辑：俞东越]

# "荡发荡发"的故乡、梦与记忆

来颖燕

故乡的形象曾经出现在大学刚毕业初习写作的萧耳笔下。和无数想用写作来慰藉或是发掘自己的作家一样,萧耳太清楚故乡的题材是一个矿藏,在那里自己孤身与所有的可能性共存。但提笔容易,落笔却注定艰难,那意味着要了解关于自己的所有"知识"。写了几千字之后,萧耳放弃了。据她自己说,是因为当时没有写过小说,不知道怎么继续,但我觉得,更因为她那时还不知道要怎样来面对故乡。但"故乡"的题材注定会是一个绕不过去的坎。二十多年之后,她终于写成了《鹊桥仙》。

"这个码头的人,一辈子就喜欢荡发荡发。荡着荡着,江河湖海尽在掌握。荡着荡着,荡成了仙。他们或是今朝世上最接近庄子'逍遥游'真谛的人。"(《鹊桥仙》题记)小说的开头常常以暗示的方式决定了全篇的走向和调性。"荡发荡发",栖镇上的一众人物慢悠悠地走近又走远,他们的生命线曲曲折折,散发出微弱但笃定的光——"荡发荡发"是这个小镇生活的内在速度,令它与外在世界的节奏相间离,自成一个世界。对于作者而言,那是一个熟悉又遥远的存在。

小说由少女的梦境切入:"少女思春,河边一梦。"梦总与记忆分享底色,我们于是急切地想探知那梦里有什么?一两句弹词开片散开,夜苏班轮船开过长桥桥洞。少女的梦一个接一个:之前的梦里,"是父亲背着小人儿的她在河边老街荡发荡发，她正从父亲的肩膀上滑下去，快要落到地上了，梦就醒了。不料这次，梦里有个新的小人出现了。一个少年，十二三岁，笑意盈盈，眼神清澈，温柔敦厚。夜里河港上汽笛声响起，恼人的聒噪，惊得她很不情愿地从梦里醒来。她翻个身，听声音数着夜半河上驶过的轮船，须臾数了十来只。……醒来后就再也没睡着。少女怔怔寻思这怪梦，此后每晚睡觉前都会浮现少年的影子，又是无声的，绝不泄露一点声音出来。她有自己的秘密通道走过去，与住在那里的他说话。又觉得那是很羞耻的事情。又好像身体有了重量，从此不再是个无牵无挂的人了"。

在《鹊桥仙》之前，萧耳最爱也最擅长的界域是中产资产的都市生活。将取景框面向故乡，对她而言是重新转了一个频道——它们拥有不同的"秘密"，原先频道里的秘密常常可以预见：一个情人，一段失败的、平淡的婚姻，一场不体面的算计……但此刻，少女的秘密是真正的隐私，混沌单纯，隐匿于心，不求解决。从这里开始，这两个频道的小说就走上了不同的岔道。《鹊桥仙》里的梦境也一步步从谶语走向了隐喻。

梦境混沌，却最能诱人深入。小儿女的心事唤醒无数个在我们心间被遗忘的爱情的良夜。虽然少女无名，虽然叙述角度是第三人称"她"，我们还是自动地站在了她的身旁。及至少女梦醒，众人开始有名有姓，故事从同学四人十二岁那年到长桥脚下的照相馆照相的那一刻开始了。陈易知、何易从、戴正、靳天四人，是作者笔下滴落的墨滴，落在宣纸上，顷刻四散晕染开去。一路往下，我们终于辨明做梦少女和梦中少年便是四人之中的陈易知和何易从，但注意力已被分散，不再只溺在易知的世界里。我们于是正了正身体，追随作者放眼开去打量栖镇，看这四人的关系怎样错综交织，伸出藤蔓，持续蔓延，慢慢但确切地将更多的人和事包裹进来，从他们的同学、朋友到各人的父辈亲戚，栖镇的日常开始显形。

只是，即便此刻冷静的第三人称的叙述让一切都回归到生活本该有的样子，我们还是无法出离梦境。它像是填充在小说中的空气和光，虽然真正的戏份并不多，做梦的人又大都在陈易知或是何易从间切换，却是有始有终的存在。

从"画梦"开始，由谈梦作结，易知和易从的往事里，总是梦魂相伴："她说，那个下午，你居然有一点绅士风度，好像一下子，你变成大人了。他说，我不记得了。她说也许是真的，也许是梦境，因为隔太久了，记不清了。她说了一半，他说，你不要说了，让我想想。……"及至最后，中年易知和易从依然会谈及各自的梦——"易知说，我好奇，你在外面这么多年，会想家乡吗？易从说，会呀，有时候做梦，会梦到长桥，还有我家河边的老房子。易知说，奇怪的，我这么多年梦来梦去，只要是梦见屋里，都是在河边老屋。易从说，我也是。易知道，我家西横头老房子先拆的，大概过了一年,你家东横头也拆了。"

这样的对话泄露出故乡在作者内心的位置:记忆、梦与故乡之间是共振的,对于故乡的记忆,本来就是一个梦,现实与幻想在其中交织,不辨彼此,而人总是在半梦半醒之间与往昔的岁月相处。小说中人可以从小说中的梦境醒来,但他们一生的命途又被更大的梦境笼罩。戏梦人生的魔咒,让人无力也无从破解。

但小说是自主的装置,《鹊桥仙》并非是一部我们意想中可以一眼看到底的"忆梦录"。尽管当故乡与梦相连,这是最常会陷入的范式,但萧耳从惯例的路径切入,又逃离了旧路,她将我们料想中的对于故乡的离愁别绪转而一变,繁衍出新的意义和隐喻——梦不只是弗洛伊德主义者的地图,它也可以允许自己在来路和归途中迷路,成为更混沌也更确切的、与小说同构的存在。

梦中无岁月,于是作者的叙述颠颠倒倒。小说的每个章节都拥有自己的名字,那是作者的预告,拉开了即将在此上演的重头戏的帷幕,也泄露出线性时间在此的失效。《少年游》埋藏着小伙伴们各家的生活琐碎、互相间似有若无的情愫、对未来的懵懂和无知无畏。少男少女们在吵吵闹闹中长大,形象渐趋清晰丰盈,他们各有特点,却并没有被贴上标签——他们不断认识自己,像我们在不断认识他们一样,成长的过程延展着人性的广度。所以,《少年游》被截成"序""上""中""下",在全篇的不同方位寻得自己的位置。少年游,游的是一生时光的河。《沉船》讲述的是发生在运河船只上的故事,栖镇人在船上遇见故人、遇见旧友,当然,也遇见纠缠一辈子的心底的人——譬如靳天遇见的湘湘,从此改变了他一生的情路。《鲲鹏》则记述小伙伴们长大后与故乡的聚散离合:有的人远走,却割不断牵绊,如何易从;有的人一心想远走,待机会摆在面前时,又退了回来,如婚姻多舛的班花沈美枝;有的人则素知根系在栖镇,外出闯荡不久便努力回乡扎根,如戴正。《杀狗》讲述的则多是土生土长的栖镇人的离奇故事:为情所困的范小姐发疯又病愈;爱妹幼年发烧成了傻子,最后又因贪吃粽子被撑死;几个自称"江南七怪"的伙伴将高两届师兄高庆的狗打死煮来吃……"小镇日脚长,无所事事的人多。住西横头的人家,家家户户都有一箩筐闲话。又是夏天乘凉时,月亮下面,黑漆漆河港边,一千零一夜故事,自己会长出手脚来。"《鱼水》则为一众人物的故事收尾——"鱼水"二字是再直白不过的明喻:陈易知从小住河边,后来的学业和工作又跟水文有关;戴言礼和陈子船两个老头儿,一天夜里"老酒咪咪,吃得糊里糊涂,扑通扑通掼进了河港里,变成醉死鬼了"……无论老少、阶层甚至生死,众人与栖镇之间就如鱼与水之间,离不得又理不清。

叙事必然要面临对时间的加工,那是为生活塑形的策略。虽然被定了标题的篇章各有侧重,边界却是模糊暧昧的。一个人物从一个篇章走进另一个篇章,换一个角度被重新讲述。那些纠纠缠缠的前因后果,被牵连、被发现,继而又被卷入更深的因果缠绕之中——这是小镇生活特有的属性——"栖镇不大,镇上本地人沾亲带故,转弯抹角的,十有八九相识。"作者将这些篇章段落揉碎,标上自己的时间刻度。在尘封的、已臻于模糊的往事中,那些年代的刻度显得异常明晰醒目——一九八一、一九八五、一九八七,倏忽跳到一九九〇、一九九七乃至二〇〇〇年后,大体时序向前,但其中年份又不断倒回、互相间杂,甚至勾连起一九二九、一九四八、一九五九年的栖镇往事。这些故事混淆着小镇的个人记忆和集体记忆,层层累积,拉长了小镇中人的生命长度——这些故事是亲历的、口头的、日常的历史,凭借这些故事,整个栖镇定义了自身。[①]

而作者一直站在这些故事的背后——她是总叙事者。她像是知晓一切,又像在揣摩一切。有时她会让人物自己说出自己的心事,有时又会让他们沉默,自己出场来为我们描述这些心事。许多时候,这二者间的差异难以区分——事关记忆,作者的视线与小说中人物的视线总是不自觉地交叠,这是一种回忆和梦的任性。但毋庸置疑的是,当一个故事被讲述,就已经天然地包含有某种评价,或是情感上的,或是道德上的:老汪厂长的风流韵事和公安局副局长唐云与沈美枝之间的利益和感情纠葛,会让人自动站上道德高地去啐几口,但暗地里又忍不住要打探细节,嗟叹这是人性或是默默地对自己发出警告;对于范小姐为情发疯又离奇病愈及至日后去往美国生活的传奇,则会同情继而惊讶于世事的莫测,唏嘘感叹"情为何物"。但这位总叙事者的态度,是宽容的,宽容中有理解,有尊重,有共情。因而,尽管线团繁复,她都淡定地让栖镇中人自行出场。除了偶尔会作些必要的交代,绝大部分的人物都被直呼姓名,没有在这个关系交叠的小镇里顶着人物亲缘关系的称谓生活——"戴言礼跟回家度假的戴正说,现在我能去听听评弹的书场都没了,剧院不演戏了,真是想不到,栖镇没有白相去处了。戴正同情地说,你现在荡发荡发得不舒齐了。""陈子船笑谢清韵迂腐,说,什么高级低级,你还是老师古板的审美眼光那一套,时代不同了,现在趁年轻,跑江湖挣钞票要紧。谢清韵鄙视道,你这个人。"如此这般,他们不是"戴正父亲"或是"陈易知父母"的角色,他们是他们自己,他们每个人在小镇中都是独立的存在,值得被同样地重视。所以,小说中对于人物的笔墨着色会有轻重,但这些林林总总的"配角"并非是衍生的背景——这是一幅栖镇的风俗画,

---

[①] [英]约翰·伯格:《讲故事的人》,翁海贞译,广西师范大学出版社,2015年,第21页。

也是众生的自画像，人人都在描摹，人人也都在被描摹。①

清晰的时间刻度，叠加成小说中来回滚动的时间轴，对抗本该有的线性流淌。而那些时刻——易知写信给易从的，大家四散去读大学的，靳天与心上人湘湘相遇的，戴正和妻子杜慧相识的，易从从美国回来的，易知与易从在美国相逢的——是作者一直在寻找的支点，是被作家略萨叫作"火山口"的浓缩的、关乎转折的节点。只是，作者的口吻始终平静淡然，不曾让这些关键点的棱角戳破这个气息绵长的江南水乡的旧日图景。一切都是时至而生，但就在时间的断裂和连缀之间，作者转身看清了自己的位置——她此刻并非旧地重游的游客，而是一个探索者。在往昔时光中打捞洋洋洒洒的记忆，不只是为了赋活那段旧时光，而是作者面对自我、认识周遭世界的突围路径。经验通向的是生存之谜，没有人只活在当下的瞬间。我们通过知晓过往，寻见事件之间的联系，确认世界的秩序，也确定自己在世界中的位置。就像"如果不知道一棵树要历经漫长的生长过程，而非一夜之间枝繁叶茂，我们就无法充分了解这棵树"②，更无从在一片森林里认出它、找到它。

多年后易知出差美国，从易从的友人那里得知易从的英文叫"斯万"，于是讲起"斯万是《追忆逝水年华》里的一个男主人公"，而她最爱普鲁斯特。陡然间，又听到了作者的心声。"对于普鲁斯特来说，重要的不在于现实世界发生的事情，而在于记忆力留住和复制生活经验的方式，在于对活动在人们心中的往事的选择和追忆。"③

这是另一种与过往对话的逻辑——外在的时间被废除，而内在的倾向和线索慢慢现身，召唤出这群少男少女对于故乡所怀有的、在依恋之外的矛盾情感。作者的重心后移，青春气息、少年情怀之后，对于离乡还是归来的纠结，在欲去还留、欲冲不破的困顿中的彷徨，才是取景框内真正的焦点——她在意的是记忆如何变成了有用的行为，往昔如何变成了持续的、有意义的时间。所以即使是在集中讲述少年时光的《少年游》篇目中，日后大家要各奔东西的细节和先兆也已经遍布。

自从在小说起首跌入易知的梦境，易知和作者萧耳的形象就常常会在我眼前交叠。萧耳承认易知的原型来自自己，又说其实自己的影子除了易知，还投射了在湘湘的身上。她小说中的人物都有原型，但原型只是源头，取其经历，或是取其精神，萧耳各有处理不同。但有一点是她的执念，要怎样面对故乡呢？最终，她把倾向性的答案寄托在了这群发小身上：他们希望出离

---

① [英]约翰·伯格：《讲故事的人》，翁海贞译，广西师范大学出版社，2015年，第22页。
② [意]安贝托·艾柯：《悠游小说林》，黄寤兰译，广西师范大学出版社，2017年，第205页。
③ [秘鲁]马里奥·巴尔加斯·略萨：《给青年小说家的信》，赵德明译，人民文学出版社，2017年，第94页。

或已经出离故乡，但现在又都回归了——以各种方式回归，从身到心。但这绝不只是出于一种无奈的思乡愁绪。

萧耳说自己"恨飞"，因为从小想飞，但是父母不舍不让，即使上了大学离开小镇，也必得按时回家。她也会思乡，但并非是因为被迫的漂泊，而是出于一种自愿的无家可归。栖镇最后拆的拆，改的改，不可遏止地衰败下去了。小说结尾处，中年的易知和易从在戴正开的茶馆里重逢，故地重游，无限感慨。"小辰光"的一幕幕不断闪回，中年易从的声音和少年易从的声音不断切换。虽在梦境之外，却还是恍如梦中，还是小说起首时那样从易知的视线里望出去的世界。这些过往里有抹不去的情愫和单纯，那才是易知心里的"家"，是割不断的念想和支柱。至于现在的、真正的栖镇，如果再回去住，恐怕易知和易从都是无法想象和践行的了。

《鱼水》一章的开头，作者单劈整节录了袁子才的《子不语•白虹精》，那是关于塘西镇传说的真实资料——栖镇是萧耳现实故乡塘西的投影，已毋庸置疑。传说以虚幻为属性，但载体又在现实世界里确凿可查，真实与虚幻互相掺杂，那个运河边上的世界就更在半梦半醒间"荡发荡发"。"（过去时、历史过去时）是一切世界构造的理想工具，它是有关宇宙演化、神话、历史、小说的虚构时间。作为其前提的这个世界是被构造的、被制作的、独立自足的……"[①] 这节里除了《子不语•白虹精》，作者没有其他的言语。不必多言，过往的栖镇，是确凿地属于另一个特异时空了。随着"脱序"的、"虚构"的时间的展开，一幅栖镇的地图悄然抖落一身的尘土，东一片西一片地现身，最后渐渐合拢——西横头，东横头，长桥、运河、水北、武林头码头、丝厂……陈易知上学的路，靳天去看湘湘的路……作家格非曾打过一个比方，在小说中，"我们如果把时间比喻为一条河流的话，那么空间就是河流上的漂浮物，或者说两岸的风景"。小说世界里的空间建构，从属于时间。栖镇有自己的日历，而一个属于栖镇人的、归根结底属于作者的空间就此渐渐被夯实。

萧耳曾经在《中产阶级看月亮》的后记里写道："我的小说里到处都是普通的卧室与街道，房子，地铁，相似的风景，在过去、现在和未来的多重时间里。"更明确提到，"除了一个在特定的时间给人物打上深刻的灵魂烙印的地方，比如童年时的地点，故乡，其他的地点都模糊成一片，那只是城与乡，城与镇，大城与小城，中心与边地的区别。"她很清楚，都市里的生活和情感正趋于同质化，而她心心念念想在平庸生活的大背景下找出人内心的一些顽固的东西。那些顽固的东西不随时空而变，是人性的、永恒的——地

---

[①] ［英］迈克尔•伍德：《沉默之子》，顾钧译，三联书店，2003年，第16页。

理上的外在大空间被淡化了,但关于小我的小空间却可以层层超脱,向上飞升。所以,宇宙之中的我们渺小但并不凄凉。而当我们将生命里的重要时光交给了故乡,它就会从那些抽象的空间中脱身,成为一个染有个体指纹的独一无二的所在。它与我们的现在隔绝,又通往我们的现在和未来。我们在故乡遇见的形形色色的人,特殊又典型;在故乡遭遇的种种,可以缩回生活的原始尺寸,但对日后的影响又必然深远。因为那时的我们总以为故乡是世界的中心。终于,在《鹊桥仙》里,萧耳细细探究了故乡的岁月是怎样在她的灵魂上打上了烙印。她让栖镇在彼岸影影绰绰却不曾淡出视线,让它的故事随着运河流淌。

"故事是人物哼唱时间流逝的方式"[1],那怎么哼唱呢?

萧耳用了极具特点的江南语态。一种语态就是一种生活方式,对于栖镇来说,用原生的语态来记叙它的前世今生,是最为合宜和妥帖的方式。这是一种天然的馈赠,它容纳并推动故事向前,与故事本身交融成一个织体。它显得水到渠成,属于汪曾祺所说的"苦心经营的随便"。那个运河边的世界便更加显出有别于外在世界的自有秩序。

好在特别的语态并没有妨碍我们接手这个故事,萧耳避免用方言来"隔离"它,偶尔出现的方言词,也能很快在后面的括号里得到化解。她所在意的是以微妙的方式在读者的心间唤起一种韵律,独属于江南水乡栖镇的韵律,但又不至于让读者困惑或是出戏。

驶过的船上,时常有一只珍贵的半导体收音机发出声音,下午五点光景,飘来"金玉良缘将我骗"的越剧徐派唱腔,连河水也流得铿锵起来。船上的人,岸上的人,彼此对望几眼,你看我我看你,彼此看穿了似的。寂寞时,船上的单身汉们冲着岸边洗衣的丰满女子指指点点,或吹一两声口哨,岸边洗衣女子明明听到了,心里也不恼,只假装没看见,偶尔遇上个泼辣女人家,就对着行进中的船叫骂几声:枪毙鬼、杀头鬼、下作胚。

……

孃孃说得最多的一句话是:前世作孽啦。后面拖个"啦"字,带颤抖的花腔。镇上人说的爹爹,是祖父的意思,孃孃就是祖母。父亲叫阿爸,母亲叫姆妈。后来少女听发小秋依叫她父母为爸爸妈妈,觉得真洋气。

这样生动的日常情境,只会归依于栖镇的旧日时光,经由语态,它被真诚、和缓地呈现出来,就像孃孃的那个"啦"字,拖出的是栖镇人的自在腔调。

---

[1] [爱尔兰]科伦·麦凯恩:《给青年作家的信》,陶立夏译,人民文学出版社,2018年,第38页。

但语态并不只关乎小说的语言系统，它的肌理中埋伏着作者的情感姿态，这姿态是小说的底布，统筹了结构、情节、视角和语言："时间就是距离，距离就是视角，而视角全部由语言决定"[1]，林林总总的小说要素同属于一个阵营，它们互相扶持，是决定小说气质的同谋。所以，《鲲鹏》那一章里，许多篇幅描摹的已非小镇生活，而是易从去美国之后的中产阶级的日子，但萧耳没有后撤到她面对这个熟悉场域时惯有的精致、坚韧和现代的身形中去，而是意念专一，始终让故乡在场，也始终柔软、彷徨甚至絮叨，以至于让何易从一步步地定居在美国的"乡下"小镇，甚至将何易从家里的一狗取绰号叫"东横头"，一猫取绰号为"西横头"，最后更是让何易从不断从美国回到栖镇。

用江南语态写就的小说里，金宇澄的《繁花》是杰出的代表。萧耳很喜欢《繁花》，但她不是有意要追随相同的语言系统——是栖镇的图景需要这样的笔触来描摹，栖镇的故事需要的这样的话语、节奏和调性。尽管语言系统相似，但《鹊桥仙》给人的感觉与《繁花》大不相同——萧耳自觉，她没有《繁花》作者那般洞悉世事的力道，我还想加上一句，她是要倚靠这部《鹊桥仙》来摸索自己与故乡的关系，勘探关于自我的真相，她在路上，而这个故事最后将以省略号作结。

"小说的特点就是运用未完成时态将整个人生和社会呈现在连续不断的过去之中——并由于其彻底性而延伸到现代。"[2] 所以，我们看到萧耳心心念念地构建起一个梦境一般的栖镇，甚至用"魔幻"来形容它，但并没有封闭它——她试探着离开它，又默默注视它在现代的处境。她建构了一个梦境，又解构了一个梦境，那里有属于她的原始性力量。她努力地让两者的矛盾保持自洽，用自洽来指明困惑，并且承认有些问题永远无解。所以，她让靳天和湘湘都去了新西兰，但最终是否相遇，是否再有交集，都只悬在半空中。但至少她不再躲闪，她终于直面了心里的结——故乡于她一直都是一个结，牵连着她对于自由的困惑、对自己何去何从的困惑。《鹊桥仙》完整地展现出这个"结"，就在这"展现"的过程中，萧耳渐渐厘清了自己与故乡"相爱相杀"的关系。多年以来，她对此都是焦虑的，但她隐藏起焦虑，或者这就是为何她一直以来会偏爱与故乡不相关的都市题材。

渴望自由的萧耳，拒绝回到实地的家，但又思乡，这泄露出占据她"思乡"情绪中心的，是在离开和归来之间回环的迟疑。她把故乡扩展为了对自己的迷信。这种情感上的混乱状态是对放纵的自由的真正定义。她把家放在

---

[1] ［爱尔兰］科伦·麦凯恩：《给青年作家的信》，陶立夏译，人民文学出版社，2018年，第39页。
[2] ［英］迈克尔·伍德：《沉默之子》，顾钧译，三联书店，2003年，第17页。

遥远处,那是一种念想和寄托,"家作为一种情感膨胀着,因为它可以企及的现实消失了",[①] 但它还是成为了纯洁的象征,是这群"荡发荡发"的栖镇人的出发地。所以在这么一堆喧沸的故事中,我们还是会感到易知与易从间欲诉还休的少年情事是其中载沉载浮的引线,忸忸怩怩,但天真美好。"鹊桥"是易知和易从的鹊桥,也是昔日栖镇与现代栖镇的鹊桥。

小说中屡次出现的"荡发荡发",是小说的魂魄所在。整个栖镇的人都以自己的方式在"荡发荡发",从西横头荡到东横头,荡去郊游,荡去杀狗,从栖镇荡到美国。经此,萧耳对栖镇的定义和定位一览无余:闲散的、任性的、自在的、听天由命的,但希望的光又始终在前方。萧耳喜欢一句话,"河流才是人类生活的目击者。"那种不过于急促也不过于缓慢的流淌着的内在律动,是她一直在寻找的。"荡发荡发"以接地的方式转译了这种律动。

彼岸的栖镇和此岸的现实彼此对视,又彼此相生。就像萧耳有两副神态,或倚在江南水乡的小桥上静默娴雅,或隐入熙攘人群中彻头彻尾地摇滚,尽管通常现身的总是那个时尚、文艺、现代的萧耳,但那个"江南"的萧耳一直都在,两个萧耳彼此需要。虽然她自认两个分身可以互不干扰地并存,但事实上,"中产阶级"们抬头看月亮的时候,"陈易知们"的生活一直在继续。不回避,才会不隔阂;不隔阂,才会真自由。二十多年后的萧耳说,写成了故乡的题材,是与自己的和解。是的,向着执念书写,直到完成可以与之抗衡的作品,执念才会消失,这是获得自由的唯一途径。[②]

"小说真正重要的是极其人情的部分,即一个人灵魂的命运。"[③] 记忆的河川流不息,作者在其中谋划笔下人物的命运,却未自知也在谋划自己的。这就是为何,在自传体小说的题材里,成长的经历和对故乡的记忆总会被最先触及。

多年后,易知和易从在一个梅园里晒太阳,谈论着他们所一起经历过的从倒马桶到互联网的时代。"一瓣白梅花瓣落进他的茶杯。梅枝的花影斜过他的额头。他又像在宣布重要事情:这是最好的时代,也是最坏的时代。"但比起他们在心念、在感情上走过的千山万水,这一切都已不再重要。

[特约编辑:俞东越]

---

[①] [英]詹姆斯·伍德:《最接近生活的事物》,蒋怡译,河南大学出版社,2017年,第83页。
[②] [爱尔兰]科伦·麦凯恩:《给青年作家的信》,陶立夏译,人民文学出版社,2018年,第15页。
[③] [英]詹姆斯·伍德:《破格》,黄远帆译,河南大学出版社,2018年,第257页。

# 西南三千里

## ——重走湘黔滇旅行团一九三八年之路

杨潇

图为湘黔滇旅行团成员杨式德所藏当年行旅照片，由其子杨嘉实提供。

# 引子：出发

这个四十二升的登山包比我想的要小，塞进一件冲锋衣，一条速干裤，两套贴身换洗衣物，一件防晒衬衫和一双拖鞋，就只剩下一小半空间。拖鞋不是非带不可，但不知为什么，当我想象接下来的公路徒步旅行时，眼前总会出现暴雨倾盆、溪河涨水，我卷起裤管，换上拖鞋，小心翼翼穿越被淹道路的画面。

我计划从长沙一路向西，以徒步为主的方式横穿湘西、贵州然后到达云南昆明。这是八十年前一支特殊的行军团的路线——1937年7月7日"卢沟桥事变"爆发，平津沦陷，清华、北大、南开三校南下湖南组成长沙临时大学，1938年2月，临大师生分三路再迁云南，其中，由近三百名男生和十一位教授及助教（包括清华的闻一多、李继侗、袁复礼，北大的曾昭抡，南开的黄钰生五位教授）组成的"湘黔滇旅行团"，历时六十八天，徒步一千六百公里，最终抵达昆明，与另两路师生会合，组成著名的西南联合大学。

如今西南联大早已成为不折不扣的传奇故事，人们熟知那些灿若星河的大师，熟知他们抱着讲义跑警报的轶事，甚至熟知他们的各种怪癖；同时人们也怀念着联大师生对学术自由的捍卫，怀念他们对知识和教养的尊重，怀念他们的理想主义——

2018年1月上映的电影《无问西东》提醒着我们，八十年过去了，人们对传奇的热情并未消退，仍在借它找寻慰藉，或浇胸中块垒。关于西南联大在昆明的八年（1938—1945），不论大众叙事，还是学术研究，都已汗牛充栋，这很好理解，因为这八年太重要了，也太长了，长到足够一所大学变成一座"民主堡垒"。比较起来，为什么要关心八十年前一次仅仅持续了两个月余的行军？

很简单，因为那是传奇的起点。旅行作家保罗·索鲁曾经抱怨，为什么那么多书，从一开头就把读者放到异国他乡，却不负责带领他前往？How did you get there? 没错，你是怎么抵达那儿的？当我面对"西南联大"这四个字时，问自己的正是这个问题：How did they get there? 这所学校是如何在战乱中点滴成形的？迢迢长路，他们又是如何抵达昆明的？

由1938年回到2018年，线上线下，我们都生活在一个个的小圈子里，从热点事件、微信公号和抖音快手里观看一个支离破碎的奇观式的中国——是时候换一种观看方式，用脚丈量一下广袤真实的大地了。

这也是我的寻路之年，我迫不及待地要和八十年前那些最聪明的年轻人一同出发，激活曾经的简单、热忱与少年心气的同时，冀望着有一些若隐若现的银线能牵起1938与2018这两个看起来并无关联的年头——譬如，在不确定的时代，什么才是好的生活？思想和行动是什么关系？人生的意义又到底为何？

## 长沙—常德—桃源：多少年来这里都是放逐者的故乡

我在长沙只停留了短短两天，但为它留下的笔墨比此后任何一座城镇都多，部分原因是如今知道"长沙临大"的人委实有限，而对它的遗忘在联大还未结束之际就开始了，1940年，一位参加了湘黔滇旅行团的学生就在报刊上提醒人们，虽然长沙临大"已经是历史的名词"，但大家有必要记住，西南联大的前身并不是清华、北大和南开，"而是大家已不注意了的长沙临时大学"①。部分原因是长沙临大的"临时性"，"临时"二字意味着随时失去（想想西安临大和后来的西北联大），让我想起一个人在最终接受命运前可悲又可敬的挣扎，更重要的是，此时的长沙和汉口一样，是巨大的十字路口，十多年后许多人命运的分岔在此时已经埋下伏笔。

在长沙临大常委会第48次会议的内部记录上，最早出现了"湘黔滇旅行团"的字眼。会议于1938年2月4日上午10时举行，出席者梅贻琦、黄钰生（代张伯苓），列席者杨振声②。同日，校方贴出布告，提及湖南省政府"允派高级将官并由地方政府负责保护，沿途指导。本校教职员另组辅导团与学生同行"，同时要求"全体赴滇学生，除女生只注射伤寒预防针外，须受体格检验……其体格健好者由学校组为步行队，公布之。至女生及体弱者，仍以乘舟车为便"，乘舟车者，"学校除为办发护照外，仍予以川资津贴二十元"，而步行学生，"其沿途食宿之费用由学校担任"。此后，校方又贴出了步行赴滇路线的布告（布告六十七号，2月，未具体日期），"湘黔滇旅行团"的名字第一次公开。③原本许多人建议叫"步行团"，但校方认为"旅行团"比较符合实情，虽然后方交通工具极度缺乏，而凡有舟车可以乘用时，仍尽量避免步行④。有人猜测，把步行迁校称作"旅行"，"似乎是想淡化途中的艰险，有意给'小长征'增加一层相对轻松的色彩。"⑤

相关布告贴出之后，临大同学之间互相打招呼的方式从"去不去昆明"变成了"是步行还是走海路"。4日那天晚上，长沙电闪雷鸣，还下了冰雹，"乒乒之声，不绝于耳。而同学皆于雷电雹雨之下，暗问旁人'步行乎？海道乎？'"⑥

---

① 冯绳武《西南联大的前身和现况》，《陇铎月刊》1940年第六、七期，龙美光编《绝徼移栽桢干质：西南联大问学拉杂谭》，云南人民出版社，2018年，p94。
② 《国立西南联合大学史料·会议记录卷》，云南教育出版社，1998年10月，p38。
③ 《国立西南联合大学史料·总览卷》，云南教育出版社，1998年10月，p63、64。
④ 蔡孝敏《旧来行处好追寻：湘黔滇步行杂忆》，张寄谦编《中国教育史上的一次创举：西南联合大学湘黔滇旅行团记实》，北京大学出版社，1999年12月，p214。
⑤ 闻黎明《长沙临时大学湘黔滇"小长征"述论》，《抗日战争研究》，2005年第1期。
⑥ 董奋日记。

学校负责全程费用，解决了经济困难学生求学的后顾之忧。大多数教员走的是海路，也有部分教授受广西省主席李宗仁邀请，借道广西桂林，再从镇南关（今友谊关）入越南，善于健行的北大中文系教授钱穆据说已经被推为旅行团队长，赶上广西方面派来接诸教授的车，他向往桂林至阳朔的山水，就辞去了队长一职，改步行为乘车①。清华大学中文系主任朱自清直到2月2日还在日记里写"计划步行"，最后也决定乘车经桂林去昆明。闻一多1月30日致信妻子，说马上要去照相，以备护照之用——此时他还计划走海路，两天之后的2月1日，他致信弟弟闻家骥，说决定改步行，"此间学生拟徒步入滇，教职员方面有杨金甫（杨振声）、黄子坚（黄钰生）、曾昭抡等五六人加入，弟亦拟加入，因一则可得经验，二则可以省钱"。到了2月11日，他致信父母，又说"复虑身体不支，故决定采第三线……借此得一游桂省山水"，而2月16日，他致信父亲，说前一封信说乘汽车经桂林赴滇，因费用过巨，仍改偕学生步行②——看起来是最后一刻才加入旅行团。

最终参加旅行团的有11位教师，校方由此组成辅导团，以南开大学教务长、教授黄钰生为主席，其余成员为清华大学中文系教授闻一多、教员许维遹、助教李嘉言；清华大学生物系教授李继侗、助教吴征镒、毛应斗、郭海峰（后二人属农研所）；北京大学化学系教授曾昭抡；清华大学地学系教授袁复礼、助教王钟山。

五位教授中，黄钰生开学后一直作为南开大学校长张伯苓的代表出席常委会，又是教育学、心理学教授。曾昭抡酷爱旅行，亦组织过不止一次远行考察，他们分别成为南开与北大的最佳代表。李继侗专业生物，袁复礼专业地质，两人都有丰富户外经验。还在清华之时，李继侗的足迹就踏遍了北平附近山区，有一年去小五台山调查采集，中途遇到刘桂堂匪部流窜过境，师生便躲藏在山中寺庙内，和学校数日不通音信③。到了长沙，李继侗又接受实业部邀请，经湘西前往贵州调查林业，同事浦薛凤一度以为他会借此脱身，一去不返，毕竟，当时谋得其他生路便离校而去的教员也有人在。不过李继侗还是在四周后返校④，出发前，李继侗致书家人，"抗战连连失利，国家存亡未卜，倘若国破，则以身殉。"⑤

袁复礼的野外考察经验就更为可观，从1927年到1932年，他作为中方代表之一，与斯文·赫定等谈判、合作组织了著名的中国瑞典西北科学考查团，整整五年时间都在内蒙、新疆一带风餐露宿。"我就记得他说在沙漠里见过海市蜃楼，骆驼在天上走。"他的女儿袁刚告诉我。她说，父亲不太讲以前的事情，考查团穿越巴丹吉林沙漠数度遇险，她还是看书知道的。如今了解西北科考的人很少了，媒体也不怎么提，但在当年，这是轰动全国乃至国际

---

① 钱穆《八十忆双亲：师友杂忆》，生活·读书·新知三联书店，1998年9月，p202。
② 《闻一多全集·12：书信·日记·附录》，湖北人民出版社，1993年12月，p313—319。
③ 殷宏章《怀念李继侗师》，《李继侗文集》，科学出版社，1986年3月，p410。
④ 《浦薛凤回忆录·中·太空虚里一游尘》，黄山书社，2009年6月，p49。
⑤ 原载《传记文学》第六十二卷第六期，转引自刘绍唐主编《民国人物小传·第19册》2017年，p134。

的大事儿。为期八年的科考发现了白云鄂博大铁矿、居延汉简，考察了罗布泊，沿途测绘了许多地图，还带回大批恐龙化石及古生物标本。因其杰出发现，1934年，袁复礼获得瑞典皇家科学院授予的"北极星"奖章。

不过，1938年2月从长沙出发西迁时，袁复礼的心情大概不会特别愉快：离开北平前，他曾将西北科考采集的十七箱标本南运，不幸全部遗失。临大学生回忆，袁复礼曾利用上课间歇，沿铁路线一站一站往前寻找①，均无下落。"斯文·赫定知道了，以自己的名义给当时的德国和日本驻中国的人，让他们帮忙在沦陷区查找……没找到……"袁刚说，"（丢）箱子在我们家是大事儿呀，我们从小就知道。因为他丢了箱子，工作就没法儿往下做了。反正小的时候，动不动就会有人来说到丢箱子的事情。一说这事儿他就挺伤心、挺无奈的。"

和黄、曾、李、袁四位教授比较起来，清瘦、身体不算好，又因额上几条深深皱纹很显苍老（其实还不到四十岁）的清华中文系教授闻一多看起来不像能走路的。好友杨振声听说闻一多加入旅行团后说："一多加入旅行团，应该带一具棺材走。"②中文系一些学生去劝他改走海路，闻一多答他们，我不是给你们讲《楚辞》吗？屈原所以能做出那些爱国爱民的诗篇，和他大半生都过流放生活、熟悉民间疾苦是分不开的。我们过去都在大城市生活，对于民间情况，很不熟悉。现在抗战了，提倡文章入伍，文章下乡。我们不能入伍，就下乡看看罢。我们读屈原的书，就要走屈原的路呀！③

2月14日是湘黔滇旅行团编队的日子。参加旅行团的近三百名男生，文学院、法商学院、理学院、工学院各占四分之一。学生被分成两个大队，由临大军事教官邹镇华、卓超分任大队长，每大队下分三中队，每中队分三小队，共十八小队，南开哲教系大三学生刘兆吉被分在第一大队一中队一分队，清华机械系大二学生吴大昌和查良铮、蔡孝敏等被分在第二大队一中队一分队，吴大昌一开始只认识同属清华工学院的洪朝生等几个人，后来在路上慢慢彼此熟了，八十年后接受我采访时还能记起小分队里绝大多数人。

旅行团团长是湖南省主席张治中专门指派的陆军中将黄师岳，这位五十多岁的安徽人在东北军多年，身材魁梧，和蔼可亲，④参谋长是临大军事教官毛鸿，一个讲话带着湖南口音、表情严肃的陆军中校，总是牵着他那头漂亮的德国狼犬⑤。虽然

---

① 高文泰《学习袁老师的献身精神》，《桃李满天下：纪念袁复礼教授百年诞辰》，中国地质大学出版社，1993年12月，p22。
② 《致高孝贞》，《闻一多全集·12：书信·日记·附录》，湖北人民出版社，1993年12月，p326。
③ 陈登亿《回忆闻一多师在湘黔滇路上》，《闻一多纪念文集》，生活·读书·新知三联书店，1980年8月，p275。
④ 蔡孝敏《归来行处好追寻：湘黔滇步行杂记》，张寄谦编《中国教育史上的一次创举：西南联合大学湘黔滇旅行团记实》，北京大学出版社，1999年12月，p214。
⑤ 易社强《从长沙到昆明：西南联大的长征是历史也是神话》，张寄谦编《中国教育史上的一次创举：西南联合大学湘黔滇旅行团记实》，北京大学出版社，1999年12月，p497。

反对临大迁校，张治中还是给予旅行团慷慨支持，提供了行军用具如水壶、干粮袋、草鞋、裹腿等数百份，猪五只，教育厅长朱经农也赠猪两只——旅行团配有两辆装运行李和物资的卡车，还有专门的厨师和医护人员①。编队当天，黄师岳发表了鼓舞性的讲话，称这次迁校是为保存国粹，保存文化，并且把学生们的徒步之旅比作继张骞通西域、唐三藏取经、郑和下西洋之后第四次文化大迁徙。最后黄师岳又叮嘱一番徒步旅行的经验，说走路要打绑腿，走完要用冷水洗脚，在吃早饭前喝开水一杯，可一天不渴②。

……

我在一个风雨交加的傍晚到了桃源县城，但回想起来却并不真切。我的确到了那里，有携程订单和我拍的一张满是污渍的酒店地毯为证，可是我一点都记不起那里的模样了，当我在冷雨里沿着主街找一家茶馆时，头脑里的时间是 1938 年，黄昏，电光下，人们来来往往，街头巷口不少异乡口音，"大多是避难来此的'雅士'，可是，所谓'桃源'，已非是世人心目中的'世外'的了。"③ 而当我穿过一个停车场，进入到那个昏暗的，满是烟味和瓜子壳的茶馆时，我又一下子跳到了——谁知道呢，也许是 1998 年吧？

我要见的是一位"很厉害"（常德史志办工作人员语）的人。他披着黑夹克，说话有点结巴，三颗门牙被虫蛀掉了大半，一见面就告诉我，清代时，这里是桃源县的考棚，宋教仁在这里参加过科举，中了秀才。到了民国，这里建了一个体育场，抗战时又建了一个"七七"事变纪念牌坊。1949 年 12 月，刚刚成立两个多月的桃源县八区人民政府遭土匪袭击，书记、区长、宣传部长等十六人遇害，一些人就被葬在这里。后来，纪念牌坊拆了。再后来，转轨了，政府开始鼓励私营客运，这里就成了社会车辆的停车场。

挺有意思，就好像那些来来往往各式各样的灵魂都降了下来，落在我们脏兮兮的"雅座包厢"里，分享我们的两壶茶和一大盘瓜子。他叫彭亮，1981 年出生，1996 年初中毕业后去长沙读粮食中专，直到现在一吃饭就知道用的是什么米，当然了，他说自己业务还不够精，更厉害的人不用煮，抓起闻一下就行。毕业后他先是北漂，后来粤漂，是最早上网的那一批人——他上网的时候，搜狐的域名还是模仿雅虎的 Sohoo。中国互联网早期是各种 BBS 的天下，那时候非常混乱，也非常有生气。他从小就喜欢读杂书，上网后整天灌水发帖，对各种问题发表看法，2004 年他干脆自己弄了一个桃源热线，在里头认识了不少喜欢历史的网友，气氛颇似天涯社区当年的"煮酒论史"，不过三年后因为合伙人出了问题，服务器没续费，就给关了。后来博客、微博、微信渐次崛起，老式的 BBS 像稀有物种一样慢慢退缩到了互联网的边缘地带，他也慢慢回到一个"不求发表，自己把感兴趣的问题弄清楚就行了"的个人世界，只有

---

① 《闻一多全集·12：书信·日记·附录》，湖北人民出版社，1993 年 12 月，p318。
② 《见闻》1938 年第三、四、五期，收入龙美光编《八千里路云和月：长沙临时大学播迁记》，云南人民出版社，2018 年，p56。
③ 钱能欣《西南三千五百里》，商务印书馆，1939 年。

时北京大学历史系学生王玉哲收藏的老照片集中的一页，为旅行团行军之初的状态。由王玉哲之女王兰珍提供。

他的微信名"采菱公子"还残留着那个时代的影子。

他现在是桃源县史志办外聘的专家，在县委大院里有一间办公室，因为曾经常年泡在网上，他的信息检索能力极强，我甚至怀疑当地史志办把所有琐碎的案头工作都甩给了他。他最近在搜集有关桃源的各种诗文，穆旦的组诗《三千里步行》也被囊括在内。因为研究过桃源的维吾尔族，他把桃源翦姓的百度百科也承包了，"所有的人物介绍都是当年我一个字一个字打进去的"。前一阵，有一个枫树乡的老人家老跟他争论历史问题，动不动就让他百度去，他回："百度这个词条都是我写的！"说起来不无得意。

我们从翦伯赞聊到移民，从移民聊到族谱，又从族谱聊到中原文明中心观，我俩都发现对方头脑里有一幅地图，并且分辨率还不低。他六岁时就在他父亲的地图册上涂鸦，画"三峡省"，那是1980年代中国政府决定筹建但后来夭折了的一个省份。我是小学上课时不听讲，在课本上画长江水系，从沱沱河、当曲和楚玛尔河一路画到大江入海。我的长江流到他的三峡省时，北有嘉陵江注入，我们从嘉陵江的两条主要支流，聊到合川，聊到钓鱼城，聊到投石机，聊到阿拉伯人的武器，聊到元代对世界的征服，再聊回元代对南方的开发——从桃源以下直到沅陵，一系列以"驿"为名的乡镇，就是元代通往西南最主要驿道留下的痕迹。八十年前的湘黔滇旅行团和八十年后的我仍然沿着这条驿道的大致线路在前进。

我很久没有经历这样单纯交换知识、漫无边际的谈话了，这更像是学生时代的事儿。多数时候，我羞于抛出或者接住那些知识，在这几年的流行语境里，这些知识要么"无用"，就是说，没人会为之付费，要么只有"使用价值"，主要功能是让被包装之物显得有一点文化。大概是包装别人包装久了（借用一个前同事的话，就像在青楼里弹钢琴弹久了），自己也没了底气，不和那个被包装的虚浮之物捆绑出场，就自觉是炫耀或者空谈——在买椟还珠的楚人地界想起这个命题还真有点命中注定——霍布斯鲍姆在《传统的发明》里写："那些表面看来或者声称是古老的'传统'，其起源的时间往往是相当晚近的，而且有时是被发明出来的。"人们的记忆力如此之短暂，谁又能保证若干年后，买椟还珠不会作为一个"善于营销"的正面词汇被植入更年轻一代的头脑呢？

我们讨论的另一个起源非常晚近的传统与槟榔有关——从长沙到常德，从火车到公交，我一路都在接受这种刺激性气味的洗礼。槟榔最早流行于两广、福建一带，清代实行海禁，乾隆规定外国商人只能在广州交易，通达岭南的水陆码头湘潭由此成为中国对外贸易的中转站，外国货物在广州上岸后，先汇集到湘潭，再分运至内地，来自广东的嚼槟榔习俗随着各种进口货很快在湘潭蔚然成风。鸦片战争后，中国门户渐开，长沙开埠后，湘潭失去交通枢纽位置，日渐衰落，与此同时，在广东、福建等沿海地区，槟榔被烟酒等现代消费品取代，嚼槟榔的习俗除了在台湾得以保留，便是退缩到了湖南中部湘潭这块飞地[①]，到1930年代，造访湘潭的外地人，

---

[①] 叶鹤洲《湖南人为什么爱嚼槟榔》，大象公会。

已经以一种新鲜之眼光来描绘这种习俗："湘人善食辣椒,湘潭尤嗜槟榔。槟榔系以粤产草果子之皮,久浸于石灰水中,外壳加以五香糖质等,然后以烟熏干,其色漆黑,人皆喜食之。故途中所遇之人,莫不口中嚼嚼有物,其渣吐地,触目皆是。其实槟榔之味,咸辣无比,不易进口,但该处土人称,有嗜癖者,无此物则牙痒多痰,食物且难消化云。"[①]

但从那时一直到1990年代中期——按照彭亮的说法,湘潭地区之外的湖南人还没有养成对槟榔的依赖,1996年彭亮初到长沙读书时,省城街头有一些散卖湿槟榔的店铺,但不成风气,到1997、1998年,卖槟榔的慢慢开始多了起来,到后来几年呈爆发之势席卷全省。他对此的解释是,1990年代中后期国企改制,大批工人下岗,湘潭作为国企重镇,有许多四五十岁、无事可干的中年人离开家乡去省城摆摊谋生,槟榔由此走向长沙并开始辐射全省——彭亮的描述与我的记忆颇为一致:2000年离开湖南去大学读书之前,我对槟榔并无深刻印象,但是一两年后,寒暑假回老家时,发现槟榔已和香烟一样,成了男人们的随身物品,甚至见面时也要像散烟一样散一袋槟榔。槟榔的味道嚼起来很重很冲,符合湖南人对"霸蛮"性格的自我想象,最后潇洒地啪一口吐掉大约也颇有男子气概,俨然已成新的身份认同。我从未喜欢过槟榔,甚至闻起来就有点头晕,但这并不妨碍我在开学时把它们作为(我并不知道的)湖南特产带到北方,分享给室友(他们并不喜欢)。

彭亮的眼睛有亮光,说话时总给人一种含着火柴棍的感觉,黑夹克里头穿着一件写着"I believe"的白T恤。他说,和湘潭槟榔有同样经历的还有常德津市米粉,也是1990年代后期,也是下岗潮,也是四五十岁的外出打工者,汤味更鲜更重的常德米粉在世纪末攻陷了长沙,取代了老长沙米粉,并大有走向全国的趋势。彭亮告诉我,常德米粉店那句最经典的问话"气圆滴气扁滴"(吃圆的粉还是吃扁的粉),从发音到语法都是常德话,但它是一句在常德听不到的常德话,因为对常德人来说,米粉的默认形态是圆的,也有扁的,但常德人叫它米面。长沙人不识米面,常德人去那里开米粉店,只好发明这句话,来解决称呼的冲突,帮助长沙人选择。

我在常德住了三天,因为之前劳累带来的肠胃问题,只能望粉兴叹。为了避免重蹈覆辙,我开始琢磨新的断舍离。洗漱用品进一步精简,连洗衣皂也被对半切开,衣服只保留两套换洗,拖鞋墨镜驱蚊药防晒霜护腰带通通不带了,唯一的一本书也不带了,和那个死沉死沉可以击碎车窗的多功能手电筒——原本我还想着借它走夜路来着——一起塞进家人快递来的小行李箱,快递到下一站。这么一来我倒更接近湘黔滇旅行团了,只不过后勤补给从随行的汽车变成了顺丰快递。

湘黔滇旅行团从常德去桃源走的是水路,1938年2月28日那天早晨,沅江上起了大雾,偶尔一阵冷风刮得人牙齿打战。三只大船逆流而上没多久,陆地上传来海螺的声响,是空袭警报。船上的人都怔住了,怎么办呢?北大外语系大四学生林振

---

[①] 陈赓雅《赣皖湘鄂视察记》,申报月刊社,1936年。

述和团长黄师岳同船,后者即吩咐船马上停驶,命令众人"绝对肃静"。雾很大,天上什么也看不见。半小时后,警报解除。阳光出来了,还带着毛毛雨,船开始移动,人们也重新活跃起来,团长不自禁地卸下一声叹息,学生们模仿他,也都来了一声愉快的叹息。①

阳光的照耀下,沅江像一条绿的绸缎,清华土木系大二学生、来自河北的杨式德第三次发出天问:我不知道水为什么这样绿②。他还从江里淘了一碗水上来,非常清洁。

湘黔滇旅行团的船队继续逆流而上,经过惊鹚洲、䑳舫洲两个岛屿,下午1时,船队离桃源尚有八里,因为水浅不能上行,旅行团弃舟登陆,步行前往桃源县城。太阳和暖,田地里紫云英不少,蚕豆开出黑白的花朵,杨式德注意到一种叶子带红色的油菜,乡民告诉他此菜味道较苦,想来就是两湖人民最爱的红菜苔吧。抵达桃源后,旅行团自由活动,学生们乘着小划子,在落日的千万道金光中划过沅水,去逛桃源县城。市面相当热闹,卖桃源石的不少。那是一种产于附近山中的石头,青者似玉石,红者似玛瑙,硬度很高,当地人用以雕琢饰品,酒杯、墨池、图章等,杨式德买了一个粉红色的戒指,花了二角钱③。街上许多外地人,摩登旗袍,高跟鞋踩着石子路咯咯咯地,一边发出抱怨:"这鬼子路!"伤感的士兵,跟跄地走下码头,等船去常德,重新编队上前线。新裱了招牌的商店里,留声机送出撩人的歌喉:"桃花江上美人窝……"去茶馆吃盘炒花生和豆腐干,老板娘的问话吓了学生们一跳:"你们坐船坐车的先生们,今天走走路,散散心,是休息的罢?"④

桃花源在桃源以南,自古就是旅游胜地,用沈从文的话说,"全中国的读书人,大概从唐朝以来,命运中注定了应读一篇《桃花源记》,因此把桃源当成一个洞天福地。人人皆知道那地方是武陵渔人发现的,有桃花夹岸,芳草鲜美。远客来到,乡下人就杀鸡温酒,表示欢迎。乡下人都是避秦隐居的遗民,不知有汉朝,更无论魏晋了。"⑤

在更年轻的时候你不会思考"遗民"这个词,你甚至根本看不见它们,因为你就是变化和浪潮的一部分。四年前我从哈佛访学归来,北京落地转飞广州,带着时差晕乎乎地开了两天当时所在杂志的改版会议——在美国的一年,纸媒的世界已狼烟四起。记得在改版招聘启事上,我们还希望在这个变革年代"有一张安静写作的书桌",然而形势比人强,几个月后,我自己也转投时尚媒体担任管理职务,扎进"火热的生活",把自己忙成一只陀螺。我停止了超过一千五百字的写作,并一度享受那种事无巨细的忙碌。编辑部楼下有个小红绿灯,现在想起来,无数次穿过时总是在接电话或者语音回复微信,就好像多线程忙碌是进入新世界的门票——混合了真挚、自恋、自我感动与自我欺骗的全民创业(或

---

① 林蒲《桃源行》,《大公报》香港版1939年6月7日。"林蒲"为林振述为《大公报》写作通讯时的笔名。
② 杨式德日记。
③ 杨式德日记。
④ 林蒲《桃源行(续)》,《大公报》香港版1939年6月8日。
⑤ 沈从文《桃源与沅州》,《湘行散记》,《沈从文全集·第11卷·散文》,北岳文艺出版社,2002年,p233。

者以创业的劲儿打工)热潮自有其引力。

我记得有一天傍晚,接到我妈电话,说外婆不行了,她没问我要不要回去,哪怕这种时候,家里人还是习惯性地害怕给在外打拼的孩子添麻烦。我说我回,我回。挂了电话,订好第二天一早的机票,开始布置和汇报离京后的工作安排,然后默默流会儿眼泪,继续在大样上编辑那永远不可能改得更好的稿件。我已经忘了为什么不买当晚的机票,正如我也忘了自己为什么曾有这么逼仄又怯懦的理性(却呈现出一种"职业"的模样)。现在那种生活离我很远了,有时想起来,觉得隔着块毛玻璃,影影绰绰的,有时又觉得,那个自我并没有回来,而是永远留在了那里,像电影《土拨鼠之日》里一样在某个时空里循环往复。就像更早之前,我和几个同事加好友在洱海边的才村租了一栋民房,每年都结伴去玩一两次。那时大家都不太忙,不太稳定,都还有少年气,那是我们小小的乌托邦和桃花源。那个自我同样没有回来,变成了遗民。

如今我已经接受了生活就意味变化,但总忍不住时常回去看看,看看那些凝固的自己,仿佛这样就可以对抗时间不动声色的残忍。站在吱呀吱呀的玄亭望着沅江,仿佛有个身影在艰难跋涉,多少年来这里都是放逐者的故乡,他们告别过去,又怀抱过去,沿江而上。"山鸟似欲啼往事,桃花依旧笑春风"是桃花源欢迎他们的对联,闻一多和同行的清华大学中文系讲师许维遹、助教李嘉言吟诵着这句对联,沉吟良久,三人均不能说出上联出处,笑曰,应是山野高人所作。二十七岁的李嘉言说,若得名家集句,不如换成"山僧不解数甲子"为好,意境、文义都更贴切些,闻和许点头称是。①

下午2点,我离开桃花源,没走多远右脚大拇趾就开始疼,在路边脱下袜子检查,左侧趾缝红肿,怀疑是甲沟炎,一种麻烦的小毛病。有点懊恼,西南三千里这才刚刚开始呢,胡思乱想了一番炎症恶化了该怎么办走不了路了该怎么办,可瞎想无用,先走着看吧。路边白瓷砖两层小楼里,一场宴请还没结束,红色氢气球灯笼扯着十几条红条幅在微风中抖动,祝福一对夫妇喜得千金。

走上319国道时脚趾疼痛减轻,心头一喜,也能听到远处的鸟鸣声了,也能闻到雨后的泥土味了。一路还有零零星星的油菜花,这给了我一种印象,的确是在往寒气较晚散去的山里去了。

路过一个村组,方方正正的灰色二层小楼,朝向国道的立面都刷满了广告。空调、清酒、花炮,这是劝人花钱的,邮政理财产品和义乌商务城,是劝人挣钱的,"首付五万携手,义乌成就百万富翁",但最多的广告是治病的,各式各样的男科医院和妇科医院,触目惊心的疾病名称,让我想起八十年前清华化学系大二学生董奋在离开长沙前去逛天心阁,看了不少文雅对联和各式古物,但拾级而下时,沿路木牌不是补肾丸就是调经丸。"俗!煞风景!"他在日记里挖苦道,"好像湖南人个个都是痨病底子,而女的个个月经不调。"②

---

① 李之禹《李嘉言与闻一多先生》,《李嘉言纪念文集》,河南大学出版社2015年5月,p479。
② 董奋日记。

3点多钟，看到了出发后的第一个药店，买了管鱼石脂软膏，气味刺鼻，老板叮嘱我多擦，一天擦个五六回也没关系，我们聊了一会儿，我又一次被问起了"为什么要一个人走"。这是我一路被问得最多的问题：你一个人走哇？为什么一个人走哇？为什么不找几个伴热闹一点撒？"热闹"真是个神奇的中文词汇，在英文里你都找不到完全对应的字眼，可能是因为经常独自出发，我发现自己常常低估中国人对"热闹"的需求，又常常高估他们对"孤独"的承受力。路过冷冷清清的黄土坡市场，门口巨大的一堆垃圾，几个男人在里头翻检着什么。昨天这里有集市，垃圾堆就是热闹的余烬。

嗖的一声，一辆大货从身边擦过，这里的国道不宽，大货车却突然多了起来，贵州的，重庆的，甚至还有江苏的。也有从桃源发出的中巴经过，每次都要用喇叭唤我上车，一辆湘J43162，先是在后面低低唤着，见我无意上车后，突然加速，驶过我身边时撒气般鸣笛，震得我头皮发麻后扬长而去。我换到马路对面，选择逆行，看着大货迎面驶来，比从你背后突然冒出感觉好上一点。路上落满了白色的刺槐小花，被昨天雨水洗过的路面毫无灰尘，走起来倒踏实。

两边很多水田，都犁好等着插秧了，泥巴、水，和着天光，有光滑的曲线，像是调好颜料的画板。一只潇洒的白鹭，慢悠悠地拍着翅膀低空翱翔，大喜鹊飞得就不太从容了，总是一顿一顿往下俯冲，像没折好的纸飞机。经过一户两层楼的人家，房子比别家古旧些，有烟熏色，门口挂着好几副对联，其中一副：巾帼从军绝不逊男，裙钗出塞定能安国，横批：明珠入掌。

半天之内看到接连两户农村人家为生女儿庆祝，还挺高兴的。这地方也有个好听的名字，澄溪坪。

## 楠木铺—沅陵：土匪今晚就到

在楠木铺脏兮兮的招待所里，我醒得很早，仍然是喘不上气的感觉，这次是因为沉重的被子，做了一晚上鬼压身的梦。到楼下吃了个猪脚米粉，也不抱任何希望，果然，汤是酱油调的。我们的媒体上流传着太多乡野美味的故事，可那是需要特地"寻觅"的，多数时候你离开城市以后撞上的只是因陋就简。7点就迫不及待地出发，道路和田野都笼罩在白色的大雾里，被霾拖累那么久，这种纯天然无添加的雾的气味都快忘了。整个楠木铺好像洗刷了一遍，逼仄脏乱都没了，往前走一点，竟有点天上街市的感觉，穿着黄色工作服的环卫工人在雾中时隐时现。

乡口有条小溪，看河长责任制公示牌知道它叫楠溪，估计是怡溪的支流，清浅得很，桥下河床里全是差不多大的黄色石子儿，非常好看，不知道是不是旅行团当年发现的黄铁矿。再一次从杭瑞高速底下穿过，过了桥洞就是一个很陡的上坡，爬完坡两个急转弯，形成一个拉长的字母Z，当年杨式德在这里画下了公路的 side view（侧视图）。

我沿公路继续往上，路边溪水潺潺，空气中有股清香，应该是来自开花的针叶林。一只黑狗冲我叫，它的旁边是满载黑色砂石喘着粗气爬坡的老式卡车。爬完又一个大坡后，我来到了一个制高点，这里林木茂密，鸟鸣啾啾，名曰芙蓉关，80年前旅行团经过这里时，杨式德与北大好友王鸿图同行，还感叹了一番这关口的险要。如今公路左侧有一块"芙蓉关红军长征纪念碑"——1986年10月，在长征胜利五十周年的一系列纪念活动中，当地政府修建了这座水泥纪念碑。

过了纪念碑是条很长的下坡，公路左边山体上"种"着防滑坡的水泥网格，网格里长了一些黄腌菜，一排一排竖立着，像草原上警觉瞭望的獴。这段国道仍然非常冷清，一位姑娘把车停在路边，跳到右侧护栏上摘刺槐花。大清早赶路的感觉很不错，太阳从背后晒过来，有丝丝暖意，但一点儿不热；不知道是不是头晚露水的压制，路上的灰尘少了很多，人的精神也好，对"尚能走否"的回答是"特别能走"。下完坡又来到一片冲地，国道边有一株网兜罩住的两米来高的树，上面结满了红色黄色半透明的小果子，一开始还想着是不是枸杞，问了旁边农妇才知道，那就是野生樱桃，还有十来天成熟，罩起来防止小青鸟来啄。

农妇在国道旁家门口的柚子树下洗白菜，用的是山里引下来的泉水，白菜旁边还有一个塑料盆，里头装着还没洗的丹参，也是山里挖的。她让我摘几颗野樱桃尝尝，个头儿比超市常见的樱桃小不少，还没全熟，酸酸甜甜。她指指屋后的山："到处都是，还有泡把天（十来天）就可以吃了。"又给我指山腰上别人种的野生板栗林（不是杂交板栗，她强调），在一大片杉树林之上有一小朵青色的云，那就是了。她今年

六十四岁，务农，以前水稻种两季，现在只种一季，"忙不过来，姑娘小伙子都出去了，留下我们这些老人家。"我问一季稻是不是好吃些，她说要看种子。至于什么种子好吃，"还不是信天碰！"她笑。

国道上车多了一点，本地车辆为主，路旁的行道树是三个时期政府意志叠加的结果：最早种乌桕，附近还残留了一棵，后来改种刺槐，沿途所见最多，正开着白色的小花，现在又要开始种桂花树了。冲地不大，这意味着，走不了多久的平路，又要开始爬坡了。山腰林间，我出发以来第一次听到了布谷鸟的叫声，一条碧玉色的溪河流淌在谷底，查地图才知道也叫怡溪，是它的西源，之前在官庄遇见的、被挖沙车弄得发黄的是它的东源。河水随着山势甩出潇洒的大转弯，农民就在其间高高低低的田地上劳作，几乎一步一景，这是高速公路上的人们所看不见的，因为他们又开始钻隧道了。

虽然战火弄丢了湘黔滇旅行团二十万字的"官方"旅行日记，但后来执笔人之一的丁则良还是凭回忆写了一篇文章，而当他回想往事时，最难忘记的除了匪患，就是湘西的风景。"……我们每天早晨出发，都好像开始进入一个新的境界，到了晚上，大家谈起，总觉得今天所见，大概是不能再好了。殊不知第二天所看到的一切，竟又有不同的情调。湘西的山是有名的，愈到沅江上游，愈为险峻……天气在随时变化，雾里看山和夕阳里看山就有不同的感觉。而雨中、冷风中、月光中看那未经雕琢的大自然，更有无穷的滋味。更妙的是我们自己在行进中，有时第一大队已攀登上一个峭拔的悬崖，回头下望只见第二大队的人们小得像蚂蚁一样，正从隔

江的山头上向下行进。前山一呼，后山响应，夹杂着风声、水声、车声，真交织成一幅绝美的图画。"①

可惜很快我又看到了忙碌的挖沙车，和铲斗下浑浊的河水。沿河而上，几乎一两公里就有一处挖沙点，到后来，好像每次都是先听到挖沙的作业声，然后才看到河水。这个国家巨大的建材需求驱动着这一切，与此同时，在一线城市以外又有那么多空置的房子需要去库存。一条河流的生命和它们相比有多重要呢？在这山野之中，唯一能与之对抗的只有河流强大的自净功能了，只要离开挖沙点一公里左右甚至更短，河水就恢复了清澈，甚至澄碧。

湘黔滇旅行团从芙蓉关下山时已天色渐晚，这一天他们足足走了四十公里，原本计划一直走到前方大站马底驿的，因为中央军校一千多人已经住在那里，只能宿在驿前几里的五里山和黄虎坪②。北大政治系学生钱能欣所在的小队住五里山，傍晚，学生们在溪中涉水，一钩新月从林间升起。天黑后，他们把铺盖扛到一间小屋子里，老妪引他们到内房，里头床、梳妆桌、椅子等家具一应俱全，可是都积着尘土，显然是长久不住人了，房门口贴着一张黄纸符。钱能欣疑心这间房出过怪事，问老妪，忸怩不答，只说："我的儿子两年前出门做生意，可是有了钱不想回家，抛了娘和媳妇儿；媳妇儿也是怨家……去年回娘家去，也渺无音信，留着我一个人独守空屋。"学生们后来从邻居打听到，老妪的儿媳去年就死了，不知受了什么冤屈，吊死在卧房里，所以时常闹鬼。③

林振述所在小队分到的房间也很古怪地没有人住，他们把干稻草铺到地上，小队长刚躺下身，就给中队长叫去开紧急会议了。在空屋里能看见外面的山尖，山风吹着竹林沙沙作响。

小队长回来时脸色阴沉，说是旅行团从常德走沅水而上的行李船被抢了，三百多个绿林朋友正追随旅行团而来。"计算路程，就在今晚——"队长吞了一半话："请地方武力请不到，放盘查岗哨，我们自己不带家伙，没有什么用处……所以，团部决定，今晚大家点着灯睡，有什么动静，由团长大队长出头接洽。闻到枪声，大家千万别起床！"

大家眼对眼望了一会儿，就各自忙开了，往鞋子里藏五元中央票，撕开大衣缝藏钢笔，藏近视眼镜，有人从左手无名指脱下金戒指，头疼了："……订婚戒指呀，藏哪里？"还有替从广东走海路同学带的银表链，也不知道藏在哪里，"我说是不带罢，偏怕广州香港多抓手！"一片忙乱中，外号"绍兴师爷"的同学冷冷说了句，"我说，哥儿们，别瞎忙费脑根。等枪口对你心眼比着看，怕你不从鞋底壁缝一五一十照样拿出来。"话没错，大家慢慢静下来了。静待命运吧。满天繁星的光亮照进了这空屋。④

同样住五里山的杨式德原本这一天心里就不安，听到消息更加心惊，大家纷纷讨论是该原地不动，还是应该立刻前往马

---

① 丁则良《湘黔滇徒步旅行的回忆》，《丁则良文集》，清华大学出版社，2009年11月，p406。
② 余道南日记。
③ 钱能欣《西南三千五百里》。
④ 林蒲《湘西行10、11》，《大公报》香港版1940年5月9日、5月10日。

底驿寻求中央军校步行团的保护①。随行的《大公报》记者戚长诚和另一部分临大学生宿在黄虎坪,在担心中又听到住在五里山的同学跑来报信,说是附近居民未睡,全都跑到山上或山下,"看他们可疑的行动,或者马上就要动手。"听到这个消息,众人愈发惊恐了。戚长诚想起来,初到时曾经问过黄虎坪的这三五家住户,他们也不经商,也不务农,虽然生活很苦,但还有衣有食有住,"这时想起来,他们也定是匪帮无疑了。"②

因为徒步之余还要采集歌谣,一天下来刘兆吉的衣衫被汗水湿透,夜风一吹,浑身发冷。他见一间小屋里堆着喂牲口的干草,便一头扎进去,干草堆里暖和一些,刘兆吉很快就睡着了。不过只睡了一会儿就被冻醒,醒来时发现小屋里还坐着一个人,纹丝不动,他大气不敢出,死死盯着这个黑影。不一会儿,这个黑影掏出火抽起烟来,火光一亮,刘兆吉发现,原来是闻一多先生。闻一多本来先进小屋,还没睡着刘兆吉就钻了进来,闻一多看不清是谁,也没敢吱声,但一直睡不着觉,索性坐起来抽烟,两人这才相认,彼此都虚惊一场,遂以"坐以待弹"自嘲危险处境,聊起天来。③

半夜1点钟左右,狗叫声自远而近,加上潺潺水声与山谷的回音,更使人不寒而栗。大家纷纷小声议论,说是匪徒一定来夜袭了。有的主张赶紧逃到山上隐蔽起来,先求生命安全。有的认为往外跑反而多危险,不如听天由命④。林振述也听到了狗叫声,成群的狗叫声,"来了,会怎样呢?除了搜刮钱财,还害人割命吗?除掠夺,还会带去做肉票?……"

"喂!喂!""绍兴师爷"闪进门来,"来了!芙蓉关上火把接火把!里多长!……来了!来了……"他颤着牙齿,急急躺下,钻进被子蒙住头。⑤

几近恐怖的气氛里,整个旅行团捱到了天明,不知何故,土匪最后没有来,林振述感到"冥冥中仿佛有巨人伸出援救的手,在那无际的海,四合的深山中,我们渡过去了。"睁开红肿的眼圈,又是漫天浓雾,吃过早饭,大家哑然无声地继续出发,鸟儿在雾里唱着歌,山上偶尔传来伐木声。⑥

戚长诚一夜未眠,两脚的水泡又破了,走不了路,在公路旁一家小杂货铺,他问老板有没有轿夫。老板一面回答有,一面拿出一盒油炸麻花来,反问他要几个。戚长诚说,是两个人抬着的轿子,不是这个。杂货铺老板回答,白糖的没有,只有红糖的。原来这位湖南农民听不懂国语。戚长诚又气又好笑,好在最后旅行团借给他一辆自行车,以车代步,得以跟大部队同行。⑦

---

① 杨式德日记。
② 长诚《抗战中的西南(七)》,《大公报》汉口版1938年4月6日。
③ 刘重来、邹鸣鸣《三千五百里采风记:记著名心理学家刘兆吉》,张寄谦编,《中国教育史上的一次创举:西南联合大学湘黔滇旅行团记实》,北京大学出版社,1999年,p198。
④ 长诚《抗战中的西南(七)》,《大公报》汉口版1938年4月6日。
⑤ 林蒲《湘西行11》,《大公报》香港版1940年5月10日。
⑥ 林蒲《湘西行11》,《大公报》香港版1940年5月10日。
⑦ 长诚《抗战中的西南(七)》,《大公报》汉口版1938年4月6日。

自行车应该是学校配给团长黄师岳的代步工具，但他很少使用，总是让给脚上起泡或者身体不适的同学。绝大多数时候，这位笑眯眯的长辈都在与学生们一起走路，"忽前忽后……一会和这几个，一会和那几个，边走边聊"，没多久，团长就和每一位学生都相熟了。许多人惊讶于他的记忆力之好，只要和他聊过一次天的人，事隔多日，他一见到必能叫出名字，并且还记得你的年龄、籍贯、系别、年级以及家乡情况，这让人学生们感到他非常平易可亲。有一次，南开电机系大一学生高小文忍不住问他："团长！您的记性怎么这么好？"他笑着回答："这是带兵多年，磨炼出来的……要带好一支队伍，首先要了解每一个士兵，能和他们同甘共苦……弟兄们才肯和你生死与共。我在当排、连长的时候就悟出了这个道理，后来直到做到师长也没敢忘记。"[1]

到达五里山之前我路过了牧马溪村，村子位于陡坡之上，许多屋子就建在离地几米高的山崖凹进去的平面上，由几条斜斜的石阶下到国道——同时也是村中的主路。老人拄着拐杖从二楼缓缓走过，小车拉着猪去卖，猪儿安静地和人站在货车后面，全然不知自己的命运。几个妇人坐在小板凳上吃饭聊天，其中一个热情地招呼我，问我吃饭没有，要不要她把剩饭炒一炒吃一点，又让我坐下来休息。坐下来聊天才知道她是村妇女主任，她告诉我牧马溪这好听名字的来历，一种说法是，从前人们从上游放排下来，在这里码放木材，所以叫木码溪；后来又因为马底驿是重要的大驿，这里水草肥美，往来者多来此牧马，又改名牧马溪。

我问她村里还有没有老人记得1949年以前的事，她说她公公对村子里被抢还有印象，但被谁抢也说不上来，"可能是土匪吧，我们湘西就是土匪多。"她带着点自嘲说。

看得出这位妇女主任急于扭转这种印象，"湖南打工的人到广东一般都不要我们湘西的，说我们是土匪，但是我们湖南人很义气的！"她说起十年前的南方冰灾，高速公路和国道都堵得动弹不得，那会儿还有人去抢车的，到了今年，"1月13到15号，冰冻，从吉首到长沙（的高速）在我们这里冻了三天三夜"，她组织村民给司机和乘客献爱心，免费送热豆浆和煮鸡蛋，鸡蛋一人一个，送出去了三百多个，还被好几家媒体报道了，她掏出手机找当时存下来的报道视频，"我们马底驿这个地方比全国都做得好！"

她对本乡本土颇感自豪，说从芙蓉关红军纪念碑（她们叫贺龙纪念碑）一直到马底驿，一路风景都很美，是"十里画廊"——如果排除掉那些挖沙点，此言不虚。离开牧马溪村没多久，我就又经过了一个风景绝美的河流大转弯，碧水、白滩、青石，在黄的绿的油菜花田里劳作的紫衣农妇，突然飞起来的黑背的鹈。一个农夫背着背篓，卷起裤管，蹚水过河，他走得很慢、很小心，因为背篓里有个孩子。

我在五里山村碰到了又一个抱怨挖沙的男人，"鱼都被呛死了！"他说。如今的五里山离杭瑞高速的入口不到一公里，没

---

[1] 高小文《行年二十步行三千》，张寄谦编《中国教育史上的一次创举：西南联合大学湘黔滇旅行团记实》，p233。

有一丝荒野气息，国道上的车子明显多了起来，我穿过村子，找到怡溪畔一片安静的石头滩，脱了袜子，让太阳晒晒仍然红肿疼痛的大脚趾。这里的水已经非常接近我心目中"清畅"的标准，下游一点，有的河段流速减缓，甚至泛出高原湖泊才有的那种碧绿和乳白交织的色彩。我从手机里找出旅行团当年的日记，开始读他们在五里山虚惊一场的故事，想象那一夜他们听到的风声、狗吠和游动着的火把，没有变化的大概只有这条溪流和对面几个山尖了吧——也不好讲，高速公路就从这山里头钻进钻出。

一位老大爷和一条黑狗到了对岸。老人卷起裤脚，小心翼翼地涉水过河，最深处不过刚刚到他的膝盖，但狗儿在溪流中间就很是踟蹰了一会儿，最后下定决心纵身一跃，立刻被激流冲下去好几米远，它拼命刨水，游到了爪子可以触底的地方，也过了河，甩甩身上的水，跟老人走了，留我继续坐在大石头上晒太阳。真是惬意啊，我几乎舍不得离开。

前面不远就是马底驿了，抵达辰州（沅陵）前最后一个大站。嘉靖三年（公元1524年），明代三大才子之一的杨慎因言获罪，两次被廷杖后谪戍云南永昌卫（今云南保山），这一年杨三十七岁，乘船由通县潞河出京，沿大运河南下，一路受到仇家陷害，直到山东临清才得以摆脱，随后他继续南下又沿长江西上至江陵（今荆州），转洞庭入沅湘，经过马底驿时，曾作诗"载月冲寒行路难，霜花凋尽绿云鬟，五更鼓角催行急，一枕思乡梦未残"，凌晨4点多就要在这边地出发赶路了，天气又冷，鸡声茅店月，人迹板桥霜，很难不怀念那温柔的故乡吧。尤其是，从界亭驿到马底驿，一路"皆溪涧流凑，无舟楫"，"地复多蛮，实槃瓠之遗，洞居血食，庞衣猎言，名为洞人，时出肆掠"。①

前往云南山高路远，清代中叶以后，湘黔驿道各站都设有轿夫若干，以利于迎送过往官吏，包括马底驿在内的几个湘西驿站设有马四十五匹，排夫七十五名，比长沙、衡州等中枢大驿还要多②。嘉庆二十四年，也就是公元1819年，一位三十五岁的年轻官员，也是沿着这条元代开通的官道前往云南主持乡试的。他6月29日从北京出发，7月30日抵达湖北荆州，那年夏天"热不可耐"，长江突发大水，官道尽没，不得已改为舟行，8月5日到了常德，次日前往桃源，当地邑令建议他日夜兼程赶路，因为缅甸向朝廷进贡的大象也正由这条道路自西向东行进，前方的驿站恐怕不够住的，于是他当日赶了六十公里路，宿在郑家驿。又经过新店驿和界亭驿后，8月9日，他照旧凌晨4点多就出发，天刚亮时经过荔枝溪和马鞍铺之间的马鞍塘（大约就是我手机信号全无的那个路段），在此地遇到了缅甸贡象的队伍——这支浩浩荡荡的队伍一直到三天后甚至都还没全部通过沅陵，这般盛景之下，或许不会有人想到，帝国其实已经走到了衰败的边缘。当晚，年轻的官员投宿马底驿，在日记里写道："驿在马鞍山之麓，故以命名。是日山路陡甚。"二十年后，这位名叫林则徐的

---

① 杨慎《滇程记》，明万历33年。
② 尹红群《湖南传统商路》，湖南师范大学出版社，2010年12月。

官员因为虎门禁烟而为世人所知。①

如今马底驿正街充斥着国道上常见的建筑，而高速公路出口又带来大量车辆与灰尘，一辆加长的豫U大卡车经过时，感觉整条街道都被填满了，你生怕它转弯时失控像泥石流一样把小镇整个儿带走。不过，转到那些难看的建筑背后，窄窄的老街上，一切就都安静了下来。这里至少还有两座木结构老宅，其中一家的房子有两百多年了，前后三进，保留着完整的天井，马头墙还有精美的雕花门窗，虽然门窗上蒙着油尘和蛛网。

"以前全部是老房子，都拆完了，这家明年也要拆了，要修新房子了。"一个村民告诉我，"都是私人的，也不可惜。靠老百姓自己保护不行，老百姓自己都要住新的，住舒服的。"他掏出手机给我看四五年前拍的照片，老屋，飞檐，吊脚阁，还有街中鹅卵石铺就的小路——那正是元朝初年所修通往云南的驿道的一部分，"以前全部是石头（路），两三年前直接在石板路上打的水泥路。"

七百多年前的古驿道如今还保留了很短一小段，在老街另一栋老屋门口，老屋大门紧闭，门口堆着几块木板，窗外有一个伸向街心的木柜台，想来当年也是沿街经商的铺面，上面却挂着红底白字的警示：施工现场，闲人免进。我试着叩门，门开了，面前是一位穿着黑色毛呢夹克，头发花白的老人，老人姓万，他愿意让我这好奇的不速之客进去瞧一瞧。

一进门就是神龛，上面摆着万氏祖先之位，最上面是"崇德笃信"四个大字，神龛下面一张旧桌子，电饭煲，油盐酱醋酒码得整整齐齐，桌中间倒扣三个小酒杯。"我祖祖辈辈都在上面，这是个意思，晓得不？"老人说。

乡政府请他写过地方志，他给我翻出来了，旧信纸上的原稿密密麻麻："马底驿……自古就是滇黔古驿道的一部分，延续至今，在当时，古驿道上来往的商贾络绎不绝，因此马底驿也成为远近闻名的经济中心……纵观老街，屋舍俨然，错落有致，整齐排列，解放前的繁华景象现差不多已消失殆尽，原来各家各户的商肆铺店尚有极少陈迹存在，街道用鹅卵石镶嵌而成，图案古朴，巴掌般大的鹅卵石呈人字形嵌列，三四米宽，约两百米长……道旁，一色的前商后住两层旧房，多为木结构，两旁的屋子紧紧挨着，上家的西壁就是下家的东壁……楼宇间建有土质隔火墙，以防失火祸及邻家，墙体顶覆青瓦，青砖白壁，飞檐翘角，犹存古风。"

老人自己作过一首诗，他念给我听，又逐字逐句解释："'生途坎壈人世里'，坎壈就是困顿，因为我出身剥削家庭哪，1950年开始，'宿昔蹉跎岁月中'，宿昔就是很早以前，家庭出身不好，把时间浪费了。'古稀老去无多日'，我现在七十七啦，'惟望清静过几年'。'当今党政恤孤寡'，把我们养起来! '炼体伴书修心身'，锻炼一下身体，以书为伴。'适当运动促健康，书笔并举益智神'，我有时写一下字，利于自己脑壳。'世间万事都增价'，现在捡烂货的、做小工的、卖小菜的都是钱，都挣得到钱，是不咯？'老来文章难值钱'，你现在年纪大了搞不到啦，不是不值钱，是

---

① 林则徐《己卯日记》，《林则徐全集·第9册·日记卷》，海峡文艺出版社，2002年1月，p88。

难值钱,你真正那个还是值钱!'大幸老遇新时代,没齿不忘党深恩',我现在是享党的福,我的诗就叫老遇新时代,党恩福终身,哈哈。"老人读到"世间万事都增价,老来文章难值钱"时,我听到自己的嗓子一下子哑了。

在马底驿,旅行团团长黄师岳的脚板也起了水泡,他托人雇了一老一小两个轿夫,又叫上了林振述,跟着区里派来的领路人离开大路抄小径。把后的轿夫,面色黄肿,眼窝深凹;前头的轿夫则是个粗眉大眼,"无限精力在奋发燃烧"的小伙子。

"官长,这里直下白屋坪,整整少走一泡里路脚!"年青轿夫的提议被接受了。他加添了这句话。

"哪样是'一泡里路脚'?"团长问。

"一泡里路嘛一泡里路,一泡路嘛十里路!"他从肩膀两边一边伸出五个手指头,脚下跨过一堆牛屎,便紧接着,"天上鹞子飞。"

"地下牛屎堆!"黄肿的脸机械地被挤出答话。

"'天上鹞子飞'是什么意思?"

"那是报路嘛。你不报,后头晓不得怎样走啥!'左边一个缺'!"

"升官把印接!"

……

"卜!卜!卜!"清晰的青山冈方面枪口对我们发了三发的步枪。团长杌陧着,但故作镇定地落轿来:"林队员站住!"

我们站住了。山头松林里三只黑色的影子更换着位置。领路的爬上一个小土丘,摘下头顶毡帽往空中高高地扔了三下,接三下。山上朝天开了一发枪。

"走!朋友们问路条,有我们没有事!"领路的说。

团长步行。轿夫加快步伐疾走着。走到快近白屋坪的平洋大路,大家才停下休息。

"他们蛮横得很!"领路的到现在才悄悄地说实话,"前几天出事就在那点。昨天区上接到公事说你们要经过,派关系人去接洽,他们答应了,说诸位是大学里的先生,他们倒很体贴讲情面!"

"吞到喉头的饭不能不下咽。那一路人,还不是迫出来的!"年青轿夫同情地说。

领路人显出不豫的颜色:"诸位官长一路顺风,不远送了!"从团长手里接过五元赏钱,他从来路回头走了,又连再地回转头,对年青轿夫扫射强霸的眼球。

等到下山和大部队会合后,两个轿夫才说起官府压迫的情形:什么都得纳捐,连他们这种卖肩力的小买卖也得捐。"水有源头树有根,先生们前生修得好——坐轿命!"年老轿夫说,"我们是生骨大头菜,没别的,就是种坏!"[1]

午后整个旅行团都走的是小路,爬山头,白云在头顶飞舞,路过一个叫南岳庙的小村,有一个小学,老先生还在教四书[2]。盘山而上到了马连洞,山深林密[3],

---

[1] 林蒲《湘西行12、13》,《大公报》香港版1940年5月11日、5月13日。
[2] 杨式德日记。
[3] 钱能欣《西南三千五百里》。

凉风从巨大的古榕根须间穿过来,学生们纷纷解开腰带,想要在这里好好休息一下,年轻的轿夫却神色不安地催促大家赶路,到高处再休息。团长审视一下这山沟,命令大家继续赶路。山路又陡又窄,有时要靠粗粗的树藤当渡绳,三百多人摩肩接踵,默默攀爬,默默攀爬,密林里腐叶的气味很重。到了最高处,年轻轿夫才指着沟底说:"瞧那片白白的。"在那荫凉的榕树下,有一堆绿林朋友留下的白骨。①

当晚旅行团宿在距沅陵县城二十里的凉水井,居停主人姓周,宅院大得足够住下三百多师生,据说是周佛海故居。因为山路崎岖,运送行李的汽车晚上10点才到,周宅距公路还有两里路②。夜色茫茫,因为担心惊动当地土匪,团部禁用手电③,学生们从车上往住处搬运铺盖,在田野中摸黑前进,雨后路滑,田埂太窄,扑通扑通滑下去好几个人,包括杨式德,好在没有受伤。这是怎样的一天啊,"满身大汗……咬紧牙关,拼出残余的一点精力,终于走到了目的地,打开被包,倒头便睡。"

## 沅陵(上):颇疑心有翠翠这种的人物在

看完族谱和老街,告别了万家主人,沿河边回到马底驿正街,已是下午2点多,白花花的太阳烤得地面蒸腾起来,随便在一家小店吃了碗不过不失的排骨粉,就去马底驿车站询问去沅陵的班车。车站是一栋贴着白瓷砖的三层建筑,里头板报上写着,"马底驿车站历史悠久,民国时就是加木炭停靠站"——1937年京滇公路周览团中就有一辆木炭车和一辆植物油代柴油车跟随队伍走完全程,不知抵达沅陵前是否在此补充燃料?抗战爆发后,汽油短缺,许多汽车"油改炭",当年《文汇报》总主笔徐铸成在回忆录里写过,"当时,一般公路车用木炭做燃料,独邮车用酒精,行驶有定时,亦卖票搭客,取费较昂。"④

马底驿车站每天都有发往上海、深圳、温州和晋江的长途班车,看来是一个劳务输出大镇。开往沅陵的中巴五十分钟一趟,里程四十公里,票价十五元。向角落里打牌的司机打听,得知全程走高速,居然有点失望。接近下午3点,上了车,阳光很烈,车厢闷热,迟缓了一下才想起可以开窗,风吹了进来,不知道为什么那一瞬间有罪恶感,好像不应享受这一丝清凉似的。中巴在镇上兜了一圈,又折返回来,从前面的入口上了杭瑞高速。

这一段高速应该叫青山大道——目之所及只有青山,暮春时分,各种绿色,包括爆炸式的新绿,非常耀眼。偶尔在比较高的路段才能看到远处高高低低的村庄,其实是沿着高高低低的国道一字排开。第

---

① 林蒲《湘西行·14》,《大公报》香港版1940年5月14日。
② 余道南日记。
③ 吴征镒《"长征"日记:由长沙到昆明》,张寄谦编,《中国教育史上的一次创举:西南联合大学湘黔滇旅行团记实》,p343(以下简称吴征镒日记)。
④《民国记事:徐铸成回忆录》,广西人民出版社,2015年6月。

一个隧道恰叫青山岗隧道,当年林振述和团长的小分队与绿林朋友交换信号,得以放行的地方。中巴车开得挺快,车里的警报系统一直在提醒:"您已接近超速,请减速慢行!"这种加足马力往前加速行驶的感觉有时也挺棒的,尤其当你的目标只是目的地时,不过问题在于,当你的目标只是目的地时,无论多快也是嫌慢的。

晒着太阳闻着飘进车窗的槐花香,有点昏昏欲睡。高速公路不停钻洞,把最好的风景一一省略,也只好睡觉了。一觉醒来已下了高速,马上到沅陵了。这个湘西重镇的郊外有非常宽阔而萧条的马路,路边广告牌高高立着汪涵的头像:"上网本该如此。"

到酒店办好入住,稍微歇息一下,去快递点取行李。在乡野里徒步若干天,回到城市里只觉得丰盛,看到蛋糕店觉得丰盛,看到卤味店觉得丰盛,看到水果店觉得简直了,杨梅和橘子个个色泽诱人,要大吃一顿才好,其实一点儿都不饿。野樱桃也上市了,二十五元一斤,满街都是扁担挑着的小摊,我尝了一颗,软塌塌的,甜和酸都不到位,"这是野的吗?"随口问了一句,那位大姐立刻不高兴了,她深吸了口气,好像在消化我的冒犯,然后反问:"那不是野的是啥呢!那不是野的是啥呢!"往前没走几步,看到两位算命的老先生在辰州大道人寿保险门口(真是位置绝佳)和两个警察激烈地争吵,我听不太懂,好像是说这里不能摆摊,但算命先生不愿意撤,总之两位老先生的音量和气势(我听到他们还引用了国家领导的什么话)压倒了警察,最后警察摇摇头,撤了。继续往前走,前面是一个穿着斑马纹衣服的微胖女子,推着个小车,上面写着"装修楼房漏水"几个字,但主要是卖老鼠药,小车上的喇叭循环播放狠话:"不怕你老鼠多,就怕你没有老鼠,老鼠闻到死光光。老鼠吃到死光光,老鼠就死在旁边。老鼠死得快,老鼠死得多,老鼠走过当场死。1分零6秒,120都救不了。"一直走到路口,她继续直行,我穿过斑马线,拐进另一条街,迎面走来一个年轻壮汉,牵着一只猴子找沿街商铺挨个讨钱,理直气壮的样子,铺主们也见怪不怪,一个个摆摆手把他赶走——这一连串的画面和声音让我感到奇妙,我知道它们在激起我的某种刻板印象,我需要和它保持距离,于是试着把它们一锅烩地进行某种转化:心里默念了一句,壮哉我大湘西!

八十年前沈从文也遇到过类似刻板印象——更不加掩饰的那种,途经沅陵前往西南大后方的经济学者高叔康在《中央日报》文艺副刊的一篇文章声称湘西"匪就是民,民就是匪"[①],在这类舆论的刺激下,沈从文专门写了一本名为《湘西》的小书,向外地读者介绍自己的家乡,他在引子里写道:

战事一延长,不知不觉间增加了许多人地理知识。……有些地方,或因为敌我两军用炮火血肉争夺,或因为个人需从那里过身,都必然重新加以注意。例如丰台、台儿庄、富阳、嘉善、南京或长沙,这里或那里,我们好像全部都十分熟习。……所以当前一个北方人,一个长江下游人,

---

① 重庆《中央日报》,《西行杂记》,1938年9月25日—10月30日。

一个广东人（假定他是读书的），从不到过湖南，如今拟由长沙，经湘西，过贵州，入云南，人到长沙前后，自然从一般记载和传说，对湘西有如下几种片断印象或想象：

一、湘西是个苗区，同时又是个匪区。妇人多会放蛊，男子特别欢喜杀人。

二、公路极坏，地极险，人极蛮……

三、……有人会"赶尸"。若眼福好，必有机会见到一群死尸在公路上行走，汽车近身时，还知道避让路旁，完全同活人一样！

四、地方文化水准极低，土地极贫瘠，人民蛮悍而又十分愚蠢。

这种想法似乎十分可笑，可是有许多人就那么心怀不安与好奇经过湘西。经过后一定还有人相信传说，不大相信眼睛。这从稍前许多过路人和新闻记者的游记或通信就可看出。①

湘西原本有一个封闭自足的政治经济环境，1934年，贺龙率领的红军占据桑植、大庸一带，并一度包围沅陵城，在红军和它的追剿者（主要是刘健绪率领的国军二十八军）的双重冲击下，陈渠珍地方自治政权走向了崩解。湘西纳入国家"统一化"的进程，标志便是湘黔公路的修筑。但与此同时，几千名长期服务于陈渠珍的湘西士兵被遣散回家，政府又未为这帮人安排生计，许多人就此沦为土匪，时任省主席何健及其派驻湘西的军官对当地也缺乏同情，1935年，湘西陷入混乱②，局面在1937年龙云飞领导的苗民起义时达到高潮——值得一提的是，是时恰逢京滇周览团离湘赴黔，《大公报》在"京滇周览团已入黔境"的大标题下又加了一个不无讽刺的小标题："何健昨亲送至晃县  湘西苗民发生暴动"③。湘西乱局令何健被迫下台，由更忠于南京的张治中取而代之——就是反对迁校，痛骂临大学生"过着不生不死的生活"的那位。到任以后，张反思之前"清剿收编"只是治标，清明政治才是匪患的治本之策，决定设沅陵行署，请陈渠珍出山，"治理一个……信仰与感情非常发达的地区，首先是一个人的问题……是一个诚意的问题。"④

从旅行团宿营的凉水井到沅陵只有二十里，风雨第二天并未止息，旅行团冒雨出发，上午11时抵达沅陵汽车站。车站在沅水南岸，沅水风浪很大，小划子在江心飘荡，四周山色阴暗，这让钱能欣觉得像是身处暴风雨中的海峡⑤。北大经济系大三学生余道南注意到码头上成群的中青年妇女用背篓从船上车上驮运各种货物，"即如三四百斤重的盐包抬起来也健步如飞，原来她们都是正式的码头工人。"询问客栈主人，说是当地一般妇女多从事体力劳动，在家也不穿红戴绿，"无论城乡，凡男人们能干的活她们也都能干，即使是重劳力如码头搬运她们也能把男工们逐渐排挤出去。

---

① 沈从文《湘西》引子，《沈从文全集·第11卷·散文》，北岳文艺出版社，2002年，p333。
② 金介甫《沈从文笔下的中国社会与文化》，华东师范大学出版社，1994年7月。
③《大公报》天津版1937年4月20日。
④《张治中回忆录》，华文出版社，2007年2月，p95—96。
⑤ 钱能欣《西南三千五百里》。

至于一般男人们，有的衣冠楚楚，终日无所事事，有的则在家烧饭、带孩子。"①

沈从文在《湘西》里也提及，"一切事几几乎都由女子来办，如《镜花缘》一书上的女儿国现象了。"他还由此针对时局发了几句议论，"女权运动者在中国二十年来的运动，到如今在社会上露面时，还是得用'夫人'名义来号召，并不以为可羞。而且大家都集中在大都市，过着一种腐败生活。比较起这种女劳动者把流汗和吃饭打成一片的情形，不由得我们不对这种人充满尊敬与同情。"那么，本地男子都去了哪里呢？"男子大部分都当兵去了。因兵役法的缺陷，和执行兵役法的中间层保甲制度人选不完善，逃避兵役的也多，这些壮丁抛下他的耕牛，向山中走，就去当匪。匪多的原因，外来官吏苛索实为主因。"②

这一周轮到杨式德值周，主要工作是负责采购第二大队的各种食品和用品，大部队从凉水井步行出发后，他和北大中文系大二学生王鸿图登上行李车先行，不一会儿就到了沅陵。安排好住处，下午1点，又和清华化学系大四学生陈四箴一起过沅水，到县城里买本队的食材。寒风夹着雨点吹着江水，浪有二尺高，他们坐的小划子在江中左右摇荡，这让他感到非常不安。沅陵的食材不贵，米五角六分一斗，猪肉一元四斤，牛肉和鱼肉都是二角一斤③。考虑到中午"打尖"吃的多是随身携带的干粮和咸菜（有时也有煮鸡蛋），每天的晚餐就成了大家补充体力的主餐，旅行团每人每日伙食费原本是两角，黄钰生将其提高到四角，南开化学系大二学生，后来成为中科院院士的申泮文回忆说，旅行团行军路线经过的多为贫困地区，"但至少无论大小地方，总会有养猪的，旅行团有钱，就可以买到猪肉，让团员每晚都能吃到猪肉和下水（内脏）。旅行团伙食班煮的红烧肉最享盛名，色香味俱佳，参加过旅行团的人大概都终身难忘……"④

旅行团抵达沅陵第二天，天气更坏了，雨水变成冰粒，砸得屋顶砰砰直响，余道南住在一间还未竣工的客栈小楼里，一早被这响声惊醒，气温很低，他只能穿上学校发的棉大衣御寒⑤。钱能欣住的小旅舍也好不了多少，冰粒夹着雪花从瓦缝间落进屋里，他和同学生了火，围坐着取暖闲谈，忽然听到了庄严抑扬的合唱声，"旗正飘飘，马正啸啸……"原来临近房间住着国立艺专的学生。国立艺专由西迁的杭州艺专和北平艺专合并而成，"自从故都和西子湖，我们的两个南北大艺术城沦陷后，北平艺专和杭州艺专从火线下挣扎了出来，敌人摧残了我们的艺术城，破坏了我们的象牙塔，可是毁灭不了我们的三千年来的文化种子。"他在当天日记里写道，"我们抗战的第一个收获，便是我们的文化种子散播各地，本来无人问津的穷乡僻壤，山

---

① 余道南日记。
② 沈从文《湘西》引子，《沈从文全集·第11卷·散文》，北岳文艺出版社，2002年，p333。
③ 杨式德日记。
④ 申泮文《长沙临时大学湘黔滇旅行团的故事》，《联大岁月与边疆人文》，南开大学出版社，2004年12月，p197。
⑤ 余道南日记。

谷乡村，今日却遍地是春了。"①

这一天是1938年3月7日，沈从文设宴款待旅行团的闻一多、李继侗、黄钰生等教授，地点在他的大哥沈芸麓新盖的、唤作"芸庐"的新房里。雪大天寒，众人用毯子围住双腿，以酒暖身，"老友相会在穷乡僻壤，自有一番热闹。"四十多年后，沈从文回忆起这次聚会时说："我请一多吃狗肉，他高兴得不得了，直呼：'好吃！好吃！'"②

沈从文是1月中旬回到湘西的。1937年8月12日，淞沪会战爆发前夜，他和部分北大清华教授接到教育部密令，离开北平，南下南京，"三天后挤上了一条英国客船向武汉集中。我既买不到票，更挤不上船，亏得南开大学林同济先生，不顾一切，勉强推我上了跳板。"③ 9月4日，到达武汉，同行的高校人员转车去长沙，组织临时大学，沈从文和几个朋友暂留武昌，借武汉大学图书馆继续他与杨振声在北平的中小学语文教科书编写工作。后来加入他们的还有萧乾。后者原本在天津《大公报》编文艺副刊，战事起后被报社遣散失业，经香港辗转流浪到武汉，被杨振声收留，以临时雇员身份加入编写组，每月五十元零用钱，由杨振声自掏腰包。萧乾后来在《逃难记》里回忆说，从平津沦陷区里来的知识分子陆续汇聚到武汉，"汉口的交通路就宛如北京的金鱼胡同，不时地会碰上熟人。对许多知识分子，那时的武汉成为一个大的十字路口。有的从这里去了延安，有的，在这里加入了国民党。"④

10月中旬，沈从文去了一趟长沙，与朱自清、杨振声商谈编写教科书的事，拜会曾经的"湘西王"、时任水利委员的老上司陈渠珍，当然，少不了也要和在长沙的老友梁思成夫妇、张奚若、金岳霖相聚，同登"天心阁"⑤。在这之前，林徽因曾经写信告诉沈从文他们一家南下及在长沙生活的情形，"个人生活已甚苦，但尚不到苦到'不堪'。我是女人，当然立刻变成纯净的'糟糠'的典型，租到两间屋子烹调，课子、洗衣、铺床，每日如在走马灯中过去。中间来几次空袭警报，生活也就饱满到万分……文艺，理想，都像在北海五龙亭看虹那么样，是过去中一种偶然的遭遇，现实只有一堆矛盾的现实抓在手里。"⑥

10月29日，沈从文从长沙给在沅陵的大哥沈云麓写信，请大哥在沅陵接待梁思成一家。"梁思成林徽因二先生带了孩子、老太太，不久也许从沅陵向上行，到昆明作事。他们作的是古代建筑研究调查，听我说辰州龙兴寺值得一看，所以如其可能，他们或者会来沅陵住十天半月。"他让大哥设法托关系让他们好好看看龙兴寺这座大庙，又询问家中房子是不是空着，"我相信他们若住在我们的房子大楼上，看看你种的花，吃吃你作的拿手好菜（只是辣子得少放些），住十天或半个月，上路一定

---

① 钱能欣《西南三千五百里》。
② 闻黎明、侯菊坤《闻一多年谱长编·上·修订版》，上海交通大学出版社，2014年12月，p462。
③ 沈从文《湘行散记》序，《沈从文全集·第16卷·文论》，北岳文艺出版社，2002年，p387。
④ 萧乾《逃难记》，《萧乾文集·5·散文卷》，浙江文艺出版社，1998年，p253。
⑤ 转引自张新颖《沈从文的前半生》，上海三联书店，2018年2月。
⑥ 林徽因1937年10月致沈从文信，《林徽因书信集》，江西人民出版社，2016年，p32、33。

好得多。到上路时并望你见告路上种种，什么地方值得看，什么地方出产什么东西，最好是到大站上停车处有熟人，代为介绍一下，上车下车得到些方便。我知道你一定有办法。"第二天回了武昌，11月1日又去信大哥，请他帮梁思成夫妇询问，"由沅陵上昆明坐长途车要多少钱，多少日子，如果买的票是由长沙到昆明的，又是否可以在沅陵停一两天再上车？勿忘你询问一下，快信见告。"同时还给大哥汇去二十元，事无巨细地嘱咐："请为购廿斤猪肉作暴腌肉，切成条熏，熏得越快越好。作好后，就将肉一半付邮，寄至长沙韭菜园圣经学校交梁思成、杨今甫同收。余留下他们过路时带走。若思成等过路太匆忙，不能住，就望为购二三元溆浦大开刀橘，送他们解渴。另外还预备点可以在路上吃的菜，譬如保靖的皮蛋，龙山的大头菜，安江的柚子，家作的卤鸡。"①

沈从文在长沙时，这里虽有过警报，但并未发生真正的空袭，1937年11月24日的空袭改变了这座城市的一切，梁思成林徽因租的房子在这次空袭中变成一片瓦砾，此前林徽因给沈从文写信时还提及在长沙过冬的可能性，也许是空袭敦促他们下定了西去昆明的决心，12月8日早晨，梁一家乘坐汽车沿湘黔公路出发，第二天中午到了沅陵，林徽因在那里给沈从文写信：

昨晚里住在官庄的。沿途景物又秀丽又雄壮时就使我们想到你二哥对这些苍翠的，天排布的深浅山头，碧绿的水和其间稍稍带点天真的人为的点缀，如何的亲切爱好，感到一种愉快。天气是好到不能再好，我说如果不是在这战期中时时心里负着一种悲伤哀愁的话，这旅行真是不知几世修来。

昨晚有人说或许这带有匪，倒弄得我们心有点慌慌的，住在小旅店里灯火荧荧如豆，外边微风撼树，不由得不有一种特别情绪，其实我们很平安的到达很安静的地带。

今天来到沅陵，风景愈来愈妙，有时颇疑心有翠翠这种的人物在！②

这是"匪区"印象之外的另一个湘西：富有诗意的边地。它由沈从文在1930年代的一系列书写——尤其是《边城》与《湘行散记》——建构而成，哪怕时至今日，只需比较一下"湘西"与"鄂西""黔西"或者"川西"在文化内涵上的差别，你就能体会文学在塑造风景中的力量。旅行团中不乏沈从文的忠实读者，北大外文系大四学生林振述就是其中一位。他1912年出生于福建，中小学念书时爱好新文艺，被沈从文"笔端所带的感情吸引"，"图书馆借的到的，书局买得到的，无不尽量借，尽量买，直到无可再借，无钱再买了，还是把已买的书看了又看。大约因为自己来自农村，让沈先生在其作品中所表达的那份浓郁的乡土气息熏陶同化了。他的作品有形无形对我起了镜子的作用，因为有它，才正确地了解自己。"后来在西南联大，林振述成了沈从文的学生，也是昆明文林街20号沈从文家的常客，"什么事，和沈先生谈起来，

---

① 致沈云麓，《沈从文全集·第18卷·书信1927—1948》，北岳文艺出版社，2002年，p257、259。
② 林徽因1937年12月9日致沈从文信，《林徽因书信集》，江西人民出版社，2016年，p38。

真像一句老话所说,如沐春风,只要具有生机的,莫不有欣欣向荣的机会。"①

沅陵迎接梁家的是"不能再好"的天气,迎接湘黔滇旅行团的则是长达一周的暴雨雪,3月8日中午,杨式德与同学及厨役一同过江买菜,一路全是积雪,清澈的沅江被冲进河里的泥土染了黄色。想到过桃源的时候天气还很热,他很是费解。

这一次初春的寒潮很可能席卷了整个南中国,同一时间,英国作家奥登与衣修伍德坐火车从广州北上,去报道发生在中国的战争——对他们来说,武汉如同一年前的马德里一样,是抵御法西斯势力、保卫自由世界的理想堡垒。两人3月7日抵达汉口,当他们蹒跚着走出车站时,发现迎接他们的是一场暴风雪,"通往渡口的人行道和铺石台阶结了冰,走着溜滑溜滑的……扬子江翻滚的浊浪与狂风暴雪竞相肆虐,我们仿佛已来到了真正的世界末日之境。"②而同样在汉口的战地摄影师罗伯特·卡帕则用镜头记录下了这场突如其来的大降温:也是3月7日,无忧无虑的孩子们在临时首都一片空地上打起了雪仗。③

杨式德和同学买了六斗米,米店雇了一位老妇人背过河去,老人说她六十一岁了,杨式德问她背得动不,她说能背,"但是看她的步子有些笨重,路又滑。我实在不忍让她做这种劳苦的工作,但又想到她是贫穷的,一角钱的劳力费也许对她的帮助不小。无论如何,我总应该助她一点力量的。正想着,一个三十岁上下的男子走来了,叫了声妈,替她背到宿营地了。"

余道南约了同学去游银壶山和伏波宫,下午,忽然天黑如墨,豆大的冰雹倾泻而下,他们只好匆匆回到住处。晚饭时,杨式德拿出白天在城里买的松花蛋,和着酱油吃,觉得味道很好,饭后去校医处注射预防霍乱伤寒的第三针疫苗,同学们纷纷传说从沅江溯水而上的运行李民船被土匪劫去了,因为从常德走水路到沅陵通常八天可到,今天已经是第九天。杨式德很担心,因为清华大学中文系助教李嘉言先生也在船上,而且他自己的箱子里还有帮同学带的《材料力学》和《最小二乘方》。

闻一多在沅陵给父母修书一封,报告离开常德后的情形:"每日六时起床(实则无床可起),时天未甚亮,草草盥漱,即进早餐,在不能下咽之情况下必须吞干饭两碗,因在晚七时晚餐时间前,终日无饭吃,仅中途约正午前后打尖一次而已……六日来惟今日至沅陵有旅馆可住,前五日皆在农舍地上铺稻草过宿,往往与鸡鸭犬豕同堂而卧",好在头几日的疲乏过后,步行渐成习惯,"以尔等体力,在平时实不堪想象,然而竟能完成,今而后乃知'事非经过不知易'矣。"④

在沅陵的雪夜,刘兆吉和在旅行团中结识的诗友、北大中文系大二学生向长清一同拜访了闻一多,向他提出了到达昆明后请他指导组织诗社的想法——这便是西南联大蒙自分校著名的南湖诗社的缘起。

---

① 林蒲《沈从文先生散记》,《我所认识的沈从文》,岳麓书社,1986年7月,p169。
② [英]奥登、衣修伍德《战地行纪》,上海译文出版社,2012年11月。
③ 《珍藏卡帕:罗伯特·卡帕终极收藏》,中国摄影出版社,2011年6月。
④ 致父母亲,《闻一多全集·12:书信·日记·附录》,湖北人民出版社,1993年12月,p322。

闻一多说，这些年他"改行"教了古书，不作新诗了，又说他与新诗并未绝缘，有时读读青年人写的诗，觉得比自己的旧作《红烛》《死水》还要好。天气很冷，闻一多用被子盖着膝盖，对年轻人侃侃而谈，刘兆吉做了详细的笔记，可惜日记本在文革中被抄走了。①

7号这一天，余道南曾听说贵阳有多辆运货车来沅陵，旅行团计划搭乘其放空的车辆入黔，团部已去电与贵州当局商量，到了9号，贵阳来车一事又没了消息。这天早晨大雪纷纷，10点多日光微露，下午两三点，天又阴了。坐在江边的楼上，远眺对岸的山峰，余道南有点心焦，到底什么时候才能成行呢？他想起了杜甫的诗句，"千家山郭静朝晖，日日江楼坐翠微"，只是沅陵满布松杉的青翠山峰在雪后已是银针素叶，一片琉璃世界，"祖国何处没有美丽富饶的河山，回顾我们虽然数千里徒步跋涉，总算还有个求学机会，这样一想，又觉得羁旅颓丧之气全都消除了。"②

雪后的群山让林振述想起的是沦陷的北平：

雪盖沅陵，雪盖伏波宫。天低垂着，天沉重地压着山，压着水。水从奇峰峭壁中拔出，流过迴互的溪涧，流过江，摇撼如叶的帆船……

银壶山上伏波宫，那短墙垣围着的三级楼，上升，上升，"聚观海岳"，迎面打入眼来的对岸万千人家，打入记忆里的，那层层高上的雪瓦，不是古城宫阙？穷千里目，怀念带你上景山，雪枝下，那该是北海圆顶的白塔了。大漠风吹冻一池托船水，那弯弯的船坞呀，留着昨夜游人兴阑的倦姿。上岭来的岭脚，有有罪上锁的树枝。笔直红色宫墙，挥界御河……

就像他说的，"故都在雪里。"③

## 沅陵（下）：这里黄昏实在令人心地柔弱

一个外来人，在那山城中石板作成的一道长街上，会为一个矮小瘦弱，眼睛又不明，听觉又不聪，走路时匆匆忙忙，说话时结结巴巴，那么一个平常人引起好奇心。说不定他那时正在大街头为人排难解纷，说不定他的行为正需要旁人排难解纷！他那样子就古怪，神气也古怪。一切像个乡下人，像个官能为嗜好与毒物所毁坏，心灵又十分平凡的人。可是应当找机会去同他熟一点，谈谈天……你会接触一点很新奇的东西，一种混合古典热诚与近代理性在一个特殊环境特殊生活里培养成的心灵。你自然会"同情"他，可是最好倒是"信托"他。他需要的不是同情，因为他成天在同情他人，为他人设想帮忙尽义务，来不及接受他人的同情。他需要人信托，因为他那种古典的作人的态度，值得信托。

---

① 刘兆吉《南湖诗社始末》，《刘兆吉诗文选》，西南师范大学出版社，2003年4月，p62.
② 余道南日记。
③ 林蒲《湘西行·15》，《大公报》香港版1940年5月15日。

同时他的性情充满了一种天真的爱好,他需要信托,为的是他值得信托。他的视觉同听觉都毁坏了,心和脑可极健全。……他的名字叫做"大先生",或"大大",一个古怪到家的称呼。商人、妓女、屠户、教会中的牧师和医生,都这样称呼他。到沅陵去的人,应当认识认识这位大先生。①

这是沈从文在《湘西》中描绘的一位"大先生"——他的大哥沈芸麓。沈从文不但把他写进了纪实作品,还把他写进了短篇小说《芸庐纪事》②——大先生每天满街走动,沅陵无人不识,但也会突然消失,这时人们便知道,他离开本地,到另一个什么码头忙去了。无非是上行或下行。由沅水往上,回四百里外的老家凤凰县,扫墓看亲戚,参加亲友婚丧典礼,回来必带些土特产,准备请客;由沅水往下,从常德玩到长沙,兴致好一路下到上海,甚至去北平,带回来的东西就更多了,"北平的蜜饯,烟台的苹果,广东的荔枝干,做酒席用的海味作料,牛奶粉,番茄酱,糊墙的法国金彩花纸,沙发上的锦缎垫褥,以及一些图书杂志……一切作为竟似乎完全出于同一动机,即天真烂漫的童心,要接近自己的人为之惊奇,在惊奇中得到一点快乐,大先生也就非常快乐,忘了车舟的劳苦和金钱花费。"③

所有旅行中,大先生最得意的一次,是1932年那次从上海跑到了青岛,见到了自己正在青岛大学教书的那个作家弟弟,看到了青岛漂亮的西式别墅,"回转到家里时,却从一大堆记忆印象中摸淘出一个楼房的印象来。三个月后就自己打样,自己监工,且小部分还是自己动手调灰垒石,在原有小楼房旁边空地上,造成了座半中半西的楼房。"④——这便是"芸庐"的由来了。

在沅陵时,林徽因和梁思成带着再冰和从诫两个孩子去芸庐拜访沈芸麓。芸庐在小山上。"非常雅致有雅趣,"她当天给沈从文写信,"原来你一家子都是敏感的有精致爱好的。"沈芸麓人极热情,"待我们太好,我们真欢喜极了……有半天工夫在那楼上廊子上坐着谈天,而我真感到有无限亲切。沅陵的风景,沅陵的城市,同沅陵的人物,在我们心里是一片很完整的记忆,我愿意再回到沅陵一次,无论什么时候,最好当然是打完仗!"⑤

1938年的沅陵沐浴在战时繁荣之中,"各种各式的商店都有主顾陆续进出,各种货物都堆积如山,从河下帆船运载新来的货物,还不断的在起卸。事事都表示这个地方因受战事刺激,人口向内迁徙,物资流动,需要增加后,货物的吸收和分散,都完全在一种不可形容匆忙中进行……"新任省主席张治中推行的民众训练也伸展到了这里,不单是一般男子要做壮丁训练,"和尚、尼姑、道士以及普通人家的妇女"也要遵照省令,开始集训,连本土的娼妓

---

① 沈从文《沅陵的人》,《湘西》,《沈从文全集·第11卷·散文》,北岳文艺出版社,2002年。
② "把你当个主角,将来必有许多人读来发笑"——沈从文1942年5月致沈芸麓信,《沈从文全集·第18卷·书信1927—1948》,北岳文艺出版社,2002年,p402。
③ 沈从文《芸庐纪事》,《沈从文全集·第10卷·小说》,北岳文艺出版社,2002年,p208。
④ 沈从文《芸庐纪事》。
⑤ 林徽因1937年12月9日致沈从文信,《林徽因书信集》,江西人民出版社,2016年,p38。

也不例外，穿着蓝布衣服整队做救护集训，颇引来一些看热闹的人。"①

在小说中，满街乱转的大先生卷入了一场纷争：北方来的大学生和本地商贩发生了冲突，他去拉架，讽刺青年学生不该打人，"你们学政治，政治学中可有'打人'一科？什么人教？张奚若？钱端升？"学生又气又恼，连他也要打，手里带的一本小书马上就要朝他头上砸去，好在一位军官出现，扣住了那本书，好言相劝，化解了这场冲突。还书给学生时，军官瞅了一眼那书的灰布封面，印着四个银字：湘行散记——当然是沈从文虚构出来的情节，但却也是他1938年1月回到沅陵后真真切切感受到的张力。

南京沦陷后不久，教科书编写工作暂停，1937年12月下旬，沈从文离开武昌，又一次来到长沙。还在武昌时就有熟人相告，中共方面欢迎十个作家去延安，可得写作上一切便利，"我是其中之一，此外有巴金、茅盾、曹禺、老舍、萧乾等等。所以12月过长沙时，一个大雪天，就和曹禺等特意过当时八路军特派员办事处，拜访徐特立老先生，问问情形。徐老先生明白告我们，'能去的当然欢迎，若有固定工作或别的原因去不了的，就留下做点后方团结工作，也很重要……'"②

"风向什么方向吹？实需要一种抉择。"1949年3月，面对即将到来的新社会，沈从文这样回顾当初的选择："当时本有两条路可走，西南或西北。出于过去生命所积蓄，所积聚，形成的愿望和能力，能向西北农村走，对我自然是一个大转机。因为多少年以来，即有一种看法，他人出国留学，我倒想看看东北和西北土地人事，从寥廓、朴素、简单、荒寒、陌生背景中，可以体验出更多不同的变化和生长。手中一支笔，也正好为一些新的课题而重用。西南都市我比较熟习，实在学不了什么。上海南京武汉都住过，早已感觉厌倦。且深深明白都市人事不易适应，为改造自己也唯有向陌生处一方走。但在习惯上和家中人生活关系上，我终于随同北方师友，向西南跑了。"③

和沈从文一起去沅陵，并同住芸庐的还有萧乾等人。"沈云六（麓）大哥的家宅是座落半山的一幢杏黄色小楼。"这是萧乾的回忆，"我们这位主人非常近视，又十分风趣。战争年月，一下子接待十口子逃难者，那份慷慨豪爽实在令人难忘。"萧乾在沅陵也吃了狗肉，这还间接导致他生平唯一一次醉酒，"那也是我第一遭吃狗肉。几杯之后，我同桌上的一位青年辩论起来。一个说吃的是狗肉，另一个说是'犬'肉。辩得十分认真，以至双方都面红耳赤。"④

离乡十多年，再次回到湘西长住，此时的沈从文"已近于一个受欢迎的远客"，所以，"说话多些也无什么忌讳"，又赶上沅陵行署成立，负责人正是他的老上司陈渠珍，"我哥哥因此把这些同乡文武大老，都请到家中，让我谈谈从南京、武昌和长

---

① 沈从文《芸庐纪事》。
② 沈从文《湘行散记》序，《沈从文全集·第16卷·文论》，北岳文艺出版社，2002年，p387。
③ 沈从文《关于西南漆器及其他》，《沈从文全集·第27卷·集外文存》，北岳文艺出版社，2002年，p28。
④ 萧乾《逃难记》，《萧乾文集·5·散文卷》，浙江文艺出版社，1998年。

沙听来的种种。谈了约两小时，结论就是："家乡人责任重大艰巨，务必要识大体，顾大局，尽全力支持这个有关国家存亡的战事，内部绝对不宜再乱。还得尽可能想方设法使得这个大后方及早安定下来，把外来公私机关、工厂和流离失所的难民，分别安排到各县合适地方去。所有较好较大建筑，如成千上万庙宇和祠堂，都应当为他们开放，借此才可望把外来人心目中的'匪区'印象除去。还能团结所有湘西十三县的社会贤达和知识分子，共同努力把地方搞好……"①

这是有着本地人与外地人双重身份的沈从文思考的大问题，在"长沙临时大学、中央军校向川滇迁移过境……政治学校、商学院、艺专、湖南大学，以及三十余公私中学，及无数国家机关单位陆续向上疏散"的时刻，如何处理"情绪隔离状态发生的问题"，如何让"家乡人的自尊自信，和外来者的理解同情，能作成一种新的调和或混合"②。这也是一个在路上再造故乡的问题，1938年新年到来之际，上海、南京、杭州、广州等大城市已纷纷沦陷，中国丢掉了华东和华南的大片国土，1月刊的《旅行杂志》发起了一次"我的故乡"的征文，一位祖籍蓝田、出生于长安的作者宣布"我没有故乡"，在一片感时伤怀的氛围中显得颇为不同："战争能改变地界，也能改变血族。战争把原有的秩序打破了，让人们之间产生一种新的联系。人不要抱着死守故乡的观念，人能充实自己，即使离开故乡也能保住故乡，人没有进步，即使死守着故乡，故乡也保不住了！我希望故乡的人去游览他乡，我希望他乡的人来把故乡欣赏。"③

3月10日，天气很冷，沅陵街头很多从乡村背木炭来卖的男女。杨式德和清华化学系大三同学张一中、北大中文系大二同学王鸿图到临江的小楼上吃酒，要了冬酒半丘鸡子，二角，一个春笋炒香干，一角，慢慢地喝着。杨式德在当天日记中写道：

"从前读郁达夫的书，见他们常常在酒楼上吃酒，总以为是无聊的事，不期我们今日也正在作着这种事情呵！"

我向他们笑了。

"这样的大雪，也只有吃酒了。"鸿图说。

晚饭后，在房里坐着，鸿图带了一个黄色大柚子来，口味很甜。唐云寿同学是湖南人，他说这是洪江柚子，此地卖一角五分钱，城里卖一角二分，口味是甜的，那种酸味的一个不过两分钱。

一边吃，一边谈，谈到哲学问题，他两个对哲学都有兴趣。我是门外汉，不过大家有同感就是：中华民族现在缺乏一种灵魂soul，一种生气vitality，这需要一种伟大的哲学把他建立起来的，好像马克思他们的哲学对于苏联一样，建立这样的哲学是当今中国哲学家最有意义的任务。④

---

① 沈从文《〈湘行散记〉序》，《沈从文全集·第16卷·文论》，北岳文艺出版社，2002年，p392。
② 沈从文《〈湖南的西北角〉序》，《沈从文全集·第16卷·文论》，北岳文艺出版社，p355。
③ 阎重楼《我没有故乡》，《旅行杂志》1938年1月刊。
④ 杨式德日记。

沅陵大雪，舟渡。时清华大学土木系学生杨式德所藏照片，由其子杨嘉实提供。

湘黔滇旅行团成员在吃饭，杨式德所藏照片，由其子杨嘉实提供。

这是杨式德日记中我印象最深的场景之一。和许多人一样,杨式德从长沙出发起就每天记日记,不同之处在于,这本日记得以保存至今。那是一个硬皮横格本,六寸宽七八寸长,深紫色,封面和封底都没有字,在1976年1月杨式德去世后,他的许多本日记、从美国带回来的英文书、后来添置的俄文书,以及他保留下来的联大校徽、学生证和同学们互赠的小照片等等,一起沉睡在他的书柜里。他从未对子女们说过湘黔滇旅行团,他的儿子杨嘉实只记得父亲隐约提过年轻时走过很长的路,提起西南联大的次数也屈指可数,多半是说起某个故人时。"第一次听到西南联大时很奇怪,哟,我爸怎么还在这么一个学校待过?这是一个什么学校?"

父亲去世不到一年后,"文革"结束,下乡的知识青年杨嘉实得以回到北京,并于1977年考上了清华大学力学系,他是在翻找父亲留下的参考书时发现这本日记的,"有个手写的标题,湘黔滇旅行日记,我看了几页,当时也没人当回事"。1986年他中断在清华的博士学业,选择出国,再回来已经是1998年,这一年西南联大校友会举行六十周年校庆,向海内外校友征集资料,杨嘉实在美国给姐姐打电话,说有这本日记,让她去找找,"找不找得到我都没把握,但是很幸运都还在。"

后来杨嘉实把这本日记的原件捐给了清华大学,又把父亲的其他日记带到了美国。湘黔滇旅行日记他读过很多次,读到父亲与同学在沅陵下雪天吃酒时非常惊讶,"因为他一生是烟酒不沾的,非常自律,没想到他年轻时还喝酒。"但主要的感慨还是,父亲比自己同龄时成熟多了,"一个是战乱,比较早熟,再一个,以前受到的教育也比较系统。像我们十岁以后基本上就是'无产阶级文化大革命'了,什么东西都没读过没学过,传统文化这一块有很大欠缺,你看北大校长读错字,就是和我同一辈的人,很正常,有很多盲区。"

湘黔滇旅行团的许多人都试图在路上理解中国。刘兆吉沿途采集到的一些民谣令他感到不适,比如这首,"斯文滔滔讨人厌,庄稼粗汉爱死人。郎是庄稼老粗汉,不是白脸假斯文。"又比如这首,"要想老婆快杀敌,东京姑娘更美丽;装扮起来如仙女,人人看见心喜悦。同胞快穿武装衣,各执刀枪杀前锋。努力杀到东京去,抢个回来做夫人。"他对指导老师闻一多说,原始啊野蛮啊,结果被闻一多批评一通,说他还是孔夫子那一套。刘兆吉不服气,当天行军结束后,看见几个同学喝茶,就凑过去抱怨:今天真是触了霉头了,被闻胡子给臭骂一顿。那几个同学没人接话,他奇怪了,往黑漆漆的屋里面定睛一看,发现闻一多端端正正地坐在里面,把他给吓坏了,赶紧道歉,说自己说错话了。闻一多回他:你刚刚说错了什么?我没听见啊,你再说一遍啊?

这个故事刘兆吉后来当笑话给儿子刘重德讲过好多次。笑归笑,他也提起,后来在自己所作《西南采风录》的序言里,闻一多对他的不服气给了正式的回应:"你说这是原始,是野蛮。对了,如今我们需要的正是它。我们文明得太久了,如今人家逼得我们没有路走,我们该拿出人性中最后最神圣的一张牌来,让我们那在人性的幽暗角落里蛰伏了数千年的兽性跳出来反噬他一口。"①

在"尚武"这一点上,沈从文和闻一多两位老友多少有点殊途同归。"一些由行武出身的军人,常识且异常丰富个人的浪漫情绪与历史的宗教情绪结合为一,便成游侠者精神,领导得人,就可成为卫国守土的模范军人。"这是沈从文在《湘西》里的说法。"对军事冒险他则抱有一种比较肯定的态度。"《沈从文传》的作者金介甫解读说,"也许现实中的湘西城镇亦是如此。人们在边远地区平定暴乱,在荒山野岭开荒务农中建起了自己的生活。因此,在古堡垒废墟中的当地苗疆本身,具有一种太平的,甚至田园牧歌式的气质。尚武主义在边镇环境中有其自己的目标……这就是沈从文视野中的怀旧情绪。这种情绪在1938年变得尤为强烈。'世外桃源'甚至可以在尚武主义中找到。"② 而在现实生活中,沈从文把这种怀旧的希望投射在自己三弟沈荃身上。

沈荃毕业于黄埔军校,曾参加北伐战争,在朱德的第三军教导团当排长。抗战爆发后任128师382旅746团团长,1937年11月率部投入浙江嘉善阻击战,与杭州湾登陆的日军血战七昼夜,128师全是湘西子弟,全师牺牲超过四分之三,746团一千五百名官兵更只剩一百二十余人,沈荃负伤,回家乡休养③。

林徽因梁思成拜访沈芸麓时,沈荃已回到沅陵,就住在芸庐,他的伤已愈合,可以挂拐杖走路了,后来住进芸庐的萧乾也见过沈荃,形容他是位"英俊潇洒、谈吐文雅的军人"④。沈从文以三弟为原型创作了短篇小说《动静》。

芸庐主人走后,芸庐成了沅陵一中的教师宿舍,1990年代,因为修建一中宿舍楼,芸庐被拆掉了——当年也不是没有过争议,有人为此四处奔走,甚至一位县长也力主保存,但最终还是拆掉了。2015年,有记者找到一位1980年代在里面住过四年的语文老师赵儒贵,赵儒贵回忆,芸庐被拆前是一栋二层十二间的米黄色小洋楼,四周砌着围墙,南面是院门,门上满身大圆钉,配有一双铁环。门外有块一丈见方的平台,边缘修有供人小憩的石凳,站在石凳上可以眺望沅江里的帆船。⑤

八十年前,沈从文曾经坐在这里给还在北平的张兆和写信,那是1938年4月3日,送走湘黔滇旅行团的老友将近一个月了,远处沅江春水微浊,大小木筏乘流而下。收音机里传来肖邦的曲子。

家中紫荆已开花。铁脚海棠已开花。笋子蕨菜全都上市,蒜苗也上市,河鱼上浮,渔船开始活动,吃鱼极便利。

院前老树吐芽,嫩绿而细碎。常有不知名雀鸟,成群结队来树上跳跳闹闹。雀鸟声音颜色都很美丽。小园角芭蕉树叶如一面新展开的旗子,明绿照眼。虽细雨连日,橘树中画眉鸟犹整日歌唱不休。杨柳

---

① 刘兆吉《西南采风录·闻一多序》,商务印书馆,1946年12月。
② [美]金介甫《沈从文笔下的中国社会与文化》,华东师范大学出版社,1994年7月。
③ 凌宇《摘星人·沈从文传》,湖南文艺出版社,2018年5月,p356。关于128师湘西子弟的描写,亦可参见沈从文《一个传奇的本事》,《沈从文全集·第12卷·散文》,北岳文艺出版社,2002年,p227。
④ 萧乾《逃难记》,《萧乾文集·5·散文卷》,浙江文艺出版社,1998年。
⑤《在风景优美的地方相遇沈从文大哥,倍感亲切》,《潇湘晨报》2015年7月4日。

叶已如人眉毛。全个调子够得上"清疏"两字。人不到南方,对于这两个字的意义不易明白。家中房子是土黄色,屋瓦是黑色,栏杆新近油漆成朱红色,在廊下望去,美秀少见。耳中只闻许多鸟雀声音,令人感动异常。黄鸟声尤其动人。①

我在沅陵的第二天,早晨起了很浓的白雾,这雾驻在沅水河谷里,不入市区半步,把对岸送去了另一个世界。雾散去,已近9点,我步行经过沅水大桥,江水绿中带黄,质地浓郁,像是加了过多奶沫的咖啡,水流得也极缓,完全没法想象当年旅行团坐在小划子里,顶着两米高风浪飘摇过江的情形。桥那头是沅水南岸的凤凰山,沈从文在为外地人所写的《湘西》里说,虽然赶尸啊、辰州府啊之类的传说不可靠,但在好奇心失望后,可从自然风物的秀美上得到补偿。从沅水南岸看北岸县城,"房屋接瓦连椽,较高处露出雉堞,沿山围绕,丛树点缀其间,风光入眼,实不俗气",而由北岸望南岸,"河边小山间、竹园、树木、庙宇、高塔、民居,仿佛各个都位置在最适当处。山后较远处群峰罗列,如屏如障,烟云变幻,颜色积翠堆蓝"。②

南岸仿佛变化不大,凤凰山郁郁葱葱,庙宇飞檐犹在,只是山顶多了一些电线塔。沿"少帅石板路"而上——1938年10月起,张学良在此度过了幽禁的十四个月——我又看到一些插着竹子的坟头,询问一位大叔,他说这是本地几百年的传统了,寓意后代兴旺发达。站在山腰上看北岸的沅陵县城,和沈从文当年的描述没有一点关系了:山头消失了,接瓦连椽的不俗气的房屋也没有了,只是一大片半新不老的难看建筑,大叔告诉我,1990年代中期下游的五强溪水电站开始蓄水后,沅陵老城就整个被淹了(我想起刚刚在城里看到一家"移民餐馆"),现在看到的新县城,是把以前的山头都削平建设起来的。他说以前的沅水只有现在的一半宽,水相当清,"站在上面可以见底",也相当急,"要不是修这个水库,从这上面一直到五强溪,好多险滩,相当危险的"。

1938年下半年,湘黔滇旅行团离开沅陵仅仅数月,武汉战事吃紧,大批人财物从汉口、长沙经洞庭湖往沅陵疏散,《扫荡报》记者程晓华回到岳阳老家,带上一家老小雇船先撤往洞庭湖西岸,又沿沅江前往常德,在常德,他们找不到继续上行的船只——从常德(尤其是桃源)至沅陵的江段满布险滩,只适合在湖区和内河航行的"下河船"必须在常德换成"上河船",但疏散的人太多了,从常德到沅陵的船都是满载,常沅公路也是军运忙碌,轮不到他们。找船几天一无所获后,他们只能出高价求船老大冒险继续上行,船老大因为自己的家人也急于上行避难,最后勉强答应,条件是一旦遇到危险就放弃。等他们逆流而上出发后,才发现沅水上一片白帆,不少长沙甚至汉口来的下河船都在冒险往上走——平日里,连这种想法都不应该有的。③

---

① 致张兆和,《沈从文全集·第18卷·书信1927—1948》,北岳文艺出版社,2002年,p300。
② 沈从文《沅陵的人》,《湘西》,《沈从文全集·第11卷·散文》,北岳文艺出版社,2002年,p348。
③ 程晓华《常沅十八滩》,国防书店,1941年11月。

接近山顶，对着不但没有险滩、且几乎静止的沅江，我稍微表达了两句站着说话不腰疼的遗憾，大叔不置可否，只是说，沅陵是国家级贫困县，"交通不行，没有通火车嘛，就是一条高速。"是啊，几百年来沅陵都是湖南交通重镇，可驿运和水运的时代过去了，甚至国道的时代也过去了。

山顶是凤凰寺，当年张学良就住在寺内送子殿，如今这里被辟为少帅纪念馆，一张幽禁行程图画出了张学良在"西安事变"后的"旅行"：西安-南京-浙江奉化-安徽黄山-江西萍乡-湖南郴州-湖南沅陵-贵州修文-贵阳-贵州开阳-贵州桐梓-重庆-台湾新竹。到沅陵后，当时的县长为张学良建了一座天桥，从卧室可以直通望江楼，方便他观看龙舟。除了龙舟与风景，当时集结于沅陵码头，准备顺流而下往前线抗日的船只想必也历历在目吧。不过，张学良到沅陵时，武汉行将沦陷，他看到更多的应该是从下游疏散上来的大批民众。这其中应该就有程晓华一家。离开岳阳一个月多以后，他们终于在一个傍晚抵达了沅陵。船是到了沅陵，但用船老大的话说，"人去一层皮，船去一层皮"。这条下河船，船头被石矶碰裂开了缝，船底有四五个冒水处，竹篙撑断了四五根，布帆被扯得七零八落，人呢，凡是曾经撑篙或下水参与拉纤的人，没有一个不是一身伤痕。①

张学良到沅陵次月，湖南省政府也迁来了沅陵，随之而来还有湖南广播电台、《抗战日报》和雅礼中学等大批学校，雅礼中学初中部有一位学生叫厉以宁，他在沅陵前后工作生活了七年，直到1951年夏天坐船去长沙参加高考，被北京大学经济系录取②。整个抗战期间，沅陵是内迁的重要中转站，也是湖南的"大后方"。1942年到1945年间，穆旦的堂弟查良镛也曾两次在附近一个农场生活。第一次是为准备联考，他考上了西南联大，因为没有路费学费，只能放弃，上了免学费的中央政治学校；第二次是他从中央政治学校退学后，回到湘西的农场里种油桐、读书、翻译，谋划着战争结束后自己的前途。这里的汉人苗人无一不会唱歌，冬天的夜里，他与他们围着从地里挖出来的大树根烤火，一面从火堆里捡起烤熟的红薯吃，一面听他们你歌我和地唱着，再用铅笔一首首记录下来。湘西给他的印象如此之深，以至于在他后来创作的武侠小说里，无数次出现与湘西有关的地名或者情节，《射雕英雄传》里一灯大师、瑛姑隐居的地方在湘西，郭靖、黄蓉"过常德、经桃源、下沅陵"，一路寻找的铁掌山也在湘西，而《连城诀》里的狄云干脆就是沅陵南郊的麻溪铺乡下人。他说，"我的小说中……最好的男主角是很忠厚、老实、朴素，受了委屈也不怪人家，武功不是很好，对人很体贴的狄云。"③

县政府大院位于一个面向沅江的斜坡上，往下有一片因为地势原因没有被淹，也没有被拆的老房子，空气中漂浮着农家肥的气味，一条四脚蛇机警地溜进了小径

---

① 程晓华《常沅十八滩》。
② 厉以宁代序《我的湘西情》，何重义《湘西风景之旅》，新世界出版社，2004年8月。
③ 傅国涌《金庸传》，北京十月文艺出版社，2003年7月。

旁边的菜地。我辗转许久，终于在最下头几乎临近江边的地方找到了《抗战日报》的旧址——1938年11月该报由长沙迁来沅陵，廖沫沙和周立波分任正副总编辑，携家庭住在左右厢房，同时还在屋前又租了一栋房子开设"新路"有声影院，门票收入作为报社积累费用①。在《抗战日报》实习的南开电机工程系大二学生黄仁宇没有来沅陵，他留在长沙，后考入成都的中央陆军军官学校，即黄埔军校第十六期，并在战后去了美国，"不论我父亲是否喜欢，我必须接收下列事实：世界已经进入一个新时代，选择的自由比血缘关系更为重要。"②

《抗战日报》旧址房主是一位七十七岁的老太太，我进屋时她正在屋后的菜地里摘萝卜苗，他们一家是水库移民，1990年代买下这栋房子，当时花了万把块钱。前几年翻修房子，把糊在正屋墙壁上面的老报纸一层层剥下来，没想到是当年的《抗战日报》，引发一时轰动，还上了新闻，但房屋也由此成了文物，不能加盖楼层——老太太说到这里一肚子怨气，她有三个儿子一个女儿，一层楼早就住不下啦。

离老太太家不远的就是始建于唐贞观年间的龙兴讲寺——当年林徽因、梁思成研究古建筑想要拜访的大庙。梁林没有留下他们参观的记录，而旅行团的学生前来拜访时，有老和尚洗手焚香，从积尘的经阁上取下"千佛袈裟"，告诉他们："年代古老了，灵异咧！是唐朝李太后亲手绣的。"③ 八十年过去了，那块董其昌题写的"眼前佛国"还在，只是佛国已无佛像，听工作人员讲——她也是听老人说的——"文革"初期"破四旧"，铜制佛像被拿去炼了钢铁，陶制佛像由于里头有信众供奉的茶叶，传说可以治病，被红卫兵打破哄抢。又说龙兴讲寺整体建筑得以保存，是多亏当年被一个纺织厂看中，拿它做了厂房。说者听者皆唏嘘一番：抗战时期沅陵并未沦陷，而日军虽然多次空袭，也没有伤及这座古庙，倒是最终毁在时代手里。

从龙兴讲寺出来，沿江边公路往市中心方向走，右手边水面以下是从前的老街，现在是绵延颇长的"五强溪国家湿地公园"，这是沅水变成库区后形成的，有时候你不能不佩服大自然适应人类的能力。接近龙舟广场时我看到了白墙青瓦的两栋老屋，路边石碑介绍说是四十七军军部旧址，"1950年1月，中国人民解放军第四十七军奉命挺进湘西剿匪，军部设于旧址内"。一位老人在屋前劈柴，准备烧火煮饭，他是这两栋老屋的看护人，就住在二楼，"楼上舒服，楼下不舒服"，水位上涨后，原本位于山腰高处的老屋一下子到了河边的低处，"四道八处的水都往这儿流，湿气太重！"

老人听长辈说过沅陵城当年的繁华，"城门也有，城墙也有，还很雄伟，因为中央四大银行都到我们沅陵县，还有全国的逃难同胞都到我们这里，因为走不出去（不好疏散）把我们的城墙都拆掉了。"

---

① 周举仁《在沅陵复刊的抗战日报》，《沅陵文史·第3辑》，1988年10月。
②《黄河青山：黄仁宇回忆录》，生活·读书·新知三联书店，2001年6月，p61。
③ 林蒲《湘西行16》，《大公报》香港版1940年5月16日。

## 沅陵—芷江—晃县：
## 啊！我看到中国画了

雪困沅陵整整一周后，旅行团才等到押运行李走水路的小分队①，小分队同伴说，快到沅陵时，遇到几个挑行李的船夫，说是前面十余里有土匪，抢了他们的船，叫他们各拿各的行李走路。学生们命令小分队的船夫赶紧往回开，找一条交叉的支流躲避，谁知船夫认为"盗亦有道"——大约是觉得土匪不会抢这群"丘九"的东西——坚持要往前继续赶路，自己也好多做些生意。最后学生们允诺加倍给付船钱，才开到一处岔口隐避起来，一躲就是三天，既无消息，又缺粮食，最后只得冒险前进，好在那股土匪已经转向桃源山中去了。②

可能是希望追回因雪耽搁的日程，也可能是担心沿途遇匪想快速通过，团部决定由沅陵乘汽车前往湘黔交界的晃县。经过与地方公路局的磋商，沅陵车站拨给旅行团八辆卡车，条件是提前付款③。从3月12日起，旅行团分批次乘车开拔。

因为烤火过多，林振述在沅陵生了病，喉咙肿痛，浑身无力，一位自称"敌病将军天下刘半仙"的本地郎中，一边攻击西医，一边给他开了几粒"祖传"药丸，他没敢吃。第二天早早出发，他想着在车上吹吹雪风没准会好一点，没想到人多车少，"二三十个人货包似的塞满每个向天开敞的车厢的空间，你伸手要撞到别人的嘴巴，别人翘脚碰到你的肚子"，雪天路滑，卡车每上一个小坡都要喘粗气、冒黑烟，快到中途的辰溪县时他看到路上不少拿着枪的行人，模样像是打猎的，有人说了句，"这一带地面不大干净"，又引起他还在疼痛的大脑关于土匪的联想。④

比湘黔滇旅行团晚走大半年的国立艺专，就是从沅陵乘车前往晃县途中遇匪的。"车由高山直驰而下，道旁见荷短枪者二人，向我们的车子望望，他们相互的笑着，大家都不以为意，"一位学生记载当时的情形，"车忽转弯过了一桥，见路旁一小河，有百数十余人在喧嚷争吵，欢笑鼓舞。李（朴园）先生还说：'你们看这里许多人多热闹！'语尚未了，听见枪声数起，勒令停车。瞬间大家都把头埋向车厢内，连呼吸都不敢大声……我偷偷向车前河边窥看，见匪数十持枪渡河而来；约十分钟后，车前来了三匪，皆短小装束，黑布缠头，腰缠子弹袋，双手持枪，向我们车前冲来，扬言问道：'有枪没有？'……"确认师生无人带枪后，土匪命他们全部下车，"我手上的皮手套，同口袋中所有的钱，于糊糊涂涂中，都没有了。如此被洗劫了三次。最后一个土匪又来向我要钱，我说，'都被抢光了，不信你搜吧！'他摸摸我的口袋里

---

① 杨式德日记。
② 长诚《抗战中的西南（十）》，《大公报》汉口版1938年5月1日。
③ 长诚《抗战中的西南（十一）》，《大公报》汉口版1938年5月14日。
④ 林蒲《湘西行24、29》，《大公报》香港版1940年5月25日、6月1日。

没有，很不好意思的说：'把你棉袍脱下吧！'……"

土匪把车队洗劫一空后，气喘吁吁的正规军才赶到，所幸没有学生受伤，也没有女生被土匪劫走，"在地上，我发现一张玫白色包箱子的麻箱套，已经被撕破了，因为太冷，就披在身上，也觉得暖了不少……车子轻了许多，所以驶得有点儿快……也没有再嬉笑了……就这样一直开到晃县。坐在旅馆里，李先生还说：'怎么不倒霉呢？十三号动的身，车上又坐的十三个人。'"①

戚长诚恰好也是13号出发，一早天气阴得可怕，开车前又下起雪来，车行山中，雪更大了，"愈往前进，雪飞愈狂，大自然已经成了白银世界，车箱里同伴们——临大同学的谈话，也与雪花一般的纯洁。他们谈论着国事……有时谈到几个官吏的贪污，也会燃起他们胸中的怒焰。"这位早几年毕业的清华师兄，感慨于这群热血学子还未曾切身领会到社会的黑暗，又喜欢他们未经世故的纯洁与热诚，"希望这驱退敌人以后，也把社会上一切的黑暗扫荡无余，使他们不要再染上旧社会的恶影……"

突发的震动中断了大家的谈话，幸好车厢太挤，没人磕伤，车停了，众人爬下车，发现一只后轮出了故障，而看着汽车倾倒的方向，离路边的深渊不过三寸，"可怕极了，大家无异从死里逃回来。"出事的地方叫火烧刽，离辰溪县尚有二十多里。故障无法修理，同车20多人，在雪地里等了三四个钟头，不见援兵，爬到山巅瞭望，只有起伏的白色荒山，不得已，只好带上随身行李，步行向辰溪前进。②

旅行团不止一辆汽车出了毛病，助教王钟山所乘的汽车在行驶中电线走火，幸而司机当即用榔头打断电线，否则火烧到油箱，后果不堪设想③。林振述所乘的卡车运气稍好，坏在离辰溪县城较近的地方，步行几公里就进了城，还来得及由分队的辛大哥陪着，到处找大夫看病。大夫没找到，无意中发现中央医院第二派出队医务处，喜出望外，挂号排队。轮到他，交上履历表，和那位白大褂双目相对，才发现是他在福建读中学时的老同学。两人几乎是同时叫出对方名字。林振述觉得难以置信——中学有三四十个同学，学医的只有这一个"瘦猴"戴云程，要什么样的奇迹，才能让他们在大迁徙的战乱年代，在湘西一个偏僻的小县城撞上呢？

开完药，等老同学下班，相约一起吃晚饭，在一家小店叫了三碗宽面，老戴吩咐老板，一碗不放辣椒，说辣椒对老林喉咙不好，话音刚落，店老板搁下叉面过水的铁叉子，大声说："长官，我们没得面卖，别家请去！"

"怎样？那边不是面！"辛大哥指着面锅说。

"面倒有咧，不放辣椒的面，我们不卖撒！"老板气愤地转向大街，又喃喃自语，"有不放辣椒的面食！"

---

① 黄守堡《迁校途中：遇匪追记》，《大公报》香港版1939年11月14日、11月16日。
② 长诚《抗战中的西南（十一）》，《大公报》汉口版1938年5月14日。
③ 王钟山《我对长沙临时大学湘黔滇步行团的回忆》，《西南大学记忆》2011年第4期。

全街只有这一家饭店，三人忍住笑，说了一番好话，一连吃了几碗湖南人引以为豪的辣椒面。饭后，老戴带着他们上了城东一个小阁子，这里平日做风水，现已改成了"民众博物馆"，放了一些商务印书馆的动植物标本和挂图。已过办公时间，因为医生是中央派来的，三人被客气地迎了上去。就在这可以俯瞰沅水的阁楼上，小城的灯火渐次亮了，三人谈起眼前的景物与将来的打算。

"我的将来？"老戴半笑地说，"我是整天和呼天喊地的病人在一起的，没有选择的余裕了。"前些日子，他和卫生派出队去乾城、凤凰等湘西苗区给人义诊，"苗人都跑光了，跑入山去了，不相信我们。后来找到保甲长，找他们回来，替他们打预防针，都被拒绝的。我们不要钱替接生，当地的巫婆就散布谣言，说我们乘机放蛊下毒，约定日子取人命……"但是他不悲观，觉得等卫生派出制度全面推行开来，会让老百姓对他们有信心的。

他是从首都南京撤下来的，几个月前淞沪会战时，他们在南京天天忙不过来，"火车载来一车一车伤兵，我们一个医生，管了好几百个，这边开刀施手术，那边换药，人手少，真没办法！"他停一停，想起什么似的，"……在南京，一天一辆大汽车载来二十几位伤兵，中间一个翻开来，你说怎样啦？鼻子没有、嘴唇没有、牙齿没有，整个脸部只剩下一个耳朵、一个眼睛，我想是死了，奇怪，还会呼吸，眼睛坚决地瞪着你！我们给他涂了三天药，还没有断气，后来送走了，就不知道下落了！……"一直谈到深夜，老同学才分手，各自上路，再相见不知何时了。[1]

依葫芦画瓢，我也打算乘车经芷江去晃县——现在叫新晃，意外的是，虽然同属一市，但沅陵到这两个地方都没有直达车，只能先去怀化转车。南行不久，就告别了杭瑞高速——再见面要等到云南了——转223省道，高山在苍翠中露出嶙峋的石骨，过辰溪县时又一次跨越沅水，并沿着它的支流麻阳河行驶了一段。

在怀化车站叫到一辆去芷江的顺风车，沿320国道折向西南，公路左侧有一青碧河流相伴，这便是沅水上游最主要的支流舞水了，旧时船只可以由汉口、常德上溯至贵州镇远、施秉甚至黄平旧州，端赖此河。这一路不少民居的门楣上都有黄色图腾，不知为何物。接近芷江的路段，停着很多小车，把整条国道的速度都降了下来，路边一家破破烂烂的小店，名曰"亲妈饭店"，没驶多远，又一家"大亲妈饭店"，"鸭子打包"的招牌显眼，往前开，再一家"亲妈饭店"。真是个不见外的城市。

到芷江已是下午6点多，空气湿漉漉的，路上很安静，客栈对面就是舞水，一排樟树开着细碎的小花，房间里都能闻到香气。"沅有芷兮澧有兰"，到了芷江好像就该闻到香气才对。趁天色还没暗下来去看横跨舞水的龙津桥。这座始建于明万历十九年（1591年）的风雨桥从诞生起就是湘黔古道上的要塞，京滇公路也从桥上经过，抗战时为方便卡车通行，还拆除了桥上的木制楼阁。当年日军多次轰炸该桥，十六座青石桥墩一直屹立不倒，本地人传

---

[1] 林蒲《湘西行26、27、28》，《大公报》香港版1940年5月29日、5月30日、5月31日。

说,是桥下有一对犀牛护佑。①

如今桥面重建了楼阁,确切的说是七座层层叠叠侗家风格的凉亭,亭廊相接,风雨无忧。只是桥下的舞水因下游水坝阻隔,已异常温顺安宁,不再会有当年春洪爆发后,"浪翻波滚,至龙津浪起桥跌,浪落桥升,从河心远望,如龙蜒水上"②的景致。桥上有观景台,店铺行人热闹,倒有几分清代县志形容的"瓦屋鳞次,填闠列闠,百物杂陈,往来云集"的感觉,一家小吃铺子的招牌是"吃传统发糕,旧社会味道",一时语境错乱。从龙津桥过河,再从芷江三桥回到东岸,天渐渐黑了,龙津桥亮起一道道金光,把静止的江面涂上一层油彩。沿亲水步道散步,这里有其他城市少见的供市民涂写的白色留言板,而且是长长的一排。我在这里第一次知道了蔡徐坤——几乎每一块留言板都会出现这个名字,频次甚至压倒了TFboys,那会儿选秀节目《偶像练习生》刚结束不久,出生于怀化的蔡徐坤C位出道——早在2018年4月,湘西一座县城的留言板就预言了接下来一年多中国娱乐圈的最大流量。

到了芷江不能不吃据说是加入本地芷草调味爆炒出来的芷江鸭,上大众点评搜索了当地排名第一的店,端上来全是鸭脖子鸭屁股鸭架子,几乎无肉可吃,倒再一次证明了,在流量的年代,"大众"未必靠谱。第二天,我才从本地人口中得知,最地道的芷江鸭在"亲妈饭店",就是我之前看到的引发国道拥堵的那家小破店,其他都是山寨。"亲妈"确乎只有一个。

旅行团大部分成员只是过境芷江,未在此停留,杨式德所在的小分队除外。头一天中午,他们的车坏在辰溪,就地投宿。第二天上午,车开出二十公里,两个轮胎漏气,只好下车步行,一直走到下午,才上了修好胎的车,当晚只能宿在芷江。接近芷江时,杨式德看到了新修的机场,还看到了里头的飞机③。这是县城东门外一公里处一块相对平整的土地,杨式德经过时,从湘西十一县征集来的一万九千名民工正用人力推着三四十吨重的石碾子去平整五十四万多平米的土地,在此之前,他们需要挖走近七十八万立方米的土石方,而为了开挖土石方,光需要迁走的坟墓数量就有两万四千座。④

最终芷江机场成为盟军在远东的第二大军用机场,援华的苏联空军和美国空军先后到来,大批军事机构也迁到芷江,驻芷江美军地空勤人员最多时达到六千人,机场附近七里桥一带鱼鳞板似的黑色营房、仓库、商店连成一片,车水马龙,被当地民众称为"美国街",而芷江人口也由战前不足三万,骤增至十余万人,"披上了小型都市的外衣"。⑤ 因为人口太多,且集中在舞水东岸,每有空袭警报,大批民众通过龙津桥往西岸的山坡树林中疏散时,常常造成拥堵,于是县政府在龙津桥上下游修

---

① 蒋国经、蔡新萍《神奇的芷江侗乡龙津风雨桥》,《档案时空》2013年第1期。
② 蒋国经、蔡新萍《神奇的芷江侗乡龙津风雨桥》。
③ 杨式德日记。
④ 《历史·芷江·芷江保卫战》,中国民族摄影艺术出版社,2010年8月。
⑤ 易卜,《闲话芷江》,1938年12月24日《芷江民报》,转引自《历史·芷江·芷江保卫战》。

了两座浮桥，方便避难者过河①。

如今西岸正在规划芷西新区，但芷江时间比之前经过的益阳时间又稍微滞后一些，我在江西街散步时，还能看到一些没被拆掉或者保护起来的黑瓦木结构老屋，还有类似石库门一样的建筑，包括修复一新的天后宫。一个坐在二层老屋门口的老太太告诉我，她家的房子有两百多年历史了，以前是三层，下游水坝抬高了舞水水位，沿河路面随之砌高，原来的一层就到了地下，没了。往前走几步，某个漆成红色的门洞外有一块牌子，告诉你这曾经是民国军粮第二十四转运站、中国航空公司无线电台、民国陆军第73军第15师、民国陆军第86军121师、民国陆军第37师的旧址——对芷江来说这并不稀奇，抗战八年，驻扎过芷江的军事机构有二百二十个。②

雨停了，我从飞虎队纪念馆回到芷江县城，在大十字下车，八十年前街道大格局仍在，东南西北四街名字仍旧，街道两边原本没剩下什么老建筑，现在又用侗家风格的青色瓷砖重新铺就，还有统一的飞檐。正好在手机上读一篇"波将金村庄"（Potemkin Village）的推送——一位奥地利摄影师花了三年时间去全球拍摄那些人造虚假建筑，比如位于上海的欧洲风情小镇、位于美国的模拟中东城市状况的军事训练基地——身处一大堆簇新的侗家建筑之中，你会想，如果说过去是另一个国度，那怀想过去，到底寻找自己还是模拟他者呢？

但"过去"飞檐之下的招牌还是非常"当下"的：一家卫浴小店名曰"本科专卖店"，一家美食广场门前空地写着：停车挡路，直接放气，一家连锁蛋糕店叫"功夫糕手"，结果我在这里吃到了非常香甜可口的面包。在芷江汽车站，开往新晃的中巴马上发车，售票员说，车子只开到中间的新店坪。"那我想继续去新晃怎么办呢？""那你可以包这个。"她指着中巴车，认真地给我出主意。就在我犹豫着要不要认真询个价时，久久没有回应的顺风车有人接单了。

从芷江到新晃有沪昆高速，这一路段限速六十公里。看博物馆是个体力活，到车上我才感到脖子发僵，肩胛缝两个痛点拉扯着背疼开始发作。之前每天徒步二三十公里时反而一点事儿没有。窗外风景倒是足以安慰旅人。雨后的乡野远山是灰蓝的，梯田是饱满的，云朵是水墨色的，中间时不时露出幼蓝的天空——幼蓝是我生造的词，用来形容阴天偶发的那种柔和、吹弹可破的新生淡蓝。八十年前，也是在这一段路上，雪停了，戚长诚看到山坡上的丛林恢复了青翠，远山积雪映出银光。"唐诗'终南阴岭秀，积雪浮云端'，没想到在这里体验到了。"③ 行进在这条路上的国立艺专学生也被这风景迷住了，"崇山峻岭，伸手就能抓一把云雾……"，一直到遭遇土匪被劫之前，有江南来的学生还在兴奋地叫喊："啊！我看到中国画了！我看到

---

① 《芷江县志》，生活·读书·新知三联书店，1993年12月，p272、273。
② 《胜利荣光，芷江受降》，北方文艺出版社，2015年7月。
③ 长诚《抗战中的西南（十）》，《大公报》汉口版1938年5月1日。

中国画了！"①

我预订的酒店在 320 国道旁，要了背街的房间，窗外就是舞水，清澈，带点深邃的琥珀色，穿蓝 T 恤的渔夫把一叶小舟摇到江中心，在那里撒下渔网。湘黔滇旅行团的大部队 1938 年 3 月 15 日前到达晃县（新晃旧称），杨式德所在小分队因为沿途耽误，16 日中午才抵达。这一天天气晴好，他看到先行到此的不少同学在舞水河畔洗衣服和日光浴，便也加入进来。他脱去上衣，只穿短裤，在河边用手巾洗浴，洗完澡又洗了几件衣服，晒在草上，很容易就干了。太阳不烈，靠岸的浅滩遍布卵石，许多同学和衣而卧，少数不怕冷的同学还跳到河里游泳②，比如清华大学土木工程系大二学生何广慈，他在旅行团中年纪最幼，大家都叫他"小孩"，他也总是笑容满面，爱哼中外歌曲，"对于调剂旅行团枯燥生活，厥功至伟。"③ 也有出麻烦的，北大中文系大三学生何善周，在沅陵时就感冒发烧，出发时烧还没有退，每天只好躺在装满行李的车顶上，让卡车拖着半醒半睡地前进，到了晃县，他的病情加重，高烧四十度，人陷入昏迷状态，在闻一多的坚持下，旅行团派了内科主任袁医师，买票乘车护送何善周去贵阳，经过治疗，半个月后才痊愈。④

舞水在新晃画了一个巨大的"几"字，县城位于正中间，我从"几"字的右弯钩处往城中散步。城里河段的水位用橡皮坝垫高了，据说是为准备端午节划龙舟，坝下水浅，还有一点腥味，但起码它在流动。和芷江一样，沿河也开发出了一条亲水走廊，不过这里没有市民留言板，而是无穷尽的侗族山歌，绝大部分表达的是男女之情，"你姐是个唱歌精，唱得枯木又转青，唱得聋子也得听，唱得雨天都转晴"，"想哥想到日落西，龙汤泡饭妹难吃。要是得哥在一起，生吃魔芋不剥皮"。

八十年前刘兆吉在晃县只采集到了一首歌谣："正月阳春二月天，风吹麻叶嫩嫣嫣；只见情姐打猪叶，不见情姐用猪钱。一呀呀多喊喊，难舍又难分。"事实上，整本《西南采风录》绝大部分歌谣都来自贵州。在湘西，刘兆吉遇到的问题之一是言语不通，很多歌是村妇野老以土语吟咏，听来悦耳，但记不下来，未受过教育的人也没法解释他们唱的歌词。另一个麻烦是"假道学"。在沅陵一所小学，刘兆吉通过一位四十来岁的教书先生收集小学生所唱歌谣，结果拿到手的全是《义勇军进行曲》之类全国流行的歌曲，刘兆吉对他解释说，民歌童谣虽然是农人的土歌，也是很有价值的民间文学，不要担心它粗俗等等。但这位教书先生"带着刁滑的样子"继续打官腔，"我们这里根本没有什么山歌民谣，此地人民很纯朴，没有这种淫词。本乡人

---

① 唐冠芳、张玫白《忆迁黔途中二三事》，《烽火艺程：国立艺术专科学校校友回忆录》，中国美术学院出版社，1998 年，p136。
② 杨式德日记。
③ 蔡孝敏《旧来行处好追寻：湘黔滇步行杂忆》，张寄谦编《中国教育史上的一次创举：西南联合大学湘黔滇旅行团记实》，北京大学出版社，1999 年 12 月，p214。
④ 何善周《千古英烈，万世师表：纪念闻一多师八十诞辰》，《闻一多纪念文集》，生活·读书·新知三联书店，1980 年 8 月，p254。

民富于国家观念……自抗战以来,无论学生农民男女老幼,都会唱抗日歌曲,这就是本地的山歌童谣……"①

新晃给我的第一印象很好,向人问路无不热情指点,甚至主动带路,又或者聊上几句,就赶紧起身进屋给我搬小板凳坐,连拍照时都有人主动攀谈,告诉我在哪里可以拍到最好的景色。"一个初到晃县的人,爱热闹必觉得太不热闹,爱孤僻又必觉得不够孤僻。"沈从文在《湘西》里写,"就地形看来,小小的红色山头一个接连一个,一条河水弯弯曲曲的流去,山水相互环抱,气象格局小而美,读过历史的必以为传说中的古夜郎国,一定是在这里……晃县的市场在龙溪口。公路通车以前,烟贩、油商、木商等客人,收买水银坐庄人,都在龙溪口作生意。地方被称为'小洪江',由于繁荣的原因和洪江大同小异。"②

龙溪口位于那个"几"字的左上角外侧,因龙溪在此注入舞水得名。我打车从城里来到这里时天刚擦黑,但小镇已安静如深夜。这儿的建筑看起来都经过修缮,但又没有因修缮而消弭了时间的刻痕,一条青石板路领你向小镇深处,"春和元"的牌子颇明显,清末民初的老店铺了,门边的石刻介绍告诉你,1936年4月(其实是1月初),向西突围的红二、六方面军来到晃县境内,曾经在此开会,贺龙、任弼时就在"春和瑞"(与春和元是分家兄弟)楼上住了七天。1月4日,红军在龙溪口万寿宫召开民众大会,宣传中共政策,并把没收的庆元丰油号的两船布匹、数桶铜板,发给当地贫民③。两年之后,红军留下的痕迹还没有完全消除,林振述就在观音阁同一幢钟的内外壁,看到同一制度的"打倒"和"拥护"——空间的争夺无处不在。我在地方党史办所编的《红二、六军团过晃县》里读到了一些红军当年的标语:"不拉伕,不扰民!""哗哗(哗哗)打倒土豪的苛捐杂税!""穷人莫还富人钱!"

往小镇里走,发黑的墙壁,漆红木门,门边依次摆着石板、垃圾桶和一辆蒙尘的三轮车,昏黄的灯光下,和门口的"清匪反霸展览馆"构成某种古怪的互文。走近看介绍,说这里是本善公司旧址,始建于清末,民国时期由毕业于黄埔一期、官至旅长、后来返湘的张本清租用经商,解放前夕,张本清被枪杀于几十米外的斌星街口——本善公司是做什么生意的?纠纷又是因何而起?介绍语焉不详。不远处,一条门洞簇新的白底黑字"斌星街"提醒你,这就是命案现场。我穿过门洞和紧邻门洞的二层老宅,宅子大门紧锁,一楼外面码着许多木柴,在街口玩耍的两个小孩神秘地告诉我:他们家里有两口棺材。回过头看那个门洞,这一侧写着"平安门",心头一凛。

龙溪口市场形成于明末清初,最初是湘黔边境民众赶集之地,因为交通便利,规模日渐增大,抗战前夕,全县各类商铺已达到四百二十四家,一份本地工商业史料记载了当年激烈的商战:1936年"西安

---

① 《西南采风录》自序,刘兆吉《西南采风录》,商务印书馆,1946年12月。
② 沈从文《沅水上游几个县份》《湘西》,《沈从文全集·第11卷·散文》,北岳文艺出版社,2002年,p382。
③ 中共新晃侗族自治县委党史办编《红二、六军团过晃县》,1991年1月。

事变"时,晃县商界认为形势危急,内战一触即发,商品行情普遍看涨,遂囤积居奇,交易减少,导致物价上涨,但鸿记庄商店经理曾师周却认为外侮日亟,国难当头,内战是绝对打不起来的,他把赌注押在上面,孤注一掷将库存棉布八百多匹,趁高价卖给对时局持相反看法的佘良州。不久,西安事变平息,物价大幅回落,鸿记庄斩获巨利。到了1942年,新加坡被日军占领,万金油、八卦丹等商品来源被切断,这些商品行情看涨,但彭吉昌商店老板却认为,既然太平洋战事爆发,美国已经参战,美国货必会源源不断而来,货价不致上涨,反而要留好足够资金,于是将库存的五千打万金油、八卦丹全部卖给张光裕百货店,三万多元整笔存入银行。结果后来物价飞涨,万金油、八卦丹提价十倍以上,彭吉昌业务自此每况愈下。[1]

难得的是,这份工商业史料还记载了1930年代晃县妓院的兴起,虽然它严辞批判妓院"导致社会道德败坏",但也承认这"从一个侧面反映了商业的活跃",因为商人是妓院的主要客户。到1938年,晃县娼妓行业达到最盛,计有妓院十七家,妓女人数达到一百八十人左右[2]——这一年3月14日,林振述所在的小队到达晃县,在车站附近住下后,先上街理发,给他理发的伙计以前当过兵,林振述问他理发好还是当兵好,理发师一边落刀剪发一边答:"开心嘛,当兵开心。头发这东西倒狡(猾)呢,哪点有砍头容易!"听得林振述全身一股寒意。他又想起,离开常德半个多月了,还没洗过澡,就问理发师哪里有浴室,理发师告诉他,得去三里地以外的龙溪口。

沿山顺溪边去,走完三里路,天黑下来了。是上灯的时候,上等浴室招牌边,开着红灯……入门处有红缎的门帘。屋子正中茶几旁放两把铺线毯的凉竹椅。茶几上矮矮蹲一把锡壶,发着阴郁的幽光。我们进门来,女主人便有礼的请坐,献茶,高声喊:

"翠凤!长官们来咧!"

"不必客气,老板娘,你们有空地方吗?"

"有!有!楼上楼底,上顶的房间。翠凤!翠英!官长们来了!"

翠凤来了。粉妆脸,时式的旗袍裹着身。给我们送前门烟,又在我们的憨面上刮眼风。我们心里暗想:这是怎么回事呢?

"官长们是远道来的罢?"女主人看出我们的行径不对同,吹火引点上水烟筒,笑声问,又吃嘴道,"官长叫熟人呢?还是——翠凤!拿姊妹们的名册给官长!"她叫翠凤拿过名册,"官长,还是按名点看看呢?"

我们莫明其妙地翻着蝶儿凤儿的名册,对老板娘说:"我们来洗澡的!"

"洗澡?"她高声笑着,上下楼闪动看热闹的脸影:"官长,你们走错门了!"她起身亲自打开缎门帘,指指边门说,"浴室在那点!"

"乡下佬、阿木林"的笑声中,我们顺她所指的踏进浴室。

"长官,你不懂我们本地的规矩!"浴室主人听笑声轻轻地下一句按语。

---

[1]《新晃侗族自治县工商史料辑》,1982年12月。
[2]《新晃侗族自治县工商史料辑》。

室中充满煤气。我们刚入门时，青色烟遮着眼线，高低看不清眼前的情形。慢慢习惯了，显现出的是多吓人的景象呵：卧的是烟鬼，站着的是赌棍。手足断血色，消瘦的面幅剩下一张皮张罗高耸的颧骨，眼色深沉而失神。他们，打开个人的历史：那个爬过惠州城，这个参加过武昌起义。但为什么像浪潮后的渣滓，全沦落下来了呢？

"官长，全是这口洋烟害人！"

"你们怎样不戒去呢？"

"断洋烟？"他们木鸡似的咧着嘴皮，"说说倒容易。洋烟吹上瘾，断得了？……一天缺不得！烟瘾到来，不吸一两口，脚酸手软，口里冒白沫！气喘不过来，你就躺下死了罢！死了倒干净！"

"你们为什么起初要学吹烟？"

"哎！我们是出炉铁，该打没话说。当年青力壮的时候，革命革过了。队伍扎下来，整天没事干。吹一两口洋烟乐畅乐畅，算哪样！吹吹，天天吹一两口，就吹上瘾了！戒，戒不掉！……我们有哪样话好说撒！"

以前拿着革命对日人的手，现在屈拗来换浴盆的皂子水，替客人擦背捶腰。过去的有如想象里的灿烂的世界，模糊遥远了，遥远了！①

旅行团抵达晃县时还赶上了"集墟"——赶集，学生们爱凑热闹，也跟着四乡来的挑着担背着篮的男男女女，挤过舞水上的浮桥，到了龙溪口。龙溪口狭窄的街道上，挤满了货摊②，不知道他们有没有品尝"大脑壳"的绿豆粉或者是陈胡子的面？身材肥胖、脑袋奇大的胡家禧师傅做的绿豆粉，清香鲜嫩，入口即融，在湘黔边界颇有名气。而留着络腮胡的陈炳森的面馆就开在斌星街口，汤头用鸡骨猪骨熬制，香浓可口。旅行团中江浙人不少，不知战时流亡来湘的上海人许金生卖的汤圆——素馅儿选用玫瑰香料、白砂糖、金钱橘、芝麻和花生粉末调拌——可否稍解乡愁？③可以确证的是，旅行团的确在晃县吃上了一顿意外的大餐，当日负责采购的清华化学系大四学生刘维勤和清华生物系大四学生林从敏在县城一家很小的老式杂货铺看到两大罐干海参，从罐头上的灰尘看，它们已经搁在那里很长时间了，也许是几年，也许是几十年，但当地人不认识这种美味，刘林二人只花了几元钱就让全团品尝了一次海参宴席。④

从斌星街口拐进去，是窄窄的福寿街，曲曲折折又通到万寿街，两条街连起来，就是当年的老街，随处可以见到某某油号，某某盐店，或者某某商行，这些民国晚期的宅子有着高大的门墙，灰色墙面满布水渍和青苔，据说从高空看下来是方方正正一枚印章的形状，类似北方的四合院，在湘黔边境一带叫"窨子屋"。老街上还盖了些三四层的筒子楼，应该是上世纪五六十

---

① 林蒲《湘西行30、31》，《大公报》香港版1940年6月3日、6月4日。
② 钱能欣日记。
③ 李飞斌、张朝玉《晃县地方风味小吃杂谈》，《新晃文史·第4辑》，1991年5月。
④ 易社强《从长沙到昆明：西南联大的长征是历史也是神话》，张寄谦编《中国教育史上的一次创举：西南联合大学湘黔滇旅行团记实》，p497。

年代的产物，有凸出的阳台，因为用的是灰砖，路灯隔着蛛网照下来，不同年代的两种灰色居然毫不违和。我还看到了当年被红军没收布匹和铜板的庆元丰油号旧址，大约是因此伤了元气，后来卖给了刘同庆油号。

第二天，我去拜访史志办主任胡爱国时，才知道2006年新晃侗族自治县成立五十周年时，这些老房子险遭灭顶之灾。我向他问起旅行团学生在日记提到的松林寺（"建筑不甚宏伟，供文殊菩萨"，有"无数白鸟翱翔林间"，去晚了的学生不得其门而入，只见"月光自松林下泻，荡雾溟蒙，群峰隐约，远处泉声与身边松涛相应"①），他说1958年"大跃进"时拆了。胡是1956年出生的，他记得自己小时候去过那个寺，当时房子已经没了，但是还有丢在地上的菩萨。从县城上山到松林寺大雄宝殿正好一千级石阶，当年旅行团至此，一些学生闲来无事，还三三两两相约去"量石阶"。②

我又问起旅行团在晃县举行的一次篝火晚会，他对着地图很快就给我找到了晚会举行的那片河滩，离我住的酒店不远。下午晚些时候，我回到酒店，洗了把脸，休息一会儿，出门沿320国道往西，走到"几"字右弯钩处。国道在这里跨过舞水，我在桥东离开国道，下一个土坡，一条碎石路通往附近的建筑工地，"提醒基坑"的警告随处可见。天越来越闷，好像又在憋一场大雨。往下是一片杂草地，杂草和河水之间的泥地，像某种风干的爬行动物的皮，又像破旧的灰色纱布。往桥下走走，这张纱布开裂了，上面长出了野生菠菜，河边停着两只黑色的无人小船。这就是当年旅行团举行篝火晚会的地方了。大桥底下有高高低低的土堆，杂草挺深，前脚还担心有蛇呢，钻过大桥就换了天地，人工草坪出现了，健身步道出现了，左边是芭蕉和灯芯草，右边是海桐和六月雪。下午6点半，渔民准备下网。横扫整个河床的下网方式让我想起《三体》里的"巴拿马运河计划"。他们说，现在鱼少，上下游都是电站，鱼上不来。此处舞水流速明显放缓，连旁边的警告牌都改称它为"湖"了——"湖水清清，勿抛杂物"，"湖深危险，禁止游泳"——从命名开始让人们接受一个新的世界？

八十年前那个傍晚，闻一多对学生讲起了古代神话，他说，从古代和近代歌谣看，桃花象征男女间事，又传说桃源曾有一石，状如女人阴部，在古代，桃源的女人或许是很风流的……③当时，湘黔公路老晃城大桥正在建设当中，不少修桥工人在附近席地而宿，闻一多引经据典，从神话传说讲到保家卫国，修桥的民工们也被吸引过来④。还有人讲起海外的艳遇，或说到蒙古沙漠的经历，林振述投宿的旅馆老板也去参加了，回来的时候，老板抱着心爱的茶壶，啜啜茶，哭丧着脸说："官长们烧成山成山的柴草开哪样乐会？前些日子溪边漂来

---

① 余道南日记。
② 高小文《行年二十步行三千》，张寄谦编《中国教育史上的一次创举：西南联合大学湘黔滇旅行团记实》，p233。
③ 吴征镒日记，金五《从长沙徒步到昆明的日记》。《见闻》1938年9—10月，龙美光编《八千里路云和月：长沙临时大学播迁记》，第76页。
④ 彭宏高《文军长征在晃县》，来源：县史志编纂委员会，载红网新晃站。

好多冻死的尸身，没得人掩埋！"①

这位小老板起初对这群学生没有好脸色，抱怨他们用水太多，"欢迎诸位长官，我们四天没有买卖做，不接客。县政府命令我们，一个客人都不许留！让出房子给长官们住……我们怎能不恼！"聊多了，彼此熟络起来，给他们讲晃县的历史，"这地面小是小，来历可有点咧！往时先，运东川铜，个旧锡，驴马脚夫上落，晃州到平彝十八站，站站五六十里。里数长，贵州人不讲理，十里当五里撒！路远人马多！……我们这小店，月月不多不少，总得挣上百两银子！……本来吗，晃州小是小，水路上去不是一样可以到镇远。船里装盐油米菜，装去给军队撒！……船到镇远，再上就要不得啦！再上有诸葛洞通不过！（注：诸葛洞在镇远和施秉中间，大船过不去）……当然有天要通的！现在是世乱，以后太平日子，诸葛孔明来了，洞要开的……要开，太平日子洞要开！"

还带他们去赶集，帮他们砍价买鸡，告诉他们这里人听不懂"多少钱"，要问"好多钱"，给他们偷偷指哪些是已经汉化的苗人，"穿我们汉人的衣服，自己不认账咧"，在龙溪口的小十字路口，又给他们指右手边一带的店面，说那边隔着一道水沟便出了省界，那头是贵州街。学生们听了兴奋地大叫："那头一直去就是贵州省？""不是，只有那条小街是从贵州玉屏县飞来的，叫做飞来地。四围是晃县境。住那点的人，要纳两省的租税呢！……"②

虽然湘黔边界的"飞地"和"插花地"在抗战前就通过划界解决③，但当地人对此仍然记忆犹新，在龙溪口的那个晚上，我没费太多力气就找到了当年的贵州街，住在街上的一位妇人恰好还是贵州玉屏嫁过来的（"我们玉屏最好最好了！"），她很早就听老人讲过，以前这里属于贵州管辖，湖南那边有人犯了法惹了事，就躲到这条街上来，湖南当局就管不着了。

湘黔滇旅行团抵达之时，晃县最混乱可怕的时日已经结束，学生们听说，当年老晃城就是毁于匪乱，才搬到龙溪口对岸新址的。余道南所在分队住大同旅社，"房屋宽敞，较之沅陵舒适得多"④，胡爱国告诉我，这家旅社以前叫临阳公栈，位于龙溪口，抗战爆发后，经湘黔公路过境的旅客数量大增，临阳公栈就搬到了下面的国道边上，改名"大同旅社"，老板是邵东人，附近还有一个"世界旅社"，老板是常德人，"这批人最早接受了孙中山的民族革命思想，孙中山讲世界大同，所以一个叫世界旅社，一个叫大同旅社。"

学生们到来之前三个月，1937年12月上旬的一个傍晚，梁思成林徽因一家也抵达了晃县⑤，从沅陵开往贵阳的客车无法再西进——中央航校西迁昆明，所有的车子都被派去运送学员了。林徽因在途中得了急性气管炎，气管炎又迅速地恶化为

---

① 林蒲《湘西行32》，《大公报》香港版1940年6月5日。
② 林蒲《湘西行32、33、34》，《大公报》香港版1940年6月5日、6月6日、6月7日。
③ 详见：罗英《我对湘黔划界的追忆》，《新晃文史·第4辑》，1991年5月。
④ 余道南日记。
⑤ 梁从诫《倏忽人间四月天》，《不重合的圈：梁从诫文化随笔》，百花文艺出版社，2003年1月，p40。

肺炎①，直到晚年，梁从诫还记得那个雨雪交加的晚上，父亲怎样抱着他和姐姐，搀着高烧四十度的母亲，在那只有一条满是泥泞的街道的小县城里，到处寻找客店②。晃县是湘黔道上重要的中转站，所有的客店都人满为患，就在走投无路的时候，梁思成听到了大同旅社里传来有人拉小提琴的悦耳声音。"这演奏者一定来自北京或上海。"他想，同时贸然地敲开了他们的门。

房间里挤着八个小伙子，他们全都来自广东，是"中央航空学校"的学员，也在等车前往昆明接受最后的培训。梁思成说明来意后，这群年轻人把他们一家迎进屋去，并且给病倒的林徽因辟出休息的空间，这样，林徽因就在"那个用薄板同那些可爱的年轻广东飞行学员、可憎的当地下等妓女、骂骂咧咧的赌棍、操着山东方言的军官和从各个省份来并具有不同气质的司机们隔开的小屋子里"，躺了两个星期，而"那些司机准是和那个旅馆的妓女赌博和喝酒来着，以便第二天在危险的路途上开车好有足够的精力"。③

"中央航空学校"1932年成立于杭州笕桥，前后十六期毕业生，为林徽因腾出住处的八个人是航校第七期学员。将近八十年后，梁再冰仍然记得他们的样子，"虽然是军人，但是文质彬彬的。"④拉小提琴的、来自梁启超故乡广东新会的是刚满二十岁的黄栋权；在香港念完高中，追随哥哥报考航校，父亲不允就偷偷离家前往杭州的，是陈桂民；身材高大、踢足球踢得很好的是叶鹏飞；八人之中年纪最长（也不过二十六岁），也最沉稳的是从澳门回国的林耀……梁林夫妇在大同旅社开始了与这八位年轻人的亲密友谊，这种友谊一直延续到昆明。梁思成、林徽因把他们当成弟弟一样爱着，而八个弟弟也把梁家当成自己的家⑤。1938年航校第七期学员毕业，毕业典礼在巫家坝机场举行，由于他们中间没有任何一位有亲属在昆明，梁思成和林徽因被邀请作为"名誉家长"出席，梁思成还致了辞。讲话后，这些年轻的毕业生驾驶着"老道格拉斯"进行了飞行表演。⑥

按胡爱国的指点，我找到了当年大同旅社所在地，就在新晃大桥的西头，现在是带雕花长廊的仿古建筑，紧闭的门上挂着"城市管理局一线工作人员休息室"的牌子，附近停着许多赣C的红色大卡车，屁股侧后方都写着四个字：挣钱机器。长廊里有许多老人坐着聊天，我向一位看上去年纪比较大、眼神又不浑浊的老人打听，他确认了旧址，又说自己与大同旅社老板的儿子是小学同学，"他们是两兄弟，成绩差，解放后，（家里）被打垮了，就没读书了。人现在好像还在。"他今年八十多岁，还记得当年出入旅社的大多是难民，从下

---

① 致费慰梅、费正清，《林徽因书信集》，江西人民出版社，2016年，p90。
② 梁从诫《悼中国空军抗日英烈：忆一批与我们家情同手足的飞行员朋友》，《瞭望》1995年第31期。
③ 费慰梅《梁思成与林徽因：一对探索中国建筑史的伴侣》，中国文联出版公司，1997年9月，p127。
④ 纪录片《冲天》。
⑤ 费慰梅《梁思成与林徽因：一对探索中国建筑史的伴侣》。
⑥ 梁从诫《悼中国空军抗日英烈：忆一批与我们家情同手足的飞行员朋友》。

面的怀化、芷江上来的，什么人都有，还有伤兵，就住在上面的伤兵医院，"有的跛脚，有的瞎眼，抢老百姓家养的鸡去烤，政府奈不何，管不到。"伤兵还在当地找女人，这也引起了不少纠纷，有的女人跟兵走了，男人就去烧伤兵的屋子，"哎，讲不出名堂。战争时候就很混乱。"

当年被困在晃县的一百来个等车者中，有一位女医生，曾在日本的一所美国教会医院受过训练，又专门研究过草药，她给林徽因开了一张药方，选用了一些遵循西医药理、但在当地能够买到的中药①。每天白天，梁思成就去三里外的龙溪口抓药。2009年我采访梁再冰时，当时八十岁的她还记得药方："每天一对猪肺，再买一百个苦杏仁塞在猪肺里面，然后熬汤，加上蜂蜜一块吃，就这样两个礼拜后，我母亲就完全退烧了。"

林徽因病渐渐好了，梁思成因此有更多时间陪两个孩子，他教他们怎样看地图，带他们到舞水边散步，用石头打水漂儿给他们看②。两星期后，梁家登上了一辆十六座的小公共汽车前往昆明，车里塞进了二十七名乘客，没有窗户，没有点火器，喘着气、颤抖着前进，连爬过一段平路都很困难，更何况沿途的山路。最后，汽车停在贵州某处荒凉的山顶，没汽油了。全家人拉着孩子们冻僵的小手，在天黑下来的时候沿着山路徒步前进，他们又一次遇上了奇迹，在峭壁的一旁找到了几所房子并被允许进去过夜③。

离开晃县，又穿越整个贵州，梁家最后到达昆明已经是1938年1月，从长沙出发算起，他们在路上花了整整三十九天。"关于这些破车意外的抛锚、臭烘烘的小客栈等的一个又一个小插曲，"林徽因在给费慰梅的信中写道，"间或面对壮丽的风景，使人比任何时候都更加心疼。玉带般的山涧、秋山的红叶和发白的茅草，飘动着的白云、古老的铁索桥、渡船，以及地道的像安顺那样的中国小城，这些我真想仔细地一桩桩地告诉你……"④ 这次旅途中的重病对林徽因的健康造成了严重损害，埋下了几年后她肺病再次复发的祸根⑤。1938年春天，她给在湘西的沈从文写信："现在多半的人都最惦挂着我的身体。一个机构多方面受过损伤的身体实在用不着惦挂，我看黔滇间公路上所用的车辆颇感到一点同情，在中国做人同在中国坐车子一样，都要承受那种的待遇，磨到焦头烂额，照样有人把你拉过来推过去爬着长长的山坡。你若使懂事多了，挣扎一下，也就不见得不会喘着气爬山过岭，到了你最后的一个时候。"⑥

写这封信前一天，林徽因在昆明又见到了她的几个飞行员弟弟，"我几乎要哭起来，这些青年叫我一百分的感激同情……天天早上那些热血的人在我们上空练习速度，驱逐和格斗，底下芸芸众生吃喝得仍然有些讲究……现在昆明人才济济，哪一

---

① 费慰梅《梁思成与林徽因：一对探索中国建筑史的伴侣》。
② 费慰梅《梁思成与林徽因：一对探索中国建筑史的伴侣》。
③ 致费慰梅、费正清，《林徽因书信集》，江西人民出版社，2016年，p90。
④ 致费慰梅、费正清，《林徽因书信集》，p91。
⑤ 梁从诫《倏忽人间四月天》，《不重合的圈：梁从诫文化随笔》，百花文艺出版社，2003年1月，p40。
⑥ 致沈从文《林徽因书信集》，江西人民出版社，2016年，p40。

方面人都有。云南的权贵,香港的服装,南京的风度,大中华民国的洋钱,把生活描画得十三分对不起那些在天上冒险的青年,其他更不用说。现在我们所认识的穷愁朋友已来了许多,同感者自然甚多。"①

抗战之初,中国空军可用的飞机不到三百架,消耗一架是一架,日本则超过两千架,并且可以不断生产。1937 年在上海,在杭州,1938 年在武汉,中国空军尚能一战——事实上他们极其英勇,这从中央航校门口石碑上的字就能看出:"我们的身体、飞机和炸弹当于敌人兵舰阵地同归于尽。"全世界没有第二个航校会这么写,但许多航校生就是这么做的,毕业于清华的沈崇诲是其中一个,1937 年淞沪抗战,他在飞机故障、自己又负伤的情况下选择驾机撞向日舰"出云号"。②

到了 1940 年,随着日本最先进的零式战斗机投入战场,日本空军完全拿走了制空权,1941 年,成都"9·13"空战中国惨败,在飞虎队援华之前,再无招架能力。对于航校的学生来说,这几乎是一开始就注定的悲剧:他们一批批地毕业,一批批地冲上天空,然后一批批地留在了那里。有人做了统计,当时的中国飞行员从航校毕业到牺牲,平均生命只有六个月的时间③。从 1939 年开始,陈桂民、叶鹏飞、黄栋权……他们的遗物一个一个寄到了"名誉家长"梁思成和林徽因手中,每接到一次包裹,林徽因都要哭一场④。1941 年,林徽因的胞弟林恒,航校第十期学员,也牺牲在成都上空。三年之后,林徽因写下了那首《哭三弟恒》。这一年,她在晃县结识的最后一位"弟弟"林耀,也牺牲于衡阳保卫战中:

弟弟,我没有适合时代的语言
来哀悼你的死;
它是时代向你的要求,
简单的,你给了。
这冷酷简单的壮烈是时代的诗
这沉默的光荣是你。

……啊,弟弟不要伤心,
你已做到你们所能做的,
别说是谁误了你,是时代无法衡量,
中国还要上前,黑夜在等天亮。
……

啊,你别难过,难过了我给不出安慰。
我曾每日那样想过了几回:
你已给了你所有的,同你去的弟兄
也是一样,献出你们的生命,
已有的年轻一切,
将来还有的机会,
可能的壮年工作,老年的智慧,
可能的情爱,家庭,儿女,及那所有
生的权利,喜悦;及生的纠纷!

你们给的真多,都为了谁?你相信
今后中国多少人的幸福要在
你的前头,比自己要紧;那不朽
中国的历史,还需要在世上永久。

---

① 致沈从文《林徽因书信集》,p42。
② 纪录片《冲天》。
③ 纪录片《冲天》。
④ 梁从诫《悼中国空军抗日英烈:忆一批与我们家情同手足的飞行员朋友》。

你相信，你也做了，最后一切你交出。
我既完全明白，为何我还为着你哭？
只因你是个孩子却没有留什么给自己，
小时我盼着你的幸福，战时你的安全，
今天你没有儿女牵挂需要抚恤同安慰，
而万千国人像已忘掉，你死是为了谁！①

在为费慰梅所作《梁思成与林徽因》写的前言里，史景迁说，"仅仅让我们远远地对二十世纪的中国历史做一番鸟瞰，就不难发现，这是一个浪费惊人的世纪：浪费掉了机遇，浪费掉了资源，也浪费掉了生命。在外侮入侵和占领的困难与内政如此的无道交织在一起的时候，怎么可能会有目标明确的国家建设？"② 有人会觉得，梁思成和林徽因的故事从一开始大概就是上述悲观看法的证明——从长沙到沅陵再到晃县，又岂止是梁、林、沈从文、沈荃、航校的年轻人们等等等等，不一样在这无尽的消耗中浪费了他们的生命？可就像史景迁说的，一旦了解了更多他们的故事，那些亲切又感人的细节，你就会清晰地感受到他们迸发出的生命之光。

不逛街也不参观时，旅行团学生们最大的娱乐活动是打桥牌，白天打，晚上打，床上打，草地上打——吴大昌告诉我，有人走得特别快，就是为了给打牌多争取一点儿时间。有时也唱歌，那会儿的学生都喜欢合唱，无论学生运动还是徒步行军，唱歌都是最好的激发士气的方式，"我们那时候是高高兴兴地唱歌，步行时唱，晚上也唱。"晚年接受采访的黄钰生回忆说，"我们一路上唱着《游击队歌》——我们都是神枪手，还唱聂耳的歌。我们吃得很好，睡得不可能好，有时牛舔我们的脖子，就在牛厩的旁边睡了。"③ 在晃县舞水边，他们唱的是"一二三——四！暖和的太阳，太——阳！……"唱着唱着就改编歌词，愉快放荡起来，"……秋香，有谁爱你呢？""有我呀！"

一天，他们在舞水边闲谈，从松花江谈到昆明湖又谈到西子湖，都是沦陷的土地，谈得气愤时个个摩拳擦掌。就在这时，渡口上忽然围了一群人在争吵。大公报记者戚长诚与几个同伴走近，发现是一艘民船拉着两千多斤水银，顺流而下要往常德去。县政府的人说是有资敌的嫌疑，扣船不放行，而经运商人却说是运到常德制药。同伴中的一位教授——很可能是曾昭抡，当年他入麻省理工学院学化学时，一战刚刚结束两年，学院体制与教学尚未完全脱离战时轨道，因此他也接受了军事化学教育④——见双方争持不下，遂从中调解："最好是由县政府出面打电话给常德县政府，请其就地调查真伪，一面电请省政府批示，在省府回示未到之前，水银暂且留在晃县，不要起运。"双方这才不再坚持。事后教授告诉戚长诚，水银确是制造炸药的重要原料，像这样大批资敌，虽然不易，但是配普通西药，却也用不了这许

---

① 《哭三弟恒》，《林徽因精选集》，齐鲁书社，2016年7月，p87。
② 费慰梅《梁思成与林徽因：一对探索中国建筑史的伴侣》，史景迁前言，中国文联出版公司，1997年9月。
③ 伊斯雷尔（易社强）访问黄子坚，1980年3月22日，西南联大博物馆提供。
④ 戴美政《曾昭抡》，群言出版社，2013年12月，p49。

多。照他的推断，或许是商人运到下江去，打算抬价谋利①。

因为这次意外事件，他们知道了晃县酒店塘一带水银矿产极富，戚长诚便约曾昭抡和袁复礼两先生次日去参观水银矿场。酒店塘在县城西南二十余里，去之前，戚长诚就听晃县较有文化的民众说，酒店塘的水银矿，一向是由军阀包办，甚至是包而不办，最近湖南的政治虽然比五六年前进步，但水银矿却仍由一位旅长承办。戚长诚半信半疑，和袁曾两先生步行两个多小时抵达，听矿区某君介绍说，晃县的水银矿从去年秋天起已由裕湘公司接办，裕湘公司是十二个人合股组成，资本三万多元，工人四百多人，每月给湖南建设厅矿租四百元。因为接办才半年，所以盈利不多，但出产已大大增加，好的时候每月能产四千斤左右。不过"商办"很可能也只是名义上的，戚长诚很快就从矿区经理告诫工人的布告里得知，裕湘公司总经理，就是暂编陆军第十二旅旅长李雁宾。

三位参观者获准进到矿洞，往下走了一里多，洞里很暗，油灯如豆，还常常被一缕缕白色的水蒸汽熄灭。越往里走越闷热，工人全部赤身裸体地干活，挖矿、运输、排水，一切都是人力，工资极低，每日每人最高一吊四百文（约合一角七分五），公司另给每人每日菜钱二百文。这个矿仍采用人工敲碎矿石再放入锅炉中烧的土法提炼水银，效率很低，毒性也大，油水工人个个染病，轻者牙床腐烂、神经衰弱，重者五脏失效、骨节麻痹、患肺结核等等。

两位教授看了忧心忡忡，通过戚长诚在《大公报》的专栏呼吁，用更先进的化学蒸馏法，既可以减少疾病，又可增加出产。②

那个时代似乎已经很久远了，财富聚敛起来，又消散于无形，但有时候，历史会沉淀在某个角落里——2002年，有人在龙溪口买下一栋1949年前的老房子，翻修二楼楼板时，在楼板夹层发现了不少水银，装在瓶子里去称，有两斤之多。而装修楼下房间时，又发现地板下面是个盐窖，很大一块，外面看起来是黑的，锤开一看，里面都是白花花的岩盐。③

## 晃县—玉屏：尚能走否？我简直是个少年呀！

离开新晃这天上午，依旧闷热，云朵很厚，预报中的大雨迟迟落不下来。我9点多退房从酒店出发，跨过舞水，经过不复存在的大同旅社，在城西的"原中山老粉店"吃到了出发以来最可口的一顿米粉，汤头鲜而清淡，小青辣椒有股生野劲儿，腌萝卜脆爽清甜，一解几天以来芷江鸭、大碗饭和炒粉带来的油腻。粉店不大，生意极好，手脚麻利的老板娘记得每个人点了什么。自选佐料里出现了凉拌折耳根，提醒你贵州不远了。

---

① 长诚《抗战中的西南（十二）》，《大公报》汉口版1938年6月5日。
② 长诚《抗战中的西南（十二）》，《大公报》汉口版1938年6月5日。
③ 刘建勇、马金辉《龙溪口：乱和繁华，都随时光去了》，《潇湘晨报》2009年1月4日。

吃完早饭，心满意足地折回国道，继续西行。我惦记着杨式德在日记里写的，"在舞水的 valley（溪谷）里向西走着"，"野草中以羊齿植物最多，树木则多茶油树"，好像出城就步入一条绿色河谷似的，全然忘了国道早已在每座城市的郊外繁殖出了无尽的汽修站和补给点，它们带来的噪音、灰尘（有的地方有拇指盖儿厚）和机油污染蔓延长达两三公里。

灰头土脸走了半小时才算真正出城，湘黔铁路一直相伴行进，一列从昆明开往哈尔滨西的绿皮火车驶过，与之同行的是国道上一辆从汞矿开往县城中山路的员工班车。往前走不远，果然看到路牌，指向"酒店塘化工小区"——这座曾昭抡与袁复礼两先生探访过的湖南汞矿鼻祖见证了明朝的灭亡，清末首次公司化开采，西南的军阀混战，抗战时期的官办和战后的招商（间接引发了一起命案），以及新中国的技术改造，直到 1981 年才因为资源枯竭而宣布闭坑。①

接近上午 11 点，车明显少了，国道的底噪——啾啾鸟鸣可以听到了。一只乌鸦在汽车行将驶过之际玩了个惊险的低空穿越游戏。两边的行道树还是刺槐，出发时湖南开得正艳，快进入贵州时已有败落之相。隔不多久就有火车驶过，带着悠长的汽笛声，有的人家夹在铁路与国道之间，用水泥围栏砌出个小院子，孩子在里头无忧无虑跑来跑去的样子真叫人羡慕。一丛茼蒿开着热烈的黄花，几株芫荽，白色带点粉红的小花长在其中。好长时间我一直以为"芫荽菜"写作"盐熏菜"，晃县当年开在斌星街口的陈胡子面馆，除了骨汤鲜美，还佐以生姜、胡椒、香葱、油发辣子等香料，到了冬天还会加上芫荽作为时令调味。这一路的芫荽不少，有水的地方能长出一大丛来，气味浓烈。

又走了二十分钟，总算进了杨式德说的"valley"，平滑如镜的舞水在国道右侧出现，河对岸是连绵的喀斯特小山，山脚下老屋有着拉长的灰瓦屋顶，加上岸边几株竹子和青色积雨的天空，确实是秀气的风景。有一点凉风，头顶的积雨云迅速变幻着色彩，不知这场大雨何时降下。等走到鱼市镇，太阳又出来了。继续沿河上行，对岸山体一直逼到水边，岩壁如削，但转过一个弯，台地和梯田又在对岸出现了，电线上缠绕着可爱的藤蔓植物。中午 12 点 45 分，进了路边一家"活鱼馆"，却点了香椿炒蛋之类的全素，老板似有不满。坐在临河走廊等上菜时，暴雨突如其来，两三分钟就达到顶峰，铁皮屋檐噼里啪啦直响，舞水河面激起密密的白点，一只白粉蝶在雨中挣扎着飞着，居然一直没被击倒。雨很快就停了，河面吹来凉爽的风。炒菜味道中规中矩，米饭按人头收费——还在湖南边境，但已不是"米饭管够"的湖南规矩了。

雨后的国道有清新的气味，行道树下的路面是干的，可刚刚的雨下得明明很大啊。过路大货车凶狠，在没有积水的地方也能给你压出水花来。继续沿舞水前进，1 点 45 分经过了露水溪渡口，顺台阶下到河边洗手，一个男孩在凉亭里听音乐，他在等吃饭的船公回来，红色的铁皮小船泊在岸边，上面写着"铜仁"二字，一块钱过一次河，男孩告诉我，对面（北岸）就是

---

① 《湖南省志第九卷·工业矿产志·冶金工业》，湖南人民出版社，1991 年 11 月。

贵州。对面也有人在等船，矮矮的梯田正往河里哗哗排水。

下午来了一阵太阳雨，芭蕉叶、白菜叶、莴笋叶上都亮晶晶的，怪好看，可闷得人不舒服。好在不久又起风了，一块生锈的铁广告牌摇摇欲坠，随时会从油菜田里飞出来，砸在国道上，牌子上写着：加强安全法制，保障安全生产。走出鱼市镇就告别了舞水，马路对面一棵仍然开着花的刺槐树叶间翩翩飞着几十只白粉蝶。一辆大货带来一阵儿含沙的狂风，但有的大车带来的是焚风，尤其当它开得特别缓慢时，就像有人拿了一个脏兮兮的大电吹风给你从头到脚吹了一通。我见人就问贵州还有多远，都说挺远的，也许他们是希望我搭乘他们的摩托车，但此时真想念典型山中徒步故事里头那些总说"没得好远"的可爱老乡啊。

3 点钟，天又一次阴下来，这会儿可以确定一场真正的大雨就要降下了。出发前设想的挽起裤腿淌水的情形终于要在湘黔边界出现了吗？等等，我好像在常德就把拖鞋作为减负品给寄走了……不管了，上到旁边的铁路桥，放下背包，坐下来休息。桥上风大，吹着十分惬意，能听到一种有趣的鸟叫，就像一个急促的嗓音跟你说：别急别急别急。这是一片谷地，铁路便沿着这狭长谷地通向前面贵州的大山里，又一列绿皮车呜呜呜着西行时，我居然生出了某种西出阳关的苍茫之感。

正德三年（1508 年），王阳明谪守龙场驿，由此道进入贵州时正是阳春三月，想必是心情低落，他没有为春天留下只言片语，把笔墨都给了愿与他结伴同行前往"瘴蛮"之地的一位新友，"山城寥落闭黄昏，灯火人家隔水村。清世独便吾职易，穷途还赖此心存。蛮烟瘴雾承相往，翠壁丹崖好共论。畎亩投闲终有日，小臣何以答君恩？"① 十六年后，谪戍云南的杨慎熬过了湘西的冷霜，离开晃县进入玉屏时大约也是春天了吧，可春色只令他感慨韶光荒废，"野鸡坪边绕杂花，幽兰石竹交山茶。可怜春色浩无主，徒使骚人恼鬓华。"②

"东来荆楚行将尽，西去黔滇路转长"，那些西去边地者留下的文字，像永不消逝的电波，时移世易仍可与人发生情感共振。可是我也知道，很多时候你需要跳出来审视这种情感。某一个不太冷的冬天，我在维也纳街头闲逛，突然想要看看多瑙河，结果从老城一直往东走了快一个小时，才来到这条著名大河的岸边。河很宽，水是灰色的，对岸有方方正正了无趣味的建筑，再往东就是一望无际的平原了——至少印象里是如此，当我想起多瑙河东岸时，脑袋里回想着的是某位欧洲人（忘记是谁了）说的，过了多瑙河，就是亚洲了。这里的"亚洲"，并非真正的亚洲，而是蛮荒、嗜血、无法理解，总而言之不够"文明"的指代。虽然茨威格说，"凡是在维也纳生活和工作的人都感受到自己摆脱了褊狭和成见。再也没有一个地方能比在那里更容易当一名欧洲人。"但摆脱了褊狭的欧洲人仍然需要一个"亚洲"来成为欧洲人，因为

---

① 王阳明《平溪馆次王文济韵》。
② 杨慎《野鸡坪》。

人们总是需要他者来发现自我。同时，最好还有一个明确的界限，来隔开我们和他们。于是"亚洲"不断扩张，从远东到中亚，从俄罗斯的干草原到小亚细亚，再到巴尔干，到多瑙河东岸，最后一路直抵冷战时期的东柏林——好像是西德总理阿登纳的话吧，柏林墙以东就是专制的亚洲云云，听起来就是蛮夷论的西方版本。这么一想，此刻休息的铁路桥，倒可比作查理检查站了——检查的不是你的证件，而是你的心灵。

离开晃县前，湘黔滇旅行团闹了一次不大不小的矛盾。因为由常德走水路到沅陵的大件行李船比预计时间晚了三天抵达，直到大部队已经走到晃县，那些行李仍未跟上。大多数学生的意见是等行李全部抵达再从晃县出发，但团长黄师岳并未表态。第二天，《大公报》记者戚长诚告诉学生，临大当局原本和贵州公路局签订契约，要了一批汽车，但由于经济方面的原因和李继侗教授的激烈反对而作罢，已经在凉水井受过匪情惊吓的学生们认为，是吝啬的首长关心几个钱胜过关心他们的安全，他们成了牺牲品，因而决定以后不再步行了。李继侗试图对学生解释，贵州当局已经无法从各项军事任务中抽调汽车给旅行团使用，因此除了步行入黔别无他法。但戚长诚几个学生带头人都拒绝接受。他们抗议说，行李未到，在无衣可换的情况下大家还能坚持多久呢？团长黄师岳向他们保证，行李最晚将在三天内追上大部队①。3月17日一早，旅行团总算在细雨中，由保安队护送陆续开拔②。

不知是否和带头"闹事"有关，戚长诚应该是在进入贵州前后离开了旅行团——他在报上连载的《抗战中的西南》到晃县戛然而止，而他再一次发稿，身份已经是《大公报》驻贵阳记者。根据学生们后来的回忆，他也确实在旅行团越来越不受欢迎——人们觉得他自作聪明，爱管闲事。③

晃县距离玉屏三十四公里，上午10点多，旅行团行至距离晃县十六公里的鲇鱼铺，此地已属贵州，市镇东边一个牌子写着"湘黔交界处"，杨式德在这里买了碗白薯吃，前半日他在路上见到袁复礼，"穿西服，皮鞋，手里提着斧头随时打击山石"，后来休息时，又看到了闻一多，"戴礼帽，穿中式浅色长衣，腰束黑带，斜插着大烟袋，下面绑着腿，拿着手杖，充满了仆仆风尘的意味。"④ 不少学生在省界合影留念，在黄培云担任小队长的第一大队第二中队第五分队老照片里，你能看到那块竖起的"湘黔交界处"牌子，一棵大树，和一座不高的牌楼，但最引人注意的，是有好几个学生胸口挂着面具。张寄谦所编一书为这张照片作注说，"为了防御传闻苗民放蛊的伤害，少数小分队员戴上了外科面具。"易社强则在《革命与战争中的西南联大》里解释，有人戴上面具，是据说这样

---

① ［美］易社强《从长沙到昆明：西南联大的长征是历史也是神话》，张寄谦编《中国教育史上的一次创举：西南联合大学湘黔滇旅行团记实》，北京大学出版社，1999年12月，p497。
② 吴征镒日记。
③ ［美］易社强《从长沙到昆明：西南联大的长征是历史也是神话》。
④ 杨式德日记。

能预防疟疾。无论是哪种说法，在1930年代，一般人的印象里，贵州不只是一个贫穷的省份，更是一个充斥着瘴气、疟疾和蛊毒的神秘国度。1937年，甚至《中国红十字会月刊》这样的杂志都会煞有介事地说起放蛊，"放蛊的人……每年至少要放一次，要不然自己就得死去的。'蛊'就是许多最毒性的虫，相聚在一起互咬着，剩下了最后一只虫，毒大无比，人若受有这样一点毒，就会咬穿腑脏，中毒而死，苗妇还有一种特殊的'放蛊'法，就是不放在食物里，而放在空气里，它可以在一定的时间内处人以死。这种毒害，大都是客乡人到了苗区旋归故里以后，约时不归，而出此的。"①

贵州苗寨可怕的名声，让诗人出身的省民政厅厅长曹经沅不得不在《大公报》撰文解释："我们要晓得今日苗寨生活，很吻合古代社会，譬如苗民中有春天跳场的风俗，但我们古代周礼有'孟春月男女会合于野'的记载，苗民中有放蛊的行为，但我们西汉的时候，有巫蛊之祸……这些风俗的好坏虽为另一问题，我们由此更可证明苗寨同胞，并不是何种异族，同我们古代的风俗，确是一样，所以一切的荒谬传说，我们应当竭力纠正的……我们既晓得苗寨同胞在生理上，并没有特殊的变态，和我们一样的……至于现在苗寨的情形，又是怎样呢，据本人调查的结果，还是痛苦不堪，在他们生活上说：不吃盐粑是常事，几个月见不着滋养料，一天工作下来，得不着一饱，在卫生上说：有终年不洗澡，污秽不堪，身上没衣服穿，夜间盖'秧被'，在迷信上说：他们生命一切，掌握在鬼师手里，有病无医药，真是可怜得很！他们本身是这样的困苦，还有所谓'官家'，'土豪'时常压榨他们……本人觉得今后县政是要负这个责任的。"②

过了鲇鱼铺即为贵州省境，余道南注意到湘黔公路湖南段路面平整，一入贵州就显得坎坷不平，路旁不少煤矿，"煤层裸露，随处可见，只可惜货弃于地，无人开采"。③沿途不时有武装保安人员巡逻，他听说是贵州省主席吴鼎昌下令安排的，以保护旅行团安全，"黔省自地方军阀倒台之后，改由文人执政，一切比较开明。但愿吴氏在位期间，能为贵州全省人民多做些好事"。④ 1926年，银行家吴鼎昌出资五万元，与留日老同学胡政之、张季鸾一道，创办新记《大公报》，以"不党、不卖、不私、不盲"为办报理念，写下了中国新闻史上的传奇；抗战期间，吴主政贵州八年，使黔省在社会经济、文化教育等各方面都有了长足进步，而同样重要的是，贵州进一步纳入"中央化"进程，作为西南大后方日益安定巩固，为长期抗战贡献莫大。⑤

风越来越大，已经很凉快了，我背起包继续向贵州进发。国道起起伏伏，有时路两旁都是岩壁，穿堂风迎面而来。天光

---

① 《放麻风与放蛊》，《中国红十字会月刊》1937年第26期。
② 《黔民厅长曹经沅谈苗寨同化问题：苗民环境恶劣生活困苦，需要政治力量扶助诱导》，《大公报》天津版，1936年6月1日—6月4日。
③ 余道南日记。
④ 余道南日记。
⑤ 可参见：《吴鼎昌与贵州》，贵州人民出版社，2010年11月。

美妙，尤其是结合远处斑斓的山色。只有接近地平线的一小块儿天空是闪亮的，其他都是每一秒都在变化的阴沉沉的灰蓝。越接近贵州，颜色好像就越丰富起来，《中国国家地理》杂志曾经把贵州称作"彩色省"，那么贵州的自我定位呢？答案很快揭晓，前方短暂平行的沪昆高速上已经出现了绿底白字的提醒：欢迎来到公园省贵州。不过国道上还没有贵州的欢迎语，倒是走着走着，一回头，看到背后有一个"欢迎您进入湖南省级贫困县新晃侗族自治县"的牌子，牌子下头有一叶废弃的、积着雨水的小舟。

风又大又凉，远处的天光被压得越来越小，所有的植物都在抖动，路边有很多煤块，路上有一张被压平的鼠皮。雨点开始落下来，很稀疏，但颗粒很大，砸得人有点疼。下午3点半，终于进入了鲇鱼铺。杨慎当年经过这里时记述，这里"山产石墨，道皆黝泥"①。鲇鱼铺现在叫大龙镇，路边煤块仍然很多，油光发亮堆在路边，一栋旧旧的"黔东招待所"立在被煤染黑的路边。不远处有一幅鼓励二胎的宣传语：一对夫妻生两孩，老有负担分半开。前方1730公里的路牌开外，终于看到了"欢迎进入320国道贵州段"的字样。修车铺的几个男人告诉我，他们是贵州人，国道两边都属于贵州，而公路在进入贵州段前仍属湖南。他们一直问我怎么不坐车，始终无法理解这样一件事情：有人放着车不坐非要走路。最后他们压低音量得出结论，我一定是来做某种调查的。

人们很容易把走在路上，尤其是公路上的人想象为怪人或者苦行者，却不明白他们有可能多么简单而快乐。就拿我自己说吧，仅仅几个月前，我还在平遥国际电影节稠密的雾霾里一边看露天电影，一边苦苦思索一个文字工作者该在影像时代做点儿什么（这个问题有可能比空气更毒），仅仅几天前我还在担心发炎的脚趾，仅仅几个小时前我还被闷热的天气憋得满头是汗，而现在，我的思维和脚步一样轻快，过往堆积的暮气和忧思一扫而空。尚能走否？"我简直是个少年呀！二十世纪初的一位历史学家曾经这样描述徒步带给人的轻快："我有两位医生——我的左腿和右腿。当身心失常——我的身心住得如此近，以致一方总是捕捉到另一方的忧郁，我便知道我必须招来我的医生……我的思想起初像暴徒，但黄昏我带它们回家，它们嬉戏蹦跳如快乐的小童军。"②

下午3点50分，我走到了国道湖南段结束的地方，正式进入了贵州。浓重的乌云压着头顶。我在路边小店买了瓶水，决定在屋檐下等车。过了两分钟，去玉屏的过路车到了，我招呼它停下，跳上车去。车被各种蔬菜篮子占满，仅能立足而已。4点05分，大雨倾盆而下。瓢泼大雨里，模模糊糊看到窗外一条宣传语，一个女儿一片天什么的。

湘黔滇旅行团到达玉屏县是下午4时，这是一座城墙完备的小小石头城，旅行团由东门入城，县立中心小学的童子军列队欢迎，还有民众代表向他们敬礼，街上也贴出了欢迎标语，每家还挂出旗帜来。欢

---

① 杨慎《滇程记》，明万历三十三年。
② [美] 丽贝卡·索尔尼《浪游之歌：走路的历史》，新星出版社，2013年1月，p134.

迎民众里有一对郑氏姐妹，偶然发现旅行团里有一个姓郑的同学——应该是北大历史系大四学生郑逢源，家长便特地邀到家里吃饭认亲，还连夜制作玉箫一对送作纪念①。杨式德听说县长也前来欢迎，不过他没有看见。但许多学生都看到了县政府贴在十字街上的布告，有人还拍了照——南开电机系大一学生高小文现在还保留着照片——左下角是县长名字，照片此处有点模糊，根据能找到的材料，他叫刘开藜。

查临时大学近由长沙迁昆明，各大学生徒步前往。今日（十六）可抵本县住宿，本县无宽大旅店，兹指定城厢内外商民住宅，概为各大学生住宿之所。凡县内商民际此国难严重，对此振兴民族领导者——各大学生，务须爱护借重，将房屋腾让，打扫清洁，欢迎入内暂住，并予以种种之便利。特此布告，仰望商民一体遵照为要。
此布

这是旅行团从长沙出发以来，第一次受到这样规格的欢迎。刚从长沙出发那几天，到达宿营地，须与当地接洽，黄师岳用"国立长沙临时大学湘黔滇旅行团团长"名义出面，效果不佳，处理事务极不顺利，后来他改用"陆军中将黄师岳"出面，竟然一呼百应有求必应——足见国人对"头衔"之在乎及畏惧军人之心理②。考虑到这一经历，不难理解许多学生都曾带着感动之情回忆这一纸布告。

因为对布告印象深刻，到达玉屏第二天，我前往玉屏县档案局，希望查阅原件和相关资料。玉屏县政府大楼在舞阳河——舞水在贵州的名字——以北的新城，楼下的保安很不好意思地让我登记姓名，"走一个程序，走一个程序"。在档案局办公室，我出示了介绍信，对他们的接待表示感谢。"档案放在那里，就是要给人用的呀！"之前接电话的女工作人员说。不一会儿，又来了位县新闻中心的年轻人，热情地跟我打招呼，说在网上看了我的文章，对我重走这条路很感兴趣。说他以前也喜欢徒步，以前在镇上教书时几乎每两个月都要出去走走，后来县委宣传部缺人就调过来了。我们聊了会儿西南联大，我把话题从自由转向了多元，他说，可以和我们玉屏县人文精神的四句三个字结合起来，"善包容"，我问他，其他三句话是什么啊？他不好意思地笑：第一句话是讲政治，还有两句是重感情，敢担当。

虽然多少知道一些西南联大的故事，但他没有听过湘黔滇旅行团，得知闻一多也是旅行团成员时，他很惊讶，自我解嘲说，"虽然我们这里没有什么大牛，但是我们这里有很多大牛经过呀。"途径玉屏的名人确实不少，虽然迟至元朝玉屏才设立驿站（当时称"站赤"③，元朝也是在贵州开展驿运的第一个王朝），但到了明洪武二十四年（1391年），对全线进行修治拓宽后，

---

① 刘重德《跋山涉水赴联大，读书写诗为中华》，张寄谦编《中国教育史上的一次创举：西南联合大学湘黔滇旅行团记实》，p273。
② 蔡孝敏《旧来行处好追寻：湘黔滇步行杂忆》，张寄谦编《中国教育史上的一次创举：西南联合大学湘黔滇旅行团记实》，p214。
③ 乌云高娃《站赤：元代驿站交通网新样态》，《意林文汇》，2017年第8期。

由玉屏入黔、宽两米、卵石路面的驿道已成"黔楚通衢"。1819年8月20日，天气晴朗，林则徐从鲇鱼铺入贵州界，住在玉屏城内，当时玉屏闹旱灾已有月余，"田禾槁者十之七八"，当天天气也非常炎热，"向闻云、贵夏不葛，冬不裘，恐未尽然"。①

和这位新闻中心的年轻人一起来的还有一位他的同事，更加年轻，他的爷爷是重庆丰都人，当年跟着修建湘黔铁路的大军来到黔东，就此扎根。他在新闻中心做新媒体，经常要写一些与玉屏历史相关的稿子，但从未听过这些路过的名人，他谦虚地总结，"现在我又有了自己是外地人的感觉了。"

查询档案的流程有点像回到电子时代之前的大学图书馆，根目录、子目录、详细目录依次找下来，再提交档案序号，交由工作人员去提档。负责提档的是两位中年妇女，其中一位烫着头发，穿着拖鞋，她抱着故纸堆来回走动的场景让我有点穿越。"都是幸存下来的。"她对着发黄的民国档案感叹了一句。考虑到布告由县长发布，又和教育相关，我把主要精力放在民国县政府、民政科、教育科三大卷宗，同时也翻看了县（国民）党部的部分资料。

第一眼看到这些泛黄的、发卷的、缺角的旧文书时有点兴奋，是那种需要花几分钟才能跳脱出来的对形式感的兴奋——按照这年头流行的操作，我立刻可以写出一篇"触摸历史"之类的新媒体文章，呵呵，一个麦克卢汉早就预言过的"形式即内容"的时代。等这股兴奋感落了下去，才是艰难的辨认和寻找工作。虽然还没有看到布告原件，但我找到了当年县长签字的不少公函，他叫刘汉彝，不叫刘开彝，湖北应山人，字写得不好不坏。翻阅玉屏县在1938年的各式公函，绝大部分是"转发"贵州省政府训令，关于禁毒，关于赈灾，关于抗战，关于严密防范共党及各党派异常活动——民国时期，县长由直接治理百姓的"治事之官"逐渐蜕变为承转公文的"治官之官"，与此同时，基层政治运作也由"无为"趋向"有为"，以加强对社会各种资源的汲取和控制。②

引起我格外兴趣的是玉屏县党部"查禁"的卷宗。1937年9月，国民党中央宣传部制定了"检查书店发售违禁出版品办法"，通过各省党部向各县发出训令。战时新闻邮电审查各国皆有，大原则乃是避免资敌，正如一份玉屏县政府公函所言："所言查沦陷各地往来信件，不免经过敌方检查，倘信件内外载明我军番号，或涉及我军军情，颇易予敌以判断之资料，害及抗战甚巨，拟请通饬战区各省邮局……"但我好奇的是原则之下的执行细节：究竟是什么书籍报刊因为什么具体缘故遭到了查禁？

好在，训令后面附上了"每周取缔刊物一览表"：西安的《文化周刊》，查禁原因是"袒护共党，言论反动"；上海的《知识往来》，"意识左倾，系共党主持之刊物"；上海的《哲学与生活》，"主张联合战线，攻击政府"；北平的《国民革命自治理

---

① 林则徐《己卯日记》，《林则徐全集·第9册·日记卷》，海峡文艺出版社，2002年10月，p88。
② 参见王奇生《民国时期县长的群体构成与人士嬗递：以1927年至1949年长江流域省份为中心》，《历史研究》，1999年第2期。

论》,"汉奸反动刊物";三联书店出版的《救亡歌曲集》,"内容左倾,鼓动阶级斗争";小册子《对东北集团应有之认识及前途》,"内容荒谬";王明的《论反帝统一战线问题》,"以派系私利为前提对本党攻击污蔑不遗余力";《毛泽东先生与新中华报记者其光先生的谈话》,"易使民众怀疑国共发生裂痕影响团结抗战";《西安半月记及西安事变回忆录》,"自称根据纽约时报所载文字翻译而成,经查内容谬误颇多……"

翻了一个上午,没有找到那份布告,烫头发的大姐建议我到"抢救室"看看。我跟着她上楼,经过除尘、去酸、有害生物防治等几个办公室后,到了一个比较大的办公室,两个戴着口罩的小伙子正对着电脑和扫描仪一页一页电子化这些旧档案。中午,新闻中心的两个年轻人客气地给我送来盒饭,我们在民国的尘埃里边吃边聊。扶贫攻坚也是他们现在最忙的事儿,上面要求他们每个月有二十天住在村里,我好奇如何帮人致富,"我们是文军扶贫,"他解释,主要是下乡放微电影、推介创业先进典型等等,"发掘村民内生动力"。国家定下了2020年告别贫困的大目标,一个月后(2018年5月)县里就要迎来"国考"。

我在"抢救室"里对着电脑翻了一下午已经电子化的档案,非常遗憾地,始终没有找到那纸布告,县方志办的姚主任说,玉屏自古以来军事归湖广总督管,但农村又归贵州管辖,是兵家必争之地,"你打过来,我打过去,资料就毁坏了很多",而另一个特殊之处是,建国前,玉屏县最后一任县长杨鸿垚("就是末代皇帝,"他说),走的时候放了一把火,好多东西都被烧掉了。

湘黔滇旅行团在玉屏住县署和旁边的孔庙,杨式德和同学就睡在供奉七十二贤的厢房里。县署后院有一株深红色的海棠正在盛放①。毕业于北大政治系的县长刘汉彝在这里备好茶点,为旅行团举行了欢迎会,并致词,以读书救国相勉励,黄师岳团长则致词感谢该县的关切和爱护②,曾昭抡还为现场的小学生发表了演讲③,可惜内容已无从得知。

饭后学生们在城内闲逛,这座小小的石头城,城周三里余,内多田地,街道用大石块砌成,非常难行④,房屋也低矮破旧,街上不见一家商店,只有十九家箫笛作坊⑤。玉屏箫是曾经拿过1915年巴拿马万国博览会金奖的有名特产,成对卖,一雌一雄(音调高者为雌),装一匣内,箫上匣上皆刻有诗句,字迹很好⑥。有懂音乐的同学试吹,据说非同凡品,一时间购买者踊跃,几乎人手一支⑦,预备"吹散倭奴子弟军"⑧。还有不少人买了手杖,质

---

① 杨式德日记。
② 余道南日记。
③ 吴征镒日记。
④ 杨式德日记。
⑤ 余道南日记。
⑥ 杨式德日记。
⑦ 余道南日记。
⑧ 赵悦霖《自长沙到昆明》,《再生》杂志1938年第10期,龙美光编《八千里路云和月:长沙临时大学播迁记》,云南人民出版社,2018年12月,p106。

轻,可以在上面刻字,高小文请店主人在手杖上刻下了"行年二十,步行三千,道经玉屏,购此为念"①。他应当是受到了旅行团另一位黄团长,南开大学教授黄钰生的启发。在旅行之初比较艰苦的时候,黄钰生经常说自己"行年四十,步行三千",将来到了昆明要刻一图章纪念,以此鼓励这些比他年轻得多的学生。结果他自己却经常乘坐汽车(很多时候确实是为旅行团整体谋划所需),不常随团步行,于是有淘气学生用纸壳写了一个"行年四十,步行三千"的纸牌子,挂在参谋长毛鸿带的一只狼狗脖子上。当时学校风气自由,黄钰生也不以为忤。②

旅行团许多人都记得玉屏的布告和箫笛,同样让他们印象深刻还有这里的鸦片。吴大昌告诉我,"当时在江浙一带,没有公开抽(大)烟的,禁烟禁得很厉害。湖南也禁烟的,但一进到贵州,那个变化太突然了。这个反差印象很深……在路边你就能看到他躺在那里吸鸦片,就好像我们现在老人晒太阳一样。当时的房间都很浅的,走在路上都可以看到。他是在那里享受,但是我们看起来就是病人。"

1858年,清政府与列强在上海签订《通商章程善后条约》,标志着鸦片贸易合法化,贵州开始大面积种植罂粟,因为气候、土壤适宜,"黔土"很快行销全国,贵州渐成鸦片输出大省,1919年,贵州军阀开放烟禁,周西成当政时甚至对不种烟农人收"懒捐",罂粟种植一步步扩大,"产烟之处,约占全省三分之二"③。至民国中期,"种烟如同稼禾,连阡越陌",吸鸦片的人越来越多。当局虽有禁烟之举,但为增加财政收入,或明禁暗纵,或时禁时开,"湘黔道上,每个角落都充斥着鸦片烟味,"一位当时的旅行者说。④

下午4点20分,我搭乘的中巴驶入玉屏城区,这里马路干燥,可也是乌云压顶。想来这雨云也是一路缓缓西行。4点25分,刚下中巴,大雨就从湖南追过来了。我在路边小店吃了碗羊肉粉,等雨变小,这感觉挺妙:一日几番晴雨,数次暴雨将至,而每次都刚好躲过了。

傍晚出来转悠,不远处是中山路,这条玉屏最宽的马路位于城北,是现在320国道和当年湘黔公路的一部分,1930年代修筑湘黔公路玉屏段时,原计划穿过城中心的鼓楼,从这座石头城的东西门进出,因为东街居民不愿意拆迁房屋,联名上书请求改道,遂改走城北⑤。我穿过中山路,继续往北,上北门大桥时已华灯初上。大桥正在整修,兜转回来,沿河滨路遛达,在那里碰到了一位退休的公检法("公检法是一家!"他说)干部。

1952年他就在附近读书,那时玉屏的城墙还在,河滨路还叫团结路,是北门外

---

① 高小文《行年二十步行三千》,张寄谦编《中国教育史上的一次创举:西南联合大学湘黔滇旅行团记实》,p233。
② 李鹗鼎电话,张寄谦编《中国教育史上的一次创举:西南联合大学湘黔滇旅行团记实》,p302。
③ 罗运炎《中国鸦片问题》,兴华报社、协和书局、国民拒毒会,1929年10月。
④ 蒋苏《从洪江到贵阳》,贵阳《中央日报》1938年1月,《抗战期间黔境印象》,贵州人民出版社,2008年1月,p487。
⑤ 谢光汶《湘黔公路玉屏段的修建》,《玉屏文史资料第4辑》。

一条小街，旁边是老百姓种的地，下面是码头。"（拆城墙）不是一次性的，是慢慢的，慢慢的，搞建设。这个东西，又不是一个人当县长，他来执政他是一种办法，他来执政他是一种办法。"他指着前面一处工地，"现在这里要搞建设了，这一截又没得了。这一片破破房子（原来）都还在嘛，刚拆了二十天！"又给我指一个孤零零的城门洞和很短的一段残墙（夜色中看着更像一堆高高的土坯），说这里就是北门了，"这个留着啦，这个不准他拆了。这个上面还要修凉亭，终于要留下来了。"

我顺着他的指点进了北门，去一个不复存在的石头城找不复存在的县署。按老人的说法，县署解放后改成了县招待所，现在名叫玉屏宾馆。这是一家老气的三星级酒店，但位置非常中心，大概算县署唯一的痕迹了。穿过宾馆大堂，绕到一侧的小礼堂巷，走到尽头，梧桐树下，是已经改成"茶花泉数字影院"的小礼堂，虽然外墙灰砖崭新，但前面六根红漆立柱暴露了它的年头，这便是毗邻县署的文庙大成殿旧址了。当年学生们就是住在这里，在神佛脚下打地铺而眠的。

"解放以后县里面开会都在那里！跳舞啊，搞大型活动也在那里！"在石头城不复存在的西门，一个打小在钟鼓楼边长大的老玉屏人说起小礼堂，"老革命死了也在那里停丧！停三天！现在不行了，全部送到殡仪馆！"这位微胖的大妈坐在自家小卖部外面纳凉，讲起话来有不自知的幽默感。我一开始攀谈的对象是她的丈夫，一个满头银发的大叔，他说玉屏原来有四个牌坊，修得相当漂亮，她听到了，接过话头，"'文化大革命'时全部打烂啦！全变成田啦！田又变成房子啦！"

他俩给我搬了个凳子，邀我坐坐，告诉我，玉屏还有一些老街坊，我刚刚路过的钟鼓楼往东走就都是老户。那正是旅行团进城的方向。杨式德所记，"在城外整队入城后，有一队小童子军举手欢迎"。钟鼓楼是县城中心，后来被完全拆掉了，县志所记，"建于明代永乐年间，后曾三毁三建，最后一次拆毁于1972年，重修于1987年"。往北走，有许多大排档，都是拆迁户开的，中医院就是以前的关帝庙，钱能欣所记，"城内关帝庙门前有左右二石，形如波浪，色紫如玉，相传是帝君上马石"。大妈说，她小时候关帝庙的房子还在，只是里面是空的，好多人到那时都还想去寺庙。而我们现在所坐的地方，就是石头城的西南角，门口这条窄路对面就是南城墙，杨式德所记，"南面的山很大，高千余米"。大妈小时候，1950年代，城墙附近的野兽还很多，"豹子，豺狗都看得见，1958年、1959年那时候，花花豹子，在城墙上叫，叫起像娃娃，夹起尾巴走路。那时候才几岁，妈呀！跑也跑不快。晚上住在鼓楼这边，豺狗到窗子底下来叫。"大叔老家在湘黔交界处的大龙——就是当年的鲇鱼铺，他甚至在那里见过一次老虎，"1959年，过粮食关的时候，我们去山里采野果子，我们地方喊焦菊娘，小红果，甜的，就看到一个老虎睡在那里，瞟了一眼，我喊我妈看，她拉起我扭头就走。"

在这样一个夜晚，他们的讲述和我阅读的日记、史料交织在一起，再稍稍用一点想象力，那些被拆毁的老房子就一排排立了起来，那些早已被"下脚"（填作地基）的石头也一块块破土而出，城门、城墙像拔节的竹笋一样快速长高，消失的野生动物（按县志说法，县境内的虎豹在1962年绝迹）都重回人间，带来瘆人又动人的吼叫。北岛在《我的北京》里写，"我要用文字重建一座城市，重建我的北京……在我的城市里，时间倒流，枯木逢春，消失的气味儿、声音和光线被召回，被拆除的四合院、胡同和寺庙恢复原貌，瓦顶排浪般涌向低低的天际线，鸽哨响彻深深的蓝天，孩子们熟知四季的变化，居民胸有方向感。我打开城门，欢迎四海漂泊的游子，欢迎无家可归的孤魂。"这段话多年前读了就不曾忘记，但"机缘"真是说不清道不明，从长沙出发十五天了，走到玉屏才第一次体会到"重建"一座城池的趣味。

但好像也不完全一样。我未必要用"重建"来否定如今的城市，或者说，我把"重建"交给某只神秘的手，就好像这趟旅行，和以往若干次作为记者出差最大的不同，就是没有什么是"必须做"的——没有什么料必须挖到，没有什么人一定要他/她张口，没有什么逻辑链必须建立——如果你把旅行当作对历史的科考（有时我仍然如此，那是记者的惯性，对"真实"的态度），你需要穷尽所有可能，但假如你换一种看法呢？假如你把它当作一次偶然性的堆积呢？就放松地走路，放松地聊天吧。

得知我从北京来以后，大叔说他在北京当了十年兵。1972年去的，那年他二十一岁，驻东城区，隔墙就是苏联大使馆。1976年他参加了唐山大地震救援，在那边待了一个月多，回来后就接到任务开始修毛主席纪念堂。参与修建纪念堂的奖状他们现在还保留着，挂在小店的墙上："××同志，在毛主席纪念堂工程建设中，你出色地完成了党和人民交给的光荣任务，被评为先进生产者。望再接再厉，乘胜前进。

毛主席纪念堂工程现场指挥部　一九七七年五月十四日。"有收古物的人要来买，出价两万，他们不肯卖。大叔回过两次北京，1996年和2012年，两次都是参加的旅游团，最近的那一次，旅行团里早起看升旗，凌晨三点多钟就在天安门广场上等着了。

晚上9点多，我告别了大妈大叔，往已不复存在的东门走去，过钟鼓楼后我发现东门街——正式名称叫解放路——还有不少黑瓦木结构的老房子，有的还贴着春联，只是大多数都房门紧闭，上面画着"已签"二字。第二天下午离开档案局后，我回到东门，询问一间老屋的主人，他告诉我，这条街的房子马上就要拆掉，要搞侗乡街，那些"已签"的，是谈妥了条件的。他家还没签，因为他找开发商要两个门面，但开发商只肯给一个——在拒绝湘黔公路由此通过八十多年后，东门街终于迎来了它的拆迁时刻。

我问这位出生于1952年的店主，如果最后谈不妥，担不担心强拆？他看起来颇有信心地说，不签字他不敢拆的，强制还得了?! 他的信心部分源于他保留了父亲1948年买下这座房屋的纸质证明。这份手书的房屋买卖合同上盖满了印花税和土地税的章，"……原土字人×××今因需款正用，愿收祖遗东街向南店屋，由中堂凭中直进右边一间半，其基地东抵卖主，南抵街心，西北抵××土四之内，寸土片瓦柱板砖石一概不留……×××先生名下为业……时值卖开法币一亿另五百八十元……一切税款均由买主负担，此系两相情愿并无压迫……"他一边念一边跟我解释，"这个是有字据的，他寸土不留，就是我父亲名下了……你不留下来不行啊。这是一个根据，防止后代扯皮呢……防止别人霸占呢。"

购下这栋位于东门口的房屋之前，他家就在这里租房做生意，卖各种杂货。也许八十年前，他的父母就站在欢迎湘黔滇旅行团的人群里呢，这只能假以想象了，不过他已去世的母亲确实跟他"摆"过一些以前的事儿。也是在1938年，旅行团走后几个月，国民政府军政部第三十五后方医院迁到玉屏，院址就在东门外的较场坝。伤兵源源不断从前线转来后方，到芷江、新晃、玉屏。母亲告诉他，到处住的是伤兵，还说，很多伤兵死了就葬在东门外的偏僻地方，河沟里都是，惹来不少豺狗，到处都是狗叫声。又说，伤兵晚上还来他们家喝酒，"深更半夜来敲门呀"。我想起那些在夜里游荡的伤兵，又想起人死之前会感到口渴，不禁感到有点发冷。伤兵医院在玉屏驻了五年，后来抗战胜利了，和平没有两年，内战又开始了，国民党败了。1949年11月7日，解放军从东门进城，先是三三两两地进来，他们家"门都不敢开"，附近的鸡鸭市场是粮仓，国民党走之前一把火烧了，到北门出城，架了浮桥过河，"往对河那边跑了，解放军一枪都没有放！"

## 玉屏—青溪—镇远：
## 只剩下了河畔的三根烟囱

那晚的天空像水晶般清澈，潺潺的河水中闪烁着一轮明月的倒影。在北岸的是古老的、被破坏的城市，四处矗立着像鬼魅一般的墓碑，深灰色的城墙围成三角形，三角形的顶点是北边的城门，它位在山顶上，紧紧地关闭着，不让任何邪恶的魔鬼进来，城垛上映着皎洁的月光。在南岸枞木点缀的棕色草坡山林间，可以看到一座现代化的英国工厂高大的烟囱和熟悉的外形轮廓。

这是1898年的平安夜，一位英国旅行者在贵州青溪所见到的情景。他是一位驻印度的年轻军官，厌恶了"炎热气候下那种穷极无聊的感觉"，利用四个月的长假来中国冒险并学习中文。许多年后，那晚的一幕仍然深深印在他的脑海里，"在这里，中国的正中央，离海岸五百英里，距伦敦一万五千英里的地方，全国境内只有五十几哩的铁路，以及我已经试着加以描述的那条唯一和外界有来往的水路。在这种情况下，一些乐观的英、法代理商在这里设立了一家公司，装置好机器，开采这一带蕴藏丰富而且质地优良的沙金、铁矿、煤矿。"[①]

青溪正是我的下一站。从玉屏开往贵阳的5639次慢车经停那里，不过网上购票没有青溪站，我只能多买一站到镇远，票价五元。早晨8点09分，绿皮火车缓缓开出，没多久就开始钻隧道，舞阳河在右侧茂盛的植被里隐现——英国军官所说的，当年唯一连通外界的水路。1937年湘黔公路通车，从县城南部绕过，水路被公路抢了生意，青溪市面日渐萧条，当地头面人物为挽回颓势，先后倡议修建三条公路与

---

① ［英］文格德《一个骑士在中国》，麦田出版，1996年。

湘黔公路相连，其中一条直通河边万寿宫下的渡口，靠船渡进入北岸的县城中心①。这也是后来湘黔滇旅行团走的路线。

旅行团离开玉屏是1938年3月18日，学生们早晨6点起床时，天还黑着，吃完早饭去县署集合，行升旗礼，县长及各界人士参加。县长刘汉彝被问起鸦片种植一事，他告诉师生，黔东这一带从今年起就会绝对禁种了②。礼毕已过8点，旅行团出发前往青溪。

公路两旁的确看不到烟苗，山地上种着茶油树，田地以麦苗最多，也有油菜和蚕豆③。这一天阴有多云，气温适合徒步。学生们走得兴致起来，离开公路，顺着马帮留下的痕迹抄起小路。大约四里路，翻过一道关口，半山半水之间，绿黝黝的一大片，全是烟苗，有的已经开了花，红的蓝的白的，有青年一边除草施肥，一边唱："洋烟开花挨朵朵，不会吹烟正在学；哪天哪日学会了，自搬石头自打脚！"

学生上去问他："那你为哪样要学呢？"

"不会吹洋烟，人家笑话你！"

"自搬石头自打脚呢？"

"唱歌是唱歌，学还是得学！"

"官厅不是禁种了吗？"

"禁倒是禁了！靠公路边留给你们外边人看的……冬月间传话叫禁种，我们撒下麦子。哦！这下又叫种了！拔去三五寸来高的麦苗，抢滚下种呵这些！不种不得了！不种受罚咧……我们贵州这地土呀，长得就是洋烟！麦子哪能这样肯长！"④

绿皮火车几乎是空的，1号车厢加上我只有三个人。车厢里有股尿骚味，还有老式火车难以描述的异味，来自永远不可能打扫干净的油津津的地板、座椅和小桌板。列车广播报站也没有青溪，向列车员询问，她肯定地说会停，但提醒我们得挪到中间车厢去，因为青溪站太小，1号车厢"下不到站台去"。

青溪站确实很小，只有一座尖顶的两层水泥小楼，座落在大樟树的阴翳下。"青溪站"三个仿宋字瘦瘦的，褪色的暗红增加了它的年代感。并没有下雨，但台阶上青苔和落枝让人有湿漉漉的感觉，勾起童年记忆里关于南方的某些恒久影像。背着包下台阶，走错了出口，在一片菜地里七绕八绕，也出了站。这个当年贵州最小的县早已降格为镇远的一个镇，一条马路横贯东西，倒是非常安静整洁。家家门口都有一小块空地，水龙头边码着扫把和撮箕，户户有花，还有人用大花盆种蔬菜。没有车来车往，也没有制造垃圾和噪音的集市与摊贩。一家小卖部在门口的推车上售卖早餐，水煮粉两元起，火腿饼一元，肉饼一元，物价好像还是十五年前，虽然没有买东西，摊主——一个好心的姑娘——还是很爽快地让我借用了他们家的洗手间。

我沿着主街往东走，在一家川菜馆门口看到两三个上了年纪的妇人在聊天，便凑近询问青溪的城门和城墙还在不在。她们七嘴八舌，说这里就是东门，"文革"时拆掉了，西门几十年前被大风吹倒了，北

---

① 赵德舜《青溪见闻》，《镇远文史资料 第1辑》，1986年8月。
② 索一《吹洋烟》，《大公报》香港版，1941年6月25日。
③ 杨式德日记。
④ 索一《吹洋烟》。

门就是火车站的位置，只有南门和南城墙还在，"他带你去看看嘛！"其中一个老太太指着一个穿黑夹克的男人说，后者正准备推摩托车出门，听到有人要看城墙，停下摩托，手一挥叫我跟他走。

川菜馆是黑夹克家开的，文化街1号，当年正城门的位置，他还听父亲讲城门上挂过人头，"文革"拆完城门，下面留了些"土墩墩"，他们家就在上面盖房子了。湘黔滇旅行团应该就是从这里进城的，"开春来，天常阴雨地常滑，赶路人脚顶要草鞋，草鞋店的生意旺，草鞋店老板娘的话头也旺，收完铺子，看看天还不挂黑，就摆下龙门阵，在背后数数熟识或不熟识的人的背脊骨。"① 一个学生记述。

我跟着黑夹克穿过主街，走上一块狭长的菜地，两边种着莴笋、香葱和苋菜，中间一溜儿踩出来的土路，旁边下面是青溪中学崭新的操场，远处传来学生朗读课文的声音。城墙在哪儿呢？黑夹克说，你已经站在上面了呀。探出头往下看看，可不是吗，不规则的青石砌成两米多高的墙体，已经成了学校天然的围墙。

从东城墙走到南城墙上，城墙外就是舞阳河——好像是第一次亲眼见识了，地方志上常说的，城墙（兼有的）防洪作用。河宽不足百米，但看着很深，岸边停着两只瘦瘦的乌篷船，水边开着金银花。我觉得水挺清，黑夹克摇摇头说不行，他1971年生人，看着不过三十多岁，"这个水，以前和玻璃一样，多深都能看见底，腿放下去，鱼就来吸你的腿。"

河流南岸是连绵山丘，东南方向的山顶有一座尖形建筑，是明末清初修建的文笔塔，八十年前，钱能欣也注意到了它，他的感觉是，这"代表文化的文笔，对于这个冷清的城郭，更觉惨然"②。一百二十年前，那位年轻的英国军官，应该也是在这里看到了鬼魅一般的英国工厂的轮廓。那是一座占地六十亩的现代化钢铁厂，三个高大的烟囱，三十二件大型机械，总重量超过一千七百八十吨，全套在英国采购，连同各种型号的耐火砖块，先运到上海，再沿南京、汉口、常德而上，节节转运，到了舞水，滩高水险，又需按件起驳③，船小无法保证运力，还屡屡失事，一旦翻船又要组织打捞，如是花了两年时间才把全部设备运抵青溪④。

这是中国历史上第一个近代钢铁工厂，比张之洞办的汉阳铁厂还要早三年⑤，也是洋务运动后期中国迈向现代化的一次悲壮尝试。青溪铁厂的筹建始于光绪十一年（1885年），具有改革思想的贵州巡抚潘霨的一次上奏："各省机器局及大小轮船，每岁所用煤铁以亿万计，现又设立海军，制造铁船、铁路，在在需用"，而煤铁，"此二项为黔产大宗，开采易见成效。如能合用，则可运销各省，源源接济，亦免重价购自外洋之失……"此后潘霨和他举贤不避亲的胞弟潘露奔走数年，在社会集资不

---

① 索一《吹洋烟》。
② 钱能欣《西南三千五百里》。
③ 杨德燊《青溪铁厂史略》，《贵州文史丛刊》，1988年第4期。
④ 朱荫贵《论贵州青溪铁厂的失败原因》，《贵州社会科学》，2015年第9期。
⑤ 刘学洙《黔疆初开》，贵州人民出版社，2013年4月，p108。

顺,也没有中央政府财政支持的情况下,凭着四处筹来的一点股款和东挪西借的少量官款支持①,终于在1890年7月17日(农历六月初一)炼出了青溪铁厂的第一炉铁,在第一批出炉的铁锭上,人们打下了"天字一号"的烙印。②

此时的青溪铁厂,拥有从上海聘请的英法工程师五人,近千名冶炼固定工,还有一批技师和大批零工,正式出铁三天后,潘霨颇为乐观地上奏,称随着工厂运转起来,"总可有盈无绌"。如果一切顺利,铁厂每日能出铁二十五吨,如此发展下去,青溪大概有机会成为贵州的"工业强县"吧,不过四十多年以后,湘黔滇旅行团到达这里时,却感觉这里比玉屏还要荒凉冷落,烟害甚至更加严重。旅行团抵达青溪是当天下午3点,那时它就是一座狭长的城池,"瘦瘦城垣由平地隐现上山冈……像一个人永远在矜持着的样子。店铺的陈旧货物,用箩箩盛起玻璃箱子罩着的,一头搁屋里,一半伸出街面引顾客的眼睛。狭长的石子路,挤得更瘦更黑了。摊子上的豆腐干,皮面留着黑色的苍蝇屎,默默在长霉……"③ 进城时,余道南看到城门旁挂有"青溪县戒烟所"的招牌,另一旁又贴有"青溪民与恒土膏店"的广告,"一个禁鸦片,一个又卖鸦片,令人啼笑皆非。"④

黑夹克有事先走了,走前说中午要请我吃饭,我客气两句,没当真。继续在城墙上走。南城墙种着几棵柚子树,这时节开着白瓣黄蕊的小花儿,清香扑鼻。学生们出来做课间操了,一人举个红色团扇,配合热闹的民族音乐,在操场上蛇行编队跑着。一个黑衣男,左手插袋,右手拿着麦克风走来走去,不断用夹生的普通话指挥:"有些班级,没有在自己的圈圈里头,跑得七零八落!"想到黑夹克跟我说以前这里是遛马场,觉得有点可乐。

再往前是南城门,半月形的城门洞,铁门上了锁,里头是青溪小学,我在这里碰到了一群城墙参观者,是黔东南州从杭州城市规划设计院请来的专家,说是有可能要做城墙修复的工程。地方土地部门的一位官员和一位文史研究员全程陪同。研究员头发快掉光了,讲起本地历史非常自豪,说这城墙始建于明洪武二十三年(1390年),"比贵州还要早"。我跟着专家们又把城墙看了一遍,学会了观察残破处的墙体内部,那是一种黄白混合的颜色,有的地方像是烧过,专家摸一摸,说黏合青石用的是糯米浆,时间一长就变成碳酸钙,特别坚固。

"以前老一辈的人太聪明了!"陪同的官员感叹。他是一个戴眼镜、胖胖的年轻人,指着青溪中学操场角落三层的"知行亭"给专家们介绍,虽然亭子是新的,但全是用他们侗族传统工艺建的,没用一颗钉子。我问起复建城墙的事儿,他说,看看能不能找一些专项基金,先请专家来看看残存的部分。

那位官员得知我一会儿要去河对面,

---

① 朱荫贵《论贵州青溪铁厂的失败原因》。
② 范同寿《潘霨和他的青溪铁厂》,《贵阳文史》,2013年。
③ 索一《吹洋烟》。
④ 余道南日记。

便邀请我和专家挤一辆小车过去,小车明显已经坐不下了,但他还是坚持要捎上我,"没关系!顺路!"而他对我唯一的了解是,这是一个凑巧路过青溪的背包客。我推托半天,最后实在没办法,只好把他拉到一边,小声说,他们都是州里请来的专家,千万以他们为重,不然回头你对领导不好交代。他这才放弃,一个劲儿对我说,不好意思啊。我微笑着目送他们的小车离开,为刚才我俩这场对话感到不可思议。

运行一个多月后,青溪铁厂遇到了大麻烦。先是煤质差,造成"炉寒",被迫停产,后来觅得好煤,但山路崎岖,运费昂贵,潘霨遂与英法矿师苦心筹度,想要利用舞水水路,设分厂降低成本,但"黔中大府畏难不允办"。[①] 而潘霨确实也有他的难处:从一开始青溪铁厂就资金奇缺,股款不敷,陆续挪用公款,清廷"责令自行筹款,不准报销",而省内绅商又不愿意继续集股,在这样的困局中,最终潘露"忧死"(亦有说是吞金自尽)。失去主事人,青溪铁厂雪上加霜,潘霨被"同僚诟病,家人亦非笑",不久便因铁厂失败去职[②],成为中国近代工业史上的一个失败者,《清史稿》也未给这位曾经的巡抚列传。[③]

潘霨去职后,铁厂接办不顺,于1893年完全停产。1898年,上海盐道陈明远连同英法商人,提出设"贵州青溪、八寨矿物商局",开采青溪铁矿及铜仁等地汞矿,并在湖南洪江设炼铁分厂,获总理衙门批准[④]——那位英国旅行者就是在此时看到了半死不活的青溪铁厂,之后发生的事情他不是很清楚,因为他很快沿舞水而上,去了镇远,在那里,有礼炮和几百名围在两岸看外国人的好奇民众迎接着他[⑤]。实际上陈明远对铁厂兴趣寥寥,更吸引他和英法商人的是铜仁山里的汞矿,他们还专门为此成立了英法水银公司。1900年以后,在全国收回路矿权利运动的压力下,清政府先后取消了"矿物商局"和英法水银公司,青溪铁厂彻底宣告失败[⑥]。1901年,一项名为"英法在中国(贵州省)流沙采矿权"的会议在伦敦召开,《金融时报》(Financial Times)以大篇幅报道这次会议。会议中,理事主席对焦虑的股东说:"我们无法让诸位分红,因为我们一直没有生产出任何东西,所以没有红利。我们在伦敦努力不懈,分秒必争,目前我们除了全力开发贵州省的沙金之外,也开发其他所有的矿产……贵州省比英格兰和威尔士的面积加起来还大一万平方哩!"这位乐观的理事主席接着说,"我们的律师已请求当地政府赔偿加诸于我们身上的费用……"十一年后,在1921年的《中国年鉴》里,有关这家公司的记载如下:"由于与中国当

---

① 杨开宇、廖惟一《洋务运动中第一个钢铁企业:贵州青溪铁厂始末》,《贵州师范大学学报(社会科学版)》,1982年第4期。
② 杨开宇、廖惟一《洋务运动中第一个钢铁企业:贵州青溪铁厂始末》。
③ 范同寿《潘霨和他的青溪铁厂》。
④ 《青溪铁厂兴衰纪略》,《镇远文史资料·第1辑》,1986年8月。
⑤ [英]文格德《一个骑士在中国》。
⑥ 杨开宇、廖惟一《洋务运动中第一个钢铁企业:贵州青溪铁厂始末》。

局（请注意这时已是民国政府）协调困难，工厂的发展相当有限。"①

时过境迁，这位英国军官回顾他的中国之行时，想到那些不远万里从英国运来的昂贵机器设备，躺在舞水河畔倾圮的西式建筑物里生锈，又想到是谁提供资金，资金可能是怎么得来的时候，他"同情的不是这家公司，而是可怜的、被误导了的贵州人民——虽然他们既文明又好客……这项工程就像其他类似的工程一样，事前都没有经过周延的计划——于是那些发号施令的人，便可以在英国舒舒服服地坐在椅子里，敦促英国政府向满清施压，好再向这些无辜的百姓榨取更多的钱，来赔偿公司在这个事业上的损失……以这种手法来从事国际性业务导致了中国人不信任、仇视外国人，尤其是英国人，被中国人视为披着羊皮的狼——这种恨意，在1900年的动乱中达到了最高峰……"②

按照当地人的说法，1919年至1920年间，贵州省政府派要员到青溪，协同地方将铁厂财产变卖了绝大部分，所获价款拨交镇远县作了修建模范监狱之用。1926年至1927年间，省府再次派员，协同地方将剩余部分如火砖等卖给了青溪几家富商、地主修了窨子房③。1938年春天湘黔滇旅行团抵达时，中国第一个近代钢铁工厂只剩下了河畔的三根烟囱④，而铁厂停办后，当地的土法炼铁又兴旺起来，到1938年，小铁厂有十八户之多，年产铁四百吨⑤加在一起不足青溪铁厂产能的百分之五，这还没算铁质量的巨大差距。看到这种数字，你只能苦笑：铁厂、城墙、人民，历史就像一台折腾牌的大搅拌器，我们都只是在里头浮浮沉沉。

我继续往东走了几百米，上青溪大桥，远远看到了南岸临水高处万寿宫留下的断壁残垣。过了桥，绕过几个公鸡打鸣的村宅，下到水边。这里水很深，呈现出一种有点瘆人的深绿，很多小鱼在浮游。古渡口不再被需要了，但样子还在，北岸停着几只小船。

八十年前，学生们回到河南岸的万寿宫，黄昏时，天在闪电，雨点落了下来。岸边的古渡口，过河人和牲口都上了船，渡船的小孩子用竹蒿敲一下渡头石，船就急急离岸了，因为用力过猛，船在雨里摇晃了几下。坐船人骂了几声，看没事，就弯下腰去，用瓢去舀船底的积水，"泼到江面发出劈劈的击水声。"⑥

万寿宫是旅行团第一大队在青溪的住处，寝室在观音殿，神桌上有签筒，有人随意抽了一枝，正是上上，不过签上面注明"上油十斤"，又抽，中吉，上油六斤。他干脆把签全倒出来，共有五十枝，仅有两枝下下，两枝中中，这四枝签是不用上油的。⑦

现在，万寿宫的房顶全没了，只有临

---

① [英]文格德《一个骑士在中国》。
② [英]文格德《一个骑士在中国》。
③ 《青溪铁厂兴衰纪略》，《镇远文史资料·第1辑》，1986年8月。
④ 钱能欣《西南三千五百里》。
⑤ 杨德桑《青溪铁厂史略》。
⑥ 索一《吹洋烟》。
⑦ 德瞻《贵州步行记》，《宇宙风》，1938年，第75期。

河的一整面墙还完整，这让它更像一个二维的布景板。我向上攀到宫门口，门前一块空地，肥沃的黑土里种着玉米苗。旧标语下面应该就是正门，被水泥砌死了，四级台阶上去，仔细辨认还能看到门两边的阴文石刻楹联——"发祥洪都膏流舞水，勋留南屏泽沛西江"——水运鼎盛年代对青溪的祝福。

按县志所记，万寿宫建于清光绪四年（1878年），"布局严谨，精致典雅"——如今只能在墙角残存下来的植物雕纹上体会了。我顺着菜地再往上爬，来到万寿宫的一侧，透过长着艾草的墙眼窥探，腐朽垮掉的横梁歪歪斜斜，有两间木结构的屋子还算完好，但不得其门而入。再绕到后面，发现隔着一道残墙，还有一块开阔地，被附近人家开垦成菜地，一股泥土的潮湿气扑面而来，但好像就连这菜地也荒废一些时日了，只有一株柚子树在里头孤独地开着花儿。

我从万寿宫后折回了公路，往回还没走到街上就看到黑夹克骑着摩托车奔来，说菜已经准备好，就等我了。恭敬不如从命。回到川菜馆，一盆巨大的干锅鸭子在火舌下滋滋作响。黑夹克姓江，我叫他江哥。江哥拉了一位发小作陪，我叫他孙哥。江哥倒上白酒，端起酒杯敬我："代表青溪欢迎你！"又说，"我呢，是爱喝酒，喜欢结交朋友。"

"酒是天使。"孙哥附和说。

"一杯白酒下肚去，两朵桃花上脸来。这是首老诗，我也不晓得哪个写的。"江哥说。他每天都要喝，只喝白酒，一顿最少四杯。

一杯下肚，他问我："你看我好大年纪？"忘记了他之前跟我说过，他是1971年的。

不一会儿他的电话响了。他对着那头矢口否认："没有喝！没有喝！"

干锅鸭子味道很好，里头加了木江子，又在上面放了几把芫荽菜，别有风味。江哥边吃便跟我讲青溪八景，火红的花岗岩，紫色的雾，一步三拱的桥，"最神奇的是，那里有个仙人桥，叫夜雨撒金桥，再热的天，天干火旱，必有水分到那个马路上。"

"青溪以前人才辈出！"他感叹说，"北大清华的，出国留学的，多得很！解放前十年，解放后十年。现在不行了！"

"我父亲也列入了史志，他进入史志是因为学习好，在镇远一中都是前一二名的。他的同学，姓黄，和他争一二名的，后来去俄罗斯当了专家，写的回忆录里写了我父亲的名字。这也是讲命运，他没得这个命。"他父亲1936年出生，抗战时读的小学，那时候教授、老师"都往贵阳方向跑"，有人经过青溪就留在这里教书了，教他父亲的老师是复旦的，"所以他学习好，是因为老师好。"我后来在《镇远文史资料》上看到，说自从1941年青溪并于镇远，降格为区后，青溪的头面人物认为，要想摆脱青溪之于镇远的附庸地位，就必须要提高本地的文化教育，于是当年开始筹办青溪中学，对了，为建学校还拆了铁厂的烟囱，中国第一个近代铁厂最后一批砖石也算用对了地方。1942年春季，青溪中学开始招生[1]——这是这座矜持的瘦瘦的小城为挽回颓势做出的第二次努力，江

---

[1] 赵德舜《青溪见闻》，《镇远文史资料 第1辑》，1986年8月。

哥的父亲间接地成了受益者。

讲父亲故事时江哥有点跳跃，有些应该清楚的时间点他弄不清，但他自有判断方法，比如他父亲肯定不是解放后读的书，"因为解放后不时兴用板子打人了，他是用板子打的"，所以现在的教育方法，他有点怀疑，"讲人性是不是好？你讲人性，学生懒，你不讲人性，他讲你违反宪法，违反法律！"我听得笑了起来，他认真地强调："我家父亲读的书，可以倒背如流，那是板子打出来的咧！"

他父亲读到初中，因为家庭条件不好，辍学回家了，后来当了挺长时间的民办教师。"以前的小学生可以当一个中学生，以前的初中生可以当一个大学生。现在初中生，简单的应用文都写不起！倒是有一点会，玩手机比我们厉害！"

接下来的历史更跳跃了，他父亲突然成了武汉铁四院的员工，"他有文化，懂测量，修了镇远水坝，涵洞，测量铁路线路……"他讲不清这其中由来，我是后来才想起来，中国1970年开始修建湘黔铁路，沿途除了动用大量民兵团，还征召了大批知识青年参与建设。1972年，也就是江哥出生第二年，湘黔铁路通车，不少知识青年进入铁路系统工作，他父亲大约就是那时候加入的吧。"但我父亲是个直人，性情刚烈得很，眼睛里揉不得沙子，得罪人了……材料一写，送到镇远，（说他）有反革命倾向，完了嘛，就完了。"

电话又响了，他对那头说，"陪北京来的朋友嘛！不喝了，不喝了。"

他没有多说父亲被打成反革命后的遭遇，只是讲他后来当了厨师，"爱喝酒，性格不好，暴躁，有点愤世嫉俗的味道，总觉得有点屈才，每天拿酒麻痹自己……他

心里解不脱，所以他命短，六十几岁就死了。"父亲下葬那天，他想父亲想得厉害，当天晚上把酒喝了，一个人摸到深山老林父亲的坟上，睡着了，半夜酒醒了，又觉得害怕，怕鬼，摸黑从山上跑下来。"文革"结束后，铁四院给他父亲来函，恢复他工作，补偿他损失，"不敢领，被整怕了。武汉设计院（说可以）解决两个小孩的工作，我两个姐想去，不让去……"他说起来又责怪又心疼，"晚年一副战战兢兢唯唯诺诺的样子。"

我问起复建城墙的事，他说去年政府就来找过他们，说这里的房子可能要拆迁。如果是真的话，这算是青溪为挽回颓势做出的又一番努力吗？虽然它更像是兜了个大圈回到原点。"我说，政府搞建设，我支持，"江哥顿一顿，又笑，"你要反抗也反抗不了嘛。"

吃完饭，江哥非要留我住下来，说晚上烧狗肉吃，第二天再带我好好转转，"外面的人来这里，是人家看得起！……全世界七十多亿人，能见一面，不是缘分是什么？"我很感激这萍水相逢的缘分，也喜欢江哥的豪气（不知怎么，"袍哥"二字不断出现在我的脑海里），但日程很紧，我也订好了镇远今晚的客栈，但说到底，是因为我是一个疏离的人，交谈和善意是温暖的，但留宿的邀请则开始让我感受到压力。热爱旅行、热爱徒步也许就和我天性疏离有关——"赶路"可以合法化一切别离，这样你就不必一直和人打交道，不必彻夜长谈，更不必把自己交付出去。这是在路上的自由。

婉拒江哥后他有一点不高兴，说起吃饭前骑摩托去找我，"都找到文笔塔去了，十里路，找不到。我没得文化，你们来这

里,我高兴,你们每次来,我都高兴!"告辞时我想和他合个影,他大约气还没消,摆摆手拒绝了,跨上他的摩托车,给人送液化气罐去了。

下午2点,我出了青溪城,向鸡鸣关行进。半小时后,一处景色优美的石滩映入眼帘,那里叫对门老村,舞阳河在这里暂时告别国道,向山坳里拐了个大弯。在这里它是一条完完全全自由的河流,河中间因为水流较急,翻滚的泡沫拉出一条细细的白线,江对面是连绵的喀斯特峰林。鸟叫声很响,仔细听有六七种,可惜都叫不出名字。我在石滩上玩耍了半天,后面草丛里停着一辆被砸烂的汽车,大约时日太久,车里头长出了野草。几番自我拯救,青溪终究是破败了,但破败中还存着某些令人感动的东西。

## 在镇远:两种时间观

由青溪去镇远,旅行团决定走小道,因其比公路近了50里路。小道即旧时驿路,沿舞阳河蜿蜒上下,比想象的窄,让杨式德觉得简直是羊肠小径①,又因为此路在湘黔公路开通前是本地唯一官道,几百年来被官员学子、商人马帮以及发配西南的流放者踩踏太多,石块太过光滑,不巧这一天又下着牛毛细雨,"脚上由另一个地方带来的泥浆,沾染到这石块上来……增加其油头粉面程度,更显其泞滑得可怕了。"②

小道由青溪以西的鸡鸣关上山,随山势起伏,五里一岗③,多数时候路是挂在半山腰上的,旁边就是直削而下的峭壁,底下是湍急的河水。这时,在玉屏买的手杖便派上了用场,没有手杖的,也要折下一根粗树枝,用它试探前路,真有把握了,才踏上脚去。眼睛也得始终聚精会神看着脚下,平时行路唱歌的同学,也没工夫去拉嗓子了,连走山路常听见的口哨声也没有了,只有雨点打在油纸伞上的声音。④

这条由湖广经贵州通往云南的官道唐宋时尚不存在,南宋末年,忽必烈大军分三路攻打大理国,只能绕行川西高原,"下西蕃诸城,抵雪山,山径盘屈,舍骑徒步",再南下中甸、丽江,进逼洱海之畔。为了加强对西南边疆的控制,蒙古攻下大理数月后便开始在云贵筑路,到元世祖忽必烈在位末年终于开通了横穿贵州的普安道。从昆明经贵阳直达镇远,东接沅州(芷江)辰州(沅陵)的"常行站道",再一路北上大都,这条驿路比之前几条路线捷近,沿途又产健马,遂成为出滇入滇首选通衢。此后从明清直到近代,一直是云南与内地往来客流量最大的通道⑤。1819年那个炎热的夏天,林则徐也是踩着这条光滑的石子路由青溪到镇远的,当天他在

---

① 杨式德日记。
② 高一涵《荒山行:湘黔滇步行日记之一》,1939年9月6日《大公报》香港版。
③ 钱能欣《西南三千五百里》。
④ 高一涵《荒山行:湘黔滇步行日记之一》。
⑤ 方铁、方慧《中国西南边疆开发史》,云南人民出版社,1997年7月。

日记里写，"是日路险恶，上接千仞，下临重渊。闻雨后水发，尤不可行。"①

路是如此之滑，连旅行团师生们遇到的几头牛的蹄上都套着草鞋。杨式德也穿了草鞋，但还是"滑了不知多少次，都险些跌倒……经过两个山头，每次都是遍身大汗，腿软头晕，疲倦极了"②。那些没穿草鞋穿胶鞋的学生就更惨了，每次滑倒一身泥水爬起来，看到路旁野草那"凝翠的微笑"，都感觉是"被人捉弄"，"有不可言说的滋味荡漾的心头"。有人回忆起这段人仰马翻的行军，"在我脑幕中放映的，是跟那些飘摆身体，在游绳走索的人物一样的情形。"幸运的是，没有人掉下山涧受伤。③

元代修筑的驿道也间接导致了它的最终灭亡。明洪武十四年（1381年），朱元璋兵分两路征讨元朝在云南的残余势力，傅友德的三十万大军沿湘黔滇官道一路向西，乘兵势修治驿路，"水深则构桥梁，水浅则垒石以成大路"④，并在沿途设立卫所，驻兵维护交通，平溪（玉屏）、清浪（青溪）、镇远……的城墙渐次耸立起来，而此时贵州尚未建省，所以，青溪城池比贵州更为古老并不奇怪，沿线大抵如此。明永乐十一年（1413年），为了更好地控制边陲重地云南，贵州建省，来自东部尤其是江南的移民随着军屯、民屯纷至沓来。

时至今日，向一些住在云南的汉族询问他们的祖先来自哪里，还经常会听到"来自南京柳树湾的高石坎"的答案，如今的南京已没有这两个地名，但它们在明初的确存在，当年参与征讨云南的大军很可能就是在这两个地方整编成军的⑤。正如近现代史上殖民主义与现代化有着令人尴尬的复杂关系，当年的军事征讨、汉化与文明进步往往也难以切分，这一过程开启了西南"中央化"的第一波进程，而第二波进程，就是五百多年后的抗战西迁。

旅行团从早晨走到下午，翻越了七八座山岭，"最高处云迷雾障，俯瞰群峰有如大海波澜，风光殊壮丽"⑥。这一天的休息点在蕉溪，疲惫不堪的学生在这里奇迹般发现一两家售卖豆腐脑的店铺，一窝蜂抢着去买，店家一开始卖两个铜板一盘，后来涨到四个铜板一盘还是供不应求，晚到的学生——很可能就包括杨式德，他和王鸿图掉队了，山中云雾弥漫，看不见同学，险些走错了路⑦——只能空着肚子继续前进。过了蕉溪，山势有所缓和，天气也转好了，"远峰是给那一层棉絮似的白云拥抱，黛色的树枝常常就给那被丢弃了的闲云飘织起来……常常隔了一座山，水花开出来的声音，还悠悠地传将过来"⑧，下午5点30分，旅行团抵达镇远以东十余里的

---

① 林则徐《己卯日记》，《林则徐全集·第9册·日记卷》，海峡文艺出版社，2002年10月，p88。
② 杨式德日记。
③ 高一凌《荒山行：湘黔滇步行日记之一》。
④ 《明实录》，转引自姜建国《明代云南驿道交通的变迁及原因》，《烟台大学学报（哲学社会科学版）》，2016年第6期。
⑤ ［日］上田信《海与帝国：明清时代》，广西师范大学出版社，2014年1月。
⑥ 余道南日记。
⑦ 杨式德日记。
⑧ 高一凌《荒山行：湘黔滇步行日记之一》。

两路口，在这里小道与公路重新相会。这是最疲劳的一天，杨式德在民房住下后，洗了脚，在台阶上坐着写日记，又开始下雨，他看见曾昭抡先生跛着脚到了，也不打伞。①

除了绝壁临街让我有时觉得身在井底，镇远给我的第一印象和国内那些过度开发的古镇没有什么区别。一模一样的银器店，一模一样的特产，一模一样的文艺范儿，墙壁上一模一样的留言。在无数一模一样的小饭店里吃一模一样的红酸汤牛肉粉和苗家甜酒灰碱粑，邻座是几位来自湖北的大妈，她们有着爽朗的笑声，声称"要尝遍这里的美食"——看起来她们才是这年头古镇游客的主体，从镇远到凤凰，从丽江到阳朔，我很好奇，是那些标准化文艺了十多年的小店跟着她们的口味翻开新的审美？还是大妈们入乡随俗追随十多年前的年轻人重返二十岁？

祝圣桥上游人最多，大概因为这里能看上下游的江景，又有青龙洞建筑群为背景——悬挂在石崖上，檐角上翘的大小牌楼确实好看，旅行团留下来的日记也多有描绘——杨式德写，"楼阁依岩石而建，曲折幽静"，余道南写，"庙宇数座，高悬峭壁，远望若仙山楼阁"。从长沙出发以来，我一直留意寻找八十年前的痕迹，虽然所剩无几，但每见一处，总兴奋异常，好像时空小门短暂洞开，先人后人的目光甚至笔触得以交汇，再稍假想象力，重建城池的愉快和成就感就翩然而至。可是在镇远，面对他们描述过的楼宇，内心居然毫无波澜。大约是因为从名胜到名胜，至少在表面上，八十年的历史没有在上面投射出任何痕迹（亭台楼榭甚至愈加新了）？还是，寻找、重建总须伴随某种努力，最后变成某种记忆的私藏，如果得来全不费工夫，又展现在所有人眼前，那么不免就要"贬值"？又或者，想象力的展开是需要留白的（"未晚先投宿"），这一切都太完整，更准确地说，太规整了，已经被旅游业编组到一个典型的"景点"里头，那么"过去"也随之僵化成为一张小小的门票了？

1937年，《旅行杂志》特派员胡士铨从这里经过时，有桥无楼，因为魁星楼"二十四年（1935年）毁于共匪"②。关于这段历史，我在镇远博物馆看到了另一种表述。那是几张红色大展板，大标题"中央红军奔镇远，首克地级'大城市'"，"1934年底，中央红军湘江浴血之后，严冬时节，一路生死急行进入黔东，大军衣衫褴褛，饥渴而顿踣，从物质供给上来说，红军到了生死存亡的紧要关头。"旁边配有一张当年镇远老照片，两边带风雨走廊的二层青石建筑居然有几分像加泰罗尼亚的街市，"镇远，当时是苗疆首府，商家林立，民殷城富，城内大道旁，教堂里、广场上堆满了中央军和黔军的各种军需物资，真可谓'金银遍地，粮草成堆，弹药如山'。"1934年12月23日，红军兵临城下，次日下午开始攻城，当晚相继攻下卫城和府城，红九军团长罗炳辉平安夜下榻之所正是博物馆所在老宅。

攻克镇远后，"镇远官府和商人众多的钱财，加上敌军事先运到镇远的辎重物资，

---

① 杨式德日记。
② 胡士铨《京滇公路周览团随征记（三）》。

湘黔滇旅行团男生在贵州镇远附近的小溪旁留影,资料照片,由作者提供。

部分金条和数万银元，以及大量粮食、被服、药品、枪支弹药等，红军运了三天三夜，极大地充足了红军的给养。军事胜利俘获多，'红军过后尽开颜'，"有学者认为，贵州的镇远、遵义两座名城，一个从物质上，一个从政治路线上挽救了红军"。三天之后的12月27日，红七军团占领祝圣桥桥头，为给大部队转移争取宝贵时间，红七团"忍痛点燃了桥上的魁星阁"，"烈火将追敌阻止在舞阳河南岸，红军顺利撤离镇远。"

和之前湘黔滇旅行团路过的不少县市一样，学生们一到镇远，就看到了几年前追击红军的军队留下的遗迹：四周高耸头上的座座碉堡——步步为营、封锁围进的碉堡政策是当年陈诚协助蒋介石制定的战略[1]。这一天天气晴好，在镇远住下后，不少同学相约赴河边沐浴，余道南发现河水里含有碱质，洗涤换洗衣服无须肥皂。大家在这里留下了一张合影，照片里，几个男生光着上身，或坐或卧，正在沙滩上晒着日光浴，远一点还有人在打水漂。右边侧卧、露齿微笑的高个儿男生叫全广辉，清华经济系大四学生，校篮球队队长，除了是篮球高手，他还是田赛的全能选手，1937年4月24日，北平五高校春运会在清华开幕，全广辉拿到了铅球亚军、标枪和撑竿跳两项第四[2]。许多年后，全广辉还撰文回忆起清华园内的运动氛围，尤其是那些"不见经传"而令他们"自鸣得意"的非正规比赛：斗牛、拔河、夺红旗、龙球大战、棒垒球……最受欢迎的是"斗牛"——清华独有，模仿美式橄榄球打篮球，1934年入学的清华十级同学人多势众，"斗将起来浪卷潮涌，各级老大哥莫不退避三舍。尤其我工学院的李天民、杨德增、桑士聪、徐煜竖诸人，他们个个短小精悍，身强力壮，人们誉为'棒蛋'。"[3]

与全广辉同属十级的何炳棣在《读史阅世六十年》里曾提及1930年代平津地区运动健将引领的"歧克（chic）"潮流，"20世纪男性的'歧克'一般由健美的体格和时髦的衣着（尤其是运动便装）结合而表现出来"，曾就读于南开中学的何炳棣认为南中是中国"歧克"的先驱和标准，"天津是华北最大的商埠，租界区广人稠，英美驻军与南中（稍后南开大、中混合队）有长期密切的体育竞赛关系。运动服装用具通常都首先由南中引进；此外，南中学生的'歧克'是长期耳濡目染，自然而然消化吸收的结果。这些因素合拢起来才能说明何以上海租界区域、人口、财富远胜天津，而富家子弟即使容貌清秀服装入时，总还不免给人以'小开''海派'的印象，总不如南中体育健将'够味'。在'歧克'的发展过程中，清华比南中似乎仅仅后半步，因为……不少运动健将毕业后考进清华。北平的燕京、汇文、育英和通州潞河诸校也紧紧跟上，所以1930年代'歧克'的客观观察者一般都认为平津较上海为'成熟'、'够味'。"[4]

---

[1] 孙宅巍《陈诚传》，团结出版社，2016年10月，p86。
[2] 1937年5月24日《大公报》天津版。
[3] 全广辉《十级运动史话》，《清华十级纪念刊1934—1938—1988》，p84。
[4] 何炳棣《读史阅世六十年》，广西师范大学出版社，2005年7月，p49。

旅行团入住的是镇远第一完全小学，和往常一样，我打电话给当地的史志部门请教当年第一完小的位置和更多情况，先是电话镇远县档案局，一个年轻姑娘接的电话，我自我介绍没两句，她就打断我，说她是新来的，领导都下乡去了，她不知道我说的那几个大学是怎么回事，也不想知道，"你不用跟我说这些，我什么都不知道。"

"对接信息公开不是你们的工作之一吗？"

"我们是为老百姓服务的。"

"记者不是老百姓吗？"

"我又不懂你说的这些。"

"你可以请示一下你们懂的同事。"

"我只有一个人，我去问谁嘛？"

"我好像听到你旁边有别人的声音。"

"你是什么意思？"

她挂掉了电话。

我有点不甘心，猜想也许是"记者"的身份让他们敏感了，决定以"老百姓"的身份再试一下。镇远县档案局就在古城一个院子里，门口挂着个对外服务中心的牌子。一楼有五个人在忙着电子化档案，问了一下，是外包公司，二楼档案局办公室至少有三个人在，包括那个年轻姑娘和她的领导，档案局副局长，一个中年女人。我对她们说，我是游客，对镇远抗战时期历史感兴趣，看到门口牌子上写着可以对外查询档案，请问要什么手续？中年女人没好气地让我出示身份证和介绍信，似乎给她找了一个巨大的麻烦。

"可是我看到门口写着也接待普通市民？"

"市民也要工作单位介绍信。"

"如果没有工作单位呢？"

"要居委会开介绍信。一般老百姓谁要看这方面的资料？"中年女人说。

"这些都是涉密的！"年轻姑娘从正播放电视剧的手机里抬起头来帮腔。之前在电话里她还"什么都不知道"。

只好用回查县志的笨办法。可县志上的信息也有限，说是当年镇远有两所小学，一小在府城复兴岗，二小在卫城东门外，但这都是当年的位置了。询问当地老人——在一个满是游客的地方，还真不容易。在河对岸的卫城转了两圈，一无所获，下午6点多，舞阳河两边密密麻麻的客栈亮起了灯笼，我返回府城，沿着河边新中街——张恨水曾经散步的一条路——往回走，抗战胜利后，客居大西南的流亡者们纷纷复员，1945年12月，张恨水携家人离开重庆，经贵阳走西南公路东返，儿时他读地理教科书，有一课讲到镇远，"书中言此为西南咽喉孔道，舟逆滩上，水怒欲飞"，他琢磨着今生是否有可能来此一游，但很快就告诉自己，不可能，"因满清末季，入云贵如登天也"，没想到一场战争真的把他带来了镇远，"惟四十年来素愿，偿于一夕，精神兴奋，不可名状"。晚餐后，这位当时中国最出名的通俗小说作家"手携木杖，独步街上，意甚自适。杖上刻有文，策杖观太平，适余此时意乎？"他沿着河街散步了五里之远，"灯火寥落中，细雨如烟"。[1]

黄昏时分，我在这条路上终于看见了大批散步的本地老人，接连问了五六个人，

---

[1] 张恨水《东行小简》，《山窗小品及其它》，北岳文艺出版社，1993年1月。

最后是一个老太太给出了非常肯定的回答："在停车场那边！庐（六）小！"六小现在是三小的一个校区，绝壁之下，老式的三层教学楼半包围着一块平地，看到这块开阔地，我立即确信了这就是要找的"第一完全小学"。仍在加班的教导主任，一位温和友善的女性，向我确认了它的历史，虽然她并不知道湘黔滇旅行团曾经在这里住过。她告诉我，镇远络绎不绝的游客，误打误撞走到这里，有时候会发出疑问："你们县城还有这么破的房子？！"

当年就是在这里，杨式德遇见一位清华七级化学系毕业的师兄，他说镇远不过是山谷间的一片小冲积地，自汉人来后，苗民便移居深山了，又说苗民身体强壮，赤足上山，如踏平地，即便直立的山也能快跑上去，还说他们衣服很污，不讲卫生，而基督教在这里有教堂，以英文字母拼写他们的文字。"我们本国人还少和他们接触，侵略者却年年深入了，这实在是很痛心的一件事。"杨式德在当天日记里写。①

第二天，旅行团十几个同学去附近山上访问苗寨，其中就有一直对西南少数民族问题感兴趣的钱能欣。学生们由地方官员引导，得以接近寨门。寨门前挂着一块木板，上书："现当时局不靖，本寨公议于寨周围栽有竹签，并放有弩箭，凡我乡人，以及外处人等，请勿黑夜入寨，免遭误伤，倘有强横不信或被签伤或被弩死，不与本寨相干。"

进寨门后，有会说国语的男子招呼他们，苗族女子们则纷纷躲进了茅屋。学生们随便参观，一家一个牛栏一个猪栅，栅栏上贴着黄纸，写着"姜太公在此木家猪牛真是不卖"，不知何解。两户苗家为他们煮了饭和青菜，饭米色白粒大，青菜则淡而无味②——直到近代贵州都常年缺盐，一种说法是，黔东南苗族的"酸汤"正是盐的替代发明。当年丁文江经湘黔滇驿道回内地，一入黔境就只见辣子少见盐巴，"最足以使我永久不忘的，是贵州劳动阶级吃盐的方法"，路边的饭铺，菜里没有一粒盐，另有一只碗放块小盐巴，吃饭的人，吃得淡了，倒几滴水在这碗里，然后把这几滴盐水倒在饭菜里，得一点咸味。还有一次，半路打尖，轿夫喊老板娘拿点水放在盐碗里，老板娘说，放了水盐化得太快了，你们嫌淡，拿起来放在嘴里呷呷就好了，"不到一刻工夫，我眼看见这一块盐在九个夫子的口里各进出了一次！"后来丁文江把这段故事告诉朋友遵义人塞季常，结果塞说："我告诉你一个故事，才真正可以代表我们贵州人吃盐的方法。有一家人家，父子三个一桌吃饭。父亲把一块盐高高的挂在桌子当中，对他的两个儿子说道：'你们觉得淡的时候，吃三口饭，看一看盐，就可以过瘾了，不必吃盐。'等了一会，他的大儿子叫道：'父亲，弟弟吃一口，就看一看盐！''你听他去罢。他不懂得事，等他咸死！'"③

回到涌溪的苗寨，好奇的学生围坐在矮矮的方桌上，吃了一顿苗饭。饭后，他们坐在草地上唱起歌来，听到歌声，苗妇苗女们都出来了，"欢天喜地的四周围着"，

---

① 杨式德日记。
② 钱能欣《西南三千五百里》。
③ 丁文江《漫游散记》，云南人民出版社，2008年9月，p106。

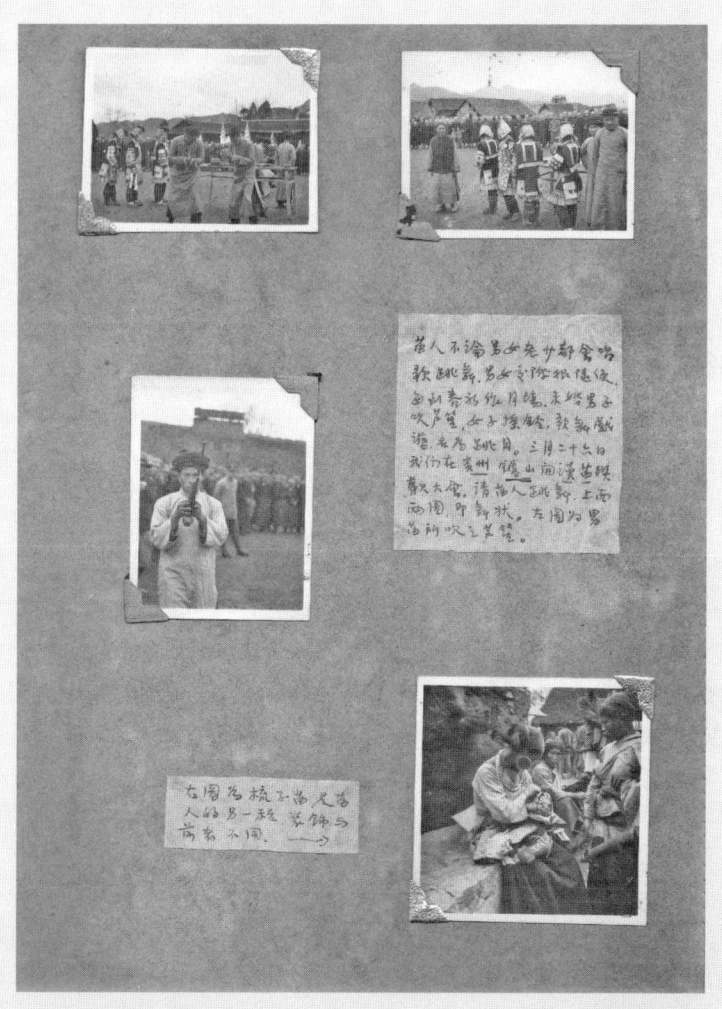

王玉哲收藏的老照片集中的一页，摄于1938年3月26日，贵州炉山汉苗联欢大会。由王玉哲之女王兰珍提供。

接着她们也唱了,歌声清脆,尾音幽长,满是忧郁,翻译告诉学生们,歌词的意思是:"你们离别了家乡,老母亲思念你们;室中暖,野外凉;可是你们做了官,老母亲在家也欣欢。"①

我在镇远住的客栈开门见山,背门临河,头晚下了夜雨,早晨起来发现舞阳河变浑了,不过半天后就恢复了青绿,第二天晚上回到客栈,热情的前台姑娘(恰好她的老家就是涌溪乡,我问那边苗寨的情形,她说现在路很烂,到处都在建房子,"都是给有钱人住的。")提醒我,下游的水坝明天开始停止放水,这样古城的水位就会上涨起来了,这样就看不到那些河滩了,"就会很好看。"

我说,其实我更喜欢现在,是一条自由流淌的河流的样子。女孩笑,你真是奇怪哦,河滩有什么好看的。

早晨不到8点自然醒了,神清气爽,又是一夜好觉,可能是因为客栈安静,也可能是窗外临河,开阔舒心,又或者是窗外有寒意屋内有暖意。上午又开始下雨,我不着急退房,到外面吃完早餐又回到客栈,坐在露台上看风景。还不到10点,舞阳河的流速好像变慢了一点,但也不太确定,怀疑是心理作用。

由镇远再往上,舞阳河便无法再保证常年通航,因此,湘黔公路未贯通前,镇远是湘黔滇驿道上最重要的吞吐口和起落站——从两湖输入云贵的货物就在这里起岸,靠马帮驮运一路往西,而从云贵输出的货物,在这里上船,沿沅水而下,七八天即可抵达常德,再越洞庭入长江前往汉口——眼前空旷安静的舞阳河当年也曾被船工号子马帮铃响所填满。

10点10分,河流流速减缓已经非常明显,两岸的河滩开始缩小,一个建筑材料的垃圾堆也慢慢被水吞掉了。河面有饮料瓶漂浮。道光甲申年(1824年),一个叫杨钟秀的云南人根据资料和亲历编撰了一本《万里云程》,为云南进京赶考的学子提供参考。我翻阅这本将近两百年前的旅行指南,镇远这个"滇黔第一水旱码头"是重点介绍对象之一,"此地不以城郭为固,而以山水为胜。城在山顶,城内河水中分,文物衙署,各居一半,实为滇黔咽喉之地。"从镇远府到常德府走旱路,也就是湘黔古驿道,一共十六站,旅行指南详细列出了每站之间的距离,以及中间可以"打尖"的地方,那些我走过的地方历历在目:由镇远往青溪、玉屏出贵州,进入湖南的晃县、芷江,"城外有大桥一座,计十八洞,名江西桥,两边码头架木为铺……楚辞所云沅有芷之沅水也",再经怀化、辰溪到沅陵,"山谷气象荒凉",接下来是马底驿、狮子铺、界亭驿、新店驿、郑家驿,多么亲切的名字,然后到了桃源县,"土沃水甘,山有松杉之阴,水有鱼鳖之利,到此几忘风尘之苦矣"。

不过镇远的下水船很多,许多人,尤其是着急公务的会在这里改走水路,有两种船只可选,"一名跨子,一名麻阳船,即毛蓬船。跨子较稳,麻阳较快",如遇涨水,五六天就能到达常德。乘坐货船费用较廉,但要注意别选那些载重过大的,"米布船最妥,靛船较沉",若是空船下行,还

---
① 钱能欣《西南三千五百里》。

须留意它的新旧情况,看看"篷舱有无漏损,并帆缆篙橹俱全为要……"指南还特别提醒学子,不可贪便宜,有些赏钱该给就得给,"出门之人,走遍天下路,吃尽天下亏,此言信不诬也……"①

10点15分,对岸的沙滩又小了一些,雨下大了,密密的珠帘挂在露台外面,隔开了远处的祝圣桥和青龙洞。我决定推迟出发时间,坐在露台上看书听雨。抗战时期造访中国的美国记者格兰姆·贝克写过一本厚厚的 *Two Kinds of Time*（《两种时间观》,早年有中译本《一个美国人看旧中国》）,开头便比较中国与西方对于时间理解的不同,在西方,人们总是"昂首面向未来",而在中国,"人在时间中所处的位置犹如一个静坐河边面朝下游的人",上游的波涛象征未来,是看不见的,只有等河水经过他的身边流向下游,成为过去时,才能被观察到。②我不确定这种区分是否准确,毕竟福克纳也曾说过,人是背向着坐在快速奔驰的车子上,未来看不见,现在一闪而逝,过去是唯一清晰、稳定、可见的东西。但我确实享受静坐河边面朝下游的感受,你会想象河水去了哪里,更下游又是什么样子,我之下游是他们的上游,正如我之上游也是另一些人的下游,这么一想,过去也是可以通往未来的啊。

10点35分,居然响起了春雷,雷声很低,雨线很密。到了11点,河岸又宽了不少,水流已经非常缓慢了,好像被人撒了粘稠剂一样,上面飘着一些木屑。11点半,雨小了,舞阳河变成了一个碧绿狭长的湖泊,打着花花绿绿伞的游客开始涌上祝圣桥。

是时候出发了。

## 镇远—施秉—黄平:
## 传说中的鹅翅膀

这天上午,镇远的4G网络崩溃了,手机信号不是E就是无服务,人们彼此询问,纷纷露出茫然无措的表情。好在我一早就用酒店的Wi-Fi定位好了徒步路线,不至于循着大路走进穿山隧道。再一次吃了顿平庸的酸红汤米线和同样难吃的馒头后,和八十年前的旅行团一样,我打着伞,在细雨中出发了。

由东往西贯穿镇远,走的是新中街,再一次踏上了1945年张恨水的散步之路,旧时府城街从东到西建有六座牌坊,本地顺口溜讲,"头牌一枝花,二牌盖过它,三牌金锞铺,四牌油炸粑,五牌开马店,六牌烂豆渣"③。从前的六牌是无业游民所居的偏远地界,现在是新城,人行道上被雨打湿的瓷砖奇滑无比,我小心翼翼地在有花纹的盲道上走了一会儿后,决定到主路上与车同行。县城边缘位置,有一个高大板正的小区,名曰"好美溪上",过了小区门口,共和街变作306省道,水泥路也成

---

① 杨钟秀《万里云程》,出版日期:1821—1850年。
② [美] 格兰姆·贝克《一个美国人看旧中国》,生活·读书·新知三联书店,1987年11月。
③ 段文浩《旧事忆述:段大叔摆镇远故事》,贵州人民出版社,2011年1月。

了柏油路，走起来就格外踏实了。中午12点半，完全走出城市，进入一个大上坡，路旁有镇远的大宣传牌，"心居何处，自在镇远"，和另一个旧时大水陆码头常德（"中国人心灵的故乡"）遥相呼应。左边和前面都是很高很陡的山，山顶被雨雾罩着，山腰能看见青黑色的喀斯特岩壁，草木间还露出几根等距的白色火柴棍儿，应该是公路边的电线杆吧？初看时不免不怀疑自己，真的要走到这么高的地方吗？

走了许久，旁边的卡车和我一道喘着粗气。迎面下来一辆救护车，凄厉地叫着，我的心也跟着收紧。能看见前面高处的隘口了，上面有个牌楼，不知是不是文德关，就这么耸立着，逼视着，和想象中一夫当关的地方一模一样，想到自己正朝它进发，又兴奋起来。又走了半天，公路向左一个急转弯，这里已经很高了，站在路边往下看，镇远慢慢消失在盆地的雨雾里，正如我也慢慢消失在山腰的雨雾里一样。但盆地里还有十来个瘦瘦的火柴盒，矗立在那里，与大山的尺度一比，显得脆弱危险，然后我意识到，那不就是好美溪上吗？生活在那里的人不会有这种视角。

过了急弯又是长坡，更陡了，下坡一侧减速带连减速带，下行汽车掀起阵阵水雾，发出的声音让我想起打摆子的疟疾患者。不知为什么感到非常孤独，好像被这雨悬置在某个不上不下的时空里——疏离之人享受在路上的自由，也要面对特定时刻袭来的虚无。这个问题在我神交的朋友那里是找不到答案的，八十年前一位学生感叹的是，自己幸而有这么多同伴，"假若一个人走这一条路，心理上必另有特殊的感觉，四望都是大山，没有人家，没有行人，走累了求一树荫休息都不成。"[①]

接近文德关时，我看到了刘青云微皱眉头僵硬的笑脸，那是巨大的酒广告牌，后面不足十米处是镇远县委的宣传语：在"实做"上笃行不倦，在"立改"上较真碰硬……文德关海拔六百九十米，历史上的兵家必争之地，吴三桂、起义的苗军和长征的红军都曾攻打过这里，被雨水洗得发亮的柏油公路穿过看起来很新的城楼，柏油路下面是泥结石的老湘黔公路，老湘黔公路下面则是古湘黔驿道，历史就这么层层叠叠堆积着，唯一没有变化的，大概就是右侧那古铜色的山体了吧。

出隘口，有豁然开朗之感，关前险景被相对平缓的丘陵地貌取代，城楼背后有个休闲农庄，播放吵闹的音乐，再过去是一块迟迟未插秧的稻田，田边一土地庙，门关着，门口红色对联，"不亦乐乎宽心座，望之××保安民"，横批"感有神来"。往前走几百米是"红军山庄"，少数民族风格装饰，院子里有大大的红星、江小白的广告、祝圣桥和镇雄关阻击战的壁画、某品牌液化气的抽奖以及某党支部成立的横幅，还有中共镇远县委党史研究室挂牌的红军战斗遗址，所有这些元素凑在一起居然奇怪地并不违和。屋里一大桌子红色旅游者正觥筹交错，我在小雨里和山庄老板聊了一会儿，他看上去四十多岁，小胡子，黑皮衣，戴巨大的金戒指和金链子，讲起话来却文质彬彬。他告诉我，十多年前他从村集体那里把这块地租来时，这处遗址还是个茅草屋呢。

---

① 德瞻《贵州步行记》，《宇宙风》，1938年，第75期。

雨天赶路让人不快的一点,是你分不清是汗水还是雨水揉在一起,粘着身体和衣服。我的越野鞋只有防泼水功能,在雨地里走久了,前半部分已经见湿,不知道什么时候会渗进去。今天最重要的任务是去看传说中的"鹅翅膀"。按钱能欣的描述,此处"居高而望,千山万山都在控制之下,胸襟为之扩大"。① 余道南形容,"有段公路盘旋如鸟翅……自山上俯视汽车上驶如爬虫"。② 本地资料则说,"湘黔公路鹅翅膀立交桥是保存完好、全国修建时间最早的公路立交桥,是中国公路建设史上的一座里程碑。"③

　　马路右边开着粉红色的野蔷薇,一户人家门口种的桃树已经结果了,当然和大多数路段一样,行道树最多的还是刺槐。徒步在国道上,你会感到这个国家对过去的延续比之前想象的要多。1938年年初,全线通车不久的湘黔公路迎来第一次行道树突击栽种活动。贵州省政府训令各县,应利用2月19日公路植树节的时机,"动员各方力量突击植树"。三穗县县长甚至亲自出巡,检查县境三十五公里的植物情况,"计植6286株,成活5652株,其中75%为洋槐(刺槐),25%为梓木",后因营建公路及植树政绩被省民政厅记功一次。④

　　下午2点,小雨转成了毛毛雨,太阳隔着很厚的云层,偶尔毛茸茸晃你一下。一辆越野车停在路边,女人在路边灌木丛里摘被雨水洗出新绿的嫩叶。我问摘的是什么,她说野生花椒。我说叶子也可以做菜吗。她说可以。我问做什么菜呢。她露出不可置信的表情:你不知道?你是哪里人呀?我说我是湖南人,湖南人连花椒都不爱吃,别说叶子了。她同情地摇摇头,抱着一大把叶子边往车里走边说,可以做芋头汤。

　　公路上有一个警示牌:前方200米路中间有树,谨慎驾驶!转过一个弯后,我看到了路中间那棵大树。它大概有二十多米高,灰色牛皮质地的树干,叶子像许多个鸟窝。此地是个路口,往左通往沿溶高速(铜仁市沿河县到黔东南州榕江县)入口,往右一个饭庄,经营土鸡野菜江团岩鲤。问饭店女老板,她只知道这棵树叫"千年树",绕到后面一排老住家,一个穿着旧迷彩衣服的大叔正在门口吃饭,他端着碗给我指,路边还有两棵一样的树呢,叫"硬脑壳",但是树龄多少,为什么被保护起来,他就说不上来了。我尝试用App识别它,黄葛树似乎是最接近的答案。不论如何,国道愿意为一棵树而绕行,总归叫人印象深刻。

　　右脚开始进水的时候,雨停了。我松了口气,持续的上下坡也暂时告一段落,进入了一个平坦的台地,右边田里种着一大片猕猴桃树,倒吊着古旧感的黄白色花骨朵。几只落汤鸡在路边溜达,腿很长很矫健的样子。再往前走,一个国有林场里头是个良种斗鸡养殖场,难怪落汤鸡走起路来个个像侏罗纪公园里充满攻击性的小

---

① 钱能欣《西南三千五百里》。
② 余道南日记。
③ 吴正光、汤先忠《鹅翅膀螺蛳桥》,《山川碧透·贵州施秉·施秉文史第10辑》,2002年12月。
④ 李光厚、郑桂宣《民国时期湘黔公路栽培行道树概况》,《黔东南文史资料第10辑》,1992年10月。

恐龙。雨后的路边有很多小癞蛤蟆蹦蹦跳跳，指甲盖大小，之前在湘西看到它们的同类时，还是蝌蚪呢。偶尔驶过一辆汽车，压着带水膜的柏油路面，传出好似远古战场的呜呜声响。经过一个小村子，墙壁上画了"三个妈妈赛跑"："现代化"的妈妈轻松地背着一个孩子，"小康的"妈妈背一个孩子牵一个孩子，"脱贫的"妈妈脸色惊慌，背着两个孩子几乎要跪倒，还有第三个孩子一直在地上闹腾。

这一段路面海拔稳定在六百六十米，比文德关没低多少，算是已经登上了云贵高原吗？一个老太太背着一竹篮子新采的金银花迎面走来，比我走得有劲儿。对面有一大片开满白花的草地，我穿过马路，和一头吃草的蓬头小牛对视半天，受到了一点儿鼓励。这两天一直在和隐隐的腰疼搏斗，对出门走路有畏难情绪。离"鹅翅膀"还有两公里多时路况变得很糟，因为旁边正在建设天黄高速（黔东南天柱县到黄平县），到处都是烂泥和水坑。我和新路基并行了一段，得以明白高速公路的逻辑：就是垫高，不停地垫高，去消弭地形的高低起伏，如果垫高不够，就修高架桥。高架还不够？那就打洞。盘山而上？高速公路不认这个理儿。

下午3点半，终于通过施工路段。又走了一刻钟，在路边看到个废轮胎，如获至宝般坐上去歇脚。这儿风景不错，远处喀斯特群峰起伏，近处满是庄稼的梯田绵延到谷底，还有雨后迷人的灰蓝色天空。可我只觉得累，累到心里去的那种，连旅行中偶发的"我在这里干什么"的自我疑问也没力气提了。在轮胎上呆坐了二十分钟，鼓励一下自己重新出发，没走多久，突然看到了"鹅翅膀大桥"的路牌。

我加快脚步，期待着那段"盘旋如鸟翅"的公路落在眼前，却只有一座平平无奇的水泥大桥。桥很高，跨过一道深谷，从桥面往下看溪水积成的幽绿水潭，恐高者不免腿脚发软，我在峡谷的阵风中走过大桥，迎面三根石柱，大牛角上"施秉欢迎你"五个大字，原来它还是镇远和施秉的界桥——我之前读过林则徐由镇远赴施秉，路过两县交界处时写下的诗句，"两山夹溪溪水恶，一径秋烟凿山脚；行人在山影在溪，此身未坠胆已落"——可它不是我要找的"鹅翅膀"。

过桥又走了一段路，看到"舞阳河景区由此去"的指示牌，直觉告诉我应该离开公路，循指示牌拐入这弯弯曲曲的下坡，但此刻已经是4点20，天知道还有没有去施秉的过路车。不管了，往下走走再说。沿着满是碎石的土路走了会儿，碰到一个开小货的小哥，问他"鹅翅膀"桥，他指的是我刚走过的水泥大桥，我不死心，问附近是不是还有个老桥，他立刻反应过来，有的，有的，一直往下走就是，"我们管它叫螺蛳桥"，他甚至知道这个桥有多老，"二战前就有了"。

立刻兴奋起来，心也不累了，腿也不沉了，噔噔噔往下冲，果然很快就望见了那座著名的老立交桥。它和周围发黄的路面颜色全然不同，更像一个古老的城门洞，大部分青砖都呈现出一种烟熏过的黑色，好似战火还停在上面。马路从桥上经过，又从桥下穿出，蜿蜒而下伸向峡谷深处，对照八十年前的老照片，这应该就是老湘黔公路了，整体格局，甚至路边的梯田都没有变，只是在老桥旁边建了一座平行的新桥，从2006年起老桥桥面不再通车而已。

经过鹅翅膀桥。杨式德所藏照片,由其子杨嘉实提供。

当年湘黔滇旅行团过了文德关，便沿小路过镇雄关，攀着草根，踏着泥凹①，来到这座桥下，闻一多在此掏出铅笔画了一张素描，世人多识他是诗人和学者，但知道他在留美期间曾经在三所大学攻读美术专业的人不多，此时，距闻一多留美归来已经十三年，"十余年来此调久不弹，专攻考据，于故纸堆中寻生活，自料性灵已濒枯绝矣。"然而，"涉行途中二月，日夕与同学少年相处，遂致童心复萌"，"沿途所看到的风景之美丽奇险，各种的花木鸟兽，各种样式的房屋家具和各种装束的人，真是叫我如何说起！途中做日记的人甚多，我却一个字还没写。十几年没有画图画，这回却又打动了兴趣……"②

这座吸引闻一多掏出画笔的立交桥建成于1935年8月，由毕业于南开学校、后来留日的贵州籍工程师陈樵荪设计③。如今桥体上长着两株半人高的绿色灌木，桥下爬满刺天茄，一种结黄色圆形小果的带刺植物。我在桥洞下端详着头上"鹅翅膀"三个字，想着出发以来对它的各种想象，感到胸口被什么东西填满了。呵，终于到了。我有强烈的愿望，想要在桥下坐上半小时，可时间并不宽裕，只能继续往下走，按照网上的说法去找薛岳的题字。走了两百来米，看到了，右手边的岩壁上，"鹅翅膀"三个阴刻大字，"鹅"字破损大半，落款模糊不清，之前网上照片里还可见到的红色也已完全剥落。薛岳是1937年5月写下这三个字的，那时他刚刚就任贵州省政府主席，几个月后，淞沪抗战爆发，他请缨离开贵州，奔赴前线。脚下已被弃用的老湘黔公路曲折地通向远处山间的镇雄关，当年军用卡车排着队沿这条路翻山过桥，源源不断往湖南运送补给，而此时这里空寂无人，鸟叫、虫鸣和岩壁上泉水滴答，声声入耳，我用手机录了一小段，后来百听不厌。

惦记着时间，我又折回老桥。攀到桥上，感觉比资料上说的七点一米还要窄，一辆卡车大概能勉强通过吧。弃用十几年后，桥面满是黑白色的碎石子儿，也有青苔和枯草，交织出斑驳之色。而你稍微拉远一点，让眼睛失焦一会儿，还能看到那种冲刷感，就好像时间之河在这里流过又沉积下来——这真是旅行中不可多得的时刻，不可触摸之物有了形状、颜色甚至声音。

上坡重回306省道时，才留意到路边有一个观景台，我拍了几张全景，想象当年这里曾是何种情景。1945年抗战胜利后，张恨水沿西南公路东返，抵达镇远前也曾经过"鹅翅膀"。那之前一个月，"鹅翅膀"刚刚发生过一起劫案，匪徒在桥上往桥洞扫射，死旅客两人，全车被劫，离开贵阳后张恨水就一路听人讲到此事，"于是如老子之无化三清，传之为若干劫案"。不巧的是，因为所在车队屡坏屡修，接近"鹅翅膀"时已近天黑，"探首四顾，天风荡漾，乱草摇曳作声"，经过桥洞时，"众

---

① 杨式德日记。
② 致赵俪生，致高孝贞，转引自闻立鹏、张同霞《追求至美：闻一多的美术》序，山东美术出版社，2001年7月。
③ 吴正光、汤先忠《鹅翅膀螺蛳桥》，《山川碧透·贵州施秉·施秉文史第10辑》，2002年12月。

客惴惴，默然无语""左右望上下之字径，皆有车如走马灯追逐。夜幕张矣，车上折光探路灯齐明，数十道白光，散布高山深壑中……车笛鸣鸣，遥相警道，情况乃极紧张"，等到再往前开，南面山缺口露出水光一片，张恨水松了口气，告诉同行旅客，那是抚水（舞阳河），很快就要到镇远了。他是后来才听说，桥上树间挂着两个劫匪的骷髅头，乘客们只是因为天黑没有看见而已。①

观景台临近公路一侧，还有一大石，上面标明了"鹅翅膀"方向由此去，不知何故刚才完全没有注意。石头下面有一块木板，上面用歪歪扭扭的红字写着："将军箭，东走镇远西走施秉，南走五洋河，北走南王庄，易长成人，长命富贵。"旁边还有几块石碑木牌，也是类似字样，或叫"将军箭"，或叫"指路碑"，或叫"挡箭碑"。这是出发以来第一次在岔路口看到这类有点神秘的路牌，网上搜索，说是乡民为小孩冲煞所立，以保孩子无病无灾，长大成人——不止在贵州，西南偏僻地区都大量存在。不知湘黔滇旅行团的学生们沿途看见这些会作何感想？是斥为封建迷信，还是与彷徨歧路的心境多少发生一点共振？无论如何，行路之年，它们至少为旅人提供了明确的方向。

重新上路已过下午5点，只得听天由命。走了不到半小时，居然真碰上一辆开往施秉的过路车，庆幸地跳上车去。在大山里盘旋下降，远远从高处瞥见坝子里的施秉县城和穿城而过的舞阳河，很像在老川藏线上，钻出二郎山隧道后看到的康定与大渡河。山川、河流、小城都在一幅极长的画卷中徐徐展开。现在雅安到康定之间修了高速，无需再绕行二郎山口，时间上可以省去好几个小时，但那种赏画的乐趣也一同被省去了。临近施秉县城时，车窗外看到一条宣传标语，上半句忘了，下半句印象很深："无能脱贫誓不为人。"从中巴车下来时又一次意识到今天有多累，两侧髋骨反应非常强烈，半分钟内几乎挪不开脚步。

施秉给我的印象是安安静静的，没有挥之不去的喇叭和叫卖声，临街房屋保留着1990年代初白墙蓝玻璃的审美，但又新装上了民族风格的木制窗棂和雨篷，看上去有点可爱。我沿着舞阳河找到客栈，在正街背后一个满是盆栽绿植、颇有生活气息的社区里头。大堂里有股刺激性气味，前台姑娘抱歉地说，那是隔壁邻居开的豆豉坊。进屋后，我把干鞋器打开烘干鞋子，然后四仰八叉躺在床上休整。

从镇远到施秉全程将近四十公里，我走了一大半，当年旅行团全程步行，下午抵达施秉时，当日市集尚未散尽，卖者买者都以苗族居多，余道南这才意识到为什么在青溪和玉屏都感觉街市冷清，因为他们没碰到赶场日②。钱能欣在街市上认识了一个孩子，由他引着去看附近一个苗寨，这一回他考察的是苗族的爱情，"他们的婚姻最自由……任何男子只要女儿欢喜可以随便到女儿的闺房里去谈情，父母是毫不过问的……结婚自由，离婚也自由，不用上官厅花钱，一不投意，便可各自东西。

---

① 张恨水《东行小简》，《山窗小品及其它》，北岳文艺出版社，1993年1月。
② 余道南日记。

他们有一个歌充分表示着他们的婚姻自由：……俩个若是心不真，一世苦恼一世贫。既然苦恼既然贫，勉强夫妇难做人。不如送你金和银，俩个都好另找人。"①

和刘兆吉的歌谣采集一样，旅行团对苗族爱情的考察也可被视作1920年代兴起的一场民间文学运动在战争爆发后的某种延续。这场鼓吹通俗文学与民间文学的运动是对儒学主导的官方文化、精英文化的一次反叛，促使中国知识界把目光投向农村，投向边地，在民间文学家们看来，少数民族很少受儒家文化束缚（或者说"污染"——还记得闻一多训斥刘兆吉"还是孔夫子那一套"吗），所以他们仍然保持着纯真、美好的情感，而且表达情感的方式也是自由的，苗族的"跳月"更让人惊羡不已。也许这些民间文学家浪漫化了他们的研究对象，但就像学者洪长泰所言，"中国知识分子正是通过研究民间文学，乃至民间文化，才发现了民众的重要性，同时也重新认识了他们自己。在接踵而来的思索中，他们面临的问题是：我们是谁？我们与'平民'的关系如何摆法？什么是民众有的而我们却没有的？是否我们应该'到民间去'，向民众学习或者去教育他们？……这些占据了二三十年代青年民间文学家头脑的大部分问题和对问题的回答，迄今仍是当代中国知识分子阶层的思想基础。"②

第二天上午8点半，我按头一天电话约定，去拜访史志办的廖主任。施秉县政府大院门口没有保安，我直奔三楼，可是并没有找到史志办的办公室，秘书室的姑娘们倒是很好心地帮我问了半天——尤其是考虑到我当时穿着冲锋衣徒步鞋还胡子拉碴的，可是谁也不知道史志办有位廖主任，并且史志办也不在这个大院里头。我满心疑惑地下了楼，打电话给廖主任，是他的同事接的，"我们就在办公室呀！""啊，会不会是我搞错地方了？你们这是不是一个大院里的三层楼？""是呀。""是不是门口有两个石狮子？""是呀。""是不是中间有一个旗杆，旗杆下面还有滚动新闻？""是呀！""那应该没走错啊……""你等等啊，我到窗户边了，冲下面招手呢，你看见我了吗？""没有啊……我也冲上面招手呢，你看见我了吗？""也没有……"我急得在大院里头打转，所有的描述都对得上，怎么就互相看不到呢？"等等，这里面是不是种着许多红豆杉？""是种着很多树，但不知道你说的那种……""……那……你们这个大院的全称是施秉县政府，还是施秉县行政中心呀？""……我们这里是黄平县……"

我能怪谁呢？怪中国的政府大院都长得一模一样吗？赶忙道歉，赶忙叫顺风车前往下一站、三十公里以外的黄平。等着接单的工夫，我联系上施秉史志办（这回终于没弄错），要了一本县志，又找到一家卖包子和豆浆的早点铺，狼吞虎咽一番，其实满街都是粉店，但是行程不到一半，我已经不想再碰米粉了，在北京时可是哭着喊着像是一个瘾君子一样天天要"嗦

---

① 钱能欣《西南三千五百里》。
② [美]洪长泰《到民间去 1918—1937 年的中国知识分子与民间文学运动》，上海文艺出版社，1993年7月。

粉"的。

顺风车司机是一个三十来岁的精瘦男人，不跑车时做彩钢装修生意，有项目他就打电话把人从五湖四海叫过来干活，他主动跟我讲找人经验，"不能找一个地方的人，必须的！一个地方的最多两三个，防他抱团，不然他们中间走掉了你怎么办"。我问，那你怎么防止新认识的工人抱团？"简单嘛，你就用工资给他压着！不干完不给钱！"他语气凶狠起来。闲聊了十来分钟，我不识趣地提起了媒体经常报道的欠薪问题，他的态度立刻冷淡了："不在我们范围内，想都不用想，研究都不去研究！一个压一个，一个压一个，现在什么生意买卖不是这样？还是不要考虑得太多，跟我们无关的事情，就不要去想他！"

我们都闭上了嘴。天黄高速还在修建中，车子沿306省道在山间起伏，偶尔能看到一座古老的石桥。离开施秉就告别了相伴多日的舞阳河，《施秉县志》数次提到了河上的诸葛洞，这处施秉以东的险滩长年把舞阳河水运截止在镇远。明万历二十九年（1609年），贵州巡抚郭子章组织工匠役夫二百七十人疏浚修筑，终于让船可以继续上行至旧州，但历年经久，石还本位，阻碍如故。到了清代和民国，虽然数次疏浚，诸葛洞附近仍然航道浅窄、水流湍急，船行至此须卸载放空越过，哪怕这样也时有触礁毁舟的灾难①——读到这里，我便更理解了镇远当年的举足轻重，也想起晃县那位客栈老板说的，"若要此洞开，除非诸葛来！要开，太平日子洞要开！"——诸葛洞最终还是开了，在1953年新政府炸掉大量礁石以后，可惜内河水运时代也慢慢迎来了它的尾声。

待到下车，这位强势的包工头又切回了因为害怕差评对客人小心翼翼的模式，后来还两次打电话过来提醒我要点击到达，这样他才能收到付款。在黄平史志办，我见到了廖主任和他的苗族同事潘主任，我们聊到了赶场天（解放前黄平这边是按照天干地支、十二生肖来赶场，所以现在仍然有牛场街、鸡场街等地名）、鬼师（汉族叫巫师，是非遗，快要失传了，"既要相信医生，也要相信鬼师嘛"）和苗族服饰的变化（民国时期的新生活运动就是在改服装和改厕所上受到很大阻碍，但是，"世界大同是不可避免的"），不过，最让我感兴趣的还是公路的变迁。

## 大板桥—昆明：诸位此时的神情不是还要向前走吗

湘黔滇旅行团下午两时许抵达昆明大板桥，集市还没结束，"人群拥挤，颇热闹"，他们住在西门外明应寺内的明应小学，"宽敞清洁，住在教室的地上，一路走来，恐怕是最好的宿营地了"。② 八十年后的大板桥则让我想起了曾经的"蚁族"聚居地唐家岭，特别是当你离开正街进入两侧的窄街时，一滩滩污水和腐坏垃圾，还有两边楼房挂出的旅社与饭馆的五颜六色

---

① 《施秉县志》，方志出版社，1997年5月，p683。
② 杨式德日记。

的招牌——你也可以调侃说它繁华得简直就是小香港。这里的交通非常混乱，有可能你等了好几分钟还是没法穿过双车道的一个路口，第二天上午我走到正街西头，意外地发现明应寺还在，寺庙正门紧闭，门外是算命、理发和去痣者的地盘，我由侧门入，听寺内住持说，这些人给寺庙的志愿者（都是些老太太）卫生费十块钱一天（他调侃说是"保护费"），被允许在这里摆摊，卫生费就用来供佛。

我是在寺外的鞭炮与哀乐声中遇到拿着热水瓶的年轻住持的，他沏了一壶茶，和我坐下来聊天。明应寺做过小学，做过湘黔滇旅行团投宿处，做过抗战部队的停留处，也做过中共领导的滇桂黔"边纵"的据点。公社搬走后，寺庙被没有房子的贫下中农们一家一家分割占据，后来改革开放落实宗教政策，又把他们一家家请出去，重新塑了佛像，再后来外面修大公路，寺庙显得越发老旧，就在大雄宝殿上再加一层，现在，只有天王殿和大雄宝殿的基脚是老的，对了，还有殿前那棵两百多岁的柏树，它见证了这里发生的大多数故事。

住持是个闲散的人，"在世间没意思，还是出家好，要是我还是在家，能有这个时间坐下来喝凉茶吗？我那些同学，在上班，一个月五六千，七八千，一万的也有，我说我一个月五六百，就一个低保，吃住都在庙里面。我跟他们说，我们一天瞌睡来了睡觉，口渴了喝水，肚子饿了吃饭，你们那一天折腾，又是喝酒，又是应酬，累死了，一大堆事让你去折腾，没意思，人生就是那么短暂的时间。我还可以云游，中国都跑遍了，去哪个寺庙挂单都有吃的有住的，积蓄我是没有，只要有车费就可以了，你看我们出家人到哪里，就一个小背包，大太阳戴个斗笠，多简单。"他说这些时，我默默想起，自己在出发徒步前，光是如何处理行李箱，以及该往背包里放什么，舍弃什么，就犹豫了好几天，手电筒、指甲刀、防晒霜一度成了困扰我的东西，还没出发就累得够呛。

他说的折腾我也颇有同感，这趟徒步之行一个非常真切的感受，就是折腾。无论是对环境还是对文物，很多时候我们都在折腾，在一次一次地回到原点，"用佛法来说，"他接过我的话头，"就是成住坏空，就这么一个道理，世间万物都一样。一切我，一切执，一切我们看得见看不见的都是这么些东西，这四个字都把它说了。你说折腾，真的就是折腾，成住坏空，成住坏空，循环，再循环。"

"那么如果一切都是循环的话，人生走这么一遭的意义是什么呢？"

"就是奉献。"

"就是把你自己投入进去？不管是投入在成、住、坏、空的哪个阶段？"

"是啊。"

我想我按自己的理解附会了他的解释，而他也没有费劲去指出。不过作为一个疏离者，我有时确实喜欢"投入"这个词，就像你很难讨厌热烈生活的人一样。人生苦短，像个少年人一样投入吧，体验吧，燃烧吧，纵身一跃吧，哪怕你改变不了什么，哪怕你一点儿都不重要。

抵达大板桥时，闻一多和李继侗两位先生的胡须都留得很长了，两人还合照一影，相约抗战胜利后再剃掉，不过李继侗

"晚节"不保，到昆明不久就剃掉了①。当天联大校方派黄钰生前往大板桥慰问旅行团师生——为了准备开学事宜，他乘车提前抵达昆明。黄跟大家讲述了学校筹备的情形，还给大家带来了校常委会赠送的袜子和精制麻草鞋②，走了这么久，多数人的袜子早就没有底了，黄钰生说，教育部对旅行团很重视，回头穿戴整齐合影后，要把照片送到国外当作抗战宣传用的③——时任驻美大使胡适在抗战胜利后回忆，"当时有一件最悲壮的一件事引起我很感动与注意，师生步行，历六十八天之久，经整整一千里之旅程，后来把照片放大，散布全美。"④

六十八天过去了，这群青年跋涉三千多里，徒步横穿西南三省，感受到了自己国家的宏伟壮丽与幅员辽阔，也发现了它触目惊心的贫穷与保守。"三千多里是走完了，在我的心头留下了一些美丽或者惨痛的印象。"向长清写道，"恐怖的山谷，罂粟花，苗族的同胞和瘦弱的人们，使我觉得如同经历了几个国度。"⑤ 他们"巴不得今天就能赶到昆明"⑥，又听说明日入城，校常委将率已到校的师生在东门外欢迎，"迢迢数千里，历时两月余，别后重逢，彼此无恙，其欣慰不知何如？"⑦

4月28日，旅行最后一天。大家照例早晨6点起床，团长黄师岳训话后，由辅导团团长黄钰生报告学校近况，谈及个人旅行感想，说西南只可作暂避之区，不是长久安息所，东北、华北、沿海是国家命脉所在，不可丝毫有所缺损。这正是杨式德心中所想，步行还剩最后一天，他心里高兴，又微微有点感伤，"因为不能再作可爱的徒步旅行了"。⑧

这一天晴暖多云，路程不到二十公里，旅行团整队行进，情绪甚高⑨，钱能欣看着道旁枝叶繁茂的杨柳梧桐，高兴异常，偶尔也能听到蝉鸣，但并不使人心焦，"初夏了！冬之沅水，春之桃源已匆匆留在我们后面，前面是夏日，是我们更要追求的正气的秋天。"⑩

走了十公里左右，天上传来飞机声，是迁到昆明的中央航校的训练机，机身黑色，翼黄色，有青天白日图样，因为心情愉悦，震耳的轰鸣声在杨式德听起来也像是交响乐。距离昆明城还有四公里，旅行团在一处私家庭院休整，这里林木幽美，主人彭禄炳携夫人备了开水和点心，学生

---

① 吴征镒日记。
② 余道南日记。
③ 杨式德日记。
④ 《纪念联大九周年校庆大会上的讲话》，胡适致辞，《国立西南联合大学史料·1·总览卷》，云南教育出版社，1998年10月，p17。
⑤ 向长清《横过湘黔滇的旅行》，《烽火》1938年10月，张寄谦《中国教育史上的一次创举：西南联合大学湘黔滇旅行团记实》，p141。
⑥ 杨式德日记。
⑦ 余道南日记。
⑧ 杨式德日记。
⑨ 余道南日记。
⑩ 钱能欣《西南三千五百里》。

们"乱抢着吃光了"①。联大常委、北大校长蒋梦麟的夫人陶曾谷领着诸教授夫人和女同学专门在此迎接,"远游无处不消魂,今日风尘仆仆,征衣未浣,忽而鬓影衣香,风光旖旎,"余道南在日记里写,"一刹间换了一个环境,反倒觉得有些突然。"②这个庭院叫贤园,在此休整是教授太太们的美意,旅行团到达前几天,陶曾谷与黄钰生太太梅美德、赵元任太太杨步伟相商,上街买了许多鲜花,准备献花给他们,后来章元善太太张绍玑提议在城外她妹妹的贤园设个打尖处,这样师生们可以洗把脸吃点东西再进城,素来嘴快的杨步伟说,那不跟路祭似的?其余人认真地告诉她,不要说不吉利的话③。在贤园,杨步伟给学生们发了油印的歌词,是赵元任根据英国一战军歌 It's a long way to Tipperary 改编的 "It's a long way to 联合大学"(迢迢长路到联合大学)。④

我没能找到贤园留下的任何痕迹,决定直接进城。从长水机场开往市区的轻轨6号线在大板桥设有一站,轻轨一路钻隧道,直达东部客运站,外面是熟悉的昆明淡蓝多云的天,没走多远看到一辆孤零零的摩拜单车,想到在长沙时忧虑益阳和常德有没有共享单车,我决定骑一小会儿,作为手中那听冻芬达后又一个小小的庆祝。

没骑多久,就困在一个新建的立交桥底下。桥上已经通车,桥下还是烂泥巴碎石头断头路,背着二十多斤重的包在上面骑行,颠簸程度剧增,只好下车,绕到东郊路,再沿拓东路进城。下午3点多,太阳从前方射来,眼前一切染上一种不真切的白色,像过曝的照片。路边最多的还是各种楼盘广告,亲湖墅王,珍惜发售,领域中央,绽放璀璨云云,和长沙中山路的蜡味语文连用词都多有重叠。

休息后湘黔滇旅行团整队继续前进,昆明街市渐入眼帘,许多市民驻足围观,道路拥塞⑤,"三千里的奔波,阳光和风尘使每一个尊严的教授和高贵的学生都化了装,"前来迎接的《云南日报》记者写道,"他们脸孔是一样的焦黑,服装是一样的颜色,头发和胡髭都长长了,而且还黏附着一些尘芥。每个学生的身上都斜挂着一柄油纸伞及水壶、干粮袋之类的家伙,粗布袜的外面套着草鞋,有些甚至是赤足套上草鞋的。他们四个一列地前进着……态度是从容的,步伐是整齐的,充满在他们行伍之间的是战士的情调,是征人的作风!在陌生人的心目中,很会怀疑他们是远道从戎的兵士,或者新由台儿庄战胜归来的弟兄。"⑥

走海路先抵达昆明的男女同学也来了,他们举着"国立西南联合大学慰劳湘黔滇旅行团"的横幅,高呼欢迎口号,又唱着"It's a long way to 联合大学"引导旅行团

---

① 杨式德日记。
② 余道南日记。
③ 杨步伟《杂记赵家》,辽宁教育出版社,1998年3月,p129。
④ 杨式德日记。
⑤ 余道南日记。
⑥ 《联大旅行团长征抵省印象记》,《云南日报》1938年4月29日。

前进，带唱者是南开外语系大一学生吴讷孙①，他就是后来写出了小说《未央歌》的鹿桥。一位联大女生向黄师岳团长献了束红花②，曾昭楣（曾昭抡的小妹）等穿着鲜艳，在献花堆里笑容满面③。四位穿着白底浅蓝花长衫的少女，袒臂抬着一个足有半人高的大花竹篮献给旅行团，由同学代表接受，抬着继续前行④。这是教授夫人们准备的又一礼物，献花的四位少女是杨步伟和赵元任的女儿赵如兰、赵新那，以及章元善的女儿章延、章斐。

"章延姐姐最近去世了，我姐姐也去世了，就留着章斐跟我两人在了。"2018年4月8日，我从长沙出发当日，九十五岁的赵新那指着迎接旅行团的老照片回忆，"这些就是我父亲拍的了，这是我母亲，拿着伞……（花布长衫）都是自己做的。""这是谁的手艺？"我问。"你别说手艺，"她说，"这是我手做的，没有艺。那时候的布啊，一段一段的，土布印，所以（能看见）那个接头，不像现在连续的。我母亲咔嚓咔嚓剪，针线就是我来做。我为什么说你别说手艺，我姐姐后来到了美国，她出去见男朋友什么的，穿新衣服，来不及钉扣子，我就给她缝的衣服，就出去玩儿去了，回来才拆线呢！"

赵新那哼了一小段"It's a long way to 联合大学"，大部分歌词她都记得，80年前，这些年轻人就唱着这首歌继续前进，一直走到位于拓东路迤西会馆的联大临时办公处兼宿舍，同样暂住拓东路的中央研究院同仁打出了"欢迎联大同学徒步到昆明"的欢迎横幅，还有人坐在屋顶上观看行军，献花的四位少女拎着小篮，里面是各色的碎纸屑，像撒花瓣一样争着投向行军队。摄影的人很多⑤。联大常委蒋梦麟、梅贻琦（张伯苓尚在重庆）和诸教授、同学在迤西会馆迎候，"热烈地欢呼，热烈地拍掌，热烈地握手"⑥。蒋梦麟代表常委讲话，称此行向全世界表明，我国青年并非文弱书生、东亚病夫。⑦

次日，云南《民国日报》在报道中特别提醒读者，"他们不是洋场才子，不是乡学究，而是……脚踏实地的走了几千里路的真真实实的大学生"，又描述这群徒步者中，有一位留着一口美髯，"沿腮青葱可爱，上须短胡"，"恰是鲁迅先生所说的：'神似一个隶书的一字'"⑧。闻一多的胡子也很长了，在给妻子的信中，这位清华中文系教授不无得意地写道："你将来不要笑，因为我已经长了一副极漂亮的胡须。这次临大搬到昆明，搬出好几个胡子，但大家都说只我与冯芝生的最美。"一路走

---

① 齐潞生来信，张寄谦编《中国教育史上的一次创举：西南联合大学湘黔滇旅行团记实》，北京大学出版社，1999年12月，p330。
② 杨式德日记。
③ 齐潞生来信。
④ 杨式德日记。
⑤ 杨式德日记。
⑥ 特写《联大旅行团长征抵省印象记》。
⑦ 余道南日记。
⑧ 《记联大学生步行团抵滇》，云南《民国日报》1938年4月29日，龙美光《八千里路云和月：长沙临时大学播迁记》，云南人民出版社，2018年12月。

来，闻一多没生病没吃药，"现在是满面红光能吃能睡，走起路来，举步如飞"，在昆明见到嘲笑他"应该带一具棺材走"的杨振声，也终于可以反戈一击："假使这次我真带了棺材，现在就可以送给你了。"彼此大笑一场。①

我在一场急雨过后来到拓东路的迤西会馆旧址，这里后来成了联大工学院所在地，吴大昌吃着盐水煮萝卜怀念长沙油豆豉就是在这儿。他1988年回昆明参加联大五十周年校庆时，那些平房包括戏台都还在，等到1997年再回去，就只剩高楼了。现在这里是拓东第一小学，保安告诉我，门廊处的介绍——要秉承西南联大工学院"刚毅坚卓"的精神之类的话——是新近加上去的。如今的昆明非常乐于展现它与联大的历史关联，虽然当年的老建筑已所剩不多。

下雨前我在得胜桥附近转悠，按桥头的介绍，这座位于拓东路、横跨盘龙江，平平无奇的短桥居然始建于元大德元年（1297年），后毁于战火，明洪武年间重建，因处于云南要津，改名云津桥。清康熙年间平定三藩之乱，清军由此桥攻入，道光年间重修后改名得胜桥。1937年，滇军58师誓师出征，正是通过此桥往东奔赴抗战前线，1938年4月28日，湘黔滇旅行团也由此桥往西进入昆明城，钱能欣还特别提及他们经过了滇越铁路站大门。②

我在桥上向一位白发老人询问，问他是否知道老滇越铁路的终点云南府站，没想到他是铁路子弟，生在四川，1950年代初就来昆明铁路局工作了。跟我比划半天后，他干脆放弃散步，带着我回河东岸的铁路大院转了一圈，给我指哪里是从前的大门，哪里从前有许多法国风情的小楼。现在大院里还残存了一段一百多年前的法式建筑，是原来机车库的外墙，现在加高了一层，改做了棋牌室。米轨早不在了，但大致方向还能辨认，就是那条两旁是小店的窄巷，"火车就在这里分出几支轨道进站，"他指着一处停车收费哨卡说，又跟另一个路过的老人打招呼："他们来寻根！"那位老人上海口音，提醒我看路旁，是铁路留下的垫高的路基，"我们这里从来不淹水！"

转一大圈往回走，过了"欢天洗涤"洗衣店，就是从前云南府客运站的位置，当年走海路的临大师生，由海防登陆，转滇越铁路一路向西北行，多数就在这里下车（也有人提前在碧色寨站下，直接去了文法学院所在地蒙自）。如今昆明市铁路局的七层大楼就建在老站台之上，那株巨大椿树很可能是当年唯一遗存。按照吴宓日记，火车抵达时间大约是下午6时，在此之前，人们有一整个白天去饱览沿途的滇南风光，"见云日晴丽，花树缤纷，稻田广布，溪水交流。其沃饶殷阜情形，甚似江南。而上下四望红黄碧绿，色彩之富艳，尤似意大利焉。"③八十年前，师生们抵达终点，出站后，经过椿树的阴翳，就正对我的方向走出来，两旁各一个水塘（现在变成了体育馆和食堂），走上百来米，左

---

① 致高孝贞，《闻一多全集·12：书信·日记·附录》，湖南人民出版社，1994年1月，p326。
② 钱能欣《西南三千五百里》。
③ 《吴宓日记1936—1938》，生活·读书·新知三联书店，1998年3月，p316。

转再左转，就上了拓东路，离迤西会馆的联大临时办事处不远了。

下午4点45分，我到达金马碧鸡坊，正是蓝花楹盛开的季节，到处都是紫色的浮云。2018年4月8日长沙出发，5月17日终抵昆明，买了支圆筒冰淇淋给自己小小犒劳。

大概十年前的冬天，我第一次来到这里，当时在滇西北晃了一大圈，准备在文化巷附近住一晚就飞回老家过年。那晚下着毛毛雨，落在人行道上也不知是不是冻住了，滑得很。我在一个敞开门脸的苍蝇馆子吃了份有"镬气"的炒米粉后心满意足，四处溜达，小心翼翼踩过云南大学高高低低的台阶，又穿过街道，进了云南师范大学。校园静谧，路灯昏暗，走了一段我看到路牌：联大路。顺着联大路往前不远，夜色中看见了门楼上"国立西南联合大学"几个字，意识到自己撞上这所已不复存在的大学旧址后，心里好像被某种巨大的东西击中（或者填满），以至于，不知怎么回事地，也非常刻奇地，哭了。这些情感多数已经模糊，有些还记得，因为语境无法找回也显得生涩，但某种东西始终还在。由当时再往前五年，刚刚毕业进入新闻这一行，那时有非常单纯的信念感，相信写得好本身就是价值，相信写下去就可以改变某些东西。我也是在那几年读了不少西南联大校友的日记或者口述，你不需要刻意寻找，当年的时代精神会把他们推送到你面前。而今再谈论这些，几乎"古典"到不合时宜，才多长时间呢，此间的问题意识已经天翻地覆，这其中又有多少真实、错置和自欺欺人呢？

我想发条朋友圈，掏出手机又有点意兴阑珊，便只是简单报告一下自己到了昆明，附上It's a long way to Tipperary的链接，再往北沿着正义路继续行进，让那旋律在脑海中回响，再改填上赵元任改编、赵新那在长沙哼唱过的歌词：

It's a long way to 联合大学（迢迢长路去联合大学）

It's a long way to go（迢迢长路）

It's a long way to 联合大学（迢迢长路去联合大学）

To the finest school I know（去我所知最好的学校）

Goodbye 圣经学院（再见圣经学院）

Farewell 韭菜 square（再见韭菜园）

It's a long long way to Kunming City（迢迢长路去昆明城）

But my heart is right there.（那是我心之所在）

八十年前正义路就是昆明最繁华的路段，湘黔滇旅行团经过时，这里的退街改造刚完成两年多，路面拓宽，铺面统一以浅绿色粉刷，雕龙画栋的中式风格[1]，难怪钱能欣会觉得这里与金碧路"异乎其趣"。百货店、小食铺、照相馆，"以及一切都市应有的商店都在这条街上"，但要到

---

[1] 杨树群《老昆明风情录》，云南民族出版社，2006年10月，p38.

晚上才会真正热闹起来①——彼时新生活运动轰轰烈烈，当局出动警察挨家敲门打户，催促商家在中午前就开门营业，收效甚微。②

由华山西路继续往北，右拐入圆通街——令人高兴的是八十年前的路名得以保留，我可以毫不费力地循着他们的路线前进——再走上一段路便是圆通公园，现在的圆通山动物园。这是1938年4月28日湘黔滇旅行团的最后一站，团长黄师岳在这里进行了最后一次点名，双手捧着花名册交给联大常委、清华校长梅贻琦，表示他未辱三位校长的重托，把学生全部平安地带到昆明，此时此刻结束了他作为团长的使命。在场的师生用雷动的掌声向他致谢。③

梅贻琦在四方亭的石阶上作简短训话："诸位从长沙启程六十八天，今天到达目的地了，沿途辛苦。风雨不曾欺凌了你们，土匪也不敢侵犯你们，完全是你们的精诚感召所致。记得你们都是翩翩年少，今日相逢却怎么都'于思于思'，长出了胡须？……但是……你们所走的征途，全都是中国的大好山河，所遇的人们，全都是我们的同胞。所谓'险阻艰难，备尝之矣，民之情伪尽知之矣'。这对你们将来的责任和事业，是有如何伟大的帮助啊！正使我们不曾参加的人，欣羡不置呢！……"④

梅贻琦讲话时，落下一阵小雨。"诸位此时的神情不是还要向前走吗？是的！你们是要向前进的！文法学院的同学，三数日后就得往蒙自去，那面都预备齐全，即可开学上课了。你们此次长途跋涉，没有发生意外，与其说是'洪福'，毋宁说是'黄福'，因为团长是黄师岳团长，辅导委员会主席是'黄'子坚先生，他们辛劳地率领你们安全到达此地，真是不容易呢！这应该向此次全团的教职员深深致谢！末，希望你们本着'忍苦，耐劳，服从，合作'几字，好好地继续做下去，勇往迈进！"

拍完最后一张合影后，湘黔滇旅行团宣布解散，在圆通山接引殿前的茶铺里，风尘仆仆的教授和学生吃着学校准备好的茶点，五个包子一碗面⑤，和迎接他们的故旧、爱人与同窗握手、叙旧，"'久违久违'、'你好你好'，一片异地的欢笑声交响在风和日暖的氛围里。"⑥次日，学校通知，旅行团经费尚有节余，可为全体成员每人做衬衫一件、裤一条，以补充旅行中的磨损⑦，此后几年，这些参加了文军长征的高年级同学自豪地穿着印有"湘黔滇旅行团"字样的衬衫在校园出没。"从长沙到昆明的长途跋涉，它最深刻的影响，可能不是近三百名团员后来的工作，而是这座大学的校风。"易社强在《革命与战争中

---

① 钱能欣《西南三千五百里》。
② 杨树群《老昆明风情录》，p45。
③ 高小文《行年二十步行三千》，张寄谦编《中国教育史上的一次创举——西南联合大学湘黔滇旅行团记实》，p233。
④ 《记联大学生步行团抵滇》，云南《民国日报》1938年4月29日。
⑤ 钱能欣《西南三千五百里》。
⑥ 《联大旅行团长征抵省印象记》。
⑦ 余道南日记。

的西南联大》一书中写道，"毛泽东从江西开始的长征成就了延安精神，与此相同，从长沙出发的长征对联大精神至关重要……联大学生会经常想起那次坚苦卓绝的跋涉。联大在昆明八年，无数学生用自己的长征加入这所著名的大学。"①

如今，圆通公园已经变成了昆明动物园，大概是气候温和，这儿的动物看起来相当健康，亚洲象狂啃胡萝卜，非洲狮懒洋洋地环视游人，小狐狸们脸贴脸挤在一块儿午休，孔雀们比赛似的开屏，长臂猿不知疲倦地飞檐走壁。我在它们中间穿行，试图寻找八十年前那最后一次聚会的历史信息。那段残破的城墙是不是旅行团入园那张照片的背景？有没有古木见证了他们的大合影？这个无字碑的亭子是否就是梅贻琦发表"黄福"演讲的所在？各种牛啊羊啊鹿啊就在周围毫无戒心地散步。只有旅行团吃茶点叙旧的地点可以基本确定，就在"万山在抱石"附近的一块空地上，在这里你可以俯瞰昆明一角，城市是凌乱的，天光是肃穆的，岩壁之下圆通寺红色的圆锥塔顶让人想起佛国缅甸，而上面又落满了白色和灰色的鸽子，所有的城市都世俗而神秘，而我感到自己离那群风尘仆仆的师生前所未有的接近。

至此，我从长沙出发前的种种好奇都得到解答了吗？我不确定。我沿着这样一条公路踏上全新的土地，遇到了友善的人、警惕的人、热情的人、在桃花源里忧心忡忡的人、等待记者如同等待戈多的人。我生了一场小病，大拇指疼了若干天，和人吵了两架，被挂了三次电话，在肮脏的棉被下做了一次噩梦。我喝到了无比甘甜的山茶，吃到了大数据不会告诉你的鲜美米粉，还莫名其妙数次被陌生人邀请吃饭。我触摸到了已经在城市里消失的"附近"，或者说，一种亲密的人情社会，但当一场大雨过后县城每个角落都被下水道气味灌满时，我知道自己又该出发了；我遇到了许多老人，无论是忙碌还是悠闲，他们都那么孤独，你只要一张口，他们就能和你说上半天；我体会到了李继侗当年说的，为什么每年总要过若干天最简单的生活，试试一个人最低生活究竟可以简化到什么限度，那会让你知道自己究竟为何所累；我发现了游客永远不会见到的风光，通常是在漫长的乏味的等待之后；我也看到一条条河流被拦腰阻断或者开膛破肚。我见识了体制的刻板，也发现了它的裂缝。我有多为留下的历史痕迹庆幸，就有多为失去的遗憾。我意识到浩劫来临时无人幸免，连最不重要的人和最小的庙宇也不能例外；我想起了一些遥远的往事，我目睹了记忆的变形，也体察到了它的坚韧。我经过了城市与乡村，在其间旅行，与其说是空间不如说是时间的穿越，我品味着时差，也借助它来重建一座座城池。我一路都在阅读、检索、翻找，有的时候我觉得我们的历史没有故事，只有周而复始的重复，有的时候我又被那些短暂却闪光的生命感动得简直要掉下眼泪。我想起易社强告诉我，他是一个"偶然论"者，"当我说起我的偶然论而非必然论时，一个完美的例子就是联大，在1937年，许多事情都是偶然的，并不必然会导向联大在昆明的成立，完全也可能就地解散，就此消失。"想想也是，

---

① [美] 易社强《战争与革命中的西南联大》，p64。

就在旅行团出发前一个多月，柳无忌不还在担心临时大学可能作鸟兽散吗？但倘若如此，我们要赞美的是偶然性吗？我想不是。接受这偶然性，然后去做事，用行动来包抄自己，创造自己，这是值得我长久咀嚼的收获。

1938年5月2日，昆明湖畔大观楼公园，团长黄师岳作了最后一次训话，游艺茶点便开始了。众人轮流上台分享故事，或者笑话。李继侗代表全团向黄师岳作答谢词，闻一多把途中趣事选了七件，作成七绝，其中有倪副官玉体演捉放（凶绝），许维遹凝视诸葛洞（憨绝），曾叔伟（昭抡）白吃五碗酒，还说路上以曾叔伟先生风流韵事最多，害得曾昭抡十分不好意思起来①。毛鸿副参谋长分享了黄团长与苗女的合影，调侃"苗家有女初长成，养在深山无人知，天生丽质难自弃，一朝选在团长侧"，又后续两句："回眸一笑百媚生，团长太太无颜色"，时团长太太亦在席，全场哄堂大笑。②

这是昆明暮春的普通一日，天气晴好，物价平稳，电力充足，一所名叫"国立西南联合大学"的学校还有两天正式上课，而它刚毅坚卓的八年才刚刚开始。

（节选自杨潇《重走：在公路、河流和驿道上寻找西南联大》，由作者授权发表。全书40万字，将于2021年春季出版）

[特约编辑：吴　越]

---

① 杨式德日记。
② 董奋日记、杨式德日记。

图书在版编目（CIP）数据

收获长篇小说. 2021. 春卷 /《收获》文学杂志社编.
-- 上海：上海文艺出版社, 2021（2022.9重印）
ISBN 978-7-5321-7919-0
Ⅰ.①收… Ⅱ.①收… Ⅲ.①长篇小说—小说集—中国—当代 Ⅳ.①I247.5
中国版本图书馆CIP数据核字(2021)第031495号

名誉主编：李小林
主　　编：程永新
副 主 编：钟红明　王　彪

发 行 人：毕　胜
责任编辑：李伟长　李　霞
　　　　　陈　蕾　王丹姝
封面设计：陈安栋
插　　图：李　筱
特约法律顾问：王　嵘　光　韬

书　　名：收获长篇小说 2021 春卷
编　　者：《收获》文学杂志社
出　　版：上海世纪出版集团　上海文艺出版社
地　　址：上海市闵行区号景路159弄A座2楼　201101
发　　行：上海文艺出版社发行中心
　　　　　上海市闵行区号景路159弄A座2楼206室　201101　www.ewen.co
印　　刷：苏州市越洋印刷有限公司
开　　本：710×1000 1/16
印　　张：27.5
插　　页：2
字　　数：570,000
印　　次：2021年3月第1版　2022年9月第6次印刷
Ｉ Ｓ Ｂ Ｎ：978-7-5321-7919-0/I.6278
定　　价：55.00元
告 读 者：如发现本书有质量问题请与印刷厂质量科联系　T：0512-68180628